D0627669

Liv Constantine

Dein Leben gegen meins

Roman

Aus dem Amerikanischen von
Alexander Weber

HarperCollins®
Band 100113

1. Auflage: März 2018
Deutsche Erstausgabe
Copyright © für die deutsche Ausgabe by HarperCollins
in der HarperCollins Germany GmbH, Hamburg

Copyright © 2017 by Lynne Constantine und Valerie Constantine
Originaltitel: »The Last Mrs. Parrish«
Erschienen bei: HarperBooks,
an imprint of HarperCollins *Publishers*, US

Published by arrangement with
HarperCollins *Publishers* L.L.C., New York

Umschlaggestaltung: Hafen Werbeagentur, Hamburg
Umschlagabbildung: textures.com
Redaktion: Carla Felgentreff
Satz: GGP Media GmbH, Pößneck
Printed in Germany
Dieses Buch wurde auf FSC®-zertifiziertem Papier gedruckt.
ISBN 978-3-95967-153-8

www.harpercollins.de

Werden Sie Fan von HarperCollins Germany auf Facebook!

Lynnes Widmung
Für Lynn, die andere Buchstütze,
aus so vielen Gründen, dass ich sie
gar nicht alle aufzählen kann

Valeries Widmung
Für Colin,
du hast alles erst möglich gemacht

Teil I

AMBER

1

Amber Patterson war es leid, unsichtbar zu sein. Schon seit drei Monaten ging sie nun täglich in dieses Fitnessstudio und sah diesen Luxusweibchen dabei zu, wie sie sich mit dem Einzigen beschäftigten, das ihnen etwas bedeutete: sich selbst. Sie waren solche Egoistinnen; Amber hätte wetten können, dass nicht eine von ihnen sie auf der Straße wiedererkennen würde, obwohl sie tagtäglich anderthalb Meter von ihnen entfernt auf dem Crosstrainer stand. Aber sie scherte sich nicht drum – um keine von ihnen. Es gab nur einen einzigen Grund, weshalb sie sich jeden Tag hierherschleppte, zu genau diesem Gerät, um Punkt acht Uhr morgens.

Sie hatte die Nase voll von diesem Trott – immer die gleiche Schinderei, während sie auf den richtigen Moment wartete. Den richtigen Zeitpunkt, um endlich zuzuschlagen. Aus dem Augenwinkel sah sie die goldenen Edel-Nikes auf das Trittbrett neben sich steigen. Amber straffte die Schultern und gab sich völlig vertieft in die Zeitschrift, die sie auf der Ablage ihres eigenen Geräts platziert hatte. Sie drehte sich zur Seite und warf der hübschen blonden Frau ein schüchternes Lächeln zu, das diese mit einem höflichen Nicken quittierte. Dann manövrierte Amber ihren Fuß auf die Kante des Trainers, streckte die Hand nach ihrem Wasser aus, rutschte ab und fegte das Magazin zu Boden – direkt unter das Pedal des Nachbargeräts.

»Ach, du meine Güte, das tut mir aber leid«, sagte sie errötend. Noch bevor sie absteigen konnte, hatte die Frau das Heft für sie aufgehoben. Amber sah, wie sich die Augenbrauen der Fremden irritiert zusammenzogen.

»Du liest das is-Magazine?«, fragte die Frau und reichte Amber die Zeitschrift.

»Ja, das Magazin der Mukoviszidose-Stiftung. Kennst du es?«

»Ja, das kenne ich. Bist du Ärztin?«, erkundigte sich die Frau.

Amber schlug die Augen nieder, hob dann den Blick und sah sie erneut an. »Nein, aber meine jüngere Schwester hatte Mukoviszidose.« Sie ließ die Worte in der Leere zwischen ihnen schweben.

»Das tut mir leid. Wie unhöflich von mir. Das geht mich wirklich nichts an«, erwiderte die andere und stieg wieder auf ihren Crosstrainer.

Amber schüttelte den Kopf. »Nein, ist schon okay. Kennst du auch jemanden mit Mukoviszidose?«

Als die Frau Ambers Blick erwiderte, lag ein tiefer Schmerz in ihren Augen. »Meine Schwester. Ich habe sie vor zwanzig Jahren verloren.«

»Das tut mir so leid. Wie alt war sie denn?«

»Sechzehn. Zwei Jahre jünger als ich.«

»Charlene war erst vierzehn«, sagte Amber, während sie das Tempo drosselte und sich mit dem Handrücken die Augen trocken wischte. Sie musste ihr ganzes schauspielerisches Talent aufbieten, um Tränen über eine Schwester zu vergießen, die nie existiert hatte. Ihre drei echten Schwestern erfreuten sich bester Gesundheit – auch wenn sie seit über zwei Jahren nicht mehr mit ihnen gesprochen hatte.

Der Crosstrainer der Frau schnurrte immer langsamer, bis er schließlich zum Stillstand kam. »Geht's dir gut?«

Amber zuckte schniefend mit den Achseln. »Es tut immer noch so weh, selbst nach all den Jahren.«

Die Frau musterte sie mit einem langen Blick, dann gab sie sich einen Ruck und reichte ihr die Hand.

»Ich heiße Daphne Parrish. Was hältst du davon, wenn wir hier verschwinden und bei einer Tasse Kaffee weiterplaudern?«

»Bist du dir sicher? Ich will dich nicht beim Training stören.«

Daphne nickte. »Natürlich. Ich würde wirklich gern mit dir reden.«

Amber setzt ihr dankbarstes Lächeln auf und stieg ab. »Klingt prima.« Dann ergriff sie Daphnes Hand und sagte: »Ich bin Amber Patterson. Freut mich, dich kennenzulernen.«

**

Am gleichen Abend lag Amber in ihrer schaumbedeckten Badewanne, nippte an einem Glas Merlot und studierte das Foto im Entrepreneur. Äußerst zufrieden mit sich selbst legte sie die Zeitschrift beiseite, schloss die Augen und ließ den Kopf auf den Wannenrand sinken. Sie war davon ausgegangen, dass alles viel länger dauern würde, aber Daphne hatte es ihr leicht gemacht. Nachdem sie den Smalltalk hinter sich gebracht hatten, waren sie rasch zu dem Thema gekommen, mit dem sie Daphnes Interesse geweckt hatte.

»Jemand, der das nicht selbst mitgemacht hat, kann es unmöglich verstehen«, hatte Daphne gesagt, ihre blauen Augen vor Erregung weit aufgerissen. »Ich habe Julie nie als Last empfunden, aber meine Freundinnen wollten sie nicht ständig dabeihaben. Sie haben nicht verstanden, dass ich nie wissen konnte, wann sie wieder ins Krankenhaus musste – und ob sie es je wieder herausschaffen würde. Jeder Augenblick mit ihr war so kostbar.«

Amber hatte sich nach Kräften bemüht, interessiert auszusehen, während sie den Gesamtwert sämtlicher Diamanten überschlug, die Daphnes Körper schmückten – die Ohrringe, das grazile Armband am Handgelenk und der riesige Klunker an ihrem dezent gebräunten, perfekt manikürten Ringfinger. Es

11

mussten mindestens hundert Riesen sein, die da an ihrem Größe-36-Body baumelten, und ihr fiel nichts Besseres ein, als über ihre ach so traurige Kindheit rumzuheulen.

Mit einem hoffentlich mitfühlenden Lächeln hatte Amber erwidert: »Ich weiß. Wenn meine Schwester zu krank war, um zur Schule zu gehen, bin ich oft mit ihr zu Hause geblieben, damit meine Mutter arbeiten gehen konnte. Fast hätte sie ihren Job verloren, weil sie sich so oft freinehmen musste. Und wir konnten es uns nicht leisten, ohne Krankenversicherung dazustehen.« Erfreut hatte sie bemerkt, wie leicht ihr die Lüge über die Lippen ging.

»Oh, wie furchtbar«, hatte Daphne geseufzt. »Das ist einer der Gründe, wieso mir meine Stiftung so am Herzen liegt. Julie's Smile unterstützt Familien, die sich die erforderliche Pflege nicht leisten können.«

Amber hatte sich in gespielter Fassungslosigkeit ergangen. »Julie's Smile ist *deine* Stiftung? Deine Schwester ist *die* Julie? Ich kenne Julie's Smile in- und auswendig, verfolge seit Jahren alles, was ihr macht. Ich bin echt sprachlos.«

Daphne nickte. »Ich habe sie gleich nach der Uni gegründet. Mein Mann war der erste Förderer.« Dabei hatte sie das Gesicht verzogen, als wäre ihr das ein wenig peinlich. »So haben wir uns kennengelernt.«

»Plant ihr nicht gerade eine große Spendengala?«

»Stimmt. Es ist noch ein paar Monate hin, aber es gibt schon eine Menge zu tun. Sag mal … ach, vergiss es.«

»Nein, sag's ruhig«, hakte Amber nach.

»Na ja, ich habe mich nur gefragt, ob du nicht vielleicht Lust hättest, mitzuhelfen. Es wäre schön, jemanden dabeizuhaben, der versteht –«

»Ich würde gern helfen«, war Amber ihr ins Wort gefallen. »Ich verdiene nicht viel Geld, aber meine Zeit kann ich auf jeden Fall beisteuern. Was du tust, ist so unglaublich wichtig. Wenn ich mir vorstelle, was man damit alles bewegen kann …« Sie biss sich auf die Lippe und tat, als ränge sie mit den Tränen.

»Wunderbar«, hatte Daphne glücklich gesagt und eine edel geprägte Visitenkarte hervorgezogen. »Bitte sehr. Das Stiftungskomitee trifft sich am Donnerstagmorgen um zehn bei mir. Kannst du das einrichten?«

Amber hatte sie dankbar, wenn auch ein wenig bekümmert, angelächelt, als würde der Gedanke an die Krankheit sie noch immer bedrücken. »Ich würde es um nichts in der Welt verpassen wollen.«

2

Der wiegende Rhythmus des Samstagszugs von Bishops Harbor nach New York lullte Amber ein, und sie entglitt in einen tröstlichen Tagtraum fernab der stumpfsinnigen Routine ihrer Arbeitswoche. Nur gelegentlich öffnete sie die Augen, um einen Blick auf die vorbeifliegende Landschaft zu erhaschen. Sie musste an ihre erste Zugfahrt denken; damals, mit sieben Jahren. Es war Juli gewesen in Missouri – der heißeste, schwülste Monat des Sommers –, und die Klimaanlage des Zuges hatte längst aufgegeben. Noch immer sah sie ihre Mutter vor sich, wie sie ihr gegenübersaß, in einem schwarzen langärmligen Kleid, kerzengerade und mit ernster Miene, die Knie sittsam zusammengepresst. Ihr hellbraunes Haar war wie immer streng zum Knoten zurückgesteckt und sie trug ein Paar Ohrringe – kleine Perlenstecker, die sie sich für besondere Gelegenheiten aufsparte. Die Beerdigung von Ambers Großmutter zählte anscheinend zu diesen Anlässen.

Als sie am schmuddeligen Bahnhof von Warrensburg ausgestiegen waren, war es draußen noch brütender gewesen als im Inneren des Zuges. Onkel Frank, der Bruder ihrer Mutter, hatte sie mit seinem ramponierten blauen Pick-up abgeholt. Am nachhaltigsten war ihr der Geruch in Erinnerung geblieben – eine Mischung aus Schweiß, Dreck und Feuchtigkeit – und das rissige Sitzleder, das sich in ihre Haut gebohrt hatte. Sie waren an endlosen Maisfeldern vorbeigefahren und an kleinen Gehöften mit müde wirkenden Holzhäusern und Innenhöfen voller rostiger Landmaschinen, schrottreifen, auf Betonsteinen aufgebockten Autos, reifenlosen Felgen und Metallverschlägen. Es war sogar noch deprimierender gewesen als dort, wo sie lebten, und Amber hatte sich gewünscht, man hätte ihr erlaubt, daheim bei ihren jüngeren Schwestern zu bleiben. Aber ihre Mutter fand, Amber sei nun alt genug, um der Großmutter die letzte Ehre zu erweisen. Den Großteil dieses grauenhaften Wochenendes hatte sie verdrängt, doch nie würde sie die abstoßende Schäbigkeit vergessen – das triste Wohnzimmer im Haus der Großeltern, ganz in rostigen Braun- und Gelbtönen gehalten; die ungepflegten Bartstoppeln im Gesicht des Großvaters und wie er mit harter und mürrischer Miene in seinem dick gepolsterten Fernsehsessel saß, nur mit einem abgewetzten Unterhemd und fleckigen Khakihosen bekleidet. Amber hatte verstanden, wo die Freudlosigkeit und Ideenarmut ihrer Mutter herkamen. Damals, in jenem zarten Alter, hatte der Traum von etwas Anderem und Besserem in ihr Gestalt angenommen.

Als der Mann gegenüber sie beim Aufstehen mit seinem Aktenkoffer anrempelte, schlug sie die Augen auf und merkte, dass sie am Grand Central angekommen waren. Eilig raffte sie Handtasche und Jacke zusammen und mischte sich in den Strom aussteigender Fahrgäste. Den Weg von den Gleisen in die prachtvolle Haupthalle genoss sie noch immer – welch ein Kontrast zu der heruntergekommenen Haltestelle vor all den Jahren. In aller Ruhe schlenderte sie an den glänzenden Ladenzeilen des Bahnhofs entlang – die perfekte Einstimmung auf die Wunder der Stadt, die sie draußen erwartete. Dann verließ sie den Bahnhof und ging zu Fuß die wenigen Häuserblocks entlang der Zweiundvierzigsten Straße zur Fifth Avenue. Die Route dieser monatlichen Pilgerfahrt war ihr mittlerweile dermaßen vertraut, sie hätte den Weg auch mit verbundenen Augen gefunden.

Ihr erstes Ziel war stets die New York Public Library. Die Sonne fiel durch die hohen Fenster hinein, als sie im großen Lesesaal an einem der langen Tische saß und die kunstvollen

Deckenfresken auf sich wirken ließ. Die sämtliche Wände emporwachsenden Bücher vermittelten ihr ein Gefühl tiefer Geborgenheit, erinnerten sie daran, dass sämtliches Wissen, nach dem sie trachtete, allzeit für sie bereitstand. Hier konnte sie lesen und alles finden, was sie brauchte, um ihren Plänen Gestalt zu verleihen. Zwanzig Minuten lang saß sie da, regungslos und stumm, bis sie bereit war, zurück auf die Straße zu treten.

Langsam spazierte sie an den Luxusläden auf der Fifth Avenue vorbei. Versace, Fendi, Armani, Louis Vuitton, Harry Winston, Tiffany & Co., Gucci, Prada und Cartier – und immer so weiter, eine der glanzvollsten und teuersten Boutiquen der Welt nach der anderen. Jedem dieser Läden hatte sie bereits einen Besuch abgestattet, das Aroma geschmeidigen Leders eingesogen, den Duft der exotischen Parfüms, sich die samtigen Lotionen und kostbaren Cremes in die Haut gerieben, die so verlockend in ihren kunstvollen Testern für die Kunden bereitstanden.

Sie schlenderte weiter, vorbei an Dior und Chanel, und machte kurz halt, um ein schmal geschnittenes schwarz-silbernes Kleid zu bewundern, das sich an die zarten Rundungen einer Schaufensterpuppe schmiegte. Sie stellte sich vor, wie sie in diesem Kleid, mit hoch aufgetürmtem Haar und makellosem Make-up am Arm ihres eleganten Ehemannes einen Ballsaal betrat und jede Frau, an der sie vorüberglitt, vor Neid erblasste. Dann riss sie sich los und wanderte weiter stadtaufwärts bis zu Bergdorf Goodman und dem zeitlos eleganten Plaza Hotel. Nur zu gern wäre sie die mit rotem Teppich ausgelegten Stufen in die prächtige Lobby emporgestiegen, doch es war schon weit nach eins, und sie bekam langsam Hunger. Sie hatte sich ein kleines Lunchpacket gepackt, da ihr hart verdientes Geld kaum für den Museumseintritt samt Mittagessen in Manhattan gereicht hätte. Nun überquerte sie die Achtundfünfzigste Straße in Richtung Central Park, setzte sich dort auf eine Bank mit Blick auf die belebte Straße und kramte einen kleinen Apfel und ein Tütchen mit Nüssen und Rosinen aus ihrer Tasche hervor. Sie aß gemächlich, beobachtete die vorübereilenden Passanten und dachte zum hundertsten Mal, wie dankbar sie doch sein konnte, dem tristen Leben ihrer Eltern entkommen zu sein – dem ewigen Einerlei, dem banalen Geschwätz, der Vorhersehbarkeit in allem. Ihre Mutter hatte Ambers Ehrgeiz nie verstanden. »Streb nie nach Dingen, die für dich unerreichbar sind«, hatte sie gesagt und dass solche Flausen im Kopf sie eines Tages in Schwierigkeiten bringen würden. Doch Amber hatte es ihr gezeigt und alles hinter sich gelassen – wenn auch etwas anders als geplant.

Nach dem Essen ging sie durch den Park zum Metropolitan Museum of Art, wo sie den Nachmittag verbringen würde. In den vergangenen zwei Jahren hatte sie jeden Winkel des Met durchstreift, die Kunstwerke studiert, Vorträge und Filme über Werke und Künstler besucht. Am Anfang war ihre Unwissenheit erschreckend gewesen, doch auf die ihr eigene hochsystematische Art hatte sie sich Schritt für Schritt vorgetastet, sich aus Bibliotheksbüchern alles über Kunst, Kunstgeschichte und die großen Meister angelesen, was sie nur konnte. Mit ihren neuen Kenntnissen gewappnet, besuchte sie das Museum nun jeden Monat, um alles mit eigenen Augen zu betrachten. Mittlerweile konnte sie zu jedem anspruchsvollen Gespräch über Kunst etwas beitragen, nur die profundesten Kritiker des Landes waren noch besser informiert als sie. Seit sie ihrem beengten Elternhaus in Missouri Lebewohl gesagt hatte, arbeitete sie hart daran, eine neue und verbesserte Amber zu erschaffen – eine, die sich mühelos unter den Reichen und Mächtigen bewegen konnte. Und bisher lag sie voll im Plan.

Einige Zeit später schlenderte sie in jenen Gang, in dem sie für gewöhnlich als Letztes haltmachte. Dort verharrte sie eine Weile vor einer kleinen Studie von Tintoretto. Sie wusste nicht, wie oft sie diese Skizze schon studiert hatte, doch die Inschrift darunter hatte sich in ihr Gehirn eingebrannt: *Spende aus der Sammlung von Jackson und Daphne Parrish.* Schweren Herzens wandte sie sich ab und marschierte hinüber in die Aelbert-Cuyp-Ausstellung. Sie hatte das einzige Buch über ihn gelesen, das sich in der Bibliothek von Bishops Harbor fand, und sich gewundert, dass sie trotz seiner Berühmtheit vorher nie etwas von ihm gehört hatte. Sie streifte durch die Ausstellung und stieß auf ein Gemälde, das sie im Buch tief beeindruckt und von dem sie gehofft hatte, dass es Teil der Schau sein würde: *Die Maas bei Dordrecht in einem Sturm.* Es war sogar noch großartiger, als sie es sich vorgestellt hatte. Neben ihr stand ein älteres Ehepaar und betrachtete das Werk ebenso gebannt.

»Atemberaubend, nicht wahr?«, wandte sich die Frau an Amber.

»Ja. Es übertrifft alle Erwartungen«, erwiderte sie.

»Und so ganz anders als seine Landschaften«, merkte der Mann an.

Die Augen noch immer starr auf die Leinwand geheftet, sagte Amber: »In der Tat. Aber er hat viele grandiose Ansichten holländischer Häfen gemalt. Wussten Sie, dass er außerdem biblische Szenen und Porträts angefertigt hat?«

»Ach, wirklich? Ich hatte ja keine Ahnung.«

Vielleicht solltet ihr mal was lesen, bevor ihr euch eine Ausstellung anseht, dachte Amber, schenkte ihnen aber nur ein Lächeln und ging weiter. Sie liebte es, anderen ihr Wissen vorführen zu können. Und sie war sich sicher, dass ein Mann wie Jackson Parrish – ein Mann, der sich seines kulturellen Feinsinns rühmte – es ebenso lieben würde.

3

Galliger Neid saß wie ein Pfropf in Ambers Kehle, als das mondäne, direkt am Long Island Sound gelegene Anwesen allmählich in Sicht kam. Die weißen Eingangstore wichen zurück und gaben den Blick frei auf üppige Vegetation und Rosensträucher, die sich verschwenderisch über die unauffällige Umzäunung wanden. Die Villa selbst war ein weitläufiger, doppelstöckiger Bau, ganz in Weiß und Grau gehalten, und erinnerte sie an die eleganten Sommerhäuser auf Nantucket oder Martha's Vineyard, die sie aus Zeitschriften kannte. Majestätisch schlängelte sich das Anwesen an der Küstenlinie entlang und fügte sich anmutig in die Uferlandschaft.

Es war die Art von Haus, die man gut versteckt hielt, fernab der Blicke all jener, die es sich nicht leisten konnten, so zu leben. Das ist es, was Reichtum einem ermöglicht, sinnierte Amber, er verleiht einem die Mittel und die Macht, sich vor der Welt zu verbergen, wenn man will – oder muss.

Sie fuhr mit ihrem zehn Jahre alten blauen Toyota Corolla vor. Das Auto würde inmitten der neuesten Mercedes- und BMW-Modelle, die bald in Scharen auf den Hof rollen würden, lächerlich deplatziert wirken. Mit geschlossenen Augen saß sie einen Moment da, holte langsam und tief Luft und ging im Geiste noch einmal sämtliche Daten und Fakten durch, die sie sich in den letzten Wochen eingeprägt hatte.

Heute Morgen hatte sie sich mit Bedacht angezogen, das glatte braune Haar mit einem Schildpatt-Haarreif zurückgesteckt und ihr Make-up aufs Nötigste reduziert – nur ein Hauch von Rouge auf den Wangen und ein dezent getönter Lippenbalsam. Dazu trug sie einen ordentlich gebügelten, beigen Bleistiftrock und ein langärmliges weißes Baumwollshirt, beides Versandhausware aus einem L.L.Bean-Katalog. Ihre Sandalen waren robust und schlicht, praktische Schuhe ohne jeden Schnickschnack, in denen sie gut laufen konnte und die nicht die leiseste Spur von Weiblichkeit vermittelten. Die hässliche Brille mit dem klobigen Gestell, die sie in letzter Minute noch aufgetan hatte, komplettierte das gewünschte Erscheinungsbild. Als sie vor dem Verlassen ihres Apartments einen letzten Blick in den Spiegel geworfen hatte, war sie hochzufrieden gewesen. Sie wirkte langweilig, beinahe unscheinbar. Wie jemand, der niemals auch nur die geringste Gefahr darstellen würde. Für niemanden. Und schon gar nicht für eine Frau wie Daphne Parrish.

Auch wenn sie damit Gefahr lief, unhöflich zu sein, war Amber etwas zu früh gekommen. So hatte sie etwas Zeit mit Daphne allein und war schon vor den anderen Frauen da, was bei Vorstellungsrunden immer von Vorteil war. Die Stiftungsdamen würden sie als jung und nichtssagend abtun, ein emsiges Bienchen, das Daphne als Gehilfin auserkoren hatte, mehr nicht.

Amber öffnete die Autotür und trat auf den Schotter. Jeder einzelne Stein, der ihre Schritte abfederte, wirkte handvermessen, auf Reinheit und Gleichmäßigkeit geprüft. Für den Weg zum Haus ließ sie sich Zeit und studierte in aller Ruhe das Anwesen. Jetzt wurde ihr klar, dass dies der Hintereingang sein musste, die Vorderseite würde gewiss aufs Meer hinausgehen. Dennoch ragte eine beeindruckende Fassade vor ihr auf. Linker Hand befand sich eine weiße, mit den letzten Glyzinien des Sommers überrankte Gartenlaube, dahinter standen zwei lange Sitzbänke. Sie hatte natürlich von dieser Art Reichtum gelesen, in Magazinen und im Netz unzählige Bilder der Villen von

Filmstars und Millionären betrachtet, doch dies war das erste Mal, dass sie eine von Nahem sah.

Sie erklomm die breiten Steinstufen zum Treppenabsatz und läutete. Durch die überdimensionierte, mit großen Facettenscheiben verglaste Tür sah man in einen langen Flur, der sich bis zur Vorderseite des Gebäudes erstreckte. Von hier aus konnte sie das strahlende Blau des Wassers erkennen, und dann stand Daphne plötzlich lächelnd da und hielt ihr die Tür auf.

»Wie reizend, dich zu sehen. Ich bin so froh, dass du kommen konntest«, sagte sie, nahm Amber an der Hand und geleitete sie hinein.

Amber schenkte ihr jenes scheue Lächeln, das sie so lange vor dem Badezimmerspiegel geübt hatte. »Vielen Dank für die Einladung, Daphne. Wie aufregend, dass du mich mithelfen lässt.«

»Nun, ich freue mich wahnsinnig, dass du bei uns mitarbeiten möchtest. Hier entlang. Wir treffen uns im Wintergarten.« Daphne führte sie in einen großen achteckigen Raum mit bodentiefen Fenstern und sommerlichen Chintzstoffen in leuchtenden Farben. Die Terrassentür stand offen, und Amber sog den betörenden Duft der salzigen Seeluft ein.

»Nimm doch bitte Platz. Wir haben noch ein paar Minuten, bevor die anderen eintreffen«, sagte Daphne.

Amber ließ sich in die weiche Couch sinken. Daphne nahm ihr gegenüber in einem der gelben Sessel Platz, die das restliche Mobiliar des Zimmers perfekt ergänzten. Alles hier versprühte eine mondäne, wenn auch unaufdringliche Eleganz. Amber ärgerte die Unbekümmertheit, die Daphne im Umgang mit Reichtum und Privilegien ausstrahlte, als wäre all dies ihr angeborenes Recht. Mit ihrer maßgeschneiderten grauen Hose und der Seidenbluse, ihr einziger Schmuck ein Paar große Perlenstecker, sah sie aus, als wäre sie direkt aus einer Town & Country herausspaziert. Das schimmernd blonde Haar fiel ihr in sanften

Wellen über die Schultern und rahmte ihre aristokratischen Züge. Amber schätzte, dass Kleidung und Ohrringe allein mehr als drei Riesen wert waren, ganz zu schweigen von dem Stein an ihrem Finger und der Tank von Cartier am Handgelenk. Vermutlich hatte sie oben in ihrem Schmuckkästchen noch ein Dutzend mehr davon. Amber blickte auf ihre eigene Armbanduhr – ein billiges Kaufhausmodell – und sah, dass sie Daphne noch rund zehn Minuten für sich allein hatte.

»Noch mal vielen Dank, dass du mich helfen lässt, Daphne.«

»*Ich* habe zu danken. Wir können immer Leute gebrauchen, die mit anpacken. Natürlich sind alle diese Frauen großartig und arbeiten hart, aber du kannst es nachempfinden, weil du es selbst durchgemacht hast.« Daphne rutschte etwas nach vorn. »Wir haben neulich viel über unsere Schwestern gesprochen, aber kaum über uns. Ich weiß, dass du nicht hier aus der Gegend stammst. Hast du nicht gesagt, du kämst aus Nebraska?«

Amber hatte ihre Geschichte sorgfältig einstudiert. »Ja, das stimmt. Aber nachdem meine Schwester gestorben war, bin ich dort weggegangen. Eine gute Freundin von der Highschool war schon zum Studium hierhergezogen. Als sie zur Beerdigung meiner Schwester nach Hause kam, meinte sie, ich könnte vielleicht einen Tapetenwechsel gebrauchen, eine Art Neuanfang. Und außerdem wäre keiner von uns allein. Sie hat recht behalten. Der Umzug hat mir ungemein geholfen, über Charlenes Tod hinwegzukommen. Seit knapp einem Jahr bin ich jetzt in Bishops Harbor, aber es vergeht kein Tag, ohne dass ich an sie denke.«

Daphne musterte sie eindringlich. »Das tut mir unendlich leid. Niemand, der es nicht selbst erlebt hat, weiß, wie es ist, einen Bruder oder eine Schwester zu verlieren. Ich denke auch jeden Tag an Julie. Deswegen bedeutet mir mein Kampf gegen Mukoviszidose auch so viel. Ich kann mich glücklich schätzen, zwei gesunde Töchter zu haben, aber es gibt noch immer so viele Familien, die von dieser furchtbaren Krankheit betroffen sind.«

Amber griff nach einem Silberrahmen mit dem Foto zweier kleiner Mädchen, beide blond und sonnengebräunt. Sie trugen die gleichen Badeanzüge und saßen Arm in Arm im Schneidersitz auf einem Steg. »Sind das deine Töchter?«

Daphne warf einen kurzen Blick auf das Bild und lächelte. »Ja, das ist Tallulah, und das hier ist Bella. Das Foto wurde letzten Sommer aufgenommen, am See.«

»Sie sehen hinreißend aus. Wie alt sind die beiden?«

»Tallulah ist zehn und Bella sieben. Ich bin froh, dass Sie einander haben«, setzte Daphnes mit feuchten Augen hinzu. »Ich bete dafür, dass es immer so bleibt.«

Amber hatte irgendwo gelesen, dass Schauspieler, die auf Kommando weinen müssen, an die traurigste Sache denken, die ihnen in den Sinn kommt; aber das Traurigste, was ihr gerade einfiel, war, dass sie nicht in Daphnes Stuhl saß, nicht Herrin dieses unfassbaren Hauses war. Doch auch ohne Tränen gab sie ihr Bestes, möglichst betreten dreinzublicken, während sie das Bild zurück an seinen Platz stellte.

In dem Moment klingelte es an der Tür, und Daphne stand auf, um zu öffnen. Im Gehen sagte sie zu Amber: »Nimm dir doch Kaffee oder Tee. Ein paar Süßigkeiten gibt es auch. Bedien dich einfach, es steht alles auf dem Büffet.«

Amber erhob sich, ließ jedoch ihre Handtasche auf dem Stuhl neben Daphnes liegen, um ihn zu reservieren. Als sie sich eben eine Tasse Kaffee eingoss, strömten die anderen Frauen unter freudigen Begrüßungen und Umarmungen in den Raum. Sie hasste das einfältige Gackern solcher Frauengruppen, sie klangen wie gluckende Hennen.

»Hallo, allerseits.« Daphne Stimme erhob sich über das Geschnatter, und es wurde allmählich still. Dann trat sie zu Amber herüber und legte den Arm um sie. »Ich möchte euch ein neues

Komiteemitglied vorstellen, Amber Patterson. Amber wird für uns alle eine große Bereicherung sein. Traurigerweise ist sie eine Art Expertin – ihre Schwester ist an Mukoviszidose gestorben.« Amber schlug die Augen nieder, und in der Frauenriege erhob sich ein mitfühlendes Raunen.

»Wieso setzen wir uns nicht, damit ihr euch Amber der Reihe nach vorstellen könnt?«, sagte Daphne. Tasse und Untertasse in der Hand, nahm sie wieder Platz, beäugte das Foto ihrer Töchter und rückte es, wie Amber auffiel, ein winziges Stück zur Seite. Amber besah sich die Frauen genau, als sie eine nach der anderen lächelnd ihren Namen nannten – Lois, Bunny, Faith, Meredith, Irene und Neve. Alle waren erlesen gekleidet und schick herausgeputzt, doch zwei von ihnen weckten Ambers besonderes Interesse. Bunny hatte höchstens Kleidergröße 34, dazu langes blondes Haar, und ihre riesigen grünen Augen waren so meisterhaft geschminkt, dass sie einem den Atem raubten. Sie war auf jede nur erdenkliche Weise perfekt, und das wusste sie auch. Amber hatte sie schon oft im Fitnessstudio gesehen, wo sie in ihren winzigen Shorts und ihrem Sport-BH wie eine Irre trainierte, doch Bunny betrachtete sie so ausdruckslos, als hätte sie Amber noch nie im Leben getroffen. Wie gern hätte Amber sie erinnert: *Klar, wir kennen uns doch. Bist du nicht die, die bei ihrer Mädchenclique immer damit prahlt, wie sie hinter dem Rücken ihres Ehemanns rumvögelt?*

Und dann war da noch Meredith, die kein bisschen zum Rest der Frauen passte. Im Gegensatz zu deren protziger Aufmachung war sie teuer, aber dezent gekleidet. Sie trug kleine Goldohrringe und über ihrem braunen Pulli eine einsträngige, alte Perlenkette. Ihr Tweedrock hatte eine eigentümliche Länge, war weder lang noch kurz genug, um modisch zu sein. Doch im Laufe der Sitzung wurde Amber klar, dass sie sich nicht allein im Aussehen von den anderen unterschied. Mit stolz erhobenem Haupt und zurückgeworfenen Schultern saß sie kerzengerade auf ihrem Stuhl und verströmte mit jeder Geste ihres imposanten Gebarens Reichtum und Weltläufigkeit. Und wenn sie sprach, ließ sie stets einen leisen Privatschulakzent durchklingen, der ihre Worte viel geistreicher klingen ließ. Sie redete vor allem über die stille Auktion und die Preise, die sie bislang eingeworben hatten: exotische Fernreisen, Diamantschmuck, edle Weine – ein Versteigerungsstück kostspieliger als das andere.

Als das Treffen sich dem Ende näherte, kam Meredith zu Amber herüber und setzte sich neben sie. »Willkommen bei Julie's Smile, Amber. Das mit deiner Schwester tut mir leid.«

»Danke«, antwortete Amber schlicht.

»Kennst du Daphne denn schon lange?«

»O nein. Wir haben uns eigentlich gerade erst kennengelernt. Im Fitnessstudio.«

»Welch glückliche Fügung«, erwiderte Meredith mit hochgezogenen Augenbrauen.

»Ja, es war ein glücklicher Tag für uns beide«, gab Amber unschuldig zurück.

»Das möchte man wohl meinen.« Dann hielt Meredith inne und musterte sie von oben bis unten. Amber hatte das Gefühl, als könnte Meredith direkt in sie hineinblicken. Schließlich verzog Merediths Miene sich zu einem schmallippigen Lächeln, und sie erhob sich aus ihrem Sessel. »Es war schön, dich zu sehen. Ich kann es kaum erwarten, dich besser kennenzulernen.«

Amber witterte Gefahr. Es war nicht das, *was* Meredith gesagt hatte, sondern *wie* sie es gesagt hatte. Aber vielleicht bildete sie sich das auch nur ein. Sie stellte die leere Kaffeetasse zurück aufs Büffet und trat durch die geöffnete Flügeltür, die sie hinaus ins Freie zu locken schien. Auf der Terrasse ließ sie den Blick über die imposante Weite des Long Island Sound schweifen. In der Ferne machte sie ein Boot aus, ein winziges Segel, das sich im Wind bauschte. Der Anblick war überwältigend. Sie schlenderte zur anderen Seite der Veranda, um eine bessere Aussicht auf den Strand zu erhaschen. Als sie gerade wieder hineingehen wollte, drang Merediths unverkennbare Stimme aus dem Wintergarten zu ihr.

»Mal ehrlich, Daphne, wie gut kennst du dieses Mädchen überhaupt? Ihr habt euch im Fitnessstudio kennengelernt? Weißt du auch nur das Geringste über ihre Herkunft?«

Amber stand lautlos auf der Türschwelle und lauschte.

»Meredith, aber wirklich. Alles, was ich wissen musste, war, dass ihre Schwester an Muko gestorben ist. Was willst du mehr? Sie hat ein ganz persönliches Interesse daran, Gelder für die Stiftung einzuwerben.«

»Hast du denn Erkundigungen über sie eingezogen?«, fragte Meredith, immer noch skeptisch. »Du weißt schon, Familie, Bildungsweg, all diese Dinge?«

»Es geht hier um eine ehrenamtliche Tätigkeit, keinen Sitz im Verfassungsgericht. Ich will sie dabeihaben. Du wirst schon sehen, sie wird eine wertvolle Bereicherung sein.«

Amber konnte die Verärgerung in Daphnes Stimme hören.

»Meinetwegen, Daphne. Es ist schließlich dein Komitee. Ich halte mich da raus.«

Dann hörte Amber Schritte auf dem Fliesenboden. Als sie sicher sein konnte, dass die beiden fort waren, schlüpfte sie durch die Tür und schob ihre Aktenmappe unter eines der Couchkissen, sodass es aussah, als hätte sie sie dort vergessen. Darin befanden sich ihre Mitschriften des Treffens sowie, verborgen in einer der Taschen, ein Foto. Da die Mappe ansonsten keinerlei Rückschlüsse auf ihren Besitzer zuließ, würde Daphne darin herumstöbern müssen und mit Sicherheit darauf stoßen. Auf dem Bild war Amber dreizehn und schubste ihre kleine Schwester auf der Schaukel an. Es war ein guter Tag gewesen, einer der wenigen, an denen sich ihr Mutter in der Reinigung freinehmen konnte und mit ihnen in den Park gegangen war.

Auf die Rückseite hatte sie *Amber und Charlene* geschrieben, obwohl das Foto sie und ihre Schwester Trudy zeigte.

Diese Meredith würde ein harter Brocken werden. Sie könne es kaum erwarten, Amber besser kennenzulernen, hatte sie gesagt. Nun, Amber würde schon dafür sorgen, dass sie so wenig wie möglich in Erfahrung brachte. Von so einer Oberschicht-Schnöselin würde sie sich nicht in die Parade fahren lassen. Die Letzte, die das versucht hatte, hatte bekommen, was sie verdiente.

4

Amber zerrte am Korken und öffnete die Flasche Wein, die sie sich aufgespart hatte. Wie erbärmlich, dass sie einen Zwölf-Dollar-Cabernet rationieren musste, aber ihr mickriges Gehalt im Immobilienbüro reichte mit Mühe und Not für die Miete. Schon bevor sie nach Connecticut gezogen war, hatte sie ihre Hausaufgaben gemacht und sich ihr Opfer ausgeguckt – Jackson Parrish. Er hatte sie nach Bishops Harbor geführt. In einer der Nachbargemeinden hätte sie um einiges günstiger wohnen können, doch hier zu leben besaß den Vorteil, öfter Daphne Parrish zu begegnen – ganz abgesehen von den fantastischen Freizeiteinrichtungen. Und sie mochte die Nähe zu New York.

Ein Lächeln huschte über Ambers Gesicht. Sie konnte sich noch gut daran erinnern, wie sie einen Artikel über Jackson Parrishs Immobiliengesellschaft gelesen und daraufhin die ersten Nachforschungen über ihn angestellt hatte. Als sein Foto auf dem Bildschirm erschienen war, hatte es ihr den Atem verschlagen. Mit seinem dichten schwarzen Haar, den vollen Lippen und den kobaltblauen Augen hätte er es auch auf die Kinoleinwand schaffen können. Dann hatte sie ein Interview in der Forbes angeklickt, wo er über die Gründung seines Fortune-500-Unternehmens sprach. Im nächsten Artikel – diesmal aus Town & Country – ging es um seine Ehe mit der bildhübschen, zehn Jahre jüngeren Daphne. Wie gebannt hatte Amber auf die Fotos ihrer beiden bezaubernden Kinder gestarrt, aufgenommen am Strand vor einer grau-weiß verschindelten Villa. Sie hatte alles über die Parrishs herausgefunden, was sie nur konnte, und als sie auf Julie's Smile gestoßen war, jene von Daphne ins Leben gerufene Stiftung, die Gelder für den Kampf gegen Mukoviszidose einwarb, war ihr die Idee gekommen. Der erste Schritt des Plans, der langsam in ihrem Kopf Gestalt annahm, bestand darin, nach Bishops Harbor zu ziehen.

Wenn sie an die armselige Ehe zurückdachte, die sie damals in Missouri einzufädeln versucht hatte, hätte sie am liebsten laut aufgelacht. Die Sache war verdammt übel ausgegangen, aber dieselben Fehler würde sie nicht noch einmal machen.

Sie hob ihr Weinglas und prostete dem Spiegelbild zu, das ihr in der Scheibe des Mikrowellenherds entgegenblickte. »Auf Amber.« Sie nahm einen tiefen Schluck und stellte das Glas zurück auf den Tresen.

Als sie ihren Laptop aufklappte und *Meredith Stanton Connecticut* in die Suchleiste eingab, füllte sich das Display mit Dutzenden von Ergebnissen, sowohl zu Merediths Privatleben als auch über ihre Wohltätigkeitsarbeit. Meredith Bell Stanton entstammte der Bell-Dynastie, die seit Generationen Vollblutrennpferde züchtete. Glaubte man den Artikeln, so war sie eine passionierte Reiterin. Sie ritt, bestritt Turniere, jagte, sprang und tat auch alles andere, was man mit Pferden anstellen konnte. Das überraschte Amber kein bisschen. Alles an Meredith deutete darauf hin – ebenso gut hätte auf ihrer Stirn fett *Pferdefrau* stehen können.

Amber studierte ein Foto von Meredith und ihrem Ehemann, Randolph H. Stanton III., bei einer Charity-Veranstaltung in New York. Der gute alte Randolph wirkte so steif, als hätte er einen Zollstock im Hintern. Aber das Bankgeschäft war wohl eine ziemlich trockene Angelegenheit. Das einzig Gute daran war das Geld, und die Stantons schienen darin zu schwimmen.

Als Nächstes suchte sie Bunny Nichols, erhielt aber nur wenige Treffer. Sie war die vierte Ehefrau von March Nichols, einem prominenten und für seine Skrupellosigkeit berüchtigten

New Yorker Anwalt, und wies eine verblüffende Ähnlichkeit zu Ehefrau Nummer zwei und drei auf. Offenbar waren die blonden Partygirls für ihn mehr oder weniger austauschbar. In einem der Artikel wurde sie als »ehemaliges Model« bezeichnet. Wie lächerlich. Sie sah eher aus wie eine ehemalige Stripperin.

Amber nahm einen letzten Schluck, drückte den Korken wieder auf die Flasche und loggte sich unter einem ihrer Fake-Profile bei Facebook ein – jenem, das sie allabendlich auf neue Fotos und Statusmeldungen durchsah. Mit zusammengekniffenen Augen taxierte sie das Bild eines kleinen Jungen; in einer Hand hielt er eine Brotdose, die andere lag in der Hand dieser reichen Schlampe. Darunter stand: *Erster Tag an der St. Andrews Academy*, und dazu der abgeschmackte Kommentar: *Mommy ist noch nicht bereit* mit einem traurigen Emoji. St. Andrews – die Schule bei ihnen zu Hause, auf die sie damals immer hatte gehen wollen. Wie gern hätte sie ihren eigenen Kommentar gepostet: *Mommy und Daddy sind verlogene Dreckschweine.* Stattdessen aber schlug sie den Laptop knallend zu.

5

Amber sah das klingelnde Telefon und grinste. Auf der Anrufererkennung stand *Private Nummer*. Das musste Daphne sein. Anscheinend hatte sie die Mappe gefunden. Amber ließ es läuten, bis die Mailbox ansprang. Tags darauf versuchte Daphne es erneut, und wieder nahm Amber nicht ab. Erst am dritten Abend ging sie endlich dran.

»Hallo?«, hauchte sie.

»Amber?«

Ein Seufzen, dann ein leises »Ja?«.

»Ich bin's, Daphne. Bist du okay? Ich habe versucht, dich zu erreichen.«

Sie stieß ein ersticktes Räuspern hervor und sagte dann etwas lauter: »Hi, Daphne. Ja, tut mir leid. Es war ein harter Tag.«

»Was ist denn los? Ist irgendwas passiert?« Amber vernahm die Besorgnis in Daphnes Stimme.

»Es ist der Jahrestag.«

»O Süße. Das tut mir so leid. Willst du vorbeikommen? Jackson ist verreist. Wir könnten ein Flasche Wein aufmachen.«

»Im Ernst?«

»Klar doch. Die Kinder schlafen schon, und wenn sie etwas brauchen sollten, habe ich eine der Nannys hier.«

Natürlich war eine der Nannys da. Gott behüte, dass sie selbst auch nur einen Finger krumm machen musste.

»Oh, Daphne, das wäre fantastisch. Soll ich irgendwas mitbringen?«

»Nein, nicht nötig. Bis gleich.«

Als Amber vor dem Haus vorfuhr, zog sie ihr Handy aus der Tasche und schrieb Daphne eine Nachricht: *Bin da. Wollte nicht klingeln, damit die Mädchen nicht aufwachen.*

Die Tür ging auf, und Daphne winkte sie hinein. »Wie rücksichtsvoll von dir, mir zu schreiben.«

»Danke für die Einladung.« Amber drückte ihr eine Flasche Rotwein in die Hand.

»Vielen Dank, aber das wäre nicht nötig gewesen«, gab Daphne zurück und umarmte sie.

Amber zuckte mit den Achseln. Es war ein billiger Merlot, acht Dollar im Schnapsladen an der Ecke. Sie wusste, dass Daphne ihn niemals anrühren würde.

»Komm mit.« Daphne führte sie in den Wintergarten, wo auf dem Couchtisch eine geöffnete Flasche Wein und zwei halbvolle Gläser bereitstanden.

»Hast du schon zu Abend gegessen?«

Amber schüttelte den Kopf. »Nein, aber ich bin auch nicht hungrig.« Dann setzte sie sich, nahm ein Glas und nippte. »Mmh, der ist wirklich gut.«

Daphne nahm ebenfalls Platz, griff sich das andere Glas und hielt es in die Höhe.

»Auf unsere Schwestern, die in unseren Herzen weiterleben.«

Sie stießen an und tranken. Amber wischte sich eine imaginäre Träne aus dem Auge. »Es tut mir so leid. Du musst mich für total durchgeknallt halten.«

Daphne schüttelte den Kopf. »Aber nicht doch. Das ist völlig in Ordnung. Mit mir kannst du darüber reden. Ich verstehe das. Erzähl mir alles über sie.«

Amber überlegte kurz. »Charlene war der wichtigste Mensch in meinem Leben. Wir haben uns ein Zimmer geteilt und immer bis spät in der Nacht geredet.« Mit gerunzelter Stirn nahm sie einen weiteren tiefen Schluck. »Unsere Mutter warf einen Schuh gegen unsere Tür, wenn Charlene endlich schlafen sollte. Also flüsterten wir, damit sie uns nicht hörte. Trotz unseres Altersunterschieds konnten wir uns alles erzählen. All unsere Träume, unsere Hoffnungen ...«

Daphne lauschte schweigend, ihre hinreißenden blauen Augen voller Mitgefühl.

»Sie war einmalig. Jeder mochte sie, aber es stieg ihr nie zu Kopf, weißt du? Andere Mädchen wären eingebildet und frech geworden, aber Char nicht. Sie war wunderschön, von innen und von außen. Wenn wir draußen waren, starrten die Leute sie einfach nur an, so bildhübsch sah sie aus.« Amber zögerte und neigte dann den Kopf. »Ein bisschen wie du.«

Daphne lachte nervös auf. »Das würde ich von mir selbst aber nicht behaupten.«

Wer's glaubt, dachte Amber. »Hübsche Frauen halten das für selbstverständlich. Sie sehen nicht, was alle anderen sehen. Meine Eltern haben immer gewitzelt, Charlene hätte das gute Aussehen und ich den Grips abbekommen.«

»Wie gemein. Das ist ja schrecklich, Amber. Du bist auch wunderschön – von innen und von außen.«

Das läuft ja fast schon zu glatt, ging es Amber durch den Kopf. Man lässt sich 'ne miese Frisur verpassen, setzt sich 'ne fette Brille auf, spart sich das Make-up, lässt ein wenig die Schultern hängen und *voilà*: Das arme hässliche Entlein ist geboren. Daphne lechzte förmlich danach, die edle Retterin zu spielen. Und Amber tat ihr nur allzu gerne den Gefallen.

»Das sagst du doch nur so. Ist schon okay. Nicht jeder muss bildhübsch sein.« Sie griff sich ein Foto von Tallulah und Bella, diesmal in einem Textilrahmen. »Deine Töchter sind auch wunderschön.«

Daphnes Züge hellten sich auf. »Sie sind großartig. Ich kann mich sehr glücklich schätzen.«

Amber studierte das Foto noch etwas länger. Mit ihrer ernsten Miene und der scheußlichen Brille wirkte Tallulah wie eine zu klein geratene Erwachsene, während die blauäugige, blond gelockte Bella einer kleinen Prinzessin glich. In Zukunft würde es zwischen den beiden eine Menge Konkurrenz geben. Amber fragte sich, wie viele Freunde Bella ihrer hausbackenen älteren Schwester wohl ausspannen würde, wenn sie einmal Teenager wären.

»Hast du ein Bild von Julie?«

»Gewiss doch.« Daphne stand auf, lief zum Konsolentisch hinüber und kehrte mit einem gerahmten Foto zurück. »Das ist sie«, sagte sie und reichte es Amber.

Wie gebannt starrte Amber auf das Bild eines jungen Mädchens. Als es aufgenommen wurde, musste Julie etwa fünfzehn gewesen sein. Mit ihren großen strahlenden braunen Augen war sie eine nahezu überirdische Schönheit.

»Sie ist hinreißend«, sagte Amber und blickte Daphne ins Gesicht. »Es wird nicht leichter, stimmt's?«

»Nein, nicht wirklich. An manchen Tagen wird es sogar noch schwerer.«

Sie leerten die Flasche Wein und öffnete eine weitere, bei der Amber sich noch mehr rührselige Geschichten über Daphnes wunderbare Freundschaft mit ihrer fehlerlosen toten Schwester anhören musste.

Auf der Toilette kippte Amber schließlich ihr volles Glas in den Ausguss, legte sich auf dem Rückweg ins Wohnzimmer einen torkelnden Gang zu und sagte: »Na, dann mach ich mich langsam auf den Weg.«

Daphne schüttelte den Kopf. »Du kannst nicht mehr fahren. Du solltest hier übernachten.«

»Nein, nein. Ich will keine Umstände bereiten.«

»Keine Widerrede. Komm mit. Ich zeige dir das Gästezimmer.«

Amber hakte sich bei Daphne unter, und gemeinsam stapften

sie quer durch das obszön große Haus und dann die lange Treppe hoch in den ersten Stock.

»Ich glaub, ich muss schon wieder zur Toilette«, stieß Amber mit gespielter Dringlichkeit hervor.

»Natürlich.« Daphne öffnete ihr die Tür. Amber schloss ab und hockte sich auf den Toilettensitz. Das Bad war riesig und stilvoll, ausgestattet mit einem Whirlpool und einer Dusche, groß genug, um die ganze britische Königsfamilie zu beherbergen. Ihre gesamte Einzimmerwohnung hätte hier hineingepasst. Als sie wieder herauskam, wartete Daphne auf sie.

»Geht es dir jetzt besser?«, fragte Daphne besorgt.

»Mir ist immer noch ein wenig schwummrig. Könnte ich mich vielleicht kurz irgendwo hinlegen?«

»Aber sicher doch«, sagte Daphne und führte sie den langen Flur hinab zu einem der Gästezimmer. Ambers aufmerksamem Blick entging nichts. Die frischen weißen Tulpen waren perfekt auf die mintgrünen Wände abgestimmt. Wer hatte schon frische Blumen im Gästezimmer, wenn man keinen Besuch erwartete? Der lackierte Dielenboden war zur Hälfte von einem flauschigen weißen Teppich bedeckt, der einen weiteren Hauch von Eleganz und Luxus verströmte. Blütenweiße Gardinen fielen wallend von den hohen Fenstern herab.

Daphne half ihr zum Bett hinüber, wo Amber sich hinsetzte und ihre Hand über die bestickte Tagesdecke gleiten ließ. Daran könnte sie sich gewöhnen. Zuckend senkten sich ihre Lider, und ohne etwas vorspielen zu müssen, überkam sie die benommene Schwere des herannahenden Schlafes. Sie registrierte eine Bewegung, und als sie die Augen aufschlug, sah sie Daphne über sich.

»Ich bestehe darauf, dass du hier übernachtest«, sagte diese, trat zum Kleiderschrank und holte ein Nachthemd und einen Morgenmantel heraus. »Zieh deine Sachen aus und schlüpf in das Nachthemd hier. Ich warte solange draußen.«

Amber zog ihren Pullover aus und warf ihn aufs Bett. Dann schälte sie sich aus ihren Jeans, streifte sich das seidige weiße Nachthemd über und kroch unter die Bettdecke. Anschließend rief sie in Richtung Tür: »Fertig!«

Daphne kam wieder herein und legte ihr eine Hand auf die Stirn. »Du armes Ding. Ruh dich aus.«

Amber spürte, wie das Laken um ihren Körper herum eingesteckt wurde.

»Ich bin in meinem Schlafzimmer, ganz in der Nähe.«

Sie öffnete die Augen und ergriff Daphnes Arm. »Bitte, geh nicht. Würdest du dich zu mir legen, wie du es bei deiner Schwester tun würdest?«

Amber glaubte, ein leichtes Zögern zu erkennen, bevor Daphne zur anderen Seite des Betts ging und sich neben sie legte.

»Aber sicher doch, Liebling. Ich bleibe da, bis du eingeschlafen bist. Ruh dich nur aus. Ich bin hier, wenn du irgendetwas brauchst.«

Amber lächelte. Sie wusste ganz genau, was sie von Daphne brauchte: alles.

6

Amber blätterte in der Vogue, während sie am Telefon einer mauligen Kundin lauschte, die ihr schon seit einer Ewigkeit mit dem Fünf-Millionen-Dollar-Haus in den Ohren lag, das ihr jemand vor der Nase weggeschnappt hatte. Sie hasste Montage, an denen sie in der Mittagspause die Empfangsdame vertreten musste. Immerhin hatte ihr Chef versprochen, sie ab nächstem Monat davon zu entbinden, wenn die neue Mitarbeiterin anfing.

Kurz nachdem sie nach Bishops Harbor gezogen war, hatte sie als Sekretärin bei Rollins Immobilien angefangen und jede Minute davon gehasst. Fast alle Kunden waren verwöhnte Frauen und arrogante Männer mit einer ins Astronomische übersteigerten Anspruchshaltung. Die Art Leute, die mit ihren teuren Autos nie an Kreuzungen anhalten, weil sie glauben, die Vorfahrt gepachtet zu haben. Sie hatte für sie Meetings organisiert, sie ständig auf dem Laufenden gehalten, Besichtigungs- und Bewertungstermine gemacht. Dennoch hatten sie Amber kaum wahrgenommen. Und obwohl ihr bald aufgefallen war, dass die Kunden sich den Maklern gegenüber wenig besser benahmen, brachte die Unhöflichkeit sie noch immer zur Weißglut.

Ihr erstes Jahr in Bishops Harbor hatte sie genutzt, um Abendkurse im Bereich Handelsimmobilien zu belegen. Noch immer lieh sie sich massenweise Bücher zu diesem Thema aus, verbrachte ihre gesamten Wochenenden mit der Lektüre und las zuweilen derart gierig, dass sie darüber Mittag- oder Abendessen vergaß. Als sie sich gut vorbereitet gefühlt hatte, war sie zum Leiter der Gewerbeabteilung, Mark Jansen, marschiert, um mit ihm über die mögliche Umwidmung eines bestimmten Bebauungsgebiets zu sprechen und über die Chancen, die sich für einige ihrer Klienten daraus ergeben würden. Ambers Expertise und profunde Marktkenntnis hatten ihm den Atem verschlagen, und er war immer öfter an ihren Schreibtisch gekommen, um über Fachfragen zu plaudern. Binnen weniger Monate saß sie in seinem Vorzimmer und arbeitete eng mit ihm zusammen. Mit seinem Beistand und mithilfe ihrer Bücher lernte Amber immer mehr. Und zu ihrem Glück erwies Mark sich als großartiger Chef, ein grundsolider Familienvater, der ihr stets mit Respekt und Liebenswürdigkeit begegnete. Sie war genau dort, wo sie von Anfang an hingewollt hatte. Es hatte sie nur etwas Zeit und Entschlossenheit gekostet – aber daran hatte es ihr nie gemangelt.

Als sie aufblickte, sah sie Jenna, die Empfangsdame, zur Tür hereinkommen, eine zerknitterte McDonald's-Tüte und einen Softdrink in der Hand. Kein Wunder, dass die so fett ist, dachte Amber angewidert. Wie konnte man nur so wenig Selbstbeherrschung haben?

»Hey, Kleine, danke fürs Einspringen. Hat denn alles geklappt?« Wenn sie lächelte, sah Jenna noch mondgesichtiger aus als sonst.

Amber kochte vor Wut. *Kleine?* »Nur so eine Idiotin, die sich aufregt, weil jemand anders ihr Haus gekauft hat.«

»Ach, das war sicher Mrs. Worth. Sie ist so enttäuscht. Sie tut mir wirklich leid.«

»Spar dir die Tränen. Jetzt kann sie ihren Mann volljammern und bekommt dafür das Acht-Millionen-Dollar-Haus.«

»O Amber. Du bist zum Schießen.«

Amber schüttelte nur entgeistert den Kopf und ließ sie stehen.

Am selben Abend lag sie entspannt in der Badewanne und ließ die vergangenen zwei Jahre Revue passieren. Sie hatte ihr früheres Leben hinter sich gelassen – die Reinigungschemikalien, die ihr in Augen und Nase brannten, den Schmutz verdreckter Kleidung an ihren Fingern und den genialen Plan, der leider schiefgelaufen war. Gerade, als sie glaubte, endlich das große Los gezogen zu haben, war ihr alles um die Ohren geflogen. Sie hatte sich schleunigst aus dem Staub machen müssen und nach ihrem Abgang dafür gesorgt, dass niemand auch nur die geringste Spur von ihr finden konnte.

Das Wasser wurde immer kühler. Amber stand auf und warf sich, während sie aus der Wanne stieg, ihren dünnen Frotteebademantel über. Die alte Schulfreundin, der sie nach Connecticut gefolgt war, hatte es nie gegeben. Wenige Tage nach ihrer Ankunft in Bishops Harbor hatte sie allein das winzige möblierte Apartment gemietet. Die einst weißen Wände waren jetzt speckig-beige, und auf dem Boden lag ein altmodischer erbsengrüner Zottelteppich, der wahrscheinlich noch aus den Achtzigern stammte. Das einzige Sitzmöbel war ein labbriges Zweiersofa mit abgewetzten Armlehnen und durchgesessenen Polstern. Davor stand ein öder Plastiktisch. Nicht einmal eine Stehlampe gab es hier – als einzige Lichtquelle diente, spärlich von einem fransigen Schirm bedeckt, eine Glühbirne, die einsam von der niedrigen Decke herabbaumelte. Es war kaum mehr als ein Ort zum Schlafen und um ihre Habseligkeiten zu verstauen, aber schließlich diente das Apartment ja auch nur als Übergangslösung, bis ihr Plan aufgegangen war. Am Ende würde sich alles auszahlen.

Rasch trocknete Amber sich ab, schlüpfte in ihre Pyjamahosen, streifte sich ein Sweatshirt über und setzte sich an den kleinen Schreibtisch vor dem einzigen Fenster der Wohnung. Dann zog sie ihre Unterlagen über Nebraska hervor und ging noch einmal alles durch. Bislang hatte Daphne zwar nur wenig über ihre Kindheit in Nebraska wissen wollen, aber es konnte nie schaden, ihre Kenntnisse aufzufrischen. Nebraska war ihre erste Station gewesen, nachdem sie ihre Heimatstadt in Missouri verlassen hatte, und der Ort, an dem sich ihr Schicksal allmählich zum Guten gewendet hatte. Jede Wette, dass sie mehr über Eustis, Nebraska und den dort festlich begangenen »Wursttag« wusste als selbst der älteste lebende Stadtbewohner. Sie überflog die Seiten, legte dann die Mappe zur Seite und nahm das Buch über den internationalen Immobilienmarkt zur Hand, das sie auf dem Heimweg aus der Bibliothek ausgeliehen hatte. Es war dick genug, um einen guten Türstopper abzugeben, und sie wusste, sie würde so manchen langen Abend und eine Menge Geduld brauchen, um sich hindurchzukämpfen.

Ein Lächeln glitt über ihr Gesicht. Ja, es war klein und eng hier. Doch wie oft hatte sie nachts wachgelegen und von einem eigenen Zimmer geträumt, damals, als sie mit ihren drei Schwestern dicht gedrängt auf dem Dachboden hausen musste, den ihr Vater zu einer Art Schlafbaracke ausgebaut hatte. Wie sehr sie sich auch bemüht hatte, das Zimmer war stets in heillosem Chaos versunken – überall lagen die Kleidungsstücke, Schuhe und Bücher ihrer Schwestern verstreut. Es hatte sie wahnsinnig gemacht. Amber brauchte Ordnung – Disziplin, Struktur und Ordnung. Und jetzt, endlich, war sie Herrin ihrer Welt. Und ihres Schicksals.

7

Am nächsten Sonntag begegnete sie in der Stadtbibliothek zufällig Daphne und ihren Töchtern. Sie blieben kurz stehen, um ein wenig zu plaudern, und Daphne stellte sie Tallulah und Bella vor. Die beiden waren verblüffend unterschiedlich: Tallulah – groß, dürr, bebrillt und wenig attraktiv – machte einen stillen und zurückgezogenen Eindruck. Bella hingegen war ein goldblonder kleiner Wirbelwind, der mit hüpfenden Locken unbändig um die Regale herumtollte. Beide Mädchen begrüßten sie höflich, wenn auch wenig interessiert, blätterten dann aber weiter in ihren Büchern, während die Frauen sich unterhielten. Daphne wirkte seltsam bedrückt.

»Ist alles in Ordnung?«, erkundigte Amber sich und legte ihr sanft die Hand auf den Arm.

Daphne stiegen Tränen in die Augen. »Nur ein paar Erinnerungen, die ich heute einfach nicht loswerde. Das ist alles.«

Amber horchte auf. »Erinnerungen?«

»Morgen ist Julies Geburtstag. Ich muss einfach immerzu an sie denken.« Daphne ließ ihre Finger durch Bellas Locken gleiten, und das Kind sah lächelnd zu ihr auf.

»Morgen? Am einundzwanzigsten?«, erwiderte Amber.

»Ja, morgen.«

»Nicht zu fassen. Morgen ist auch Charlenes Geburtstag!« Im Stillen haderte sie bereits mit sich, fürchtete, es nun endgültig übertrieben zu haben, doch ein Blick in Daphnes Gesicht verriet ihr, dass sie ins Schwarze getroffen hatte.

»O mein Gott, Amber. Das ist ja unglaublich. Langsam glaube ich wirklich, der Himmel hat uns zusammengeführt.«

»Es scheint tatsächlich, als wären wir füreinander bestimmt!«, sagte Amber und fügte nach einer kurzen Pause hinzu: »Wir sollten morgen gemeinsam etwas unternehmen, um unsere Schwestern zu feiern, uns an all das Gute zu erinnern und uns ja nicht von der Trauer unterkriegen zu lassen. Wie wär's, wenn ich uns ein paar Sandwiches einpacke und wir bei mir im Büro zu Mittag essen? Neben dem Haus, in der Nähe des Bachs, gibt es einen kleinen Picknickplatz mit einer Bank.«

»Tolle Idee.« Daphnes Miene hellte sich auf. »Aber du musst dir wirklich nicht die Mühe machen und Brote schmieren. Ich hol dich einfach im Büro ab, und wir gehen zum Lunch in den Country Club. Hättest du Lust?«

Das war genau der Vorschlag, auf den Amber gehofft hatte, aber sie durfte nicht zu begierig erscheinen. »Bist du sicher? Es macht mir wirklich keine Umstände. Ich mache mir jeden Tag ein paar Sandwiches.«

»Aber natürlich bin ich sicher. Wann soll ich dich denn abholen?«

»Normalerweise komme ich so gegen halb eins raus.«

»Perfekt. Bis dann«, sagte Daphne und packte den Bücherstapel auf ihrem Arm noch fester. »Wir machen eine fröhliche Feier draus.«

Am Montagmorgen kleidete Amber sich mit Bedacht. Sie musterte sich ein letztes Mal im Spiegel – ein weißes T-Shirt mit U-Bootausschnitt und ihre einzige dunkelblaue Hose. Erst hatte sie ihre klobigen Sandalen anziehen wollen, sich dann aber für weiße Keds-Slipper entschieden. An den Ohren trug sie unechte Perlenstecker und an der rechten Hand einen dezenten, mit einem kleinen Saphir versehenen Goldring. Ihr Haar war mit ihrem üblichen Stirnreif zurückgesteckt, ihr einziges Make-up ein leicht getönter Lippenbalsam. Zufrieden mit ihrem demütigen, aber dennoch nicht allzu altbackenen Aussehen schnappte sie sich ihre Schlüssel und fuhr zur Arbeit.

Bis zehn hatte Amber mindestens schon fünfzig Mal auf die Uhr gesehen. Die Minuten zogen sich wie Kaugummi, als sie versuchte, sich auf den Vertrag für das neue Einkaufszentrum zu konzentrieren, der vor ihr auf dem Tisch lag. Sie ging die letzten vier Seiten noch einmal durch und machte sich penibel Notizen. Seit sie einmal einen Fehler entdeckt hatte, der der Firma eine ganze Stange Geld gekostet hätte, unterschrieb ihr Boss Mark nichts mehr, ohne dass Amber es gegengelesen hatte.

Eigentlich wäre Amber heute mit Telefondienst an der Reihe, doch Jenna hatte sich bereit erklärt, dazubleiben, damit sie Pause machen konnte.

»Mit wem gehst du denn essen?«, erkundigte Jenna sich.

»Du kennst sie bestimmt nicht. Daphne Parrish«, antwortete Amber wichtigtuerisch.

»Oh, Mrs. Parrish. Ich bin ihr mal begegnet. Vor ein paar Jahren, mit ihrer Mutter. Sie sind zusammen hier aufgekreuzt, weil ihre Mutter herziehen wollte, um näher bei ihrer Tochter zu sein, und haben sich jede Menge Häuser angesehen. Aber dann ist sie doch in New Hampshire geblieben. War 'ne echt nette Dame.«

Amber spitzte die Ohren. »Ach, wirklich? Wie hieß sie denn? Kannst du dich noch erinnern?«

»Lass mich überlegen.« Jennas Blick wanderte zur Decke. »Ich hab's. Ihr Name war Ruth Bennett. Sie ist Witwe.«

»Lebt sie allein?«, wollte Amber wissen.

»Mehr oder weniger. Sie hat eine Pension in New Hampshire, also ist sie eigentlich nicht allein, oder? Andererseits sind die Leute ja Fremde, was bedeuten würde, dass sie doch irgendwie allein lebt. Vielleicht könnte man sagen, sie lebt halb allein, oder eben nur abends, wenn sie alleine schlafen geht«, plapperte Jenna vor sich hin. »Vor ihrer Abreise hat sie noch 'nen riesigen Geschenkkorb mit Süßigkeiten vorbeigebracht, um mir dafür zu danken, dass ich so freundlich war. War echt nett von ihr.

Aber auch irgendwie traurig. Ich hatte den Eindruck, sie wäre wirklich gern hergezogen.«

»Und wieso hat sie es nicht getan?«

»Keine Ahnung. Vielleicht wollte Mrs. Parrish sie nicht in der Nähe haben.«

»Hat sie das denn gesagt?«, bohrte Amber nach.

»Nicht direkt. Sie schien nur nicht sonderlich begeistert davon, ihre Mutter so nah bei sich zu haben. Ich glaube, sie braucht ihre Mutter einfach nicht. Du weißt ja, sie hat ihre ganzen Kindermädchen und so. Als ihre ältere Tochter noch ein Baby war, hat eine meiner Freundinnen bei ihr als Nanny gearbeitet.«

Amber hatte das Gefühl, auf eine Goldgrube gestoßen zu sein. »Wirklich? Wie lange war sie denn bei ihnen?«

»Ein paar Jahre, glaube ich.«

»Seid ihr gut befreundet?«

»Sally und ich? Klar, wir kennen uns schon ewig.«

»Na, da hat sie ja bestimmt einiges zu erzählen«, kommentierte Amber.

»Was meinst du damit?«

Das ist doch wohl nicht dein Ernst, Mädel? »Na, du weißt schon, Geschichten über die Familie, wie die so sind, was sie zu Hause machen – all so was.«

»Klar, kann schon sein. Aber mich hat das nie interessiert. Wir haben immer über andere Sachen geredet.«

»Vielleicht können wir drei ja mal was essen gehen?«

»Ja, das wäre sicher lustig.«

»Wieso fragst du sie nicht einfach? Wie hieß sie noch mal?«, erkundigte sich Amber.

»Sally. Sally McAteer.«

»Und sie wohnt in Bishops Harbor?«

»Ja, gleich bei mir nebenan, ich sehe sie andauernd. Wir sind zusammen großgeworden. Ich frag sie wegen des Essens. Wird bestimmt ein Riesenspaß. Wir drei – wie die drei Musketiere.«

Dann stapfte Jenna zurück an ihren Schreibtisch, und Amber machte sich wieder an die Arbeit.

Sie nahm den Vertrag und legte ihn in Marks leerem Büro auf den Tisch, damit sie die strittigen Punkte heute Nachmittag besprechen könnten, wenn er von seinem Termin in Norwalk zurück war. Dann linste sie auf die Uhr und sah, dass sie noch zwanzig Minuten hatte, um ihre restlichen Aufgaben zu erledigen und sich etwas frisch zu machen, bevor Daphne eintreffen würde. Sie rief zwei Kunden zurück, heftete einige lose Unterlagen ab und ging dann auf die Toilette, um sich das Haar zu machen. Zufrieden marschierte sie in die Lobby, um Ausschau nach Daphnes Range Rover zu halten.

Der Wagen fuhr auf die Minute genau vor. Amber wusste Pünktlichkeit zu schätzen. Als sie die Glastür aufstieß und herauslief, ließ Daphne die Scheibe herunter und trällerte ihr ein gut gelauntes »Hallo« entgegen. Amber lief zur Beifahrerseite hinüber, öffnete die Tür und glitt ins kühle Innere des Wagens.

»Wie schön, dich zu sehen«, sagte sie mit gespielter Begeisterung.

Daphne sah lächelnd zu ihr hinüber, bevor sie den ersten Gang einlegte. »Hierauf habe ich mich schon den ganzen Morgen gefreut. Ich konnte es kaum erwarten, von meiner Gartenclub-Versammlung wegzukommen. Das wird mir unglaublich helfen, den Tag zu überstehen.«

»Hoffentlich«, sagte Amber mit matter Stimme.

Schweigend fuhren sie die nächsten paar Häuserblocks entlang, und Amber lehnte sich in die weichen Ledersitze. Dann wandte sie den Kopf leicht in Daphnes Richtung und musterte ihre Garderobe – eine weiße Leinenhose, dazu ein ärmelloses weißes Leinentop mit einem breiten dunkelblauen Streifen am unteren Bund. An den Ohren hatte sie kleine goldene Kreolen und am Arm, gleich neben ihrer Uhr, ein schlichtes Goldarmband. Und ihren Ring, natürlich, diesen Eisberg von Diamanten, an dem selbst die *Titanic* zerschellt wäre. Schlanke, dezent gebräunte Arme. Alles an ihr strahlte Fitness und Gesundheit aus – und Reichtum, selbstverständlich.

Als sie in die Einfahrt des Tidewater Country Club bogen, sog Amber die Umgebung begierig in sich auf: die sanft gewundene Straße, den millimetergenau gestutzten Rasen auf beiden Seiten – kein Unkraut weit und breit –, die blendend weiße Kleidung der Spieler auf den Tennisplätzen, die Swimmingpools in der Ferne und das imposante Gebäude, das nun majestätisch vor ihnen aufragte. Es war sogar noch prächtiger, als sie erwartet hatte. Über eine kreisförmige Auffahrt gelangten sie zum Haupteingang, wo sie von einem jungen Burschen in dunklen Khakihosen und grünem Polohemd, einer Art zwanglosen Uniform, begrüßt wurden. Auf dem Kopf trug er ein weißes Sonnenvisier mit dem in Grün geprägten Tidewater-Emblem.

»Guten Tag, Mrs. Parrish«, sagte er, während er ihr galant die Tür öffnete.

»Hallo, Danny«, erwiderte Daphne und reichte ihm den Autoschlüssel. »Wir bleiben nur zum Lunch.«

Danny trat um den Wagen herum, um auch Amber die Tür aufzumachen, doch da war sie bereits ausgestiegen.

»Guten Appetit«, wünschte er und stieg auf der Fahrerseite ein.

»So ein netter junger Mann«, sagte Daphne, als sie und Amber die breite Treppe des Hauptgebäudes hochgingen. »Seine Mutter hat früher für Jackson gearbeitet, ist aber leider schwer erkrankt. Danny kümmert sich um sie und verdient hier noch sein Geld fürs College.«

Amber hätte gern gewusst, was Danny wohl davon hielt, wenn in diesem Club mit Geld nur so um sich geworfen wurde, während er seine kranke Mutter pflegen und hier schuften musste, um über die Runden zu kommen. Aber sie biss sich auf die Zunge.

Daphne schlug vor, auf der Terrasse zu essen, und als der Oberkellner sie zu ihrem Tisch führte, sog Amber die frische Seeluft ein, die sie so sehr liebte. Sie bekamen einen Tisch mit Blick auf den Jachthafen, wo Sportboote jedweder Bauart und Größe an drei langen Piers in den Wellen auf und nieder dümpelten.

»Wow, es ist wunderschön hier«, schwärmte Amber.

»Ja, das ist es. Ein passendes Ambiente, um uns an all die wunderbaren Dinge zu erinnern, die wir mit Charlene und Julie erlebt haben.«

»Meine Schwester hätte diesen Ort geliebt«, sagte Amber, und das war nicht einmal gelogen. Keine ihrer kerngesunden Schwestern hätte sich einen Ort wie diesen auch nur vorstellen können. Sie riss ihren Blick vom Wasser los und wandte sich an Daphne. »Du kommst mit deiner Familie sicher oft hierher.«

»Klar. Jackson verschwindet natürlich immer gleich auf den Golfplatz. Und Tallulah und Bella nehmen Unterricht in allem Möglichen – Segeln, Schwimmen, Tennis. Die beiden sind richtige kleine Sportskanonen.«

Amber fragte sich, wie es wohl war, in dieser Welt aufzuwachsen – einer Welt, in der es von klein auf selbstverständlich war, alles zu besitzen oder zu bekommen, was das Leben an Gutem und Schönem zu bieten hatte. Wo man praktisch von Geburt an mit den richtigen Leuten befreundet war und die besten Schulen besuchte. Eine Welt, die Außenstehende mit aller Macht fernhielt. Eine Mischung aus Kummer und Neid ergriff sie.

Der Kellner brachte ihnen zwei hohe Gläser Eistee und nahm ihre Bestellung entgegen – einen kleinen Salat für Daphne und Gelbflossen-Thunfisch für Amber.

»Und jetzt«, sagte Daphne, während sie auf ihr Essen warteten, »erzähl mir eine schöne Erinnerung an deine Schwester.«

»Nun, als sie erst ein paar Monate alt war, gingen meine Mutter und ich mit ihr spazieren. Ich muss zehn gewesen sein. Es war ein wunderschöner sonniger Tag, und meine Mutter ließ mich den Kinderwagen schieben. Natürlich lief sie genau neben mir, für den Fall, dass etwas passierte.« Amber fand sich allmählich in die Geschichte ein und schmückte sie beim Erzählen immer weiter aus. »Aber ich weiß noch, wie erwachsen ich mich fühlte und wie stolz, diese neue kleine Schwester zu haben. Sie war so bezaubernd mit ihren blauen Augen und blonden Löckchen. Einfach bildhübsch. Und von diesem Tag an hatte ich irgendwie das Gefühl, dass sie auch mein kleines Mädchen war.«

»Das ist ja so reizend, Amber.«

»Und was ist mit dir? Woran denkst du gerne?«

»Julie und ich waren nur zwei Jahre auseinander, weshalb ich mich kaum an die Zeit erinnern kann, als sie noch ein Baby war. Aber später dann, da war sie so mutig. Trug stets ein Lächeln auf ihrem hübschen Gesicht. Beschwerte sich nie. Sie hat immer gesagt, dass, wenn schon jemand Mukoviszidose habe musste, sie froh sei, dass es sie getroffen habe, weil dann wenigstens kein anderes Kind leiden müsse.« Daphne hielt inne und blickte hinaus aufs Wasser. »Sie hatte nicht einen einzigen Funken Bosheit in sich. Julie war der beste Mensch, den ich je gekannt habe.«

Amber rutschte unruhig auf dem Stuhl herum. Ein seltsames Unbehagen überkam sie, ein Gefühl, das sie nicht richtig einordnen konnte.

Daphne fuhr fort. »Woran ich nur ungern zurückdenke, sind die ganzen Medikamente, die sie nehmen musste. Furchtbar, was sie durchgemacht hat.« Sie schüttelte den Kopf. »Jeden Morgen sind wir zusammen aufgestanden, und ich habe mit ihr geredet, während sie ihre Weste trug.«

»Das Vibrationsgerät.« Amber erinnerte sich, etwas über eine

Weste gelesen zu haben, die vibrierte, um den Schleim aus der Lunge zu lösen.

»All diese Dinge wurden Teil unseres Alltags – die Weste, der Vernebler, der Inhalator. Sie verbrachte über zwei Stunden täglich damit, gegen die Symptome der Krankheit anzukämpfen. Julie hat wirklich geglaubt, sie würde eines Tages aufs College gehen, heiraten, Kinder bekommen. Sie sagte immer, dass sie sich so sehr mit ihren Therapien und Übungen abmühe, weil ihr das eine Zukunft bescheren würde. Bis ganz zum Schluss hat sie daran geglaubt«, sagte Daphne, während ihr eine einsame Träne die Wange hinabrann. »Ich würde alles dafür geben, sie zurückzubekommen.«

»Ich weiß«, flüsterte Amber. »Vielleicht haben uns die Seelen unserer Schwestern ja irgendwie zusammengebracht. Man könnte fast meinen, sie wären hier bei uns.«

Daphne blinzelte, um die Tränen in Schach zu halten. »Das gefällt mir.«

Während des gesamten Essens schwelgten sie in Erinnerungen – Daphnes wahren und Ambers erfundenen –, und als der Kellner ihre Teller abräumte, kam Amber ein genialer Gedanke. »Wir feiern heute zwei Geburtstage. Würden Sie uns bitte ein Stück Schokoladenkuchen mit zwei Gabeln bringen?«

Er kam mit einem mit zwei Kerzen verzierten Kuchen zurück und verkündete in feierlichem Tonfall: »Alles Gute zum Geburtstag Ihnen beiden.«

Daphne warf Amber einen liebevollen Blick zu, einen Blick voller Wärme und Dankbarkeit.

Ihr Lunch dauerte etwas über eine Stunde, aber Amber hatte keine Eile – Mark würde nicht vor drei zurück im Büro sein, und sie hatte Jenna gesagt, dass sie sich vielleicht etwas verspäten würde.

»Nun«, sagte Daphne, als sie mit dem Kaffee fertig waren. »Dann bringe ich dich besser rasch zurück zur Arbeit. Ich möchte nicht, dass du meinetwegen Ärger mit deinem Boss bekommst.«

Amber sah sich nach dem Kellner um. »Sollten wir nicht noch bezahlen?«

»Keine Sorge«, winkte Daphne ab. »Sie setzen es einfach auf unsere Rechnung.«

Aber gewiss doch, ging es Amber durch den Kopf. Je mehr Geld man besaß, desto weniger musste man sich an dem schnöden Zeug die Hände dreckig machen.

Am Maklerbüro angekommen, legte Daphne den Leerlauf ein und wandte sich an Amber. »Ich habe das heute wirklich genossen. Ich wusste schon gar nicht mehr, wie es ist, mit jemandem zu reden, der einen wirklich versteht.«

»Ich fand es auch toll, Daphne. Das hat mir sehr geholfen.«

»Falls du Freitagabend noch nichts vorhast, hättest du vielleicht Lust, bei uns zu Abend zu essen?«

»Klar, sehr gerne sogar.« Amber konnte kaum fassen, wie rasch Daphne Vertrauen zu ihr fasste.

»Wunderbar«, gab Daphne zurück. »Bis Freitag dann. So gegen sechs?«

»Perfekt. Bis dann. Und danke noch mal für alles.« Als Amber dem Wagen hinterhersah, fühlte sie sich, als hätte sie gerade im Lotto gewonnen.

8

Am Tag nach ihrem Lunch mit Daphne besuchte Amber im Fitnessstudio den Zumba-Kurs. Bunny stand direkt vor ihr, stolperte ungelenk herum und mühte sich vergebens, mit den Anweisungen des Trainers Schritt zu halten. Was für ein Trampel, lachte Amber in sich hinein. Als der Kurs zu Ende war, ließ sie sich mit dem Anziehen Zeit und trödelte eine Weile in der Nähe von Bunnys Schließfach herum, wo diese vor ihren versammelten Speichelleckerinnen gerade ihre neuesten Pläne ausbreitete.

»Und wo triffst du ihn?«, wollte eine von ihnen wissen.

»Happy Hour im Blue Pheasant. Aber denkt dran, ich bin heute Abend mit euch Mädels unterwegs, falls eure Männer fragen.«

»Im Blue Pheasant? Aber da geht doch jeder hin. Was ist, wenn dich jemand sieht?«

»Dann sag ich einfach, er wäre einer meiner Klienten. Schließlich hab ich ja noch meine Maklerlizenz.«

Amber vernahm wildes Gekicher.

»Was ist denn, Lydia?«, fuhr Bunny ihr Gegenüber an.

»Ich wüsste nicht, dass du seit deiner Heirat mit March viel damit angestellt hättest.«

Sie entsann sich, dass March Nichols über hundert Millionen Dollar schwer war – und aussah wie Methusalem persönlich. Amber konnte verstehen, wieso Bunny sich anderweitig nach Sex umsah.

»Wir werden sowieso nicht lange da sein. Ich hab uns ein Zimmer im Piedmont gebucht, direkt gegenüber.«

»Wie ungezogen! Unter welchem Namen hast du's denn reserviert? Mrs. Robinson?«

Woraufhin die ganze Meute in unbändiges Gelächter ausbrach.

Alter Ehemann, junger Liebhaber – es lag schon etwas Poetisches darin. Aber Amber hatte nun, was sie brauchte, sprang rasch unter die Dusche und hetzte dann zurück ins Büro, eine schlüssige Ausrede zur Hand, die ihr langes Fernbleiben erklärte.

Abends fand sie sich früh in der Bar ein und setzte sich mit ihrem Buch und einem Glas Wein an einen der hinteren Tische. Als es langsam voller wurde, versuchte sie herauszufinden, wer von den Männern es wohl sein könnte. Sie hatte sich gerade für den süßen Blonden in Bluejeans entschieden, als McDreamy zur Tür herein spaziert kam. Mit seinem pechschwarzen Haar und den stahlblauen Augen hätte er glatt als Patrick-Dempsey-Doppelgänger durchgehen können. Ockerfarbenes Kaschmirjackett, den schwarzen Seidenschal mit demonstrativer Nachlässigkeit um den Hals geworfen. Er bestellte sich ein Bier und nahm einen Zug aus der Flasche. Dann erschien auch Bunny in der Tür, durchkämmte mit ihrem Laserblick den Raum und eilte an die Theke, wo sie ihn innig umarmte. Sie standen so nah beieinander, dass nicht einmal eine Streichholzschachtel zwischen ihnen Platz gehabt hätte. Offensichtlich waren sie bis über beide Ohren verschossen. Sie leerten ihre Drinks und bestellten eine weitere Runde. McDreamy schlang seinen Arm um Bunnys Hüfte und zog sie noch näher zu sich heran, und Bunny presste ihre Lippen auf seine. In diesem Augenblick hob Amber ihr iPhone, stellte es auf stumm und hielt das verzückte Liebesspiel in einer Reihe gestochen scharfer Bilder fest. Dann ließen die beiden gerade lange genug voneinander ab, um schnell die zweite Runde hinunterzustürzen, und verließen Arm in Arm die Bar.

Was sollten sie auch länger ihre Zeit hier verschwenden, wo doch das Hotel gegenüber lockte.

Amber trank aus und scrollte durch die Bilder. Auf dem Weg zu ihrem Wagen kicherte sie noch immer. Der gute alte March würde morgen ein paar ziemlich erhellende Fotos zu sehen bekommen. Und Bunny? Nun, Bunny würde sicher viel zu beschäftigt sein, um ihre Aufgaben als Daphnes Stellvertreterin weiter wahrnehmen zu können.

9

Amber hatte die Tage bis Freitag gezählt. Endlich würde sie Jackson kennenlernen, und sie konnte es kaum erwarten. Als sie schließlich auf die Klingel drückte, platzte sie fast vor Vorfreude. Daphne begrüßte sie mit einem strahlenden Lächeln und gab ihr die Hand. »Herzlich willkommen, Amber. Wie schön, dass du da bist. Komm doch bitte rein.«

»Danke, Daphne. Ich habe mich schon die ganze Woche darauf gefreut«, erwiderte Amber, während sie in den geräumigen Flur traten.

»Lass uns vor dem Essen doch noch auf einen Drink in den Wintergarten gehen«, meinte Daphne, und Amber folgte ihr in den verglasten Raum.

»Was hättest du denn gern?«

»Hmm, vielleicht ein Gläschen Rotwein«, antwortete Amber schüchtern und blickte sich um. Jackson war nirgends zu entdecken.

»Ist Pinot noir in Ordnung?«

»Perfekt«, entgegnete Amber und fragte sich, wo zum Teufel er steckte.

Daphne reichte ihr ein Glas und sagte, als hätte sie ihre Gedanken gelesen: »Jackson musste heute länger im Büro bleiben, also wird es wohl ein Mädelsabend werden – nur du, ich, Tallulah und Bella.«

Ambers Hochgefühl verpuffte schlagartig. Jetzt würde sie sich den ganzen Abend das nervtötende Geplapper der Bälger anhören müssen.

In dem Augenblick preschte auch schon Bella herein.
»Mommy, Mommy«, heulte sie und vergrub ihren Kopf in
Daphnes Schoß. »Tallulah will mir nicht aus *Angelina Ballerina*
vorlesen.«

Tallulah kam missmutig hinterhergetrottet. »Mom, ich versuche nur, ihr beim Lesen zu helfen, aber sie will ja nicht hören«,
sagte sie und klang dabei wie eine zu klein geratene Erwachsene.
»In ihrem Alter habe ich schon viel schwierigere Bücher gelesen.«

»Kein Streit heute Abend, Mädchen«, beschwichtigte Daphne
und fuhr Bella zärtlich durch die Locken. »Tallulah wollte dir
doch nur helfen, Bella.«

»Aber sie weiß ganz genau, dass ich es nicht kann«, jammerte
Bella mit erstickter Stimme, das Gesicht noch immer in Daphnes Schoß.

Daphne streichelte ihr den Kopf. »Alles gut, mein Liebling.
Mach dir keine Sorgen, du wirst es auch lernen.«

»Auf geht's, meine Damen«, sagte sie dann in die Runde.
»Lasst uns raus auf die Terrasse gehen und lecker zu Abend essen. Margarita hat als Vorspeise ihr berühmte Guacamole gemacht.«

Der Sommer näherte sich dem Ende, und es wehte bereits
eine frische Brise – eine leise Ahnung des Herbstes, der bald
Einzug halten würde. Selbst ein zwangloses Abendessen auf
Daphnes Terrasse war absolut stilvoll und von ausgemachter
Raffinesse. Hellrote dreieckige Teller auf dunkelblauen Tisch-
sets, blau-weiß karierte Servietten in silbernen, mit filigranen
Segelbooten verzierten Ringen. Amber fiel auf, wie penibel und
vollkommen symmetrisch jeder Platz gedeckt war. Es erinnerte
sie an diese englischen Filme, die in Adelshäusern spielten und
wo das Personal jedes Besteckteil auf dem Tisch tatsächlich mit
dem Maßband ausmaß. Konnte sich diese Frau nie einfach mal
entspannen?

»Amber, wieso setzt du nicht dorthin?«, meinte Daphne und wies auf einen Platz mit Seeblick. Die Aussicht war natürlich umwerfend – ein samtig glänzender Zierrasen, der sanft zum feinen Sandstrand abfiel, dahinter das tiefe Blau des Wassers. Einige Meter vom Ufer entfernt im Sand zählte sie fünf hölzerne Gartensessel. Wie malerisch und einladend es hier aussah.

Bella schielte Amber über den Tisch hinweg an. »Bist du verheiratet?«

Amber schüttelte den Kopf. »Nein, bin ich nicht.«

Bella ließ nicht locker. »Und warum nicht?«

»Aber, Liebling, so etwas fragt man nicht. Das ist zu persönlich«, rügte Daphne lachend und sah Amber an. »Entschuldige bitte.«

»Nein, ist schon okay.« Dann wandte Amber sich an Bella. »Ich schätze, ich habe den Richtigen noch nicht gefunden.«

»Wer ist denn *der Richtige*?«

»Das ist nur so eine Redensart, Dummerchen. Sie meint damit, dass sie den richtigen Mann zum Heiraten noch nicht kennengelernt hat«, dozierte Tallulah.

»Hmm. Vielleicht liegt's auch daran, dass sie ein bisschen hässlich ist.«

»Bella! Du bittest Amber auf der Stelle um Entschuldigung.« Daphnes Gesicht war hellrosa angelaufen.

»Warum denn? Es stimmt doch, oder?«, beharrte Bella.

»Selbst wenn es stimmt, ist es sehr, sehr unhöflich«, kommentierte Tallulah belehrend.

Amber senkte den Blick und bemühte sich, getroffen und verletzt zu wirken, sagte aber kein Wort.

Daphne fuhr hoch. »Jetzt reicht's aber. Ihr beide geht sofort in die Küche und esst dort zu Ende. Da könnt ihr euch in Ruhe überlegen, wie man sich anständig unterhält.« Sie läutete nach Margarita und schickte die maulenden Mädchen fort. Anschließen kam sie zu Amber herüber und legte ihr die Hand auf die

Schulter. »Es tut mir furchtbar leid. Ich schäme mich so sehr. Ihr Benehmen war wirklich unmöglich.«

»Du musst dich nicht entschuldigen. So sind Kinder nun mal. Sie denken sich nichts dabei.« Der beruhigende Gedanke, dass sie den Rest des Abends ohne die verdammten Gören verbringen durfte, entlockte ihr ein Lächeln.

Sie plauderten über dies und das und genossen dabei ein köstliches Abendessen – Quinoapfanne mit Garnelen, dazu ein Spinatsalat –, wobei Amber jedoch auffiel, dass Daphne ihre Scampi kaum anrührte und auch nur wenig mehr vom Salat aß. Amber putzte ihren Teller bis auf den letzten Happen leer, um ja keinen Bissen des teuren Essens verkommen zu lassen.

Langsam wurde es kühl, und Amber war erleichtert, als Daphne vorschlug, zum Kaffee doch in den Wintergarten überzusiedeln. Sie folgte ihr hinüber in den gemütlich eingerichteten, ganz in Gelb und Blau gehaltenen Raum. Amber blieb vor einem Bücherregal stehen, neugierig, was Daphne wohl gerne las. Die Reihen bargen eine beeindruckende Sammlung von Klassikern, alphabetisch nach Autoren sortiert – von Edward Albee bis hin zu Virginia Woolf. Daphne konnte sie unmöglich alle gelesen haben.

»Magst du Bücher, Amber?«

»Sehr sogar. Aber ich muss gestehen, dass ich die meisten von denen hier nicht gelesen habe. Mir sind zeitgenössische Autoren lieber. Hast du die denn wirklich alle gelesen?«

»Nun, viele davon. Jackson diskutiert gern über Weltliteratur. Wir sind aber erst bei H angekommen. Im Moment besprechen wir die *Odyssee* von Homer. Nicht gerade leichte Kost«, gestand sie lachend.

Eine herrliche Porzellanschildkröte, blau wie das Meer, fiel Amber ins Auge, und sie nahm sie in die Hand. An anderen Orten im Haus hatte sie bereits ähnliche entdeckt, eine kunstvoller und filigraner als die andere. Sie ahnte, wie kostbar die

Figürchen sein mussten, und hätte sie am liebsten allesamt zu Boden gefegt und dort zertreten. Da rackerte sie sich jeden Monat ab, um ihre Miete zu zahlen, und Daphne konnte Unsummen für ihre dämliche Schildkrötensammlung rauswerfen.

»Das war wirklich schön. Noch Mal vielen Dank für die Einladung.«

»Ganz meinerseits. Ich finde es immer toll, mal mit einem Erwachsenen zu reden.«

»Arbeitet dein Mann denn immer so lange?«, wollte Amber wissen.

Daphne zuckte mit den Achseln. »Das ist ganz unterschiedlich. Meistens ist er zum Dinner zu Hause. Das Abendessen mit der Familie ist ihm sehr wichtig. Aber im Moment arbeitet er an einem großen Grundstücksdeal in Kalifornien, und wegen der Zeitverschiebung lässt sich das manchmal nicht vermeiden.«

Amber griff nach der Kaffeetasse vor sich. Plötzlich glitt sie ihr aus den Fingern. »Oh, das tut mir aber –«

Der entsetzte Blick auf Daphnes Gesicht ließ sie stocken.

Daphne sprang vom Stuhl, stürzte aus dem Zimmer und kehrte wenige Minuten später mit einem weißen Handtuch und einer Schüssel zurück, in der sich irgendeine Speziallösung befand. Dann kniete sie sich auf den Teppich, betupfte den Fleck mit der Tinktur und begann, mit dem Handtuch hektisch daran herumzureiben.

»Kann ich irgendwie helfen?«, fragte Amber.

»Nein, nein«, keuchte Daphne ohne aufzublicken. »Ich hab's gleich. Ich will den Fleck nur rasch rauswaschen, bevor er einziehen kann.«

Hilflos sah Amber zu, wie Daphne den Teppich bearbeitete, so panisch, als würde ihr Leben davon abhängen. Hatte sie nicht genau für solche Fälle ihre Angestellten? Amber saß da und kam sich wie ein Idiot vor, während Daphne weiter wie besessen schrubbte. Zu ihrem schlechten Gewissen gesellte sich allmäh-

58

lich ein Gefühl der Verärgerung. Okay, sie hatte etwas verschüttet. Na und? Wenigstens hatte *sie* niemanden als hässlich bezeichnet.

Bald stand Daphne auf, warf einen letzten Blick auf den frisch gesäuberten Teppich und zuckte verlegen mit den Achseln. »Mein Gott, jetzt aber. Darf ich dir eine neue Tasse bringen?« Das konnte doch wohl nicht ihr Ernst sein? »Nein, danke. Ist schon okay. Ich sollte mich sowieso auf den Weg machen. Es ist schon spät.«

»Bist du sicher? Du musst wirklich noch nicht gehen.«

Eigentlich hatte Amber noch eine Weile bleiben, ihr Spiel noch ein wenig weiter treiben wollen, aber nun konnte sie für nichts mehr garantieren, befürchtete, man könne ihr den Ärger anmerken. Zudem stand auch Daphne noch immer sichtlich unter Strom. Was für ein Sauberkeitsfreak. Sobald Amber verschwunden war, würde sie den Teppich wahrscheinlich mit einer Lupe untersuchen.

»Ganz sicher. Aber es war ein fantastischer Abend. Und danke für das herrliche Essen. Wir sehen uns dann nächste Woche beim Stiftungstreffen.«

»Fahr vorsichtig«, rief Daphne ihr noch hinterher, während sie die Tür schloss.

Amber warf einen Blick auf ihr Handy. Wenn sie sich sputete, schaffte sie es noch rechtzeitig zur Bibliothek, um sich die *Odyssee* auszuleihen.

10

Heute würde Amber ihrer dritten Stiftungssitzung beiwohnen, und die letzte Phase der Operation »Bye-bye Bunny« konnte beginnen. Sie trug einen Wickelpulli von Loft, dazu ihre beste schwarze Stoffhose. Ihr graute vor den anderen Frauen, ihren abschätzigen Blicken und der gekünstelten Freundlichkeit ihres Smalltalks. Sie wusste, dass sie nicht dazugehörte, und es brachte sie zur Weißglut, wie sehr sie das noch immer kränkte. Sie nahm einen tiefen, befreienden Atemzug und rief sich ins Gedächtnis, dass sie nur Daphne gefallen musste, niemandem sonst. Mit einem gequälten Lächeln drückte sie die Klingel.

Die Haushälterin erschien in der Tür, heute sogar in Uniform. »Misses wird in Kürze bei Ihnen sein. Sie hat Ihnen im Wintergarten etwas zum Lesen bereitgelegt, das Sie sich beim Warten anschauen sollen.«

Amber begrüßte sie freundlich. »Vielen Dank, Margarita. Ach, und was ich dich schon lange fragen wollte: Die Guacamole, die du uns neulich Abend serviert hast, war einfach göttlich – die beste, die ich je gegessen habe. Was ist denn dein Geheimrezept?«

»Oh, vielen Dank«, sagte Margarita. »Versprechen Sie, es niemandem zu verraten?«

Amber nickte.

Daraufhin flüsterte die Haushälterin verschwörerisch: »Kumin.«

In Wahrheit hatte Amber die grüne Pampe überhaupt nicht probiert – sie hasste Avocados –, aber jede Frau hält ihre eigenen

Rezepte für absolut einzigartig, und es war ein denkbar einfacher Weg, sich bei anderen beliebt zu machen.

Im Zimmer war ein Frühstücksbüffet hergerichtet: Muffins, Obst und warme Getränke. Sie schnappte sich eine Tasse und füllte sie randvoll mit Kaffee. Als Daphne kurze Zeit später hereinkam, makellos wie immer, hatte sie längst die Tagesordnung durchgearbeitet. Amber stand auf und umarmte sie. Dann hielt sie den Zettel hoch, legte die Stirn in Falten und deutete auf Punkt eins. »Wahl einer neuen Stellvertretenden Vorsitzenden? Was ist denn mit Bunny?«

Seufzend schüttelte Daphne den Kopf. »Vor ein paar Tagen hat sie angerufen. Eine dringende Familienangelegenheit. Sie meinte, sie müsse rasch die Stadt verlassen, um sich um einen kranken Onkel zu kümmern.«

Amber setzte eine fassungslose Miene auf. »O nein, wie schade. Sollte sie bis heute nicht die gesamte Orga für die Stille Auktion abgeschlossen haben?« Das war eine große Aufgabe, die jede Menge Organisationstalent und Detailgenauigkeit erforderte. Zwar waren alle Auktionsgüter beschafft, aber Amber war sicher, dass Bunny noch einiges im Argen belassen hatte – kaum verwunderlich, wenn man bedachte, dass vor einer Woche ihre ganze Welt zusammengebrochen war.

»Ja, das sollte sie. Leider hat sie mir erst gestern mitgeteilt, dass sie noch nicht alles fertig hat. Jetzt stecken wir wirklich im Schlamassel. Ich traue mich kaum, jemanden zu bitten, für sie einzuspringen und es wieder hinzubiegen. Diejenige müsste praktisch rund um die Uhr arbeiten, um alles noch rechtzeitig zu schaffen.«

»Ich weiß, dass ich hier die Neue bin, aber ich habe so was schon mal gemacht. Ich würde das gern übernehmen.« Verschämt musterte sie ihre Fingernägel und sah dann wieder zu Daphne empor. »Aber das würde den anderen wohl kaum gefallen.«

Daphnes Augenbrauen schnellten in die Höhe. »Es ist völlig egal, ob du neu bist. Ich weiß, dass du hier bist, weil die Sache dir wirklich am Herzen liegt. Aber es ist wirklich eine Heidenarbeit«, erklärte sie. »Sämtliche Warenbeschriftungen müssen vorbereitet, die Gebotszettel abgeglichen und die Bieternummern aufgestellt werden.«

Amber bemühte sich, gelassen zu klingen. »Für meinen ehemaligen Boss habe ich schon mal eine Stille Auktion organisiert. Das Beste ist, man druckt die Gebotszettel gleich dreimal in verschiedenen Farben aus, heftet nach Auktionsende den unteren Teil des Zettels an die Ware und nimmt die anderen beiden mit zur Kasse. Dann kann man nichts durcheinanderbringen.«

Gestern Abend hatte sie im Netz ein wenig über Stille Auktionen recherchiert – offenbar mit Erfolg. Daphne wirkte gebührend beeindruckt.

»Es würde mir das Gefühl geben, etwas für Charlene zu tun«, fuhr Amber fort. »Ich meine, ich habe nicht das Geld für große Spenden, aber ich könnte euch meine Zeit widmen.« Sie rang sich das bemitleidenswerteste Lächeln ab, das sie auf Lager hatte.

»Natürlich. Aber gewiss doch. Es wäre mir eine Ehre, dich als Stellvertreterin zu haben.«

»Was ist denn mit den anderen? Werden die nichts dagegen haben? Ich möchte hier auf keinen Fall Unfrieden stiften.«

»Lass die nur meine Sorge sein«, erwiderte Daphne, hob ihren Kaffeebecher und prostete Amber zu. »Auf uns. Partner. Für Julie und Charlene.«

Amber griff sich ihre Tasse und stieß mit ihr an.

Eine halbe Stunde später, nachdem die Frauen sich am Büffet bedient und sich auf den neuesten Stand ihres schillernden Lebens gebracht hatten, nahmen endlich alle Platz, um sich dem eigentlichen Sinn des Treffens zu widmen. Wie nett es doch sein musste, den ganzen Morgen einfach so verplempern zu können. Amber hatte sich Urlaub nehmen müssen, um hier sein zu können.

Sie hielt die Luft an, als Daphne sich räusperte und das Wort ergriff. »Bedauerlicherweise musste Bunny von ihrem Posten in unserem Komitee zurücktreten. Sie musste dringend verreisen, um einen erkrankten Onkel zu pflegen.«

»O nein, wie schade. Ich hoffe, es ist nichts Ernstes«, stieß Meredith hervor.

»Genaueres weiß ich nicht«, kommentierte Daphne und hielt kurz inne. »Eigentlich wollte ich nun jemanden von euch bitten, als Stellvertretende Vorsitzende einzuspringen, doch Amber hat sich liebenswürdigerweise schon dazu bereit erklärt.«

Meredith funkelte sie böse an. Dann schweifte ihr Blick zurück zu Daphne. »Ähm, das ist ja äußerst großzügig, aber hältst du das denn wirklich für eine kluge Idee? Nichts für ungut, aber Amber ist gerade erst zu uns gestoßen. Sie hat noch eine ganze Menge aufzuholen. Ich würde das liebend gern übernehmen.«

»Es geht vor allem um die Organisation der Stillen Auktion, und Amber hat Erfahrung damit«, erwiderte Daphne unbefangen. »Obendrein ist es für Amber eine echte Herzensaufgabe: Sie möchte es ihrer Schwester zuliebe tun. Aber ich bin mir sicher, sie würde sich sehr über deine Hilfe und die aller anderen Komiteemitglieder freuen.«

Amber wandte ihren Blick von Daphne ab und starrte Meredith unverwandt an. »Ich wäre dir für jeden Rat dankbar. Sobald ich mir einen Überblick über den jetzigen Stand verschafft habe, könnte ich einige Aufgaben delegieren.« Schon bei der Vorstellung, dieser reichen Schlampe Aufträge zu erteilen, verspürte sie eine ungeheure Genugtuung. Der Ärger stand Meredith ins Gesicht geschrieben, und nur mit Mühe gelang es Amber, ein Grinsen zu unterdrücken.

Meredith zog eine Augenbraue in die Höhe. »Aber natürlich. Wir greifen dir nur zu gern unter die Arme. Bunny hatte geplant, sämtliche Objekte bei sich daheim zu sammeln und dann ein paar von uns vorbeikommen zu lassen, um ihr mit den Bieterzetteln und den Beschreibungen zu helfen. Gewiss sollen wir dann auch alle zu *dir* nach Hause kommen, Amber?«

Ohne Ambers Antwort abzuwarten, eilte Daphne ihr zu Hilfe. »Die Sachen sind schon hier. Ich habe sie mir gestern Nachmittag bringen lassen. Es wäre Unsinn, sie noch einmal irgendwo anders hinzuschaffen.«

Amber sah Meredith scharf an und fügte gelassen hinzu: »Ich habe sowieso vor, den ganzen Ablauf zu digitalisieren. Es ist doch viel effizienter, wenn ich euch die Zettel zusammen mit einem Bild des Objekts einfach per E-Mail zuschicke, ihr die Beschreibungen zu Hause ausfüllt und sie mir zurückmailt. Dann kann ich sie ausdrucken lassen und an den entsprechenden Gegenständen anbringen. Ich schicke euch heute Abend eine E-Mail mit der Liste, und ihr schreibt mir zurück, welche Dinge davon ihr übernehmen wollt. So vergeuden wir keine Zeit mit Hin- und Herfahren oder Herumsitzen.«

»Eine fantastische Idee, Amber. Seht ihr, meine Damen? Wie schön, wenn mal frischer Wind in den Laden kommt.«

Amber lehnte sich lächelnd auf ihrem Stuhl zurück. Sie spürte Merediths abschätzigen Blick, und wieder fiel ihr auf, wie allem an ihr der Geruch alten Geldes anhaftete – von der doppelreihigen Perlenkette um ihren Hals bis zu ihrem leicht abgetragenen kamelhaarfarbenen Jäckchen. Unauffälliges Make-up, undefinierbare Frisur, dezente Armbanduhr, schlichte Ohrringe. Ihr Ehering, gespickt mit Saphiren und Diamanten, sah nach einem Familienerbstück aus. Dieser Frau wohnte nichts Großspuriges inne – mit Ausnahme der unverkennbaren Aura ihrer Mayflower-Abstammung und ihrer Treuhandfonds. Mit ihrer Arroganz erinnerte sie Amber an Mrs. Lockwood, die reichste Frau der Kleinstadt, in der sie aufgewachsen war. Jeden Montagmorgen hatte Mrs. Lockwood ihre Kaschmirpullis, Wollkostüme und Abendkleider zu ihnen in die Reinigung gebracht und sie so behutsam auf den Tresen gelegt, als könne sie es kaum ertragen, ihre geheiligten Gewänder mit den Fetzen des Pöbels in Berührung zu bringen. Sie hatte Amber nie gegrüßt und selbst ihr freundliches Hallo immer nur mit einem gezwungenen, sauertöpfischen Lächeln quittiert, das aussah, als hätte sie gerade etwas Übles gerochen.

Die Lockwoods bewohnten ein riesiges Haus auf einem Hügel, von dem aus man über die gesamte Stadt blicken konnte. Amber hatte Frances Lockwood, ihre einzige Tochter, auf einem Jahrmarkt kennengelernt, und die beiden waren dicke Freundinnen geworden. Als Frances sie zum ersten Mal mit nach Hause nahm, hatten Größe und Einrichtung des Hauses Amber den Atem verschlagen. Frances' Schlafzimmer war der Traum eines jeden Mädchens, alles pink und weiß und flauschig. Ihre Puppen – Unmengen davon! – thronten fein säuberlich aufgereiht auf exakt eingepassten Regalen, und an einer langen Wand stand eine Vitrine voller Trophäen und Bücher. Amber wollte dieses Schlafzimmer nie wieder verlassen. Doch ihre Freundschaft sollte nicht von Dauer sein. Schließlich war Amber nicht der Umgang, den sich Mrs. Lockwood für ihre heiß geliebte Tochter wünschte. Ebenso rasch, wie sich die Mädchen angenähert hatten, wurde ihre Verbindung von Frances' herrischer Mutter auch schon wieder unterbunden. Die Erinnerung daran schmerzte sie noch immer, doch als sie später Frances' gut aussehenden Bruder Matthew kennenlernte, hatte sie es ihr heimgezahlt.

Und jetzt saß Amber hier und musste sich von Meredith Stanton dieselbe Herablassung gefallen lassen. Nur dass es bisher eins zu null für sie stand.

»Amber«, riss Daphne Stimme sie aus ihren Tagträumen, »ich hätte gern noch ein Bild für die Vorabwerbung. Wie wäre es mit dir und den restlichen Mitgliedern des Auktionskomitees vor einigen der Versteigerungsobjekte? Ich bin mir sicher, dass die Harbor Times es bringen wird, zusammen mit ein paar Zeilen über das Spendendinner.«

Amber erstarrte. *Ein Bild? Für die Zeitung?* Das konnte sie unter keinen Umständen zulassen. Sie musste sich schleunigst etwas ausdenken.

»Hm«, brummte sie zögernd. »Weißt du, Daphne, ich bin doch erst so kurz dabei. Ich fände es wirklich nicht fair, wenn ich mit auf dem Foto wäre. Das sollte den Mitgliedern vorbehalten sein, die länger hier mitarbeiten als ich.«

»Das ist ja sehr lobenswert, Amber, aber du bist ab jetzt die Stellvertretende Vorsitzende«, wandte Daphne ein.

»Mir wäre es wirklich lieber, wenn die Leistung der anderen gewürdigt würde.« Ein Blick in die Runde verriet Amber, dass sie mit ihrer Zurückhaltung gepunktet hatte. Es war eine Win-win-Situation: Diese verwöhnte Bande von Snobs würde sie weiter für Daphnes armes, aber nettes und bescheidene Findelkind halten. Und was noch wichtiger war – es würden keine Geister aus ihrer Vergangenheit auferstehen und ihr hinterherspionieren. Sie würde sich in Zurückhaltung üben müssen. Fürs Erste.

11

Am nächsten Morgen kam Jenna förmlich in Ambers Büro getänzelt, bester Laune und so breit grinsend, dass die speckigen Wangen ihre schielenden kleinen Äuglein beinahe zum Verschwinden brachten. »Rate mal!«, stieß sie atemlos hervor.

»Keinen Schimmer«, erwiderte Amber gelangweilt, und machte sich nicht einmal die Mühe, von den Ausschussberichten aufzublicken, die sie gerade durchging.

»Gestern habe ich mit Sally gesprochen.«

Ambers Kopf schnellte hoch, und sie legte ihren Stift beiseite.

»Sie hat gesagt, sie würde sehr gern zum Essen mitkommen. Heute Abend.«

»Das ist ja großartig, Jenna.« Zum ersten Mal wusste Amber Jennas Hartnäckigkeit zu schätzen. Schon vom ersten Tag an war sie Amber mit ihren Einladungen auf den Geist gegangen, aber nach jedem Korb, den sie sich holte, wie ein Punchingball zurückgesprungen und ihr erneut auf die Pelle gerückt, bis Amber sich endlich geschlagen gab. Jenna hatte bekommen, was sie wollte, und jetzt würde es sich auch für Amber auszahlen.

»Wann denn und an welchen Laden hattet ihr gedacht?«

»Na ja, wir könnten ins Friendly's gehen. Oder ins Red Lobster. Heute ist da Shrimp-Abend, All-You-Can-Eat, du weißt schon.«

Amber stellte sich Jenna vor, wie sie ihr gegenübersaß und tonnenweise rosa Krabben in sich hineinstopfte, während ihr Sturzbäche von Cocktailsoße übers Kinn rannen. Sie glaubte nicht, dass sie das ertragen würde. »Lass uns doch im Main Street Grille essen«, schlug sie vor. »Ich könnte gleich nach der Arbeit los.«

»Okay. Dann sag ich Sally, dass wir uns um halb sechs treffen. O Mann, das wird 'ne Sause«, kreischte Jenna schrill, klatschte in die Hände und trippelte aus dem Büro.

Als Amber und Jenna im Main Street Grille eintrafen, wies man ihnen eine Sitzecke im hinteren Teil des Restaurants zu. Jenna setzte sich mit Blick zur Tür, sodass sie Sally sehen würde, wenn sie hereinkam. Sie hatte gerade begonnen, über eine neue Kundin zu schwadronieren, die sich nach Häusern im Fünf-Millionen-Bereich umsah, und erzählte, wie nett und freundlich sie doch sei, als sie plötzlich innehielt und jemandem winkte. »Da ist Sally«, sagte sie und erhob sich.

Als Sally auf ihren Tisch zusteuerte, wusste Amber, dass ihr die Überraschung ins Gesicht geschrieben stand. Mit einer solchen Frau hatte sie nicht gerechnet.

»Hallo, Jenna.« Sally schloss ihre Freundin in die Arme und wandte sich dann Amber zu.

»Und du musst Amber sein. Ich habe schon viel von dir gehört.« Sie ließ ein Lächeln aufblitzen, streckte ihr einen straffen Arm entgegen und schüttelte ihr die Hand. Sally trug hautenge Jeans und einen langärmliges weißes T-Shirt, das ihre schlanke Figur und ihren sonnengebräunten Teint perfekt zur Geltung brachte. Als sie neben Jenna Platz nahm, fielen Amber sofort ihre Augen auf, so dunkel, dass sie fast schwarz wirkten, mit dichten langen Wimpern.

»Toll, dich kennenzulernen, Sally. Wie schön, dass du es heute Abend einrichten konntest«, sagte Amber.

»Jenna und ich hatten schon seit Ewigkeiten vor, mal wieder was zu unternehmen, aber wir waren einfach so eingespannt mit unseren Jobs und haben nie die Zeit gefunden. Ein Glück, dass wir's endlich geschafft haben.«

Amber fragte sich, was die beiden wohl verband, außer, dass sie zufällig in der gleichen Straße wohnten.

»Ich bin am Verhungern. Wisst ihr beide schon, was ihr essen wollt?«, fragte Jenna in die Runde.

Sally schnappte sich die Speisekarte und überflog sie. »Der gegrillte Lachs mit Spinat hört sich gut an«, sagte Amber, woraufhin Jenna die Nase rümpfte.

»Ja, ich glaube, ich nehme dasselbe.« Sally legte die Karte beiseite.

»Igitt, Lachs! Ich nehm lieber das gegrillte Truthahnsandwich mit Kartoffelbrei und Bratensoße. Und bleibt mir ja mit Spinat vom Leib.«

Als die Bedienung ihre Bestellung aufnahm, orderte Amber noch eine Flasche des Hausweins. Alle sollten heute Abend so locker und gesprächig sein wie möglich.

»Bitte sehr«, sagte sie und schenkte ihnen Rotwein ein. »Jetzt können wir uns aber endlich zurücklehnen und genießen. Sag mal, Sally, wo arbeitest du eigentlich?«

»Ich bin Sonderpädagogin an einer Privatschule, St. Gregory's in Greenwich.«

»Wie interessant. Jenna hat mir erzählt, dass du vorher als Nanny gearbeitet hast. Du musst Kinder ja sehr lieben.«

»Ja, das tue ich.«

»Wie lange warst du denn Kindermädchen?«

»Sechs Jahre. Ich habe aber nur für zwei Familien gearbeitet. Die zweite wohnte hier in der Stadt.«

»Wie hießen die Leute denn?«, fragte Amber interessiert.

»Mensch, Amber, hast du's denn schon vergessen? An dem Tag, als du mit Mrs. Parrish lunchen warst, habe ich dir doch gesagt, dass Sally mal für sie gearbeitet hat«, fuhr Jenna dazwischen.

Amber funkelte sie genervt an. »Ach ja, das hatte ich vergessen.« Dann wandte sie sich wieder an Sally. »Und wie war das so? Für sie zu arbeiten, meine ich.«

»Ich habe es geliebt. Es war einfach großartig, für Mr. und Mrs. Parrish zu arbeiten.«

Amber wollte keine Märchen darüber hören, was für eine perfekte Familie die Parrishs doch waren. Sie änderte die Taktik. »Aber Kindermädchen muss doch manchmal ein ziemlich harter Job sein, oder? Was war denn das Schwierigste daran?«

»Als Tallulah auf die Welt kam, war es schon recht anstrengend. Sie war sehr klein, wog bei der Geburt gerade mal fünf Pfund, also musste sie alle zwei Stunden trinken. Natürlich übernahm die Kinderschwester die Nachtschichten, aber ich musste jeden Tag morgens um sieben anfangen und dableiben, bis sie am Abend wiederkam.«

»Die Schwester hat sie also nachts versorgt? Hat Mrs. Parrish das Baby denn gar nicht gestillt?«

»Nein, es war echt traurig. Mr. Parrish hat mir erzählt, sie hätte es anfänglich versucht, aber es sei einfach keine Milch gekommen. Er bat mich, niemandem etwas davon zu erzählen, weil es seine Frau zum Weinen bringen würde, also haben wir nie darüber gesprochen.« Sally aß einen Happen Lachs. »Ich frage mich immer noch, was mit ihr los war.«

»Was meinst du damit?«

Amber konnte Sallys Unbehagen spüren, als diese, um Sorglosigkeit bemüht, erwiderte: »Ach, gar nichts.«

»Hört sich aber nicht an wie nichts«, bohrte Amber nach.

»Ach, wahrscheinlich weiß es in der Stadt ja sowieso jeder.«

Amber neigte sich weiter zu ihr hinüber und wartete.

»Kurz nach Tallulahs Geburt ging Mrs. Parrish fort. In so eine Art Krankenhaus, wo man zur Ruhe kommen und sich helfen lassen kann.«

»Du meinst ein Sanatorium?«

»Etwas in der Art, ja.«

»Litt sie unter einer Wochenbettdepression?«

»Ich bin mir nicht sicher. Damals gab es eine Menge Gerede,

aber ich habe versucht, nicht hinzuhören. Ich weiß es nicht. Die Polizei war irgendwie im Spiel. Daran kann ich mich erinnern. Gerüchte machten die Runde, sie sei eine Gefahr für die Kleine und dass man sie nicht mit dem Säugling allein lassen dürfte.«

Amber musste sich bemühen, ihre Erregung zu verbergen. »War sie das denn? Eine Gefahr?«

Sally schüttelte den Kopf. »Ich konnte das nie recht glauben. Aber ich habe sie danach kaum noch gesehen. Mr. Parrish hat mir gekündigt, bevor sie zurückkam. Er meinte, sie suchten jemanden, der mit Tallulah Französisch sprechen würde, und ich wollte sowieso Vollzeit weiterstudieren. Später haben sie dann meine Freundin Surrey eingestellt, aber nur für die Wochenenden. Sie hat nie erzählt, dass Mrs. Parrish sich irgendwie seltsam verhielt.«

Amber fragte sich, was wohl mit Daphne los gewesen war, dass man sie sogar in eine Klinik einweisen musste. Gedankenversunken starrte sie vor sich hin, bis ihr klar wurde, dass Sally weitergesprochen hatte.

»Entschuldige bitte. Was hast du gerade gesagt?«, hakte sie nach.

»Nur, dass es Mrs. Parrish war, die mich ermuntert hat, weiterzustudieren und meinen Masterabschluss zu machen. Sie meinte immer, das Allerwichtigste für eine Frau sei, unabhängig zu sein und zu wissen, was man will. Besonders, bevor man überlegt zu heiraten.« Sally nahm noch einen Schluck Wein.

»Das war ein guter Rat, glaube ich.«

»Schon möglich. Aber war sie nicht selbst noch recht jung, als sie Mr. Parrish geheiratet hat?«

Sally grinste. »Mitte zwanzig. Scheint, als würden sie die perfekte Ehe führen, also hat sie wohl alles richtig gemacht.«

Was für ein Haufen Scheiße, dachte Amber und verteilte den Rest Wein auf ihre drei Gläser. »Jenna hat erwähnt, dass

Mrs. Parrishs Mutter einmal überlegt hatte, hierherzuziehen. Hast du sie je kennengelernt?«

»Ich habe sie ein paarmal getroffen. Sie kam nur selten zu Besuch. Sie erzählte, dass sie eine Pension betrieb, oben in New Hampshire, aber ich fand's trotzdem eigenartig, dass sie nicht öfter da war. Du weißt schon, um das Baby zu sehen und so.«

»Weißt du, wieso sie sich am Ende dagegen entschieden hat, nach Bishops Harbor zu ziehen?«

»Genau kann ich das nicht sagen, aber die ganzen Angestellten im Haushalt der Parrishs schienen sie etwas abzuschrecken. Vielleicht hatte sie das Gefühl, im Weg zu sein«, vermutete Sally und nippte an ihrem Wein. »Weißt du, Mrs. Parrish führt ein sehr diszipliniertes und durchgeplantes Leben. Die oberste Maxime ihres Haushalts heißt Ordnung – nichts darf herumliegen, jedes Zimmer ist blitzsauber. Vielleicht war Mrs. Bennett das alles etwas zu straff organisiert.«

»Wow, hört sich echt so an.« Amber war bei ihren immer häufigeren Besuche stets eines aufgefallen: Das Haus sah aus, als würde niemand dort wohnen. Sobald man sein Glas ausgetrunken oder seinen Teller aufgegessen hatte, wurde es einem unter der Nase fortgerissen und verschwand. Nichts stand je am falschen Platz, was mit zwei kleinen Mädchen eigentlich kaum zu schaffen war. Selbst die Kinderzimmer waren immer makellos aufgeräumt. Als sie über Nacht geblieben war, hatte sie morgens einen Blick hineingeworfen, und die akribische Ordnung sämtlicher Bücher und Spielsachen hatte sie umgehauen.

Nach einem weiteren Schluck Wein schien Sally sich langsam für das Thema zu erwärmen. »Von Surrey weiß ich, dass Tallulah und Bella nie Zeichentrickserien oder Kindersendungen schauen dürfen. Nur Dokumentationen und Lern-DVDs.« Sie machte eine abschätzige Handbewegung. »Ich meine, das ist ja nicht schlecht, aber doch irgendwie traurig, weil sie nie was einfach nur so zum Spaß gucken dürfen.«

»Mrs. Parrish scheint wohl großen Wert auf Bildung zu legen«, sagte Amber.

Sally linste auf die Uhr. »Apropos Bildung. Jetzt muss ich aber wirklich los. Ich unterrichte morgen früh.« Dann wandte sie sich an Jenna. »Wenn du auch so weit bist, kann ich dich mitnehmen.«

»Das wäre klasse«, frohlockte Jenna und klatschte in die Hände. »Was für ein toller Abend. Das müssen wir unbedingt wiederholen.«

Nachdem sie bezahlt hatten, machten sich Jenna und Sally auf den Weg. Amber leerte in Ruhe ihr Glas, lehnte sich zurück und rief sich alles, was sie heute Abend erfahren hatte, noch einmal ins Gedächtnis.

Zu Hause angekommen stellte sie als Erstes einige Nachforschungen über Daphnes Mutter an. Nach kurzer Suche fand sie ihre Pension. Ein altmodisches Gasthaus mit herrlichem Garten. Nichts Luxuriöses, aber sehr gepflegt. Dem Foto auf ihrer Website nach zu urteilen, war sie eine ältere, wenn auch nicht ganz so hübsche Ausgabe ihrer Tochter. Amber fragte sich, was wohl zwischen den beiden vorgefallen war, wieso Daphne nicht wollte, dass ihre Mutter in ihrer Nähe wohnte.

Sie fügte die Seite zu ihren Lesezeichen hinzu und loggte sich dann bei Facebook ein. Da war er, wenn auch älter und dicker. Anscheinend waren ihm die letzten Jahre schlecht bekommen. Sie lachte schallend auf und klappte den Laptop wieder zu.

12

Amber stand auf dem Bahnsteig und nippte an dem brühend heißen Kaffee in ihren behandschuhten Fingern. Irgendwie musste sie sich ja warmhalten. Bei jedem Ausatmen entstiegen weiße Wölkchen ihrem Mund, und um etwas Körperwärme zu generieren, trippelte sie ungeduldig auf der Stelle. Sie war mit Daphne und ihren Töchtern am Bahnhof verabredet, um den Tag in New York zu verbringen. Neben dem obligatorischen Shopping und ein paar Besichtigungen wollten sie sich vor allem den großen Weihnachtsbaum im Rockefeller Center ansehen. Sie hatte sich absichtlich wie eine Touristin angezogen: festes Schuhwerk, eine warme Daunenjacke und eine Stofftasche, um ihre Einkäufe zu verstauen. Was ein Mädchen aus Nebraska eben tragen würde. Ihr einziges Make-up bestand aus einem billigen Lipgloss, den sie noch rasch im Drogeriemarkt besorgt hatte.

»Hi, Amber«, rief Daphne ihr zu, als sie mit einem Mädchen an jeder Hand auf sie zugerannt kam. »Es tut mir leid, dass wir zu spät sind. Die junge Dame hier konnte sich nicht entscheiden, was sie anziehen wollte«, erklärte sie grinsend und neigte den Kopf in Bellas Richtung.

Amber lächelte. »Hi, Mädels. Schön, euch wiederzusehen.«

Bella beäugte sie argwöhnisch. »Was für eine hässliche Jacke.«

»Bella!«, riefen Daphne und Tallulah im Chor.

Daphne schien es zutiefst peinlich zu sein. »So etwas sagt man nicht.«

»Aber es stimmt doch.«

»Es tut mir so leid, Amber«, entschuldigte Daphne sich.

»Schon in Ordnung.« Amber beugte sich vor, bis sie auf Augenhöhe mit Bella war. »Du hast recht. Es ist wirklich eine hässliche Jacke. Ich hab sie schon ewig. Aber vielleicht möchtest du mir ja dabei helfen, eine neue auszusuchen?« Am liebsten hätte sie der kleinen Göre eine gescheuert. Sie war gerade mal sieben und trug ein Paar silberne Turnschuhe, die aus jenem geöffneten Karton auf dem Küchentisch stammen mussten, der Amber aufgefallen war, als sie Daphne neulich einige Geschenkgutscheine für die Auktion vorbeigebracht hatte. Zu Hause hatte sie nachgeschaut, wie viel die Schuhe kosteten: fast dreihundert Dollar. Der Rotzlöffel war jetzt schon ein Mode-Snob.

Bella drehte sich zu ihrer Mutter und jammerte: »Wann kommt denn endlich der Zug? Mir ist kalt.«

Daphne schlang die Arme um sie und gab ihr einen Kuss auf den Scheitel. »Gleich, Liebling.«

Weitere fünf Minuten und etliche Nörgeleien später fuhr der Zug schließlich ein. Sie stiegen ein und ergatterten in einem der vorderen Wagen vier freie Plätze – sogar auf zwei gegenüberliegenden Sitzbänken. Amber setzte sich, doch Bella blieb mit vor der Brust verschränkten Armen vor ihr stehen.

»Du hast mir meinen Platz geklaut. Ich kann nicht rückwärtsfahren.«

»Kein Problem.« Amber wechselte auf die Bank gegenüber, und Tallulah setzte sich neben Bella.

»Mami soll neben mir sitzen.«

Mussten sie sich denn wirklich den ganzen Tag von diesem kleinen Monster herumkommandieren lassen?

Daphne sah ihre Tochter streng an. »Bella, ich sitze dir direkt gegenüber. Lass jetzt diesen Unsinn. Ich möchte neben Amber sitzen.«

Bella warf ihr einen grimmigen Blick zu und trat mit einem

ihrer kleinen Füßchen polternd gegen den Sitz. »Wieso muss die denn überhaupt mitkommen? Das sollte doch ein Familienausflug sein.«

Daphne erhob sich. »Entschuldigt uns einen Augenblick.« Sie packte Bella an der Hand und marschierte mit ihr zum Ende des Ganges. Amber beobachtete, wie sie wild gestikulierend auf die Kleine einredete. Einige Minuten später sah sie Bella nicken, und die beiden kehrten zurück.

Bella setzte sich auf ihren Platz und blickte zu Amber auf. »Entschuldige, Amber.«

Es schien ihr nicht im Geringsten leidzutun, dennoch schenkte Amber ihr das liebenswürdigste Lächeln, das sie sich abringen konnte.

»Vielen Dank, Bella. Ich nehme deine Entschuldigung an.« Dann wandte sie sich an Tallulah. »Deine Mom hat mir erzählt, du wärst ein großer Nancy-Drew-Fan.«

Tallulah bekam leuchtende Augen, öffnete den Reißverschluss ihres kleinen Rucksacks und zog *Das Geheimnis der hölzernen Dame* hervor. »Ich hab die ganzen alten Bücher von meiner Mom. Ich liebe sie.«

»Ich auch. Nancy Drew war mein großes Vorbild«, sagte Amber.

Tallulahs Züge wurden weicher. »Sie ist so mutig und schlau, und sie erlebt dauernd neue Abenteuer.«

»Laaangweilig«, rief daraufhin der kleine Furby neben ihr genervt in die Runde.

»Woher willst du das denn wissen? Du kannst doch noch nicht mal lesen«, entgegnete Tallulah.

»Mom! So was darf sie nicht zu mir sagen!«, quietschte Bella empört.

»In Ordnung, Mädels, jetzt ist aber Schluss«, beschwichtigte Daphne.

Nun hätte Amber am liebsten Daphne geohrfeigt. Kapierte

sie denn nicht, dass man dem Kind nicht alles durchgehen lassen konnte? Ein tüchtiger Klaps aufs Hinterteil würde womöglich Wunder wirken.

Endlich fuhr der Zug in Grand Central ein, und die drei ließen sich von der Masse hinaus auf die überfüllten Bahnsteige tragen. Amber lief ein paar Schritte hinter Daphne, während diese mit den Mädchen im Schlepptau die Treppe zur Haupthalle hochstieg. Ihre Laune hob sich, als sie den Blick über die prachtvolle Architektur schweifen ließ und ihr aufs Neue klar wurde, wie sehr sie New York liebte.

Daphne hielt an und scharte alle um sich. »Okay, hier ist der Plan für heute. Erst schauen wir uns die weihnachtlich geschmückten Schaufenster an, anschließend Lunch bei Alice's Teacup, dann gehen wir zum American Girl Store und zum Schluss steht Eislaufen im Rockefeller Center auf dem Programm.«

Ich geb mir gleich die Kugel, dachte Amber.

***

Die Schaufensterdekorationen waren traumhaft, das musste sogar Amber zugeben – eine kunstvoller als die andere. Selbst die kleine Prinzessin war wie verzaubert und hörte eine Weile auf zu quengeln. Als sie bei Alice's Teacup ankamen und die lange Schlange sahen, seufzte Amber innerlich auf, doch offenbar kannte man Daphne hier, und sie wurden dezent an den Wartenden vorbeigeschleust. Das Essen verlief ohne größere Vorfälle, sodass Amber und Daphne sich tatsächlich länger als fünf Minuten am Stück unterhalten konnten, während die Mädchen ruhig ihren French Toast verdrückten.

»Nochmal danke, dass du mich mitgenommen hast, Daphne«, sagte Amber. »Es ist so schön, sich in dieser Jahreszeit als Teil einer Familie zu fühlen.«

»Ich habe *dir* zu danken. Mit dir macht mir der Tag viel mehr Freude. Als Jackson sich ausgeklinkt hat, hätte ich die Sache um ein Haar abgeblasen.« Dann beugte sie sich vor und flüsterte: »Wie du mitbekommen hast, kann Bella ziemlich anstrengend sein. Da kann ich ein wenig Hilfe gut gebrauchen.«

Amber richtete sich unwillkürlich auf. War es das, was sie war? Eine Hilfe? Eine Bedienstete? Mehr nicht?

»War denn die Nanny heute verhindert?« Die Frage konnte sie sich einfach nicht verkneifen.

Daphne schien den Seitenhieb überhaupt nicht zu bemerken, sie schüttelte nur abwesend den Kopf. »Weil der Ausflug schon lange geplant war, hatte ich ihr bereits freigegeben.« Dann strahlte sie Amber an und drückte ihr die Hand. »Ich bin ja so froh, dass du mitgekommen bist. So etwas würde ich wohl mit meiner Schwester unternehmen, wenn sie noch am Leben wäre. Und jetzt habe ich eine ganz besondere Freundin, die mir dabei Gesellschaft leistet.«

»Wie lustig. Als wir uns die bewegten Figuren in den Schaufenstern angesehen haben«, verkündete Amber beseelt, »da dachte ich, wie sehr sie Charlene doch gefallen hätten. Weihnachten war für sie immer die schönste Zeit des Jahres.« In Wahrheit waren die Weihnachtsfeste ihrer Kindheit schäbig und enttäuschend verlaufen. Doch wenn Charlene existiert hätte, sinnierte Amber insgeheim, hätte sie Weihnachten ja vielleicht gemocht.

»Julie hat Weihnachten auch geliebt. Ich habe das noch nie jemandem erzählt, aber jedes Jahr an Heiligabend, ganz spät, setze ich mich hin und schreibe Julie einen Brief.«

»Und was schreibst du ihr?«, wollte Amber wissen.

»Ich berichte ihr alles, was im vergangenen Jahr passiert ist, du weißt schon, wie in den Weihnachtsbriefen, die Leute verschicken. Aber diese Briefe sind anders. Ich schütte ihr mein Herz aus und erzähle ihr alles über ihre Nichten – wie gern sie die Mädchen gehabt hätte und sie ihre Tante. So fühle ich mich ihr noch immer nahe.«

Für einen Augenblick beschlich Amber so etwas wie Mitgefühl, das aber schon kurz darauf der Eifersucht wich. Für niemanden in ihrer Familie hatte sie je diese Art von Liebe oder Zuneigung empfunden. Gern hätte sie gewusst, wie sich das anfühlte. Einen Moment lang fehlten ihr die Worte.

»Können wir jetzt endlich zu American Girl gehen?« Bella stand vor ihnen, die Jacke schon halb angezogen, und insgeheim dankte Amber ihr für die Störung.

Sie verließen das Restaurant und winkten ein Taxi heran. Amber saß auf dem Beifahrersitz. Im Inneren des Wagens roch es nach altem Käse, und ihr wurde speiübel, doch sobald sie das Fenster herunterließ, fing Prinzesschen Bella lautstark auf dem Rücksitz an zu brüllen.

»Mir ist kalt!«

Amber biss die Zähne zusammen und kurbelte die Scheibe wieder hoch.

Als sie an der Ecke Neunundvierzigste und Fünfte ankamen, wand sich die Schlange vor dem Laden bereits einmal um den gesamten Häuserblock.

»Die Schlange ist so lang«, stöhnte Tallulah. »Müssen wir hier wirklich warten?«

Bella stampfte mit dem Fuß auf. »Ich brauche ein neues Kleid für meine Bella-Puppe. Können wir nicht einfach an den anderen vorbeigehen, Mommy? Wie im Restaurant?«, maulte sie und blickte erwartungsvoll zu ihrer Mutter hoch.

Daphne schüttelte den Kopf. »Diesmal leider nicht, Liebling.« Sie warf Tallulah einen flehenden Blick zu. »Ich habe es ihr nun mal versprochen.«

Tallulah schien den Tränen nahe.

Da kam Amber eine Idee. »Vorhin sind wir doch an einem Barnes & Noble vorbeigelaufen, oder? Was hältst du davon, wenn ich mit Tallulah da hingehe, und wenn ihr hier fertig seid, holt ihr uns dort ab?«

Ein Leuchten trat in Tallulahs Augen. »Dürfen wir, Mom? Ach, bitte!«

»Bist du dir da sicher, Amber?«, fragte Daphne.

War sie das nicht immer? »Aber gewiss doch. Auf diese Weise machen wir es beiden recht.«

»Super. Vielen Dank, Amber.«

Als Tallulah und Amber sich schon zum Gehen gewandt hatten, rief Daphne ihnen hinterher: »Amber, bleib im Laden bitte in ihrer Nähe.«

Sie verbiss sich einen sarkastischen Kommentar. Als ob sie die Kleine in Manhattan alleine rumlaufen lassen würde. »Ich werde sie nicht aus den Augen lassen.«

Auf ihrem Weg die Fifth Avenue herunter nutzte Amber die Gelegenheit, Tallulah besser kennenzulernen.

»Du stehst also nicht auf American-Girl-Puppen?«

»Jedenfalls nicht genug, um stundenlang dafür anzustehen. Ich schaue mir lieber Bücher an.«

»Und was magst du stattdessen?«

Sie zuckte mit den Schultern. »Bücher eben. Und ich fotografiere gerne, aber mit alten Kameras und Filmen.«

»Wirklich? Wieso denn nicht digital?«

»Nun, die Auflösung ist besser, und dann habe ich herausgefunden, dass ...«

Beim Rest ihrer Ausführungen hatte Amber längst abgeschaltet. Es war ihr egal. Sie wollte nur wissen, was ihr gefiel, nicht die ellenlange wissenschaftliche Begründung dafür. Tallulah hörte sich an wie eine als Kind verkleidete Professorin. Amber fragte sich, ob sie überhaupt irgendwelche Freunde hatte.

»Da wären wir.«

Sie folgte Tallulah durch den riesigen Buchladen bis zur Krimiabteilung, wo diese einen ganzen Arm voll Bücher aus dem

Regal zog. Dann suchten sie sich einen gemütlichen Sitzplatz, und auch Amber griff sich ein paar Bände heraus. Wie ihr auffiel, hielt Tallulah eine Geschichtensammlung von Edgar Allan Poe in der Hand.

»Wusstest du, dass Edgar Allan Poe ein Waisenkind war?«, fragte Amber.

Tallulah reckte den Kopf. »Echt?«

Amber nickte. »Ja, seine Eltern starben, als er vier war. Er wurde von einem reichen Kaufmann aufgezogen.«

Das Mädchen blickte sie mit großen Augen an.

»Traurigerweise wurde er von seinen Adoptiveltern enterbt. Vielleicht war er zu ihnen nicht so nett wie zu seinen echten Eltern.« Tallulahs entsetzte Miene ließ Amber insgeheim lächeln. Das war eine Lektion, die sich die Kleine hinter die Ohren schreiben sollte.

Die nächsten zwei Stunden verbrachten sie mit Lesen. Tallulah war so versunken in ihre Poe-Geschichten, dass sie Amber keinerlei Aufmerksamkeit schenkte, während diese in einem Buch über Autorennen herumblätterte. Wie sie gelesen hatte, war Jackson ein glühender Formel-1-Fan. Als sie genug davon hatte, öffnete sie die Facebook-App auf ihrem Handy. Beim Durchscrollen der Updates packte sie die Wut. Die Schlampe war also schwanger! Wie war das möglich? Alle drei grinsten wie Vollidioten. Wer war denn so dämlich, und posaunte in der achten Woche seine Schwangerschaft in die Welt hinaus? Amber tröstete sich mit dem Gedanken, dass sie es immer noch verlieren könnte. In dem Moment hörte sie Schritte, und als sie den Kopf hob, sah sie Daphne, die, mit etlichen Einkaufstaschen beladen, auf sie zu eilte.

»Da seid ihr ja!«, stöhnte Daphne. Mit Bella an der Hand kam sie auf sie zugerannt. Die Kleine schien kaum in der Lage, mit der Mutter Schritt zu halten. »Jackson hat gerade angerufen. Er hat jetzt doch Zeit. Wir springen rasch in ein Taxi und treffen ihn im SixtyFive. Dort essen wir dann gemeinsam zu Abend und schauen uns den Baum an«, erklärte sie atemlos.

»Einen Augenblick«, sagte Amber und packte Daphne am Mantel. »Ich will auf keinen Fall euren Familienausflug stören.« In Wahrheit überraschte es sie, wie nervös sie die Vorstellung machte, ihn leibhaftig kennenzulernen. Das kam zu unverhofft, brachte sie durcheinander. Sie hätte ein wenig mehr Zeit gebraucht, um sich auf ein Treffen mit dem Mann vorzubereiten, über den sie bereits so viel wusste.

»Ach, sei nicht albern«, säuselte Daphne. »Du störst kein bisschen. Jetzt komm schon, Jackson wartet auf uns.«

Tallulah sprang hastig auf, stapelte die Bücher aufeinander und fing an, sie ordentlich einzuräumen.

Daphne winkte ab. »Lass sie einfach liegen, Schatz. Wir müssen los.«

13

Er wartete am besten Tisch des Hauses. Der Ausblick war sogar noch atemberaubender, als Amber es erwartet hatte. Und Jackson ebenso. Er sprühte förmlich vor Sexappeal, ein gnadenlos gut aussehender Mann. Anders ließ es sich nicht sagen. In seinem perfekt sitzenden Maßanzug sah er aus, als käme er geradewegs vom Set des letzten Bond-Streifens. Als sie näher kamen, stand er auf, und sobald seine strahlend blauen Augen Daphne erblickten, weitete sich sein Lächeln und er begrüßte sie mit einem Kuss auf den Mund. Er ist verrückt nach ihr, dachte Amber frustriert. Dann kniete er sich hin, breitete die Arme aus und die Mädchen preschten hinein.

»Daddy!«, grinste Bella und wirkte zum ersten Mal an diesem Tag wirklich glücklich.

»Meine Mädchen. Hattet ihr einen tollen Tag mit Mommy?«

Beide plapperten gleichzeitig drauflos, während Daphne sie zu ihren Plätzen geleitete und den Stuhl neben Jackson nahm. Amber setzte sich auf den verbleibenden Platz neben Bella, ihm unmittelbar gegenüber.

»Jackson, das ist Amber. Ich habe dir von ihr erzählt, sie hat mir beim Gala-Komitee aus der Patsche geholfen.«

»Es freut mich sehr, dich endlich kennenzulernen, Amber. Wie ich gehört habe, bist du eine immense Hilfe.« Ihr Blick wanderte unwillkürlich zu dem göttlichen Grübchen, das in seinem Kinn erschien, sobald er lächelte. Falls er sich wunderte, was sie hier beim Dinner mit seiner Familie verloren hatte, war er zumindest so anständig, dies nicht zu zeigen.

Sie bestellten Cocktails für die Erwachsenen und ein paar Appetithappen für die Kinder. Nach einer Weile nahm niemand mehr Notiz von ihr, sodass Amber sich zurücklehnen und die anderen beobachten konnte.

»Jetzt müsst ihr mir aber erzählen, was ihr heute gemacht habt«, sagte Jackson. »Was war das Schönste?«

»Also, ich hab zwei neue Kleider für meine Bella-Puppe bekommen, einen Stall zum Spielen und ein Tutu, das genauso aussieht wie meins, damit Bella mit mir zum Ballett kommen kann.«

»Und du, Lu?«

»Mir hat es bei Alice's Teacup gefallen. Das war cool. Und dann hat Amber mich zu Barnes & Noble mitgenommen.«

Er schüttelte den Kopf. »Meine kleine Leseratte. Du fährst den ganzen Weg in die Stadt, und dann gehst du in einen Buchladen? Wir haben doch einen bei uns um die Ecke«, rügte er sie scherzend.

»Klar, aber der ist nicht so riesig wie hier. Außerdem kommen wir andauernd nach New York. Das ist doch nichts Besonderes.«

Amber schluckte ihren Ärger herunter. Wie selbstgefällig und verwöhnt Tallulah doch war. Nichts Besonderes, na klar. Am liebsten hätte sie die Kleine für ein paar Jahre in irgendein gottverlassenes Nest auf dem Land verfrachtet, um ihr zu zeigen, wie der Rest von Amerika lebte.

Nun drehte Jackson sich zu Daphne um und schmiegte seine Hand an ihre Wange. »Und, mein Liebling, was war für dich der Höhepunkt des Tages?«

»Dein Anruf.«

Amber hätte kotzen können. Das meinte sie doch wohl nicht ernst? Sie nahm einen großen Schluck aus ihrem Weinglas. Keine Eile, zusehen und abwarten.

Als es ihm endlich gelungen war, die Augen von seiner bildschönen Gattin loszureißen, fiel Jacksons Blick auf Amber.

»Bist du aus Connecticut, Amber?«

»Nein, aus Nebraska.«

»Und was hat dich an die Ostküste verschlagen?«, fragte er erstaunt.

»Ich wollte meinen Horizont erweitern. Eine Freundin lebte in Connecticut und hat mich gefragt, ob wir nicht zusammenziehen möchten«, sagte sie und nahm noch einen Schluck Wein. »Die Küste hat es mir auf Anhieb angetan – und die Nähe zu New York, natürlich.«

»Wie lange wohnst du denn schon hier?«

Interessierte er sich wirklich dafür, oder fragte er aus purer Höflichkeit? Sie vermochte es nicht zu sagen.

Daphne kam ihr mit der Antwort zuvor. »Etwa ein Jahr, nicht?«, meinte sie lächelnd. »Amber arbeitet auch in der Immobilienbranche, bei Rollins, in der Abteilung für Gewerbeimmobilien.«

»Wie habt ihr euch noch mal kennengelernt?«

»Das habe ich dir doch erzählt, es war reiner Zufall«, begann Daphne.

Sein Blick haftete noch immer auf Amber, und auf einmal hatte sie das Gefühl, sich in einem Verhör zu befinden.

»Hallooo? Das ist ja sooo langweilig«, blökte Bella dazwischen. Die kleine Rotzgöre – doch schon zum zweiten Mal an diesem Tag war Amber ihr für die Ablenkung dankbar.

Nun wandte Jackson sich an die Kleine. »Bella, man redet nicht dazwischen, wenn Erwachsene sich unterhalten«, sagte er streng.

Na, zum Glück zeigt wenigstens einer von denen Rückgrat, dachte Amber.

Bella streckte ihm die Zunge heraus.

Tallulah und Daphne erstarrten und sahen Jackson an. Die Zeit schien stillzustehen, während alle seine Reaktion abwarteten.

Dann brach er in schallendes Gelächter aus. »Ich glaube, da ist jemand schon ein wenig müde.«

Alle am Tisch atmeten erleichtert auf.

Bella schob ihren Stuhl zurück, rannte zu ihrem Vater hinüber und barg den Kopf an seiner Brust. »Entschuldigung, Daddy.« Er strich ihr zärtlich über die blonden Locken. »Angenommen. Und ab jetzt benimmst du dich wie eine kleine Dame, okay?«

Sie nickte und trollte sich zurück auf ihren Platz.

Hurra, noch ein Punkt für die kleine Tyrannin, ging es Amber durch den Kopf. Wer hätte gedacht, dass sich dieser kleine Giftzwerg als ihr größtes Problem erweisen würde?

»Lust auf noch eine Überraschung?«, fragte er.

»Was denn?«, kam es wie aus einem Munde von beiden Mädchen.

»Wie wär's, wenn wir uns die Weihnachtsshow in der Radio City Music Hall anschauen und über Nacht in der Stadt bleiben?«

Die Mädchen kreischten vor Begeisterung, doch Daphne legte Jackson die Hand auf die Schulter und sagte: »Liebling, wir sind gar nicht darauf vorbereitet, hier zu übernachten. Und Amber will bestimmt nach Hause.«

In Wahrheit wollte Amber nur zu gerne bleiben. Ihre Neugier auf die Stadtwohnung der Parrishs überwog bei Weiten ihr Verlangen, heute nach Hause zu kommen.

Jackson beäugte Amber, als wäre sie ein lästiges Problem, das es zu lösen galt. »Na und? Morgen ist Sonntag. Sie kann sich etwas zum Anziehen leihen.« Er blickte Amber unverwandt an. »Wäre das okay für dich?«

Obwohl Amber innerlich frohlockte, erwiderte sie mit ernster und verständnisvoller Miene: »Das wäre völlig in Ordnung. Ich möchte Bella und Tallulah nicht enttäuschen. Sie scheinen ja furchtbar gerne bleiben zu wollen.«

Lächelnd drückte er Daphnes Arm. »Siehst du? Es geht doch. Wir werden uns blendend amüsieren.«

Daphne zuckte die Achseln und gab sich geschlagen. Also gingen sie ins Theater und sahen sich anderthalb Stunden lang Santa und die Rockettes an. Amber fand die Show idiotisch, aber die Mädchen waren völlig aus dem Häuschen.

Als sie herauskamen, fiel Schnee und verwandelte die Stadt in ein wahres Wintermärchen, die kahlen Äste wie von Zauberpuder bestäubt, und überall glommen weiße Lichter. Voller Ehrfurcht blickte Amber sich um. So spät abends hatte sie New York noch nie erlebt. Es war ein unvergesslicher Anblick, wo sie nur hinsah funkelte und glitzerte es.

Jackson holte sein Telefon aus der Tasche, streifte einen Lederhandschuh ab, tippte kurz darauf und hielt es sich ans Ohr. »Schick den Fahrer zum Vordereingang von Radio City.«

Eine schwarze Limousine mit getönten Scheiben fuhr vor und Amber reckte den Kopf, um zu sehen, welcher Prominente ihr wohl entsteigen würde. Doch als ein großgewachsener Chauffeur in Uniform ausstieg und die hintere Tür öffnete, sah sie, dass das Innere leer war. Der Wagen war für sie bestimmt. Nun fühlte sie sich selbst wie eine Berühmtheit. Sie hatte noch nie in einer Limousine gesessen. Daphne und die Mädchen hingegen wirkten nicht im Geringsten beeindruckt. Jackson nahm Daphnes Hand und geleitete sie als Erste hinein. Dann versetzte er Bella und Tallulah einen verspielten Schubs, woraufhin sie ihrer Mutter hinterherkletterten. Mit einer lockeren Geste bedeutete er nun auch Amber einzusteigen, würdigte sie dabei aber kaum eines Blickes. Das Auto war groß genug, dass beide Frauen samt Kindern nebeneinander Platz fanden. Jackson setzte sich gegenüber hin, breitbeinig, einen Arm über die Rückenlehne geschlungen. Nur mit Mühe konnte Amber ihren Blick von ihm abwenden. Er strotzte förmlich vor Macht und Männlichkeit.

Schon halb weggenickt, schmiegte sich Bella an ihre Mutter, bis Tallulah fragte: »Fahren wir direkt ins Apartment, Daddy?«

»Ja, ich –«

Bevor er weiterreden konnte, schnellte Bella jäh empor, plötzlich wieder hellwach. »Nein, nein, nein. Nicht ins Apartment. Ich möchte dahin, wo Eloise wohnt. Ich will im Plaza schlafen.«

»Das geht nicht, mein Schatz«, wiegelte Daphne ab. »Wir haben gar nicht reserviert. Wir machen das ein andermal.«

Bella ließ sich nicht locker. »Daddy, bitte. Ich wäre die Erste in meiner Klasse, die da übernachtet, wo Eloise wohnt. Alle werden so eifersüchtig sein. Bitte, bitte, bitte?«

Zunächst hatte sie die egoistische Heulsuse schnappen und ihr den Hals umdrehen wollen, aber dann bemerkte Amber etwas an der Kleinen, das ihr bekannt vorkam, etwas, das ihr die Chance bot, sich Bella zur Verbündeten zu machen. Und konnte es ihr nicht völlig gleich sein, ob sie im Apartment oder im Plaza übernachteten? Für Amber fühlte sich beides wie ein Hauptgewinn an.

***

Am nächsten Morgen drehte sich Amber noch einmal um und zog die Decke höher, bis sie ihr Kinn berührte. Seufzend schmiegte sie ihren Körper in den seidigen, weichen Stoff. Noch nie hatte sie in einem so prunkvollen und bequemen Bett geschlafen. Dann sah sie, wie sich Tallulah im Bett neben ihr regte. Die Suite verfügte nur über zwei Schlafzimmer. Bella hatte sich gleich bei ihren Eltern einquartiert, und obwohl Tallulah wenig begeistert schien, ein Zimmer mit Amber zu teilen, hatte sie eingelenkt. Amber schlug die Decke zur Seite, stand auf und trat ans Fenster. Die große Penthouse Suite bot einen fantastischen Blick auf den Central Park, und New York breitet sich vor ihr aus, als läge es ihr zu Füßen. Sie blickte sich in dem wunderschönen Zimmer um, bewunderte die hohen Decken und die mondäne Einrichtung. Diese Suite war einer Königsfamilie würdig und größer als ein normales Haus. Jackson hatte sich wie immer Bellas Willen gebeugt und den Chauffeur sogar noch ins Apartment geschickt, um Kleidung für alle zu holen. Unfassbar, wie einfach so etwas für Reiche war – unfassbar unfair.

Amber streifte den Pyjama ab, den Daphne ihr geliehen hatte, sprang unter die Dusche und schlüpfte in die anderen Sachen, die sie ihr gestern Abend gegeben hatte: blaue Wollhosen und einen weißen Kaschmirpulli. Der Stoff fühlte sich göttlich auf ihrer frisch geduschten Haut an. Sie sah in den Spiegel, bewunderte den perfekten Schnitt und die klaren Linien. Ein flüchtiger Blick in Richtung Bett verriet ihr, dass Tallulah noch immer schlief, deshalb schlich sie auf Zehenspitzen aus dem Zimmer. Bella war bereits aufgestanden und saß mit einem Buch auf dem grünen bauschigen Sofa. Als Amber eintrat, sah sie nur kurz auf. Amber setzte sich ihr gegenüber auf einen Stuhl, griff sich ebenso wortlos eine Zeitschrift vom Couchtisch und tat, als würde sie lesen. So saßen sie die nächsten zehn Minuten schweigend da.

Schließlich schlug Bella ihr Buch zu und starrte Amber an. »Wieso bist du gestern nicht nach Hause gefahren? Das hätte ein Familienabend sein sollen.«

Amber überlegte kurz. »Nun, Bella, um ganz ehrlich zu sein, wollte ich, dass alle bei mir im Büro neidisch werden, wenn ich ihnen erzähle, dass ich im Plaza geschlafen und mit Eloise gefrühstückt habe.« Sie machte eine Kunstpause. »Wahrscheinlich habe ich nicht an euren Familienabend gedacht. Da hast du recht. Ich hätte nach Hause fahren sollen. Es tut mir wirklich leid.«

Bella legte den Kopf schief und schenkte Amber einen argwöhnischen Blick.»Deine Freunde kennen Eloise? Aber du bist doch erwachsen. Wieso magst du denn noch Eloise?«

»Als ich klein war, hat mir meine Mama alle Eloise-Bücher vorgelesen.« Das war natürlich kompletter Unsinn. Ihre Mutter hatte ihr nie irgendetwas vorgelesen. Hätte sie nicht jede freie Minute in der Bibliothek verbracht, wäre sie heute Analphabetin.

»Warum hat deine Mom dich nicht ins Plaza mitgenommen, als du klein warst?«

»Wir haben weit weg von New York gewohnt. Hast du schon mal von Nebraska gehört?«

Bella rollte mit den Augen. »Natürlich habe ich schon von Nebraska gehört. Ich kann alle fünfzig Bundestaaten auswendig.«

Bei der Göre würde sie wohl mehr brauchen als ein paar Gemeinsamkeiten und Samthandschuhe.

»Na ja, dort bin ich aufgewachsen. Und wir hatten nicht genug Geld, um nach New York zu fahren. Jetzt weißt du's. Aber ich möchte dir dafür danken, dass du einen meiner Träume wahr gemacht hast. Ich werde allen bei mir im Büro erzählen, dass ich das nur dir zu verdanken habe.«

Bellas sah sie mit unergründlicher Miene an, doch bevor sie etwas antworten konnte, betraten Jackson und Daphne das Zimmer.

»Guten Morgen«, begrüßte Daphne alle gut gelaunt. »Wo ist denn Tallulah? Zeit fürs Frühstück. Ist sie schon auf?«

»Ich geh rasch rüber und schau nach«, erbot sich Amber.

Sie klopfte an die Zimmertür, und als sie hereinkam, war Tallulah bereits aufgestanden und so gut wie angezogen. »Guten Morgen«, sagte Amber, »deine Mom hat mich gebeten, nach dir zu schauen. Wir wollen runter zum Frühstück.«

Tallulah wandte sich zu ihr um. »Okay, ich bin so weit.«

Im Wohnzimmer warteten die anderen schon auf sie.

»Habt ihr denn gut geschlafen, Mädchen?«, fragte Jackson mit dröhnender Stimme auf dem Weg zum Fahrstuhl, woraufhin die Kinder wild losplapperten.

Als der Fahrstuhl hinabglitt, sah Jackson Bella zärtlich an und meinte: »Und jetzt frühstücken wir mit Eloise im Palm Court.« Bella wandte sich an Amber. »Darauf haben wir uns schon so lange gefreut, nicht?«, fragte sie lächelnd.

Vielleicht hatte sie den kleinen Teufelsbraten jetzt endlich in der Tasche. Nun wurde es langsam Zeit, Jackson zu bearbeiten.

14

Amber und Daphne saßen nebeneinander am mit Papieren übersäten Esstisch der Parrishs – Zettel, Namenslisten sowie eine Skizze des Festsaals samt Tischordnung. Da Amber so gut wie niemanden der Leute kannte, diktierte Daphne ihr die Sitzordnung und Amber pflegte pflichtbewusst alle relevanten Daten in eine Excel-Tabelle ein. Als Daphne eine Weile über einige Namen brüten musste, nutzte Amber die Gelegenheit, um das Zimmer genauer in Augenschein zu nehmen. Obwohl es Platz für sechzehn Essensgäste bot, strahlte es eine intime Atmosphäre aus. Die Wände waren in einem gedeckten Goldton gehalten – der ideale Hintergrund für die prachtvollen Ölgemälde von Segelbooten und Meerlandschaften in ihren edlen Rahmen. Sie versuchte, sich die schicken Dinnerpartys auszumalen, die Daphne hier gab, mit kostbarem Porzellangeschirr, Kristallgläsern, feinem Tafelsilber und erlesener Tischwäsche. Bestimmt war nirgendwo in diesem Haus auch nur eine einzige Papierserviette zu finden.

»Entschuldige, dass das so lange gedauert hat. Ich glaube, jetzt habe ich Tisch neun endlich hinbekommen«, unterbrach Daphne Ambers Gedankengang.

»Kein Problem. Ich habe solange dieses herrliche Zimmer bewundert.«

»Es ist wunderschön, nicht? Jackson gehörte das Haus schon vor unserer Heirat, also habe ich kaum etwas verändert. Eigentlich nur den Wintergarten.« Sie blickte sich um und zuckte mit den Achseln. »Alles war schon perfekt.«

»Oh, wie wunderbar.«

Daphne warf ihr einen merkwürdigen Blick zu – zu flüchtig, als dass Amber ihn hätte deuten können.

»Nun, ich denke mit der Tischordnung sind wir fertig. Ich schicke die Liste an die Druckerei, damit sie die Tischkärtchen machen können«, sagte Daphne und erhob sich von ihrem Stuhl. »Ich kann dir nicht genug danken. Ohne deine Hilfe hätte ich ewig dafür gebraucht.«

»Ach, keine Ursache. Das hab ich doch gern gemacht.«

Daphne sah auf die Uhr. »Ich habe noch eine Stunde, bis ich die Mädchen von Tennis abholen muss. Wie wär's mit einer Tasse Tee und einem Happen zu essen? Hast du Zeit?«

»Das wäre großartig.« Sie folgte Daphne aus dem Esszimmer. »Dürfte ich mal die Toilette benutzen?«

»Aber natürlich.« Sie gingen ein paar Schritte weiter, bis Daphne auf eine Tür wies. »Wenn du rauskommst, geh nach rechts und dann immer geradeaus bis zur Küche. Ich setze schon mal Wasser auf.«

Als Amber das Bad im Erdgeschoss betrat, verschlug es ihr erneut den Atem. Jedes Zimmer dieses Hauses war ein beindruckendes Zeugnis unermesslichen Reichtums – Jacksons wohlgemerkt. Glatte schwarze Wände, edle Rahmentäfelung, der Inbegriff stiller Eleganz. Den Blickfang des Zimmers bot eine rechtwinklig abfallende Marmorplatte, auf der eine ebenfalls marmorne Waschschale thronte. Wieder blickte sich Amber staunend um. Alles hier war einzigartig. Wie es sich wohl anfühlen musste, ein derart maßgeschneidertes Leben zu führen?

Sie wusch sich die Hände und warf einen letzten Blick in den extravaganten Spiegel, dessen Rahmen verwehten silbernen Blättern glich. Auf ihrem Weg zur Küche ließ sie sich etwas Zeit, um die Bilder an den Wänden zu studieren. Manche davon kannte sie aus ihren Büchern und den Kursen am Met – darunter ein Sisley und ein umwerfender Boudin. Wenn die Dinger echt waren, was sie zu sein schienen, waren allein diese Gemälde ein kleines Vermögen wert. Und hier hingen sie einfach in einem wenig besuchten Hausflur herum.

Als sie in die Küche kam, standen auf der Kücheninsel schon eine Kanne Tee und ein Teller Obst bereit.

»Becher oder Tasse?«, fragte Daphne, vor einer geöffneten Schranktür stehend.

Die Regale dahinter hätten ebenso gut Ausstellungsstücke in einem Vorführsalon für Luxusküchen sein können. Es wirkte, als habe jemand sämtliche Abstände zwischen Tassen und Gläsern mit dem Lineal ausgemessen. Alles war makellos aufgereiht und perfekt sortiert – und wirkte dennoch auf eine merkwürdige Art verstörend. Amber merkte, dass sie stumm in den Schrank glotzte, wie gebannt von der Symmetrie.

»Amber?«, riss Daphne sie aus ihren Gedanken.

»Oh, einen Becher bitte.« Sie setzte sich auf einen der gepolsterten Barhocker.

»Nimmst du Milch?«

»Ja, bitte«, sagte Amber.

Daphne ließ die Kühlschranktür aufschwingen, und Amber verschlug es erneut die Sprache. Der Inhalt war mit militärischer Präzision und streng der Größe nach geordnet, die höchsten Gefäße hinten und sämtliche Schilder nach vorn gedreht. Die Akribie, mit der Daphne ihren Haushalt führte, war erschreckend. Amber hatte den Eindruck, dass es sich dabei weniger um den Wunsch nach einem sauberen, ordentlichen Zuhause handelte, sondern vielmehr um eine Art Spleen, eine zwanghafte Obsession. Sie musste an Sallys Erzählungen über Daphnes Klinikaufenthalt denken, damals nach Tallulahs Geburt. War es womöglich doch mehr gewesen als eine Wochenbettdepression?

Daphne setzte sich Amber gegenüber und goss ihnen Tee ein.

»Jetzt sind es nur noch ein paar Wochen bis zum großen Abend.

Du warst fantastisch. Ich habe das Gefühl, dass wir uns ideal ergänzen. Wir beide haben so viel Herzblut in die Sache gesteckt.«

»Es hat unglaublich viel Spaß gemacht. Ich kann's gar nicht mehr erwarten. Die Spendengala wird sicher ein riesiger Erfolg.«

Daphne nahm einen Schluck Tee und stellte ihren Becher auf den Tresen, die Hände noch immer darum geschlossen. Dann sah sie Amber an und sagte: »Ich würde gern etwas tun, um dir zu zeigen, wie sehr ich all deine harte Arbeit zu schätzen weiß.«

Amber legte den Kopf schief und blickte Daphne fragend an.

»Ich möchte dir gern ein Kleid für den Spendenabend kaufen«, sagte Daphne.

Amber hatte gehofft, dass dies passieren würde, doch sie musste diese Sache behutsam angehen. »O nein«, entgegnete sie. »Das könnte ich doch niemals annehmen.«

»Bitte. Es wäre mir wirklich eine Freude. Meine Art, Danke zu sagen.«

»Ach, ich weiß nicht. Ich hätte irgendwie das Gefühl, du würdest mich bezahlen. Dabei habe ich das alles ja nicht für Geld getan, sondern, weil ich es von Herzen wollte.« Amber kicherte innerlich. Wie überzeugend sie doch die Bescheidene gab.

»Du darfst es nicht als Bezahlung ansehen. Betrachte es doch einfach als Zeichen meiner Dankbarkeit für deine große Hilfe und Unterstützung.« Daphne strich sich eine blonde Locke aus dem Gesicht, sodass ihr Diamantring gleißend aufblitzte.

»Ich weiß nicht. Ich hätte einfach ein komisches Gefühl dabei.«

»Also gut«, stieß Daphne hervor und stockte kurz. »Was würdest du davon halten, wenn ich dir etwas von mir leihe?«

Verdammt, sie hatte sich zu lange geziert. Amber hätte sich ohrfeigen können, doch ein geliehenes Kleid war besser als nichts. »Klar doch, daran hatte ich gar nicht gedacht. Es wäre mir wirklich lieber, wenn du kein Geld für mich ausgeben würdest.« Als ob diese Frau nicht Geld wie Heu hätte.

»Wunderbar.« Daphne rutschte von ihrem Hocker. »Komm einfach mit nach oben, und wir schauen in meinem Schrank nach.«

Sie stiegen durch das ausladende Treppenhaus hinauf. Amber bewunderte die Werke holländischer Meister, die die Wände säumten.

»Was für herrliche Gemälde. Ich könnte sie stundenlang betrachten.«

»Tu dir keinen Zwang an. Interessierst du dich denn für Kunst? Jackson ist geradezu besessen davon«, erklärte Daphne, als sie im ersten Stock angekommen waren.

»Nun, ich bin zwar keine Expertin, aber ich liebe Museen«, erwiderte Amber.

»Jackson ebenso. Er sitzt im Vorstand des Bishops Harbor Art Center. Da wären wir«, sagte Daphne und führte sie in ein geräumiges Zimmer voller Garderobenständer, das angesichts seiner Größe kaum noch als begehbarer Kleiderschrank gelten konnte. Alles war penibel und schnurgerade aufgereiht und jedes Kleidungsstück in einer eigenen durchsichtigen Hülle verpackt. An zwei Wänden erstreckten sich Regalreihen mit Schuhen jeder Art, fein säuberlich nach Farben sortiert. Die dritte Wand bestand aus einem großen Einbauschrank. Zur leichteren Auswahl hatte jede Schublade ein kleines Sichtfenster, hinter dem jeweils nur ein Pullover lag. In einer Ecke befanden sich ein dreiteiliger Ganzkörperspiegel sowie ein kleines Podest. Die Beleuchtung war zwar hell, aber schmeichelnd – nicht zu vergleichen mit dem grellen Licht, das man von Kaufhaus-Umkleidekabinen kannte.

»Wow«, entfuhr es Amber. »Nicht übel.«

Daphne winkte bescheiden ab. »Wir haben eine Menge soziale Verpflichtungen. Früher bin ich für alles einkaufen gegangen, aber dann meinte Jackson, ich würde damit nur meine Zeit vergeuden. Deshalb lässt er mir die Sachen jetzt ins Haus schicken, damit ich sie mir ansehen kann.« Daphne wollte Amber gerade zu einem Ständer am anderen Ende des Raumes führen, als plötzlich eine junge Frau hereinplatzte.

»Madame«, sagte sie. »*Les filles*. Es ist Zeit, sie abzuholen, *non*?«

»Ach, du meine Güte. Du hast recht, Sabine«, rief sie aus und warf einen erstaunten Blick auf die Uhr. »Ich muss los. Ich habe den Mädchen versprochen, sie heute abzuholen. Aber wieso schaust du nicht einfach die Kleider durch, bis ich zurück bin? Es wird nicht lange dauern.« Sie tätschelte Ambers Arm. »Ah, und, Amber, das ist Sabine, unser Kindermädchen.« Dann stürzte sie aus dem Zimmer.

»Freut mich, dich kennenzulernen, Sabine«, sagte Amber. Sabine nickte kaum merklich mit dem Kopf, dann entgegnete sie unterkühlt und mit breitem französischem Akzent: »Ganz meinerseits, Miss.«

»Mrs. Parrish hat mir erzählt, du bringst den Kindern Französisch bei. Arbeitest du denn gerne hier?«

Kurz hellte sich Sabines Miene ein wenig auf, doch sie fasste sich schnell wieder. »Äußerst gerne sogar. Wenn Sie mich jetzt bitte entschuldigen würden«, erwiderte sie förmlich.

Als sie davonmarschierte, blickte Amber ihr belustigt hinterher. Sie kam aus Frankreich – na und? Trotzdem war sie nur ein Kindermädchen. Daphne und ihre Freundinnen hielten das gewiss für großartig. Nicht das übliche Spanisch sprechende Kindermädchen, sondern eines, das ihren Töchtern Französisch beibringen würde. Wie schick.

Amber sah sich um. Das war also Daphnes Kleiderschrank. Für sie glich das hier eher einem exklusiven Kaufhaus. Sie schlenderte umher, inspizierte bedächtig einen Ständer nach dem anderen. Die Schuhe waren mit derselben Gewissenhaftigkeit aufgereiht wie das Geschirr in den Küchenschränken. Auch die Abstände zwischen den Paaren schienen exakt bemessen. Als sie zum dreiteiligen Spiegel in der Ecke kam, entdeckte sie auf jeder Seite einen bequemen Clubsessel – offenbar gedacht für Jackson oder andere Zuschauer, die zustimmend nicken würden, wenn Daphne ihre Auswahl präsentierte. Anschließend ging sie zurück zu dem Ständer, den Daphne ihr ausgesucht hatte und stöberte durch die Kleider. Dior, Chanel, Wu, McQueen – nur das Feinste vom Feinsten. Es waren nicht irgendwelche Kaufhausketten, die Daphne ihre Ware zur Anprobe schickten; dies waren die führenden Modehäuser der Welt, die einer begüterten Kundin ihre neuesten Entwürfe angedeihen ließen. Es überstieg Ambers Vorstellungskraft.

Und Daphne fand all das völlig normal – den Luxus, die Kunstwerke, den »Schrank« voller Designerkostüme, -kleider und -schuhe. Amber öffnete einen Reißverschluss und brachte ein türkises Abendkleid von Versace zum Vorschein. Das prächtige Stück an den Körper geschmiegt, stieg sie auf das Podest und betrachtete sich. Selbst Mrs. Lockwood hatte nie etwas auch nur annähernd so Teures zu ihnen in die Reinigung gebracht.

Amber hängte das Kleid zurück auf den Ständer. Doch als sie sich umwandte, fiel ihr plötzlich eine Tür am gegenüberliegenden Ende des Raumes auf. Sie ging darauf zu, legte die Hand auf den Knauf und zauderte einen Moment. Dann trat sie ein. Vor ihr lag ein prächtig ausgestattetes Zimmer, eine überwältigende Mischung aus Luxus und Bequemlichkeit. Behutsam schlenderte sie umher, strich mit den Fingern sanft über die gelbe Seidentapete. In einer Ecke stand eine weiße samtüberzogene Chaiselongue. Das Licht, das durch das venezianische Fenster hineinfiel, brach sich im Kristallglas des ausladenden Lüsters und tauchte die Wände in ein betörendes Farbenspiel.

Amber machte es sich auf dem Sofa bequem, um das Bild an der gegenüberliegenden Wand zu studieren, das einzige Kunstwerk des Raumes, das sie förmlich in seine friedliche Landschaft aus Bäumen und Himmel hineinzuziehen schien. Ihre Schultern lockerten sich, und sie gab sich völlig der Stille und Gelassenheit dieses besonderen Ortes hin.

Sie schloss die Augen, stellte sich vor, dieses Zimmer wäre ihres, und verharrte eine Weile so. Als sie wieder aufstand, inspizierte sie den Raum noch etwas genauer. Vor ihr stand ein zierliches Tischchen voller Fotos der jungen Daphne und ihrer Schwester Julie. Sie erkannte sie von anderen Bildern wieder, die im gesamten Haus verteilt standen – das schmächtige Mädchen mit dem langen dunklen Haar und den schönen mandelförmigen Augen. Dann trat sie an eine antike Kommode mit einer Vielzahl kleiner Schubladen und zog eine davon heraus. Spitzenunterwäsche. Exotische Seifen. Auch die weiteren Schubladen enthielten ähnliche Dinge – alle makellos gefaltet und verstaut. Amber öffnete den Wandschrank. Berge flauschiger Badetücher. Sie wollte die Tür schon wieder schließen, als ihr weiter hinten ein Palisanderkästchen ins Auge fiel. Amber nahm es in die Hand, ließ den Verschluss aufschnappen und hob den Deckel. Darin lag, gebettet in edlen grünen Samt, eine kleine Pistole, der Griff kunstvoll mit Perlmutt beschlagen. Ganz behutsam nahm sie die Waffe aus dem Futteral und entdeckte ein Monogramm: YMB, in Großbuchstaben auf dem Lauf graviert. Was hatte diese Waffe hier zu suchen? Und wer war YMB?

Amber wusste nicht, wie lange sie dort gestanden haben musste, als sie auf einmal Stimmen vernahm und das Geräusch einer Tür, die auf- und zugemacht wurde. Rasch legte sie die Pistole zurück, warf, um sicherzugehen, dass sie auch ja nichts verändert hatte, einen letzten Blick in den Raum und ging zurück ins Ankleidezimmer. In diesem Moment kamen auch schon die Kinder hereingeprescht, mit Daphne hinterdrein.

»Hi, da sind wir wieder. Entschuldige bitte, dass es so lange gedauert hat. Bella hat ihr Malbild vergessen, sodass wir noch mal zurückmussten«, sagte Daphne zerknirscht.

»Kein Problem«, beschwichtigte Amber sie. »Die Kleider sind alle so wunderschön. Ich kann mich einfach nicht entscheiden.«

Bella zog die Stirn in Falten und flüsterte ihrer Mutter zu: »Was macht die denn hier?«

»Sorry«, sagte Daphne zu Amber gewandt und ergriff Bellas Hand. »Wir suchen gerade ein Kleid für Amber aus, das sie zur Spendengala tragen kann. Wollt ihr beiden ihr nicht dabei helfen? Das wäre doch sicher lustig, oder?«

»In Ordnung«, erwiderte Tallulah lächelnd, doch Bella funkelte Amber nur mit unverhohlener Feindseligkeit an, machte auf dem Absatz kehrt und stiefelte aus dem Zimmer. Da lag wohl doch noch ein bisschen Arbeit vor ihr.

»Nimm dir das nicht zu Herzen. Sie kennt dich einfach noch nicht gut genug. Bella braucht immer eine Weile, um mit Leuten warm zu werden.«

Amber nickte. Du solltest dich lieber an mich gewöhnen, Kleine, dachte Amber. So schnell wirst du mich nicht mehr los.

15

Amber war stinksauer. Es war Heiligabend und Rollins blieb bis zwei Uhr mittags geöffnet. Was für Idioten besichtigten denn an Weihnachten irgendwelche Häuser? Wieso waren sie nicht zu Hause, packten ihre sauteuren Geschenke ein und schmückten ihren Dreimeterfünfzig-Baum? Aber wahrscheinlich taten sie das eh nicht selbst. Dazu hatten sie schließlich Leute wie Amber.

Gegen Mittag stand auf einmal Jenna in der Tür. »Hey, Amber. Kann ich reinkommen?«

»Was gibt's denn?« Die hat mir gerade noch gefehlt, dachte sie genervt.

Jenna stellte ein großes bunt verpacktes Paket auf Ambers Schreibtisch. »Fröhliche Weihnachten.«

Amber warf einen flüchtigen Blick auf das Geschenk und sah dann wieder Jenna an. Ihr wäre niemals in den Sinn gekommen, Jenna etwas zu schenken. Was für eine unangenehme Situation.

»Mach schon auf!«, forderte Jenna sie auf.

Amber nahm die Schachtel in die Hand, riss das Papier herunter und öffnete den Deckel. Die Schachtel enthielt eine bunte Mischung herrlicher Weihnachtsplätzchen, von denen eines köstlicher aussah als das andere. »Hast du die etwa selbst gebacken?«

Jenna klatschte in die Hände. »Klar, meine Mom und ich machen das jedes Jahr. Sie backt ganz fantastisch. Freust du dich?«

»Ja, klar. Vielen Dank, Jenna. Das ist wirklich nett von dir.«
Amber hielt kurz inne. »Es tut mir leid, aber ich habe gar nichts
für dich.«

»Ach, das macht doch nichts, Amber. Ich hab sie schließlich
nicht gebacken, damit du mir im Gegenzug was schenkst. Meine
Mom und ich tun das nun mal für unser Leben gern. Jeder hier
im Büro bekommt welche. Hoffentlich schmecken sie dir. Frohe
Weihnachten.«

»Dir auch fröhliche Weihnachten.«

***

Am Weihnachtsmorgen schlief Amber lang. Als sie aufwachte,
war der Himmel blau, die Sonne strahlte, und es waren gerade
einmal zwei Fingerbreit Schnee gefallen. Sie gönnte sich eine
lange heiße Dusche, schlang sich das Frotteehandtuch um und
kochte eine Kanne starken Kaffee. Dann nahm sie ihren Becher
mit ins Bad und begann sich sanfte Wellen ins Haar zu föhnen –
schlicht, aber klassisch. Sie trug ein wenig Rouge auf, dazu etwas dezenten Lidschatten und einen Hauch Wimperntusche.
Anschließend trat sie einen Schritt zurück, um das Ergebnis zu
begutachten. Sie sah schwungvoll und jugendlich aus, ohne jedoch im Geringsten sexy zu wirken.

Daphne hatte sie für zwei Uhr eingeladen, also aß sie einen
Joghurt und las noch ein Weilchen in der *Odyssee*. Ehe sie sich's
versah, war es Zeit, sich anzuziehen und alles zusammenzupa-
cken. An der Tür ihres Kleiderschranks hingen bereits die Sachen, für die sie sich entschieden hatte – graue Wollhosen und
ein weiß-grauer Rollkragenpullover. In den Ohren trug sie Perlenstecker – keine echten natürlich, aber wen kümmerte das
schon? –, dazu am linken Handgelenk einen schlichten vergol-
deten Armreif, ansonsten wie immer nur ihren Saphirring. Rein
und jungfräulich wollte sie wirken. Dann warf sie einen letzten

prüfenden Blick in den Spiegel und packte sämtliche Präsente in eine große Einkaufstüte.

Eine Viertelstunde später fuhr sie durchs offene Tor des Anwesens und parkte ihren Wagen in der kreisförmigen Auffahrt. Sie schnappte sich die Tüte mit den Geschenken, stiefelte zur Tür und klingelte. Kurz darauf sah sie, wie Daphne ihr mit Bella an der Hand im Flur entgegenkam.

»Herzlich willkommen! Fröhliche Weihnachten. Wie schön, dass du kommen konntest«, rief Daphne beim Öffnen der Tür und umarmte sie.

»Dir auch ein frohes Fest. Vielen Dank, dass ich diesen Tag mit dir und deiner Familie verbringen darf«, erwiderte Amber.

»Ach, die Freude ist ganz auf unserer Seite«, säuselte Daphne und schloss die Tür.

Bella hüpfte wie ein Springball neben Daphne auf und ab.

»Hi, Bella, frohe Weihnachten.« Amber schenkte ihr ein falsches, dafür aber umso breiteres Lächeln.

»Hast du ein Geschenk für mich?«, wollte Bella wissen. Daher also die ungewohnte Freude bei Ambers Anblick.

»O Bella, du solltest unseren Gast erst einmal begrüßen. Das war sehr unhöflich«, schalt Daphne.

»Aber natürlich habe ich ein Geschenk für dich. Wie könnte ich vergessen, meinen kleinen Lieblingen etwas mitzubringen?«

»Prima. Kann ich's jetzt schon haben?«

»Bella! Amber hat noch nicht einmal ihren Mantel abgelegt.« Daphne versetzte ihrer Tochter einen spielerischen Knuff. »Lass mich deinen Mantel nehmen, Amber, und dann gehen wir gemeinsam ins Wohnzimmer.«

Zunächst schien Bella protestieren zu wollen, tat dann aber wie geheißen.

Als Amber, Daphne und Bella das Zimmer betraten, blickten Jackson und Tallulah von einem Puppenhaus auf, das sie gerade einrichteten.

»Fröhliche Weihnachten, Amber. Wie schön, dass du da bist«, sagte Jackson mit solcher Herzlichkeit, dass sie sich tatsächlich willkommen fühlte.

»Vielen Dank für die Einladung. Meine ganze Familie ist in Nebraska, und sonst wäre ich heute ganz allein gewesen. Ihr könnt euch nicht vorstellen, wie dankbar ich euch bin.«

»Niemand sollte an Weihnachten allein sein. Wir freuen uns, dass du gekommen bist.«

Amber dankte ihm ein weiteres Mal und wandte sich dann an Tallulah. »Frohe Weihnachten, Tallulah. Was für ein schönes Puppenhaus.«

»Willst du rüberkommen und es dir ansehen?«, fragte sie.

Die Mädchen waren verschieden wie Tag und Nacht. Amber mochte keine Kinder, aber Tallulah wusste sich wenigstens zu benehmen – im Gegensatz zu dem kleinen Biest, das ernsthaft zu glauben schien, Sonne und Mond drehten sich allein um sie. Amber ging hinüber und hockte sich neben Tallulah vor das Puppenhaus. Weder in echt noch auf irgendwelchen Bildern hatte Amber je etwas Vergleichbares gesehen. Was ihre Schwestern und sie für ein Spielzeug wie dieses gegeben hätten. Und all die traumhaft schönen Möbel und Puppen, die dazugehörten. Das Haus war riesig, hatte drei Stockwerke, echte Holzböden, gekachelte Badezimmer, elektrische Kronleuchter – die tatsächlich funktionierten –, und an sämtlichen Wänden hingen herrliche Gemälde. Erst bei genauem Hinsehen ging ihr auf, dass es sich um einen naturgetreuen Nachbau des Hauses handelte, in dem sie sich befanden. Gewiss eine Sonderanfertigung. Was das gekostet haben musste!

»Wie wär's mit einem Glas Eierpunsch, Amber?«, fragte Daphne.

»Sehr gern, vielen Dank.« Eine Weile sah sie zu, wie Tallulah das Haus sorgsam mit Sofas, Tischen und Stühlen ausstattete. Bella spielte auf dem Sofa in der anderen Ecke mit ihrem neuen iPad herum. Nun, da sie saß, sah Amber erst die Masse von Geschenken, die sich unter dem Baum stapelten. Eines aufs andere getürmt, und von Papier, Schleifen und Bändern durchwirkt, ragte der Berg bis weit in den Raum hinein. Beim Gedanken an die kläglichen Weihnachtsfeste ihrer Jugend ergriff sie eine tiefe Traurigkeit. Ihre Geschwister und sie hatten stets nur Nützliches bekommen wie Unterwäsche oder Socken. Nie hatte es Geschenke gegeben, die einfach nur Freude bereiten sollten, oder etwas, mit dem man gerne spielte. Selbst ihre Weihnachtssocken waren fast ausnahmslos mit Praktischem oder Essbarem gefüllt gewesen, großen Orangen etwa, die viel Platz einnahmen, Bleistiften und Radierern für die Schule. Wenn sie Glück hatten, gab es noch ein kleines Puzzle, das nach einem Tag schon langweilig wurde.

Der Anblick, der sich ihr im Wohnzimmer der Parrishs bot, verschlug ihr die Sprache. In einem der Kartons glaubte sie einen Zipfel seidener Unterwäsche zu entdecken, und etliche kleinere Schachteln mussten Schmuckstücke für Daphne enthalten haben. Tallulahs Geschenke waren alle sorgfältig aufeinandergetürmt. Bella dagegen hatte ihre wild im Zimmer verstreut und flitzte, sobald sie ihr iPad weggelegt hatte, zwischen ihnen hin und her.

Das Einzige, was an diesem Idyll fehlte, ging es Amber durch den Kopf, war Daphnes Mutter. Wieso war die Großmutter der Mädchen – eine Witwe, die nur ein paar Autostunden entfernt wohnte – nicht geladen, um Weihnachten mit ihrer einzigen Tochter und deren Kindern zu verbringen? Anscheinend wurde hier mehr Wert auf teure Geschenke als auf den Familienzusammenhalt gelegt.

Daphne kehrte mit drei Gläsern Eierpunsch in der Hand ins Wohnzimmer zurück und stellte sie auf dem edlen Mahagonitisch zwischen den beiden großen Sofas ab.

»Amber, setz dich doch zu mir«, sagte sie und klopfte sachte auf das Kissen neben sich. »Hast du denn ein paar Tage frei zwischen den Jahren?«

»Glücklicherweise ja. Das ist der Vorteil, wenn man mit Gewerbeimmobilien zu tun hat.« Sie nippte an ihrem Punsch. »Verreist ihr über die Feiertage?«

»Ja, am Achtundzwanzigsten fliegen wir wie immer nach St. Barth. Normalerweise brechen wir schon am zweiten Weihnachtsfeiertag auf, aber Meredith veranstaltet zu Rands Fünfzigstem übermorgen eine Überraschungsparty. Deswegen haben wir es verschoben.«

»Wie herrlich«, sagte Amber, auch wenn sie innerlich kochte. Sie würde die restlichen Feiertage in ihrem düsteren Loch hocken und schlottern, während Daphne sich in der Sonne aalte.

Dann erhob sie sich von der Couch, in der Hoffnung, dass der Neid ihr nicht allzu deutlich ins Gesicht geschrieben stand. »Ich habe ein paar Kleinigkeiten dabei. Lass sie mich rasch holen«, sagte sie.

Bella sprang sofort auf und sauste zu ihr hinüber. »Darf ich mein Geschenk sehen? O bitte, bitte, bitte!«

Amber sah Jackson lächeln, während er zuschaute, wie Bella vor Vorfreude herumsprang.

»Bitte schön, Bella.« Amber reichte ihr die verpackte Bücherkassette. Zum Glück hatte sie dazu noch eine funkelnde Halskette mit passendem Armband besorgt. Bella liebte Glitzersachen.

Gierig zerfetzte sie das Geschenkpapier, warf einen flüchtigen Blick auf die Bücher und machte sich sofort daran, auch das kleinere Päckchen zu öffnen. »Oh, schön.«

»Wie reizend. Komm, ich helfe dir mit der Kette«, sagte Daphne.

»Tallulah, das hier ist für dich.«

Vorsichtig packte sie das Geschenk aus. »Vielen Dank, Amber. Ich liebe dieses Buch.«

Nachdem sie Armband und Kette angelegt hatte, nahm Bella nun auch die Bücher in Augenschein und stampft wütend mit dem Fuß auf. »Das ist unfair! Die Bücher von Ivy & Bean hab ich schon!«

Jackson hob sie auf den Arm und versuchte, die Wogen zu glätten. »Kein Problem, Schatz. Wir bringen sie zurück ins Geschäft und tauschen sie gegen welche um, die du noch nicht kennst, okay?«

»Okay«, jammerte sie, und legte den Kopf auf seine Schultern.

Dann holte Daphne ein kleines, edel verpacktes Paket unter dem Weihnachtsbaum hervor und reichte es Amber. »Das ist für dich. Ich hoffe, es gefällt dir.«

Amber schnürte das rote Samtbändchen auf und entfernte behutsam das schwarz-goldene Papier. In dem kleinen Kästchen befand sich eine feingliedrige Goldkette samt Perlenanhänger. Sie war wunderschön. Für einen Moment war Amber überwältigt. Noch nie hatte sie etwas so Schönes besessen.

»O Daphne, danke. Es gefällt mir sehr. Vielen, vielen Dank.«

»Gern geschehen.«

»Ich habe auch etwas für dich.«

Daphne packte den Karton aus und hielt den Armreif in die Höhe. Als sie auf dem Anhänger Julies Namen las, bekam sie feuchte Augen. Dann streifte sie ihn sich übers Handgelenk. »Welch ein wunderbares Geschenk. Ich werde ihn immer tragen. Vielen Dank.«

Amber hielt Daphne ihren Arm hin. »Ich habe auch einen. So werden unsere Schwestern immer bei uns sein.«

Sprachlos vor Rührung zog Daphne Amber an sich und schloss sie fest in die Arme.

»Lass mich mal sehen, Mommy«, quäkte Bella, flitzte zum Sofa und ließ sich auf den Schoß ihrer Mutter fallen.

»Sieh mal, ein hübscher Armreif mit Tante Julies Namen drauf. Ist er nicht zauberhaft?«

»Aha. Darf ich ihn mal haben?«

»Später vielleicht, okay?«

»Nein, jetzt.«

»In Ordnung, aber nur ganz kurz, und dann bekommt Mommy ihn zurück.« Daphne nahm den Armreif ab und gab ihn ihr. Bella steckte sogleich ihr Fäustchen hindurch, doch der Reif war viel zu groß für ihr winziges Handgelenk, und sie gab ihn Daphne zurück. »Ich mag ihn nicht.«

Verdammt, dachte Amber. Kaum zu glauben, dass ihr dieses widerwärtige Kind schon wieder dazwischengefunkt und diesen wunderbaren Moment zunichtegemacht hatte, der sie und Daphne noch enger hätte zusammenschweißen sollen. Also zog Amber rasch das andere Geschenk hervor und hielt es Daphne hin. »Hier ist noch etwas, das dir gefallen könnte.«

»Aber Amber. Das ist wirklich zu viel. Du übertreibst.«

Nein, ging es Amber durch den Kopf, übertrieben ist alles andere hier in diesem Zimmer, diese Unmenge von Plunder zwischen Bergen von Schleifchen und Geschenkpapier. »Das ist gar nichts, Daph. Wirklich nur eine Kleinigkeit.«

Daphne öffnete die Schachtel und holte ein in Seidenpapier eingeschlagenes Päckchen hervor. Schicht um Schicht entfernte sie die Verpackung. Als eine gläserne Schildkröte zum Vorschein kam, glitt ihr die Figur plötzlich aus den Fingern und purzelte zu Boden.

Flugs beugte Amber sich hinunter, um sie aufzuheben. Erleichtert stellte sie fest, dass die Schildkröte heil geblieben war. Behutsam setzte sie sie auf den Serviertisch. »Nichts passiert.«

Daraufhin kam Jackson mit großen Schritten zu ihnen herüber, griff sich die Schildkröte und drehte sie kritisch hin und her. »Sieh mal, Daphne. So eine hast du noch nicht in deiner Sammlung. Was für ein toller Neuzugang.« Dann stellte er die Schildkröte wieder hin. »Ein großartiges Geschenk, Amber. Wie wär's, wenn wir jetzt hinüber ins Esszimmer gehen? Schließlich gibt es heute das Weihnachtsessen.«

»Ach, einen Augenblick«, stieß Amber hervor. »Ich habe noch ein Geschenk für dich, Jackson.«

»Das wäre wirklich nicht nötig gewesen«, sagte er, als er das Päckchen entgegennahm. Voller Spannung verfolgte sie, wie er das Geschenkpapier entfernte und ein Buch in den Händen hielt. Dann blickte er verdutzt zu ihr empor, und zum ersten Mal hatte sie den Eindruck, dass er sie tatsächlich ansah. »Das ist ja fantastisch! Wo hast du das denn gefunden?«

»Die Felsmalereien haben mich schon immer fasziniert. Und wie sich unschwer erkennen lässt, seid ihr beide ja versierte Kunstliebhaber. Als ich in einem Online-Antiquariat darauf gestoßen bin, habe ich mir gedacht, dass sie dich auch interessieren könnten.« Sie hatte etliche Antiquariat-Websites durchstöbert, bis sie etwas gefunden hatte, das ihm gefallen könnte – *Die Höhlenmalereien von Lascaux* von F. Windels. Als sie den Preis sah – stolze fünfundsiebzig Dollar –, hatte sie erst einmal schlucken müssen, sich aber dennoch entschlossen, das Geld zu investieren. Die Malereien waren über siebzehntausend Jahre alt und die Höhlen in Frankreich längst zum UNESCO-Weltkulturerbe erklärt worden. Sie hatte gehofft, ihn damit beeindrucken zu können.

Amber lächelte in sich hinein. Sie hatte einen Volltreffer gelandet.

Daphne erhob sich vom Sofa. »Okay, ihr alle, jetzt ist es aber Zeit fürs Essen.«

»Einen Augenblick. Nur noch eine Sache.« Amber überreichte ihr die Keksschachtel.

»Du meine Güte, Amber. Die sehen ja köstlich aus. Schaut mal, Mädchen, sind die nicht lecker?«

»Ich will einen!« Bella stellte sich auf die Zehenspitzen und linste in den Karton.

»Nach dem Essen, Schätzchen. O Amber, das ist ja so reizend von dir.«

»Nun, Rollins hat gestern früher geschlossen, also habe ich mich abends noch an den Ofen gestellt.«

»Was? Die hast du selbst gebacken?«

»Ist nicht der Rede wert, das hat mir wirklich Spaß gemacht.«

Als sie gemeinsam ins Esszimmer hinübergingen, bemerkte Amber, wie sich eine kleine Hand in ihre schob. Bella sah grinsend zu ihr hoch. »Du bist eine echt gute Plätzchenbäckerin. Ich bin froh, dass du heute gekommen bist.«

Amber lächelte den kleinen Plagegeist an. »Ich auch, Bella.«

Sie spürte, wie sich eine tiefe Zufriedenheit in ihr ausbreitete.

16

Amber hatte einen Plan für das neue Jahr, der, wie sie hoffte, die ganze Sache beschleunigen würde. Ihr aufgelöster Anruf hatte seinen Zweck erfüllt, und als sie sich dem Haus näherte, stand Daphne bereits in der Tür. Mit sorgenvoller Miene ließ sie Amber ein und lotste sie geradewegs in den Wintergarten.

»Was ist denn passiert?«, fragte sie beunruhigt.

»Ich hab versucht, allein damit zurechtzukommen, aber ich halte es einfach nicht mehr aus. Ich muss mit jemanden darüber reden.«

»Komm, setz dich hin.« Daphne nahm Ambers Hand und geleitete sie sanft zum Sofa. »Was ist denn los?« Sie beugte sich zu Amber vor und blickte ihr in die Augen.

Amber holte tief Luft. »Ich bin heute gefeuert worden. Aber es ist nicht meine Schuld, und ich kann nichts dagegen machen.« Dann brach sie in Tränen aus.

»Wie meinst du das? Erst mal Kopf hoch, und erzähl mir alles von vorn.«

»Vor ein paar Monaten fing alles an. Wann immer ich zu ihm ins Büro kam, fand Mark – Mark Jansen, mein Chef – irgendeinen Grund, mich anzufassen. Strich mir irgendwas von der Schulter oder legte seine Hand auf meine. Am Anfang habe ich mir nichts dabei gedacht. Dann aber, letzte Woche, hat er mich gefragt, ob ich mit ihm zu einem Kundenessen kommen würde, abends.«

Daphne musterte sie aufmerksam, und Amber fragte sich, ob

sie sie womöglich für zu unattraktiv hielt, als dass ein Mann sie je anbaggern würde.

»Ist es denn üblich, dass du den Chef zu Kundenessen begleitest?«, hakte Daphne nach.

Amber zuckte mit den Schultern. »Eigentlich nicht. Aber ich habe mich damals geschmeichelt gefühlt. Glaubte, er wolle meine Einschätzung hören und lege Wert auf meine Meinung. Und vielleicht wäre ja sogar eine Beförderung drin. Ich bin selbst hingefahren und habe ihn im Gilly's getroffen. Er saß schon da, allerdings allein. Daraufhin erzählte er mir, der Kunde habe angerufen und würde sich verspäten. Wir tranken ein paar Bier, und mir wurde etwas schwummrig.« Wieder hielt sie inne und schöpfte tief Luft. »Und dann spürte ich auf einmal seine Hand auf meinem Knie, und wie er sie meinen Schenkel hochgleiten ließ.«

»Was?«, stieß Daphne wutentbrannt hervor.

Amber schlang die Arme um sich und wiegte sich vor und zurück. »Es war furchtbar, Daph. Er rutschte auf der Bank immer näher an mich heran, steckte mir seine Zunge in den Mund und begann, meine Brüste anzufassen. Ich stieß ihn fort und ergriff die Flucht.«

»Dieses Schwein! Damit wird er nicht ungestraft davonkommen.« Ihre Augen funkelten zornig. »Du musst ihn sofort anzeigen.«

Amber schüttelte den Kopf. »Das kann ich nicht.«

»Aber wieso denn nicht?«

»Am nächsten Tag behauptete er, *ich* hätte *ihn* angemacht. Und dass mir sowieso niemand glauben würde.«

»Das ist doch lächerlich. Wir gehen da jetzt auf der Stelle hin und reden mit der Personalabteilung.«

»Ich schäme mich so, das zu sagen, aber vor ein paar Wochen habe ich auf der Weihnachtsfeier ein Glas zu viel getrunken und am Ende mit einem der Makler geknutscht. Alle haben es mitbekommen. Die werden ihm glauben – sie denken, dass ich leicht zu haben bin.«

»Aber das ist doch nicht dasselbe, wie vom Chef sexuell belästigt zu werden.«

»Ich darf da jetzt keinen Ärger machen. Er hat mir zwei Monatslöhne angeboten, wenn ich ohne großen Wirbel kündige. Meine Mutter stottert immer noch die Arztrechnungen für Charlene ab. Ich schicke ihr jeden Monat Geld. So ein Angebot abzulehnen, kann ich mir einfach nicht leisten. Es wird sich bestimmt etwas anderes ergeben. O Daph, ich fühle mich nur so gedemütigt.«

»Er gibt dir Geld, damit du den Mund hältst. Ich kann dir finanziell aushelfen, bis du einen neuen Job gefunden hast. Aber ich glaube, du solltest dagegen vorgehen.«

Das hörte sich schon besser an. Doch Amber musste noch einen draufsetzen, um die Sache durchzuziehen.

»Damit jede Maklerfirma in ganz Connecticut einen großen Bogen um mich macht? Nein, um überhaupt noch einen Job zu bekommen, muss ich den Mund halten. Und außerdem habe ich ihn vielleicht wirklich auf dumme Gedanken gebracht.«

Daphne stand auf und schritt im Zimmer auf und ab. »Komm ja nicht auf die Idee, dir selbst die Schuld zu geben. Du hast überhaupt nichts falsch gemacht. Dieser Mistkerl wird es wahrscheinlich bald schon bei einer anderen versuchen.«

»Glaub mir, daran habe ich auch schon gedacht. Aber Daphne, ich muss mit meinem Geld meine Mutter unterstützen. Ich kann ihn nicht anzeigen und riskieren, dass mich dann keiner mehr einstellt.«

»Der Widerling. Er weiß ganz genau, dass du keine Wahl hast.«

»Er hat mir ein gutes Zeugnis ausgestellt. Ich soll einfach nur rasch verschwinden.« Sie schenkte Daphne ein tränenschweres Lächeln. »Und das Gute daran ist, dass ich jetzt jede Menge Zeit habe und mich den ganzen Tag um die Spendengala kümmern kann.«

»Du gewinnst doch allem noch etwas Gutes ab, nicht? Okay, ich respektiere deinen Wunsch, obwohl ich nichts lieber täte, als sofort hinzufahren und es dem Typen richtig zu zeigen. Ich find's toll, wie du deiner Mutter unter die Arme greifst.«

Amber musterte Daphnes Gesicht, als diese jäh verstummte und offenbar über etwas nachgrübelte. Ob sie wohl an ihre eigene Mutter dachte und ein schlechtes Gewissen bekam?

»Weißt du was? Ich rede mal mit Jackson. Vielleicht hat er ja in seiner Firma etwas für dich.«

Amber setzte eine verblüffte Miene auf. »Meinst du wirklich? Das wäre fantastisch. Ich würde alles Mögliche machen. Auch eine Stelle als persönliche Assistentin oder Ähnliches wäre großartig.« Diesmal war ihr Lächeln ausnahmsweise echt.

»Aber sicher doch. Da wird bestimmt etwas zu machen sein. Gleich heute Abend spreche ich mit ihm. Lass uns in der Zwischenzeit etwas unternehmen, das dich ein wenig aufmuntert. Wie wär's mit Shoppen?«

Daphne musste Ambers Gesichtsausdruck registriert und eingesehen haben, dass Shoppen wohl das Letzte war, das sie sich nun, da sie arbeitslos war, leisten konnte. Mal ehrlich, hatte diese Frau vollends den Bezug zur Wirklichkeit verloren?

»Tut mir leid, du musst mich für schrecklich unsensibel halten. Was ich damit sagen wollte, war: Ich würde dich gern zum Shoppen ausführen – auf meine Kosten. Und bevor du ablehnst, denk daran, dass auch ich nicht mit alldem hier groß geworden bin.« Mit einer ausladenden Armbewegung umfasste sie den Raum. »Ich stamme aus einer Kleinstadt in New Hampshire. Wahrscheinlich war es da gar nicht so viel anders als dort, wo du aufgewachsen bist. Als ich Jackson kennengelernt und dieses Haus gesehen habe, hielt ich es für lächerlich. All dieser Luxus. Aber mit der Zeit gewöhnt man sich daran – vielleicht sogar etwas zu sehr. Und weil ich so viel Zeit mit den Frauen hier verbringe, habe ich mich, wie ich gestehen muss, wohl etwas gehen lassen.«

Amber hörte schweigend zu, gespannt, was Daphnes kleine Beichte wohl noch alles zutage fördern würde.

»Du hast mir geholfen, mich daran zu erinnern, was wirklich zählt, wieso ich überhaupt erst hierhergekommen bin – um anderen Familien Trost zu spenden und all jenen zu helfen, die unter dieser furchtbaren Krankheit leiden. Ich weiß, Jackson verdient eine Menge Geld, aber ich möchte nicht, dass das zwischen uns steht. Zum ersten Mal, seit ich meine Schwester verloren habe, fühle ich mich jemanden wirklich nah. Bitte, lass mich das für dich tun.«

Das klang wie Musik in Ambers Ohren. Und das Beste daran war, dass Daphne nun *sie* für großzügig hielt. Sie fragte sich, ob sie Daphne wohl dazu bringen könnte, ein komplett neues Arbeitsoutfit springen zu lassen.

Sie riss die Augen auf. »Bist du dir wirklich sicher?«

»Absolut.«

»Nun ja, ich schätze, ein paar neue Klamotten für die Jobsuche könnten nicht schaden. Würdest du mir denn helfen, etwas für Bewerbungsgespräche auszusuchen?«

»Nichts würde ich lieber tun.«

Amber verbiss sich ein Lachen. Daphne war so treuherzig, dass sie fast ein schlechtes Gewissen bekam. Sie hatte damit gerechnet, einiges Geschick aufbieten zu müssen, um Daphne auf die Idee mit Parrish International zu bringen, doch Daphne hatte angebissen, bevor der Köder richtig gelegt war. Und das, obwohl der arme, glücklich verheiratete Mark Jansen, dessen Ruf sie ruiniert hatte, ihr nie auch nur ein bisschen zu nahe gekommen war. Heute Nachmittag würde sie ihn anrufen und kündigen. Der Motor lief wie geschmiert. Jetzt musste sie nur noch tüchtig Gas geben.

17

Endlich war der große Abend gekommen und Amber so nervös wie eine Schauspielerin bei der Premiere. Die Spendengala begann erst um acht, Jackson und Daphne würden sie jedoch schon um sechs abholen, um vorher alles noch einmal zu überprüfen. Die zweihundertfünfzig Dollar Eintritt wären für sie ein Problem gewesen, doch Daphne hatte einfach einen ganzen Tisch gebucht und sie eingeladen.

Amber goss sich ein Glas Chardonnay ein. Wein und Musik würden sie beim Anziehen etwas auflockern. Es war zwar noch zu früh für ihren großen Auftritt, trotzdem wollte sie heute Abend nicht bei der Gala aufschlagen wie irgendeine Landpomeranze. Amber schlenderte zum Bett hinüber, wo sie sich ihre Abendgarderobe zurechtgelegt hatte, griff sich den schwarzen Spitzentanga und streifte ihn über ihre schlanken Hüften. Natürlich würde niemand ihre Unterwäsche zu Gesicht bekommen, aber sie würde sich besser fühlen, wenn sie wusste, wie sexy sie unter ihrem Kleid aussah. Dann kam die Krönung – das umwerfende Valentinokleid, das sie sich aus Daphnes Schrank ausgesucht hatte. Es war ein schlichtes schwarzes Abendkleid, vorne hochgeschlossen und langärmlig, aber rückenfrei. Auf subtile Weise sexy, aber kein bisschen protzig. Sie band sich das Haar im Nacken zu einem sorgfältigen Knoten und trug dezentes Make-up auf. Ihr einziger Schmuck bestand aus der Perlenkette, die sie von Daphne zu Weihnachten bekommen hatte, sowie ihren kleinen Perlensteckern. Sie sah ein letztes Mal in den Spiegel und musste grinsen. Zufrieden schnappte sie sich ihre Handtasche, eine kleine silberne Clutch, die sie für wenig Geld im Designer Shoe Warehouse gekauft hatte. Als sie sich den geliehenen silbernen Seidenschal um die Schultern legte, stieg ihr ein Hauch von Daphnes Parfüm in die Nase. Bevor sie das Licht löschte, warf sie einen Blick zurück in das Zimmer, das sie bewohnte. Sie bemühte sich wirklich, ihre Umgebung zu ignorieren, aber je mehr Einblicke sie in Daphnes Lebensweise und die ihrer Freundinnen erhielt, desto schwerer fiel ihr das. Hatte sie sich etwa vom trostlosen Elternhaus ihrer Jugend losgesagt, um dieses mönchische Dasein zu fristen? Sie stieß einen Seufzer aus, wischte die Erinnerungen beiseite und schloss die Tür hinter sich.

Um zehn vor sechs machte sie sich auf den kurzen Weg vom Haus zur Straße hinunter. Punkt sechs fuhr die schwarze Limousine vor. Sie fragte sich, was die Nachbarn in dieser schlichten Gegend wohl dachten, als der Chauffeur ausstieg, um ihr die Tür zu öffnen. Dann glitt sie gegenüber von Jackson und Daphne auf die Rückbank.

»Hi, Daphne, hallo, Jackson. Vielen Dank fürs Abholen.«

»Keine Ursache«, sagte Daphne. »Du siehst hinreißend aus. Das Kleid scheint wie für dich gemacht. Du solltest es behalten.«

Jackson musterte sie einen Moment lang, wandte sich dann aber wieder ab. Er wirkte genervt. Na toll. Sie hatte gehofft, einen bleibenden Eindruck bei ihm zu hinterlassen, und das war ihr wohl gelungen – nur auf die völlig falsche Weise. Sie hätte nie einwilligen dürfen, sich ein Kleid von Daphne zu leihen. Was hatte sie sich bloß dabei gedacht?

»Ich bin heute schon im Hotel vorbeigefahren, um mir die Präsentation der Versteigerungsstücke anzuschauen«, begann Daphne, um die angespannte Stimmung zu überspielen. »Es sieht fantastisch aus. Ich glaube, das wird ein erfolgreicher Abend.«

»Das glaube ich auch«, erwiderte Amber. »Die Sachen sind wirklich traumhaft. Ich bin echt gespannt, für wie viel die Villa auf Santorin weggeht.«

Die Fahrt verging mit Smalltalk und oberflächlichem Geplauder. Amber bemerkte, dass Jackson die Hand seiner Frau während der gesamten Zeit nicht eine Sekunde losließ, und als sie ankamen, half er ihr behutsam und liebevoll aus dem Wagen, wohingegen Amber mit der Hilfe des Chauffeurs vorliebnehmen musste. Angesichts seiner offensichtlichen Vernarrtheit in seine Frau spürte Amber ihre Entschlossenheit ein Stück weit schwinden.

Sie waren nicht die Ersten. Das Dekokomitee gab dem Auktionstisch den letzten Schliff und schmückte die fünfzig mit rosa Decken und schwarzen Servietten versehenen Tische mit Blumengestecken. Am hinteren Ende des Saales packte die Band gerade ihre Instrumente aus, und die Barkeeper stockten ihre Vorräte auf. Heute Abend würden sie viel zu tun bekommen.

»Wow, Daphne, das sieht ja toll aus«, staunte Amber.

Jackson legte einen Arm um Daphnes Taille, zog sie zu sich heran und hauchte ihr zärtlich ins Ohr: »Großartig gemacht, mein Schatz. Du hast dich mal wieder selbst übertroffen.«

Amber betrachtete die beiden. In seinem schwarzen Smoking sah Jackson wie ein Filmstar aus, und Daphne war absolut hinreißend in ihrem schulterfreien smaragdgrünen Chiffonkleid, das sich an ihren makellosen Körper schmiegte.

»Vielen Dank, Liebling. Du weißt gar nicht, wie viel mir das bedeutet.« Daphne sah Jackson an und trat einen Schritt zurück. »Jetzt muss ich mich aber wirklich um meine Freiwilligen kümmern und schauen, ob sie noch irgendetwas benötigen. Wenn du mich bitte entschuldigen würdest?« Sie drehte sich zu Amber um. »Bleib du doch hier und leiste Jackson Gesellschaft, während ich nachsehe, ob Meredith alles hat, was sie braucht.«

»Klar doch«, gab Amber zurück.

Im nächsten Moment eilte Daphne quer durch den Festsaal davon, und Jackson blickte ihr hinterher, ohne von Amber überhaupt Notiz zu nehmen.

»Du musst heute Abend sehr stolz auf deine Frau sein«, meinte Amber.

»Wie bitte?«, sagte er und riss seinen Blick von Daphne los.

»Ich sagte, dass du heute Abend sicher sehr stolz auf deine Frau bist.«

»Sie ist die schönste und vollkommenste Frau im Saal«, erwiderte er stolz.

»Daphne war absolut großartig zu mir. Sie ist meine beste Freundin.«

Jackson Miene verfinsterte sich. »Deine beste Freundin?«

Amber spürte sofort, dass sie einen Fehler begangen hatte. »Na ja, das trifft es wohl nicht ganz. Eher so etwas wie eine Mentorin. Sie hat mir so viel beigebracht.«

Sie sah, wie er sich etwas entspannte. Es war zwecklos. Heute Abend würde sie mit ihrem Plan keinen Deut vorankommen.

»Ich glaube, ich schau mal, ob ich mich irgendwo nützlich machen kann«, sagte sie zu Jackson.

»Tu das, gute Idee«, brummte er geistesabwesend und machte eine abweisende Handbewegung.

Die Gala war ein durchschlagender Erfolg. Es wurde wie verrückt geboten, und die Menge trank und tanzte bis nach Mitternacht. Amber schlenderte im Saal umher und ließ alles auf sich wirken – die Designerkleider, den kostbaren Schmuck, den Klatsch und das Gelächter, die in Fetzen an ihr Ohr drangen, die Männer im Smoking, die lauthals über fallende Aktienkurse lamentierten. Die Reichen und Mächtigen, wie sie sich unter ihresgleichen tummelten und gegenseitig auf die Schultern klopften, blasiert und selbstgefällig in ihrer kleinen abgeschotteten Welt.

Obwohl sie an Daphnes Tisch saß, fühlte sich Amber ebenso fehl am Platze wie damals in der Reinigung. Sie wollte irgendwo hingehören, wollte, dass andere zu ihr aufblickten, sie so hofierten, wie sie es mit Daphne taten. Sie war es leid, immer diejenige zu sein, die keiner bemerkte oder beachtete.

Der Abend verlief anders, als sie es sich erhofft hatte. Jackson ließ Daphne keine Sekunde aus den Augen. Ständig ergriff er ihre Hand oder strich ihr zärtlich über den Rücken. Erstmals beschlichen sie ernste Zweifel. War ihr Vorhaben überhaupt durchführbar? Hatte sie sich überschätzt?

Von ihrem Platz aus musterte sie die tanzenden Paare, von denen einige so krasse Altersunterschiede aufwiesen, dass es fast schon lächerlich war. Im Augenwinkel sah sie etwas aufblitzen, und als sie sich umdrehte, entdeckte sie einen Fotografen. Als der Blitz wieder aufleuchtete, riss sie rasch den Kopf zur Seite, und betete inständig, dass sie auf keinem der Bilder zu erkennen sein würde.

Jackson und Daphne hatten einen Großteil des Abends auf der Tanzfläche verbracht und kehrten nun zum Tisch zurück. Sie bemerkte, wie Daphne ihrem Mann einen diskreten Schubs versetzte. Dann stand er plötzlich vor ihr und fragte: »Hättest du Lust zu tanzen?«

Amber sah zu Daphne hinüber, die ihr lächelnd zunickte.

»Liebend gerne.« Sie nahm Jacksons Hand und ließ sich auf die Tanzfläche führen.

Dort gab sie sich ganz Jacksons starken Armen hin, sog seinen reinen, männlichen Duft ein, genoss den Druck seiner kräftigen Hände auf ihren Hüften und seines Körpers an ihrem. Bald schloss sie die Augen und stellte sich vor, er sei ihr Mann und jede Frau im Saal würde sie beneiden. Das Hochgefühl hielt selbst dann noch an, als der Tanz längst beendet war. Er forderte sie kein zweites Mal auf, doch dieser eine Tanz genügte ihr, um den Rest des Abends zu überstehen.

Um halb eins schlenderte Amber hinüber zum langen Tisch, wo die Helferinnen saßen, um den Höchstbietenden ihre Objekte auszuhändigen und die Zahlungen abzuwickeln. Sie setzte sich neben Meredith an die Kreditkartenmaschine.

»Wir haben einiges eingenommen«, sagte Meredith.

»Ja, der Abend war wirklich ein großer Erfolg. Natürlich hattest du einen erheblichen Anteil daran.« Amber trug extra dick auf, aber Meredith biss nicht an.

»Ich bitte dich, das war doch eine Gemeinschaftsleistung. Jeder hat gleich viel dazu beigetragen«, entgegnete sie steif.

Amber wusste nichts zu erwidern. Wieso sollte sie sich überhaupt noch Mühe geben? Diese Zicke würde sie ohnehin nie akzeptieren. Eine Weile arbeiteten sie stumm nebeneinander her, während die Meistbietenden ihre Sachen abholten und bezahlten.

Als sie sich ans Aufräumen machten, wandte sich Meredith ihr noch einmal zu. »Daphne hat mir erzählt, dass du aus Nebraska stammst.«

»Das stimmt.«

»Ich bin noch nie dagewesen. Wie ist es dort denn so?«, fragte sie ohne die geringste Spur von Neugier.

Amber musste kurz überlegen. »Ich komme aus einer Kleinstadt. Die sind fast überall gleich.«

»Hm. Das hast du wohl recht. Wie heißt die Stadt denn genau?«

»Eustis. Wahrscheinlich hast du noch nie davon gehört.«

Bevor Meredith ihr Verhör fortsetzen konnte, tauchte plötzlich Daphne vor ihnen auf.

»Ihr seid allesamt unglaublich«, sagte sie an die versammelten Helferinnen am Tisch gerichtet. »Tausend Dank für diesen fabelhaften Abend. Geht jetzt alle nach Hause und gönnt euch etwas wohlverdiente Ruhe. Ich liebe euch alle.« Dann sah sie Amber an. »Bist du abfahrbereit?«

»Ja, wir sind jetzt mit allem fertig. Ich hole nur rasch meine Sachen.«

Auf der Heimfahrt turtelten Jackson und Daphne wie frisch Verliebte. Keinen Moment wich seine Hand von ihrem Oberschenkel.

»Deine Rede war gut.« Jackson kniff ihr verspielt ins Bein.

Daphne schien überrascht. »Danke schön.«

»Ich wünschte, du hättest mich vorher drüberschauen lassen.«

»Du warst so beschäftigt. Ich wollte dich nicht damit behelligen.«

Er streichelte ihr Bein. »Ich bin nie zu beschäftigt, um dir zu helfen, Liebling.«

Dann legte Daphne ihren Kopf an seine Schulter und schloss die Augen.

Ihre traute Zweisamkeit ließ Ambers Mut noch weiter sinken. Jackson schien Daphne zu Füßen zu liegen, jedem auch noch so kleinen Bereich ihres Lebens seine volle Aufmerksamkeit zu schenken. Daphne rumzukriegen war ein Kinderspiel gewesen, aber Jackson war ein ganz anderes Kaliber. Er würde Amber alles abverlangen, was sie an Arglist und Raffinesse zu bieten hatte.

18

Fast ein Monat war seit der Spendengala vergangen, doch die tiefe Zuneigung, mit der Jackson seine Frau an jenem Abend bedacht hatte, machte Amber noch immer zu schaffen. Wenigstens was ihre Freundschaft mit Daphne betraf, hatte sie einige Fortschritte gemacht. Amber war nun kaum noch aus Daphnes Leben wegzudenken und bei so gut wie allen Familienfeiern der Parrishs dabei. Daphne vertraute ihr so sehr, dass sie fast Gewissensbisse bekommen hätte ... aber nur fast. Jetzt befand sie sich auf dem Weg zu Tallulahs elftem Geburtstag. Amber hatte ihr ein Buch über das Leben Edgar Allan Poes gekauft und sicherheitshalber auch noch eine Kleinigkeit für Bella besorgt. So langsam kam sie dahinter, wie der Rotzlöffel tickte, und zusehen zu müssen, wie Tallulah einen Haufen Geschenke bekam, dürfte kaum zu ihren Lieblingsbeschäftigungen gehören.

Als sie das Spielzimmer betrat, saßen die Kinder gerade in einem großen Kreis zusammen, während zwei Frauen Käfige mit kleinen Zootieren herbeischleppten. Amber ging hinein und steuerte auf eine Ecke zu, wo Daphne und eine ältere Dame standen und dem Treiben aus der Ferne zusahen.

»Herzlich willkommen, Amber. Darf ich dir meine Mutter vorstellen?« Daphne legte Amber einen Arm um die Schulter und sagte: »Mom, das ist meine Freundin Amber.«

»Es freut mich, Sie kennenzulernen, Amber. Ich bin Ruth«, sagte die Frau mit ausgestreckter Hand.

»Wie schön, *Sie* kennenzulernen«, erwiderte Amber, wobei sie die Geschenke auf ihrem Arm mühselig umschichten musste, um Ruth die Hand zu reichen.

»Du meine Güte«, stieß Daphne hervor. »Was hast du denn alles dabei?«

»Ach, nur ein paar Kleinigkeiten.«

»Wieso legst du sie nicht zu den anderen Geschenken in den Wintergarten? Gleich fängt die Tierschau an. Die willst du doch sicher nicht verpassen?«, scherzte Daphne.

Als Amber in den Wintergarten kam, verschlug es ihr wieder einmal den Atem. Welch eine Verschwendung. Nicht, dass sie sich als Kind nicht auch über eine solche Feier gefreut hätte, aber damals hatte sie noch nicht einmal gewusst, dass es so etwas wie das hier wirklich gab. Die Geschenke türmten sich bis fast unter die Decke, und fürs Kuchenessen war ein großer Tisch in die Mitte des Raumes geschoben worden. Die Geburtstagstafel war sorgfältig mit bunten Tellern und Servietten gedeckt, und auf jedem Platz thronte eine kunstvoll verpackte Naschtüte. Alles vollkommen kindgerecht und zugleich von höchster Eleganz. Sie legte ihre Geschenke ab und ging zurück. Im Flur kam Jackson ihr entgegen. Da war es wieder, dieses umwerfende Lächeln.

»Na du, wie schön, dass du es heute einrichten konntest«, sagte er beschwingt.

»Äh, danke. Toll, äh, dass ich hier sein darf«, stotterte sie.

Noch immer breit lächelnd hielt er ihr die Tür zum Spielzimmer auf.

Die Erwachsenen standen beisammen und schauten zu, wie die Pfleger ein Tier nach dem anderen aus dem Käfig nahmen und den Kindern etwas darüber erzählten. Jackson hielt einen Drink in der Hand, und Amber musste sich zusammenreißen, um ihn nicht ständig anzustarren. Wie lange es wohl dauern würde, ihn ins Bett zu bekommen? Allein der Gedanke daran, wie sie diesen reichen und mächtigen Mann in ihren Bann ziehen würde, erregte sie unermesslich. Amber wusste, wie man einen Mann verwöhnte, und vermutete, dass der Sex zwischen Daphne und Jackson nach über zehn Jahren Ehe recht öde sein musste. Sie stellte sich all die Dinge vor, mit denen sie ihn dazu bringen würde, ihr zu Füßen zu liegen, sobald sich auch nur die leiseste Möglichkeit dazu böte. Aber sie musste Ruhe bewahren, sich genau an ihren Plan halten. Durfte nichts überstürzen und damit alles vermasseln – wie beim letzten Mal.

Als die Tierschau vorüber war, bemühten sich die Erwachsenen vergeblich, die Kindermeute im Zaum zu halten, die nun brüllend und tobend zum Essen stürmte. Wildes Gelächter und schrille Stimmen erfüllten den Wintergarten. Amber hätte am liebsten selbst geschrien, und ihr fiel auf, dass Jackson verschwunden war.

Schließlich kam Margarita mit dem Geburtstagskuchen herein, einer herrlichen Schokoladetorte mit elf weißen Kerzen in Form von Ballerinas.

»Okay«, sagte Daphne mit lauter Stimme. »Zeit, *Happy Birthday* zu singen, und dann darf Tallulah ihre Geschenke auspacken.«

Amber bemerkte, wie sich Bellas Laune verfinsterte, als sämtliche Kinder und Erwachsene das Geburtstagsständchen anstimmten. Mürrisch und mit verschränken Armen stand sie da, ihr verkniffener Mund dünn wie ein Strich. Das würde sie sich nicht bieten lassen.

Nachdem das Lied verklungen war und Tallulah die Kerzen ausgeblasen hatte, überreichte Daphne ihr die Geschenke. Die Kinder saßen vergnügt am Tisch und spachtelten Kuchen, während Tallulah ein Päckchen nach dem anderen öffnete und sich bedankte. Nach dem siebten Geschenk erklang Bellas schrille Stimme. »Das ist ungerecht. Tallulah kriegt alle Geschenke. Wo bleibt meins?«

Das war der Augenblick, auf den Amber gewartet hatte.

»Hey, Bella, ich habe Tallulah ein Geschenk mitgebracht, aber für dich habe ich auch was dabei. Hoffentlich gefällt es dir.« Daphne lächelte, doch Ruth sah sie mit seltsamer Miene an, einem Ausdruck, den Amber nicht recht einzuordnen wusste. Dann bemerkte sie, dass auch Jackson wieder hereingekommen war. Hoffentlich hatte er alles mitbekommen. Ungeduldig zerfetzte Bella das Geschenkpapier, öffnete die Schachtel und hielt selig lächelnd den Inhalt in die Höhe: einen rosa Pullover mit Kunstfellkragen und passender Handtasche mit glitzerndem Griff. Dann rannte sie zu Amber hinüber und schlang ihr die Arme um die Hüften. »Ich hab dich so gern, Amber. Du bist meine allerbeste Freundin.«

Diese Zuneigungsbekundung brachte alle zum Lachen, nur Ruth wirkte, wie Amber bemerkte, nicht ganz so belustigt wie die anderen. In der Zwischenzeit hatte auch Tallulah weiter ausgepackt und war beim letzten Geschenk angekommen – einer kleinen Schachtel von Sabine. »O Sabine, *je suis très heureuse. Merci.*« Tallulah hielt eine Goldkette mit einem grazilen Kruzifix empor.

»*De rien*«, entgegnete Sabine.

Bald schon traf die örtliche Hautevolee ein, um ihre kleinen Snobs abzuholen, denen man wieder einmal erstklassige Unterhaltung, köstliches Essen und kostspielige Geburtstagstütchen hatte angedeihen lassen. Kein Wunder, dass die Kinder derartige Ansprüche hatten. Sie kannten es schließlich nicht anders.

Als alle Gäste fort waren, klaubte Surrey, das zweite Kindermädchen, die Präsente zusammen.

»Würdest du die Geschenke bitte hoch in die Kinderzimmer bringen? Und wenn du die Mädchen gebadet und umgezogen hast, gibt es um sechs ein leichtes Abendessen«, wies Daphne sie an.

Jackson schenkte sich noch einen Scotch ein. »Möchte von euch jemand einen Drink?«

»Ich hätte gern ein Glas Wein, Liebling«, sagte Daphne.
»Mom, willst du auch noch etwas?«
»Für mich bitte ein Sodawasser.«
Jackson wandte sich an Amber. »Und du?«
»Könnte ich vielleicht auch ein Glas Wein haben?«
Jackson lachte. »Du kannst alles haben, was du möchtest.«
Das will ich hoffen, dachte Amber, lächelte aber nur schüchtern zurück.
»Daphne, hast du Amber die Fotos vom Spendenabend gezeigt?«, fragte Ruth und sah zu ihr hinüber. »Es sind ein paar wirklich Gute in der Bishops Harbor Times. Auf einem davon siehst du sehr hübsch aus, Amber.«
Amber stockte das Herz. Fotos? In einer Zeitung? Dabei hatte sie sich an dem Abend doch so bemüht, dem Fotografen aus dem Weg zu gehen. Wann hatte er das Bild nur geschossen? Daphne holte die Zeitung und reichte sie ihr. Mit bebenden Händen nahm sie das Blatt und überflog die Bilder. Tatsächlich. Da war sie, leibhaftig und deutlich zu erkennen. Zwar ohne Namen, aber was tat das schon zur Sache? Ihr Gesicht war das Problem. Stand nur zu hoffen, dass dieses Käseblatt mit seiner begrenzten Leserschaft keine größere Verbreitung fand.
»Würdet ihr mich bitte kurz entschuldigen?« Sie musste hier raus, ihre Nerven beruhigen. Im Badezimmer setzte sie sich auf den geschlossenen Toilettendeckel und schlug die Hände vor die Augen. Wie hatte sie nur so achtlos sein können? Nach einer Weile beruhigte sich ihre Atmung, und sie schwor sich, in Zukunft besser aufzupassen. Anschließend spritzte sie sich etwas Wasser ins Gesicht, straffte die Schultern und öffnete die Tür. Auf ihrem Weg zum Wintergarten vernahm sie Ruths und Daphnes Stimmen.
»Mom, du verstehst das nicht. Ich habe hier alle Hände voll zu tun.«
»Stimmt, Daphne, ich verstehe es wirklich nicht. Du hast

doch früher so gern im Kirchenchor gesungen. Ich habe den Eindruck, dass du gar nichts mehr von den Dingen tust, die du früher geliebt hast. Das ganze Geld ist dir zu Kopf gestiegen. Wenn du schlau bist, kommst von deinem hohen Ross herunter und besinnst du dich auf deine Wurzeln.«

»Das ist nicht fair. Du hast doch überhaupt keine Ahnung.«

»Ich habe Augen im Kopf – zwei Kindermädchen, um Himmels willen. Und eine davon spricht nur Französisch. Also wirklich! Eine Tochter, so hoffnungslos verwöhnt, dass sie nicht mehr zu bändigen ist. Der Club, all deine Kurse. Du meine Güte, ich muss ja regelrecht einen Termin machen, um meine Enkelinnen zu sehen. Was ist nur aus dir geworden?«

»Jetzt reicht's aber, Mutter.«

Zum ersten Mal konnte Amber hören, wie Daphne wirklich wütend wurde. Und dann eine Reihe anderer Geräusche, als die Nanny mit den Mädchen die Treppe herunterpolterte. Alle trafen zur gleichen Zeit im Wintergarten ein und brachten das Gespräch zwischen Mutter und Tochter jäh zum Verstummen.

Bella rannte zu Daphne und vergrub den Kopf in ihrem Schoß, aus dem nur noch ein ersticktes Schluchzen drang. Dann sah sie verheult auf und wimmerte: »Tallulah hat so viele Geschenke bekommen und ich nur zwei. Das ist ungerecht.«

Ruth neigte sich hinüber und strich ihr über die Wange. »Bella, mein Schatz, heute ist Tallulahs Geburtstag. An deinem Geburtstag bekommst du alle Geschenke, in Ordnung?«

Doch Bella zog den Kopf weg und wich vor der Hand ihrer Großmutter zurück. »Nein. Du bist hässlich.«

»Bella!«, rief Daphne entsetzt.

Plötzlich erschien Jackson im Zimmer, stapfte mit großen Schritten zum Sofa hinüber und packte Bella. Zappelnd wand sie sich in seinem Griff, doch er hielt sie so fest, dass sie sich bald geschlagen gab. Anschließend setzte er sie in der gegenüberliegenden Zimmerecke wieder ab, kniete sich auf Augenhöhe vor ihr hin und redete leise auf sie ein. Nach einer Weile kehrten sie gemeinsam zurück, und Bella stellte sich vor ihrer Großmutter hin.

»Es tut mir sehr leid, Großmama«, sagte sie mit gesenktem Kopf.

Ruth warf Daphne einen triumphierenden Blick zu und ergriff Bellas Hand. »Ich nehme deine Entschuldigung an, aber du darfst so etwas nie wieder sagen.«

Bella linste zu ihrem Vater hinüber, erntete aber nur einen strengen Blick. »Ja, Großmama.«

Margarita schielte zur Tür herein und verkündete, dass das Essen fertig sei, woraufhin Jackson Ruths Arm nahm, und mit ihr, gefolgt von Bella und Tallulah, hinüber ins Esszimmer schlenderte.

Als auch Daphne aufstand, klopfte Amber ihr ermutigend auf die Schulter. »Es war ein anstrengender Tag. Bella ist nur übermüdet. Nimm dir das alles nicht so zu Herzen.«

»Manchmal ist es echt nicht leicht«, entgegnete Daphne.

»Du bist eine wunderbare Mutter. Lass dir von niemandem etwas anderes einreden.«

»Danke, Amber. Du bist so eine gute Freundin.«

In gewisser Weise war Daphne tatsächlich eine wunderbare Mutter. Sie gab ihren Kindern alles, was sie sich wünschten, vor allem Liebe und Geborgenheit. Sie war ganz sicher eine bessere Mutter als Ambers, die ihre Kinder jeden Tag hatte spüren lassen, welch schreckliche Belastung sie für sie darstellten.

»Geh noch nicht. Wieso bleibst du nicht zum Dinner?«, bekniete Daphne sie.

Doch Amber war sich nicht sicher, ob ein Abendessen mit einer erschöpften, missmutige Bella und einer mäkelnden Großmutter ihrer Sache dienlich wäre. »Schrecklich gerne, Daph, aber ich habe bergeweise Wäsche zu waschen und muss noch die ganze Wohnung putzen. Aber danke, dass du fragst.«

»In Ordnung«, seufzte Daphne und hakte sich bei ihr unter. »Aber dann komm wenigstens noch mit rüber und sag allen Lebewohl.«

Pflichtbewusst trottete Amber hinter ihr ins Esszimmer, wo die Familie bereits am Tisch saß und sich von Margarita bedienen ließ.

»Einen schönen Abend, alle zusammen«, rief Amber ihnen winkend zu. »Es war eine großartige Party.«

Eine wilde Kakophonie von Abschiedsgrüßen drang aus der Runde, und dann vernahm sie Jackson samtige Stimme: »Bis bald, Amber. Wir sehen uns im Büro.«

19

Für ihren ersten Arbeitstag bei Parrish International machte Amber sich besonders gewissenhaft zurecht. Ihr Haar band sie zu einem Pferdeschwanz zurück, an den Ohren trug sie ein Paar schlichte Goldkreolen und auch in Sachen Make-up beschränkte sie sich auf das Allernötigste. Um vier Uhr morgens aufzustehen, um den Fünf-Uhr-dreißig-Zug zu nehmen, war die Hölle, aber sie musste einen guten Eindruck machen. Wie Leute es allerdings schafften, so etwas jeden Tag zu tun, war ihr schleierhaft. Für sie würde es, wie sie hoffte, nur vorübergehend sein.

Der gläserne Büroturm, in dem Jacksons Firma residierte, war gewaltig, und sie konnte kaum glauben, dass er ihm gehörte. Ein solches Gebäude mitten in Manhattan musste ein Vermögen gekostet haben. In der Eingangshalle herrschte noch gähnende Leere. Niemand war da, bis auf eine Sicherheitskraft, die ihren Mitarbeiterausweis einlas und sie daraufhin nickend durch das Drehkreuz winkte. Im dreißigsten Stock angekommen, wunderte sie sich, dass einige der Büros schon besetzt waren. Morgen würde sie einen noch früheren Zug nehmen müssen. Ihre winzige Bürozelle befand sich direkt vor dem Büro ihrer Vorgesetzten, Jacksons Chefsekretärin Mrs. Battley – oder Mrs. Batwoman, wie Amber sie nach ihrem ersten Einführungstreffen letzte Woche insgeheim nannte. Batwoman war eine ältere Dame irgendwo zwischen fünfundsechzig und fünfundsiebzig mit grauem, wie Stahlwolle vom Kopf abstehendem Haar, dicken Brillengläsern und verkniffenen Lippen. Sie war der Inbegriff einer Spaßbremse, und Amber hatte sie auf den ersten Blick gehasst. Mrs. Battley hatte ihr umgehend zu verstehen gegeben, wie ungern sie sich Amber hatte aufzwingen lassen. Die alte Schachtel für sich zu gewinnen, würde ihr einiges abverlangen.

»Guten Morgen, Mrs. Battley. Ich wollte gerade Kaffee holen. Möchten Sie auch einen?«

Sie sah nicht eine Sekunde von ihrem Laptop auf. »Nein. Meine morgendliche Tasse habe ich bereits getrunken. Aber ich habe hier ein paar Akten für die Ablage. Wenn Sie die bitte mitnehmen würden, sobald Sie Ihren Kaffee geholt haben?«

Amber schielte diskret zu Jacksons verglastem Eckbüro hinüber. Obwohl die Tür geschlossen war, konnte sie erkennen, wie sich hinter den Jalousien etwas bewegte.

»Brauchen Sie noch etwas?«, riss Mrs. Battleys Reibeisenstimme sie unsanft aus den Gedanken.

»Verzeihung, nein. Mein Kaffee kann warten. Ich nehme die Akten gleich mit.«

»Bitte sehr«, grummelte Mrs. Battley und drückte ihr einen Stapel Papiere in die Hand. »Und hier ist die Liste aller Neukunden, die Sie in die Datenbank einpflegen sollen. Auf Ihrem Schreibtisch finden Sie genaue Anweisungen, wie Sie vorzugehen haben. Und vergessen Sie nicht, auch ihre Websites und sämtliche Social-Media-Kanäle in die Profile einzutragen.«

Amber schnappte sich die Mappe und kehrte in ihre winzige Box zurück. Sie hatte ein Büro mit Aussicht gegen diesen klaustrophobisch engen Verschlag eingetauscht, doch zumindest machte ihr Plan Fortschritte. Die Stunden vergingen wie im Flug, während sie sich in die Arbeit stürzte, eifrig darauf bedacht, die tüchtigste Assistentin zu sein, die die alte Fledermaus je hatte. Mittags arbeitete sie ohne Pause durch. Das Lunchpaket, das sie sich von zu Hause mitgenommen hatte, verzehrte sie am Schreibtisch. Um sechs Uhr tauchte Mrs. Battley, bereits im Mantel, vor ihrer Zelle auf.

»Ich habe gar nicht bemerkt, dass Sie noch da sind, Amber. Sie dürfen um fünf gehen, wissen Sie?«

Amber stand auf und packte zusammen. »Ach, ich wollte nur noch etwas fertig machen. Wenn ich morgens reinkomme, setzte ich mich gern an einen leeren Schreibtisch.«

Das entlockte der älteren Dame tatsächlich ein mildes Lächeln. »Ganz recht. Genau so habe ich es auch immer gehalten.«

Als sie sich zum Gehen wandte, rief Amber ihr hinterher: »Ach, warten Sie. Ich komme mit.«

Schweigend trotteten sie gemeinsam zu den Fahrstühlen, und als sie einstiegen, schenkte Amber Mrs. Battley ein schüchternes Lächeln.

»Ich wollte mich noch einmal dafür bedanken, dass Sie mir diese Chance geben. Sie wissen ja gar nicht, was mir das bedeutet.«

Doch Mrs. Battley runzelte nur die Stirn und versetzte kühl: »Danken Sie nicht mir. Ich hatte damit nichts zu tun.«

»Mrs. Parrish hat mir erzählt, wie viel Wert Mr. Parrish auf Ihre Meinung legt«, log Amber. »Und sie hat mir klar zu verstehen gegeben, dass ich zunächst nur auf Probe angestellt bin. Wenn ich Ihren Ansprüchen nicht genüge, muss ich mich nach etwas anderem umsehen.« Das war natürlich kompletter Unsinn, doch es funktionierte. Mrs. Battley war geschmeichelt und stand gleich etwas aufrechter da.

»Nun, das werden wir ja sehen.«

Ja, das werden wir, ging es Amber durch den Kopf.

**

Nach einem Monat hatte sie Jackson zwar noch immer nicht persönlich getroffen, doch die alte Fledermaus verließ sich mehr und mehr auf sie. Amber war stets mindestens eine Viertelstunde vor ihr im Büro, um Mrs. Battley ihren Kaffee an den

Tisch zu bringen – allerdings keinen ganz gewöhnlichen. Dank ihres gutgläubigen Internisten war sie im Besitz einer Dreimonatspackung Elavil. Nachdem sie ihm weisgemacht hatte, sie leide unter Panikattacken, hatte er ihr das Medikament empfohlen, zugleich aber auf die etwaigen Nebenwirkungen hingewiesen: Verlust des Kurzzeitgedächtnisses und allgemeine Verwirrtheit. Sie hatte mit kleinen Dosen angefangen, wobei es nur Mrs. Battleys Vorliebe für aromatisierte Kaffeesahne zu verdanken war, dass ihr der bittere Geschmack der Pillen nicht auffiel.

An diesem Morgen wirkte Mrs. Battley noch verwirrter als sonst. Amber hatte bereits bemerkt, wie sie langsam träger geworden war, immer öfter innehielt und sich auf ihrem Tisch umsah, als wüsste sie nicht, was als Nächstes zu tun war.

Als Mrs. Battley zur Toilette ging, huschte Amber in ihr Büro, fischte Mrs. Battleys Schlüsselbund aus der Handtasche und versteckte ihn. Dann schnappte sie sich die Akte vom Schreibtisch und heftete sie wieder ab. Kurz darauf kehrte Mrs. Battley in ihr Büro zurück, sah sich verstört um und suchte panisch nach der verschwundenen Mappe. Kurz vor Feierabend dann öffnete Mrs. Battley ihre Handtasche und warf einen Blick hinein. Amber sah, wie sie hektisch darin herumwühlte und schließlich den gesamten Inhalt auf die Tischplatte leerte. Kein Schlüsselbund. Sie wirkte völlig aufgelöst. »Amber«, rief sie. »Haben Sie meine Schlüssel gesehen?«

Amber hastete zu ihr hinüber. »Nein, keine Ahnung. Sind sie denn nicht in Ihrer Handtasche?«

»Nein«, seufzte sie, den Tränen nahe.

»Mal sehen«, sagte Amber, nahm die Tasche vom Tisch und wühlte demonstrativ darin herum. »Hm. Stimmt. Hier sind sie nicht.« Dann hielt sie kurz inne und tat, als würde sie nachdenken. »Haben sie in den Schreibtischschubladen nachgeschaut?«

»Natürlich nicht. Ich nehme sie nie aus der Tasche«, beharrte Mrs. Battley.

»Wieso schauen wir nicht einfach nach, nur zur Sicherheit?«

»Das ist lächerlich«, schnaubte die Fledermaus, zog aber dennoch die Schublade auf. »Schauen Sie doch, hier sind sie nicht.« Amber beugte sich vor, wie um sich davon zu überzeugen, und warf dabei einen Blick am Aktenschrank vorbei hinab in den Papierkorb, den sie daraufhin zu sich heranzog.

»Sie sind im Papierkorb.« Amber griff hinein und reichte Mrs. Battley die Schlüssel.

Ihre Vorgesetzte erstarrte und sah schwer schluckend auf den Schlüsselbund in ihrer Hand. Die Bestürzung stand ihr ins Gesicht geschrieben. Sie presste ein knappes Auf Wiedersehen heraus, drehte sich um und stiefelte ohne ein weiteres Wort von dannen.

Einige Tage später brachte Amber die Visitenkarten in Mrs. Battleys Rollkartei durcheinander – vermutlich war sie sowieso der letzte Mensch auf Erden, der so etwas besaß. Im Laufe der kommenden Wochen verstärkte die erwünschte Wirkung sich allmählich und ein gehetzter Ausdruck ständiger Besorgnis trat in Mrs. Battleys Augen. Ein wenig regte sich Ambers Gewissen bei der Sache schon, aber die Alte sollte doch ohnehin langsam mal in Rente gehen. Wollte sie denn nicht mehr Zeit mit ihren Enkeln verbringen? Sie hatte fünf davon, wie sie Amber erzählt hatte, und ständig beschwerte sie sich, dass sie sie nicht oft genug zu Gesicht bekam. Bald würde sie sich viel häufiger um sie kümmern können, und Jackson würde ihr gewiss ein anständiges Rentenpaket schnüren – insbesondere, wenn er vermuten musste, sie leide an Demenz. Im Grunde tat Amber ihr einen Gefallen.

Und verdiente Jackson nicht eine jüngere, hippere Assistentin, die ihm den Rücken freihielt? Jemanden, der up to date war? Bestimmt beschäftigte er Mrs. Battley nur noch aus Loyalität weiter. Wenn sie es sich recht überlegte, tat sie also beiden einen Gefallen. Heute Morgen hatte sie ein Blatt mit wirrem Kauderwelsch ausgedruckt und es zwischen die Seiten eines Berichts geschoben, den Mrs. Battley gerade fertiggestellt hatte. Wenn sie das sah, würde sie sich bestimmt für völlig gaga halten – und selbstverständlich niemandem ein Wort davon erzählen. Jetzt konnte es noch ein paar Wochen dauern. In Anbetracht ihres schwindenden Selbstbewusstseins und all der Fehler, die sich bald einschleichen würden – und die auch Jackson nicht verborgen bleiben konnten –, dürfte Amber bald ziemlich gut dastehen. Im Handumdrehen würde sie sich auf Mrs. Battleys Stuhl wiederfinden.

20

Es dauerte viel länger, als Amber erwartet hatte, doch nach drei Monaten war Mrs. Battley am Ende ihrer Kräfte angelangt und reichte die Kündigung ein. Amber vertrat sie, während Jackson nach einer neuen Chefsekretärin suchte. Obwohl Mrs. Battleys Arbeitsplatz verwaist war, saß sie noch immer in ihrer kleinen Hasenkiste, und wenn es sie auch ärgerte, dass es Jackson bisher noch nicht eingefallen war, ihr die Stelle anzubieten, hegte sie doch keinen Zweifel, dass er sie in Kürze für absolut unentbehrlich halten würde. Die letzten sieben Abende hatte sie damit zugebracht, so viel wie möglich über seine neuesten Kunden aus Tokio in Erfahrung zu bringen – es war schon erstaunlich, was Leute auf ihren Social-Media-Profilen so alles preisgaben. Selbst wenn sie genug Grips hatten, um ihre Privatsphäre-Einstellungen entsprechend zu konfigurieren, war den meisten nicht klar, dass jedes Foto, in dem sie markiert wurden, auch auf den Seiten anderer auftauchte, und deren Inhaber waren nun mal nicht alle so gewissenhaft. Mithilfe ihrer Personenprüfungs-Software und durch ausgiebiges Trollen in den Sozialen Netzwerken war sie über jeden Einzelnen bestens informiert – inklusive all ihrer schmutzigen Vorlieben. Obendrein hatte sie ihre letzten Geschäftsabschlüsse sorgfältig studiert und konnte sich ein gutes Bild ihrer Verhandlungstaktik machen. Nun kannte sie sämtliche Tricks, die sie auf Lager haben könnten.

Jackson rief sie zu sich ins Büro, und sie raffte ihr Dossier zusammen. Als sie eintrat, saß er zurückgelehnt in seinem schwarzen Ledersessel und las etwas auf seinem iPhone. Er hatte sein Jackett abgelegt, die Ärmel aufgekrempelt und präsentierte seine gebräunten Unterarme. Die Parrishs waren gerade erst aus Antibes zurückgekehrt. Nun, da hatten sie tüchtig Französisch üben können, wo sie die Sprache ja derart vergötterten.

Er sah nicht einmal auf. »Ich bin völlig dicht heute, aber ich habe Bellas Spiel im Club heute Nachmittag vergessen. Ich muss um zwei für eine Stunde verschwinden. Verschieb meine Termine.«

Wie es wohl sein musste, einen mächtigen Vater zu haben, dem seine Tochter so wichtig war, dass er seinen vollen Terminkalender über den Haufen warf, um sich ihr Spiel anzusehen? Und die kleine Göre wusste das nicht mal zu schätzen. »Wird gemacht.«

»Hast du für das Treffen mit Tannaka und seinen Leuten morgen den Tisch im Catch reserviert?«

»Ehrlich gesagt – nein.«

Sein Kopf schnellte empor. Jetzt hatte sie seine ungeteilte Aufmerksamkeit. »Wie bitte?«

»Ich habe stattdessen bei DelPosto reserviert. Tannaka liebt italienisches Essen, und er hat eine Muschelallergie.«

Er musterte sie interessiert. »Ach, wirklich? Woher weißt du das?«

Sie reichte ihm das Dossier. »Ich habe mir erlaubt, ein paar Nachforschungen anzustellen. In meiner Freizeit natürlich«, fügte sie rasch hinzu. »Ich dachte, das könnte von Nutzen sein. In unserer digitalen Welt ist es nicht schwer, so etwas herauszufinden.«

Er lächelte breit, was seine makellosen Zähne zum Vorschein brachte, griff sich die Unterlagen und blätterte sie durch. Dann sah er wieder zu ihr auf. »Amber, ich bin beeindruckt. Tolle Eigeninitiative. Das ist fantastisch.«

Sie strahlte. Sie hätte wetten können, dass Mrs. Battley nicht einmal wusste, wie man mit Facebook umgeht.

»Wenn das alles ist, kümmere ich mich jetzt um die Termine«, sagte Amber und stand auf.

»Danke«, brummelte er, schon wieder in das Dossier versunken.

Sie machte Fortschritte, auch wenn sie ein wenig enttäuscht war, dass er nicht zu bemerken schien, wie gut ihre Beine in dem kurzen Rock und den hochhackigen Schuhen aussahen, die sie heute trug. Anscheinend gehörte er zu der seltenen Spezies Mann, die nur Augen für ihre Ehefrau hat. Daphne schien es für völlig selbstverständlich zu halten, dass Jackson sie vergötterte. Es machte Amber stinkwütend. Selbst ein Blinder konnte sehen, dass Daphne Jackson weniger Leidenschaft entgegenbrachte als umgekehrt und dass sie ihn überhaupt nicht verdient hatte.

Amber öffnete Jacksons Kalender und fing an, einen Nachmittagstermin nach dem anderen durchzutelefonieren, um sämtliche Treffen zu verschieben. Sie wählte gerade eine weitere Nummer, als er vor ihrer Box auftauchte.

»Amber, wieso ziehst du nicht in Mrs. Battleys Büro, bis wir einen Ersatz für sie gefunden haben? Es ist praktischer für mich, wenn du direkt vor meiner Tür sitzt. Ruf doch rasch beim Gebäudedienst an, die werden deine Sachen rüberbringen.«

»Vielen Dank, wird gemacht.«

Sie blickte ihm hinterher, als er mit großen Schritten davoneilte. Sein Brioni-Anzug war ihm auf den Leib geschneidert. Es musste sich toll anfühlen, etwas zu tragen, das mehr kostete als der Jahresverdienst normaler Leute.

Sie schnappte sich ihr Handy und schrieb Daphne eine SMS. *Hast du morgen Abend Zeit? Lust, was trinken zu gehen?*

Ihr Handy brummte. *Gerne. Ich schicke Tommy vorbei, um dich abzuholen, dann Sparta's. Passt halb sieben?*

Klasse! Bis dann.

Wenn Daphne Tommy fahren ließ, musste sie in Trinklaune sein, was ideal war, denn Amber wollte sie dazu bringen, ihrem Herzen Luft zu machen. Sie hatte herausgefunden, dass Daphne sich nach einem Martini viel besser entspannen konnte – es würde ein Leichtes sein, sie noch weiter abzufüllen.

21

Die Limousine der Parrishs wartete auf die Sekunde pünktlich vor ihrem Apartment, doch gerade als sie Daphne ein freudiges Hallo zurufen wollte, begriff Amber, dass der Rücksitz leer war. »Wo ist Mrs. Parrish?«, fragte sie Tommy, als dieser ihr die Tür aufhielt.

»Mr. Parrish ist unerwartet nach Hause gekommen. Sie bat mich, Sie schon einmal ins Sparta's zu bringen. Dann kehre ich um und hole sie.«

Sie spürte, wie Ärger in ihr aufstieg. Wieso hatte Daphne nicht einfach angerufen und das Treffen um eine Stunde verschoben? Sie fühlte sich wie eine lästige Bittstellerin, die man irgendwo parken konnte. Und was war so besonders daran, dass Jackson nach Hause gekommen war? Wieso hat Daphne ihm nicht einfach gesagt, dass sie schon verabredet war? Besaß sie denn kein bisschen Rückgrat?

In der Bar angekommen, suchte sie sich einen gemütlichen Ecktisch und orderte einen 2007er Sassicaia. Er kostete über zweihundert Dollar, aber Daphne würde ja ohnehin die Rechnung übernehmen. Amber warten zu lassen, hatte seinen Preis. Sie genehmigte sich einen tiefen Schluck der rubinroten Köstlichkeit, schloss die Augen und genoss das vollmundige Aroma. Er schmeckte einfach atemberaubend.

Allmählich wurde es voller, und Amber blickte sich argwöhnisch um. Ob wohl auch welche von Daphnes sogenannten Freundinnen heute auftauchen würden? Hoffentlich nicht – sie wollte Daphne für sich allein haben.

Als Daphne endlich eintraf, wirkte sie seltsam mitgenommen, machte gar einen etwas zerzausten Eindruck. Ihre Frisur war ein wenig durcheinander und ihr Make-up leicht zerlaufen.

»Es tut mir leid, Amber. Ich wollte gerade aufbrechen, als Jackson heimkam und ...« Sie hob die Hände in einer abwehrenden Geste. »Ach, es ist nicht der Rede wert. Ich brauche was zu trinken.« Sie warf einen Blick auf die Flasche und zog die Stirn in Falten.

»Ich hoffe, es macht dir nichts aus, dass ich schon eine Flasche bestellt habe. Ich habe meine Lesebrille vergessen und konnte die Karte kaum erkennen. Deswegen habe ich mir vom Kellner etwas empfehlen lassen.«

Daphne hob an, etwas zu sagen, schien es sich dann aber anders zu überlegen. »Ist schon in Ordnung.«

Ein Glas wurde gebracht, und sie schenkte sich großzügig ein. »Mmh. Köstlich!« Daphne atmete tief durch. »Also, wie läuft's bei Parrish International? Jackson hat mir erzählt, du wärst eine echte Bereicherung.«

Amber prüfte Daphnes Miene nach Anzeichen von Misstrauen oder Eifersucht, konnte aber nicht das Geringste erkennen. Sie schien sich aufrichtig für sie zu freuen, aber in ihren Zügen lag auch ein Funken Besorgnis.

»Wirst du dort gut behandelt? Gibt es irgendwelche Probleme?«

Amber stutzte. Mit der Frage hatte sie nicht gerechnet.

»Nein, überhaupt keine. Bisher gefällt's mir ganz ausgezeichnet. Vielen Dank noch mal für die Empfehlung. Kein Vergleich zu Rollins. Alle sind ungeheuer nett zu mir. Gab es zu Hause denn einen Notfall?«

»Wie bitte?«

»Na, als Jackson heimgekommen ist – was war denn so dringend, dass du deine Pläne ändern musstest?«

»Ach, nichts. Er wollte nur ein wenig Zeit mit mir, bevor ich wieder ausging.«

Amber zog eine Braue in die Höhe. »Ein wenig Zeit wofür?«

Daphne errötete.

»Ach, *dafür*. Anscheinend kann er nie genug von dir bekommen. Ganz schön erstaunlich. Wie lange seid ihr jetzt verheiratet? Neun Jahre?«

»Zwölf.«

Amber konnte spüren, wie unangenehm Daphne dieses Thema war, also änderte sie ihre Taktik. Sie neigte sich zu ihr vor und sagte mit gesenkter Stimme: »Sei doch froh. Einer der Gründe, wieso ich aus Nebraska fortgegangen bin, war mein Freund Marco.«

»Was meinst du damit?«

»Ich war verrückt nach ihm. Wir gingen schon seit der Highschool miteinander. Er war der Einzige, mit dem ich je zusammen gewesen war, also hatte ich ja keine Ahnung.«

Nun beugte sich Daphne vor. »Keine Ahnung wovon?«

Amber drückste etwas herum und erwiderte mit gespielter Verlegenheit: »Na, dass das nicht normal war. Du weißt schon. Dass Männer eben nun mal … bereit … sein sollten. Ich musste alles Mögliche tun, um ihn so weit zu bringen, dass er mit mir schlafen konnte. Er meinte, ich sei nicht hübsch genug, um ihn auf Touren zu bringen, dass er eben etwas Hilfe bräuchte.« Sie trug ziemlich dick auf, aber Daphne schien es ihr abzukaufen.

»Der Gipfel war, als er mich bat, einen anderen Mann mit ins Bett zu lassen.«

»Was?«, entfuhr es Daphne.

»Echt. Es stellte sich heraus, dass er schwul war. Wollte es irgendwie nicht zugeben. Du weißt ja, wie das in einer Kleinstadt ist.«

»Bist du seitdem mit jemand anderem ausgegangen?«

»Ein paar Typen hier und da, aber nichts Ernstes. Um ehrlich zu sein, habe ich etwas Angst davor, wieder mit jemandem zu schlafen. Was ist, wenn es doch an mir lag?«

Daphne schüttelte den Kopf. »Das ist doch Unsinn, Amber. Glaub mir, seine sexuelle Orientierung hatte nichts mit dir zu tun. Außerdem bist du hinreißend. Wenn du den Richtigen findest, wirst du es merken.«

»War es denn auch so, als du Jackson getroffen hast?«

Daphne schwieg einen Augenblick. Dann nahm sie einen Schluck Wein und fing an zu erzählen. »Jackson hat mich im Sturm erobert. Kurz nachdem wir uns kennengelernt hatten, ist mein Vater krank geworden, und Jackson war mein Fels in der Brandung. Danach ging alles unglaublich schnell, und ehe ich wusste, wie mir geschah, waren wir verheiratet. Ich hätte nie damit gerechnet. Vorher war er mit hochgebildeten und erfolgreichen Frauen zusammen gewesen. Ich wusste gar nicht, was er an mir fand.«

»Komm schon, Daph, du bist bildschön.«

»Das ist lieb von dir, aber das waren die anderen auch. Wohlhabend und weltgewandt obendrein. Ich war nur ein Mädchen aus einer Kleinstadt. Ich hatte keinen blassen Schimmer von der Welt, in der er lebte.«

»Und was glaubst du, hat dich in seinen Augen so besonders gemacht?«

Daphne füllte ihr Glas erneut und nahm einen großen Schluck. »Vielleicht gefiel ihm, dass ich ein unbeschriebenes Blatt war, eine leere Leinwand. Ich war jung, gerade mal sechsundzwanzig, und er zehn Jahre älter. Zudem hatte ich damals so viel damit zu tun, Julie's Smile auf die Beine zu stellen, dass ich mir nicht den Kopf verdrehen ließ. Später erzählte er mir, er habe nie gewusst, ob die Frauen, mit denen er vorher ausging, wirklich ihn wollten oder nur sein Geld.«

Amber konnte das kaum glauben. Selbst völlig abgebrannt wäre er immer noch bildschön, geistreich und charmant. »Woher wusste er, dass du dich nicht nur für sein Geld interessiert hast?«

»Ich habe sogar versucht, ihn auf Distanz zu halten. Er war eigentlich gar nicht mein Typ. Aber er hatte sich so wunderbar um meine Familie gekümmert, und alle rieten mir, ihn ja nicht entwischen zu lassen.«

»Was für ein Glück. Du führst doch ein traumhaftes Leben.« Daphne lächelte. »Niemand führt ein perfektes Leben, Amber.«

»Sieht aber ziemlich danach aus. Viel perfekter könnte es wohl kaum sein, wenn du mich fragst.«

»Ich kann mich glücklich schätzen. Ich habe zwei gesunde Kinder. Das ist für mich keineswegs selbstverständlich.«

Amber wollte lieber bei ihrer Ehe bleiben. »Ja, natürlich. Aber von außen betrachtet wirkt eure Beziehung wie ein Märchen. Jackson sieht dich noch immer an, als würde er dich anbeten.«

»Er ist sehr aufmerksam, das stimmt. Manchmal habe ich nur den Eindruck, ich bräuchte etwas mehr Luft zum Atmen. Immer die Ehefrau des erfolgreichen Geschäftsmannes spielen zu müssen, kann ziemlich einengend sein. Er erwartet eine Menge von mir. Manchmal würde ich mich lieber aufs Sofa fläzen und *House of Cards* gucken, anstatt das x-te Charity-Dinner oder Geschäftsessen zu besuchen.«

Heul doch, dachte Amber. Ach, wie furchtbar es doch sein musste, ständig Designerkleider zu tragen, teuren Wein zu schlürfen und Kaviar zu futtern.

Sie schenkte Daphne einen mitleidigen Blick. »Das kann ich gut verstehen. Ich würde mich so fehl am Platze fühlen, wenn ich das alles tun müsste. Aber bei dir sieht es spielend leicht aus. Hast du lange gebraucht, um dich daran zu gewöhnen?«

»Die ersten Jahre hatten es in sich. Meredith war meine Rettung. Sie half mir, die Untiefen der besseren Gesellschaft hier in

Bishops Harbor erfolgreich zu umschiffen.« Sie lachte. »Sobald du Meredith auf deiner Seite hast, kuschen sie alle. Sie war immer die treuste Unterstützerin meiner Stiftung – bis du kamst, natürlich.«

»Das muss ja ein Segen für dich gewesen sein. Es ist ein wenig so, wie es mir mit dir geht.«

Die Flasche war leer, und Amber wollte eben fragen, ob sie nicht eine zweite bestellen sollten, als Daphnes Telefon zu blinken begann. Eine SMS. Rasch überflog sie die Nachricht und warf Amber einem entschuldigenden Blick zu.

»Bella. Sie hatte einen Albtraum. Ich muss nach Hause.«

Die kleine Blage. Selbst wenn sie gar nicht da war, vermasselte sie Amber die Tour.

»Oh, die arme Kleine. Kommt das denn öfter vor?«

Daphne schüttelte den Kopf. »Für gewöhnlich nur, wenn Jackson und ich beide unterwegs sind. Es tut mir leid, dass ich schon losmuss. Wenn es dir nichts ausmacht, sage ich Tommy, dass er mich direkt heimfahren soll. Dich bringt er dann später nach Hause.«

»Kein Problem. Gib Bella einen Kuss von Tante Amber«, säuselte sie dreist. Man konnte es ja mal probieren. Wieso sollte sie ihren Status nicht etwas hochschrauben?

Als sie zur wartenden Limousine gingen, nahm Daphne ihre Hand. »Tante Amber gefällt mir. Ich werde es ausrichten.«

Wenn sie es auch bedauerte, nicht mehr von diesem göttlichen Wein trinken zu dürfen, so hatte Amber doch zumindest etwas von dem bekommen, was sie brauchte: die ersten groben Züge des Profils von Jacksons perfekter Frau. Darauf würde sie aufbauen können, Stück für Stück, bis sie die leibhaftige Verkörperung sämtlicher Eigenschaften darstellte, die er unwiderstehlich fand.

Nur, dass sie eine neue, eine jüngere Version sein würde.

22

Amber sog den berauschenden Duft des Meeres ein. Es war ein traumhaft schöner Sonntagmorgen und sie beide schon seit einer Stunde auf dem Wasser. Jackson war geschäftlich in Brüssel, und Daphne hatte Amber übers Wochenende zu sich eingeladen. Als Daphne vorgeschlagen hatte, mit den Kajaks rauszufahren, war Amber zunächst wenig begeistert gewesen. Sie hatte noch nie zuvor in einem Kajak gesessen und wusste nicht, ob sie sich bei ihren ersten Versuchen gleich ins tiefe Wasser des Long Island Sound trauen sollte. Aber ihre Sorgen hatten sich rasch in Wohlgefallen aufgelöst. Als sie losfuhren, lag die See glatt wie ein Spiegel vor ihnen, und schon nach einer halben Stunde fühlte sich Amber vollkommen sicher. Am Anfang waren sie dicht am Ufer entlanggefahren, und Amber hatte gestaunt, wie ruhig und friedlich es frühmorgens hier war – nichts außer Vogelgesang und dem Plätschern des Wassers gegen ihre Paddel. Alles war wunderbar still, die Hektik und der Lärm des Alltags schienen Lichtjahre entfernt. Wortlos und zufrieden glitten sie so nebeneinander her.

»Wollen wir ein bisschen weiter hinausfahren?«, brach Daphne das Schweigen.

»Meinetwegen. Ist es denn sicher?«

»Absolut.«

Amber musste sich anstrengen, um mit Daphnes kraftvollen Schlägen mitzuhalten, und geriet ziemlich außer Puste. Daphnes Ausdauer nötigte ihr Respekt ab. Als sie sich weiter vom Ufer entfernten, veränderte sich die Strömung. Beim ersten

Boot, das sie überholte, befürchtete sie noch, dessen Kielwasser könnte ihr Kajak unter Wasser setzen, doch schon das zweite bescherte ihr einen wohligen Adrenalinschub, als sie sich über die sanfte Dünung tragen ließ.

»Das ist großartig, Daph. Vielen Dank, dass du mich mitgenommen hast.«

»Ich wusste doch, dass es dir gefallen würde. Jetzt habe ich endlich eine Kajakpartnerin. Jackson paddelt nicht besonders gerne. Er fährt lieber mit der Jacht raus.«

Ach, dachte Amber, zur Jacht würde ich auch nicht Nein sagen. Bislang war sie noch nicht auf seiner Hatteras gewesen, aber sicher würde es nicht mehr lange dauern, bis man sie zu einem Törn einlud.

»Magst du die Jacht denn nicht?«, fragte sie Daphne.

»Doch schon, aber das ist was völlig anderes. Das Boot muss noch überholt werden, bis wir es wieder zu Wasser lassen können. Wahrscheinlich Ende Juni. Dann machen wir alle zusammen einen Ausflug, und du kannst selbst entscheiden.«

»Wie heißt die Jacht denn?«

»*Bellatada*«, lachte Daphne verlegen, so als sei es ihr ein wenig peinlich.

Amber musste kurz überlegen. »Ah, jetzt kapier ich's. Die Anfangsbuchstaben eurer Namen. Jacksons drei Frauen.«

»Ein bisschen albern, fürchte ich.«

»Nicht die Spur. Ich find's echt süß.« Wie abgeschmackt. Fast wären Amber die Worte im Hals stecken geblieben.

»Wollen wir zurück? Es ist schon fast zehn.« Daphne sah auf die Uhr und rückte ihre Mütze zurecht.

Bald darauf legten sie wieder am Strand vor dem Anwesen an, zogen die Kajaks an Land und verstauten sie. Auf dem Weg hoch zum Haus drang schon von Weitem lautes Gelächter und Mädchenkreischen an ihr Ohr. Bella und Tallulah planschten wild mit ihrem Vater im Pool herum.

Amber wandte sich irritiert an Daphne. »Ich dachte, Jackson würde erst heute Abend zurückkommen.«

»Ich auch«, antwortete Daphne und beschleunigte ihre Schritte.

Jackson sah zu ihnen auf und fuhr sich mit der Hand durchs nasse Haar. »Na, ihr beiden. Wart ihr Kajak fahren?«

»Ja. Wann bist du denn nach Hause gekommen? Tut mir leid, dass ich nicht da war, aber ich hatte dich erst abends erwartet«, erwiderte Daphne angespannt.

»Wir sind gestern fertig geworden, also habe ich mich entschlossen, schon heute Morgen zu fliegen.«

Bella hielt sich an seinem Rücken fest und zappelte mit den Füßen. Er packte sie, und als er sie zurück ins Wasser schleuderte, kreischte sie vergnügt auf. Rasch tauchte sie wieder an die Oberfläche und schwamm ihm entgegen. »Noch mal, Daddy.«

Doch da watete er bereits zum flachen Ende des Beckens hinüber, wischte sich das Wasser aus dem Gesicht und sagte: »Das reicht, mein Schatz. Zeit für eine Pause.«

Ausnahmsweise blieb Bellas übliche Nörgelei aus. Das musste eine Premiere sein.

Jackson reichte den Mädchen ihre Handtücher und fing an, sich mit seinem eigenen abzutrocknen. Amber konnte ihren Blick einfach nicht von seinem Körper losreißen, während er, noch immer nass und glänzend, auf Daphne zuging und ihr einen Kuss gab. »Es ist schön, wieder daheim zu sein.«

Ursprünglich hatten sie den ganzen Tag miteinander verbringen wollen, doch nun, da Jackson zurück war, musste Amber wohl zu ihrer obligatorischen Ich-möchte-nicht-stören-Litanei ansetzen. »Das Kajakfahren hat Riesenspaß gemacht, Daph. Tausend Dank. Aber jetzt lass ich euch besser mal in Ruhe.«

»Was soll denn das heißen? Du kannst doch jetzt nicht einfach gehen.«

»Doch, doch. Bestimmt möchte Jackson lieber mit dir und den Mädchen allein sein.«

»Unsinn. Du weißt doch, wie sehr er dich mag. Du gehörst schließlich fast schon zur Familie. Komm schon. Es wird sicher lustig.«

»Aber natürlich«, fiel nun auch Jackson ein. »Du bist herzlich eingeladen zu bleiben.«

»Seid ihr sicher?«

»Gewiss doch«, beteuerte Daphne. »Und jetzt lass uns reingehen und Essen machen. Margarita hat dieses Wochenende frei, also sind wir die Köchinnen.«

Emsig hantierten sie gemeinsam in der Küche, doch als sie damit fertig waren, Tortillas mit Bohnenmus, Gemüsestreifen und Käse zu füllen, hatte das Ergebnis wenig Ähnlichkeit mit Margaritas herrlichen Burritos.

»Die sehen ganz schön traurig aus, oder?«, sagte Daphne lachend.

»Ach, egal. Schmecken tun sie bestimmt trotzdem.« Amber wusch sich die Finger und riss sich eine Bahn Küchenrolle zum Abtrocknen ab, während Daphne aus einer Schranktür zwei Tabletts hervorzog. »Voilà. Ich denke, da passt alles drauf. Wir essen draußen am Pool.«

»Oh, wie lecker«, quietsche Bella begeistert, als sie das Essen heraustrugen.

Zu fünft saßen sie unter dem riesigen Sonnenschirm und ließen es sich schmecken. Vor ihnen brach sich die Sonne im türkisen Wasser des Pools und warf funkelnde Diamanten und Dreiecke an die Beckenwände. Eine laue Brise bewegte die warme Luft – ein perfekter Frühsommertag. Einen Moment lang schloss Amber die Augen, stellte sich vor, all das würde ihr gehören. Die letzten Wochen hatten ihr bewiesen, dass Daphne sie nun als enge Vertraute, wenn nicht sogar als ihre beste Freundin betrachtete. Gestern Abend, als die Kinder zu Bett gegangen waren, hatten Daphne und sie noch im Wintergarten gesessen und bis tief in die Nacht gequatscht. Daphne hatte ihr von ihrer Kindheit erzählt, wie ihre Eltern sich nach Kräften bemüht hatten, ihnen ein ganz normales Leben zu ermöglichen – trotz der Krankheit, die ständig im Hintergrund lauerte, jederzeit bereit, ohne Vorwarnung zuzuschlagen.

»Mom und Dad haben Julie stets ermuntert, alles zu tun, was gesunde Kinder auch taten. Ihr die Freiheit gegeben, ihr Leben nach ihren eigenen Vorstellungen zu gestalten, alles auszuprobieren, was sie ausprobieren wollte«, hatte Daphne gesagt.

Als Daphne ihr von all den Krankenhausaufenthalten berichtete, dem trockenen Husten, der klebrigen Schleim zutage förderte, dem Durchfall und den Schwierigkeiten, selbst das normalste Essen zu verdauen, hatte Amber zunächst Mitleid empfunden. Doch sobald sie begann, Daphnes – oder sogar Julies – Kindheit mit ihrer eigenen zu vergleichen, kehrte die Verbitterung zurück. Wenigstens war Julie in einem schönen Haus groß geworden, mit genug Geld und Eltern, die sich um sie sorgten. Okay, sie war krank, und dann war sie gestorben. Na und? Eine Menge Leute werden krank. Eine Menge Leute sterben. War das ein Grund, sie heiligzusprechen? Was war mit Amber und allem, was sie durchlitten hatte? Hatte sie denn nicht auch ein wenig Mitleid verdient?

Jetzt sah sie reihum, fasste einen nach dem anderen in den Blick. Bella, die mit baumelnden Beinen auf dem Stuhl lümmelte und sorgenfrei in den Tag hineinlebte – ein verwöhntes und verzogenes Kind des Reichtums. Tallulah, die sich kerzengerade und konzentriert ihrem Mittagessen widmete. Daphne, die sonnengebräunt und mit der ihr eigenen legeren Eleganz dafür sorgte, dass ihre Brut ausreichend Nachschläge, Servietten und auch sonst alles bekam, was sie sich wünschte. Und schließlich Jackson, Herr und Meister dieser Runde, der wie ein adliger Fürst am Tisch thronte und über seine unermesslichen

Ländereien und die untadelige Familie wachte. Die schreckliche Leere in Ambers Inneren wuchs sich aus zu einem bohrenden Schmerz, raubte ihr den Atem, als würde man ihr das Leben aus dem Leib pressen. Dies war nicht die Zeit für Mitleid. Diesmal würde sie gewinnen.

23

Auf der Arbeit gab es so viel zu tun, dass Amber Daphne seit ihrer Kajaktour vor zwei Wochen nicht mehr gesehen hatte. Doch nun war Jackson wieder unterwegs, und Amber hatte sie gefragt, ob sie nicht ins Kino gehen wollten. Stattdessen hatte Daphne sie zu sich nach Hause eingeladen.

Immer öfter malte Amber sich den Tag aus, an dem das Haus ihr gehören würde. Jetzt schon wollte sie überall ihre Spuren hinterlassen. Einmal hatte sie Daphnes Dessous anprobiert, während Daphne die Kinder abholte. Und gelegentlich ging sie nach oben in Daphnes Badezimmer, kämmte sich das Haar mit ihrer Bürste und trug ein wenig von ihrem Lippenstift auf. Wie ähnlich wir uns doch sind, dachte sie, als sie sich so im Spiegel betrachtete.

Um Punkt sieben stand sie vor der Tür. Bella öffnete einen Spaltbreit und lugte hinaus.

»Was machst *du* denn hier?«

»Hallo, Süße. Deine Mommy hat mich eingeladen.«

Bella rollte die Augen. »Heute Abend schauen wir uns *Der Zauberer von Oz* an. Versuch ja nicht, Mom umzustimmen, damit wir irgendeinen langweiligen Erwachsenenfilm gucken.« Damit drehte sie ihr den Rücken zu.

Jetzt rollte Amber mit den Augen. *Der Zauberer von Oz.* Wenn sie sich noch einmal anhören müsste, wie Dorothy »Es ist nirgends so schön wie daheim« brabbelte, würde sie sich die Kugel geben.

»Da bist du ja. Bella hat dich schon angekündigt. Komm doch

in die Küche.« Daphne erschien in einem Jumpsuit, der Amber stark an Stella McCartneys neue Kollektion erinnerte, die sie letztens in der *Vogue* gesehen hatte.

Amber nahm an der monumentalen marmornen Kücheninsel Platz.

»Möchtest du etwas trinken?«

»Gern, das Gleiche, das du trinkst.«

Daphne goss ihr aus einer geöffneten Flasche Chardonnay ein. »Zum Wohl.«

Amber nahm einen kleinen Schluck und sagte: »Wie ich gehört habe, steht heute Abend *Der Zauberer von Oz* auf dem Programm?«

Daphne warf ihr einen entschuldigenden Blick zu. »Ja, tut mir leid. Ich hatte vergessen, dass ich es den Mädchen versprochen hatte.« Dann senkte sie die Stimme, damit Bella sie nicht hören konnte. »Nach einer halben Stunde können wir uns rausschleichen und nebenan ein wenig plaudern. Das kriegen sie gar nicht mit.«

Kann mir nur recht sein, dachte Amber.

Plötzlich läutete es an der Tür. »Kommt denn sonst noch jemand?«, fragte Amber verdutzt.

Daphne schüttelte den Kopf. »Ich erwarte niemanden. Bin gleich wieder da.«

Kurz darauf vernahm Amber Stimmen, und Daphne kam zurück in die Küche – gefolgt von einer entschlossen dreinblickenden Meredith.

»Hallo, Meredith«, grüßte Amber sie freundlich, doch ihr wurde unbehaglich zumute.

Mit besorgter Miene legt Daphne ihr die Hand auf den Arm. »Meredith meint, sie müsse mit uns beiden reden.«

Amber schwirrte der Kopf. Hatte sie die Wahrheit herausgefunden? Vielleicht war ihr das Foto in der Zeitung doch noch zum Verhängnis geworden. Sie atmete tief durch, um dem Hämmern in ihrer Brust Einhalt zu gebieten. Bloß nicht in Panik geraten, bevor sie überhaupt wusste, was Meredith zu sagen hatte. Sie erhob sich von ihrem Hocker.

»Margarita, würdest du den Kindern bitte schon das Essen bringen? Wir kommen in einen paar Minuten nach«, sagte Daphne und wandte sich dann wieder an Amber und Meredith. »Gehen wir ins Arbeitszimmer.«

Ambers Herz schlug ihr noch immer bis zum Hals, während sie den beiden Frauen den Gang entlang und hinüber in das holzvertäfelte Studierzimmer folgte. Mit starrem Blick trat sie in den Raum, wo sich eine Wand aus Büchern vor ihr auftürmte, und versuchte verzweifelt, die Fassung zu wahren.

»Wollen wir uns nicht setzen?« Daphne zog einen Sessel heran und setzte sich an den Spieltisch aus Mahagoni, der in einer Ecke des Raumes stand. Amber und Meredith taten es ihr nach.

An Amber gewandt, ergriff Meredith das Wort. »Wie du weißt, unterziehe ich alle neuen Komiteemitglieder einer Hintergrundprüfung.«

»Hätte das nicht schon vor Monaten geschehen müssen?«, fiel Daphne ihr ins Wort.

Meredith hob abwehrend die Hand. »Ja, eigentlich schon. Aber offenbar hatte die damit betraute Agentur Ambers Unterlagen verlegt. Sie haben die Papiere erst letzte Woche wiedergefunden und mich heute angerufen.«

»Und?«, versetzte Daphne ungeduldig.

»Als sie ihre Identität überprüften, fanden sie heraus, dass Amber Patterson seit vier Jahren vermisst wird.« Anschließend hielt sie das amtliche Vermisstenfoto einer dunkelhaarigen rundgesichtigen jungen Frau in die Höhe, die keinerlei Ähnlichkeit mit Amber aufwies.

»Was? Da muss eine Verwechslung vorliegen«, stieß Daphne hervor.

Amber saß schweigend da, doch ihr Puls verlangsamte sich ein wenig. Das war also alles. Damit konnte sie umgehen.

Meredith straffte den Rücken. »Kein Zweifel. Ich habe mit dem Meldeamt von Eustis, Nebraska, gesprochen. Die Sozialversicherungsnummer ist identisch.« Dann zog sie die Kopie eines Zeitungsartikels hervor und reichte sie Daphne – *Amber Patterson noch immer vermisst* war in großen Lettern auf der Titelseite zu lesen. »Möchtest du uns das vielleicht erklären, Amber, oder wie auch immer du wirklich heißt?«

Amber schlug die Hände vors Gesicht und begann zu schluchzen. »Es ist nicht so, wie du denkst«, sagte sie seufzend.

»Wie ist es denn dann?«, drängte Meredith mit stählerner Stimme.

Amber schniefte und putzte sich die Nase. »Ich kann alles erklären. Aber nicht vor *ihr*.« Das letzte Wort spie sie förmlich aus.

»Gib's auf, Mädchen«, herrschte Meredith sie an. »Wer bist du, und was willst du?«

»Meredith, bitte. So bringt das doch nichts«, beschwichtigte Daphne. »Amber, ganz ruhig. Ich bin mir sicher, dass es eine einfache Erklärung gibt. Sag mir, was es damit auf sich hat.«

Amber ließ sich in den Stuhl zurücksinken und hoffte, in etwa so bestürzt auszusehen, wie sie sich fühlte. »Ich weiß, was ihr jetzt denkt. Ich hatte gehofft, es niemandem sagen zu müssen. Aber ich musste einfach dort weg.«

»Weg wovon?«, bohrte Meredith, woraufhin Amber ein Stück zurückwich.

»Meredith, lass mich bitte die Fragen stellen«, schaltete sich Daphne ein und legte Amber sachte die Hand aufs Knie. »Wovor musstest du fliehen, Liebes?«

Amber schloss die Augen und seufzte. »Meinem Vater.«

Daphne starrte sie verdutzt an. »Deinem Vater? Hat er dir etwas angetan?«

Amber senkte den Kopf und hauchte: »Ich schäme mich so, das zu sagen ... Er ... er hat mich vergewaltigt.«

Daphne rang nach Luft.

»Ich habe niemandem je davon erzählt.«

»O mein Gott«, entfuhr es Daphne. »Das tut mir ja so leid.«

»Jahrelang ging es so, seit ich zwölf war. Solange ich da war und den Mund hielt, würde er Charlene in Frieden lassen, meinte er. Deshalb musste ich bleiben. Ich konnte doch nicht zulassen, dass er ihr wehtat.«

»Wie furchtbar ... Konntest du es denn nicht deiner Mutter sagen?«

»Das habe ich ja versucht«, erwiderte sie schniefend. »Aber sie hat mir nicht geglaubt. Sie sagte, ich wolle nur Aufmerksamkeit und dass sie mir den Hintern versohlen würde, wenn ich diese ›abscheulichen Lügen‹ herumerzähle.«

Ein Blick aus dem Augenwinkel verriet ihr, dass Daphne ihr glaubte. Meredith hingegen schien wenig überzeugt.

»Und was ist genau passiert?«, drängte Meredith mit beinahe höhnischem Unterton, worauf Daphne sie strafend anblitzte.

»Ich blieb da, bis Charlene gestorben war. Er hatte gedroht, mich aufzuspüren und umzubringen, wenn ich davonlief. Also musste ich meinen Namen ändern. Ich bin nach Nebraska getrampt und habe in einer Bar einen Typen kennengelernt. Er hat mir eine Mitbewohnerin besorgt. Dann habe ich gekellnert und Geld gespart, bis ich genug zusammenhatte, um hierherzukommen und noch mal ganz von vorn anzufangen. Der Typ hat in der Stadtverwaltung gearbeitet und mir von dem vermissten Mädchen erzählt. Später hat er mir einen falschen Pass mit ihrem Namen organisiert.«

Amber hielt kurz inne, um die Reaktion der Frauen abzuwarten.

Zu ihrer großen Erleichterung stand Daphne auf und nahm sie in den Arm. »Es tut mir so leid«, beteuerte sie erneut.

»Wie bitte?« Meredith würde sich nicht so leicht abspeisen lassen. »Daphne, willst du mir ernsthaft erzählen, dass du ihr das abkaufst und der Sache nicht weiter nachgehst? Das ist doch unglaublich.«

Daphne starrte sie kühl an. »Geh jetzt bitte, Meredith. Ich rufe dich später an.«

»Wenn es um sie geht, bist du auf einem Auge blind.« Wutschnaubend stapfte Meredith Richtung Ausgang, wandte sich vor der Tür jedoch noch einmal um. »Lass es dir gesagt sein, Daphne – die Sache wird böse enden.«

Daphne ergriff Ambers Hand. »Mach dir keine Sorgen. Niemand wird dir je wieder wehtun.«

»Was ist mit Meredith? Was, wenn sie es herumerzählt?«

»Lass Meredith mal meine Sorge sein. Ich bringe sie schon dazu, dass sie kein Sterbenswörtchen sagt.«

»Bitte sag es niemandem, Daphne. Ich muss weiter so tun, als wäre ich Amber. Du kennst ihn nicht. Er wird mich finden, wo immer ich mich verstecke.«

Daphne nickte. »Von mir wird keine Menschenseele etwas erfahren, nicht einmal Jackson.«

Ganz wohl war Amber nicht dabei, ihren Vater in ein derart schlechtes Licht zu rücken. Immerhin hatte er tagein, tagaus in der Reinigung geschuftet, um ihre Mutter und ihre drei Schwestern über Wasser zu halten. Niemals hätte er eine seiner Töchter angerührt. Aber er hatte sie auch allesamt gezwungen, ohne Bezahlung in seinem elenden Laden zu arbeiten, was sowohl Sklaven- als auch Kinderarbeit gewesen war und Missbrauch verdammt nahe kam. Selbst wenn er die Finger von ihnen gelassen hatte – ausgebeutet hatte er sie allemal.

Auf einmal fühlte sich ihr Gewissen um einiges leichter an. Sie hob den Kopf von Daphnes Schulter und blickte ihr in die Augen. »Ich weiß nicht, womit ich eine Freundin wie dich verdient habe. Danke, dass du immer für mich da bist.«

Daphne strich ihr sanft übers Haar. »Du würdest dasselbe für mich tun.«

Amber lächelte erschöpft und nickte.

Anschließend stand Daphne auf, drehte sich mitten im Zimmer aber noch einmal um. »Ich sage Bella, dass wir den *Zauberer von Oz* ein anderes Mal schauen. Heute hast du es dir verdient, den Film auszusuchen.«

Amber lächelte, diesmal echt, denn sie konnte es kaum erwarten, den enttäuschten Blick im Gesicht der kleinen Prinzessin zu sehen.

»Danke. Das würde mich wirklich auf andere Gedanken bringen.«

24

Schon als Kind hatte Amber den vierten Juli gehasst. Das einzig Gute daran war, dass ihr Vater die Reinigung an dem Tag geschlossen hielt. Zusammen mit ihren drei Schwestern hatte sie sich immer die Parade angesehen – die ohrenbetäubend falsch spielende Highschool-Blaskapelle, die Majoretten, von denen stets mindestens eine ihre Stäbe fallen ließ, und die kuhgesichtigen Bauerntrampel, die freudestrahlend von den Heuwagen herabwinkten. Alles dermaßen peinlich und verlogen, dass Amber jedes Mal am liebsten im Boden versunken wäre.

Aber dieses Jahr war es anders. Ganz anders. Denn Amber saß mit Daphne auf dem Achterdeck einer Zwanzig-Meter-Jacht, die wie ein Pfeil über die Bucht von Long Island jagte. Sie würden das ganze Wochenende auf dem Boot verbringen. Amber konnte ihr Glück kaum fassen. Vorher war sie mit Daphne einkaufen gewesen und hatte dabei ihr Budget deutlich überzogen, aber schließlich musste sie jederzeit umwerfend aussehen, nun, da sie rund um die Uhr in Jacksons Nähe sein würde. Erst hatte sie sich einen neuen weißen Bikini gekauft und dann auch noch Unsummen für einen schwarzen, extrem tief ausgeschnittenen Badeanzug mit seitlichen Cut-Outs ausgegeben. Es war der sexyste Badeanzug, den sie je gesehen hatte, und als sie aus der Umkleide gekommen war, hatte Daphne begeistert genickt. Außerdem trug sie einen durchsichtigen Pareo, sodass ihr Körper ihm nicht verborgen bleiben könnte. Für Landgänge hatte sie sich weiße, superknappe Shorts besorgt, dazu einige Tops, die sich genau an den richtigen Stellen an ihren Körper schmieg-

ten. Und für die Abende hatte sie enge weiße Hosen eingepackt, ein paar T-Shirts und einen marineblauen Pulli, den sie
sich lässig über die Schultern werfen könnte. Sogar Bräunungs-
spray hatte sie benutzt. Die Zeit für ihren großen Auftritt war
gekommen.

Jackson stand in weißem Poloshirt und khakifarbenen Shorts
am Steuer, die Beine gebräunt und muskulös. Er bewegte sich
mit traumwandlerischer Sicherheit, versah jeden Handgriff mit
Eleganz und Können. Dann drehte er sich um und rief seiner
Frau über den brausenden Fahrtwind zu: »Hey, Liebling, würdest du mir ein Bier bringen?«

Daphne griff in die Kühlbox und fischte eine tropfnasse, eis-
kalte Dose Gordon Ale heraus. Zugegebenermaßen brachte ihr
schwarzer Bikini ihre Figur perfekt zur Geltung. Amber hatte
gehofft, Daphne würde etwas Matronenhafteres anziehen, aber
da hatte sie sich wohl verrechnet. Daphne reichte Amber die
Dose. »Hier bitte, wieso bringst du sie ihm nicht? Da kannst du
dir gleich zeigen lassen, wie man so ein Boot fährt.«

Amber nahm ihr die Dose ab und sprang auf. »Gerne doch.
Hey.« Sie tippte Jackson auf die Schulter. »Hier ist dein Bier.«

»Danke.« Er zog die Lasche auf und nahm einen Schluck.
Amber fielen seine schlanken Finger und gepflegten Hände auf,
und sie stellte sich vor, wie sie auf ihrem Körper lagen.

»Daphne meinte, du würdest mir eine Bootfahrstunde geben«, sagte sie kokett.

»Bootfahren. Hat sie das wirklich so genannt?«, erwiderte er
mit einem Lachen.

»Na ja, vielleicht auch nicht. Ich weiß es nicht mehr genau.«

»Hier«, sagt er und rückte ein Stück nach rechts. »Nimm das
Steuerrad.«

»Was? Und wenn ich irgendwo gegen fahre?«

»Du bist ja niedlich. Womit sollen wir hier denn schon zu-
sammenstoßen? Du musst es kaum bewegen. Achte nur darauf,

dass der Bug dahin zeigt, wo du hinfahren möchtest, und mach keine ruckartigen Bewegungen.«

Sie packte das Steuerrad und konzentrierte sich ganz auf die See vor ihr. Je länger sie so dastand, desto weniger aufgeregt war sie.

»Sehr gut«, lobte Jackson. »Ganz ruhig bleiben.«

»Das macht Spaß«, lachte sie, und warf den Kopf in den Nacken. »Das könnte ich den ganzen Tag lang machen.«

Jackson gab ihr einen aufmunternden Klaps auf die Schulter. »Großartig. Dann habe ich hier vorne wenigstens etwas Gesellschaft. Daphne mag die Jacht nicht sonderlich. Sie fährt lieber Kajak.«

Amber riss die Augen auf. »Echt? Kann ich mir kaum vorstellen. Das hier ist doch um Längen besser als paddeln.«

»Vielleicht kannst du ja meine Frau davon überzeugen.« Er nahm noch einen Schluck Bier und wandte sich dann zu Daphne um, die sich gemütlich auf einer Liege rekelte und in aller Ruhe *Bildnis einer Dame* las.

Amber folgte seinem Blick und legte ihm beruhigend eine Hand auf den Arm. »Ich bin mir sicher, sie genießt es mehr, als du denkst. Ich tu's jedenfalls.«

Die nächste Stunde blieb sie bei ihm auf der Brücke, stellte fleißig Fragen und lobte seine fundierten Navigationskenntnisse. Sie rang ihm das Versprechen ab, ihr später die Seekarten zu zeigen, um mehr über die Küstengewässer von Connecticut zu erfahren. Von Zeit zu Zeit rückte sie so nah an ihn heran, dass sich ihre Körper fast berührten. Als sie befürchtete, es könnte zu offensichtlich werden, übergab sie Jackson das Ruder und setzte sich wieder nach hinten zu Daphne. Die Sonne ging allmählich unter. Bald würden sie Mystic erreichen.

Daphne sah von ihrem Buch auf. »Nun, das scheint ja Spaß gemacht zu haben. Hast du was gelernt?«

Amber suchte in ihrer Miene nach Anzeichen von Verärgerung, doch Daphne schien aufrichtig erfreut, dass es ihr gefallen hatte. »Es war toll«, erwiderte sie. »Jackson weiß so viel.« »Diese Jacht ist sein Ein und Alles. Wenn ich ihn lassen würde, wäre er jedes Wochenende damit draußen.«

»Du magst das Boot nicht besonders, oder?«

»Ich mag es schon. Ich will nur nicht die ganze Zeit damit herumfahren. Wir haben ein wunderschönes Haus, den Strand und einen Pool. Da bin ich lieber. Hier draußen ist nur Wasser, so weit das Auge reicht, und man braucht so lange, um irgendwo hinzukommen. Ich langweile mich schnell. Und die Mädchen werden auch ganz zappelig. Hier ist alles so eng, und es lässt sich kaum Ordnung halten.«

Schon wieder dieser Ordnungsfimmel, dachte Amber. Konnte Daphne denn nie mal zufrieden sein und sich entspannen? »Ich muss zugeben, es ist schon ganz schön aufregend, wenn einem der Wind durch die Haare fegt und man über die Wellen saust«, sagte sie.

»Vor allem mag ich es nicht, wenn er so schnell fährt. Um ehrlich zu sein, gehe ich viel lieber segeln. Da ist es ganz still. Auf einem Segelboot fühle ich mich der Natur viel näher.«

»Segelt Jackson denn gern?«, erkundigte sich Amber.

»Nicht besonders. Versteh mich nicht falsch – er ist ein guter Segler. Kennt sich aus. Aber mit dem Boot hier kann er so schnell fahren, wie er will, und Angeln mag er ebenfalls.« Sie strich sich einige Strähnen aus dem Gesicht. »Mein Freund auf dem College ist schon von klein auf gesegelt, und wir haben viel Zeit auf dem Segelboot seiner Familie verbracht. So hab ich es gelernt.«

»Ich kann mir gut vorstellen, warum dir das besser gefällt«, sagte Amber.

»Es ist schon in Ordnung, wirklich. Ich pack mir ein gutes Buch ein, und die Mädchen nehmen Spiele mit. Und natürlich macht es immer Spaß, Freunde wie dich an Bord zu haben.«

»Vielen Dank für die Einladung, Daph. Für mich ist das echt was Besonderes.«

»Nicht der Rede wert«, erwiderte Daphne gähnend und erhob sich von ihrem Liegestuhl. »Ich geh jetzt nach unten und schau mal nach den Mädchen. Würde es dir was ausmachen, wenn ich mich vor dem Essen noch kurz hinlege?«

»Kein Problem. Ruh dich nur aus.« Amber sah sie die Treppe hinuntersteigen und nahm gleich wieder den Platz an Jacksons Seite ein.

»Daphne macht ein Nickerchen. Ich glaube, ihr ist langweilig geworden.« Sie studierte seine Miene nach Anzeichen von Verärgerung, konnte aber nicht das Geringste erkennen. Falle er ihr böse war, wusste er es jedenfalls gut zu verbergen.

»Sie lässt mir den Spaß, das rechne ich ihr hoch an.«

»Das ist wirklich nett von ihr. Sie hat mir erzählt, wie gern sie als Studentin mit ihren damaligen Freund gesegelt ist.« Amber glaubte, ein leichtes Zucken in Jacksons Wange wahrzunehmen. »Ich weiß nicht, aber im Vergleich zu dem hier kommt mir das recht lahm vor.«

»Willst du's nicht noch mal probieren? Ich hol uns in der Zwischenzeit was zu trinken.«

Sie trat ans Steuerrad und hatte das Gefühl, endlich, nach und nach das Ruder zu übernehmen.

***

Am Abend schlenderten die fünf nach einem luxuriösen Dinner in Mystic zurück zum Jachthafen. Die Nacht war warm und der Himmel von Sternen übersät.

»Daddy«, sagte Tallulah, als sie die Mole entlangspazierten. »Gehen wir morgen draußen vor Anker und sehen uns das Feuerwerk an?«

»Gewiss doch. So wie immer.«

»O prima«, quietschte Bella. »Aber diesmal will ich ganz allein oben auf der Flybridge sitzen. Ich bin jetzt alt genug dafür.«

»Nicht so eilig, meine Kleine.« Jackson nahm sie an der einen und Daphne an der anderen Hand, und sie spielten *Engelchen, Engelchen, flieg.* »Du kannst da noch nicht alleine hoch.«

»Und ich will auf dem Vorderdeck liegen wie letztes Jahr und es mir von dort aus ansehen«, meldete sich Tallulah zu Wort.

»Daddy wird mit Bella auf der Brücke bleiben, und ich lege mich zu Tallulah aufs Deck«, meinte Daphne und wandte sich an Amber. »Und du solltest zu Jackson und Bella hochgehen. Von dort hat man einen fantastischen Blick.«

Kein Problem für mich, dachte Amber.

Es war kurz nach zehn, als sie zurück zur Jacht kamen, und Amber sich abermals allein mit Jackson wiederfand, während Daphne die Kinder ins Bett brachte. Vorher war er kurz in der Kombüse verschwunden und mit einer Flasche Muskateller in der einen und drei Gläsern in der anderen Hand zurückgekehrt.

»Es ist noch viel zu früh, um den Abend zu beschließen. Wie wär's, wenn wir noch ein Gläschen trinken?«

»Klingt großartig«, antwortete Amber.

Sie genossen die laue Nachtluft, tranken Wein, plauderten über die jüngsten Aufkäufe der Firma und wie die Finanzierung laufen würde. Als Daphne wieder erschien, schenkte Jackson ihr ein und reichte ihr das Glas. »Bitte, Liebling.«

»Nein danke, Schatz. Ich bin ziemlich müde. Vielleicht hätte ich nicht so eine Riesenportion essen sollen. Ich glaube, ich hau mich lieber aufs Ohr.«

Daphne sieht tatsächlich ziemlich erschöpft aus, bemerkte Amber. Aber Riesenportion? Sie hatte ihr Essen doch kaum angerührt.

»Nun denn, gute Nacht, ihr beiden.« Und zu Jackson gewandt fügte sie lächelnd hinzu: »Ich lass das Nachtlicht für dich brennen.«

»Ich komme gleich nach. Ruh dich nur aus.«

Als sie verschwunden war, goss Amber sich noch ein Glas Wein ein. »Ich weiß noch, wie müde meine Mutter abends immer war, und mit der Zeit immer früher ins Bett ging. Mein Vater hat dann gewitzelt, wie lang es doch her sei, dass sie jung, wild und verliebt waren.«

»Leben deine Eltern noch?«, fragte Jackson, den Blick ins Glas gerichtet, während er den Stiel genießerisch in den Fingern drehte.

»Ja. Sie wohnen immer noch in Nebraska. Daphne erinnert mich sehr an meine Mutter.«

Eine Spur der Verwunderung glitt über seine Züge, wich aber rasch seiner gewohnten Undurchschaubarkeit. Allmählich wurde Amber klar, wie meisterhaft er es verstand, seine Gedanken und Gefühle zu verbergen.

»Auf welche Weise ähneln sie sich denn?«

»Nun ja, beide sind sehr häuslich. Meine Mutter mochte nichts lieber, als sich gemeinsam mit uns Kindern einen schmalzigen Film anzusehen. Wenn du unterwegs bist, lädt Daph mich häufig zu Filmabenden mit Tallulah und Bella ein. Das macht ungeheuer Spaß, es erinnert mich an zu Hause. Und ich glaube, dass ihr die ganzen Benefizveranstaltungen, Vernissagen und so weiter langsam zu viel werden. Das hat sie mir jedenfalls erzählt.«

»Wie interessant«, sagte Jackson. »Was denn sonst noch?«

»Na ja, sie mochte es immer eher ruhig, meine Mom. Wie Daphne. Sie hätte es gehasst, mit einem so schnellen Boot zu fahren. Nicht dass wir eine Jacht besessen hätten, aber mein Vater hatte ein Motorrad. Lärm und Geschwindigkeit waren ihr zuwider. Sie fuhr viel lieber mit ihrem Fahrrad, ganz langsam und gemächlich.« Alles erstunken und erlogen, aber es erfüllte seinen Zweck.

Er schwieg bedächtig.

»*Ich* fand es ja total aufregend, am Ruder zu stehen und übers Wasser zu sausen. Aber vielleicht sollten wir es morgen wirklich etwas langsamer angehen lassen, damit auch Daphne ihren Spaß hat.«

»Eine gute Idee«, sagte er und leerte sein Glas.

Das lief ja wie geschmiert. Und morgen Abend, so hoffte Amber, würde nicht nur der Himmel lichterloh für sie brennen.

25

Kurz nach dem vierten Juli erhielt Amber endlich die ersehnte Stelle als Jacksons Chefsekretärin. Die Bewerbungen waren allmählich rarer geworden und alles, was zu gut aussah, hatte sie unauffällig entsorgt. Seit Mrs. Battleys Weggang hatte sie sich für Jackson quasi unverzichtbar gemacht, und als er sie in sein Büro beorderte, konnte sie fast sicher sein, dass er sie nun offiziell zu seiner neuen Assistentin ernennen würde. Mit gezücktem Stift und Schreibblock saß sie im Ledersessel vor seinem Tisch, die schwarz bestrumpften Beine so vorteilhaft wie möglich übereinadergeschlagen. Sie klimperte mit ihren dichten, falschen Wimpern und hielt die glänzenden Lippen leicht geöffnet.

Einen Moment starrte Jackson sie nur an, dann sagte er: »Ich denke, du weißt, was für eine große Hilfe du in den vergangenen Monaten gewesen bist. Deshalb habe ich mich entschlossen, nicht weiter nach einer neuen Assistentin zu suchen und dir die Stelle anzubieten. Falls du überhaupt daran interessiert bist.«

Sie hätte aufspringen und losbrüllen können, ließ sich ihre Freude aber nicht anmerken. »Ich bin sprachlos. Klar bin ich interessiert. Vielen Dank.«

»Gut. Dann gebe ich der Personalabteilung Bescheid.« Dann glitt sein Blick wieder hinab zum Blatt auf seinem Schreibtisch, um ihr zu signalisieren, dass sie entlassen war, und Amber stand auf.

»Ach, noch etwas«, stieß er hervor, woraufhin sie stehen blieb und sich umwandte. »Natürlich geht damit auch eine beträchtliche Lohnerhöhung einher.«

Um ihm näherzukommen, hätte sie auch umsonst gearbeitet, aber in Wahrheit hatte sie sich ihr Gehalt mehr als verdient. Sie hatte nicht lange gebraucht, um ihm jeden Wunsch von den Lippen abzulesen, und inzwischen griffen ihre Arbeitsschritte so gut ineinander wie ein edles Schweizer Uhrwerk. Amber genoss die hervorgehobene Stellung, die ihr der neue Job und die Nähe zum allmächtigen Chef gewährten. Die Leute aus der Verwaltung warfen ihr neidvolle Blicke zu, und die Führungskräfte begegneten ihr mit Respekt. Keiner wollte es sich mit jemandem verderben, der das Vertrauen von Jackson Parrish genoss. Es war ein berauschendes Gefühl. Sie musste an den Lockwood-Mistkerl daheim in Missouri denken. Wie er sie behandelt hatte – als sei sie ein Stück Müll, das man einfach wegwerfen konnte.

Als am späten Freitagnachmittag der Summer ertönte, fuhr sie kurz zusammen, stand dann rasch auf und eilte in sein Büro. Auf dem Schreibtisch türmte sich ein Stapel Blätter, die wie Rechnungen aussahen; daneben lag ein großes Scheckbuch.

»Ich belaste dich ja nur ungern mit so etwas. Aber Mrs. Battley hat sich immer darum gekümmert, und ich habe einfach nicht die Zeit, das alles zu überprüfen.«

»Hast du das gerade wirklich gesagt? Du solltest langsam wissen, dass nichts, was du mir zu tun gibst, eine Belastung darstellt.«

Jackson grinste sie an. »*Touché.* Du machst alles aus reinem Vergnügen, natürlich. Auf deinen Visitenkarten sollte ich PA hinter deinen Namen drucken lassen. *Perfekte Assistentin.*«

»Klar, perfekter Chef. Dann sind wir eben das perfekte Team. Wie füreinander gemacht.«

»Na, das wollen wir mal sehen. Hier kommt die Prüfung«, konterte er mit einem verschmitzten Lächeln.

»Was ist das?«, wollte sie wissen.

»Rechnungen. Das meiste wird per Dauerauftrag überwiesen, aber ich möchte, dass du sie überprüfst, mit den Belegen abgleichst und sicherstellst, dass alles seine Richtigkeit hat. Und dann gibt es noch einige, die per Scheck bezahlt werden müssen. Ich habe genau vermerkt, welche das sind. Für die musst du jeden Monat einen Scheck ausstellen – Sabine und Surrey, Schulgebühren, all diese Dinge.«

»Natürlich. Kein Problem.« Sie griff sich den Stapel und das Scheckheft, hielt, bevor sie sein Büro verließ, aber kurz inne. »Weißt du, ich komme mir vor wie Telemachos.«

Jackson hob verwundert die Augenbrauen. »Wie bitte?«

»Na, du weißt schon, aus der *Odyssee*.«

»Ich weiß, wer Telemachos ist. Hast du denn die *Odyssee* gelesen?«

Amber nickte. »Schon ein paarmal. Ich liebe sie. Ich finde es faszinierend, wie er immer mehr Verantwortung übernimmt. Du musst also keine Angst haben, mir zu viel zu tun zu geben.«

Nach der Art zu urteilen, wie er sie jetzt ansah, hatte sie eindeutig gepunktet. Amber schenkte Jackson ein freundliches Lächeln und marschierte unter seinem Blick aus der Tür.

Sie warf den ganzen Stapel auf ihren Schreibtisch und fing an, die Ordner einen nach dem anderen durchzusehen. Die Aufgabe erwies sich als überaus interessant. Amber war verblüfft über die immensen Summen, die Daphne jeden Monat ausgab. Da waren Rechnungen von Barneys, Bergdorf Goodman, Neiman Marcus, Henri Bendel und diversen unabhängigen Boutiquen, nicht zu vergessen all die Haute-Couture-Häuser und Juweliere. In nur einem Monat hatte sie Waren im Wert von über 200 000 Dollar gekauft. Hinzu kamen die Gehälter der Kindermädchen, der Haushälterin und des Chauffeurs. Daphnes Mitgliedschaft im Fitnessstudio, die privaten Yoga- und Pilates-Kurse. Der Reit- und Tennisunterricht für die Mädchen. Die

Mitgliedsbeiträge im Country Club. Die Gebühren für den Jachtclub. Die Shows und Abendessen. Die Reisen. Und so weiter und so fort, wie in einem gottverdammten Märchen.

Ambers neues Gehalt war ein Hungerlohn im Vergleich zu dem Geld, das Daphne zur Vergnügung hatte. Besonders ein Beleg verschlug ihr schier den Atem – die Rechnung für eine Hermès Birkin aus rotem Krokodilleder. Sie musste zweimal hingucken, als sie den Preis sah: 69 000 Dollar. Für eine Handtasche! Mehr als ihr halbes Jahresgehalt. Und Daphne würde sie wahrscheinlich nur ein paarmal tragen und dann in ihrem Kleiderschrank verstauben lassen. Ambers Empörung schnürte ihr die Kehle zu. Es war geradezu obszön. Wenn Daphne wirklich Familien von Mukoviszidosekranken helfen wollte, wieso spendete sie dann nicht mehr von ihrem eigenen Geld und begnügte sich mit dem Dutzend Designerhandtaschen, das sie bereits besaß? Was für eine Heuchlerin. Immerhin war Amber, was ihre Beweggründe betraf, stets ehrlich gewesen – zumindest sich selbst gegenüber. Wenn sie erst mit Jackson verheiratet war, würde sie nicht mehr so tun, als schere sie sich um Wohltätigkeitsarbeit.

Daphne musste zu Hause keinen Finger krumm machen, konnte alles kaufen, was sie wollte, hatte einen Ehemann, der sie liebte, und dann konnte sie nicht mal ihre Rechnungen selbst bezahlen? Wie verwöhnt konnte man denn sein? Amber würde niemals so behäbig werden und anderen ihre Finanzen offenlegen. Nun, da sie tiefere Einblicke in Daphnes Luxusdasein gewonnen hatte, begriff sie erst, wie grenzenlos Jacksons Reichtum war, und wurde noch entschlossener, ihren Plan durchzuziehen.

Es kostete sie über anderthalb Stunden, sich durch sämtliche Rechnungen und Belege zu wühlen, und als sie damit fertig war, kochte sie regelrecht vor Wut. Genervt verließ Amber ihren Arbeitsplatz und holte sich einen Kaffee. Auf dem Rückweg warf sie auf der Toilette einen Blick in den Spiegel. Zwar gefiel ihr, was sie sah, doch war es langsam an der Zeit, noch einmal nachzulegen, sich noch einen Hauch begehrenswerter zu machen – auf ganz subtile Weise. Nur so viel, dass er sich fragen würde, was sich wohl an ihr verändert hatte.

Als sie an ihren Schreibtisch zurückkehrte, sah sie, dass Jackson bereits Feierabend gemacht hatte. Sie verstaute die Rechnungen und das Scheckbuch in ihrer Schublade, verschloss sie und trank in Ruhe ihren Kaffee. Und später, als die Bürotür hinter ihr ins Schloss fiel, nahm ein neuer Plan in ihrem Kopf Gestalt an. Sie hatte das ganze Wochenende, um ihn zur Reife zu bringen.

26

Am Samstag traf sie Daphne bei Barnes & Noble, und sie aßen in dem kleinen Café gegenüber zu Mittag. Nachdem sie in einer gemütlichen Nische ganz hinten im Restaurant Platz genommen hatten, bestellte Amber einen grünen Salat mit Hühnchen. Zu Ambers Verwunderung orderte Daphne einen Cheeseburger mit Pommes Frites.

Ambers Blick fiel auf eine Tüte, die neben Daphne auf der Bank lag und die sie schon den ganzen Morgen mit sich herumgetragen hatte. »Was ist denn da drin, Daph?«

»Ach, das. Nur eine Flasche Parfüm, die ich zurückgeben muss. Das, was ich getragen habe, als Jackson und ich uns kennengelernt haben. Er hat es geliebt. Ich habe es eine Ewigkeit nicht mehr benutzt und es nun mal wieder ausprobiert, aber ich muss inzwischen allergisch dagegen sein.«

»Wie furchtbar. Wie heißt es denn?«

»*Incomparable*. Unvergleichlich, haha. So habe ich mich immer gefühlt, wenn ich es getragen habe.«

Ihre Bestellung kam, und Daphne schlang ihren Cheeseburger hinunter, als hätte sie seit Tagen nichts gegessen. »Mmh, vorzüglich«, schwärmte sie.

»Wie war das denn damals mit Jackson und dir? Ich meine, als ihr die ersten Male ausgegangen seid?«

»Ich war so jung und unerfahren, aber genau das schien ihn irgendwie anzuziehen. Er war ja vorher mit vielen Glamourgirls zusammen gewesen, die schon alles kannten. Ich glaube, ihm gefiel, dass er mich an Orte bringen konnte, an denen ich noch nie gewesen war, und mir Dinge zeigen konnte, die ich noch nie gesehen hatte.« Sie stockte, und ein verklärter Glanz trat in ihre Augen. »Ich hing ihm förmlich an den Lippen.« Dann wandte sie sich wieder Amber zu. »Er mag es, wenn man ihn anhimmelt, weißt du?«, sagte sie lachend. »Und er macht es einem auch leicht, ihn anzuhimmeln. Er ist wirklich einzigartig.«

»Ja, das ist er«, pflichtete Amber ihr bei.

»Wie dem auch sei, nichts bleibt, wie es ist. Natürlich ist heute alles ein wenig anders.«

»Was meinst du damit?«

»Ach, du weißt schon. Die Kinder kommen. Gewohnheiten schleichen sich ein. Der Sex ist nicht mehr so leidenschaftlich. Einmal ist man zu groggy, und ein andermal hat man einfach keine Lust.«

»Mit einem Neugeborenen muss das ja besonders schlimm sein. Muss einen völlig fertigmachen. Man liest ja dauernd über junge Mütter, die eine Wochenbettdepression bekommen.«

Daphne schwieg und schlug für einen Moment die Augen nieder. Dann hauchte sie mit gesenktem Blick: »Ja, das muss wirklich furchtbar sein.«

Einige unbehagliche Minuten später versuchte Amber es erneut. »Wie auch immer, jedenfalls scheinen die Kinder eurer Liebe keinen Abbruch getan zu haben. Immer wenn ich bei euch bin, habe ich den Eindruck, er ist völlig verrückt nach dir.«

»Wir haben eine Menge zusammen durchgemacht«, erklärte Daphne lächelnd.

»Ich hoffe, dass meine Ehe eines Tages auch so perfekt wird. Wie bei Jackson und dir. Dem perfekten Paar.«

Daphne nippte an ihrem Kaffee, dann sah sie Amber lang und durchdringend an. »Eine Ehe ist harte Arbeit. Wenn du jemanden liebst, lässt du dir das von nichts kaputtmachen.«

Jetzt wird's interessant, dachte Amber. »Und was könnte das sein?«

»Wir hatten eine kleine Krise. Direkt nach Bellas Geburt.«
Wieder hielt sie inne und neigte den Kopf zur Seite. »Es gab da
so einen Fehltritt.«

»Er hat dich betrogen?«

Daphne nickte. »Es war nur dieses eine Mal. Ich war ausgelaugt, nur noch mit dem Baby beschäftigt. Wir hatten seit Monaten nicht mehr miteinander geschlafen.« Sie zuckte die Achseln. »Männer haben eben ihre Bedürfnisse. Außerdem dauerte
es eine Weile, bis ich meine alte Figur wiederhatte.«

Wie bitte? Rechtfertigte sie jetzt etwa, was er getan hatte?
Daphne war noch naiver, als Amber gedacht hatte.

»Ich möchte damit nicht sagen, dass das, was er getan hat,
richtig war. Aber es tat ihm aufrichtig leid, und er hat geschworen, dass es nie wieder vorkommt.« Daphnes Lächeln wirkte
nun etwas gezwungen. »Und das ist es auch nicht.«

»Wow. Das muss echt hart für dich gewesen sein. Aber wenigstens habt ihr euch zusammengerauft. Ihr beide wirkt sehr
glücklich«, sagte Amber. Dann sah sie auf die Uhr. »Ich glaube,
wir sollten langsam aufbrechen.«

Zu Hause orderte Amber im Internet eine Flasche Incomparable. Schmunzelnd sah sie vom Computer auf und ließ sich das
soeben Erfahrene genüsslich auf der Zunge zergehen. Er war
schon einmal fremdgegangen! Wenn er es einmal getan hatte,
würde er es gewiss wieder tun.

∗∗∗

Am Montag blies ein eisiger Wind, und es regnete so heftig, dass
Amber schon auf dem Bahnsteig pitschnass war. Das Einzige,
was ihr an ihrem neuen Job missfiel, war das Pendeln in die
Stadt. An einem freien Tag für einen entspannten Museumsbe-
such hierherzukommen war nett, aber der Arbeitsweg zur mor-
gendlichen Rushhour war die reinste Folter. Eingekeilt zwi-

schen einem nach Zigarrenrauch stinkenden Mann und einem kleinen Jungen mit verdrecktem Rucksack studierte sie die Reklame über den Fenstern. Die Sprüche konnte sie mittlerweile so gut wie auswendig. Wie es wohl war, sein eigenes Bild auf Zügen und Bussen zu entdecken? Machte das die Models irgendwie an? Sie stellte sich vor, wie es wohl wäre, von Tausenden von Männern begehrt zu werden. Mit ihrem Körper hätte sie gewiss das Zeug dazu, und mit der richtigen Frisur und erstklassigem Make-up würde sie keinen Deut schlechter aussehen als diese arroganten Models, obwohl sie nur eins siebzig groß war, ein paar Zentimeter kleiner als Daphne. Die hielten sich wahrscheinlich für ach so besonders, wenn sie sich den Finger in den Hals steckten, nur um dürr zu bleiben. So etwas würde sie nie tun. Andererseits hatte sie Glück, dass sie von Natur aus schlank war.

Als sie endlich in der Siebenundfünfzigsten angekommen war, war der Saum ihrer Hosen fast schon wieder trocken. Es hatte aufgehört zu regnen, doch der kalte Wind fegte ihr noch immer um die Ohren. Sie nickte dem Pförtner zu und wünschte dem Wachmann am Empfang einen Guten Morgen.

»Guten Morgen, Miss Patterson. Mieses Wetter da draußen. Aber Sie sehen wie immer glänzend aus. Haben Sie eine neue Frisur?«

Wie sie es genoss, dass sie nun alle kannten. »Ja, vielen Dank.« Sie zog ihre ID-Karte durch den Scanner und schlenderte zum Aufzug. Als Erstes verschwand sie auf die Damentoilette, zog ihr schnurloses Glätteisen hervor und glättete sich das mittlerweile schulterlange, champagnerblonde Haar. Nachdem sie sich einen Tropfen Incomparable aufs Handgelenk getupft hatte, zog sie die Tennisschuhe aus und schlüpfte in ihre hautfarbenen Louboutin-Pumps. Dazu trug sie ein schwarzes Rollkragenkleid und darunter einen schwarzen Spitzen-Push-up-BH. Um ihr Handgelenk baumelte ein loser Silberarmreif. Ihr einziger anderer Schmuck bestand aus einem Paar stilvoller schlichter Ohrringe aus gehämmertem Silber. Sie lächelte ihr Spiegelbild an, so schön und selbstbewusst, als hätte sie gerade ein Ralph-Lauren-Fotoshooting hinter sich.

Als sie ihr Büro betrat, sah sie, dass Jacksons Tür noch geschlossen und es hinter den Fenstern dunkel war. Sie hatte sich vorgenommen, morgens stets so früh wie möglich zu erscheinen, doch Jackson kam ihr meistens zuvor. Heute war eine seltene Ausnahme. Sie begann, ihre E-Mails zu beantworten, und als sie das nächste Mal aufblickte, war es schon halb neun. Jackson spazierte erst nach zehn herein.

»Guten Morgen, Jackson. Alles okay?«

»Morgen. Ja, alles in Ordnung. Ich hatte nur eine Besprechung an Bellas Schule.« Als er gerade seine Bürotür aufschließen wollte, hielt er kurz inne. »Ach übrigens, wir gehen heute Abend ins Theater. Würdest du uns für sechs einen Tisch bei Gabriel's reservieren?«

»Aber natürlich.«

Dann stoppte er erneut und drehte sich zu ihr um. »Du siehst gut aus.«

Amber spürte, wie ihr die Hitze den Hals emporstieg. »Danke. Wie nett von dir.«

»Das hat nichts mit Nettigkeit zu tun. Das ist die reine Wahrheit.« Er ging in sein Büro und schloss die Tür.

Der Gedanke, dass Daphne und Jackson heute romantisch zu Abend essen und dann hinüber in ein Broadway-Theater schlendern würden, widerte sie an. *Sie* wollte neben ihm auf einem dieser Eins-a-Plätze sitzen und sich von sämtlichen Frauen eifersüchtig begaffen lassen. Doch sie wusste auch, dass sie einen kühlen Kopf bewahren musste. Nur nicht die Ruhe verlieren und irgendeine Dummheit begehen!

Am Nachmittag dann, Jackson und sie gingen gerade die Termine seiner anstehenden Chinareise durch, klingelte sein

Handy. Es war Daphne. Amber konnte nur seine knappen Antworten hören, doch wirkte er wenig begeistert. Schließlich legte er auf und feuerte das Telefon auf den Tisch.

»So ein Mist. Damit ist unser Theaterabend wohl gestorben.«

»Ist mit Daphne alles in Ordnung?«

Er schloss die Augen, massierte sich den Nasenrücken.

»Ihr geht's gut. Sie meint aber, Bella würde kränkeln, und will heute Abend nicht mehr herkommen.«

»Das tut mir leid«, sagte Amber betroffen. »Soll ich die Reservierung stornieren?«

Jackson überlegte einen Moment und bedachte sie dann mit einem prüfenden Blick. »Hättest du vielleicht Lust auf ein Abendessen mit anschließendem Theater?«

Ambers Herz begann zu rasen. Das lief fast schon zu glatt. Es war wie ein Geschenk des Himmels, das ihr einfach in den Schoß fiel. »Sehr gerne. Ich war noch nie in einer Broadway-Vorstellung.« Sie hatte nicht vergessen, dass er auf Unschuld und Unerfahrenheit stand.

»Gut. Diese Karten für *Hamlet* sind ziemlich begehrt. Die Inszenierung läuft nur eine gewisse Zeit, und ich würde sie ungern verpassen. Lass uns gegen halb sechs Schluss machen und dann ein Taxi zum Restaurant nehmen. Der Tisch ist für sechs bestellt?«

»Ja.«

»Okay. Dann gehen wir mal wieder an die Arbeit.«

Amber ging zurück an ihren Arbeitsplatz und rief sofort Daphne an, die bereits nach dem ersten Klingeln abhob.

»Hi, Daphne, ich bin's, Amber. Jackson hat mir erzählt, dass es Bella nicht gut geht. Hoffentlich nichts Ernstes?«

»Nein, ich glaube nicht. Nur etwas Schnupfen und niedriges Fieber. Aber sie will eben nur Mommy, du weißt schon. Und ich möchte sie nicht allein lassen.«

»Ja, das kann ich gut verstehen.« Dann hielt sie inne. »Jackson

hat mich gebeten, heute Abend für dich einzuspringen. Das wollte ich dir nur sagen. Ich hoffe, du hast nichts dagegen.«
»Aber natürlich nicht. Das ist doch eine fantastische Idee. Ich hoffe, ihr amüsiert euch.«
»Okay. Danke, Daphne. Und gute Besserung für Bella.«
Der kleine Plagegeist konnte manchmal wirklich nützlich sein.

Um Punkt halb sechs verließen sie das Büro. Neben ihm im Taxi zu sitzen, fühlte sich umwerfend an. Besser als alle Drogen, die sie je genommen hatte. Die bewundernden Blicke, als sie das Restaurant betraten, erfüllten sie mit Genugtuung. Amber wusste, dass sie gut aussah, und der Mann, dessen Hand auf ihrem Rücken lag, war einer der reichsten der Stadt. Der Tisch, den man ihnen zuwies, lag in einer ruhigen Ecke des edlen, in Kerzenlicht getauchten Restaurants.

»Wow, in einem Restaurant wie diesem bin ich noch nie gewesen.«

»Es war einer der ersten Orte, an die ich Daphne ausgeführt habe, als wir uns kennenlernten.«

Daphne war das Letzte, worüber Amber reden wollte, aber wenn er darauf bestand, konnte sie das Gespräch vielleicht zu ihrem eigenen Vorteil drehen. »Daphne hat mir eine Menge über die Zeit erzählt, als ihr noch frisch verliebt wart, und wie anders damals alles gewesen ist.«

Er lehnte sich in seinem Stuhl zurück und lächelte. »Anders? Ja, gewiss war es damals anders. Das Hochgefühl der ersten Verliebtheit ist nun mal absolut unvergleichlich. Und mich hat es damals ziemlich erwischt, so viel ist sicher. Jemanden wie sie hatte ich zuvor noch nie kennengelernt.«

Er nahm einen Schluck Wein, und Amber bewunderte aufs Neue seine gepflegten Hände.

»Klingt, als wärt ihr wie füreinander geschaffen.« Es kostete sie einige Mühe, die Worte auszusprechen.

Nickend stellte er sein Glas ab. »Daphne hat sich mit den Jahren zu einer erstaunlichen Frau entwickelt. Wenn ich mir vor Augen führe, was sie alles erreicht hat, bin ich unglaublich stolz auf sie. Ich habe die perfekte Ehefrau.«

Amber wäre fast der Salat hochgekommen. Just als sie glaubte, er würde ihre Wandlung endlich zur Kenntnis nehmen, die neue, modische und attraktive Amber, schwadronierte er über seine wundervolle Gattin.

Danach unterhielten sie sich vor allem über Geschäftliches, und er behandelte sie kaum anders als jeden anderen Kollegen bei einem Geschäftsessen. Als sie am Theater ankamen und ihre Plätze einnahmen – Logenplätze, selbstverständlich –, stellte sie sich wieder einmal vor, wie es wohl wäre, mit ihm verheiratet zu sein. Wenn er sich nur auch für sie als Frau interessieren würde und nicht nur als Assistentin, wäre es der perfekte Abend.

Als um elf der letzte Vorhang fiel, hatte Amber wenig Lust, den Abend zu beschließen. Auf den Straßen tummelten sich noch Massen von Menschen, und sämtliche Cafés und Restaurants waren zum Bersten gefüllt. Während sie in Richtung Times Square schlenderten, warf Jackson einen Blick auf die Uhr. »Es wird spät, und wir müssen morgen früh raus – das Treffen mit Whitcomb Properties, du weißt schon.«

»Also *ich* bin noch hellwach, kein bisschen müde«, erwiderte sie.

»Wenn morgen früh dein Wecker klingelt, wirst du das bestimmt –« Er verstummte mitten im Satz. »Du wirst Morgen sicher todmüde sein. Daphne und ich wollten im Apartment übernachten, und als sie meinte, dass sie nicht kommen könne, habe ich ihr gesagt, dass ich allein hierbleibe. Du könntest im Gästezimmer schlafen. Es wäre doch Unsinn, so spät noch in den Zug zu steigen, um morgen früh gleich wieder rauszufahren. Außerdem hast du ja schon mal mit uns in der Stadt übernachtet. Das einzige Problem könnte etwas für morgen zum Anziehen sein.«

»Daphne hätte sicher nichts dagegen, wenn ich mir etwas von ihr borgen würde. Immerhin hat sie mir ja schon das Kleid für den Spendenabend geliehen. Ich trage nur eine Größe kleiner.« Amber hoffte, der Vergleich würde ihm nicht verborgen bleiben.

»Na, dann ist ja alles in Ordnung.« Jackson winkte ein Taxi heran, und Amber ließ sich in den Sitz zurückplumpsen, hochzufrieden damit, wie die Dinge sich entwickelten.

Vor einem eleganten Wohnhaus in Uptown stiegen sie aus dem Wagen und marschierten unter einem langgestreckten Baldachin Richtung Eingang.

»Guten Abend, Mr. Parrish.« Die Miene des Portiers verriet nicht die geringste Verwunderung, ob aus Diskretion oder Desinteresse, vermochte Amber nicht zu sagen.

Der Privataufzug führte direkt in den Eingangsbereich des weitläufigen Wohnraums. Die Einrichtung unterschied sich beträchtlich von der ihres Hauses, war moderner und minimalistischer und ausschließlich in Weiß- und Grautönen gehalten. Den Blickfang bildeten die Gemälde an den Wänden, abstrakte Kunst in sprühenden Farben, die das gesamte Ensemble zusammenhielten. Sprachlos vor Staunen, ließ Amber die Umgebung auf sich wirken.

»Ich gönne mir noch einen Schlummertrunk«, sagte Jackson. »Die dritte Tür rechts ist das Gästezimmer. Da findest du alles, was du brauchst – frische Handtücher, Zahnbürsten und so weiter. Aber wirf doch vorher noch einen Blick in Daphnes Kleiderschrank und such dir was für morgen raus.«

Er ging hinüber zu einem gläsernen Rollwagen voller Flaschen und Karaffen und goss sich einen Scotch ein.

Im geräumigen Schlafzimmer angekommen, wünschte Amber sich nichts mehr, als dass Jackson hineingestürzt kam und sie auf das ausladende Doppelbett warf. Doch stattdessen durchforstete sie auf der Suche nach Unterwäsche von Daphne die Kommode, deren penible Ordnung erneut Daphnes verklemmte, ja fast schon lachhafte Spießigkeit unter Beweis stellte. Sie fischte einen schwarzen Spitzenslip heraus, hielt ihn hoch und nickte. Der würde es tun. Als Nächstes ging sie zum Schrank, wo genau wie zu Hause alle Kleidungsstücke im exakt gleichen Abstand voneinander aufgereiht waren. Sie entschied sich für einen exquisiten roten Hosenanzug von Armani und ein weißes Seidentop. Perfekt. Jetzt die Strümpfe. Sie zog mehrere Schubladen heraus, bis sie sie fand, und wählte ein Paar seidenglatte hautfarbene Stay-ups. Morgen würde sie unwiderstehlich aussehen. Nur widerwillig räumte sie mit ihren Schätzen das Schlafzimmer.

Jackson blickte von seinem Drink auf. »Hast du alles gefunden?«

»Ja. Vielen Dank, Jackson. Es war ein wunderbarer Abend.«

»Freut mich, dass es dir gefallen hat. Gute Nacht«, sagte er und verabschiedete sich mit einem sanften Nicken in Richtung Schlafzimmer.

Im Gästezimmer fand sie alles, was man sich nur wünschen konnte, genau wie Jackson es vorhergesagt hatte. Amber stieg aus ihren Arbeitsklamotten, duschte, putzte sich die Zähne und ging zu Bett. Erschöpft sank sie auf die weiche Federkernmatratze und zog sich die Daunendecke bis unters Kinn. Es war, wie auf einer Wolke zu schweben, und dennoch konnte sie partout nicht einschlafen, wusste sie doch, dass Jackson nur ein paar Zimmer weiter lag. Konnte er denn nicht spüren, wie sehr sie ihn begehrte? Wie sehr sie hoffte, dass er es ebenfalls tat und heute Nacht in ihr Bett kam, wo sie ihn lehren würde, seine perfekte Gattin zu vergessen. Nach einer gefühlten Ewigkeit wurde ihr schließlich klar, dass heute nichts mehr passieren würde, und sie fiel in einen unruhigen Schlaf.

Am nächsten Morgen, nachdem Amber geduscht und sich angezogen hatte, rief sie Daphne an, um ihr zu sagen, dass sie in der Stadt übernachtet hatte. Sie sollte ihr auf keinen Fall misstrauen. Also alles ganz ehrlich – zumindest was Daphne betraf. Und diese, nett und liebenswert wie immer, versicherte ihr, dass alles vollkommen in Ordnung sei.

27

Jetzt, da Amber Einsicht in die Finanzen hatte, die Daphnes Welt am Laufen hielten, ging ihr auf, warum Daphne stets fantastisch aussah – kein Wunder, bei dem ganzen Schotter!

Vom Scheitel bis zur Sohle ihrer pedikürten Füße war sie ständig von Leute umgeben, die sie hegten und pflegten. Das wurde ihr umso klarer, als Daphne sie zu einer kleinen Dinnerparty einlud. Dort lernte sie auch Gregg kennen, der sich als ideales Gegenmittel für ihr klammes Portemonnaie erweisen sollte.

Bei dem Essen, an dem nur zehn Gäste teilnahmen, saßen sie nebeneinander. Gregg war jung und keineswegs unattraktiv, doch Amber fand sein Kinn nicht markant genug, und auch den Rotstich seines Haares wenig ansprechend. Doch je länger sie ihn musterte, desto deutlicher verstand sie, warum andere Frauen ihn womöglich für ziemlich gut aussehend hielten. Nur dem direkten Vergleich mit Jackson war er eben nicht gewachsen.

Bei so vielen Einzelgesprächen am Tisch fiel es Gregg nicht schwer, sie fast den kompletten Abend in Beschlag zu nehmen. Amber hielt ihre Unterhaltung für banal und Gregg für einen unsäglichen Langweiler. Ohne Unterlass schwafelte er über seinen Job in der Wirtschaftsprüfungsfirma seiner Eltern.

»Es ist ja so faszinierend zu sehen, wie sich alles perfekt ausgleicht und am Ende alles auf Null herauskommt«, schwadronierte er – es ging um Gewinn- und Verlustrechnungen –, und Amber war sich nicht sicher, ob sie nicht sogar eine Wurzelbehandlung seinem dämlichen Gequassel über diese bescheuerten Zahlen vorziehen würde.

»Das ist ja bestimmt alles hochinteressant. Aber sag mal, was machst du denn sonst noch so, abgesehen von deinem Job? Hast du irgendwelche Hobbys?«, erkundigte sich Amber, in der Hoffnung, dass bei ihm der Groschen fiel.

»Ah ja, Hobbys. Nun, lass mich nachdenken. Ich geh gern Golfen, selbstverständlich. Ich braue mein eigenes Bier. Und ich spiel gern Bridge, das macht mir großen Spaß.«

Sollte das ein Witz sein? Amber studierte seine Miene, um herauszufinden, ob er sie auf den Arm nahm. Aber nein, er meinte das todernst.

»Und du?«, wollte Gregg wissen.

»Ich liebe Kunst, deshalb gehe ich ins Museum, wann immer ich kann. Ich schwimme gern, und neuerdings fahre ich auch gerne Kajak. Ich lese viel.«

»Weißt du, lesen ist nicht so meine Sache. Ich frag mich im mer, wieso ich meine Zeit damit vergeuden soll, was über das Leben anderer zu erfahren, wenn ich doch rausgehen und selbst was erleben kann.«

Amber konnte gerade noch verhindern, dass ihr vor Staunen nicht das Essen aus dem Mund fiel, beließ es aber bei einem Nicken. »Was für ein interessanter Ansatz in Bezug auf Bücher. Das habe ich so noch nie gehört.«

Gregg grinste, als hätte er gerade eine intellektuelle Höchstleistung vollbracht.

Doch auch wenn er schwer zu ertragen war, könnte Gregg ihr durchaus nützlich sein. Vorübergehend zumindest. Fürs Erste wäre er ihre Eintrittskarte zu Theaterabenden, Nobelrestaurants und den Veranstaltungen der Reichen und Mächtigen. Es dürfte ihr leichtfallen, ihn dazu zu kriegen, ihr teure Geschenke zu machen. Eine Weile würde sie ihn in ihrer Nähe dulden und hoffen, dass Jackson ihn bald als Rivalen ansah. Ihr war nicht entgangen, wie aufmerksam er sie beide heute beim Essen beobachtete hatte. Und wie erfreut Daphne über Greggs augenscheinliches Interesse an Amber gewesen war. Aber Amber wollte keinen dummen Jungen mit einem reichen Daddy. Sie wollte den reichen Daddy selbst.

Unterdessen würde sie Gregg hinhalten, sich von ihm in schicke Restaurants ausführen und Präsente kaufen lassen. Nach der Dinnerparty bekam sie schnell hintereinander zwei Blumensträuße ins Büro geschickt und registrierte freudig, dass Jackson beim Blick auf die beiliegende Karte alles andere als begeistert wirkte. Gewiss, Gregg war recht nett und auf seine Weise gut aussehend, aber ein solcher Hohlkopf. Sterbenslangweilig. Und trotzdem eine gute Tarnung. Wenn sie bei ihrem Plan aufs Ganze ging, würde er dafür sorgen, dass Daphne keinen Verdacht schöpfte oder plötzlich eifersüchtig auf sie werden würde.

***

Ein Monat war vergangen, seit sie Gregg auf Daphnes Dinnerparty kennengelernt hatte, und heute Abend würden sie alle gemeinsam im Country Club essen gehen. Amber hatte Daphne neulich abends am Telefon dazu überreden können.

»Ich fände es wirklich toll, wenn wir etwas zu viert unternehmen würden«, hatte sie gesagt. »Aber ich habe den Eindruck, Jackson möchte außerhalb der Firma nur ungern mit mir gesehen werden, weil ich für ihn arbeite.«

Daphne hatte nicht gleich geantwortet. »Was willst du damit sagen?«, hatte sie schließlich gefragt.

»Na ja, du und ich sind uns so nahe. Beste Freundinnen eben. Und ich würde mir wünschen, dass auch Gregg dich besser kennenlernt, weil ich ihm immer sage, dass wir wie Schwestern sind. Also hat er versucht, mit Jackson einen Termin auszumachen, aber der erfindet immer neue Ausreden. Kannst du ihn nicht dazu bewegen?«

Und, wie immer, hatte Daphne es getan. Sie tat so ziemlich alles, was Amber von ihr verlangte. Sobald Amber die Kleine-Schwester-Nummer abzog, knickte Daphne ein.

Sie vermutete, dass Jackson insgeheim ein Snob war und sie seiner Gesellschaft nicht würdig erachte. Aber Amber nahm es ihm nicht übel, in seiner Position würde sie sich wohl genauso verhalten. Ebenso wenig war ihr jedoch entgangen, dass er nun etwas näher bei ihr stand, wenn sie ein Dokument durchgingen; sein Blick ihrem stets einen Moment länger standhielt, als es nötig gewesen wäre. Und wenn er sie mit Gregg sah, so hoffte sie, würde die Saat der Eifersucht gewiss rasch aufgehen und ihn schneller in ihre Arme treiben.

Amber zog sich in aller Ruhe an und tupfte sich etwas von jenem Parfüm aufs Handgelenk, gegen das Daphne nun allergisch war. Vielleicht würden davon ja ihre Augen tränen, dachte Amber gehässig. Das Kleid war gerade genug ausgeschnitten, um ihr Dekolleté optimal zur Geltung zu bringen, aber nicht so tief, dass es billig gewirkt hätte. Um endlich einmal größer als Daphne zu sein, trug sie Zwölf-Zentimeter-Absätze. Daphne hatte sich beim Tennis den Knöchel verknackst und musste, bis er verheilt war, in bequemen flachen Schuhen laufen.

Gregg stand auf die Sekunde pünktlich mit seinem Mercedes Cabrio vor der Tür, und sie hastete die Treppe hinunter. Sie liebte es, auf die weichen Sitze seines Sportwagens zu gleiten und darin gesehen zu werden, wenn sie durch die Stadt fuhren. Liebte das Fahrgefühl dieses Luxusautos, wenn er ihr das Lenkrad überließ. Und Gregg liebte es, sie zu verwöhnen – was sie nach Strich und Faden ausnutzte.

Amber stieg ein, warf einen bewundernden Blick auf das edle Sattelleder und neigte sich herüber, um ihn zu küssen. Er küsste gut, sodass sie sich mit geschlossenen Augen zumindest vorstellen konnte, es wäre Jacksons Zunge in ihrem Mund.

»Mmh, du schmeckst köstlich«, schnurrte sie, und rutschte zurück auf ihren Sitz. »Aber jetzt sollten wir rasch los. Ich möchte Daphne und Jackson ungern warten lassen.«

Gregg holte tief Luft und nickte. »Ich würde viel lieber hier sitzen bleiben und dich küssen.«

Selbst seine Liebesbekundungen waren so was von abgeschmackt. Sie schützte Leidenschaft vor. »Oh, ich auch. Aber du hast versprochen, mir Zeit zu lassen. Ich habe dir doch erzählt, wie ich in meiner letzten Beziehung verletzt wurde. Ich bin einfach noch nicht bereit dafür«, sagte sie und zog einen Schmollmund.

Er startete den Wagen, und auf der gesamten Fahrt zum Club redeten sie belangloses Zeug. Als sie endlich das Tor passierten, sahen sie vor sich bereits die Rückleuchten von Jacksons Porsche Spyder.

Perfekt. Jackson sollte sehen, wie sie neben Daphne lief.

Die beiden Frauen stiegen gleichzeitig aus, und als Amber hinüberging, um Daphne einen Begrüßungskuss zu geben, bemerkte sie die neue Hermès-Handtasche in deren Hand.

»Gutes Timing«, grinste Daphne und drückte neckisch Ambers Arm.

»Tolle Tasche«, sagte Amber in bemüht aufrichtigem Ton.

»Ach, danke«, gab diese schulterzuckend zurück. »Nur eine kleine Aufmerksamkeit von Jackson.« Dann schaute sie lächelnd zu ihm hinüber. »Er ist so gut zu mir.«

»Du Glückliche!«, erwiderte Amber vergnügt, wenngleich ihr die Worte fast im Halse stecken blieben.

Zu viert gingen sie hinein, wobei Amber sich verzweifelt mühte, den Blick von Jackson abzuwenden und stattdessen Gregg anzusehen.

188

Als ihre Getränke kamen, erhob Gregg sein Glas. »Zum Wohl. Wie schön, dass wir es endlich geschafft haben, uns zu treffen.« Dann legte er den Arm um Amber. »Ich kann euch gar nicht genug danken, dass ihr mich mit diesem Schmuckstück hier bekannt gemacht habt.«

Amber beugte sich zu Gregg hinüber und gab ihm einen dicken Kuss. Als sie wieder gerade saß, versuchte sie, Jacksons Reaktion zu deuten, doch er zeigte keinerlei Regung.

»Wir freuen uns auch, dass es geklappt hat. Ich hatte gleich das Gefühl, dass ihr euch fantastisch ergänzt«, entgegnete Daphne.

Amber schielte unauffällig zu Jackson hinüber. Er runzelte die Stirn. Ausgezeichnet. Derart bestätigt fuhr sie sich lasziv mit der Zunge über die Lippen, hob ihr Weinglas und nahm einen tiefen Schluck. Dann wandte sie sich an Gregg. »Du hattest recht, der hier ist viel besser als dieser Cabernet, den sie als Hauswein servieren. Ich wünschte, ich wüsste genauso viel über Wein wie du.«

»Ich werde es dir alles beibringen«, antwortete er wichtigtuerisch.

»Eigentlich«, schaltete sich Jackson ein, »ist der 1987er um Längen besser.« Er zwinkerte Gregg entschuldigend zu. »Tut mir leid, Kumpel, aber ich bin nun mal fast schon ein Sommelier. Ich bestelle uns eine Flasche, dann schmeckst du den Unterschied.«

»Kein Problem. In dem Jahr bin ich geboren, also muss es ja ein klasse Jahrgang gewesen sein«, antwortete Gregg, ohne eine Miene zu verziehen.

Amber musste an sich halten, um nicht laut loszuprusten. Gregg hatte Jackson eins ausgewischt, wenn er es auch selbst gar nicht kapierte. Jackson dagegen hatte es sofort begriffen. Ganz gleich, wie viel Geld oder Grips er besaß – er konnte sich nicht fünfzehn Jahre jünger machen.

»Nun, wie es scheint, macht das Alter einen Wein umso begehrenswerter. Je älter desto besser, würde ich sagen«, erklärte Amber, sah Jackson an und ließ ihre Zunge langsam über ihre Lippen gleiten.

28

Bald würde Amber neue Einblicke in das Leben der Parrishs gewinnen. Beim Begleichen der Rechnungen hatte sie gesehen, dass sie vom Memorial Day bis zum Labor Day ein Ferienhaus am Lake Winnipesaukee gemietet hatten, obgleich sie es gewiss nicht länger als insgesamt vier Wochen nutzen würden. Damals hatte Amber sich gefragt, was für ein Haus wohl einen derart astronomischen Mietpreis rechtfertigen würde – und heute sollte sie es sehen. Amber saß da und wartete, dass Daphne sie abholte. Sie würde das gesamte Wochenende mit ihnen im Haus am See in New Hampshire verbringen. Jackson befand sich wie so oft auf einer seiner vielen Geschäftsreisen im Ausland.

Punkt halb neun fuhr der weiße Range Rover vor. Daphne sprang heraus.

»Guten Morgen.« Sie schloss Amber in die Arme und nahm ihr dann die Reisetasche ab. »Ich freue mich so, dass du mitkommst.«

»Ich auch.«

Es waren viereinhalb Stunden Fahrt nach Wolfeboro, aber sie vergingen wie im Flug. Die Mädchen dösten müde und schweigsam auf dem Rücksitz, während Amber und Daphne vorne plauderten.

»Wie läuft es denn in der Firma? Gefällt es dir immer noch so gut, jetzt, wo du all diese neuen Aufgaben hast?«

»Es ist noch immer fantastisch. Jackson ist ein großartiger Boss.« Sie blickte Daphne prüfend an.

»Aber das weißt du ja sicher selbst.«

»Das freut mich. Außerdem habe ich mich nie dafür bedankt, dass du für mich eingesprungen bist und dir mit ihm *Hamlet* angesehen hast. War es denn gut?«

»Fantastisch. Es auf der Bühne zu sehen ist etwas völlig anderes, als es zu lesen. Wie schade, dass du's verpasst hast.«

»Ich bin kein großer Shakespeare-Fan«, gestand Daphne schmunzelnd. »Ich weiß, was du jetzt denkst. Ich traue mich ja kaum, es zuzugeben, aber meine Kragenweite sind eher Broadway-Musicals. Jackson hingegen verehrt Shakespeare.« Dann wandte sie den Blick von der Straße und zwinkerte Amber zu. »Er hat Karten für den *Sturm*. Übernächste Woche, glaube ich. Und da dir *Hamlet* so gut gefallen hat, würde ich ihn einfach fragen, ob er nicht lieber gleich mit dir hingehen will – falls es dir nichts ausmacht, natürlich.«

»Bestimmt will er lieber dich mitnehmen.« Sie durfte jetzt nicht zu begeistert klingen.

»Er wird es toll finden, dir mehr über Shakespeare zu erzählen. Und obendrein würdest du mir einen riesigen Gefallen tun. Ich bleibe sowieso viel lieber zu Hause bei den Mädchen, als mir Stücke in einer Sprache anzusehen, von der ich gerade mal die Hälfte verstehe.«

Wie köstlich. Daphne servierte ihr Jackson ja geradezu auf dem Silbertablett. »Nun, wenn du das sagst, ist es wohl in Ordnung.«

»Gut. Abgemacht.«

»Kommt deine Mutter denn auch vorbei? Wenn ich mich recht entsinne, wohnt sie gar nicht so weit weg.«

Sie bemerkte, wie sich Daphnes Hände am Lenkrad verkrampften. »New Hampshire ist größer, als du denkst. Sie wohnt mehrere Autostunden entfernt.«

Amber wartete, in der Hoffnung, noch mehr zu erfahren. Doch alles, was folgte, war betretenes Schweigen. Sie beschloss, nicht weiter nachzubohren.

Ein paar Minuten später warf Daphne einen Blick in den Rückspiegel und fragte die Mädchen:»In einer knappen Stunde sind wir da. Ist bei euch da hinten alles in Ordnung, oder braucht jemand eine Pinkelpause?«

Die Mädchen verneinten, und Amber und Daphne besprachen ihre Pläne für das Wochenende.

Um die Mittagszeit erreichten sie die reizende Kleinstadt Wolfeboro und fuhren dann zwischen dem funkelnden Wasser des Sees auf der einen und saftig grünen Hängen auf der anderen Straßenseite weiter. Die Häuser am Ufer boten eine aufregende Mischung aus Alt und Neu, manche von großtuerischer Stattlichkeit, andere eher klein und charmant. Amber fühlte sich wie berauscht von der sommerlichen Leichtigkeit, die über allem hier zu schweben schien. Daphne bog in die Auffahrt ein, und als sie das Tor öffnete, erfüllte der Duft von Geißblatt und Kiefern den Wagen. Amber trat auf den von Kiefernnadeln übersäten Kies und atmete die betörende Luft ein. Dies musste das Paradies sein.

»Wenn sich jede etwas schnappt, müssen wir nur einmal gehen«, rief Daphne vom Heck des Geländewagens.

Mit geschulterten Reisetaschen und allerhand Tüten bepackt – selbst Bella trug mit – marschierten sie zu viert den Schotterweg entlang. Als die Bäume schließlich das Gebäude freigaben, blieb Amber mit offenem Mund stehen und starrte fassungslos auf das gewaltige dreistöckige Zedernhaus mit einer Unmenge von Verandas, Balkonen und weißen Geländern. Dahinter fand sich ein großer achteckiger Pavillon sowie – direkt am spiegelglatten, glasklaren Wasser – ein kleines Bootshaus.

Mit den alten Kieferndielen und bequemen Polstermöbeln war die Einrichtung der Inbegriff trauter Gemütlichkeit. Die ausladende Veranda ging auf den See heraus und erstreckte sich über die gesamte Breite des Hauses.

»Mom, Mom, Mom!« Bella hatte sich bereits ihren Badeanzug angezogen. »Können wir jetzt schwimmen gehen?«

»Gleich, mein Liebling. Warte doch bitte noch, bis wir uns alle umgezogen haben.«

Das Seewasser war kalt und klar. Sie brauchten eine Weile, um sich daran zu gewöhnen, doch bald schon planschten sie alle vier kreischend herum und spritzten sich gegenseitig nass. Amber und Daphne setzten sich irgendwann ans Ende des Stegs, ließen die Beine ins klirrend kalte Nass baumeln und sahen den Mädchen beim Schwimmen zu. Die Nachmittagssonne wärmte ihre Schultern, während ihnen das kalte Seewasser aus den Haaren tropfte.

Daphne trat platschend ins Wasser und drehte sich zu Amber. »Weißt du«, sagte sie, »ich fühle mich dir näher als jedem anderen. Es ist fast, als hätte ich meine Schwester zurück.« Dann ließ sie den Blick über den See schweifen. »Das hier ist haargenau das, was Julie und ich tun würden, wenn sie noch am Leben wäre – einfach den Mädchen zuschauen und die Gesellschaft des anderen genießen.«

Amber wollte partout nichts Passendes einfallen, also beließ sie bei einem knappen: »Das ist sehr traurig. Ich kann das gut verstehen.«

»Das weiß ich. Es tut noch immer weh, wenn ich an all die Dinge denke, die ich so gern mit ihr teilen würde. Aber jetzt kann ich das alles mit dir tun. Es ist natürlich nicht das Gleiche, und du weißt bestimmt, wie ich das meine, aber es tröstet mich so sehr, dass wir gegenseitig unseren Schmerz lindern können.«

»Stell dir vor, wenn Bella und Tallulah erwachsen sind, werden sie so dasitzen wie wir jetzt. Ist es nicht ein schöner Gedanke, dass sie einander immer haben werden?«

»Da hast du recht. Aber ich habe es immer schade gefunden, dass wir nicht noch mehr Kinder bekommen haben.«

»Wollte Jackson denn keine weiteren Kinder mehr?«

Daphne lehnte sich zurück, und blickte zum Himmel empor. »Ganz im Gegenteil. Er wollte unbedingt noch einen Sohn.« Sie blinzelte, hob die Hand, um ihre Augen abzuschirmen. Dann sagte sie zu Amber gewandt: »Aber es wollte einfach nicht klappen. Wir haben's unermüdlich versucht, doch ich bin nach Bella einfach nicht mehr schwanger geworden.«

»Das tut mir leid«, entgegnete Amber. »Habt ihr je an eine Fruchtbarkeitsbehandlung gedacht?«

Daphne schüttelte den Kopf. »Das wäre mir maßlos vorgekommen. Ich habe mich immer ungemein glücklich geschätzt, zwei gesunde Kinder zu haben. Dafür war ich sehr dankbar. Es wäre eben nur schön gewesen, weil Jackson so gern noch einen Jungen wollte.« Sie zuckte die Achseln. »Er hat immer von seinem kleinen Jackson junior geredet.«

»Das könnte doch immer noch passieren, oder?«

»Klar, nichts ist unmöglich. Aber ich habe die Hoffnung aufgegeben.«

Amber nickte ernst, obwohl sie innerlich frohlockte. Er wollte also einen Jungen, und Daphne konnte nicht liefern. Das war die beste Nachricht seit Langem.

Beide schwiegen, bis Daphne nach einer Weile sagte: »Ich habe nachgedacht. Du solltest nicht jeden Tag diese Pendelei auf dich nehmen müssen, wo doch unsere Stadtwohnung die meiste Zeit leer steht. Du bist herzlich eingeladen, im Apartment zu übernachten, wenn Jackson es nicht braucht.«

Amber war perplex. »Ich weiß gar nicht, was ich sagen soll.«

Doch Daphne nahm einfach ihre Hand. »Sag einfach gar nichts. Dafür sind Freunde doch da.«

29

Amber konnte es kaum erwarten, heute Nacht in Daphnes Bett zu schlafen. Sie war auf ihr Angebot zurückgekommen und würde das Wochenende in New York verbringen. Es war Ende August, und Jackson hatte die ganze Woche vom See aus gearbeitet, also war das Apartment frei. Sie hatte keine großen Pläne geschmiedet und sich den ganzen Freitagnachmittag durch Manhattan treiben lassen. Zuvor hatte sie Daphne per SMS über ihr Vorhaben informiert und ihr noch einmal gedankt.

Ihr letzter Besuch war eine Weile her, und sie war aufs Neue überwältigt vom maßlosen Luxus und der schieren Eleganz. Sie musste an den Mistkerl und seine patzige Mutter daheim in Missouri denken – wenn die sie jetzt nur sehen könnten, hier in dieser prunkvollen Wohnung! Amber kickte ihre Schuhe von den Füßen und trat barfuß auf den flauschigen Teppich. Dann ließ sie sich ins weiße halbrunde Sofa sinken, ruhte sich aus und genoss ihre Umgebung. Fast fühlte es sich an, als würde das alles ihr gehören. Sie warf den Kopf zurück, schloss die Augen und kam sich schrecklich mondän vor. Nach ein paar Minuten schlenderte sie ins große Schlafzimmer hinüber, um sich einen Morgenrock auszusuchen.

Sie entschied sich für einen wunderschönen, spitzenbesetzten Seidenmantel von Fleur. Als sie ihn überstreifte, fühlte es sich an, als würde eine wonnig-warme Brise über ihre Haut wehen. Anschließend ging sie zu Daphnes Kommode, öffnete die Schubladen und fischte ein weißes Spitzenhöschen von

Fox & Rose heraus, in dem sie sich ungemein verführerisch vorkam – nicht, dass jemand da gewesen wäre, den sie hätte verführen können, aber es fühlte sich dennoch traumhaft an. Sie ging ins Bad und bürstete ihr langes Haar, das dank ihrer vielen Friseurbesuche zunehmend blonder wurde. Offen, dicht und glänzend fiel es ihr über die Schultern. Vielleicht war sie nicht ganz so schön wie Daphne, aber jünger allemal.

Sie schielte zum Bett hinüber, über das eine wollige hellgrüne Tagesdecke geworfen war. Heute Nacht würde sie hier schlafen und so tun, als gehörte das alles bereits ihr, würde herausfinden, wie es sich anfühlte, Daphne zu sein. Sie setzte sich aufs Bett, federte ein paarmal auf und ab, legte sich dann hin und nahm es in Beschlag. Sie fühlte sich wie auf Wolken gebettet. Wie herrlich es sein würde, in diesem himmlischen Zimmer aufzuwachen, wann immer sie wollte, und dann die Stadt zu erkunden. Grenzte das nicht an das perfekte Wochenende?

Amber räkelte sich noch eine Weile auf dem Bett, bis das Knurren ihres Magens sie daran erinnerte, dass sie seit dem Frühstück nichts mehr gegessen hatte. Widerwillig raffte sie sich auf und tappte in die Küche. Auf dem Markt hatte sie sich einen gemischten Salat gekauft, den sie nun aus seiner Plastikbox auf einen von Daphnes Porzellantellern schabte. Zuvor hatte sie bereits eine Flasche Malbec geöffnet und goss sich ein Glas ein. Nach dem Essen legte sie ein paar Jazz-CDs ein, setzte sich und überlegte bei ihrem zweiten Glas Wein, was sie morgen unternehmen sollte. Vielleicht ein Besuch im Guggenheim oder im Whitney? Gerade lief die dritte CD, als Amber von der Tür her ein Geräusch vernahm. Sie schoss in die Höhe und lauschte. Ja. Ohne Frage. Es war der Aufzug. Plötzlich öffnete sich die Tür und Jackson marschierte herein.

»Amber, was machst du denn hier?«, fragte er verdutzt.

Sie raffte den Morgenmantel enger um sich. »Ich, äh, ich …

Daphne hat mir den Schlüssel gegeben und gemeint, ich könne hier übernachten, falls ich zu müde wäre, um den Zug zu nehmen. Sie sagte, du wüsstest Bescheid. Und … und da ihr alle am See wart, habe ich gedacht, dass niemand da wäre. Es tut mir leid. Ich hatte wirklich keine Ahnung, dass du kommen würdest«, stammelte sie errötend.

Er stellte seinen Aktenkoffer ab und schüttelte den Kopf. »Ist schon in Ordnung. Ich hätte dir Bescheid sagen sollen.«

»Ich dachte, du würdest bis Sonntagabend am See bleiben.«

»Das ist eine lange Geschichte. Sagen wir einfach, ich habe schon bessere Wochen gehabt.«

»Nun, dann pack ich mal rasch meine Sachen und lass dir deine Ruhe.« Sie verspürte nicht die geringste Lust zu gehen, musste es aber zumindest anbieten. Das würde er sicher von ihr erwarten.

Er stiefelte an ihr vorüber ins Schlafzimmer. »Es ist schon spät. Du kannst gerne bis morgen früh hierbleiben. Ich gehe mich umziehen.«

Wenig später hörte sie ihn telefonieren, konnte aber leider kein Wort verstehen. Fast eine Stunde blieb er im Schlafzimmer, und Amber fragte sich schon, ob er überhaupt wieder herauskommen würde. Sie wägte ab, ob sie den Morgenmantel nicht doch lieber gegen richtige Kleidung tauschen sollte, entschied sich aber dagegen. Sie hatte ein gutes Gefühl, was heute Abend betraf. Also setzte sie sich mit ihrem Glas Wein und einer Zeitschrift zurück aufs Sofa und wartete auf ihn.

Endlich kam er heraus, mixte sich einen Drink und ließ sich auf der anderen Seite des Sofas nieder. Zum ersten Mal schien ihm aufzufallen, was sie anhatte. »Der Morgenmantel steht dir gut. Bei Daphne sitzt er in letzter Zeit etwas eng.«

»Ja, sie hat ein paar Pfund zugelegt. Das kann selbst den Besten mal passieren«, pflichtete sie ihm mit sorgsam gewählten Worten bei.

»Sie hat sich in den letzten Monaten verändert.«

»Das ist mir auch schon aufgefallen. Wenn wir uns treffen, kommt sie mir seltsam abwesend vor, so als würde sie irgendwas beschäftigen.«

»Hat sie dir gegenüber denn etwas erwähnt? Dass sie unglücklich ist oder Ähnliches?«

»Ich sollte dir wirklich nichts von dem sagen, was sie mir erzählt hat, Jackson.«

Er richtete sich jäh auf. »Sie *hat* dir also etwas erzählt.«

»Bitte, Jackson. Wenn sie nicht glücklich ist, dann ist das etwas, das ihr unter euch ausmachen müsst.«

»Sie hat dir gesagt, sie sei nicht glücklich?«

»Na ja, nicht direkt. Ich weiß nicht. Ich möchte unter keinen Umständen etwas Vertrauliches ausplaudern.«

Er nahm einen tiefen Schluck aus seinem Glas. »Amber, wenn es etwas gibt, das ich wissen sollte, etwas, das mir helfen könnte, dann musst du es mir erzählen. Bitte.«

»Ich glaube, nicht, dass du hören willst, was ich zu sagen habe.«

»Sag es mir.«

Sie stieß einen tiefen Seufzer aus, wobei sie den Morgenrock gerade so weit auseinanderklaffen ließ, dass er einen aufreizenden Blick auf ihr Dekolleté preisgab. »Daphne hat mir erzählt, ihr hättet nur noch langweiligen Gewohnheitssex. Und sie würde sich jeden Monat freuen, wenn sie merkt, dass sie nicht schwanger ist.« Dabei tat sie furchtbar nervös. »Aber sag ihr bitte nicht, dass du es von mir hast. Sie hat mir erzählt, wie gern du noch einen Jungen hättest, und will gewiss nicht, dass du weißt, dass es ihr nicht so geht.«

Er war sprachlos.

»Es tut mir leid, Jackson. Ich wollte es dir nicht verraten, aber es stimmt: Du hast ein Recht, zu erfahren, was sie empfindet. Nur … bitte sag Daphne nichts davon.«

Schweigend, mit hochrotem Kopf und grimmiger Miene saß er da. So zornig hatte Amber ihn nie zuvor gesehen. Er schäumte regelrecht vor Wut.

Amber erhob sich vom Sofa und trat auf ihn zu. Während sie sich ihm näherte, achtete sie darauf, dass der Mantel am Bein einen Spalt weit auseinanderfiel. Dann stellte sie sich vor ihn und legte ihm die Hand auf die Wange. »Was immer auch geschieht, es geht bestimmt vorüber. Wie sollte jemand mit dir unglücklich sein?«

Er nahm ihre Hand von seinem Gesicht und hielt sie in seiner. Daraufhin fuhr Amber ihm mit der anderen zärtlich durchs Haar, bis er aufseufzte und sie sanft von sich schob. »Verzeih mir, Amber. Ich bin heute etwas durcheinander.«

Sie setzte sich neben ihn aufs Sofa. »Das verstehe ich doch. Es ist verdammt hart, wenn man herausfindet, dass derjenige, den man liebt, nicht das Gleiche möchte wie man selbst.«

Jackson sah sie scharf an. »Hat sie tatsächlich gesagt, dass sie gar nicht schwanger werden will?«

»Das hat sie. Es tut mir leid.«

»Ich kann das kaum glauben. Wir waren uns doch einig, wie großartig es wäre.« Er vergrub den Kopf in den Händen, die Ellbogen auf die Knie gestützt.

Amber streichelte seinen Rücken. »Bitte, erzähl Daphne nicht, dass ich es dir verraten habe. Sie hat mich schwören lassen, dass ich ihr Geheimnis für mich behalte.« Dann überlegte sie einen Moment und beschloss, aufs Ganze zu gehen. »Weißt du«, flüsterte sie bedrückt, »sie hat sich sogar ein wenig darüber lustig gemacht, wie sie dich zum Narren gehalten hat und du stets drauf reingefallen bist.« Sie hoffte, diese Lüge würde ihr nicht das Genick brechen, aber sie musste die Sache mit allen Mitteln vorantreiben.

Jackson blickte zu ihr auf, Schmerz und Bestürzung in den Augen. »Sie hat darüber gelacht? Wie konnte sie nur?«

Jetzt schlang sie ihre Arme um seinen Hals und zog ihn zu sich heran.

»Ich versteh das ebenso wenig. Komm, lass mich dich trösten«, hauchte sie und küsste ihn auf die Wange.

Er schob sie von sich. »Amber, nein. Das ist falsch.«

»Falsch? Ist das, was sie dir angetan hat, etwa richtig? Dich zu hintergehen? Dich auszulachen?« Amber sprang auf und trat erneut vor ihn. »Lass mich dich verwöhnen. Zwischen uns muss sich überhaupt nichts ändern.«

Doch er schüttelte nur den Kopf. »Ich kann gerade nicht klar denken.«

»Ich bin für dich da. Das ist alles, woran du denken musst.« Ganz langsam öffnete sie ihren Morgenmantel und ließ ihn von den Schultern gleiten, bis sie nackt bis auf das Spitzenhöschen vor ihm stand. Als er zu ihr hochsah, zog sie seinen Kopf zu sich heran und presste ihn gegen ihren flachen Bauch. Dann stieß sie ihn wieder zurück, um ihn rittlings zu besteigen, legte, sobald sie auf seinem Schoß saß, ihre Lippen an sein Ohr und flüsterte ihm zu, wie sehr sie ihn begehre, während sie ihre Hüften lasziv auf und ab bewegte und gegen seine rieb.

Sie fand seine Lippen und stieß ihre Zunge tief in seinen Mund, bis sie spürte, wie sein Widerstand erlahmte, er sie an sich zog und ihren Kuss erwiderte.

Ihr Sex war wild und ungestüm. Selbst als sie mitten in der Nacht ins Schlafzimmer wechselten, ließen sie kaum voneinander ab. Erst im Morgengrauen fielen sie erschöpft in einen tiefen Schlaf.

Amber erwachte zuerst. Sie drehte sich zur Seite und betrachtete den schlafenden Jackson. Er war ein ausgezeichneter Liebhaber – eine Dreingabe, mit der sie nicht gerechnet hatte. Sie war es gewöhnt, jeden ihrer Schritte penibel zu planen, und konnte kaum glauben, dass sie ihr Aufeinandertreffen im Apartment lediglich einem glücklichen Zufall zu verdanken hatte.

Dann schloss sie die Augen und ließ sich zurück aufs Kissen sinken. Jackson regte sich neben ihr, und Amber spürte seine Hand ihren Schenkel emporgleiten.

Sie liebten sich weitere Male, teils im Halbschlaf, und blieben bis nach zwölf im Bett. Amber war noch immer nicht ganz wach, als Jackson aufstand, um zu duschen und sich anzuziehen. Als sie in einem von Daphnes langen weißen T-Shirts aus dem Schlafzimmer tappte, stand er schon in der Küche und machte Kaffee.

»Guten Morgen, Superman«, schnurrte sie auf ihn zutretend, doch er wich zurück.

»Hör mal, Amber. Das darf nicht wieder passieren. Es tut mir leid. Ich liebe Daphne. Das verstehst du doch, oder?«

Seine Worte trafen sie wie eine Ohrfeige. Amber hielt einen Moment inne, um ihre Möglichkeiten abzuwägen, ihren Schlachtplan anzupassen. So leicht würde sie sich nicht abwimmeln lassen. »Aber natürlich verstehe ich das, Jackson. Daphne ist meine beste Freundin, und ich würde ihr niemals wehtun wollen. Aber du darfst jetzt nicht anfangen, dich selbst zu geißeln. Du bist ein Mann, und du hast deine Bedürfnisse. Es gibt keinen Grund, sich dafür zu schämen. Ich bin für dich da, wann immer du willst. Das bleibt unter uns. Daphne muss nichts davon erfahren.«

Jackson sah sie skeptisch an. »Das wäre dir gegenüber wohl kaum fair.«

»Ich würde alles für dich tun, also hör mir gut zu: wann immer du willst. Keine Fragen, keine Verpflichtungen und kein Wort zu irgendjemandem.« Sie schlang ihm die Arme um den Hals und spürte, wie auch seine sich um ihren Körper legten.

»Du machst es mir verdammt schwer, dir zu widerstehen«, flüsterte er, seine Lippen ganz nah an ihrem Ohr.

Sie wich ein Stück zurück und suchte seinen Blick, während ihre Hand zwischen seine Beine glitt.

»Aaah.« Er warf den Kopf zurück und schloss lustvoll die Augen.

»Wieso solltest du versuchen, mir zu widerstehen?«, hauchte sie. »Ich bin für dich da. Komm und hol dir, was immer du brauchst. Es bleibt unser kleines Geheimnis.«

30

Amber umklammerte das seidige Kopfkissen und schloss die Augen, um wenigstens noch ein paar Minuten zu dösen. Jackson und sie schliefen nun seit über zwei Monaten miteinander und hatten sich die ganze Nacht geliebt. Sie war gerade wieder am Einnicken, als er hektisch ihren Arm schüttelte.

»Du musst sofort aufstehen. Ich hatte ganz vergessen, dass Matilda heute zum Putzen kommt.«

Sie riss die Augen auf. »Was soll ich tun?«

»Zieh dich an! Geh rüber ins Gästezimmer und tu so, als hättest du dort geschlafen. Für Daphne müssen wir uns irgendeine Geschichte ausdenken.«

Genervt warf sie sich den Morgenmantel über, der am Fußende des Bettes lag, und rannte den Flur hinunter ins Gästezimmer. Wäre es denn so schlimm, wenn Daphne dahinterkommen würde? Ja, es war zu früh. Sie musste ihn erst sicher in ihren Fängen haben, bevor sie irgendein Risiko einging. In seinem Vorzimmer war sie die Professionalität in Person, doch hinter der geschlossenen Bürotür schöpfte sie ihr gesamtes Repertoire aus, um dafür zu sorgen, dass er nicht genug von ihr bekam. Zwar wurde es auf die Dauer etwas ermüdend – insbesondere seine Vorliebe für Blowjobs –, doch sobald sie seinen Ring am Finger hatte, würde sie ihre Dienste diesbezüglich ja einstellen können.

Für gewöhnlich verbrachten sie mehrere Nächte pro Woche zusammen im Apartment. Das genoss sie am meisten. Neben ihm aufzuwachen, in dieser fantastischen Wohnung, so als gehöre all das längst ihr. In letzter Zeit hatte sie begonnen, seine

Termine und Geschäftsessen möglichst spät zu legen, sodass er die Nacht immer öfter in der Stadt verbringen musste – und ihre Tasche war stets gepackt.

***

Daphnes beste Freundin zu mimen, fiel ihr immer schwerer. Sie hasste es, so zu tun, als wäre sie lediglich Jacksons Sekretärin, als würde sie seinen Körper nicht in- und auswendig kennen, womöglich sogar besser als seine Ehefrau. Doch fürs Erste musste sie Ruhe bewahren. Als sie wieder einmal für Daphne den Laufburschen spielen sollte, brachte sie das dennoch zur Weißglut.

»Amber, meine Liebe. Könntest du mir einen Riesengefallen tun?«, säuselte Daphne.

»Um was geht es denn?«

»Bella ist auf eine Party eingeladen und braucht dringend Zubehör für eine ihrer American-Girl-Puppen. Ich komme einfach nicht mehr rechtzeitig in die Stadt. Würde es dir etwas ausmachen, es abzuholen und bei uns vorbeizubringen?«

Sehr wohl machte es ihr etwas aus. Sie war schließlich nicht Daphnes Dienerin. Eigentlich hatte Amber in der Stadt übernachten wollen, musste nun aber ihre Pläne ändern.

»Natürlich, Daphne, was braucht sie denn?«, gab sie mit unverhohlener Lustlosigkeit zurück.

»Sie möchte den Pretty-City-Puppenwagen. Die Mädchen wollen so tun, als wären sie im Central Park. Ich habe angerufen und ihn auf meinen Namen zurücklegen lassen. Bezahlt ist er auch schon.«

Als ihr Zug um kurz vor sechs in Bishops Harbor einfuhr, schäumte Amber immer noch vor Wut. Vom Bahnhof aus nahm sie sich ein Taxi und fragte sich, ob Jackson wohl schon von seiner Geschäftsreise zurück war.

Als sie im Haus der Parrishs ankam, stand Daphne mit den Mädchen in der Küche. Jackson war nirgends zu sehen.

»Ach, du bist wirklich ein Schatz. Vielen Dank!«, begrüßte Daphne sie voller Überschwang. Den Kopf in Richtung Bella geneigt, fuhr sie fort: »Wenn du nicht gewesen wärst, hätte ich es mit einem Tobsuchtsanfall erster Güte zu tun bekommen.«

Amber quälte sich ein Lächeln ab. »Na, das wollen wir natürlich nicht.«

»Was zu trinken?« Daphne hielt eine bereits halb leere Flasche Rotwein hoch.

Ist es dafür nicht etwas früh? fragte Amber sich insgeheim.

»Nur ein Gläschen. Ich bin später noch mit Gregg verabredet«, log sie. Sie wollte nicht den ganzen Abend hier hängen bleiben. »Wie ich sehe, hast du ja schon gut vorgelegt.«

Daphne zuckte die Achseln und schenkte Amber ein. »*TGIF – Thank God it's Friday.*«

Amber griff sich das Glas und nahm einen Schluck. »Danke. Wo ist denn Jackson?«

Daphne rollte mit den Augen. »In seinem Arbeitszimmer, wo denn sonst?« Sie senkte die Stimme, damit die Mädchen es nicht hörten, und trat näher an Amber heran. »Ungelogen, er war die ganze Woche weg, und das Erste, was er tut, wenn er nach Hause kommt, ist, herumzumeckern, weil Bella ihre Schuhe im Flur stehen gelassen hat.« Sie schüttelte den Kopf. »Manchmal ist es einfacher, wenn er fort ist.«

Keine Sorge, Schätzchen, hätte Amber ihr am liebsten zugeraunt. *Allzu lang wirst du's nicht mehr ertragen müssen.* Stattdessen setzte sie ihre besorgte Miene auf. »O nein, du raubst mir alle Illusionen über die Ehe.« Dann lachte sie.

»Schon okay. Als er sich wieder beruhigt hatte, haben wir uns zu einem kleinen Stelldichein zurückgezogen. Das erste Mal seit Langem wieder.« Daphne legte die Hand vor den Mund. »Huch, ich kann gar nicht glauben, dass ich dir das erzählt habe! Aber genug von mir, sag doch, wie läuft's denn mit dir und Gregg?« Sie hakte sich bei Amber ein und führte sie in Richtung Wintergarten, während sie über die Schulter rief:»Sabine, lass den Kindern doch bitte ihr Bad ein, wenn sie mit dem Essen fertig sind.«

»Ich müsste mal auf die Toilette«, stieß Amber plötzlich hervor und stob an ihr vorüber. Dort angekommen, schlug sie die Tür zu und lehnte sich mit dem Rücken dagegen. Hatte er denn jetzt schon genug von ihr? Daphnes süffisantes Grinsen brachte sie auf die Palme. Erst war es nur ein Kribbeln in den Fingern gewesen, doch jetzt musste sie die Nägel in die Handflächen krallen, um nicht laut loszuschreien. Sie war ein Dampfkessel, kurz davor, zu explodieren. Das Adrenalin schoss ihr durch den Körper, so rasend, dass sie kaum Luft bekam. Sie musste etwas zerstören. Plötzlich fiel ihr Blick auf die filigrane grüne Glasschildkröte auf dem Regal vor ihr. Sie nahm die Figur in die Hand, schleuderte sie gegen die Wand und trampelte mit beiden Füßen so lange darauf herum, bis sie die Scherben tief in den Teppich getreten hatte. Hoffentlich würde Daphne sich daran die Füße aufschneiden. Schließlich öffnete sie die Tür und marschierte zum Wintergarten. Das passierte also, wenn sie ihn zu lange aus den Augen ließ. Sie würde etwas dagegen tun müssen, und zwar schnell.

Als Amber eintrat, bedeutete Daphne ihr mit einem Klaps auf den Stuhl, sich neben sie zu setzen. »Raus mit der Sprache! Wie läuft es mit Gregg?«

Was Gregg betraf, so sah sie ihn gerade oft genug, um bei Daphne keinen Verdacht zu erregen. Meist führt er sie zum Dinner aus, gewöhnlich an einem Freitag- oder Samstagabend, oder sie spielten im Club zusammen Tennis. Er nahm ihr noch immer ab, dass sie Zeit brauchte, um über den gewalttätigen – und natürlich frei erfundenen – Ex-Freund hinwegzukommen, von dem »nur er allein« etwas wusste.

»Er ist so süß und aufmerksam. Nur, dass ich ihn wegen der Arbeit nicht so oft sehe, wie ich es gern wollte.« Sie hob beschwichtigend die Hand. »Aber ich will mich nicht beschweren. Ich weiß den Job zu schätzen, glaub mir.«

»Das weiß ich doch. Keine Bange. Die Frau des Chefs wird dich schon nicht verpetzen«, erklärte Daphne grinsend.

In Amber brodelte es. »Für mich bist du ja nicht die Frau des Chefs.«

Daphne zog eine Braue in die Höhe.

Amber drückte ihre Hand. »Was ich sagen will, ist, ich sehe dich nur als beste Freundin. Sollte ich je heiraten, dann möchte ich, dass du meine Trauzeugin wirst.«

»Oh, wie reizend von dir. Bin ich dafür nicht vielleicht ein wenig zu alt?«

»Ach, Unsinn. Vierzig ist doch nicht alt«, entgegnete Amber kopfschüttelnd.

»Wie bitte? Ich bin achtunddreißig. Mach mich ja nicht älter, als ich bin.«

Sie wusste haargenau, wie alt Daphne war. Aber ehrlich, achtunddreißig oder vierzig, was machte das schon für einen Unterschied? Amber war sechsundzwanzig. Da konnte Daphne nicht mithalten. »Sorry. Ich kann mir Jahreszahlen eben so schlecht merken. Auf jeden Fall siehst du noch blutjung aus.«

»Ach, und bevor ich's vergesse: Ich habe einige Kleidungsstücke rausgesucht, die ich weggeben wollte, aber gedacht, dass du vielleicht einen Blick darauf werfen möchtest. Vielleicht gefällt dir ja etwas davon.«

Amber brauchte Daphnes abgelegten Plunder nicht. Dank Jackson hatte sie eine eigene brandneue Garderobe. Aber sie durfte ihre Karten noch nicht auf den Tisch legen – *noch* nicht.

»Wie nett von dir. Ich schau sie mir gerne an. Wieso willst du sie denn weggeben? Passen sie nicht mehr?« Das hatte sie sich nicht verkneifen können.

Daphnes Wangen röteten sich. »Wie bitte?«

Amber blickte zu Boden. Wie sollte sie aus der Nummer wieder rauskommen? Doch bevor sie etwas antworten konnte, fuhr Daphne fort.

»Nun, ich habe tatsächlich etwas zugelegt. Immer wenn ich gestresst bin, fange ich an zu essen. Ich mache mir Sorgen um Jackson. Er verhält sich seltsam in letzter Zeit, und ich weiß einfach nicht, warum.« Sie stieß einen tiefen Seufzer aus.

»O Daph. Ich wusste nicht, ob ich es dir sagen sollte, aber er verbringt in letzter Zeit ungeheuer viel Zeit mit einer seiner Führungskräfte. Sie heißt Bree, ist ganz neu in der Firma. Keine Ahnung, ob da irgendwas läuft, aber die beiden haben schon einige ausgedehnten Mittagspausen gemacht ...« Bree hatte vor ein paar Wochen bei ihnen angefangen und sah wirklich traumhaft aus. Anfänglich war Amber auf der Hut gewesen und kurz davor, sie zu sabotieren, bis sie herausfand, dass Bree lesbisch war. Aber das konnte Daphne natürlich nicht wissen. Bree und Jackson arbeiteten wirklich eng zusammen, doch das war rein beruflich – und jetzt würde Daphne ihm deswegen die Hölle heißmachen und ihn so zurück in Ambers Arme treiben.

Daphne riss die Hand vor den Mund. »Jetzt weiß ich, wen du meinst. Die ist der Hammer.«

Amber biss sich auf die Lippe. »Ich weiß. Und eine echte Schlange. Wie sie Jackson immer ansieht! Und dauernd tatscht sie ihn an oder trägt kurze Röcke und legt dann aufreizend die Beine übereinander. Außerdem ist sie mir gegenüber total unfreundlich, geht einfach zu Jackson rein, um Termine abzusprechen, als hätte sie 'ne Sondererlaubnis.«

»Und was soll ich jetzt tun?«

Amber hob die Brauen. »Ich weiß, was ich an deiner Stelle tun würde.«

»Was denn?«

»Ich würde ihn dazu bringen, sie zu feuern.«

Daphne schüttelte den Kopf. »Das kann ich nicht machen. Schließlich ist es seine Firma. Er wird mich für verrückt halten.«

Amber tat, als würde sie überlegen. »Da ist was dran. Dann sprich eben mit ihr.«

»Das kann ich nicht!«

»Aber natürlich kannst du das. Du kommst einfach im Büro vorbei und erklärst ihr seelenruhig, dass du sie durchschaut hast und sie deinen Mann in Frieden lassen soll, wenn ihr der Job lieb ist.«

»Glaubst du wirklich?«

»Willst du ihn etwa verlieren?«

»Natürlich nicht.«

»Na, dann schieb deinen Hintern da rein und zeig ihr, wer der Boss ist. Ich lenke ihn solange ab, damit er es nicht spitzkriegt.«

Daphne schöpfte tief Luft. »Vielleicht hast du ja recht.«

Amber lächelte aufmunternd. Ausgezeichnet – Daphne würde Jackson in seiner eigenen Firma bloßstellen. Er würde ausrasten. »Ich stehe da voll und ganz hinter dir.«

31

Amber fiel es immer schwerer, sich Gregg vom Leib zu halten. Nicht, dass sie etwas gegen eine schnelle Nummer mit ihm gehabt hätte – er küsste gut und war ehrlich darauf bedacht, sie zu verwöhnen. Aber sie durfte es nicht riskieren. Wenn sie schwanger werden würde, dann mit Jacksons Kind, nicht Greggs. Davon abgesehen – sobald ihr der Platz an Jacksons Seite sicher war, würde sie Gregg sowieso in die Wüste schicken. Alles, was sie bis dahin tun musste, war das, was sie schon in der Highschool am besten konnte. Sie erhob sich von den Knien, strich mit den Lippen über seinen Bauch und gab ihm einen Kuss, bevor sie ins Bad verschwand, um sich den Mund auszuspülen. Als sie zurückkam, stand er noch immer da, mit verklärtem Blick und heruntergelassenen Hosen.

Beim Anziehen sah er sie verlegen an. »Sorry. Du bist wirklich 'ne Wucht, Baby.« Dann drückte er sie an sich und sie musste dem Drang widerstehen, sich aus seinen Armen zu winden. »Wann bist du endlich bereit, mit mir zu schlafen? Ich weiß nicht, wie lange ich das noch aushalten kann.«

»Ich weiß, mir geht's ganz genauso. Mein Arzt meint, ich müsse noch sechs Wochen warten. Dann ist alles abgeheilt. Es bringt mich doch auch um den Verstand.«

Allmählich verlor er die Geduld, weshalb sie sich eine neue Ausrede hatte ausdenken müssen – die recht fadenscheinige Geschichte, dass sie wegen einer jüngst entfernten Zyste eine Weile keinen Sex haben durfte. Als sie ins Detail gehen wollte, hatte er wie erwartet die Hände in die Höhe gerissen und sie gebeten, aufzuhören und ihm die Einzelheiten zu ersparen.

»Zieh dich lieber an, wir verpassen noch das Stück, wenn wir jetzt nicht bald mit dem Essen anfangen«, säuselte sie. *Krieg dich wieder ein, Mann,* hätte sie ihn am liebsten angefaucht. Sie waren in die Stadt gekommen, um sich *Anatevka* anzusehen und in der Wohnung von Greggs Eltern am Central Park zu übernachten. Amber hatte sich eigentlich *The Book of Mormon* von den *South-Park*-Erfindern ansehen wollen, aber Gregg hatte mal wieder auf dem Schlauch gestanden und gemeint, er interessiere sich nicht für religiöse Stücke.

Ärgerlicherweise hatte sie sich bereit erklärt, sich vor dem Theater um das Abendessen zu kümmern – es gab vorgegrillte Hühnerbrust aus der Packung mit Kochbeutelreis und einen grünen Salat. Als sie sich gerade auf der Suche nach Töpfen durch die Schränke wühlte, stieß Gregg sie von hinten an. Sie fuhr herum und sah ihn verdutzt an.

»Oh, sorry«, sagte er kleinlaut. »Ich wollte dir nur helfen.«

»Ich habe alles, was ich brauche«, entgegnete sie schroff.

Dann wollte sie den Hahn aufdrehen, um Wasser für den Reis einzufüllen, und Greggs Arm schoss vor ihr in Richtung Topf.

»Was machst du da?«, fragte sie.

»Ich wollte dir den Topf abnehmen und ihn auf den Herd stellen.«

»Ich glaube, das schaff ich schon allein«, wiegelte sie ab, während sie zum Herd hinüberging, doch Gregg kam ihr zuvor, um das Gas anzustellen, sodass sie erneut zusammenstießen. Der Topf schwankte in ihren Händen, das Wasser schwappte quer durch die Küche und durchnässte die Vorderseite von Ambers Kleid.

»Ach herrje, ist alles okay?«, stammelte Gregg, während er mit einem rasch herbeigeholten Geschirrtuch verzweifelt an ihrem Dekolleté herumtupfte.

Was bist du denn für ein hirnverbrannter Vollidiot? hätte sie ihn um ein Haar zusammengestaucht, stattdessen brachte sie ein dünnes Lächeln zustande. »Alles in Ordnung. Aber möchtest du dich nicht einfach setzen, und ich mache das hier rasch fertig?« Sie trafen früh am Broadway Theatre ein, und er ging an die Bar, um ihnen etwas zu trinken zu holen. Beim Warten sah sich Amber in dem prachtvollen Theater um, bewunderte den gewaltigen Kronleuchter im opulent eingerichteten, ganz in Rot und Gold gehaltenen Foyer. Als Gregg zurückkam, hatte er zwei Gläser Weißwein in der Hand, obwohl sie ihm schon tausendmal gesagt hatte, dass sie roten bevorzugte. Hörte dieser Schwachkopf denn nie zu?

»Die Plätze werden dir sicher gefallen. Erste Reihe Parkett«, sagte er und wedelte großspurig mit den Eintrittskarten.

»Großartig. Plätze in der ersten Reihe. Bei dem ganzen Gesinge.« Amber hatte den Film gesehen und verstand nicht recht, was daran so toll sein sollte. Für sie war *Anatevka* ein alter Hut. Die Karten hatten ursprünglich seinen Eltern gehört, und offenbar war selbst denen das Stück zu abgedroschen.

»Hast du denn das Musical schon mal gesehen?«, erkundigte sie sich.

Er nickte. »Schon sieben Mal. Mein absolutes Lieblingsstück. Ich liebe diese Musik einfach.«

»Wow, sieben Mal. Muss wohl der Rekord sein«, kommentierte Amber fahrig, während sie den Blick weiter durchs Foyer schweifen ließ.

Woraufhin Gregg den Rücken straffte und voller Stolz verkündete: »Meine Familie und ich, wir sind ziemliche Theaterliebhaber. Dad kauft Karten für die besten Vorstellungen.«

»Wie schön für euch.«

»Ja, das stimmt. Er ist ein großartiger Mann.«

»Und was ist mit dir?«, fragte Amber, nur leidlich interessiert.

»Wie meinst du das?«

»Bist du auch ein großartiger Mann?«, neckte sie ihn.

Gregg kicherte in sich hinein. »Eines Tages werde ich es sein, Amber. Im Augenblick bin ich noch dabei, einer zu werden«, erklärte er mit feierlicher Miene. »Und wenn es so weit ist, hoffe ich, dass du an meiner Seite bist.«

Amber riss sich zusammen. Am liebsten hätte sie ihm laut ins Gesicht gelacht, sagte stattdessen aber nur: »Wir werden sehen, Gregg. Lass uns abwarten. Wollen wir nicht zu unseren Plätzen gehen?«

Trotz ihrer Vorbehalte gefiel Amber das Musical recht gut. Doch gerade als sie glaubte, der Abend sei womöglich doch keine Zeitverschwendung, fing Gregg an, im Takt mit dem Fuß zu klopfen. Kurz darauf begann er, gut hörbar mitzusummen, sodass sich ihre Sitznachbarn zu ihnen umdrehten.

»Gregg!«, zischte sie ihn an.

»Hä?«

»Du summst mit.«

»Tut mir leid! Die Melodie ist so eingängig.«

Er verstummte, allerdings nur, um kurz darauf mit dem Kopf rhythmisch vor und zurück zu zucken. Am liebsten hätte sie ihm links und rechts eine geknallt.

Als sie das Theater verließen, hatte Amber rasende Kopfschmerzen.

»Wollen wir noch was trinken gehen?«, fragte Gregg.

»Warum nicht?« Alles, nur nicht gleich ins Apartment, um sich begrapschen zu lassen.

»Wie wär's mit Cipriani's?«

»Hört sich gut an. Aber können wir ein Taxi nehmen? Bei dem Regen habe ich keine Lust zu laufen.«

»Natürlich.«

Als sie im Taxi saßen, meinte Gregg: »Ich verstehe immer noch nicht, was so schlimm daran war, dass die jüngste Tochter einen Russen geheiratet hat. Ich meine, Herrgott, haben die Juden nicht andauern gejammert, dass man sie wegen ihrer Religion verfolgt, und dann geht Tevje hin und tut genau dasselbe.« Amber wandte sich verwundert zu ihm um. »Dir ist schon klar, dass es die Russen waren, die sie vertrieben haben? Davon abgesehen heiratet sie außerhalb ihres Glaubens.« *Hatte er das Stück wirklich sieben Mal gesehen und es immer noch nicht kapiert?*

»Ja, klar. Ich weiß. Ich meine ja bloß. Es ist eben nicht so politisch korrekt. Aber egal, die Musik jedenfalls ist großartig.«

»Macht es dir was aus, wenn wir die Drinks doch ausfallen lassen? Mir dröhnt der Kopf, ich glaub, ich muss einfach nur ins Bett und mich ausschlafen.« Wenn sie ihm heute Abend noch länger zuhören müsste, würde sie ihm womöglich an die Gurgel gehen.

»Kein Problem, Baby«, erwiderte er mit besorgtem Blick. »Tut mir leid, dass es dir nicht gut geht.«

Sie lächelte angespannt. »Danke.«

Als sie in die Wohnung zurückkamen, verkroch sie sich rasch unter die Bettdecke und kauerte sich eng zusammen. Bald spürte sie, wie sich die Matratze senkte, als er sich neben sie legte und sich von hinten an sie schmiegte.

»Soll ich dir die Schläfen massieren?«, flüsterte er ihr ins Ohr. *Du sollst mich endlich in Ruhe lassen,* fauchte Amber innerlich. »Nein, danke. Ich versuche einfach zu schlafen, okay?«

Dann legte er einen Arm um ihre Taille. »Ich bin da, falls du es dir anders überlegst.«

Aber zum Glück nicht mehr lange, dachte Amber.

32

Ein heller Lichtkegel fiel durch die schweren Schlafzimmer-
vorhänge von Ambers Zimmer im Dorchester Hotel und
weckte sie. Sie sprang aus dem Bett, raffte die grünen Stoffbah-
nen beiseite und ließ sich von den wohligen Strahlen der Mor-
gensonne wärmen. Trotz der frühen Stunde herrschte im Hyde
Park bereits Hochbetrieb: Jogger, Gassigänger, Menschen auf
dem Weg zur Arbeit. Seit drei Tagen waren sie nun in London,
und Amber hatte jede Sekunde davon genossen. Obwohl Jackson seine Familie mitgenommen hatte, handelte es sich im
Grunde um einen Businesstrip. Also war sie als seine Assistentin mitgereist und bewohnte ein eigenes Zimmer nur wenige
Meter von der Familiensuite. Tagsüber arbeiteten Jackson und
Amber, während Daphne und die Mädchen die Stadt besichtigten.

An ihrem zweiten Abend waren alle zusammen im
St. Martin's Theatre gewesen, um sich *Die Mausefalle* anzusehen, gestern Abend jedoch hatte Daphne beschlossen, mit Tallulah und Bella ins Ballett zu gehen – *Sleeping Beauty* im Royal
Opera House –, Jackson und Amber mussten zu einem wichtigen Geschäftsessen. In Wahrheit hatte es das Essen nicht gegeben, und Amber und Jackson hatten die vier Stunden in ihrem
Zimmer verbracht. Nachdem er sie drei Tage lang nicht allein
gesehen hatte, war er verrückt nach ihr gewesen. Solch lange
Durststrecken war er nicht gewohnt, dafür hatte sie gesorgt,
und wenn sie ihre Tage bekam, verwöhnte sie ihn auf andere
Weise. Jackson schlief nun mindestens drei Mal pro Woche in

der New Yorker Stadtwohnung – und Amber mit ihm. Da sie für Daphne per Handy separat erreichbar waren, ahnte sie nichts. An den Wochenenden verbrachte Amber wie immer viel Zeit mit ihrer guten Freundin, und bei mindestens zwei Gelegenheiten hatten Jackson und sie es im unteren Badezimmer getrieben, während Daphne oben die Kinder ins Bett gebracht hatte. Die Gefahr der Entdeckung war ungeheuer erregend gewesen. Und einmal, als Daphne auf dem Sofa eingeschlafen war, hatten sie sich spät abends aus dem Haus gestohlen, nackt im beheizten Pool gebadet und es dann im Gartenpavillon getan. Er konnte nie genug von ihr bekommen. Er saß bereits in der Falle, und sobald sie schwanger war, würde sie endgültig zuschnappen.

Amber schlug ein Bein um Jacksons Rumpf und schmiegte sich an seine Schulter. »Mmh. So könne ich für immer liegen bleiben«, murmelte sie schläfrig.

Jackson zog sie an sich und streichelte ihren Schenkel. »Die anderen werden bald zurück sein. Wir müssen unsere Dinnersachen anziehen und in der Suite auf sie warten.« Doch dann wälzte er sich auf sie. »Aber vorher ...«

***

Amber war mit Daphne und den Mädchen zum Frühstück im Hotel verabredet. Als sie den Raum betrat, raubte ihr die edle Melange aus Kupfer, Marmor und karamellfarbenem Leder fast den Atem. Daphne, die Kinder und Sabine saßen an einem runden Tisch etwa in der Mitte des Restaurants.

»Guten Morgen«, flötete Amber beschwingt, als sie ihren Platz einnahm. »Wie war denn das Ballett gestern Abend?«

Bevor Daphne etwas antworten konnte, quietschte Bella dazwischen: »O Tante Amber, du hättest es geliebt. Dornröschen war so wunderschön.«

»Wahrscheinlich nennen die Engländer sie deswegen auch *Sleeping Beauty*, oder?«, scherzte Amber.

»Nein, nein. Sie nennen sie so, weil sie einschläft und keiner sie wecken kann, bis der Prinz sie küsst.« Bella war ganz rot vor Aufregung.

»Tante Amber hat das nicht ernst gemeint. Das war ein Witz, Dummerchen«, kommentierte Tallulah, woraufhin Bella mit dem Löffel auf die Müslischale eindrosch.

»Mom!«

»Tallulah, du wirst dich auf der Stelle bei deiner Schwester entschuldigen«, tadelte Daphne sie.

Tallulah blitze ihre Mutter böse an. »Tut mir leid«, nuschelte sie in Bellas Richtung.

»Schon besser«, sagte Daphne. »Sabine, würdest du mit Tallulah und Bella einen Spaziergang durch den Park machen? Die Themsefahrt hinunter nach Greenwich beginn erst um elf.«

»*Oui.*« Sabine schob ihren Stuhl zurück und sah Tallulah und Bella streng an. »*Allez les filles.*«

Daphne trank bereits die zweite Tasse Kaffee, während Amber sich genussvoll über ihr gerade eingetroffenes englisches Frühstück hermachte.

»Du hast ja einen Bärenhunger heute Morgen«, merkte Daphne an.

Amber blickte von ihrem Teller auf. Jackson und sie hatten gestern Abend nichts gegessen. Es war das Letzte gewesen, woran sie gedacht hatten.

»Ich sterbe fast vor Hunger. Ich hasse geschäftliche Abendessen. Beim Reden wird dein Essen kalt, und dann ist es völlig ungenießbar.«

»Tut mir leid, dass du arbeiten musstest und das Ballett verpasst hast. Es war ausgezeichnet.«

»Ja, wie schade. Ich wäre auch viel lieber mitgekommen.«

Daphne rührte eine Weile gedankenverloren in ihrem Kaffee,

bis sie mit tiefer und ernster Stimme anhob: »Amber. Ich muss mit dir über etwas reden, das mir Sorgen bereitet.«

Amber legte Messer und Gabel zur Seite. »Was ist denn los, Daph?«

»Es geht um Jackson.«

Amber kämpfte ihre aufwallende Panik nieder. »Was ist mit ihm?«, gab sie zurück, ihre Miene wie versteinert.

»Ich glaube, er hat wirklich eine Affäre.«

»Hast du mit Bree gesprochen?«

»Bree kommt nicht infrage, das weiß ich mittlerweile. Sie ist lesbisch – ich habe auf einer Party ihre Partnerin kennengelernt. Welch ein Glück, dass ich nicht ins Büro gestürmt bin, um sie zur Rede zu stellen. Aber Jackson ist in jüngster Zeit so abwesend. Und unter der Woche schläft er fast nur noch in New York. Das hat er früher nie getan. Die eine oder andere Nacht schon, aber das war die Ausnahme. Jetzt scheint es die Regel zu sein. Und selbst wenn er nach Hause kommt, ist er nicht wirklich da. Mit seinen Gedanken scheint er immer woanders zu sein.«

Sie legte Amber die Hand auf den Arm. »Und wir haben seit etlichen Wochen keinen Sex mehr gehabt.«

Na, wenn das keine guten Nachrichten sind, dachte Amber. Er schlief also nicht mehr mit Daphne. Kein Wunder, schließlich befriedigte sie ihn ja auf jede denkbare Weise.

»Du machst dir unnötig Gedanken, da bin ich mir sicher«, beruhigte Amber sie und legte ihre Hand auf Daphnes. »Er ist mitten in der Endphase dieses Mammutprojekts in Hongkong. Es war echt die Hölle. Außerdem muss er wegen des Zeitunterschieds rund um die Uhr erreichbar sein. Er ist völlig fertig und ausgelaugt wegen der Sache. Du musst dir wirklich keine Sorgen machen. Sobald der Deal über die Bühne ist, wird er wieder ganz der Alte. Glaub mir.«

»Bist du dir da sicher?«

»Absolut«, versicherte Amber lächelnd. »Aber wenn es dich beruhigt, halte ich die Augen offen, und sag dir, wenn ich etwas Verdächtiges mitbekomme.«

»Das wäre lieb von dir. Ich wusste doch, dass ich auf dich zählen kann.«

***

Später leistete Amber den Parrishs bei der Bootsfahrt nach Greenwich Gesellschaft, und gemeinsam stiegen sie den großen Hügel zum Royal Observatory empor. Anschließend aßen sie in der Nähe zu Mittag und bummelten durch die Stadt. Als sie zurück ins Hotel kamen, waren Bella und Tallulah todmüde und reif für ein Nickerchen. Auch Amber konnte eine kleine Pause gebrauchen, und alle verschwanden auf ihre Zimmer.

Im Nu war sie eingeschlafen, und als sie wieder erwachte, zeigte die Uhr bereits sieben. Flugs rief sie in der Suite an, um sich nach den Dinnerplänen zu erkundigen.

»Hast du dich ein wenig ausgeruht?«, fragte Daphne, als sie den Hörer abnahm.

»Habe ich. Und was ist mit euch?«

»Ja, wir haben alle geschlafen. Ich bin schon eine Weile wach, aber Tallulah und Bella sind eben erst aufgestanden. Die Mädchen essen heute Abend hier.« Daphne sprach nun etwas leiser. »Ich glaube, du hast richtig gelegen. Jackson möchte mich zu einem romantischen Dinner ausführen, nur wir beide. Er hat sich dafür entschuldigt, dass er so oft über Nacht weg war und nur noch seine Arbeit im Kopf hatte. Ich hätte wissen sollen, dass du recht hattest. Danke, dass du mir den Kopf zurechtgerückt hast.«

»Ach, keine Ursache«, stieß Amber mit erstickter Stimme hervor. Was zum Teufel hatte er vor? Ein romantisches Abendessen mit Daphne? Nachdem er morgens noch mit ihr geschlafen hatte?

Daphnes Stimme riss sie aus ihren Gedanken. »Vielen Dank noch mal. Bis morgen dann.«

Wutentbrannt legte sie auf und setzte sich aufs Bett. Amber war außer sich. Glaubte er denn, er könne sie einfach benutzen und dann zurück zu Daphne rennen? Im Geiste hörte sie die Worte ihrer Mutter, die diese derart gebetsmühlenartig wiederholt hatte, dass sie ihr irgendwann am liebsten einen Knebel in den Mund gerammt hätte. *Lass dich nie zur Mülltonne für andere machen.* Was für ein schäbiger Spruch, hatte Amber jedes Mal gedacht, wenn ihre Mutter ihn zum Besten gegeben hatte. Aber genau so fühlte sie sich jetzt.

Kurz bevor sie sich fertig geschminkt hatte, klopfte es an der Tür. Sie öffnete einen Spaltbreit, und Jackson huschte herein. Er sah sie an, und ein Ausdruck der Verwunderung trat in sein Gesicht.

»Gehst du aus?«

Lächelnd hob sie ein Bein aufs Bett, raffte sich den hauchdünnen Stoff ihrer Strumpfhose über den Schenkel und befestigte ihn an ihrem Strumpfband.

»Daphne hat mir erzählt, ihr hättet eigene Pläne. Also habe ich einen alten Freund angerufen und treffe mich mit ihm auf ein paar Drinks.«

»Was für ein alter Freund?«

»Nur ein Ex von früher. Heute Nachmittag habe ich mit meiner Mom telefoniert, und sie meinte, er sei vor ein paar Jahren mit seiner Frau hierhergezogen«, log sie.

Jackson setzte sich aufs Bett und beäugte sie argwöhnisch.

»Der Arme, er ist frisch geschieden. Ich dachte, er könnte ein wenig Aufmunterung vertragen.«

»Ich möchte nicht, dass du gehst.«

»Sei nicht albern. Das ist ewig her.«

Er stand auf, packte sie an beiden Händen und stieß sie zurück, bis sie an der Wand stand. Dann übersäte er sie mit gierigen Küssen, presste seinen Körper an ihren und schob ihr den Rock über die Schenkel. Noch immer stehend und nur halb ausgezogen gaben sie sich einander hin. Als sie fertig waren, sank Jackson aufs Bett und zog sie zu sich herunter.

»Sag ihm ab«, befahl er.

»Du kannst nicht von mir erwarten, dass ich allein hier im Hotelzimmer hocke, während du mit Daphne ausgehst. Davon abgesehen, vertraust du mir etwa nicht?«

Mit zorngerötetem Gesicht fuhr Jackson plötzlich hoch, die Hände zu Fäusten geballt, und blitzte sie wütend an. »Ich will nicht, dass du mit einem anderen Mann ausgehst«, knurrte er und zog eine Schachtel aus der Tasche. »Das ist für dich.«

Er reichte sie ihr, und sie öffnete die Klappe. Ein prachtvolles Diamantarmband.

»Wow«, hauchte sie. »Etwas Schöneres habe ich noch nie gesehen. Danke! Legst du es mir an?« Dann gab sie ihm einen langen, leidenschaftlichen Kuss. »Ich schätze, ich könnte absagen, wenn es dich so stört. Wie lange wird euer Essen dauern?«

»Ich werde mich beeilen. In zwei Stunden bin ich zurück.«

Das Armband war das herrlichste Schmuckstück, das sie je gesehen hatte. Und es gehörte ihr. Nur ihr allein. Wie in Zeitlupe drehte sie sich zu Jackson um und begann, sich auszuziehen. Als sie nichts mehr trug außer dem Armband, spazierte sie zu ihm hinüber und schnurrte: »Komm rasch zurück, und dann zeig ich dir, wie dankbar ich dir bin.«

Als er gegangen war, holte sie ihr Handy heraus und schoss ein Selfie – ein ungeheuer erotisches Selfie. Dann wartete sie eine Stunde, bis er mitten im Essen war, und drückte auf *Senden*. Er würde es kaum erwarten können, die Rechnung zu bestellen.

33

Amber liebte es, in Daphnes Wanne zu liegen, stundenlang und meistens in Begleitung ihres Mannes. Liebte es, sich neben Jackson in die seidenweiche Decke zu kuscheln und ihn vor Lust fast in den Wahnsinn zu treiben. Und wie befreiend es doch war, zu wissen, dass sie morgens einfach aus der Tür spazieren konnte, ganz gleich, wie viele Handtücher sie benutzte, wie sie die Laken zerwühlte oder wie viele Gläser sie benutzt hatte. Das Zimmermädchen würde alles blitzsauber und picobello aufräumen, bis Jackson und sie abends zurückkehrten. Der Portier quittierte ihr Kommen und Gehen stets mit einem höflichen Nicken, war die Verschwiegenheit in Person. Genauso wie das neue Dienstmädchen. Matilda, ihre Vorgängerin, war entlassen worden. Offenbar hatte sie sich an Daphnes Schmuck vergriffen. Zufällig genau jene Stücke, die Amber für eine ganze Stange Bares versetzt hatte.

Gestern Abend waren sie auf einer Vernissage in einer kleinen Galerie in der Fünfundzwanzigsten Straße gewesen. Den Künstler, Eric Fury, hatte Jackson selbst entdeckt und einigen seiner Sammlerfreunde vorgestellt. In dem Moment, als sie die Ausstellung betreten hatten, sahen sie sich bereits umlagert. Sämtliche Anwesenden drängten in den Dunstkreis seiner Macht und seines Charmes. Amber hatte geflissentlich vermieden, sich bei ihm unterzuhaken oder allzu vertraut zu wirken.

Sobald der Künstler Jackson erblickte, kam er herübergeeilt, um ihm die Hand zu schütteln.

»Jackson. Wie schön, dich zu sehen.« Mit einer ausladenden Geste umfasste er den überfüllten Raum. »Ist das nicht fantastisch?«

»Das ist es, Eric, und du hast dir den Erfolg mehr als verdient«, erklärte Jackson.

»Das alles verdanke ich nur dir, Jackson. Ich kann dir gar nicht sagen, wie dankbar ich dir bin.«

»Unsinn, ich habe dich nur ein paar Leuten vorgestellt. Deine Kunst spricht für sich selbst. Ohne dein Talent hättest du es nie so weit gebracht.«

Jetzt wandte Fury sich an Amber. »Und du musst Daphne sein.«

»Nein, das ist meine Assistentin, Amber Patterson. Meine Frau ist heute Abend leider verhindert, aber sie bewundert deine Arbeit ebenso sehr wie ich.«

Amber streckte die Hand aus. »Wie schön, Sie kennenzulernen, Mr. Fury. Ich habe gelesen, dass Sie sich von der Leinwand verabschieden und stattdessen auf Holzresten alter Gebäude malen wollen.«

Jackson starrte sie verblüfft an, während Fury erwiderte: »Da haben Sie vollkommen recht, Miss Patterson. Es ist ein Statement, es soll uns daran gemahnen, was wir verlieren, wenn wir historische Bauten zum Abriss freigeben.«

Plötzlich erschien ein Mann mit einer Kamera. »Hey, Mr. Fury. Wie wär's mit einem Bild für die morgige Ausgabe?«

Eric lächelte und stellte sich neben Jackson, während Amber blitzschnell zur Seite huschte. Das Letzte, was sie gebrauchen konnte, war noch ein Foto in der Zeitung.

»Okay, Kumpel, kümmer dich jetzt wieder um deine Fans und verkauf ein paar Bilder!«, flachste Jackson, sobald der Fotograf fort war. Fury marschierte davon, und Jackson schlenderte hinüber in die Ecke, wo Amber stand und gerade eines der Bilder bewunderte.

»Ich wusste gar nicht, dass du so viel über Eric Fury weißt«, sagte er.

»Tue ich auch nicht. Aber als du mich gefragt hast, ob ich mit zur Vernissage kommen möchte, habe ich mich ein wenig schlau gemacht. Ich bin nun mal gern im Bilde, bevor ich irgendwo hingehe. Das macht die Erfahrung viel intensiver.«

Er nickte anerkennend. »Beeindruckend.«

Amber musste grinsen.

»Das war sehr rücksichtsvoll von dir. Aus dem Bild zu gehen, meine ich. Ich hoffe, es hat dir nichts ausgemacht«, bemerkte er.

Wie lustig. Er glaubte tatsächlich, sie hätte es ihm zuliebe getan. »Kein bisschen. Du weißt doch, ich halte dir immer den Rücken frei.« Dann ließ sie ein verschmitztes Lächeln aufblitzen und stellte sich etwas näher zu ihm. »Und den Rest deines Körpers natürlich auch«, flüsterte sie.

»Ich denke, wir sollten bald gehen«, sagte er.

»Du bist der Boss.«

Während sie eine letzte Runde drehten, um sich von allen zu verabschieden, bekam sie einen Eindruck davon, wie es wäre, Jacksons Frau zu sein, gemeinsam mit ihm im Mittelpunkt des Universums zu leben – es war unvergleichlich. Sie musste nur noch den richtigen Zeitpunkt abwarten.

Jackson und Amber nahmen ein Taxi zurück zur Wohnung und rissen sich schon im emporgleitenden Privatlift die Kleider vom Leib. Sie schafften es nicht mehr ins Schlafzimmer, sondern fielen zügellos auf dem Wohnzimmerboden übereinander her. Das machte Amber besonders an – hatte sie es doch darauf angelegt, in jedem einzelnen der Zimmer mit ihm zu schlafen, selbst in den Kinderzimmern der Mädchen. Letzteres war nicht ganz einfach gewesen, aber sie wollte ihr Revier ein für alle Mal markieren, wie eine streunende Katze.

***

Amber hörte die Dusche angehen und wälzte sich träge herum, um auf den Wecker zu schauen. Halb acht! Ein Handtuch um die Hüfte geschlungen, trat Jackson aus dem Bad, seine Brust noch immer glänzend. Er setzte sich auf den Bettrand und zauste ihr durchs Haar.

»Guten Morgen, Schlafmütze.«

»Ich hab noch nicht mal den Wecker gehört. Ich steh schon auf.«

»Du hast gestern Abend 'ne tolle Nummer abgezogen. Kein Wunder, dass du erschöpft bist.«

Er neigte sich zu ihr hinab und gab ihr einen langen, leidenschaftlichen Kuss.

»Oh, komm zurück ins Bett«, gurrte sie.

Er ließ seine Hand über ihren Oberkörper gleiten. »Nichts lieber als das, aber vielleicht erinnerst du dich? Ich habe einen Zehn-Uhr-Termin mit Harding and Harding.«

»Ach, stimmt ja. Sorry, dass ich dich vom Schlafen abgehalten habe.«

»Dafür darfst du dich nie entschuldigen.« Er richtete sich wieder auf, ließ das Handtuch fallen und fing an, sich anzuziehen. Amber ließ sich wieder in die Kissen fallen und bewunderte den straffen und muskulösen Körper, den sie mittlerweile so gut kannte. Während er sich fertig machte, quälte sie sich mühsam aus dem Bett.

»Ich muss los«, sagte er und presste ihren nackten Körper an sich. »Küss mich und beeil dich. Wir müssen uns noch auf das Treffen vorbereiten.«

Amber goss sich rasch ein Glas Saft ein und sprang unter die Dusche. Sie entschied sich für das rote Oscar-de-la-Renta-Kostüm, das Jackson letzte Woche hatte springen lassen, und verließ kurz vor acht die Wohnung. Um viertel vor neun war sie in der

Firma. Jackson beobachtete sie durch die Glaswand, die sein Büro vom Vorzimmer trennte, als sie in dem tailliertem Blazer und dem kurzem, enganliegenden Rock hereinmarschierte.

Um zwölf Uhr war das Meeting in Jacksons Büro noch immer in vollem Gange. Plötzlich sah Amber Daphne auf sich zusteuern. Sie schien noch mehr zugenommen zu haben und wirkte längst nicht so makellos wie sonst. Ihr Lippenstift war verschmiert und ihre Bluse so eng, dass die Knöpfe spannten. Zudem fiel Amber auf, dass sie bis auf ihren Ehering keinerlei Schmuck trug.

Amber erhob sich von ihrem Stuhl. »Daphne, was für eine Überraschung. Ist alles in Ordnung?« Was hatte *die* denn hier verloren?

»Ja, alles bestens. Ich war in der Stadt und wollte nur schauen, ob Jackson vielleicht Zeit hätte, mit mir Mittagessen zu gehen.«

»Erwartet er dich denn?«

»Na ja, eigentlich nicht. Ich hab's einfach mal drauf ankommen lassen. Ich habe heute Morgen versucht, dich anzurufen, um einen Blick in seinen Terminkalender zu werfen, aber es hieß, du seist noch nicht im Haus. Ist er denn da?«

Amber straffte die Schultern. »Er ist in einem Meeting mit einer Gruppe von Investoren. Ich weiß nicht, wann sie Schluss machen.«

Daphne blickte enttäuscht drein. »Oh, hat das Meeting denn eben erst angefangen?«

Amber kramte in einem Stapel Unterlagen auf ihrem Schreibtisch herum. »Keine Ahnung. Ich hatte heute Morgen Probleme mit meinem Wagen und habe den Zug verpasst. Deshalb bin ich so spät.« Sie blickte Daphne unverwandt an.

»Ach, dann warte ich einfach ein wenig. Stört es dich, wenn ich bei dir sitzen bleibe? Ich halte dich auch nicht von der Arbeit ab.«

»Überhaupt nicht. Setz dich doch bitte.«

»Übrigens – ein wunderschönes Kostüm, das du da trägst.«

»Danke. Ich hab's aus einem Second-Hand-Laden hier in der Stadt. Unglaublich, was man für wenig Geld so alles findet.« Wie gern hätte sie hinzugefügt: *Und rate mal, wessen roten BH und Spitzenhöschen ich gerade anhabe?*

Daphne nahm Platz, und Amber widmete sich wieder dem Stapel auf ihrem Tisch. Zwischendurch musste sie etliche Anrufer abwimmeln.

»Du gehst ja richtig in deinem Job auf. Jackson meint, er wüsste gar nicht, was er ohne dich tun würde. Wusste ich doch, dass du wie für ihn gemacht bist.«

Amber kochte. Wie satt sie es hatte, von Daphne bevormundet zu werden. Sie hatte keinen blassen Schimmer von den Bedürfnissen und Sehnsüchten ihres Mannes. Es war lächerlich.

In diesem Augenblick öffnete sich Jacksons Bürotür und die vierköpfige Mannschaft von Harding and Harding trat heraus. Alle verabschiedeten sich händeschüttelnd.

Jacksons Gesichtsausdruck verriet, dass das Treffen ein Erfolg gewesen war. Amber war froh. Dieser Abschluss würde die Firma in ganz neue finanzielle Sphären katapultieren. Als Jackson Daphne erblickte, wirkte er sichtlich irritiert.

»Hallo, Schatz«, sagte sie, stand auf und schloss ihn in die Arme.

»Daphne, wie schön, dich zu sehen. Was machst du denn in New York?«

»Können wir in dein Büro gehen?«, bat sie ihn mit sanfter Stimme.

Jackson folgte ihr hinein und zog die Tür hinter ihnen zu. Nach zwanzig Minuten schäumte Amber vor Wut. Was ging bloß da drinnen vor?

Auf einmal erschien Jackson in der Tür und sagte: »Amber,

komm doch bitte rein und bring meinen Terminkalender mit. Ich muss ihn aus Versehen irgendwie gelöscht haben.«

Als Amber eintrat, blickte Daphne auf und sagte:»Siehst du, Amber? Was in aller Welt würde er ohne dich tun? Jackson hat mir gerade erzählt, wie du den Laden hier auf Vordermann bringst.«

»Was liegt heute Nachmittag an, Amber? Meine Frau möchte mich zum Lunch ausführen.«

Amber zückte ihr iPhone und wischte über den Touchscreen. »Sieht aus, als hättest du um viertel vor eins ein Geschäftsessen mit Margot Samuelson von Atkins Insurance.« Das stimmte nicht, aber Amber sah es gar nicht ein, Jackson und Daphne gemeinsam zum Lunch gehen zu lassen. Dann wandte sie sich zu Daphne um.»Es tut mir so leid, dass du umsonst gekommen bist.«

Daphne erhob sich von ihrem Stuhl.»Mach dir keine Gedanken. Ich musste wegen eines Stiftungstreffens heute Morgen ohnehin in die Stadt. Kein Problem.« Dann schlenderte sie hinter den Schreibtisch und gab Jackson einen Kuss.»Sehen wir uns heute Abend?«

»Aber gewiss doch. Ich bin zum Essen zu Hause.«

»Ausgezeichnet. Wir haben dich vermisst.«

Anschließend brachte Amber sie zur Tür, wo Daphne sie innig umarmte.»Ich bin so froh, dass er heute Abend nach Hause kommt. Die Mädchen vermissen ihn. Er verbringt noch immer so viel Zeit in der Stadtwohnung. Bist du sicher, dass dir nichts aufgefallen ist? Irgendwer, der ihn ständig hier anruft oder so?«

»Glaub mir, Daphne – niemand ruft an oder kommt vorbei. Als ihr alle am See wart, habe ich sogar einmal in der Wohnung geschlafen und keinen Hinweis gefunden, dass außer Jackson noch irgendjemand dort gewesen wäre. Im Augenblick ist hier einfach die Hölle los. Solche Zeiten hatte es doch bestimmt schon mal gegeben.«

»Ja, die gab's. Aber diesmal kommt es mir irgendwie anders vor.«

»Ich glaube, du siehst Gespenster.«

»Danke, dass du mich wieder ein wenig auf den Boden holst.«

»Jederzeit.«

Als Daphne gegangen war, marschierte Amber schnurstracks in Jacksons Büro. »Was wollte sie denn?«

»Sie wollte mit mir zu Mittag essen, genau wie sie gesagt hat.«

»Ihr wart ganz schön lange hier drin. Was hat das zu bedeuten?«

»Hey. Sie ist schließlich meine Frau, falls du das vergessen hast.«

Amber versuchte, so ruhig wie möglich zurückzurudern. »Ich weiß doch, verzeih mir. Es ist nur so …« Sie stockte und tat, als würde sie mir den Tränen ringen. »Es ist nur so, dass du mir so unheimlich viel bedeutest – und ich den Gedanken nicht ertragen kann, wie du mit einer anderen zusammen bist.«

Jackson stemmte sich aus seinem Chefsessel und breitete die Hände aus. »Komm her, du kleine Bedenkenträgerin.« Sie glitt in seine Arme und schmiegte sich eng an ihn. »Hör auf, dir Sorgen zu machen. Alles wird gut werden, das verspreche ich dir.«

Amber hütete sich, ihn zu bedrängen und zu fragen, wie und wann denn alles gut werden würde. »Fährst du heute Abend zurück nach Connecticut?«

Er wich zurück, die Hände noch immer auf ihren Schultern, und blickte ihr tief in die Augen. »Ich muss. Und außerdem will ich schauen, ob daheim alles in Ordnung ist. Daphne wirkt, als hätte sie Probleme.«

»Ja, das ist mir auch schon aufgefallen. Sie hat zugenommen, nicht?«, ergänzte Amber.

»Sie macht einen nachlässigen Eindruck, das sieht ihr gar nicht ähnlich. Ich will auch nach den Mädchen gucken, mich vergewissern, dass alles okay ist.«

230

Amber wand sich zurück in seine Arme. »Ich werde dich schrecklich vermissen.«

Er löste sich sanft von ihr und ging zur Bürotür. Als Amber den Riegel im Schloss klicken hörte, hatte sie den Reißverschluss ihres Rocks bereits geöffnet.

34

Jackson hatte Amber eine Überraschung angekündigt. Der Chauffeur holte sie im Apartment ab und fuhr sie zum Flughafen Teterboro, wo der Privatjet schon bereitstand. Als Amber den Flugplatz sah, drehte sie sich zu Jackson und fragte: »Was hast du denn vor?«

Jackson zog sie zu sich heran. »Wir machen eine kleine Reise.«

»Eine Reise? Wohin? Ich habe überhaupt nichts zum Anziehen dabei.«

»Das weiß ich. Aber wir werden sowieso nicht viel angezogen sein«, lachte er.

»Jackson!« Amber tat entrüstet. »Jetzt im Ernst. Ich habe nicht das Geringste eingepackt.«

»Mach dir keine Sorgen – wozu gibt es denn Geschäfte in Paris.«

»Paris?«, stieß sie hervor. »O Jackson. Wir fliegen nach Paris?«

»In die romantischste Stadt der Welt.«

Amber löste ihren Gurt, glitt auf Jacksons Schoß und küsste ihn. Fast hätten sie sich noch im Wagen die Kleider vom Leib gerissen, doch inzwischen war die Limousine vor der Gangway zum Stehen gekommen.

Jackson ließ von ihr ab. »Da wären wir«, sagte er und machte die Tür auf.

Sie gingen an Bord, und während Jackson mit dem Piloten sprach, schaute Amber sich um. Die einzigen Flugzeuge, mit denen sie je geflogen war, waren enge Passagiermaschinen mit unzähligen, dicht gedrängten Sitzreihen gewesen, und natürlich hatte sie nie woanders als in der Touristenklasse gesessen. Selbst als sie damals mit den Parrishs in London gewesen war, hatten sie eine Linienmaschine genommen. Sie wusste, dass es so etwas wie Privatjets gab, hatte sich aber nie vorstellen können, wie sie genau aussahen.

Beide Seiten des Flugzeugs waren mit samtweichen, in herrlichen Cremefarben gehaltenen Ledersofas gesäumt. Zudem gab es einen Großbildfernseher sowie einen Esstisch für vier Personen mit einer runden Kristallvase voller frischer Blumen. Hinter einer Tür verbarg sich ein prächtiges, mit einem großen Doppelbett ausgestattetes Schlafzimmer, und das Bad war fast ebenso verschwenderisch eingerichtet wie das im Apartment. Tatsächlich kam es Amber vor, als befände sie sich in einer kleineren, wenngleich kaum weniger luxuriösen Version der New Yorker Stadtwohnung.

Jackson schlich sich von hinten an sie heran und legte ihr die Arme um die Hüften. »Gefällt's dir?«

»Wie könnte es mir nicht gefallen?«

»Komm mit«, befahl er.

Er führte sie ins Schlafzimmer und riss die Schranktür auf. Dann wies er auf die Unmenge von Kleidern, die dort hingen, und erklärte: »Sieh sie einfach durch und schau, welche du behalten möchtest. Behalte sie alle, wenn sie dir gefallen.«

»Wann hast du das denn alles organisiert?«

»Ich habe mich letzte Woche drum gekümmert«, gab er zurück.

Amber trat zum Schrank hinüber und ging die Bügel der Reihe nach durch, begutachtete die Kleider, Tops, Hosen, Blazer und Pullis, an denen noch die Preisschilder baumelten. Wie es schien, hatte er sie alle nur für sie gekauft. Fieberhaft entledigte sie sich ihres Kleides, kickte ihre Schuhe von sich und zog ein Kleidungsstück nach dem anderen heraus, um es anzuprobieren.

Jackson ließ sich auf dem Bett nieder. »Ich hoffe, du hast nichts dagegen, wenn ich mir diese kleine Modenschau ansehe?«

»Nicht im Geringsten.«

Sie probierte jedes einzelne Stück an und führte es Jackson vor, der sie allesamt für gut befand. Kein Wunder, schließlich hatte er sie ja ausgesucht.

»Oben auf dem Regal sind auch noch Schuhe«, merkte er an.

»Du denkst wirklich an alles, oder?«

»Stimmt genau.«

Amber hob den Blick und zählte fünfzehn Schuhkartons, darauf Namen, von denen sie bislang nur geträumt hatte. Jedes Paar kostete in etwa so viel wie ihre Monatsmiete, manche sogar mehr. Als sie bei den weißen kristallbesetzten Jimmy-Choo-Wildlederpumps mit Straußenfedern angekommen war, glitt sie hinein, zog alles andere aus und schlüpfte in das exquisite rotschwarze Spitzenkorsett, das er ihr gekauft hatte. Sie fühlte sich wie ein Filmstar – mit ihren teuren Kleidern, dem Privatjet und dem wunderschönen Mann, der sich nach ihrem Körper verzehrte.

Dann schlenderte sie zu Jackson hinüber, der noch immer auf dem Bett saß, fuhr ihm mit der Hand durchs Haar und presste sein Gesicht an ihre Brust. Sie stieß ihn rücklings auf Bett und ließ ihren Zauber wirken. Gleich würde sie alles geben, um ihn in eine andere Welt der Lust und Hingabe zu entführen.

Später aßen sie im Kerzenschein zu Abend, Amber noch immer in ihren High Heels, nun jedoch mit einem seidenen Morgenmantel über ihrem nackten Körper.

»Ich sterbe vor Hunger«, sagte sie, als sie in ihr Filet Mignon schnitt.

»Kein Wunder. Du hast bestimmt fast fünftausend Kalorien verbrannt.«

234

»Wenn ich doch nur für immer mit dir im Bett bleiben könnte, ohne essen oder atmen zu müssen – ich wäre die glücklichste Frau der Welt.« Sie durfte keine Gelegenheit auslassen, seinem Ego zu schmeicheln.

Jackson hob sein Weinglas. »Nun, das wäre sicher die perfekte Welt, meine hungrige kleine Sexsüchtige.«

Als sie auf dem Flughafen Le Bourget von Bord gingen, stand schon eine Limousine bereit, um sie ins Hotel Plaza Athénée zu bringen. Amber liebte das Hotel mit seinen roten Markisen und den purpurnen Blumensträußen überall, besichtigte den legendären Weinkeller – über 35 000 Flaschen! – und ließ sich im Spa des Dior Instituts verwöhnen. Sie schlenderten über die Champs-Élysées und aßen in kleinen lauschigen Cafés mit gedämpftem Licht vorzüglich zu Abend. Der Eiffelturm raubte ihr den Atem. Die schiere Größe des Louvre mit seinen Meisterwerken überwältigte sie. Sie war tief bewegt von der Erhabenheit Notre Dames und wie verzaubert vom bernsteinfarbenen Schimmer, in den die glimmenden Laternen die Stadt in der Dämmerung tauchten. Und während ihrer gesamten Reise ließ sie Jackson jede Sekunde spüren, wie männlich und aufregend sie ihn fand.

Die Tage in Paris waren viel zu schnell vergangen, befand Amber, als sie den Privatjet bestiegen, um den Rückflug anzutreten. Die nächste Stunde über saß sie schweigend da, während Jackson einen Stapel Papiere aus seiner Aktentasche holte und begann, die Ränder mit Notizen zu versehen. Als er fertig war, ging sie zu ihm hinüber und setze sich neben ihn.

»Das war die schönste Woche meines Lebens. Du hast mir eine ganz neue Welt eröffnet.«

Jackson lächelte, erwiderte aber nichts.

»Es war himmlisch, dich für mich allein zu haben. Ich hasse den Gedanken, dich mit Daphne teilen zu müssen.«

Jacksons Miene verfinsterte sich, und Amber wusste sofort,

dass sie einen Fehler begangen hatte. Sie hätte Daphne nicht erwähnen dürfen. Jetzt dachte er wieder an seine Frau und die Mädchen. Mist. Normalerweise unterliefen ihr solche Patzer nicht. Zur Schadensbegrenzung würde sie sich etwas einfallen lassen müssen.

»Ich habe nachgedacht«, erklärte er schließlich. »Was würdest du von einem eigenen Apartment in New York halten?«

Sie war völlig perplex. »Was soll ich damit? Ich wohne gern in Connecticut. Und wenn ich mit dir in New York bleiben will, haben wir doch deine Wohnung.«

»Aber das wird auf Dauer zu kompliziert. Wenn du ein eigenes Apartment hättest, könntest du auch deine Sachen dalassen. Du müsstest nicht immer deine Kleidung verstecken oder sie aus dem Haus schaffen, wenn Daphne in die Stadt kommt.«

Amber wollte keine Wohnung für sich allein. Sie wollte Jackson für sich allein.

Als sie nicht antwortete, fuhr Jackson fort. »Ich würde sie dir selbstverständlich kaufen. Wir würden sie gemeinsam einrichten, dir alle Bilder und Bücher kaufen, die du magst. Es wäre unser kleines Liebesnest, unser Versteck. Nur für uns ganz allein.«

Ihr Versteck? Sie wollte überhaupt nicht versteckt werden. Ganz im Gegenteil, sie wollte im Rampenlicht stehen. Als die neue Mrs. Jackson Parrish.

»Ich weiß nicht, Jackson. Vielleicht ist es dafür noch zu früh. Davon abgesehen, würde sich Daphne denn nicht fragen, wo ich das Geld für ein Apartment in New York herhätte? Und was ist mit Gregg? Im Moment kann ich ihn mir noch vom Leib halten, aber wenn ich auf einmal zur hippen New Yorkerin mutiere, werde ich wohl kaum noch die Unschuld vom Lande spielen können. Daphne zuliebe müssen wir diese Farce weiter aufrechterhalten, obwohl es mir zunehmend schwerer fällt, Gregg abzuweisen. Ein paarmal habe ich ihn schon aufgehalten, als er mit feierlicher Miene mit mir reden wollte. Ich glaube, er ist drauf und dran, mir einen Antrag zu machen.«

Jackson stieg die Zornesröte ins Gesicht – genau, wie Amber gehofft hatte. »Hast du mit ihm geschlafen?«

»Wie bitte? Ist das dein Ernst?« Sie nahm ihre Serviette vom Schoß und feuerte sie auf den Tisch. »Ich bin fertig.« Dann sprang sie auf und stampfte wutentbrannt ins Bad. Sie würde sich nicht beiseiteschieben lassen. Sie befürchtete, ihr ganzer schöner Plan könnte den Bach runtergehen. Im Moment war Jackson ihr mit Haut und Haaren verfallen, kaufte ihr teure Dinge und nahm sie mit auf Luxusreisen, aber sie wollte mehr – viel mehr. Und sie würde verdammt noch mal nicht zulassen, dass ihr irgendwas oder irgendwer in die Quere kam. Schon gar nicht jetzt, wo sie schon lange genug überfällig war, um sich Hoffnungen zu machen.

35

Der große Tag war gekommen. Amber war nun in der zehnten Woche und konnte es nicht mehr für sich behalten. Jackson hatte sie in dem Glauben gelassen, sie würde die Pille nehmen, sie hatte sich sogar ein Rezept besorgt und jeden Tag eine Tablette aus der Packung genommen, damit er keinen Verdacht schöpfte. Doch das einzige Medikament, das sie genommen hatte, war Clomid gewesen, ein Fruchtbarkeitspräparat. Wahrscheinlich wäre das gar nicht nötig gewesen, aber sicher war sicher. Sie musste unbedingt schwanger werden, bevor er genug von ihr bekam. Bei der Vorstellung, sie könne Zwillinge zur Welt bringen, war ihr zunächst etwas mulmig geworden, schließlich hatte sie sich aber gedacht: Wenn eins gut war, wären zwei umso besser.

Beim letzten Arztbesuch hatte sie gehofft, das Geschlecht zu erfahren, aber dafür war es offenbar noch zu früh. Dank ihrer in etlichen Abendkursen erworbenen Computerkenntnisse war es ihr geglückt, das Ultraschallbild so zu manipulieren, dass es wie ein Junge aussah. Jedenfalls würde sie ihm das weismachen können. Und sobald sie seinen Ring am Finger hatte, wäre es ohnehin zu spät, um etwas dagegen zu unternehmen.

Nach der Arbeit hatte sie noch einen Zwischenstopp bei Babesta eingelegt und ein bedrucktes Lätzchen gekauft – Daddys kleiner Junge –, das sie ihm heute Abend nach dem Sex schenken wollte. Dann würde er Daphne endlich verlassen, und sie könnte dieser Farce ein Ende bereiten und aufhören, so zu tun, als wären sie Freundinnen.

Sie konnte es kaum erwarten, Daphnes Gesicht zu sehen,

wenn sie herausfand, dass Amber schwanger war. Es würde ihr fast so viel Spaß bereiten, wie Bella zu eröffnen, dass sie bald nicht mehr das Nesthäkchen sein würde. *Platz da, Kleine, du bist Schnee von gestern.* Wenn sie erst einmal Mrs. Parrish war, wären die Tage der beiden Gören gezählt. Was Amber betraf, könnten sie auch auf irgendein Billigcollege gehen. Aber eins nach dem anderen, erst einmal musste sie Jackson dazu bringen, Daphne zu verlassen.

***

Als Jackson in die Wohnung gekommen war, hatte Amber ein schwarzes Lederkorsett mit Nietenhalsband getragen. Daphne hatte an einem ihrer letzten Ausgehabende über Jacksons zunehmend ausgefallenere Vorlieben beim Sex geklagt. Doch als Amber Einzelheiten wissen wollte, war die verklemmte Zicke rot geworden und hatte etwas von Fesselspielchen genuschelt. Amber hatte ihm etwas auf den Zahn gefühlt und herausgefunden, dass er sich nach mehr Abenteuer im Bett sehnte. Mehr als bereitwillig hatte sie seine Wünsche erfüllt, war mit ihm online auf Einkaufstour gegangen, und sie hatten gemeinsam jede Menge spannendes Sexspielzeug bestellt. Sie hatte ihn ermutigt, seine Grenzen auszutesten, fest entschlossen, alles Erdenkliche zu tun, um Daphne im Vergleich zu ihr prüde und langweilig dastehen zu lassen. Die Sextoys bewahrte sie in einer Schublade im Gästezimmer auf, in der vagen Hoffnung, Daphne würde sie beim Herumschnüffeln entdecken und Amber könnte sich auf ihre Kosten amüsieren. Aber Daphne verlor ihr gegenüber nie auch nur ein Wort darüber.

»Das war unglaublich.« Sie kuschelte sich an ihn. »Wenn ich Daphne wäre, würde ich dich nie wieder aus meinem Bett lassen.« Dann biss sie ihm ins Ohrläppchen.

»Ich möchte nicht über Daphne reden«, flüsterte er.

Sie begann zu kichern. »Aber sie redet gern über dich.«

Jäh setzte er sich auf und zog die Stirn in Falten. »Was willst du damit sagen?«

»Ach, nichts. Nur das übliche Ehefrauengemecker. Nichts Besonderes.«

»Ich will es wissen. Was hat sie gesagt?«, herrschte er sie scharf an.

Sie wich ein Stück zurück, um sein Gesicht besser sehen zu können, und erklärte, während ihre Finger grazile Muster auf seine Brust malten: »Och, nur 'ne Menge Gejammer darüber, dass sie an einem Punkt in ihrem Leben angekommen sei, an dem sie ihre Ruhe haben wolle und du sie dauernd zum Ausgehen drängen würdest. Sie würde viel lieber zu Hause bleiben und alte *Law-&-Order*-Folgen glotzen. Ich habe ihr erzählt, wie froh sie doch sein kann, mit dir etwas zu erleben, aber sie hat nur den Kopf geschüttelt und gemeint, sie sei langsam zu alt dafür, sich die Nächte mit Essenseinladungen und Galas um die Ohren zu schlagen.« Das war natürlich glatt gelogen, aber wenn schon. Er würde es nie herausfinden.

Sie studierte seine Reaktion und registrierte mit Genugtuung, wie sich sein Kiefer verkrampfte.

»Ich habe es nicht gern, wenn ihr beiden über mich sprecht.« Dann glitt er vom Bett und warf sich den seidenen Morgenmantel über.

Noch immer splitternackt huschte Amber zu ihm hinüber und schmiegte sich eng an ihn. »Wir reden gar nicht über dich, ich schwör's. Sie klagt nur immerzu, und dann verteidige ich dich und wechsle das Thema. Ich vergöttere dich, das weißt du doch.« Sie hoffte, er würde ihr glauben.

Jackson kniff die Augen zusammen, wirkte wenig überzeugt.

Daraufhin wechselte sie die Taktik. »Ich glaube, Daphne fühlt sich einfach fehl am Platze. Du bist so brillant und gebildet. Du kennst dich so gut mit Kunst und Kultur aus, und sie …

nun, sie ist eher ein schlichtes Gemüt. Es fällt ihr einfach immer schwerer, den Schein zu wahren.«

»Schon möglich«, brummelte er.

»Komm wieder ins Bett. Ich habe eine Überraschung für dich.«

»Ich bin gerade nicht in Stimmung«, erwiderte er kopfschüttelnd.

»Okay. Dann gehen wir eben ins Wohnzimmer. Du bekommst ein Geschenk«, sagte sie aufmunternd und nahm seine Hand.

Doch Jackson riss sich los. »Sag mir nicht, was ich tun oder lassen soll. Du klingst langsam selbst wie eine nörgelnde Ehefrau.«

Tränen der Wut schossen Amber in die Augen. Wie konnte er es wagen, so mit ihr zu sprechen? Sie schluckte ihren Ärger herunter und säuselte mit sanfter Stimme: »Es tut mir wirklich leid, Schatz. Möchtest du einen Drink?« Sie durfte ihm auf keinen Fall zeigen, wie stinksauer sie in Wahrheit war.

»Den mach ich mir schon selbst.«

Sie beschloss, ihm nicht zu folgen, setzte sich stattdessen hin und blätterte eine Zeitschrift nach der anderen durch, um ihm genügend Zeit zu geben, sich zu beruhigen. Nach etwa einer Stunde holte sie die kleine goldfarbene Tasche mit dem Lätzchen aus dem Schrank und nahm sie mit hinüber ins Wohnzimmer. Jackson saß auf einem der Esszimmerstühle, er schmollte noch immer.

»Bitte schön.«

»Was ist das?«

»Mach's auf, Dummerchen.«

Er riss das Geschenkpapier entzwei und zog das Lätzchen hervor. Dann blickte er verdutzt zu ihr auf.

Sie ergriff seine Hand und legte sie sich auf den Bauch. »Da drinnen wächst dein Baby.«

Er starrte sie mit offenem Mund an. »Du bist schwanger?«

Sie nickte. »Ja. Erst konnte ich's selbst nicht glauben, wo ich doch die Pille nehme. Ich wollte nichts sagen, bevor ich nicht ganz sicher war. Da ist noch was drin.«

Daraufhin fischte er abermals in dem Päckchen herum und fand das Ultraschallbild.

»Das ist unser Sohn«, verkündete sie mit einem Siegerlächeln.

»Ein Junge? Bist du dir da sicher?«

»Hundertprozentig.«

Breit grinsend sprang er auf und wirbelte sie in die Luft.

»Das sind ja wunderbare Neuigkeiten. Ich hatte schon nicht mehr damit gerechnet, je einen Sohn zu bekommen. Nun musst du mich dir aber eine Wohnung hier kaufen lassen.«

War das sein Ernst? »Eine Wohnung?«

»Aber natürlich. Du kannst doch jetzt nicht weiter in diesem Loch hausen.«

Das Blut pochte ihr in den Ohren. »Du hast recht, Jackson. Das kann ich nicht. Und ich möchte auch nicht, dass mein Sohn hier aufwächst und sich ständig fragt, wieso ihn sein Vater in irgendeiner finsteren Gasse versteckt hält. Er braucht eine Familie. Ich werde zurück nach Nebraska gehen.«

Sie drehte sich um und stampfte aus dem Zimmer.

»Amber, warte!«

Rasch schlüpfte sie in ein Paar Jeans, streifte sich ein Sweatshirt über und fing an, eine Reisetasche zu packen. Glaubte er tatsächlich immer noch, sie wie sein kleines schmutziges Geheimnis behandeln zu können, jetzt, da sie ihm einen Thronfolger schenkte? Glaubte er wirklich, sie würde zulassen, dass Daphne weiter vor aller Augen die zauberhafte Mrs. Parrish gab, während sie sich in seinem Büro wie eine Sklavin abrackerte und er zu heimlichen Stippvisiten bei seinem Sohn vorbeischneite? Zum Teufel mit ihm.

»Was hast du vor?«

»Ich gehe! Ich dachte, du liebst mich. Wie dumm von mir. Und das, obwohl Daphne dir keinen Sohn schenkt, wenn sie auch schwangerer aussieht als ich.«

Er packte ihre Hände. »Hör auf damit. Du hast recht, das war gefühllos von mir. Lass uns drüber reden.«

»Was gibt es da zu reden? Entweder gründen wir eine Familie oder nicht.«

Er ließ sich auf dem Bett nieder und fuhr sich mit den Fingern durchs Haar. »Ich muss nachdenken. Wir finden eine Lösung. Denk nicht mal dran, fortzuziehen.«

»Sie weiß gar nicht, was sie an dir hat, Jackson. Daphne hat mir erzählt, dass sie jedes Mal zusammenzuckt, wenn du sie berührst. Aber ich liebe dich wirklich. Alles, was ich will, ist, dich zu umsorgen, die Ehefrau zu sein, die du verdienst. Für mich wirst du immer Vorrang haben – selbst vor diesem Kind hier. Du bist mein Ein und Alles.« Dann kniete sie vor ihm nieder, wie er es so gerne mochte, und zeigte ihm, wie sehr sie ihn verehrte. Als sie fertig war, zog er sie eng an sich.

»Na, wie war das, Daddy?«

Jackson schenkte ihr ein abgründiges Lächeln, stand auf und betrachtete erneut das Ultraschallbild. Sanft zeichnete er mit seinen Finger die Umrisse nach.

»Mein Sohn.« Er blickte Amber an. »Weiß noch jemand davon? Deine Mutter, irgendwelche Freundinnen?«

Sie schüttelte den Kopf. »Natürlich nicht. Ich wollte, dass du es als Erster erfährst.«

»Gut, dann behalte es erst einmal für dich. Ich muss einen Weg finden, aus dieser Ehe herauszukommen, ohne dass Daphne mich ausnimmt wie eine Weihnachtsgans. Wenn sie herausfindet, dass du schwanger bist, könnte mich das eine Stange Geld kosten.«

Amber nickte. »Verstanden. Von mir wird keine Menschenseele etwas erfahren.«

Er saß noch eine Weile da, so konzentriert, dass Amber sich kein Wort zu sagen traute.

Endlich stand er auf und begann, im Zimmer auf und ab zu schreiten. »Okay. So werden wir's machen: Du schaffst all deine Sachen aus diesem Apartment, und wir bringen dich fürs Erste in einer Mietwohnung unter. Wenn Daphne Verdacht schöpft, darf sie unter keinen Umständen etwas von dir hier finden.«

»Aber Jackson«, jammerte sie, »ich will nicht in irgendeine scheußliche Mietwohnung. Ich wäre dort ganz allein.«

Jäh hielt er im Gehen inne und funkelte sie unwirsch an. »Was soll das heißen, ›scheußliche Mietwohnung‹? Für was für einen Geizkragen hältst du mich eigentlich? Wenn du keine Wohnung möchtest, dann mieten wir dir eben eine große Suite im Plaza. Da hast du Leute, die dir jeden Wunsch von den Lippen ablesen.«

»Aber was ist mit dir? Wann werden wir uns sehen?«

»Wir müssen jetzt vorsichtig sein, Amber. Ich werde etwas mehr Zeit zu Hause verbringen müssen. Du weißt schon, um jeglichen Verdacht zu zerstreuen. Und du musst aufhören zu arbeiten, sobald man dir etwas ansieht. Verschwinde von der Bildfläche, damit Daphne ja nichts davon zu Ohren kommt.«

»Und was soll ich ihr sagen? Sie wird doch erst recht stutzig, wenn ich sie nicht mehr sehen will.«

Jackson biss sich einmal auf die Lippe, dann nickte er. »Du sagst einfach, jemand in deiner Familie sei krank geworden und du müsstest eine Auszeit nehmen, um auszuhelfen.«

Der Plan wurde ja immer schlimmer. Sie würde mutterseelenallein in irgendeinem Hotel versauern und sich darauf verlassen müssen, dass er sein Wort hielt. Es fühlte sich an, als würde man sie ohne Paddel oder Schwimmweste in einem Boot aussetzen, allein den Wellen und Jacksons Launen ausgeliefert.

»Ich will nicht in ein unpersönliches Hotel. Es würde mir nicht guttun, an einem fremden Ort zu wohnen, der sich nicht wie ein Zuhause anfühlt. Und es wäre auch nicht gut für das Baby.«

Er stieß einen Seufzer aus. »Na gut. Dann mieten wir eben eine Wohnung. Eine wirklich schöne, wo du dich wie zu Hause fühlst. Du kannst dir dafür kaufen, was immer du willst.«

Amber ließ sich alles einige Minuten durch den Kopf gehen. Vermutlich war es der beste Deal, den sie im Moment bekommen konnte. »Und wie lange?«

»Schwer zu sagen. Ein paar Monate vielleicht? Bis dahin sollten wir alles geregelt haben.«

Furcht und Wut ergriffen sie, was ihr das Weinen leicht machte. »Ich hasse das, Jackson. Ich liebe dich so sehr, und nun müssen wir getrennt sein. Ich sitze alleine in irgendeinem Apartment, das uns nicht einmal gehört. Das macht mir solche Angst, dann fühle ich mich wieder wie damals, als ich klein war und wir dauernd umziehen mussten, weil wir die Miete nicht bezahlen konnten.« Amber schniefte und wischte sich die Tränen von der Wange, in der Hoffnung, ihn mit diesem rührseligen Märchen umstimmen zu können.

Jackson starrte sie lange und durchdringend an. »Willst du denn, dass ich alles verliere? Du wirst mir vertrauen müssen.«

Mist, er biss nicht an. Sie musste sich auf seinen Plan einlassen und hoffen, dass er zu seinem Wort stand, bis ihr etwas Besseres einfiel. Aber was, wenn er sich als Lügner herausstellen sollte? Was dann? Sie wäre genauso am Arsch wie damals, als sie aus Missouri abgehauen war. Sie würde nicht zulassen, dass er sie und das Kind in ihrem Bauch einfach wegwarf, selbst wenn sie diesmal zu krasseren Mitteln würde greifen müssen. Amber ließ sich nicht mehr bescheißen. Damit war es aus und vorbei.

Teil II

DAPHNE

36

Ich hatte nicht immer Angst vor meinem Mann. Es gab eine Zeit, da liebte ich ihn. Damals, als er noch gütig war – oder zumindest so tat. Damals, bevor ich wusste, wie es sich anfühlt, mit einem Monstrum zu leben.

Als ich Jackson kennenlernte, war ich sechsundzwanzig. Ich hatte gerade mein Aufbaustudium in Sozialarbeit abgeschlossen und war mitten in der Planungsphase für die Stiftung, die ich Julie zu Ehren gründen wollte. Ich hatte einen Job gefunden und arbeitete seit sechs Monaten in der Geschäftsführung von Save the Children. Hier konnte ich tun, was ich liebte, und hatte zugleich die Möglichkeit, alles zu lernen, was ich eines Tages brauchen würde, um meine eigene Stiftung zu leiten.

Eine Kollegin stellte den Kontakt mit Parrish International her, einer Immobilienfirma, die im Ruf stand, wohltätige Zwecke zu unterstützen. Jackson war für seine Philanthropie bekannt, und ihr Vater war einer seiner Geschäftsfreunde. Ich hatte damit gerechnet, von irgendeinem Nachwuchsmanager abgewimmelt zu werden. Stattdessen erhielt ich einen Termin bei Mr. Parrish höchstpersönlich, der so ganz anders war als der harte Topmanager, von dem ich gelesen hatte. Er gab sich liebenswürdig und humorvoll und schien von Anfang an bemüht, mir jedwedes Unbehagen zu nehmen. Als ich ihm von meinen Plänen für die Stiftung und meinen persönlichen Beweggründen erzählte, bot er zu meiner Verblüffung auf der Stelle an, Julie's Smile komplett zu finanzieren. Drei Monate später hatte ich meinen Job gekündigt und war Vorsitzende meiner eigenen

Wohltätigkeitsorganisation. Jackson hatte ein Kuratorium zusammengestellt, dem er auch selbst angehörte, die nötigen Gelder zur Verfügung gestellt und Büroräume für mich gefunden. Unsere Beziehung war noch immer rein beruflich – ich wollte meine Stiftung nicht gefährden, und, um ganz ehrlich zu sein, fürchtete ich mich auch ein klein wenig vor ihm. Mit der Zeit jedoch, als aus geschäftlichen Mittagessen geschäftliche Abendessen wurden, schien es völlig natürlich – wenn nicht gar unvermeidlich –, dass unser Verhältnis eine persönlichere Note annahm. Mit seiner rückhaltlosen Unterstützung meiner Sache hatte er mich zugegebenermaßen ziemlich beeindruckt. Also nahm ich seine Einladung an, bei ihm zu Hause darauf anzustoßen.

Als ich das riesige Anwesen mit dreißig Zimmern zum ersten Mal sah, war ich schier überwältigt – welch ein Reichtum, welch ein Überfluss. Er lebte in Bishops Harbor, einem idyllischen Dreißigtausendseelenstädtchen am Ufer des Long Island Sound. Doch die Einkaufsmeile konnte es problemlos mit dem Rodeo Drive in Beverly Hills aufnehmen, mit lauter Geschäften, die mein Budget haushoch überstiegen, und blankgefegten Straßen, auf denen fast nur ausländische Wagen vorüberrollten. Die wenigen amerikanischen Autos schienen dem Hauspersonal zu gehören. Die Häuser der Gegend, die sich an der Küstenlinie reihten, waren allesamt hochherrschaftlich, weit von der Straße zurückgesetzt, mit hohen Zäunen von der Außenwelt abgeschirmt und umsäumt von Wiesen, deren Grün derart saftig schimmerte, dass es fast schon unecht wirkte. Nachdem Jacksons Fahrer in die lange Zufahrt eingebogen war, dauerte es sicher eine Minute, bis ich das Haus sehen konnte. Mir stockte der Atem. Und als wir durch die imposante Eingangshalle marschierten, unter einem Kronleuchter hindurch, der ebenso gut im Buckingham Palace hätte hängen können, rang ich mir ein angespanntes Lächeln ab. War es möglich, dass Menschen tatsächlich so lebten? Ich weiß noch, dass ich dachte, wie viele Arztrechnungen man von dieser Verschwendung um mich herum bezahlen könnte – jene Rechnungen, die Mukoviszidose-Familien, die sich tagtäglich abrackerten, an den Rand des Bankrotts brachten.

»Sehr schön haben Sie es hier.«

»Freut mich, dass es Ihnen gefällt«, hatte er mit verdutzter Miene geantwortet, das Hausmädchen gerufen, um mir meinen Mantel abzunehmen, und mich dann auf die Terrasse eskortiert, wo uns in einem Außenkamin ein loderndes Feuer erwartete und sich mir ein spektakulärer Blick über den Long Island Sound eröffnete.

Ich fühlte mich von ihm angezogen – wie hätte es anders sein können? Jackson Parrish war zweifelsohne attraktiv, das schwarze, dichte Haar der perfekte Rahmen für seine funkelnden Augen, blauer als die Karibik. Nicht weniger als eine fleischgewordene Frauenfantasie, mit Mitte dreißig schon Chef seiner eigenen Firma, die er aus dem Nichts aufgebaut hatte, großzügig und wohltätig, beliebt in der Gemeinde, charmant, auf jungenhafte Weise gut aussehend – kurzum: nicht der Typ Mann, der sich mit jemandem wie mir abgeben würde. Außerdem war er als Playboy verschrien. Die Frauen, mit denen er ausging, waren allesamt Models und Promis. Frauen, die mir in puncto Eleganz und Charme weitaus überlegen waren. Genau deshalb war ich von seinem Interesse mit gegenüber wohl auch so überrascht.

Entspannt genoss ich den malerischen Blick über den Sound und den salzigen Duft der Seeluft, als er mir einen pinkfarbenen Cocktail reichte.

»Das ist ein Bellini. Wenn Sie den trinken, werden Sie glauben, es wäre Sommer.« Eine regelrechte Geschmacksexplosion erfüllte meinen Mund, die fruchtige Mischung aus herber Säure und verlockender Süße war betörend.

»Wie köstlich.« Ich sah hinaus auf den Sonnenuntergang über dem Wasser, der den ganzen Himmel in prächtige Rosa- und Violett-Töne tauchte. »Von diesem Blick können Sie bestimmt nie genug bekommen.«

Er lehnte sich zurück, und schon die leichte Berührung seines Oberschenkels an meinem machte mich benommener, als es der Alkohol je hätte tun können.

»Niemals. Ich bin in den Bergen aufgewachsen und hatte keine Ahnung, welch eine Zauberkraft das Meer entfalten kann, bis ich in den Osten gezogen bin.«

»Sie stammen aus Colorado, stimmt's?«

»Sie haben sich wohl über mich informiert, wie?«, erwiderte er lächelnd.

Ich nahm noch einen Schluck und fragte, vom Alkohol ermutigt: »Nun, Sie scheuen ja nicht gerade die Öffentlichkeit.« Mir schien, als könne ich kaum die Zeitung aufschlagen, ohne etwas über das Unternehmer-Wunderkind Jackson Parrish zu lesen.

»In Wahrheit führe ich ein recht zurückgezogenes Leben. Wenn man so erfolgreich ist wie ich, wird es schwer, herauszufinden, wer seine wahren Freunde sind. Ich muss aufpassen, wen ich an mich heranlasse.« Er nahm mein Glas und füllte es erneut. »Aber genug von mir. Ich möchte mehr über Sie erfahren.«

»Ich fürchte, ich bin nicht sonderlich interessant. Ein Mädchen aus einer Kleinstadt eben. Nichts Besonderes.«

Dann schenkte er mir ein verschmitztes Lächeln und sagte: »Na ja, wenn Sie es für nichts Besonders halten, mit vierzehn schon einen großen Artikel zu veröffentlichen. Der Aufsatz im is-Magazin über Ihre Schwester und ihren mutigen Kampf gegen Mukoviszidose hat mich tief beeindruckt.«

»Wow. Anscheinend haben auch Sie Ihre Hausaufgaben gemacht. Wie haben Sie den Artikel entdeckt?«

Jackson zwinkerte mir zu. »Ich habe da so meine Quellen.

Er war sehr berührend. Sie und Julie wollten also gemeinsam auf die Brown University gehen?«

»Ja, schon von klein auf. Nach ihrem Tod hatte ich das Gefühl, es unbedingt schaffen zu müssen. Für uns beide.«

»Das muss hart gewesen sein. Wie alt waren Sie, als Ihre Schwester starb?«

»Achtzehn.«

Er legte seine Hand auf meine. »Sie wäre bestimmt sehr stolz auf Sie. Und auf alles, was Sie tun, Ihr ganzes Engagement. Die Stiftung wird vielen Menschen helfen.«

»Ich bin Ihnen so dankbar. Ohne Ihre Hilfe hätte ich Jahre gebraucht, um so weit zu kommen.«

»Das habe ich gerne getan. Sie können sich glücklich schätzen, Julie gehabt zu haben. Ich habe mich immer gefragt, wie es wohl gewesen wäre, mit Geschwistern aufzuwachsen.«

»Als Einzelkind müssen Sie sich manchmal einsam gefühlt haben«, merkte ich an.

Ein abwesender Blick trat in seine Augen. »Mein Vater hat ständig nur gearbeitet, und meine Mutter hatte ihre ganzen Verpflichtungen mit ihrer Wohltätigkeitsarbeit. Ich habe mir immer einen Bruder gewünscht, mit dem ich hätte Football spielen oder ein paar Körbe werfen können.« Jackson zuckte mit den Schultern. »Aber was soll's, eine Menge Leute haben es viel schlechter getroffen.«

»Was macht Ihr Vater denn beruflich?«

»Er war Geschäftsführer von Boulder Insurance. Ein ziemlich verantwortungsvoller Job. Aber mittlerweile ist er in Rente. Mein Mutter war Hausfrau.«

Ich wollte nicht zu neugierig sein, aber er schien reden zu wollen. »War?«

Plötzlich stand er auf. »Sie ist bei einem Autounfall ums Leben gekommen. Es wird ein bisschen kühl hier draußen. Wollen wir nicht reingehen?«

Auch ich erhob mich, schon leicht beschwipst und wacklig auf den Beinen, sodass ich an der Stuhllehne Halt suchen musste. Dann wandte er sich zu mir um, die Augen voller Glut, streichelte mir die Wange und flüsterte: »Wenn du bei mir bist, fühle ich mich überhaupt nicht einsam.«

Mir fehlten die Worte, und er hob mich hoch, trug mich ins Haus und hinauf in sein Bett.

An manches, was in dieser ersten Nacht geschah, kann ich mich nur noch schemenhaft erinnern. Ich hatte nicht vorgehabt, mit ihm zu schlafen – hielt es noch viel zu früh dafür. Doch ehe ich michs versah, waren wir nackt und wälzten uns auf den Laken. Er sah mir dabei immerzu in die Augen. Ich fand das verstörend, hatte das Gefühl, als würde er mir mitten in die Seele blicken, konnte aber dennoch nicht wegsehen. Hinterher war er sehr liebevoll und zärtlich, schlief sogar in meinen Armen ein. Ich betrachtete sein Gesicht im Mondschein und strich mit dem Finger über seine Wangenknochen. Ich wollte all seine traurigen Erinnerungen tilgen und ihm all die Liebe und Geborgenheit geben, die er als Kind vermisst hatte. Dieser wunderschöne, starke und erfolgreiche Mann hatte mir seine Ängste und Verletzungen anvertraut. Er brauchte mich. Und für mich gibt es nichts Verlockenderes, als gebraucht zu werden.

Am nächsten Morgen wachte ich mit rasenden Kopfschmerzen auf. Ich fragte mich, ob ich nur eine seiner vielen Eroberungen war, ob wir, nun, da er mich ins Bett bekommen hatte, wieder zum Status quo zurückkehren, wieder reine Geschäftspartner sein würden. Würde er mich nur in die Trophäensammlung seiner Ex-Geliebten einreihen oder sollte dies der Beginn einer Beziehung sein? Ich hatte Angst, er könnte mich mit seinen Glamourgirls vergleichen – ein Vergleich, dem ich niemals standhalten würde. Als hätte er meine Gedanken gelesen, wachte er auf, stützte sich auf einen Ellbogen und strich mir mit seiner anderen Hand sanft über die Brust. »Wie schön, dass du hier bist.«

Ich lächelte. »Ich wette, das sagst du zu allen Frauen.«

Seine Miene verfinsterte sich, und er zog die Hand zurück. »Nein, das stimmt nicht.«

»Entschuldigung.« Ich holte tief Luft. »Ich bin ein wenig nervös.«

Daraufhin küsste er mich, mit fordernder Zunge, seinen Mund fest auf meinen gepresst. Dann wich er zurück und strich mit dem Handrücken über meine Wange. »Bei mir musst du nicht nervös sein. Ich werde mich gut um dich kümmern.«

Ein Wechselbad der Gefühle überkam mich. Das ging alles so furchtbar schnell. Ich wand mich aus seinen Armen. »Ich muss los. Sonst komme ich noch zu spät«, stieß ich angespannt hervor.

Doch er zog mich zurück ins Bett. »Du bist der Boss, erinnerst du dich? Du bist niemandem Rechenschaft schuldig außer dem Stiftungsrat.« Und schon lag er wieder auf mir, hielt mich mit seinem hypnotischen Blick fest in seinem Bann. »Und dem Stiftungsrat ist es egal, ob du zu spät kommst. Bitte bleib. Ich möchte dich nur noch ein wenig länger in den Armen halten.«

Alles begann so vielversprechend. Aber dann, als hätte sich ein winziger Kiesel in die Windschutzscheibe gebohrt, wurden aus einem feinen Sprung allmählich tiefe Risse, die sich ausbreiteten, bis es nichts mehr zu reparieren gab.

37

Mit jemandem auszugehen, in der Hoffnung, ihn oder sie dadurch wirklich kennenzulernen, ist ein heilloses Unterfangen. Wenn deine Hormone Tango tanzen und du dich magisch von ihm angezogen fühlst, geht dein Hirn auf Tauchstation. Jackson war alles, was ich brauchte, auch wenn ich es vorher selbst nicht gewusst hatte.

Bei der Arbeit war alles wie immer, nur dass von Zeit zu Zeit ein verträumtes Lächeln über meine Lippen huschte und meine Gedanken abschweiften – zurück zu unserer gemeinsamen Nacht. Stunden später hörte ich vor meinem Büro aufgeregte Stimmen und sah auf. Ein junger Typ rollte polternd einen Karren voller Blumenvasen mit roten Rosen herein.

Meine Sekretärin Fiona kam wild gestikulierend hinter ihm her. »Jemand hat dir Rosen geschickt. Eine Menge Rosen.«

Ich stand auf und quittierte den Empfang. Zwölf Vasen. Eine stellte ich auf meinen Schreibtisch, dann sah ich mich in meinem kleinen Büro um, unschlüssig, was ich mit dem Rest anstellen sollte. Da es keine weiteren Abstellflächen gab, reihten wir die übrigen Vasen einfach auf dem Boden auf.

Als der Blumenbote verschwunden war, schloss Fiona die Tür, setzte sich mir gegenüber in den Sessel und sagte: »Okay, nun spuck's schon aus.«

Eigentlich hatte ich niemandem von Jackson erzählen wollen. Jedenfalls jetzt noch nicht. Ich wusste ja nicht einmal selbst, was das alles zu bedeuten hatte. Dann griff ich in einen der Sträuße und fischte die Karte heraus.

*Deine Haut ist zarter als diese Blüten. Vermisse dich jetzt
schon.*

J

Sie standen überall. Es waren einfach zu viele. Der übersüße
Duft der Blumen überwältigte mich und schlug mir auf den
Magen.

Fiona stierte mich noch immer mit verdutzter Miene an. »Na
los, jetzt sag schon!«

»Jackson Parrish.«

»Wusst ich's doch!«, stieß sie triumphierend hervor. »So wie
der dich angesehen hat, als er die Büros besichtigt hat, wusste
ich, dass es nur noch eine Frage der Zeit war.« Das Kinn in
die Hand gestützt, beugte sie sich zu mir vor. »Ist es was Ernstes?«

»Keine Ahnung«, antwortete ich kopfschüttelnd. »Ich mag
ihn, aber ich weiß es nicht.« Ich zeigte auf die Blumen. »Er
übertreibt's ein wenig.«

»O ja, was für ein Mistkerl, dass er dir all diese wunderschönen Blumen schickt.« Dann stand sie auf und öffnete die
Tür.

»Fiona?«

»Ja?«

»Nimm doch ein paar davon mit rüber auf deinen Schreibtisch. Ich weiß nicht, was ich mit dem Rest machen soll.«

Fiona schüttelte den Kopf. »Klar, Boss. Aber eins muss ich
dir sagen: So leicht wie die Blumen wirst du den nicht mehr
los.«

Ich musste wieder an die Arbeit. Um Jackson würde ich mich
später kümmern. Gerade, als ich zum Telefon greifen wollte,
um einen Anruf zu machen, riss Fiona erneut die Tür auf. Sie
war kreidebleich.

»Deine Mutter ist dran.«

Ich schnappte mir den Hörer. »Mom?«

»Daphne, du musst nach Hause kommen. Dein Vater hatte einen Herzinfarkt.«

»Wie schlimm ist es?«, stieß ich hervor.

»Komm einfach so schnell du kannst.«

38

Mein nächster Anruf galt Jackson. Sobald ich ihm gesagt hatte, was geschehen war, übernahm er das Ruder.

»Daphne, alles wird gut. Tief durchatmen. Bleib, wo du bist. Ich bin schon auf dem Weg.«

»Aber ich muss sofort zum Flughafen. Einen Flug finden. Ich ...«

»Ich bring dich hin. Keine Sorge.«

Ich hatte vergessen, dass er einen Privatjet besaß. »Würdest du das tun?«

»Hör mir zu. Bleib da. Ich mache mich sofort auf den Weg, um dich abzuholen. Wir fahren kurz bei dir vorbei, packen ein paar Sachen ein und sind in etwa einer Stunde in der Luft. Einfach atmen.«

An den Rest kann mich nur noch vage erinnern. Ich tat alles, was er sagte, schmiss ein paar Klamotten in den Koffer, befolgte seine Anweisungen, bis ich in der Maschine saß und krampfhaft seine Hand hielt, während ich aus dem Fenster sah und betete. Mein Vater war doch erst neunundfünfzig – unmöglich, dass er sterben würde.

Als wir auf einem Privatflugplatz in New Hampshire gelandet waren, erwartete uns bereits Marvin, einer der Kellner aus der Pension meiner Eltern. Wahrscheinlich habe ich sie einander vorgestellt, oder aber Jackson hat gleich das Heft in die Hand genommen. Ich weiß es nicht mehr. Alles, woran ich mich erinnere, ist dieses leere Gefühl in der Magengrube, die furchtbare Ahnung, dass ich vielleicht nie wieder mit meinem Vater würde sprechen können.

Auch im Krankenhaus übernahm Jackson das Kommando. Er fand heraus, wer Dads Arzt war, warf einen kritischen Blick in sein Zimmer und ließ ihn umgehend ins St. Gregory's verlegen, die große Klinik rund eine Autostunde von unserer Kleinstadt entfernt. Heute bin ich mir sicher, dass er gestorben wäre, wenn Jackson nicht sofort die Inkompetenz seiner behandelnden Ärzte im Kreiskrankenhaus und die mangelhafte technische Ausstattung aufgefallen wäre.

Jackson ließ einen New Yorker Herzspezialisten einfliegen, der kurz nach uns in der Klinik eintraf und bei seiner Untersuchung herausfand, dass mein Vater überhaupt keinen Herzinfarkt erlitten hatte, sondern eine Aortendissektion. Er erklärte uns, dass die Gefäße seiner Hauptschlagader gerissen seien, und mein Vater sterben würde, wenn er ihn nicht umgehend operiere. Schuld daran war offenbar sein hoher Blutdruck. Die verschleppte Diagnose, gab der Kardiologe zu bedenken, habe seine Überlebenschance auf fünfzig Prozent vermindert.

Jackson sagte sämtliche Termine ab und wich nicht von meiner Seite. Ich war davon ausgegangen, dass er spätestens nach einer Woche wieder zurück nach Connecticut fliegen würde. Doch er hatte andere Pläne.

»Ihr Mädels bleibt schön hier in der Klinik«, gebot er meiner Mutter und mir. »Es ist alles längst mit deinem Vater besprochen. Ich fahr rüber in die Pension und sorge dafür, dass alles wie gewohnt läuft.«

»Und was ist mit deiner Firma? Wirst du da denn nicht gebraucht?«

»Das meiste kann ich fürs Erste auch von hier aus erledigen. Ich habe die Abläufe etwas umorganisiert. Und ein paar Wochen Abwesenheit werden mich nicht gleich in den Ruin treiben.«

»Bist du dir da sicher? Wir haben einige Angestellte, die eine Weile einspringen könnten.«

Er schüttelte den Kopf. »Ich kann mein Unternehmen von jedem Ort der Welt aus leiten, aber in der Gastronomie muss man an Ort und Stelle sein. Wenn der Chef nicht da ist, kehrt der Schlendrian ein. Ich möchte nicht riskieren, dass man die Dinge schleifen lässt, bis dein Vater nach Hause zurück kann und deine Mutter wieder alles unter Kontrolle hat.«

Meine Mutter warf mir einen dieser Blicke zu, die sagten: *Lass den ja nicht mehr von Haken, Kleine.* Dann legte sie Jackson eine Hand auf die Schulter. »Vielen Dank, mein Lieber. Ich weiß, wie sehr es Ezra beruhigen wird, zu wissen, dass du da bist.«

Mit Jackson-typischer Effizienz und Autorität stürzte er sich in die Arbeit und stellte sicher, dass alles glatt lief – ja, vieles lief gar besser als bei meinen Eltern. Die Vorräte wurden aufgefüllt, er überwachte die Angestellten und sorgte sogar dafür, dass die Vogelhäuschen niemals leer waren. Eines Abends, als Personal knapp war, kam ich zurück in die Pension und sah ihn von Tisch zu Tisch gehen und Bestellungen entgegennehmen. Das war der Moment, an dem es um mich geschehen war. Meiner Mutter fiel ein Stein vom Herzen, und als sie mitbekam, welch großartige Arbeit er machte, konnte sie beruhigt im Krankenhaus bleiben, ohne sich unentwegt darum zu sorgen, was daheim in der Pension vor sich ging.

Am Ende des Monats stand meine Mutter ebenso in seinem Bann wie ich.

»Ich glaube, du hast den Richtigen gefunden, Liebling«, wisperte sie mir eines Abends zu, als Jackson gerade das Zimmer verlassen hatte.

Wie war ihm das nur gelungen? fragte ich mich. Er vermittelte uns das Gefühl, als wäre er schon immer da gewesen, schon immer Teil unserer Familie. All meine Bedenken ihm gegenüber lösten sich in Luft auf. Er war gar kein selbstverliebter Playboy. Er war ein Mann mit Rückgrat und Charakter. Binnen weniger Wochen hatte er sich unentbehrlich gemacht.

39

Dad war zurück aus dem Krankenhaus, noch schwach, aber auf dem Weg der Besserung. Jackson und ich flogen nach New Hampshire, um Weihnachten mit meiner Familie zu verbringen. Mein Vetter Barry und seine Frau Erin würden mit ihrer Tochter ebenfalls da sein, und wir freuten uns alle darauf, gemeinsam zu feiern.

Als wir Heiligabend ankamen, fiel der Schnee in dicken Flocken, und Neuengland zeigte sich von seiner idyllischsten Seite. Die gesamte Pension war festlich geschmückt. Beim Gottesdienst in der kleinen Kirche, in die wir solange ich denken kann jeden Sonntag gingen, überkam mich ein Gefühl tiefer Ruhe. Mein Herz schien vor Dankbarkeit zu bersten. Mein Vater hatte überlebt, und ich war verliebt. Es kam mir vor wie im Märchen – mir war der schöne Prinz begegnet, an den ich nie geglaubt hatte. Jackson bemerkte meinen Blick und lächelte mich auf diese unnachahmliche Weise an, seine kobaltblauen Augen strahlten vor Bewunderung, und ich konnte kaum glauben, dass er tatsächlich mir gehörte.

Als wir zurück in die Pension kamen, köpfte mein Vater eine Flasche Champagner und schenkte uns allen ein Glas ein. Dann legte er den Arm um meine Mutter und verkündete: »Ich möchte, dass ihr wisst, wie viel es mir bedeutet, euch alle hier zu haben. Noch vor wenigen Monaten war ich mir nicht sicher, ob ich das nächste Weihnachtsfest erleben würde.« Er wischte sich eine Träne von der Wange und erhob sein Glas. »Auf die Familie. Auf alle, die hier sind, und auf unsere liebe Julie im Himmel. Fröhliche Weihnachten.«

Ich trank einen Schluck, schloss die Augen und sandte meiner Schwester meinen ganz eigenen, stillen Weihnachtsgruß. Sie fehlte mir immer noch so sehr.

Zur Bescherung ließen wir uns neben dem Baum auf den Sofas nieder. Einer von meinen Eltern ersonnenen Familientradition zufolge erhielt jeder nur drei Geschenke – in Anlehnung an die Gaben, die die Heiligen Drei Könige dem Jesuskind darbrachten. Auch für Jackson lagen drei Päckchen unter dem Baum, und ich war meiner Mutter dankbar, dass sie an ihn gedacht hatte. Die Geschenke waren allesamt bescheiden, aber mit Bedacht gewählt – ein Pulli, den meine Mutter extra für ihn gestrickt hatte, eine Beethoven-CD und ein kleines handbemaltes Segelboot als Schmuck für seinen Weihnachtsbaum zu Hause. Jackson hielt sich den Fischerpullover gleich vor die Brust.

»Ich liebe ihn. Der wird mich im Winter schön warm halten.« Dann stand er auf und trat zum Baum hinüber. »Jetzt bin ich an der Reihe.« Mit sichtlicher Freude überreichte er allen die Präsente, die er für sie ausgesucht hatte. Was es war, wusste ich nicht, denn er hatte darauf bestanden, uns zu überraschen. Ich hatte ihm lediglich gesagt, dass wir uns nur Kleinigkeiten schenken würden, und ihn gebeten, es nicht zu übertreiben. Er begann mit meiner damals achtjährigen Nichte. Für sie hatte er ein entzückendes silbernes Bettelarmband mit Disneyfiguren, und sie war außer sich vor Freude. Barry und Erin bekamen einen Bluetooth-Lautsprecher von Bose, das Beste vom Besten. Langsam wurde ich ein wenig nervös, ich dachte an das Buch über Oldtimer, das sie ihm geschenkt hatten, und wie sie sich nun wohl fühlen würden. Jackson schien nichts davon zu bemerken, aber an Barrys Miene ließ sich ablesen, wie unangenehm es ihm war.

Dann zog Jackson etwas aus seiner Innentasche hervor, kniete vor mir nieder und reichte mir eine in glänzende Folie verpackte Schachtel. Mein Herz schlug mir bis zum Hals. Passierte das alles wirklich? Mit bebenden Händen riss ich die Verpackung auf. Ein schwarzes Samtkästchen kam zum Vorschein, und ich ließ den Deckel aufschnappen.

Es war ein Ring, tatsächlich. Bis zu dem Augenblick war mir gar nicht klar gewesen, wie sehr ich mir genau das wünschte. »O Jackson. Er ist wunderschön.«

»Daphne, würdest du mir die Ehre erweisen, meine Frau zu werden?«

Meine Mutter rang nach Luft und schlug dann die Hände zusammen.

Ich fiel ihm um den Hals. »Ja! Ja!«

Anschließend steckte er mir den Ring an den Finger.

»Er ist zauberhaft. Und so groß.«

»Du verdienst nur das Beste. Er hat sechs Karat, und einen Brillantschliff. Makellos. Wie du.«

Er passte wie angegossen. Ich streckte die Hand aus, drehte sie mal in die eine, mal in die andere Richtung. Meine Mutter und Erin kamen zu mir herüber, bestaunten den Ring und raunten mir bewundernd zu.

Mein Vater hingegen hielt sich im Hintergrund, ungewohnt schweigsam, und mit unergründlicher Miene. »Meint ihr nicht, dass das etwas zu schnell geht?«, gab er schließlich zu bedenken.

Alle verstummten. Ein grimmiger Ausdruck huschte über Jacksons Züge. Doch schon einen Wimpernschlag später hoben sich seine Mundwinkel zu einem Lächeln, und er trat hinüber zu meinem Vater.

»Sir, ich kann Ihre Einwände bestens verstehen. Aber ich liebe Ihre Tochter seit der Sekunde, als ich sie zum ersten Mal gesehen habe. Ich werde sie wie eine Königin behandeln. Ich hoffe inständig, dass Sie uns Ihren Segen geben.« Dann streckte er meinem Vater die Hand hin.

Es wurde totenstill und alle Augen ruhten auf den beiden. Endlich ergriff mein Vater Jacksons Hand.

»Willkommen in unserer Familie, Junge«, sagte er lachend, doch ich sah, dass dieses Lachen nicht ganz bis zu seinen Augen reichte.

Jackson schüttelte ihm kraftvoll die Hand und sah ihn dabei eindringlich an. »Vielen Dank, Sir.«

Dann zog er mit feierlich-selbstzufriedener Miene etwas aus seiner Hosentasche. »Das wollte ich mir für den Schluss aufheben.« Er reichte Dad einen Umschlag.

Mein Vater öffnete ihn, und ich sah, wie seine Mundwinkel herabsanken. Irritiert gab er Jackson das Kuvert zurück und fügte hinzu: »Das ist zu viel.«

Meine Mutter trat zu ihm hinüber. »Was ist es denn, Ezra?«

Jackson antwortete: »Ein neues Dach. Ich habe gesehen, dass das jetzige an einigen Stellen undicht ist. Sobald es Frühling wird, können die Handwerker anfangen.«

»Nun, wirklich sehr aufmerksam von dir, aber Ezra hat völlig recht, Jackson, das ist viel zu viel.«

Er legte den Arm um mich und grinste sie beide an. »Unsinn. Ich gehöre doch jetzt zur Familie. Und in einer Familie hilft man einander. Ein Nein kommt überhaupt nicht infrage.«

Ich begriff nicht, warum sie so stur waren. Ich hielt das Geschenk für eine wunderbare Geste und wusste, dass es Jackson kein Loch in die Kasse fressen würde.

»Mom, Dad, gebt euch einen Ruck und lasst euren Yankee-Stolz beiseite«, scherzte ich. »Es ist ein wunderbares Geschenk.«

Mein Vater starrte Jackson unverwandt an. »Ich weiß das wirklich zu schätzen, mein Junge, aber das ist nicht die Art und Weise, wie ich mein Geschäft betreibe. Schließlich ist es mein Haus, und ich lasse mir ein neues Dach draufsetzen, wann und wie ich es für richtig halte. Und jetzt möchte ich nichts mehr davon hören.«

Jacksons Unterkiefer spannte sich an, und er nahm seine Hand von meiner Schulter. Er schien vor meinen Augen förmlich in sich zusammenzufallen, steckte den Umschlag wieder in die Tasche und sagte ganz leise, es war kaum mehr als ein Flüstern: »Nun habe ich Sie beleidigt, wo ich Ihnen doch nur einen Gefallen tun wollte. Bitte verzeihen Sie mir.«

Mit gesenktem Kopf linste er beschämt zu meiner Mutter, wie ein kleiner Junge, der etwas ausgefressen hatte. »Ich wollte doch nur Teil eurer Familie sein. Der Tod meiner Mutter war so schwer für mich.«

Meine Mutter hastete zu ihm hinüber und nahm ihn in den Arm. »Aber, Jackson, natürlich gehörst du zur Familie.« Sie warf meinem Vater einen missbilligenden Blick zu. »Und in der Familie hilft man einander. Wir nehmen dein Geschenk gerne an.«

Da sah ich es zum ersten Mal – dieses winzige Lächeln, das seine Lippen umspielte, und jenen Blick in seinen Augen, der nur eines verkündete: *Sieg.*

40

Wenngleich er sich von der Operation erholt hatte, ging es meinem Vater nicht gut, und ich wusste nicht, wie viel Zeit ihm noch bleiben würde. Das war einer der Gründe, wieso wir so schnell heirateten: Ich wollte sichergehen, dass er mich noch zum Altar führen konnte. Die Hochzeit war einfach und bescheiden. Mein Vater bestand darauf, für alles aufzukommen, und ließ, so inständig Jackson ihn auch darum bat, nicht zu, dass dieser auch nur einen Cent beisteuerte. Jackson hätte gerne eine pompöse Hochzeit in Bishops Harbor gehabt und all seine Geschäftsfreunde eingeladen. Erst als ich vorschlug, wir könnten nach unserer Rückkehr aus den Flitterwochen eine große Party feiern, ließ er sich besänftigen.

Im Februar wurden wir getraut – in der kleinen presbyterianischen Kirche, deren Gemeinde meine Familie seit Generationen angehörte. Der anschließende Empfang fand in unserer Pension statt. Auch Jacksons Vater hatte sich zur Hochzeit angekündigt, und allein der Gedanke an dieses Treffen machte mich furchtbar nervös. Sein Vater würde in weiblicher Begleitung anreisen, was Jackson überhaupt nicht gefiel. Er würde sie mit seinem Privatjet einfliegen und von einer Limousine samt Fahrer zur Pension bringen lassen.

»Ich kann nicht glauben, dass er diesen grinsenden Hohlkopf mitschleppt. Im Grunde sollte er sich noch gar nicht mit Frauen treffen.«

»Jackson, jetzt bist du aber ein wenig streng, oder?«

»Sie ist ein Niemand. Er verhöhnt das Andenken meiner Mutter. Sie ist eine *Kellnerin*.«

Ich dachte an die wunderbaren Frauen, die im Speiseraum unserer Pension arbeiteten und spürte, wie sich etwas in mir sträubte. »Was ist so schlimm daran, Kellnerin zu sein?« Er seufzte. »Überhaupt nichts, wenn man noch studiert. Aber sie ist über sechzig, und mein Vater ein vermögender Mann. Sie schmeißt sich womöglich nur seines Geldes wegen an ihn ran.« In meinem Magen machte sich ein ungutes Gefühl breit. »Wie gut kennst du sie denn?«

Er zuckte mit den Schultern. »Ich habe sie erst einmal getroffen. Als ich vor einigen Monaten geschäftlich in Chicago zu tun hatte, waren wir zusammen essen. Sie war laut und nicht besonders helle. Sie hing förmlich an seinen Lippen. Meine Mutter hatte ihren eigenen Kopf.«

»Bist du sicher, dass es dir nicht einfach schwerfällt, ihn mit jemand anderem als mit deiner Mutter zu sehen? Du hast mir erzählt, wie nah ihr euch standet. Es ist bestimmt nicht leicht, mit anzuschauen, wie jemand ihren Platz einnimmt.«

Er lief rot an vor Wut. »Meine Mutter ist unersetzbar. Diese Frau wird ihr nie das Wasser reichen können.«

»Es tut mir leid. So habe ich es nicht gemeint.«

Über seine Eltern hatte er mir nicht viel erzählt, außer, dass sein Vater ein Workaholic war, der, als Jackson klein war, niemals Zeit für ihn gehabt hatte. Als Einzelkind hatte er vermutlich ein ausgesprochen enges Verhältnis zu seiner Mutter gehabt. Ihr Tod ein Jahr zuvor musste ihn schwer getroffen haben, und soweit ich es beurteilen konnte, war der Schmerz noch immer sehr frisch. Also schob ich den unliebsamen Gedanken, der mir durch den Kopf ging – dass Jackson ein ausgemachter Snob war –, rasch beiseite und sprach seine Reaktion allein der Trauer über seine Mutter zu. Als ich Flora dann kennenlernte, kam sie mir recht nett vor, und sein Vater wirkte glücklich. Meinen Eltern gegenüber gaben sie sich ausgesprochen herzlich. Alle verstanden sich ausgezeichnet.

Auf dem Weg zum Altar war mein einziger Gedanke, wie glücklich ich mich doch schätzen konnte, die große Liebe gefunden zu haben und nun mit Jackson ein neues Leben zu beginnen.

***

»Meinst du nicht, es wäre langsam an der Zeit, das Geheimnis zu lüften?«, fragte ich ihn, als wir seine Maschine bestiegen, die uns in die Flitterwochen bringen würde. »Ich weiß noch nicht mal, ob ich die richtige Kleidung eingepackt habe.«

Daraufhin beugte er sich zu mir herüber und gab mir einen Kuss. »Dummerchen. Das halbe Flugzeug ist doch schon voller Koffer mit Sachen, die ich für dich gekauft habe. Überlass einfach alles mir.«

Hatte er mir tatsächlich neue Kleidung gekauft? »Wann hast du das denn gemacht?«

»Mach dir keine Sorgen, Liebes. Dinge im Voraus zu planen, gehört zu meinen Spezialitäten, das wirst du schon noch merken.«

Sobald wir auf unseren Plätzen saßen und ich einen Schluck Champagner getrunken hatte, probierte ich es erneut. »Sag schon, wann erzählst du's mir?«

Er zog die Blende meines Fensters nach unten. »Bei der Landung. Jetzt lehn dich zurück und ruh dich aus. Vielleicht kannst du ja sogar ein Stündchen schlafen. Und wenn du aufwachst, vergnügen wir uns ein wenig über den Wolken.« Dabei ließ er seine Hand an der Innenseite meiner Schenkel empor- und wieder hinabgleiten. Die Leidenschaft durchfuhr mich wie heiße Lava.

»Wieso vergnügen wir uns nicht gleich?«, flüsterte ich, die Lippen an sein Ohr gepresst.

Jackson grinste, und als ich ihm in die Augen blickte, sah ich dasselbe Verlangen, das auch mich gepackt hatte. Er stand auf, hob mich mit seinen kräftigen Armen hoch und trug mich ins Schlafzimmer, wo wir eng umschlungen aufs Bett fielen. Danach schliefen wir ein – ich kann nicht genau sagen, wie lange, doch kurz nachdem wir aufgewacht waren und uns ein weiteres Mal geliebt hatten, meldete sich der Pilot. In wenigen Minuten würden wir mit dem Landeanflug beginnen. Er vermied es tunlichst, den Ankunftsort zu nennen, doch als ich aus dem Fenster spähte, sah ich meilenweit nichts als tiefblaues Wasser. Wo auch immer wir waren, es musste das Paradies sein.

Jackson warf die Bettdecke beiseite, kam zu mir ans Fenster und schlang einen Arm um meine nackte Taille. »Siehst du das?« Er zeigte auf einen riesigen Berg, der wie ein imposanter Monolith aus dem Meer emporragte. »Das ist Mont Otemanu, einer der atemberaubendsten Anblicke der Welt. Und bald werde ich dir die ganze Schönheit Bora Boras zeigen.«

Polynesien, dachte ich und wandte mich zu ihm um. »Du warst schon mal hier?«

Dann küsste er mich auf die Wange und flüsterte: »Ja, mein Goldschatz. Aber noch nicht mir dir.«

Irgendwie war ich enttäuscht, wusste aber nicht recht, wie ich es in Worte fassen sollte. Schließlich sagte ich unbeholfen: »Ich habe gedacht, wir würden irgendwohin fliegen, wo bisher keiner von uns gewesen ist. Du weißt schon, damit wir alles gemeinsam erleben können, zum ersten Mal.«

Jackson zog mich aufs Bett hinab und zauste mir durchs Haar. »Ich bin schon viel gereist. Jeden Ort dieser Welt, der einen Besuch lohnt, habe ich gesehen. Oder wärst du lieber nach Davenport, Iowa, geflogen? Da war ich noch nicht. Du weißt schon, dass ich vor unserem Kennenlernen ein eigenes Leben hatte?«

»Aber natürlich«, erwiderte ich. »Mir wäre es nur lieber gewesen, wenn diese Wochen für uns neu gewesen wären – eine

Erfahrung, die nur wir beide teilen.« Am liebsten hätte ich ihn gefragt, ob er damals allein oder mit einer anderen Frau hier gewesen war, aber ich befürchtete, damit die Stimmung noch weiter zu vermiesen. »Bora Bora«, staunte ich stattdessen. »Ich hätte nie gedacht, dass ich mal hierherkommen würde.«

»Ich habe uns einen Bungalow direkt über dem Wasser gemietet. Du wirst es lieben, meine Süße.« Damit zog er mich erneut in seine Arme.

Als die Maschine auf dem Flughafen der winzigen Insel Motu Mute landete, saßen wir wieder in unseren Sitzen. Sobald sich die Türen geöffnet hatten, stiegen wir die Gangway hinab und wurden von freundlich lächelnden Insulanern begrüßt, die uns *Leis*, bunten Blütenschmuck, um den Hals legten. Ich streckte meine Hand nach Jacksons Kette aus.

»Dein *Lei* gefällt mir besser. Blau ist meine Lieblingsfarbe.«

Er nahm seine vom Hals und drapierte sie um meinen. »Dir steht sie ohnehin besser. Übrigens werden sie auf Bora Bora *Heis* genannt.«

Die warme, duftende Luft war berauschend. Der Ort hatte mich bereits völlig in seinen Bann gezogen. Ein Boot brachte uns schließlich zu unserem Bungalow, der eher einer opulenten schwimmenden Villa glich – mit Glasböden, die wunderbare Einblicke in das Meeresleben der Lagune boten.

Als auch unser Gepäck ankam, zogen wir uns erst einmal um. Ich schlüpfte in ein leichtes Sommerkleid, Jackson in eine dunkelblaue Hose und ein weißes Leinenshirt. In dem blütenweißen Hemd, das seinen braunen Teint unterstrich, sah er noch besser aus als sonst, falls das überhaupt möglich war.

Wir hatten es uns gerade auf der ausladenden Veranda gemütlich gemacht, als ein Kellner sein Auslegerkanu am Bungalow festmachte, um uns Champagner und Kaviar zu servieren. Verwundert starrte ich Jackson an und fragte: »Hast du das denn bestellt?«

Darauf sah er mich an, als wäre ich ein einfältiges kleines Bauernmädchen. »Das gehört zum Service, mein Liebling. Sie bringen uns alles, was wir wollen. Wenn wir hier zu Abend essen möchten, bringen sie es uns, ist uns nach Lunch, kriegen wir Lunch – was auch immer unser Herz begehrt.« Er löffelte einen Klacks Kaviar auf einen runden Cracker und hielt ihn mir vor den Mund. »Für mein Mädchen nur das Beste. Gewöhn dich dran.«

Ehrlich gestanden hatte ich weder Kaviar noch Champagner je viel abgewinnen können, aber anscheinend würde ich mich zwingen müssen, auf den Geschmack zu kommen.

Er nahm einen großen Schluck Champagner, und dann saßen wir einfach da und ließen uns die frische Brise ins Gesicht wehen, wie gebannt vom tiefen Türkis ringsum. Ich lehnte mich zurück, schloss die Augen und lauschte dem Geräusch der Wellen, die gegen die Pfähle schlugen.

»Für acht habe ich einen Tisch im La Villa Mahana reserviert«, sagte er.

Ich schlug die Augen auf und blinzelte ihn an. »Ach ja?«

»Ein kleines Schatzkästchen von einem Restaurant. Nur ganz wenige Tische. Du wirst es lieben.«

Einmal mehr überkam mich jenes Gefühl der Enttäuschung. Offensichtlich war er in diesem Restaurant bereits gewesen.

»Wahrscheinlich kannst du mir auch noch haargenau sagen, was die Spezialitäten auf der Karte sind und was davon ich bestellen sollte«, merkte ich etwas schnippisch an.

Er strafte mich mit einem kühlen Blick. »Wenn du nicht hinwillst, storniere ich die Reservierung wieder. Auf der Warteliste stehen sicher massenweise Paare, die den Tisch mit Kusshand nehmen würden.«

Ich kam mir vor wie ein undankbares Gör. »Verzeih mir. Ich weiß nicht, was mich geritten hat. Selbstverständlich gehen wir hin.«

Jackson hatte bereits ausgepackt und alles, was er mir gekauft hatte, sorgsam in den Schränken verstaut. Sämtliche Kleidungsstücke waren nicht nur ihrer Art nach geordnet, sondern auch penibel nach Farben sortiert. Auf dem obersten Regalbrett über der Stange standen Schuhe in allen erdenklichen Farben und Formen, flache und hochhackige Paare fein säuberlich getrennt. Es waren viel mehr Sachen, als unser Urlaub Tage hatte: Abendschuhe, Sandalen, Badeanzüge, Umhängetücher, Schmuck, legere Outfits für tagsüber und luftige Trägerkleider für die Abende.

Dann hielt er mir ein Kleid hin, lang, weiß mit schmalen Trägern und eingenähter Corsage. »Schau mal«, sagte er. »Das wäre doch perfekt für heute Abend, meine kleine Schönheit.«

Dass mir jemand sagte, was ich anziehen sollte, kam mir zwar reichlich seltsam vor, dennoch musste ich zugeben: Das Kleid war einfach fantastisch. Es saß wie angegossen, und die türkisfarbenen Ohrhänger, die er ausgewählt hatte, bildeten einen herrlichen Kontrast zum blütenweißen Stoff.

Am zweiten Abend blieben wir zu Hause und ließen uns das Abendessen mit dem Boot kommen. Wir saßen auf unserer Veranda und genossen das Essen ebenso wie die untergehende Sonne, deren letzte Strahlen den Himmel mit rosafarbenen und blauen Streifen versahen. Es war zauberhaft.

Und so ging es weiter. Einen Abend blieben wir im Bungalow, am nächsten aßen wir in einem der örtlichen Restaurants, dem Bloody Mary's, Mai Kai oder St. James. Jedes von ihnen hatte seine ganz eigene Atmosphäre, wobei mir das lockere Inselambiente im Bloody Mary's mit seinem Sandboden und dem köstlichen Rumkuchen ganz besonders gefiel. Selbst in den Toiletten lief man ausschließlich auf Sand. Wenn wir zum Essen ausgingen, schlenderten wir Hand in Hand den Strand entlang und liebten uns, sobald wir zurück waren. Aßen wir im Bungalow, fielen wir schon früher übereinander her – und unser Sex dauerte länger. Meine Haut bekam einen warmen Braunton und fühlte sich durch Sonne und Wasser sauber und straff an. Nie zuvor war ich mir meines Körpers so bewusst gewesen, hatte ihn auf solche Art genossen – das Streicheln seiner Hand, den wohligen Schauer, wenn wir uns vereinten und zu einem einzigen Wesen zu verschmelzen glaubten.

Jeder Moment war von ihm vorausgeplant, vom Schwimmen und Schnorcheln bis zu den Dschungeltouren und romantischen Abendessen. Wir liebten uns im Sand einer einsamen Bucht, in einem Boot in der Lagune und natürlich im Bungalow, unserem privaten, himmlischen Refugium. Er hatte an alles gedacht, selbst an die kleinsten Details. Und obgleich mich von Zeit zu Zeit ein merkwürdiges Bauchgefühl beschlich, so konnte ich doch nicht ahnen, dass sein Verlangen nach Ordnung und Kontrolle bald mein ganzes Leben bestimmen würde.

41

Als er heimkam, war ich bereits abfahrbereit und voller Vorfreude auf vier ungestörte Tage im Greenbrier Resort mit meinem Ehemann. Wir waren inzwischen gut drei Monate verheiratet. Mein Koffer lag auf dem Bett, und nachdem Jackson mir einen Begrüßungskuss gegeben hatte, ging er hinüber und öffnete ihn.

»Was machst du denn da? Dein Koffer steht da drüben«, bemerkte ich entgeistert und wies auf das zu meinem passende Gepäckstück vor seiner Kommode.

Er grinste mich amüsiert an. »Das weiß ich.« Dann begann er, in meinen Kleidungsstücken herumzuwühlen, und als er sah, was ich eingepackt hatte, runzelte er grimmig die Stirn.

Ich stand da und hätte ihm am liebsten angeherrscht, gefälligst die Finger von meinen Sachen zu lassen, brachte aber keinen Ton heraus. Wie versteinert beobachtete ich, wie er den gesamten Koffer durchsuchte und mich daraufhin fragend ansah.

»Ist dir eigentlich klar, dass das Greenbrier keine Hinterwäldlerabsteige ist, wie sie deine Eltern betreiben?«

Ich fuhr zusammen, als habe er mich geohrfeigt.

Er las meine Miene und lachte. »Ach, komm schon. So hab ich's nicht gemeint. Aber es ist nun mal das Greenbrier. Da gibt es einen Dresscode. Du wirst ein paar Cocktailkleider brauchen.«

Ich glühte vor Scham und Zorn. »Ich weiß, was das Greenbrier ist. Ich war sogar schon einmal da.« Das stimmte natürlich nicht, aber ich hatte es mir im Netz angeschaut.

Er hob die Brauen und musterte mich eine ganze Weile schweigend.

»Ach, tatsächlich? Wann soll das denn gewesen sein?«

»Das tut jetzt nichts zur Sache. Worauf ich hinaus will, ist, dass du meine Sachen nicht durchgucken musst, als wäre ich ein kleines Kind. Was ich eingepackt habe, ist absolut in Ordnung.«

Resigniert schlug er die Hände über dem Kopf zusammen. »Na schön, wie du willst. Aber komm später nicht heulend angerannt, wenn dir auffällt, dass du im Vergleich zu den anderen Frauen maßlos underdressed bist.«

Wutentbrannt drängte ich mich an ihm vorbei und zog den Reißverschluss zu. »Wir sehen uns unten.«

Ich wollte meinen Koffer gerade in die Hand nehmen und hinuntertragen, als Jackson mich zurückhielt. »Daphne.«

Ich fuhr herum. »Was ist denn?«

»Lass das. Dafür haben wir Personal.« Dann schüttelte er den Kopf und murmelte leise etwas vor sich hin.

Ich griff trotzdem nach meinem Gepäck. Der Gedanke, dass überall Leute bereitstanden, um etwas für mich zu tun, das ich problemlos auch selbst tun konnte, war mir noch immer fremd.

»Ich bin durchaus dazu imstande, meinen eigenen Koffer zu tragen«, zischte ich, preschte ins Arbeitszimmer und goss mir ein Glas Whiskey ein. In einem Zug stürzte ich es hinunter, schloss die Augen und holte tief Luft. Der Whiskey brannte, als er mir die Kehle herabbrann, bis mich ein Gefühl tiefer Ruhe durchströmte und ich dachte: So wird man also zur Alkoholikerin. Dann trat ich zum Fenster, und starrte eine Weile aufs Meer hinaus, was auch noch die letzten meiner flatternden Nerven bändigte.

Mit der Zeit lernte ich, dass emotionale Einschüchterung ebenso verstörend sein konnte wie körperliche. Immer mehr Kleinigkeiten gingen ihm auf die Nerven, und sosehr ich mich auch bemühte, ich konnte es ihm nie recht machen. Ständig hatte ich das falsche Weinglas ausgesucht, ein feuchtes Geschirrtuch auf dem Tisch vergessen oder einfach nur meinen Fön auf der Kommode liegen lassen. Was es mir noch schwerer machte, damit umzugehen, war die ständige Ungewissheit. Ich konnte nie sicher sein, welchen Jackson ich gerade vor mir hatte. Den mit dem unbeschwerten Lachen und dem charmanten Grinsen, der alle in Windeseile für sich einnahm? Oder den mürrisch dreinschauenden, an allem herumkrittelnden Jackson, der mir mit nur einem Blick bedeuten konnte, dass ich ihn schon wieder enttäuscht hatte? Er war ein Chamäleon, dessen Verwandlungen so rasch und nahtlos vonstattengingen, dass es mir zuweilen den Atem verschlug. Und jetzt hielt er mich noch nicht einmal für fähig, eigenhändig meinen Koffer zu packen.

Eine Hand auf meiner Schulter ließ mich zusammenfahren.

»Es tut mir leid.«

Weder drehte ich mich um, noch antwortete ich ihm.

Dann fing er an, meine Schultern zu massieren, kam immer näher, bis sein Mund auf meinem Hals lag und seine Lippen mir Schauer über den Rücken jagten. Ich wollte seine Zärtlichkeiten nicht erwidern, doch mein Körper verweigerte mir den Dienst.

»Du kannst so nicht mit mir reden. Ich bin nicht einer deiner Lakaien«, knurrte ich und wich zurück.

»Ich weiß. Du hast ja recht. Verzeih mir. Das ist alles etwas neu für mich.«

»Für mich doch auch. Aber trotzdem ...« Ich schüttelte den Kopf.

Er streichelte meine Wange. »Du weißt doch, wie ich dich verehre. Ich bin es nun einmal gewohnt, das Sagen zu haben. Gib mir etwas Zeit, mich umzugewöhnen. Ich möchte nicht, dass uns dieser Streit die Reise verdirbt.« Dann küsste er mich erneut, und ich spürte, wie mein Körper allmählich nachgab.

»Eigentlich interessiere ich mich auch mehr für das, was du an diesem Wochenende *nicht* trägst.«

Also ließ ich es dabei bewenden, und wir gaben uns der Begierde hin.

Bei unserer Ankunft waren wir wieder bester Laune, und als ich die prächtige Suite mit den tiefroten Teppichen und Wänden, dicken grauen Vorhängen, reich verzierten Spiegeln und kunstvollen Gemälden betrat, fühlte ich mich in eine andere Zeit zurückversetzt. Alles hier war riesig, etwas steif und ein wenig einschüchternd. Es gab einen großen Esstisch, an dem gut und gerne zehn Gäste Platz hatten, ein hochformelles Wohnzimmer und drei Schlafzimmer. Plötzlich begann ich zu zweifeln, ob ich tatsächlich die passende Kleidung eingepackt hatte.

»Es ist wunderschön, aber wozu brauchen wir eine derart große Suite? Wir sind doch nur zu zweit.«

»Für dich nur das Beste. Ich wollte nicht, dass wir uns in eines dieser kleinen Löcher quetschen müssen. Hattest du beim letzten Mal vielleicht eins von denen?«

Ich versuchte mir eines der Zimmer von der Website in Erinnerung zu rufen und machte eine abschätzige Geste. »Ach, damals hatte ich eins von den ganz normalen Zimmern.«

»Ach, wirklich? Und wann war das noch mal?« Er schmunzelte mich belustigt an, doch seine Augen verrieten etwas ganz anderes – blanken Zorn.

»Was macht das für einen Unterschied?«

»Weißt du, ich hatte einmal einen besten Freund. Von klein auf waren wir unzertrennlich. Einmal, als wir auf dem College waren, wollten wir mit seiner Familie übers Wochenende campen fahren. Doch am Abend vorher rief er mich an und sagte kurzfristig ab – meinte, er sei krank. Am Montag dann fand ich heraus, dass er mit seiner Freundin in einer Bar gewesen war.« Er lief ungeduldig auf und ab, während er sprach. »Und weißt du, was ich getan habe?«

»Was denn?«

»Ich habe seine Freundin verführt, sodass sie wegen mir mit ihm Schluss gemacht hat und sie dann anschließend beide abserviert.«

Das Blut gefror mir in den Adern. »Das ist ja furchtbar. Was hatte das arme Mädchen dir denn getan?«

Er lächelte. »Das mit dem Mädchen war nur ein Scherz. Aber ich habe ihm die Freundschaft gekündigt.«

Ich wusste nicht mehr, was ich glauben sollte. »Wieso erzählst du mir das alles?«

»Weil ich glaube, dass du mich anlügst. Und wenn ich eines nicht ertragen kann, dann ist es, belogen zu werden. Verkauf mich nicht für dumm. Du bist noch nie hier gewesen. Gib es lieber zu, bevor es zu spät ist.«

»Zu spät wofür?«, fragte ich, weit mutiger als mir eigentlich zumute war.

»Zu spät, dir weiter zu vertrauen.«

Dann brach ich in Tränen aus. Er trat zu mir herüber und nahm mich in den Arm.

»Ich wollte nur nicht, dass du denkst, ich wäre noch nie irgendwo gewesen, wo es schön ist. Oder würde nichts von dem kennen, was für dich so selbstverständlich ist.«

Er hob mein Kinn und küsste mir die Tränen fort. »Aber mein Liebling, du brauchst mir doch nichts vorzuspielen. Ich liebe es, dir neue Dinge zu zeigen. Du musst mich nicht beeindrucken. Mir gefällt es doch, dass alles für dich so neu ist.«

»Es tut mir leid, dass ich gelogen habe.«

»Versprich mir, dass es nie wieder vorkommt.«

»Versprochen.«

»Nun, in Ordnung. Ist ja alles gut. Lass uns auspacken, und dann führe ich dich herum.«

Als ich meine bescheidenden Kostümchen neben seine maßgeschneiderten Anzüge und Krawatten in den Schrank hängte, wurde mir etwas flau zumute, und ich drehte mich zu ihm um. »Wollen wir nach dem Rundgang vielleicht noch ein paar Sachen kaufen gehen?«, fragte ich.

»Steht schon auf der Liste«, lautete seine Antwort.

Die folgenden zwei Tage waren wundervoll. Wir gingen reiten, blieben stundenlang im Spa und konnten im Bett nie genug voneinander bekommen. An unserem letzten Morgen, wir wollten gerade zum Frühstück aufbrechen, klingelte plötzlich das Telefon. Es war meine Mutter.

»Mom?« Ich hatte schon an ihrer Begrüßung gehört, dass etwas nicht stimmte.

»Daphne. Ich habe schlechte Nachrichten. Dein Va...« Dann hörte ich nur noch Schluchzen in der Leitung.

»Mom! Was ist los? Du machst mir Angst.«

»Er ist gestorben, Daphne. Dein Dad. Er ist tot.«

Auch ich begann zu weinen. »Nein, nein, nein.«

Jackson eilte herüber, nahm mir mit einer Hand das Handy ab und zog mich mit der anderen an sich. Ich konnte es einfach nicht glauben. Wie konnte er tot sein? Ich hatte doch letzte Woche noch mit ihm gesprochen. Die warnenden Worte seines Kardiologen kamen mir in den Sinn, der uns gesagt hatte, mein Vater sei längst noch nicht vollständig genesen. Wimmernd vergrub ich mich in Jacksons Armen, während er mich sanft zum Sofa brachte und zu packen begann.

Wir flogen direkt nach New Hampshire und blieben die kommende Woche bei meiner Mutter. Das Einzige, woran ich denken konnte, als sich der Sarg meines Vaters in die Erde senkte, war jener Tag, als wir Julie auf die gleiche Weise verabschiedet hatten. Und obwohl ich Jacksons starken Arm an meiner Schulter spürte und meine Mutter neben mir stand, fühlte ich mich ganz und gar allein.

42

Jackson wollte sofort Kinder. Als wir gerade einmal ein halbes Jahr verheiratet waren, überredete er mich, es zu probieren. Schließlich sei ich schon siebenundzwanzig, erinnerte er mich, und es könne eine Weile dauern. Schon im ersten Monat wurde ich schwanger. Er war überglücklich, aber ich brauchte eine Weile, um mich an den Gedanken zu gewöhnen. Natürlich hatte er sich zuvor auf das Mukoviszidose-Gen testen lassen. Ich habe die rezessive Variante, und wenn das bei ihm auch der Fall gewesen wäre, hätte das Risiko bestanden, die Krankheit an unser Kind weiterzugeben. Doch selbst, als der Arzt Entwarnung gab, fiel es mir schwer, meine Ängste in Schach zu halten. Es gab eine Unmenge anderer Krankheiten und Komplikationen, die unser Kind heimsuchen könnten, und wenn ich in meiner Kindheit eines gelernt hatte, dann, dass man immer mit dem Schlimmsten rechnen sollte, da es tatsächlich eintreffen konnte.

Eines Abends beim Essen machte ich meinen Sorgen Luft. »Und was ist, wenn mit dem Baby etwas nicht stimmt?«

»Dann finden wir das heraus. Sie machen all diese Tests, und wenn es nicht gesund ist, brichst du ab.«

Er sprach mit solcher Abgeklärtheit, dass es mir kalt den Rücken herunterlief.

»Du sagst das so, als wäre überhaupt nichts dabei.«

Er zuckte die Achseln. »Ist es auch nicht. Dazu gibt es ja die Untersuchungen, oder? Wir haben einen Plan. Es kann also nichts schiefgehen.«

Für mich jedoch war das Thema damit längst nicht erledigt.

»Was ist, wenn ich gar nicht abtreiben will? Oder wenn sie sagen, mit dem Baby sei alles in Ordnung, das aber gar nicht stimmt? Oder wenn sie sagen, dass es krank ist, aber danebenliegen?«

»Wovon redest überhaupt? Die Ärzte wissen schon, was sie tun«, entfuhr es ihm ungeduldig.

»Als Erin, die Frau meines Cousins, schwanger wurde, erzählten sie ihr, das Baby würde mit schweren Geburtsfehlern zur Welt kommen. Trotzdem hat sie nicht abgetrieben. Das Baby war Simone. Sie ist kerngesund.«

Er seufzte genervt auf. »Das ist Jahre her. Heute ist die Diagnostik viel weiter.«

»Aber trotzdem –«

»Verdammt noch mal, Daphne, was willst du denn von mir? Bei allem, was ich sage, kommst du mir mit irgendwelchen abstrusen Gegenargumenten. Willst du dich denn partout unglücklich machen?«

»Natürlich nicht.«

»Dann hör einfach damit auf. Wir bekommen ein Baby. Und ich will hoffen, dass du diese Nervenbündel-Nummer nicht bis zur Geburt abziehst. Ich kann diese überängstlichen Mütter, die sich über jedes Kinkerlitzchen Sorgen machen, nämlich nicht ausstehen.« Er nahm einen großen Schluck aus seinem Cognacglas.

»Ich halte nichts von Abtreibungen«, platze ich heraus.

»Hältst du etwa mehr davon, Kinder leiden zu lassen? Willst du mir erzählen, du würdest unser Kind bekommen wollen, selbst wenn du wüsstest, dass es irgendeine schreckliche Krankheit hätte?«

»So einfach lässt sich das nicht sagen. Wer erlaubt uns denn, darüber zu richten, wer es verdient, zu leben, und wer nicht? Ich möchte nun mal keine Entscheidung fällen, die nur Gott treffen kann.«

Ungläubig zog er die Augenbrauen empor. »Gott? Du glaubst also an einen Gott, der zulässt, dass deine Schwester mit einer unheilbaren Krankheit geboren wird, ein qualvolles Leben führt und stirbt, bevor sie erwachsen ist? Ich denke, wir haben zu Genüge gesehen, wohin Gottvertrauen bei solchen Dingen führt. Ich treffe lieber meine eigenen Entscheidungen, vielen Dank.«

»Das ist doch überhaupt nicht zu vergleichen, Jackson. Ich habe keine Ahnung, wieso schlimme Dinge passieren. Ich sage nur, dass ich ein Leben in mir trage und nicht weiß, ob ich es töten könnte, egal, was passiert. Ich glaube, dazu wäre ich einfach nicht imstande.«

Daraufhin schwieg er einen Moment, schürzte die Lippen und erwiderte kühl: »Dann lass mich dir mal etwas erklären. Ich kann kein behindertes Kind aufziehen. Das ist etwas, wozu *ich* nicht imstande wäre.«

»Unser Baby ist wahrscheinlich gesund, aber wie kannst du sagen, du könntest kein krankes oder behindertes Kind aufziehen? Es wäre immer noch dein Kind. Du kannst ein Leben doch nicht einfach so wegwerfen, nur weil es nicht deinen Vorstellungen von Perfektion entspricht. Verstehst du das denn nicht?«

Er sah mich lange und eindringlich an, bevor er antwortete: »Was ich langsam begreife, ist, dass du keine Ahnung hast, wie es ist, völlig normal aufzuwachsen. Eigentlich sollten wir diese Unterhaltung jetzt überhaupt nicht führen. Wenn sich herausstellen sollte, dass Grund zur Sorge besteht – was ich nicht glaube –, werden wir noch mal drüber reden.«

»Aber –«

Er hob die Hand, um mir Einhalt zu gebieten. »Das Baby wird perfekt sein. Aber du brauchst Hilfe, Daphne. Ganz offensichtlich bist du nicht in der Lage, dich von deiner Vergangenheit zu lösen. Ich möchte, dass du mit einem Therapeuten sprichst.«

»Was? Das kann doch nicht dein Ernst sein.«

»Mein voller Ernst sogar. Ich will nicht, dass unser Sohn mit all deinen Ängsten und Wahnvorstellungen aufwächst.«

»Wovon redest du überhaupt?«

»Die Krankheit deiner Schwester beherrscht noch immer dein ganzes Denken. Es gelingt dir einfach nicht, diese Erfahrung und was sie mit dir gemacht hat, von deinem jetzigen Leben zu trennen. Du musst darüber hinwegkommen. Lass die Vergangenheit ruhen, um Gottes willen. Eine Therapie wird die Sache endgültig aus der Welt schaffen.«

Ich verspürte nicht die geringste Lust, meine Kindheitserinnerungen hervorzukramen und alles noch einmal zu durchleben. »Jackson, bitte, ich *habe* mit der Vergangenheit abgeschlossen. Sind wir denn nicht glücklich? Mir geht's gut, ich schwöre es. Ich bin gerade nur ein bisschen durcheinander. Aber es wird alles gut werden. Versprochen.«

Er hob eine seiner makellos gestutzten Brauen. »Ich würde dir ja so gern glauben, aber ich muss ganz sicher sein.«

Ich rang mir ein hölzernes Lächeln ab. »Wir kriegen ein perfektes Baby und leben alle glücklich und zufrieden bis ans Ende unserer Tage.«

Er grinste süffisant. »So ist's recht.«

Jetzt erst wurde mir bewusst, was er kurz zuvor gesagt hatte. »Woher weißt du eigentlich, dass es ein Junge wird?«

»Das tue ich gar nicht. Aber ich hoffe es. Ich wollte schon immer einen Sohn – einen kleinen Jungen, mit dem ich all die Dinge tun kann, die mein Vater nie mit mir unternommen hat, weil er keine Zeit hatte.«

Wieder verspürte ich ein nervöses Ziehen in der Magengrube. »Und was ist, wenn es ein Mädchen wird?«

Er zuckte mit den Achseln. »Dann probieren wir es halt noch mal.«

43

Natürlich bekamen wir ein Mädchen – Tallulah. Sie war in der Tat perfekt, ein pflegeleichtes Baby, und ich genoss das Muttersein in vollen Zügen. Ich liebte es, sie nachts, wenn es im Haus ganz ruhig war, zu stillen, ihr in die Äuglein zu sehen und mich ihr auf eine Weise nah zu fühlen, wie ich es nie zuvor gekannt hatte. Ich befolgte den Rat meiner Mutter und passte meinen Schlafrhythmus dem der Kleinen an, war aber dennoch erschöpfter, als ich erwartet hatte. Mit vier Monaten schlief sie immer noch nicht durch, und weil ich stillte, hatte ich Jacksons Angebot, eine Kinderfrau für die Nacht einzustellen, abgelehnt. Ich wollte nicht abpumpen, damit sie Tallulah nachts die Flasche geben konnte. Ich wollte alles selbst machen – was bedeutete, dass ich weniger Zeit für Jackson hatte.

Das war der Moment, in dem alles ins Wanken geriet. Als er mir sein wahres Gesicht zeigte, war es bereits zu spät. Wie ein Feldherr in der Schlacht nutzte er meine Verwundbarkeit zum eigenen Vorteil. Seine Waffen waren Güte, Zuwendung und Mitgefühl – und als ihm der Sieg nicht mehr zu nehmen war, ließ er sie wie leere Patronenhülsen fallen und offenbarte mir seine wirklichen Absichten.

Folglich zog ich mich vor Jackson zurück und widmete meine gesamte Zeit und Energie Tallulah. An jenem Morgen hatte ich die Waage unter der Kommode hervorgezogen, meinen Morgenmantel abgestreift und mich daraufgestellt – vierundsechzig Kilo. Voller Entsetzen starrte ich auf die Anzeige.

Dann hörte ich die Tür aufgehen, und er stand mit sonderbarer Miene vor mir. Ich wollte wieder hinuntersteigen, doch er bedeutete mir, stehen zu bleiben, trat auf mich zu und schielte mir über die Schulter. Ein Ausdruck des Ekels glitt über seine Züge, so rasch, dass ich ihn fast verpasst hätte. Dann streckte er die Hand aus, fuhr mir über den Bauch und hob erstaunt die Brauen.

»Sollte der nicht längst wieder flach sein?«

Ich spürte, wie mir die Schamesröte ins Gesicht schoss. Rasch stieg ich von der Waage, fischte meinen Morgenmantel vom Boden und warf ihn mir über. »Bring du doch mal ein Baby zur Welt und schau dann, wie *dein* Bauch aussieht«, blaffte ich ihn an.

»Es ist jetzt schon vier Monate her, Daph«, entgegnete er kopfschüttelnd. »Die Ausrede greift nicht mehr. Viele deiner Freundinnen im Club tragen wieder ihre engen Jeans, und die haben auch alle Kinder bekommen.«

»Und die haben sich bestimmt alle nach ihrem Kaiserschnitt den Bauch straffen lassen«, konterte ich.

Er legte die Hände um mein Gesicht. »Fühl dich doch nicht gleich angegriffen. Du brauchst keine Bauchstraffung. Alles, was du brauchst, ist etwas Disziplin. Ich habe eine Frau mit Größe 34 geheiratet und ich erwarte, dass du bald wieder in all die teuren Sachen hineinpasst, die ich dir gekauft habe. Reiß dich einfach am Riemen.«

Anschließend packte er meine Hand und führte mich zum Zweiersofa in der Ecke unseres Schlafzimmers. »Setz dich und hör mir zu.«

Er legte mir einen Arm um die Schulter und nahm neben mir Platz. »Ich werde dir dabei helfen. Du musst nur darüber Buch führen.« Dann zog er ein Notizbuch hervor.

»Was ist das denn?«, wollte ich wissen.

»Das habe ich schon vor ein paar Wochen besorgt.« Mit einem triumphierenden Grinsen auf dem Gesicht fuhr er fort: »Ich möchte, dass du dich jeden Tag wiegst und es hier notierst. Und in diese Spalte hier schreibst du dann, was du alles gegessen hast. Das ist eine Art Ernährungstagebuch.« Er deutete auf die Seite. »Ich werde es jeden Abend überprüfen, wenn ich heimkomme.«

Unglaublich. Er hatte es schon seit Wochen mit sich herumgetragen? Am liebsten wäre ich im Boden versunken. Klar, ich hatte mein Gewicht von vor der Schwangerschaft noch längst nicht wieder, aber ich war nicht im Geringsten fett.

Ich fasste ihn in den Blick, und wenn ich mich auch kaum zu fragen traute, musste ich es wissen: »Findest du mich unattraktiv?«

»Kannst du es mir verübeln? Du hast seit Monaten keinen Sport mehr gemacht.«

Ich hielt die Tränen zurück und biss mir auf die Lippe. »Ich bin müde, Jackson. Die Kleine hält mich die halbe Nacht wach, und morgens bin ich einfach müde.«

Er legte seine Hände auf meine. »Genau deshalb sage ich dir doch die ganze Zeit, dass wir ein Vollzeit-Kindermädchen einstellen sollten.«

»Aber ich genieße diese Zeit mit ihr, und ich will nachts keine Fremde im Haus.«

Mit zornerfülltem Blick fuhr er hoch. »Du machst das schon monatelang, und wir wissen doch jetzt, was dabei herauskommt. Wenn du so weitermachst, bist du bald so fett wie ein gestrandeter Wal. Ich will meine Frau zurückhaben. Ich rufe heute noch bei der Agentur an und besorge uns eine Nanny. Und du kannst endlich wieder durchschlafen und hast den Morgen für dich. Ich bestehe darauf.«

»Aber ich stille doch.«

Er seufzte auf. »Stimmt, das ist noch so eine Sache. Stillen ist widerlich. Deine Brüste sehen aus wie zu fest aufgeblasene Ballons. Ich möchte nicht, dass deine Titten irgendwann bis zum Boden hängen. Genug ist genug.«

Meine Beine begannen zu zittern, und mir wurde plötzlich schlecht. Ich stürzte ins Bad. Wie konnte er nur so grausam sein? Wieder zog ich den Morgenmantel aus und musterte mich im großen Spiegel. Warum war mir all die Cellulite noch nicht aufgefallen? Ich langte hinab und kniff mir in den Oberschenkel. Wie Wackelpudding. Wenn ich mir beide Hände auf den Bauch drückte, glaubte ich Teig zu kneten. Er hatte recht. Ich wandte mich um und spähte über meine Schulter – all die Dellen in den Pobacken. Ich musste etwas dagegen unternehmen. Es war höchste Zeit, zurück in den Fitnessraum zu gehen. Dann fiel mein Blick auf die Brüste, die meinen Ehemann so anwiderten. Ich schluckte den Kloß in meinem Hals hinunter, zog mich an und ging ins Erdgeschoss. Ganz unten auf die Einkaufsliste, die auf dem Tresen lag, schrieb ich: *Milchpulver.*

Das Frühstücksbüffet, das Margarita an jenem Morgen aufgefahren hatte, machte dem im Ritz Konkurrenz. Als Jackson hereinkam, schnappte er sich einen Teller und belud ihn turmhoch mit Pancakes, Bacon, Erdbeeren und selbst gebackenen Muffins. Mir kam das Notizbuch in den Sinn, das er mir vorhin gegeben hatte, und ich merkte, wie mir erneut die Hitze ins Gesicht schoss. Falls er annahm, ich würde mir von ihm vorschreiben lassen, was ich zu essen hatte, war er auf dem Holzweg. Ab morgen würde ich auf Diät gehen, aber bitte schön so, wie *ich* es für richtig hielt. Ich holte mir einen Teller, griff mir die Gabel, die neben den Pancakes lag, und wollte gerade mir gerade einen nehmen, als ich neben mir ein Räuspern vernahm. Ich schielte zur Seite. Es war Jackson, der mit einer dezenten Kopfbewegung in Richtung Obstplatte wies. Ich atmete tief durch, bohrte meine Gabel in den Stapel und ließ gleich drei der kleinen Pfannkuchen auf meinen Teller plumpsen. Ohne ihn weiter zu beachten, schnappte ich mir den Ahornsirup und übergoss sie damit, bis sie darin schwammen. Dann blickte ich ihm mit stolz erhobener Gabel in seine strafenden Augen und schob mir das fluffige, siruptriefende Stück Pancake genüsslich in den Mund.

44

Ich bezahlte für mein Aufbegehren. Nicht sofort, das war nicht sein Stil. Als er seine Vergeltung drei Wochen später in die Tat umsetzte, hatte ich es fast schon vergessen. Er jedoch nicht. Ich erwartete den Besuch meiner Mutter. Nach dem Tod meines Vaters war sie recht oft bei uns – etwa alle zwei Monate –, und ich freute mich über ihre Besuche. Am Abend vor ihrer Ankunft nahm er seine Rache. Er wartete, bis Tallulah im Bett war, und kam in die Küche, wo ich gerade mit Margarita über das morgige Abendessen sprach. Lässig in den Türrahmen gelehnt, stand er mit verschränkten Armen und amüsierter Miene da. Als die Köchin gegangen war, schlenderte er zu mir hinüber, zupfte mir eine Strähne aus der Stirn, beugte sich vor und flüsterte mir etwas ins Ohr.

»Sie kommt nicht.«

»Was?« Mir wurde flau im Magen.

Er nickte. »Ich habe eben mit ihr telefoniert und ihr gesagt, dass du dich nicht wohlfühlst.«

Ich stieß ihn von mir. »Wovon redest du überhaupt? Mir geht es ausgezeichnet.«

»Aber nein, das tut es nicht. Du hast schreckliche Bauchschmerzen, weil du dich so mit Pfannkuchen vollgestopft hast.«

Nahm er mir unseren Streit etwa immer noch übel? Das war doch Wochen her.

»Das ist doch ein Scherz, oder?«, fragte ich, in der Hoffnung, dem wäre tatsächlich so.

Seine Augen funkelten eiskalt. »Keinesfalls. Es ist mein voller Ernst.«

»Ich rufe sie auf der Stelle an.« Doch bevor ich mich rühren konnte, packte er mich am Arm.

»Um ihr *was* zu sagen? Dass dein Mann sie angelogen hat? Was würde sie wohl davon halten? Außerdem habe ich ihr erzählt, du hättest eine Lebensmittelvergiftung und mich gebeten, sie anzurufen. Ich habe ihr versichert, in einigen Tagen würde es dir wieder besser gehen.« Dann brach er in Lachen aus. »Und ganz nebenbei habe ich fallen lassen, du seist derzeit etwas angespannt, ihre häufigen Besuche würden dich ziemlich belasten. Und dass sie vielleicht etwas mehr Zeit dazwischen verstreichen lassen sollte.«

»Das kannst du nicht tun. Ich werde nicht zulassen, dass du meiner Mutter einredest, dass ich sie hier nicht haben will.«

Er drückte noch fester zu. »Zu spät, Liebes. Du hättest hören sollen, wie traurig sie klang. Der arme, dumme Bauerntrampel«, fügte er mit grimmigem Lachen hinzu.

Ich riss meinen Arm weg und ohrfeigte ihn. Er lachte immer noch.

»Wie schade, dass sie nicht auch ins Gras gebissen hat, als dein Vater starb. Ach, wie ich Schwiegereltern hasse.«

Da rastete ich aus. Wutentbrannt ging ich auf ihn los, grub meine Fingernägel in sein Gesicht, wollte es in Fetzen reißen. Plötzlich spürte ich etwas Feuchtes auf meinen Händen und begriff, dass ich ihn blutig gekratzt hatte. Erschrocken wich ich zurück und riss die Hände vor den Mund.

Jackson aber schüttelte nur seelenruhig den Kopf. »Schau nur, was du angerichtet hast.« Er zog sein Handy aus der Hosentasche und hielt es sich vors Gesicht. Ich brauchte einen Augenblick, um zu kapieren, was er vorhatte. »Vielen Dank, Daph. Jetzt kann ich beweisen, dass du eine Cholerikerin bist.«

»Hast du mich absichtlich provoziert?«

Wieder ein Grinsen, eiskalt. »Wenn ich dir einen kleinen Rat geben darf: Ich bin dir stets zehn Schritte voraus. Denk dran, wenn du noch einmal glaubst, besser als ich zu wissen, was gut für dich ist.«

Während ich wie angewurzelt dastand, zu geschockt, um mich zu rühren, trat er auf mich zu. Er strich mir über die Wange, sein Blick auf einmal wieder voller Zärtlichkeit. »Ich liebe dich. Warum willst du das nicht verstehen? Ich möchte dich nicht bestrafen, aber was soll ich tun, wenn du unbedingt Dinge tun musst, die schlecht für dich sind?«

Er ist wahnsinnig, dachte ich. Warum habe ich so lange gebraucht, um zu begreifen, dass er irre ist? Ich schluckte schwer und zuckte zusammen, als sein Finger dem Lauf der Tränen folgte, die meine Wangen hinabkullerten. Dann stürzte ich aus dem Zimmer, raffte ein paar Sachen aus dem Schrank und machte mich auf den Weg in eines der Gästezimmer. Im Vorübergehen warf ich einen Blick in den Spiegel – ich war leichenblass, bebte vor Angst. Im Gästezimmer angekommen, wusch ich mir die Hände, bürstete heraus, was noch unter meinen Fingernägeln klebte, und fragte mich, wie ich nur so die Beherrschung verlieren konnte. So etwas war mir noch nie passiert. Seine kaltschnäuzige Bemerkung über den Tod meiner Mutter hatte mir bewiesen, dass es nach heute Abend kein Zurück mehr geben konnte. Ich musste fort. Morgen würde ich das Baby einpacken und zu meiner Mutter ziehen.

Kurz darauf ging ich ins Kinderzimmer, um nach Tallulah zu schauen, und sah Jackson vor ihrem Gitterbettchen stehen. Zögernd verharrte ich in der Tür. Irgendetwas an dem Bild, das sich mir bot, war sonderbar. Seine Haltung wirkte seltsam bedrohlich, sein Gesicht lag im Schatten, unheilvoll. Mit wild pochendem Herzen trat ich näher.

Weder wandte er sich zu mir um, noch schenkte er meiner Gegenwart auf andere Weise Beachtung. In den Händen hielt er den riesigen Teddybär, den er Tallulah zur Geburt gekauft hatte.

»Was hast du vor?«, flüsterte ich.

Den Blick starr auf den Säugling gerichtet, antwortete er: »Wusstest du, dass jedes Jahr über zweitausend Babys an plötzlichem Kindstod sterben?«

Ich rang nach Worten, brachte aber keinen Ton heraus.

»Deshalb sollte auch nichts sonst im Bett sein.« Dann drehte er sich zu mir um und sah mich an. »Wie oft habe ich dir schon gesagt, du sollst ihr keine Kuscheltiere ins Bettchen legen. Aber du bist ja so vergesslich.«

Endlich fand ich meine Stimme wieder. »Das würdest du nicht wagen. Sie ist dein Kind, wie kannst du …«

Er warf den Bär auf den Schaukelstuhl und setzte wieder eine gleichgültige Miene auf: »Ich habe doch nur Spaß gemacht. Du nimmst dir alles immer so zu Herzen.«

Dann barg er meine Hände in seinen und erklärte: »Solange sie zwei Eltern hat, die auf sie achtgeben, wird ihr nichts passieren.«

Ich wendete mich von ihm ab, um meiner Tochter zuzusehen, wie sie sachte ein- und ausatmete, und ihre Verletzlichkeit brach mir fast das Herz.

»Ich werde noch eine Weile bei ihr sitzen«, flüsterte ich.

»Gute Idee. Dann hast du Zeit zum Nachdenken. Aber bleib nicht zu lange – ich warte im Bett auf dich.«

Wütend blitzte ich ihn an. »Das meinst du doch nicht ernst. Ich rühre dich nicht an.«

Ein dünnes Lächeln stahl sich auf seine Lippen. »Das würde ich mir noch mal überlegen. Besorg's mir lieber so, dass ich todmüde werde, oder ich könnte schlafwandeln und mich plötzlich im Kinderzimmer wiederfinden.« Nun streckte er die Hände nach mir aus. »Aber wenn ich es mir recht überlege, will ich dich lieber gleich.«

Schweigend und innerlich wie tot nahm ich seine Hand, und er führte mich ins Schlafzimmer. »Zieh dich aus«, gebot er. Ich saß auf dem Bett und fing an, meine Hose auszuziehen.

»Nein. Bleib stehen. Strip für mich.«

»Jackson, bitte.«

Unvermittelt griff er mir ins Haar, zerrte mich zu sich heran und packte mich so fest am Busen, dass es wehtat. Ich jaulte auf vor Schmerz. »Mach mich nicht sauer. Tu's einfach. Sofort.«

Ich war so wacklig auf den Beinen, dass ich Mühe hatte stehen zu bleiben. Erst versuchte ich, an gar nichts zu denken, dann schloss ich die Augen und stellte mir vor, weit fort von hier zu sein. Ich knöpfte meine Bluse auf, einen Knopf nach dem anderen, wobei ich von Zeit zu Zeit die Augen aufschlug, um mich zu vergewissern, dass ich es auch richtig machte. Er nickte, und während ich für ihn strippte, begann er, sich zu reiben. Ich wusste nicht, wer dieser Kerl war, der da auf meinem Bett saß und aussah wie mein Ehemann. Das Einzige, was mir durch den Kopf ging, war die bange Frage, wie er das bloß geschafft hatte. Wie hatte er es fertiggebracht, über ein Jahr lang die Rolle des liebenswürdigen Mannes zu spielen? Welche Art von Mensch konnte eine derartige Scharade so lange durchhalten? Und wieso ließ er gerade jetzt seine Maske fallen? Dachte er etwa, ich würde bei ihm bleiben, nur weil wir ein gemeinsames Kind hatten? Morgen würde ich gehen, aber heute Abend würde ich ihm gehorchen müssen, würde alles tun, um ihn glauben zu lassen, er habe gesiegt.

Ich fuhr mit dem Striptease fort, bis ich nackt war. Dann schmiss er mich aufs Bett und legte sich auf mich, seine Liebkosungen unerträglich sanft und rücksichtsvoll. Mir wäre es lieber gewesen, wenn er mich hart genommen hätte, doch meiner Tochter zuliebe ließ ich zu, dass mein Körper mich hinterging, und erwiderte seine Zärtlichkeit – schließlich verfügt er über eine messerscharfe Wahrnehmung, und ich wusste, er würde keinerlei Zurückhaltung dulden.

45

Nachdem Jackson am nächsten Morgen zur Arbeit aufgebrochen war, raste ich durchs Haus, stopfte so viel ich konnte in ein paar Koffer, setzte das Baby ins Auto und machte mich auf den langen Weg nach New Hampshire. Ich wusste, wie entsetzt meine Mutter sein würde, wenn sie die Wahrheit erfuhr, doch ich konnte auf ihre Unterstützung zählen. Die Fahrt zur Pension würde rund fünf Stunden dauern. Mir schwirrte der Kopf, als ich mir ausmalte, was nun passieren würde. Natürlich würde er außer sich sein, aber was konnte er schon ausrichten, wenn wir einmal fort waren? Ich würde zur Polizei gehen und ihnen von seinen Drohungen dem Baby gegenüber berichten. Sie würden uns bestimmt beschützen.

Als wir Massachusetts erreicht hatten, versuchte er, mich auf dem Handy zu erreichen. Ich ließ die Mailbox anspringen. Kurz darauf ertönte mein SMS-Ton. *Pling, pling, pling* – stakkatomäßig wie ein Maschinengewehr. Erst als ich zum Tanken anhielt, warf ich einen Blick auf die Nachrichten.

Was machst du in Massachusetts? Daphne, wo ist das Baby?
Du hast ihr doch hoffentlich nichts angetan, oder? Bitte melde dich.
Ich hätte gestern Abend nicht geglaubt, dass du es wirklich ernst meinst. Hör nicht auf die Stimmen.
Daphne, so antworte doch! Ich mach mir Sorgen um dich.
Ruf mich an. Bitte. Du brauchst Hilfe. Nur tu Tallulah nichts an.

Was hatte er vor? Und woher wusste er, wo ich war? Ich hatte ihm gegenüber nie erwähnt, dass ich fortwollte, und darauf geachtet, dass mich niemand vom Personal gesehen hatte. Hatte er meinen Wagen mit einem Sender ausgestattet?

Ich griff zum Telefon und rief ihn an. Er nahm beim ersten Klingeln ab.

»Du Miststück. Was zum Teufel hast du vor?« Selbst durch die Leitung war sein grenzenloser Zorn zu spüren.

»Ich fahre zu meiner Mutter.«

»Ohne mir etwas davon zu sagen? Du drehst auf der Stelle um und kommst zurück. Hast du mich verstanden?«

»Und wenn nicht? Du kannst mir nicht sagen, was ich zu tun habe. Mir reicht's, Jackson.«

Meine Stimme bebte, und ich warf einen Blick auf den Rücksitz, um mich zu vergewissern, dass Tallulah noch immer schlief.

»Du hast gedroht, unserem Baby etwas anzutun. Glaubst du im Ernst, ich würde das zulassen? Ich lass dich nicht mehr in ihre Nähe.«

Er brach in Lachen aus. »Was bist du doch für ein kleines Dummerchen.«

»Mach dich nur über mich lustig. Mir egal. Ich werde meiner Mutter alles erzählen.«

»Dies ist deine letzte Chance zurückzukommen, oder du wirst es bereuen.«

»Mach's gut, Jackson.« Ich beendete das Gespräch und legte den Gang ein.

Als abermals eine Flut von Kurznachrichten einging, schaltete ich das Handy aus.

Mit jedem gefahrenen Kilometer wuchs auch meine Entschlossenheit. Ich wusste, dass ich das Richtige tat. So sehr er mir auch drohen mochte, er würde mich nicht umstimmen. Wir waren noch immer in Massachusetts, als ein flimmerndes Licht im Rückspiegel meine Aufmerksamkeit auf sich zog. Doch erst als der Streifenwagen zu mir aufschloss, begriff ich, dass er mich meinte. Ich sollte an die Seite fahren. Dabei hatte ich das Tempolimit nur denkbar knapp übertreten. Ich steuerte auf den Seitenstreifen und sah den Polizisten auf mich zukommen.

»Führerschein und Fahrzeugpapiere, bitte.«

Ich holte sie aus dem Handschuhfach und reichte sie ihm. Der Beamte nahm sie mit zu seinem Wagen und kehrte einige Minuten später zurück. »Steigen Sie bitte aus.«

»Warum?«, wollte ich wissen.

»Bitte, Ma'am. Steigen Sie aus.«

»Was habe ich denn falsch gemacht?«

»Gegen Sie liegt ein gerichtlicher Beschluss zur Zwangseinweisung vor. Es heißt, Sie würden eine Gefahr für ihr Kind darstellen. Bis ihr Ehemann eintrifft, werden Sie das Baby in unsere Obhut geben müssen.«

»Sie ist *mein* Kind!« Der Bastard hatte mir tatsächlich die Polizei auf den Hals gehetzt.

»Sie wollen doch sicher nicht, dass ich Ihnen Handschellen anlegen muss. Kommen Sie jetzt bitte mit.«

Ich stieg aus, und der Polizist packte mich am Arm.

Inzwischen war Tallulah aufgewacht und begann zu weinen. Ihr Wimmern steigerte sich bald in gellendes Geschrei, ihr Gesichtchen wurde puterrot.

»Bitte, sie hat Angst. Ich kann doch mein Baby nicht allein lassen!«

»Wir werden uns um die Kleine kümmern, Ma'am.«

Ich riss mich los und versuchte zum Auto zu gelangen, um sie aus der Babyschale zu holen und zu trösten. »Tallulah!«

»Lassen Sie das bitte. Sonst muss ich Ihnen Handschellen anlegen.« Der Polizist zog mich fort, schob mich in den wartenden Streifenwagen und zwang mich, das Baby bei den Beamten zu lassen, während sie mich ins örtliche Krankenhaus brachten.

Erst am folgenden Tag fand ich heraus, dass Jackson schon Wochen zuvor eine Art Notfallplan in Kraft gesetzt hatte. Er hatte einen Richter davon überzeugt, dass ich unter Depressionen litt und gedroht hätte, dem Baby etwas anzutun. Sogar zwei medizinische Gutachten hatte er eingereicht – von Ärzten, die ich noch nicht einmal gesehen hatte. Wahrscheinlich hatte er sie gekauft. All meine Beteuerungen, dass man mir eine Falle gestellt hatte, stießen auf taube Ohren. Verrückten glaubt man nun mal nicht, und dafür hielt man mich jetzt. Während meines Zwangsaufenthalts in der Klinik wurde ich von mehreren Ärzten untersucht, die alle darin übereinkamen, ich bräuchte eine stationäre Behandlung. Niemand glaubte mir, als ich ihnen sagte, was er getan und wie er dies alles hier inszeniert hatte. Sie starrten mich nur an, als sei ich wahnsinnig. Das Einzige, was ich ihnen entlocken konnte, war, dass Jackson Tallulah von der Polizeiwache abgeholt hatte und mit ihr nach Hause gefahren war. Außerdem erfuhr ich, dass man mich bald ins Meadow Lakes Hospital in Fair Haven verlegen würde – eine Nachbargemeinde von Bishops Harbor.

Nach zweiundsiebzig Stunden des Schreiens, Bettelns und Heulens war ich meiner Entlassung keinen Schritt näher als nach meiner Einlieferung und inzwischen mit wer weiß was für Psychopharmaka vollgepumpt. Meine einzige Hoffnung bestand darin, Jackson irgendwie zu überzeugen, mich hier rauszuholen.

Nach meiner Verlegung ins Meadow Lake Hospital ließ er weitere sieben Tage verstreichen, bis er mich endlich besuchte. Ich hatte keinen Schimmer, was er meiner Mutter oder unseren Bediensteten über meinen Verbleib erzählt hatte. Als er im Gemeinschaftsraum erschien, hätte ich ihn umbringen können.

»Wie konntest du mir das nur antun?«, zischte ich ihn leise an, ohne eine große Szene machen zu wollen.

Er setzte sich neben mich, nahm meine Hand und lächelte die

Frau mir gegenüber an, die uns mit unverhohlener Neugier anstarrte.

»Daphne, ich sorge mich doch nur um dich und unser Kind«, verkündete er so laut, dass es jeder im Zimmer deutlich verstehen konnte.

»Was willst du von mir?«

Er drückte meine Hand so fest, dass es schmerzte. »Ich will, dass du wieder nach Hause kommst, wo du hingehörst. Aber erst, wenn du dazu bereit bist.«

Ich biss mir auf die Zunge, um nicht laut losbrüllen zu müssen. Einige tiefe Atemzüge später gelang es mir, ohne Zittern in der Stimme zu sprechen. »Ich bin bereit«, stieß ich hervor.

»Nun, diese Entscheidung sollten wir deinen Therapeuten überlassen.«

Ich erhob mich. »Wollen wir nicht einen Spaziergang durch den Garten machen?«

Sobald wir draußen waren, wo uns niemand hören konnte, ließ ich meiner Wut freien Lauf. »Lass den Scheiß, Jackson. Du weißt ganz genau, dass ich nicht hierhergehöre. Ich will mein Kind zurück. Was hast du den anderen erzählt?«

Den Blick starr nach vorn gerichtet, sagte er im Gehen: »Nur, dass du krank bist und nach Hause kommen wirst, sobald es dir besser geht.«

»Was ist mit meiner Mutter?«

Er hielt an und wandte sich mir zu. »Ich habe ihr erzählt, dass du nach Julies Tod und dem deines Vaters zunehmend depressiver geworden wärst und versucht hättest, dich umzubringen.«

»Was?«, brüllte ich.

»Sie möchte, dass du so lange bleibst, bis es dir wieder gut geht.«

»Du bist widerlich. Wieso tust du das alles?«

»Na, was glaubst du denn?«

Mir kamen die Tränen. »Ich habe dich geliebt. Wir waren so glücklich. Ich verstehe nicht, was geschehen ist. Wieso hast du dich so verändert? Wie kannst du erwarten, dass ich bei dir bleibe, wenn du unser Kind bedrohst und mich so schrecklich behandelst?«

Mit kaum erträglicher Gelassenheit setzte er sich wieder in Bewegung und antwortete: »Ich habe keine Ahnung, wovon du redest. Ich habe nie jemanden bedroht. Und ich behandle dich wie eine Königin. Alle beneiden dich. Dass ich dann und wann dafür sorgen muss, dass du nicht aus der Reihe tanzt, na ja – das gehört nun mal zur Ehe dazu. Ich stehe eben nicht unter dem Pantoffel wie dein Vater. So geht ein echter Mann mit seiner Frau um. Gewöhn dich dran.«

»Woran, misshandelt zu werden? Daran werde ich mich nie gewöhnen.« Mein Gesicht glühte vor Wut.

»Misshandelt? Ich habe dir nie ein Haar gekrümmt.«

»Man kann Menschen auch auf andere Arten misshandeln«, blaffte ich zurück und suchte in seinen Zügen nach einem letzten Funken jenes Mannes, für den ich ihn einst gehalten hatte. Doch dann wechselte ich die Taktik, milderte meinen Ton und seufzte bedrückt: »Jackson?«

»Ja?«

Ich holte tief Luft. »Ich bin nicht glücklich, und ich glaube, du bist es ebenso wenig.«

»Natürlich bin ich nicht glücklich. Meine Frau hat ohne jede Vorwarnung versucht, mir mein Kind zu stehlen.«

»Wieso willst du, dass ich zurück nach Hause komme? Du liebst mich doch gar nicht.«

Er hielt im Gehen inne und stierte mich mit offenem Mund an. »Wie bitte? Das meinst du doch nicht ernst, oder? Daphne, ich habe die letzten eineinhalb Jahre damit verbracht, dich zu unterweisen, zu drillen und herauszuputzen – und so in eine Ehefrau zu verwandeln, auf die ich stolz sein kann. Wir sind eine wunderschöne Familie. Alle blicken zu uns auf. Wie kannst du mich fragen, warum ich darum kämpfe, diese Familie zu behalten?«

»Seit Tallulah auf der Welt ist, behandelst du mich wie ein Stück Dreck, und es wird von Tag zu Tag schlimmer.«

»Wenn du mich noch einmal beschuldigst, wirst du für immer hierbleiben und sie nie, nie wiedersehen.« Er ging weiter, diesmal um einiges schneller.

Ich hastete ihm hinterher, nicht länger um einen versöhnlichen Ton bemüht. »Das kannst du nicht tun!«

»Und ob ich das kann. Das Recht ist auf meiner Seite. Und hatte ich schon erwähnt, dass ich eben erst zehn Millionen Dollar für den neuen Krankenhausflügel gespendet habe? Sie werden dich mit Freuden so lange hierbehalten, wie ich will.«

»Du bist geisteskrank.«

Er fuhr herum, packte mich und zog mich an sich. Seinen Mund nur Millimeter vor meinem Gesicht, knurrte er drohend: »Dies ist das letzte Mal, dass wir diese Unterhaltung führen. Du gehörst mir. Du wirst immer mir gehören und in Zukunft alles tun, was ich sage. Wenn du ab sofort gehorchst und ein liebes kleines Frauchen bist, wird alles gut werden.« Dann beugte er sich herunter, presste seine Lippen auf meine und biss zu. Schreiend zuckte ich zurück, aber er hielt meinem Hinterkopf umfasst, sodass ich nicht entkommen konnte. »Wenn nicht, wirst du den Rest deines Lebens wünschen, du hättest es getan, das kannst du mir glauben. Und dein Kind wird mit einer anderen Mutter aufwachsen.«

Ich saß in der Falle. Ganz gleich, ob er in Wahrheit der Verrückte war. Er besaß das Geld und die Beziehungen, und er hatte sein Blatt hervorragend ausgespielt.

Wie hatte das nur geschehen können? Ich rang nach Luft, suchte händeringend nach einem Ausweg. Doch während ich meinen Ehemann betrachtete, diesen Fremden, der meine Zukunft in den Händen hielt, wollte mir partout nichts einfallen. Voller Verzweiflung flüsterte ich: »Ich tue, was immer du willst. Hol mich nur hier raus.«

Ein Lächeln trat auf sein Gesicht. »So ist's fein. Einen Monat oder so wirst du bleiben müssen. Es wäre wohl etwas verdächtig, wenn sie dich sofort entließen. Dein Arzt und ich kennen uns schon ewig. Sind seit dem College befreundet. Vor ein paar Jahren hatte er finanzielle Schwierigkeiten.« Jackson zuckte die Achseln. »Jedenfalls hab ich ihm damals aus der Patsche geholfen, und er ist mir was schuldig. Ich werde ihm sagen, er soll dich in dreißig Tagen rauslassen. Er wird Hormonschwankungen oder Ähnliches dafür verantwortlich machen, etwas, das sich leicht beheben lässt.«

Als man mir fünfunddreißig Tage später schließlich erlaubte, wieder heimzugehen, war mein einziger Gedanke, dass ich Tallulah wiedersehen würde. Wir mussten beim Familiengericht vorsprechen, um zu beweisen, dass ich der Mutterschaft wieder gewachsen war. Vorher trafen wir uns mit Jacksons Anwalt, und ich bestätigte seine Lügengeschichte, sagte, ich hätte Stimmen gehört, die mir befohlen hätten, dem Baby etwas anzutun. Zudem musste ich mich bereit erklären, zu Jacksons Freund, Dr. Finn, in Therapie zu gehen, was ein absoluter Witz war. Er gab sich stets besorgt, erkundigte sich, wie ich damit zurechtkäme, wieder zu Hause zu sein, obwohl wir beide wussten, dass die Sitzungen eine Farce waren. Aber jetzt hatte Jackson noch etwas gegen mich in der Hand, um sicherzugehen, dass ich nie wieder fliehen würde. Und zweifellos würden Dr. Finns Mitschriften alles belegen, was Jackson wollte. Ich tröstete mich damit, dass sich irgendwann eine neue Gelegenheit ergeben würde, ihm zu entfliehen. Bis dahin jedoch tat ich, was jede gute Mutter tun würde: Ich opferte mein Glück für das Wohl meines Kindes.

46

Ich hatte zwar nur einen guten Monat in Meadow Lakes verbracht, doch es fühlte sich an wie eine Ewigkeit. Jackson schickte
nicht seinen Fahrer, sondern kam selbst, um mich abzuholen.
Ich saß auf dem Beifahrersitz seines Mercedes-Sportwagens
und starrte schweigend aus dem Fenster, voller Angst, etwas
Falsches zu sagen. Er war bester Laune, summte vor sich hin,
als sei dies ein ganz normaler Tag und wir würden nur eine
Spritztour machen. Als er am Haus vorfuhr, fühlte ich mich
sonderbar losgelöst, so, als hätte ich meinen Körper verlassen
und würde das Leben einer anderen betrachten. Einer Frau, die
in einem herrlichen Anwesen am Meer wohnte, jede Menge
Geld und auch alles andere besaß, was man sich nur erträumen
konnte. Plötzlich sehnte ich mich fast nach meinem Klinikzim-
mer, jenem sicheren Hafen, weitab von den argwöhnischen Blicken meines Mannes.

Als ich hereinkam, schoss ich sogleich die Treppe hinauf in
Tallulahs Kinderzimmer. Ich riss die Tür auf, wollte nichts mehr,
als sie wieder an mich zu drücken. Doch auf dem Stuhl saß eine
hübsche junge Frau, die ich nie zuvor gesehen hatte, und wiegte
mein Baby in den Armen.

»Wer sind Sie?«

»Sabine. Und wer sind Sie?« Sie sprach mit einem breiten
französischen Akzent.

»Ich bin Mrs. Parrish«, sagte ich und streckte die Arme aus.
»Geben Sie mir bitte meine Tochter.«

Sie stand auf, wich zurück und wandte mir den Rücken zu.

»Es tut mir leid, *Madame*. Aber ich muss erst von Mr. Parrish hören, dass es in Ordnung ist.«

Ich sah rot. »Geben Sie sie her«, keifte ich.

»Was ist hier los?« Mit großen Schritten kam Jackson ins Zimmer geeilt.

»Diese Frau will mir mein Kind nicht geben!«

Jackson seufzte auf, nahm Sabine den Säugling ab und reichte ihn mir herüber. »Wenn Sie uns bitte entschuldigen würden, Sabine.«

Sie warf mir einen feindseligen Blick zu und ging.

»Wo ist Sally? Warum hast du diese ... dieses Biest eingestellt? Sie ist völlig respektlos mir gegenüber.«

»Sally ist fort. Du darfst es Sabine nicht übelnehmen, sie wusste nicht, wer du bist. Sie wollte nur Tallulah beschützen. Sabine wird ihr Französisch beibringen. Du musst an das Wohl unseres Kindes denken. Hier läuft alles absolut reibungslos. Glaub ja nicht, dass du einfach hier hereinschneien und alles über den Haufen werfen kannst.«

»Über den Haufen werfen? Sie ist mein Kind.«

Er setzte sich aufs Bett. »Daphne, ich weiß, dass du in Armut aufgewachsen bist, aber es gibt einige Dinge, die man von unseren Kindern erwarten wird.«

»Was meinst du damit, ich sei in Armut aufgewachsen? Ich stamme aus einer ganz normalen Mittelschichtfamilie. Wir hatten immer alles, was wir brauchten. Wir waren nicht arm.«

Stöhnend warf er die Hände in die Luft und sagte: »Entschuldige. Okay, ihr wart nicht arm, aber ihr wart sicher auch nicht reich.«

Ich spürte, wie sich mein Magen zusammenkrampfte. »Unsere Definitionen von arm und reich liegen meilenweit auseinander.«

Jetzt wurde er laut. »Du weißt verdammt gut, was ich damit

306

sagen will. Du hast nun mal keine Ahnung, wie Leute mit Geld ihre Angelegenheiten regeln. Das ist auch überhaupt kein Problem. Der Punkt ist: Überlass es einfach mir. Sabine wird für unsere Familie von großem Wert sein. Und jetzt genug damit. Ich habe ein besonderes Abendessen geplant. Verdirb es uns nicht.«

Alles, was ich im Moment wollte, war, mit meinem Baby zusammen zu sein, aber ich hütete mich, ihm zu widersprechen. Ich durfte nicht riskieren, wieder nach Meadow Lake geschickt zu werden. Noch ein Monat dort, und ich hätte tatsächlich den Verstand verloren.

Während des gesamten Essens war er außergewöhnlich guter Laune. Wir teilten uns eine Flasche Wein, und er hatte Margarita sogar eines meiner Lieblingsgerichte kochen lassen. Krabbenauflauf. Zum Nachtisch gab es flambierte Kirschen mit Vanilleeis – alles sehr festlich, als wäre meine Abwesenheit nicht im Geringsten seine Schuld gewesen und ich lediglich von einer ausgedehnten Urlaubsreise heimgekehrt.

Den ganzen Abend über schwirrte mir der Kopf von seinem pausenlosen, ungewohnt fröhlichen Geplauder und meinem gleichzeitigen Bemühen, gut gelaunt zu wirken. Als wir die Treppe hinauf und ins Bett gingen, war ich total erschöpft.

»Für heute Nacht habe ich ein ganz besonderes Geschenk für dich«, grinste er und reichte mir eine schwarze Schachtel.

Beklommen klappte ich sie auf. »Was ist das?«

Ich klaubte das Bündel schwarzer Lederriemen heraus, und betrachtete es, ohne recht zu wissen, was es damit auf sich hatte. Außerdem lag ein breites Halsband, an dem ein dicker Metallring befestigt war, in der Schachtel.

Er schlich hinter mich und ließ seine Hand meine Hüfte hinabgleiten. »Nur ein kleines spaßiges Rollenspiel.« Dann nahm er mir das Band aus den Fingern und legte es mir um den Hals.

Ich schlug seine Hand weg. »Vergiss es! Dieses … Ding ziehe ich nicht an«, schimpfte ich und warf es zusammen mit dem Strapskorsett aufs Bett. »Ich bin völlig erledigt. Ich gehe schlafen.«

Ich ließ ihn einfach stehen und ging ins Bad, um mir die Zähne zu putzen. Als ich wieder herauskam, hatte er die Nachttischlampe bereits gelöscht und die Augen geschlossen.

Es war zu einfach, das hätte mir klar sein müssen.

Ich wälzte mich eine Weile herum, bis ich ihn sanft schnarchen hörte und mich genug entspannen konnte, um selbst einzuschlafen. Ich weiß nicht, wie spät es war, als mich das Gefühl von etwas Hartem und Kaltem an den Lippen aufweckte. Ich riss die Augen auf und versuchte, es fortzuschlagen, bis ich begriff, dass er mein Handgelenk gepackt hielt.

»Mach den Mund auf«, stieß er mit tiefer, kehliger Stimme hervor.

»Was hast du vor? Lass mich los.«

Doch er packte mich nur noch fester und zog mich mit der anderen Hand so lange an den Haaren, bis mein Kinn zur Decke zeigte. »Ich sag's nicht noch einmal.«

Daraufhin öffnete ich den Mund und zuckte zusammen, als er mir ein Metallrohr so weit hineinschob, bis ich zu würgen begann. Er lachte auf. Dann setzte er sich rittlings auf mich und streckte eine Hand nach der Nachttischlampe aus. Als das Licht anging, begriff ich, was in meinem Mund steckte – der Lauf einer Pistole.

Er wird mich umbringen. Panik überkam mich, doch ich blieb regungslos liegen, starr vor Angst. Voller Entsetzen sah ich zu, wie sich sein Finger langsam auf den Abzug zubewegte.

»Was werde ich nur Tallulah erzählen, wenn sie größer ist?«, höhnte er. »Wie soll ich ihr erklären, dass ihre Mutter sie nicht einmal genug liebte, um leben zu wollen?«

Ich wollte aufschreien, brachte aber keinen Ton heraus, spürte nur, wie die Tränen mir das Gesicht hinab und in die Ohren rannen.

»Nun, ich könnte lügen und sagen, dass Selbstmord bei euch nun mal in der Familie liegt. Vielleicht erzähle ich ihr eines Tages sogar, ihre Tante Julie habe sich auch umgebracht.« Er lachte, beugte sich vor und küsste mich sanft auf die Stirn. Ein eiskalter Blick trat in seine Augen. »Oder du könntest einfach tun, was ich dir sage.«

Dann zog er mir die Pistole aus dem Mund und ließ die Waffe über meinen Hals, meine Brüste, meinen Bauch gleiten, wie die Hand eines Liebhabers.

Ich kniff die Augen zusammen, vernahm nur noch das Rauschen des Blutes in meinen Ohren, mein Körper steif vor Anspannung. *Ich werde meine Tochter nie aufwachsen sehen.* Gleich würde er es tun.

»Mach die Augen auf.«

Dann ließ er von mir ab. Ich atmete tief aus, und ein Seufzer der Erleichterung entrang sich meiner Brust.

»Zieh die Strapse an«, befahl er, die Waffe noch immer auf mich gerichtet.

»Was immer du willst, nur bitte, bitte leg die Pistole weg«, brachte ich flüsternd heraus.

»Ich sag's nicht noch mal.«

Ich glitt vom Bett und fischte die Sachen vom Stuhl, wo ich sie hingeworfen hatte. Ich zitterte so sehr, dass mir das Bustier immer wieder aus den Händen fiel. Schließlich fand ich heraus, wie man die Montur anlegte.

»Vergiss das Halsband nicht.«

Ich schnürte mir das Lederband um den Hals.

»Enger!«, gebot er.

Ich griff nach hinten und schnallte das Band ein Loch enger. Mein Herz hämmerte wie wild, und ich musste mich zwingen, gleichmäßig zu atmen. Wenn ich tat, was er wollte, würde er vielleicht die Waffe weglegen.

Mit einem spöttischen Lächeln trat er auf mich zu, packte den Metallring des Halsbands und zerrte daran. Ruckartig schnellte ich nach vorn. Dann zog er noch fester, bis ich zu Boden stürzte.

»Auf die Knie!«

Ich tat, wie mir geheißen wurde.

»Brave kleine Sklavin.« Er ging zum Kleiderschrank und holte eine Krawatte heraus. »Hände hinter den Rücken.« Nachdem er mir die Krawatte fest um die Handgelenke geknotet hatte, machte er einen Schritt zurück und formte mit den Händen ein Quadrat, als wolle er einen Bildausschnitt einrahmen.

»Nein, nein, noch nicht ganz.« Er marschierte abermals zum Schrank. Diesmal kehrte er mit einem Plastikball in der Hand zurück.

»Weit aufmachen.« Dann stopfte er mir den weichen Knebel in den Mund.

»So ist's recht.« Er legte die Pistole auf seinen Nachttisch, schnappte sich sein Handy und begann, Fotos zu schießen. »Das wird ein entzückendes Album.«

Er zog sich aus und trat auf mich zu. »Lass mich diesen Ball durch etwas viel Besseres ersetzen.« Er schob sich in meinen Mund, während er weitere Bilder schoss.

Dann zog er sich zurück und sah mich verächtlich an. »Du verdienst mich nicht. Weißt du eigentlich, wie viele Frauen sich darum reißen würden, mir einen zu blasen? Und du tust so, als wäre es eine lästige Pflicht.«

»Es tut mir leid.«

»Das sollte es auch. Du bleibst so sitzen und denkst darüber nach, was es heißt, eine gute Ehefrau zu sein, und wie du mir in Zukunft zu zeigen gedenkst, wie sehr du mich begehrst. Vielleicht lasse ich mich ja morgen früh von dir beglücken.« Dann legte er sich ins Bett.

»Und denk nicht mal dran, dich zu bewegen, bis ich es dir erlaube – sonst drücke ich beim nächsten Mal ab«, sagte er und schob die Pistole unter sein Kopfkissen.

Als er das Licht ausschaltete, umfing mich tiefste Finsternis, und fast wünschte ich, er hätte es getan.

47

Ich lebte in ständiger Angst, Tallulah zu verlieren. Der Sozial-
arbeiter, die Anwälte, die Bürokraten, sie alle sahen mich auf
dieselbe Art an – mit einer Mischung aus Argwohn und Wider-
willen. Ich wusste, was sich jeder Einzelne von ihnen fragte:
Wie hat diese Frau damit drohen können, ihr eigenes Kind zu
töten? Ich hörte, wie man hinter vorgehaltener Hand über mich
tuschelte – es ist unmöglich, so etwas geheim zu halten. Ich
sprach mit niemandem darüber, konnte keiner meiner Freundinnen die Wahrheit anvertrauen, nicht einmal Meredith. Ich
war dazu verdammt, mit jener Lüge zu leben, die er mir aufge-
zwungen hatte – und nach einer Weile glaubte ich sie beinahe
selbst.

Von da an tat ich alles, was er mir sagte. Lächelte ihn an, lachte
über seine Witze, biss mir auf die Zunge, wenn ich versucht war,
mit ihm zu streiten oder ihm zu widersprechen. Es war eine
permanente Gratwanderung: War ich zu fügsam, wurde er
ebenfalls wütend und warf mir vor, mich wie ein Roboter zu
gebärden. Er wollte etwas Mumm, etwas Elan sehen, doch ich
konnte nie wissen, wie viel. Ich balancierte auf einem Drahtseil,
stets ein Bein über dem Abgrund. Wenn er mit Tallulah zusammen war, hatte ich ständig Angst, er könne ihr etwas antun, begriff im Laufe der Zeit jedoch, dass seine perversen Spielchen
nur mir, mir ganz allein galten.

Jeder Außenstehende musste glauben können, wir wären die
perfekte Familie. Er gab sich große Mühe, sicherzugehen, dass
nur ich es mitbekam, wenn seine Maske fiel. Sobald andere in

der Nähe waren, hatte ich die ergebene Gattin eines wunderbaren Ehemannes zu spielen.

Aus Tagen wurden Wochen und Monate, und ich lernte, genau das zu tun, was er von mir verlangte. Oft verging viel Zeit, ohne dass etwas Schlimmes passierte. Dann konnte er sogar sehr zuvorkommend sein, und wir führten ein Leben wie ein ganz normales Ehepaar. Bis ich zu unbedacht wurde, irgendeine Kleinigkeit vergaß, die er mir aufgetragen hatte, oder beim Caterer auch nur den falschen Kaviar geordert hatte.

Ich entwickelte eine erstaunliche Expertise darin, sein Gesicht zu lesen, die Anspannung in seiner Stimme zu deuten, und dann alles zu vermeiden, was er als Affront oder Beleidigung hätte auffassen können. Gelang es mir nicht, kam die Pistole wieder zum Vorschein, und jedes Mal fragte ich mich, ob er mich heute Nacht wohl erschießen würde. Tags darauf erhielt ich stets ein Geschenk. Ein edles Schmuckstück, eine Designer-Handtasche, ein teures Parfüm. Und jedes Mal, wenn ich es tragen musste, würde es mich daran erinnern, was ich durchlitten hatte, um es zu bekommen.

An Tallulahs zweitem Geburtstag beschloss er, dass es Zeit für ein weiteres Kind sei. Abends stand ich im Bad und suchte mein Diaphragma – ich setzte es jede Nacht ein, da ich nie wissen konnte, wann er Sex verlangte. Ich wünschte, ich könnte die Pille nehmen, aber ich vertrug sie nicht, und mein Arzt hatte mir vehement zu einer anderen Verhütungsmethode geraten.

Als Jackson hereinkam, drehte ich mich um und fragte: »Hast du mein Diaphragma gesehen?«

»Ich hab's weggeworfen.«

»Warum?«

Er trat zu mir herüber und drückte sich an mich. »Wir sollten ein zweites Baby machen. Diesmal einen Jungen.«

Mit wurde ganz flau im Magen, und ich schluckte schwer. »Jetzt schon? Tallulah ist doch gerade erst zwei.«

Dann zog er mich zum Bett hinüber und entknotete den Gürtel meines Morgenmantels. »Das ist der ideale Zeitpunkt.«

Ich zögerte. »Was, wenn es wieder ein Mädchen wird?«

Er kniff die Augen zusammen. »Dann versuchen wir es eben so lange, bis du mir gibst, was ich will. Wo liegt das Problem?«

Die verräterische Ader an seiner Schläfe begann zu pochen, und ich mühte mich, die Wogen zu glätten, bevor er die Fassung verlor. »Du hast völlig recht, Liebling. Ich habe es nur so genossen, dir meine volle Aufmerksamkeit zu widmen, dass ich gar nicht an ein weiteres Kind gedacht habe. Aber wenn es das ist, was du willst, dann möchte ich es auch.«

Er neigte den Kopf und belegte mich mit einem langen eingehenden Blick. »Willst du mich etwa bevormunden?«

Ich hielt die Luft an. »Aber nein, Jackson. Natürlich nicht.«

Ohne ein weiteres Wort riss er mir den Morgenrock herunter und legte sich auf mich. Als er fertig war, schnappte er sich zwei Kissen und schob sie mir unter die Pobacken.

»Bleib eine halbe Stunde so. Ich habe mir deinen Zyklus angeschaut, du solltest jetzt deinen Eisprung haben.«

Ich wollte protestieren, hielt mich dann aber zurück; spürte Wut und Verbitterung in mir aufwallen, bis sie sich zu einer nahezu körperlichen Kraft auswuchsen, die jeden Moment hervorzubrechen drohte. Doch stattdessen atmete ich tief durch und lächelte ihn an. »Na, dann lass uns hoffen.«

Diesmal dauerte es einige Monate. Als es endlich passierte, war er so glücklich, dass er sogar vergaß, grausam zu sein. Und dann gingen wir zur Zwanzig-Wochen-Untersuchung, jenem Termin, bei dem wir das Geschlecht erfahren würden. Er hatte sich extra Zeit genommen, um mich zu begleiten. Den ganzen Morgen schlich ich wie auf rohen Eiern herum, fürchtete seine Reaktion, falls er nicht seinen Willen bekam. Doch er schien zuversichtlich, pfiff auf der Fahrt im Wagen sorglos vor sich hin.

»Ich habe ein gutes Gefühl, Daphne. Jackson junior. So werde ich ihn nennen.«

Ich sah ihn aus dem Augenwinkel an.»Jackson, aber was ist, wenn ...«

Sofort schnitt er mir das Wort ab.»Keine Schwarzseherei. Wieso musst du immer so eine Miesmacherin sein?«

Als die Ultraschallsonde über meinen Bauch glitt, wir uns Herzschlag und Körper des Embryos ansahen, ballte ich meine Faust so fest zusammen, dass sich meine Nägel tief in die Handflächen bohrten.

»Sind Sie bereit, zu erfahren, was es wird?«, fragte die Ärztin in ihrem üblichen fröhlichen Singsang.

Ich studierte Jacksons Miene.

»Es wird ... ein Mädchen!«, offenbarte sie.

Sein Blick gefror. Dann wandte er sich um und marschierte wortlos aus dem Zimmer. Die Frauenärztin sah mich verwundert an, sodass ich rasch improvisieren musste.

»Er hat gerade seine Mutter verloren. Sie hatte sich eine Enkelin gewünscht. Er wollte nur nicht, dass Sie ihn weinen sehen.«

Woraufhin sie mir ein angestrengtes Lächeln zuwarf und etwas steif anmerkte:»Nun, dann werde ich Sie mal säubern, damit sie rasch nach Hause kommen.«

Auf der gesamten Rückfahrt sprach er kein Wort mit mir. Ich schwieg ebenso, wusste, dass jedes tröstende oder beschwichtigende Wort ihn nur noch weiter aufbringen würde. Ich hatte ihn schon wieder enttäuscht, und wenn ich auch wusste, dass mich keinerlei Schuld traf, merkte ich, wie ich langsam begann, die Wut gegen mich selbst zu richten. Wieso konnte ich nicht einfach einen Sohn bekommen?

Die nächsten drei Nächte blieb er in der Stadtwohnung, und ich war dankbar für die Verschnaufpause. Am Abend seiner Rückkehr wirkte er fast wieder normal – oder zumindest so, wie er es für normal hielt. Er hatte mir eine SMS geschrieben, er werde um sieben da sein, und ich hatte Margarita einen gefüllten Fasan zubereiten lassen, eine seiner Leibspeisen. Als wir uns zum Essen setzten, schenkte er sich ein Glas Wein ein, nahm einen Schluck und räusperte sich.

»Mir ist eine Lösung eingefallen.«

»Wie bitte?«

Er seufzte laut. »Eine Lösung für deine Unfähigkeit. Bei dem hier« – er deutete auf meinen Bauch – »ist es wohl zu spät, etwas zu tun. Alle wissen bereits, dass du schwanger bist. Aber nächstes Mal lassen wir's viel früher untersuchen. Mutterkuchenpunktion. Ich habe mich schlau gemacht. Damit lässt sich das Geschlecht bestimmen – und man kann sie vor dem dritten Monat machen.«

»Und was soll das bringen?«, fragte ich, obwohl ich längst wusste, wie die Antwort lauten würde.

Er zog die Brauen hoch. »Wenn das Nächste wieder ein Mädchen wird, können wir es abtreiben und so lange weitermachen, bis du's endlich hinbekommst.«

Dann griff er sich die Gabel und nahm einen großen Bissen. »Übrigens, kann ich mich darauf verlassen, dass du Tallulahs Anmeldung für die Vorschule rechtzeitig abschickst? Ich möchte sichergehen, dass sie nächstes Jahr in die Klasse für Dreijährige kommt.«

Ich nickte stumm, während der Spargel in meinem Mund zu faserigem Brei wurde. Diskret ließ ich ihn in meiner Serviette verschwinden und nahm einen großen Schluck aus meinem Glas. *Abtreibung?* Ich musste etwas unternehmen. Würde ich mich sterilisieren lassen können, ohne dass er etwas davon mitbekam? Nach der Geburt dieses Kindes würde ich mir etwas einfallen lassen und dafür sorgen müssen, dass ich nie wieder schwanger werden würde.

48

Die Kinder waren das Einzige, was mich bei Verstand hielt. Wie es so schön heißt: Mit Kindern sind die Tage lang, aber die Jahre kurz. Ich lernte, mit seinen Ansprüchen und Launen zu leben, enttäuschte ihn nur noch selten und traute mich noch seltener, ihm etwas zu verweigern oder Kontra zu geben. In solchen Fällen erinnerte er mich eindringlich, was mir blühte, wenn ich nicht gehorchte. Er zeigte mir sogar ein aktualisiertes Attest zweier Ärzte, das er in einem Schließfach verwahrte und das mich offiziell als psychisch krank auswies. Ich fragte nicht nach, womit er sich ihre Lügen erpresst oder erkauft hatte. Wenn ich noch einmal versuchen würde, ihn zu verlassen, drohte er, würde er mich für den Rest meines Lebens in die Klapsmühle stecken. Ich hatte wenig Lust, ihn auf die Probe zu stellen.

Ich wurde zu seinem Steckenpferd. Als Bella in die erste Klasse kam, und nun beide Kinder ganztags die Schule besuchten, beschloss er, auch mit meiner Erziehung fortzufahren. Zwar besaß ich einen Masterabschluss, aber das reichte natürlich nicht. Eines Abends kam er nach Hause und drückte mir einen Prospekt in die Hand.

»Ich habe dich für einen Französischkurs angemeldet. Dreimal in der Woche. Der Kurs fängt erst nachmittags um viertel vor drei an. So kannst du an zwei Tagen für die Stiftung arbeiten und vorher ins Fitnessstudio gehen.«

Die Mädchen saßen an der Kücheninsel und erledigten gerade ihre Hausaufgaben. Tallulah sah mit gezücktem Bleistift auf und wartete meine Antwort ab.

»Jackson, was redest du da?«, fragte ich.

Dann verkündete er an Tallulah gewandt: »Mommy geht wieder zu Schule. Ist das nicht fantastisch?«

Bella klatschte in die Hände. »Jippie! Kommt sie denn dann in meine Klasse?«

»Nein, mein Schatz. Sie wird hier an die Universität gehen.« Tallulah schürzte die Lippen. »War Mommy denn nicht schon längst auf dem College?«

Jackson trat zu ihr hinüber. »Ja, mein Liebling, aber sie kann kein Französisch sprechen wie ihr beide. Ihr wollt doch keine dumme Mommy haben, oder?«

Tallulah kräuselte die Stirn. »Mommy ist nicht dumm.«

Er lachte amüsiert auf. »Da hast du recht, mein Herz. Dumm ist sie nicht. Aber sie ist nicht kultiviert. Sie kommt aus einer armen Familie, wo keiner wusste, wie man sich in der feinen Gesellschaft benimmt. Wir müssen ihr helfen, das zu lernen. Stimmt's, Mommy?«

»Stimmt«, presste ich zwischen zusammengepressten Zähnen hervor.

Der Kurs zerschoss mir den ganzen Tag, und ich hasste ihn. Die Dozentin war eine hochnäsige Französin mit künstlichen Wimpern und knallrotem Lippenstift, die sich unentwegt darüber beklagte, wie kulturlos die Amerikaner doch seien, und besonderen Gefallen daran fand, sich über meine Aussprache lustig zu machen. Schon nach der ersten Stunde hatte ich die Nase gestrichen voll.

Dennoch hatte ich mir vorgenommen, nächste Woche wiederzukommen, als mich Fiona von der Stiftung anrief. Ein Notfall. Einer unserer Klienten musste dringend mit seinem Sohn ins Krankenhaus, doch sein Auto sprang nicht an. Ich erklärte mich bereit, ihn zu fahren, wenn das auch bedeuten würde, den Französischkurs einmal ausfallen zu lassen. Freilich sagte ich Jackson nie ein Wort darüber.

318

Am Montag darauf, als ich gerade von einer langen Massage und ausgedehnten Gesichtsbehandlung heimkam, erhielt ich einen verzweifelten Anruf aus der Schule.

»Mrs. Parrish?«

»Ja.«

»Wir versuchen schon seit drei Stunden, Sie zu erreichen.«

»Ist alles in Ordnung? Geht es den Kindern gut?«

»Ja. Aber sie sind sehr durcheinander. Sie hätten die beiden schon um zwölf Uhr mittags abholen sollen.«

Schon mittags? Wovon redete sie überhaupt? »Aber die Schule geht doch bis drei Uhr.«

Ein gereizter Seufzer drang durch die Leitung. »Heute Nachmittag ist Lehrerkonferenz. Das steht schon seit einem Monat im Kalender, und wir haben Ihnen eine Benachrichtigung nach Hause geschickt. Sie hätten auch noch eine E-Mail und eine SMS bekommen müssen.«

»Es tut mir schrecklich leid. Ich bin gleich da. Ich habe auf meinem Handy keinen Anruf erhalten«, sagte ich zu meiner Rechtfertigung.

»Nun, wir versuchen es seit Stunden unter Ihrer Nummer. Ihr Mann war ebenso wenig zu erreichen. Offenbar ist er beruflich unterwegs.«

Jackson war nicht auf Geschäftsreise, und ich hatte keinen Schimmer, wieso seine Assistentin sie nicht einfach durchgestellt hatte.

Hastig legte ich auf und rannte zum Wagen. Wie war das passiert? Ich zog mein Handy aus der Tasche und warf einen Blick darauf. Keine verpassten Anrufe. Ich rief die Nachrichten ab. Nichts.

An einer roten Ampel durchforstete ich meinen Posteingang und fand keine E-Mails von der Schule. Ein mulmiges Gefühl machte sich in meinem Magen breit und kroch hoch bis in die Brust. Jackson musste dahinterstecken, aber wie? Hatte er die

Nachrichten von meinem Telefon gelöscht? Die Schulnummer geblockt? Aber wieso würde er den Mädchen so etwas antun wollen?

Wie ein geprügelter Hund schlich ich ins Schulgebäude und holte meine Kinder aus dem Büro der strafend dreinblickenden Rektorin ab.

»Mrs. Parrish, das ist nicht das erste Mal. Dieses Verhalten können wir nicht länger tolerieren. Es ist Ihren Töchtern gegenüber nicht fair, und, offen gesagt, ist es das uns gegenüber auch nicht.«

Ich spürte, wie mir Hitze in die Wangen schoss, und wäre am liebsten im Boden versunken. Erst vor ein paar Wochen war ich über eine Stunde nach Schulschluss immer noch nicht da gewesen, und sie hatten Jackson anrufen müssen, um die Kinder abzuholen. Am diesem Tag war er zum Mittagessen heimgekommen. Als er wieder weg war, hatte mich plötzlich eine bleierne Müdigkeit überfallen, und ich hatte mich, wie ich dachte, zu einem kurzen Nickerchen hingelegt. Erst als Jackson und die Kinder um fünf Uhr zur Tür hereinkamen, war ich aufgewacht. Ich hatte sogar den Handywecker verschlafen.

»Es tut mir leid, Mrs. Sinclair. Ich weiß nicht, wie das passieren konnte. Ich habe nie irgendwelche E-Mails oder SMS bekommen und mein Telefon hat, warum auch immer, kein einziges Mal geläutet.«

An ihrer Miene war abzulesen, dass sie mir kein Wort glaubte. »Na ja. Sorgen Sie bitte dafür, dass das nie wieder vorkommt.«

Ich trat vor, um die Mädchen an die Hand zu nehmen, Bella jedoch zog ihre fort und stampfte wutschnaubend voraus zum Auto. Die gesamte Fahrt über redete sie kein Wort mit mir.

Als wir heimkamen, wartete Sabine schon auf uns und bereitete gerade einen Snack für die Kleinen zu.

»Sabine, warst du heute Nachmittag hier? Die Schule hat versucht, mich zu erreichen.«

»Nein, *Madame*. Ich war einkaufen.«

Ich nahm das Festnetztelefon und rief mein Mobilnummer an. Zwar hörte ich es tuten, aber mein Handy machte keinen Mucks. Was ging hier vor sich? Mit einem bangen Gefühl rief ich das Menü auf, ging auf Einstellungen und tippte schließlich auf *Meine Nummer*. Fassungslos starrte ich auf das Display. Ich hatte die Nummer noch nie gesehen. Dann warf ich einen genaueren Blick auf das Gerät. Es war ein anderes Handy. Mein altes hatte einen winzigen Sprung über der Home-Taste. Jackson musste sie vertauscht haben. Und was war mit dem anderen Mal, als ich die Kinder hatte warten lassen? Hatte er mir Drogen verabreicht?

»Daddy ist zu Hause!«, kreischte Bella.

Während ihm die Kleine in die Arme rannte, starrte er mich über ihren Kopf hinweg an.

»Wie geht's meinem Mädchen?«

Sie zog eine Schnute und jammerte: »Mommy hat uns schon wieder in der Schule vergessen. Wir haben den ganzen Tag im Büro gesessen. Es war furchtbar.«

Jackson und Sabine wechselten einen raschen Blick.

Er nahm Bella noch fester in den Arm und küsste sie auf den Kopf. »Mein armer Schatz. Mommy ist in letzter Zeit schrecklich vergesslich. Sie hat sogar ihren Französischunterricht verpasst.«

Tallulah sah zu mir herüber. »Was ist passiert, Mom?«

Jackson antwortete für mich. »Mommy hat ein kleines Alkoholproblem, Schätzchen. Manchmal trinkt sie so viel, dass sie vergisst, was sie tun muss. Aber wir helfen ihr, nicht wahr?«

»Jackson! Das ist nicht …«

Ich konnte hören, wie Sabine die Luft anhielt.

»Lüg mich nicht mehr an, Daphne. Ich weiß, dass du letzte Woche nicht im Französischkurs warst«, fiel er mir ins Wort, nahm meine Hand und drückte fest zu. »Wenn du zugibst, dass du ein Problem hast, kann ich dir helfen. Wenn nicht, wirst du wohl wieder zurück in die Klinik müssen.«

Tallulah schossen die Tränen in die Augen. Sie sprang auf, rannte zu mir herüber und schlang ihre Arme um meine Hüfte. »Nein, Mommy! Geh nicht weg.«

Nur mit Mühe fand ich meine Stimme wieder und tröstete sie:»Natürlich nicht, Liebling. Ich gehe nirgendwohin.«

»Ab sofort holt Sabine euch ab, damit die Schule ja keinen falschen Eindruck von uns bekommt, falls Mommy euch wieder vergisst. Das wäre doch gut, Mommy?«

Ich holte tief Luft, verzweifelt bemüht, das Hämmern in meiner Brust irgendwie in den Griff zu bekommen.

»Gewiss.«

Daraufhin streckte er die Hand aus und berührte den Ärmel meines Pullis.»Und das sind wirklich hässliche Sachen, die du da trägst. Wieso ziehst du dich nicht rasch um? Bella, hilf Mommy doch dabei, sich ein schönes Kleid fürs Abendessen rauszusuchen.«

»Komm, Mommy. Ich weiß schon was, das steht dir bestimmt ganz toll.«

49

Plötzlich waren da die Schildkröten. Überall, wo ich hinsah. Sie verbargen sich hinter Fotos, spähten von Bücherregalen hinab, hockten drohend oben auf den Kommoden.

Ganz zu Beginn unserer Ehe, bevor ich lernte, meine Gefühle für mich zu behalten, hatte ich Jackson einmal erzählt, wieso ich sie so hasste. Als Julie und ich klein waren, kaufte unser Vater uns eine Schildkröte. Wir hatten schon immer einen Hund oder eine Katze gewollt, aber – ganz unabhängig von ihrer Mukoviszidose –, war Julie gegen beides allergisch. Meine Mutter hatte ihn gebeten, eine Dosenschildkröte zu besorgen, doch stattdessen brachte er eine Schnappschildkröte mit nach Hause. Ihr Vorbesitzer hatte sich nicht mehr um sie kümmern können und sie nach einem Jahr zurück in die Zoohandlung gebracht. Gleich am ersten Tag, ich wollte sie gerade mit einer Möhre füttern, schnappte sie zu und biss mir in den Finger. Ihr Kiefer war so stark, dass ich ihn nicht herausbekam und wie am Spieß schrie, während Julie lospreschte, um meine Mutter zu finden. Ich konnte mich noch gut an den Schmerz erinnern und an meine panische Angst, sie könnte mir den Finger abbeißen. Dass es nicht dazu kam, verdankte ich allein der Geistesgegenwart meiner Mutter, die der Kröte rasch eine andere Möhre anbot, worauf das Maul sich wieder öffnete. Ich zog den blutenden Finger heraus, und wir rasten in die Notaufnahme. Selbstverständlich gaben wir die Schildkröte umgehend zurück, aber das Erlebnis hinterließ bei mir eine bleibende Angst vor sämtlichen Panzertieren.

Jackson hatte damals aufmerksam gelauscht und etwas Mit-
fühlendes gebrummelt. Ich war froh gewesen, mir ein weiteres
Kindheitstrauma von der Seele reden zu können. Doch eines
Tages, als Bella noch ein Baby war und ich sie gerade zum Mit-
tagsschlaf hingelegt hatte, fiel mir beim Hinausgehen ein neues
Kuscheltier ins Auge, das leicht über das Regal hinausragte.
Umgehend griff ich zum Telefon und rief Jackson im Büro an.

»Wo kommt die Schildkröte in Bellas Zimmer her?«

»Wie bitte?«

»Die Schildkröte. Sie stand bei ihren Stofftieren.«

»Ist das dein Ernst? Ich habe hier gerade einen Mördertag,
und du fragst mich nach einem Kuscheltier? Keine Ahnung.
Gibt es sonst noch was?«

Plötzlich kam ich mir albern vor. »Nein. Entschuldige bitte
die Störung.«

Dann schnappte ich das verdammte Ding und warf es in den
Müll.

Tags darauf kam Meredith zu Besuch, und ich lud sie auf einen Kaffee in den Wintergarten ein. Sie schlenderte hinüber zu
den deckenhohen Bücherregalen und griff nach etwas.

»Wie entzückend, Daphne. Die habe ich ja noch nie gesehen.« In ihrer Hand lag eine weiß-goldene Porzellanschildkröte.

Ich ließ die Tasse fallen. Heißer Kaffee ergoss sich über meine
gesamte Kleidung.

»O Gott, was bin ich doch für ein Trampel«, stammelte ich
und läutete nach Margarita, um alles aufzuwischen. »Jackson
muss die Figur gekauft haben. War mir auch noch nicht aufgefallen.«

Ich presste die Hände zusammen, um mein Zittern zu verbergen.

»Nun, die ist wirklich bezaubernd. Limoges.«

»Nimm sie mit. Ich schenk sie dir.«

»Sei nicht albern«, sagte sie kopfschüttelnd. »Ich habe sie doch nur bewundert.«

Sie sah mich befremdet an. »Es wird Zeit, dass ich wieder aufbreche. Ich bin mit Rand im Club zum Lunch verabredet.« Dann legte sie mir die Hand auf den Arm. »Geht es dir gut?«

»Ja, ich bin nur ein wenig müde. Ich muss mich immer noch an die Schlaf- und Wachzeiten des Babys gewöhnen.«

»Ach, natürlich. Versuch nur, dich etwas auszuruhen. Ich melde mich später bei dir«, lächelte Meredith.

Nachdem sie gegangen war, suchte ich die Schildkröte im Internet. Sie kostete über neunhundert Dollar!

An jenem Abend stellte ich sie ihm vor seinen Teller auf den Tisch. Als er sich setzte, warf er einen Blick darauf und sah mich fragend an.

»Was macht das Ding denn hier?«

»Genau das würde ich gern von dir wissen.«

Er zuckte mit den Schultern. »Die gehört in den Wintergarten.«

»Jackson, wieso tust du das? Du weißt doch, was ich von Schildkröten halte.«

»Weißt du eigentlich, wie irre du klingst? Das ist doch nur eine kleine Figur. Die kann dir nichts tun.« Dabei grinste er mich überheblich und mit streitlustigem Blick an.

»Ich mag sie nicht. Hör bitte auf damit.«

»Aufhören womit? Du bist so schrecklich paranoid. Vielleicht leidest du ja wieder unter einer Wochenbettdepression. Sollten wir mal mit deinem Arzt reden?«

Daraufhin schmiss ich meine Serviette auf den Teller und fuhr hoch. »Ich bin nicht verrückt. Erst das Stofftier und jetzt das.«

Er schüttelte den Kopf und ließ einen Finger neben seiner Schläfe kreisen – so wie Kinder es tun, wenn sie glauben, jemand sei übergeschnappt.

Ich stob die Treppe empor, knallte die Schlafzimmertür hinter mir zu, warf mich aufs Bett und schrie in mein Kopfkissen. Als ich den Kopf hob, stierten mich vom Nachttisch zwei runde Glasaugen an. Ich packte die gläserne Schildkröte und schleuderte sie mit aller Kraft gegen die Wand. Doch statt zu zerspringen, landete sie lediglich mit einem dumpfen Schlag auf dem Schlafzimmerteppich. Dort saß sie nun, taxierte mich mit ihren kalten Reptilienaugen, als stünde sie kurz davor, zu mir aufs Bett zu kriechen und mich für das, was ich ihr angetan hatte, zu bestrafen.

50

Wenn man herausfindet, dass man mit einem Soziopathen verheiratet ist, muss man erfinderisch werden. Es hat keinen Sinn, ihn ändern zu wollen. Das Einzige, was mir also übrig blieb, war, ihn zu studieren – sein wahres Ich, jenes, das sich hinter der hochglanzpolierten Fassade der Menschlichkeit und Normalität verbarg. Jetzt, wo ich die Wahrheit kannte, lernte ich, es aufzuspüren – in kleinen Gesten wie dem winzigen Lächeln, das seine Lippen umspielte, wenn er Traurigkeit vorschützte. Er war ein begnadeter Schauspieler und wusste genau, was er sagen oder tun musste, um sich die Zuneigung anderer zu erschleichen. Nun, da er die Maske mir gegenüber hatte fallen lassen, musste ich einen Weg finden, ihn mit seinen eigenen Mitteln zu schlagen.

Als er mich ermutigte, doch noch weitere Kurse an der Universität zu besuchen, nahm ich ihn beim Wort. Ich besorgte mir sämtliche Lehrbücher des Kunstseminars und arbeitete sie zu Hause durch, für den Fall, dass er mich abfragen würde. Aber ich studierte nicht Kunstgeschichte. Stattdessen belegte ich Psychologiekurse, die ich bar bezahlte, und für die ich mich unter falschem Namen und mit einer Postfachadresse eingeschrieben hatte. Der Campus war so weitläufig, dass mich meine Französischdozentin kaum dabei ertappen würde, wie ich mich für jemand anderen ausgab. Zur Sicherheit trug ich als Psychologiestudentin stets eine Baseballmütze und Trainingshosen. Ich sollte wohl dazusagen, dass mir solche Maßnahmen an diesem Punkt meiner Ehe keineswegs extrem vorkamen – hatte ich mich doch längst an ein Leben gewöhnt, in dem Arglist und Täuschung so selbstverständlich waren wie die Luft zum Atmen.

In meinem Kurs *Klinische Psychologie* begann ich schließlich, die Puzzlesteine zusammenzusetzen. Meine Professorin war eine faszinierende Frau, die auch eine private Praxis unterhielt. Ihr zuzuhören, wie sie über manche ihrer Patienten sprach, war, wie einer Beschreibung Jacksons zu lauschen. Bei ihr besuchte ich noch einen weiteren Kurs zu psychischen Störungen sowie ein Seminar über Persönlichkeitspsychologie. Anschließend verbrachte ich Stunden in der Universitätsbibliothek und las alles über die antisoziale Persönlichkeit, was mir in die Hände fiel.

Interviews mit Soziopathen haben ergeben, dass sie in der Lage sind, potenzielle Opfer allein an ihrem Gang zu erkennen. Offenbar gibt unsere Körperhaltung bereits eine Menge über unsere Schwachstellen und Befindlichkeiten preis. Auch wird Ehepartnern von Soziopathen oft ein Übermaß an Empathie nachgesagt. Dieses Detail wollte mir nicht recht einleuchten. Konnte es tatsächlich so etwas wie *zu viel* Mitgefühl geben? Obwohl darin zugegebenermaßen eine gewisse Logik lag, wenn auch eine zutiefst ironische. Denn wenn sich Soziopathen, wie es hieß, durch zu wenig Empathie auszeichneten, ihre Opfer hingegen zu viel davon besaßen, könnte man annehmen, sie würden ideal zusammenpassen. Aber natürlich lässt sich Empathie nicht teilen wie ein Stück Torte. Man kann nicht einfach sagen: »Hier, nimm einfach ein Stück von mir, ich hab da noch was übrig.« Und Soziopathen könnten es ohnehin nicht annehmen, schließlich definiert sich ihre Störung ja genau durch die Unfähigkeit zur Empathie. Dennoch bin ich der Meinung, dass die Wissenschaftler in einem Punkt falsch liegen. Das Problem der Opfer ist nicht ein Zuviel an Mitgefühl – es ist fehlgeleitetes Mitgefühl, ein irriger Versuch, jemanden zu retten, dem nicht zu helfen ist. Jahre später weiß ich also, was ihn an mir angezogen hat. Die Frage indes, die mich auch heute noch umtreibt, lautet: Was hat mich an ihm angezogen?

Jackson drängte mich erneut, schwanger zu werden – er verzehrte sich nach einem Sohn. Doch um nichts in der Welt wollte ich ein weiteres Kind von ihm zur Welt bringen. Also fuhr ich ohne sein Wissen zu einer ehrenamtlichen Klinik in einer anderen Stadt und ließ mir eine Spirale einsetzen. Jeden Monat notierte er meine Periode, wusste exakt, wann ich meinen Eisprung haben würde, und sorgte dafür, dass wir in diesem Zeitfenster noch mehr Sex hatten als üblich. Eines Tages, als ich dennoch wieder meine Tage bekommen hatte, kam es zum großen Krach.

»Was stimmt denn nicht mit dir? Jetzt sind es schon drei Jahre.«

»Wir könnten einen Fortpflanzungsmediziner konsultieren. Vielleicht ist ja deine Spermienzahl zu gering.«

Er blickte mürrisch drein. »Unsinn. Mit mir ist alles in Ordnung. Du bist eine unfruchtbare alte Schachtel.«

Aber die Saat des Zweifels war gesät, ich konnte es in seinen Augen sehen. Mein Kalkül war, dass sein aufgeblasenes Ego es nicht zulassen würde, seine Manneskraft ernsthaft infrage zu stellen.

»Es tut mir leid, Jackson. Ich will es doch genauso sehr wie du.«

»Nun, du wirst schließlich nicht jünger. Wenn du nicht bald schwanger wirst, passiert es wohl nie mehr. Vielleicht solltest du dir Fruchtbarkeitspillen verschreiben lassen.«

Ich schüttelte den Kopf. »Kein Arzt würde das tun. Vorher müssten sie uns beide komplett durchchecken. Ich rufe gleich am Montag an und mache einen Termin.«

Eine seltene Unentschlossenheit glitt in seine Züge. »Nächste Woche ist es bei mir ganz schlecht. Ich sage Bescheid, wenn es mir besser passt.«

Es war das letzte Mal, dass er das Thema ansprach.

51

Jackson sollte guter Laune sein. Dafür musste ich sorgen, denn ich konnte es kaum erwarten, meine Mutter zu Tallulahs Geburtstagsfeier wiederzusehen. Ich musste ihm den gesamten Monat davor alles recht machen, damit er ihren Besuch nicht noch in letzter Minute abblies. Was bedeutete, mindestens dreimal in der Woche mit ihm zu schlafen, ohne dass er mich dazu drängen musste, stets seine Lieblingskleider zu tragen, ihn im Beisein meiner Freundinnen anzuhimmeln und mit dem wachsenden Berg von Büchern auf meinem Nachttisch schrittzuhalten, die er mir allwöchentlich online bestellte. Meine Krimis und Romane von Autoren wie Stephen King, Rosamund Lupton oder Barbara Kingsolver wichen denen von Steinbeck, Proust, Nabokov und Melville – sprich: Büchern, die mich seiner Meinung nach zu einer interessanteren Tischnachbarin machen würden. Und das zusätzlich zu den Klassikern, die wir gemeinsam lasen.

Seit dem letzten Besuch meiner Mutter war ein halbes Jahr vergangen, und ich brannte darauf, sie wiederzusehen. Im Laufe der Jahre hatte sie sich damit abgefunden, dass wir uns nicht mehr sonderlich nahestanden. Sie dachte, dass mir das Geld zu Kopf gestiegen wäre, ich mich verändert und deshalb kaum noch Zeit für sie hätte. Eben das, was er ihr weisgemacht hatte.

Es war mir unendlich schwergefallen, sie nicht ins Vertrauen zu ziehen, doch hätte ich auch nur ein Wort gesagt – wer weiß, was er uns angetan hätte, oder auch nur ihr. Also gab ich nach und lud sie nur zweimal im Jahr zu den Geburtstagen der Mädchen ein. Über die Weihnachtsfeiertage herrschte in der Pension stets Hochbetrieb, was mir ersparte, ihr zu sagen, dass sie nicht willkommen war. Und Jackson erlaubte uns nicht, sie über die Festtage zu besuchen, da er es für wichtig hielt, dass Kinder Weihnachten zu Hause verbrachten.

Dieses Jahr wurde Tallulah elf, und wir feierten eine große Party. All ihre Schulkameradinnen würden kommen. Ich hatte eine Tierschau organisiert und eine große Geburtstagstafel im Wintergarten – das volle Programm. Von unseren erwachsenen Freunden war niemand eingeladen, mit Ausnahme von Amber. Wir waren damals seit einigen Monaten befreundet und sie war mir allmählich so vertraut, als gehörte sie zur Familie. Zur Kinderbetreuung hatte ich reichlich Hilfe, beide Nannys würden da sein. Sabine arbeitete nur wochentags, weshalb Jackson eine junge Studentin angeheuert hatte, Surrey, die an den Wochenenden bei uns wohnte und mir bei allem, was die Kinder betraf, zur Hand ging. Dennoch wollte Sabine die Party nicht missen.

Als Amber vorbeikam, um einen geliehenen Film zurückzubringen, erzählte ich ihr von den Vorbereitungen.

»Ich würde so gern deine Mutter kennenlernen, Daphne«, erwiderte sie begeistert.

»Das wirst du auch. Du kannst gern vorbeischauen, solange sie da ist. Aber bist du sicher, dass du wirklich zur Feier kommen möchtest? Wir werden zwanzig schreiende Kinder da haben. Ich weiß nicht mal, ob ich selbst mir das antun will«, flachste ich.

»Ich könnte dich unterstützen. Natürlich weiß ich, dass eine Menge Haushaltshilfen da sein werden und so, aber manchmal tut es auch gut, eine Freundin dabeizuhaben.«

Als ich Jackson erzählte, dass sie kommen würde, zeigte er sich wenig erfreut. »Was soll das, Daphne? Das ist eine Familienfeier. Sie ist schließlich nicht deine Schwester, weißt du? Sie lungert andauernd hier herum.«

»Sie hat niemanden in Bishops Harbor. Und sie ist meine beste Freundin.« Kaum waren die Worte verklungen, da wusste ich bereits, dass ich einen Fehler begangen hatte. War sie das denn wirklich? Seit Jahren schon hatte ich keine beste Freundin mehr gehabt. Wie konnte ich jemandem nahe sein, wenn mein ganzes Leben eine einzige Lüge darstellte? All meine Beziehungen, außer die zu meinen Kindern, waren zwangsläufig oberflächlich. Aber bei Amber war das anders – ich fühlte mich ihr auf eine Weise verbunden, die niemand sonst verstehen konnte. So gern ich Meredith auch hatte, sie würde den Verlust meiner Schwester niemals nachempfinden können.

»Deine beste Freundin? Dann könntest du ja genauso gut behaupten, Margarita sei deine beste Freundin. Sie ist ein Niemand.«

Rasch verbesserte ich mich. »Selbstverständlich hast du recht. So habe ich das nicht gemeint. Was ich sagen wollte, war: Sie ist der einzige Mensch, der versteht, was ich durchgemacht habe. Ich habe das Gefühl, ihr etwas schuldig zu sein. Davon abgesehen, sagt sie immer, wie gastfreundlich du wärst und wie sehr sie dich bewundert.«

Das schien ihn zu besänftigen. Von einem Mann seiner Intelligenz hätte man erwarten müssen, dass er mich durchschaute. Aber das war nun mal sein Schwachpunkt: Jackson wollte stets glauben, jeder würde ihn verehren.

Also kam sie, und es war tatsächlich schön, eine Freundin dabeizuhaben. Wenn man Jackson zusah, wie herzlich er mit Amber umging, man hätte nie geahnt, wie er in Wahrheit von ihr dachte.

Beim Auspacken sah ich gespannt zu, als Ambers Geschenk an die Reihe kam. Es war ein Buch über das Leben Edgar Allan Poes.

Tallulah blickte zu uns hinüber und ließ ihr ein artiges Dankeschön zukommen.

»Ich musste daran denken, wie du damals in New York seine Erzählungen gelesen hast«, rief Amber ihr zu.

»Ist sie nicht etwas zu jung für Poe?«, erkundigte sich meine stets freimütige Mutter in Ambers Hörweite.

»Tallulah ist ausgesprochen weit für ihr Alter. Sie liest so gut wie ein Achtklässler«, entgegnete ich.

»Intellektuelle und emotionale Entwicklung sind nicht das Gleiche«, gab meine Mutter zu bedenken.

Amber entgegnete nichts, sondern schlug lediglich die Augen nieder. Ich war hin- und hergerissen. Sollte ich Amber verteidigen, oder die Einwände meiner Mutter ernst nehmen?

»Ich werfe einen Blick hinein, und wenn du recht hast, lege ich es beiseite, bis sie älter ist«, beruhigte ich sie.

Als ich wieder aufblickte, sah ich, wie Surrey aufgebracht herumrannte und Geschenke aufsammelte, die plötzlich überall auf dem Boden verstreut lagen.

»Grundgütiger, was ist denn geschehen?«, fragte meine Mutter entgeistert.

»Bella hat den Stapel umgeworfen«, antwortete Surrey.

»Was?« Ich eilte hinüber, um zu sehen, was passiert war.

Wutschnaubend stand Bella vor dem Geburtstagstisch, die Hände in die Hüften gestemmt, die Unterlippe schmollend vorgeschoben.

»Bella, was ist denn los?«

»Das ist ungerecht. Talullah kriegt alle Geschenke. Wo bleibt meins?«

»Es ist nun mal nicht dein Geburtstag. Deine Feier war vor sechs Monaten.«

Sie stampfte mit dem Fuß auf. »Mir egal. Ich hab viel weniger Geschenke gekriegt. Und bei mir gab's keine Tierschau.« Dann hob sie ihr kleines Fäustchen und ließ es auf eine Seite der Geburtstagstorte niedergehen.

Das konnte ich heute wirklich nicht gebrauchen. »Surrey,

würdest du bitte mit Bella auf ihr Zimmer gehen, bis sie sich beruhigt hat?« Ich deutete auf die Torte. »Und schau doch mal, ob du das beheben kannst.«

Surrey versuchte Bella zum Mitkommen zu bewegen, aber Bella weigerte sich und rannte in die entgegengesetzte Richtung davon. Ich war froh, dass keine der anderen Mütter da war und es mitbekam. Ich hatte nicht die Kraft, ihr hinterherzurennen. Wenigstens störte sie jetzt niemanden mehr.

Als ich mich wieder zu Amber und meiner Mutter gesellte, strafte Letztere mich mit einem missbilligenden Blick.

»Das Kind ist total verzogen.«

Das Blut pochte mir in den Ohren. »Mutter, es fällt ihr im Moment nur schwer, ihre Gefühle in den Griff zu bekommen.«

»Sie ist verwöhnt. Wenn du die Erziehung nicht allein den Kindermädchen überlassen würdest, hätte sie vielleicht bessere Manieren.«

Amber warf mir einen mitfühlenden Blick zu, und ich schnaufte tief durch, aus Angst etwas zu sagen, was ich später bereuen würde.

»Wärst du bitte so nett und würdest deine Erziehungsratschläge für dich behalten? Bella ist schließlich meine Tochter, nicht deine.«

»Stimmt. Wäre sie nämlich meine Tochter, würde sie sich nicht so aufführen.«

Ich sprang auf und rannte aus dem Zimmer. Wie konnte sie es nur wagen, mir Vorwürfe zu machen? Sie hatte nicht die geringste Ahnung von meinem Leben. Und wessen Schuld ist das? fragte eine leise Stimme in meinem Kopf. Wie ich doch wünschte, dass meine Mutter mehr an meinem Leben teilhaben könnte, mehr über die Gründe wüsste, wieso ich die Mädchen so erzog, wie ich es tat. Im Augenblick jedoch war ihre missbilligende und mäkelnde Stimme nur ein zusätzlicher Tropfen in jener Flut von Vorwürfen, die ich tagtäglich über mich ergehen lassen musste. Ich griff in meine Handtasche, fischte ein Valium heraus und würgte die Tablette trocken hinunter.

Amber kam in die Küche. Sie legte mir eine Hand auf die Schulter.

»Mütter! So sind sie eben«, tröstete sie mich.

Ich schwieg dazu, meine Tränen mit Mühe und Not zurückhaltend.

»Nimm's dir nicht so zu Herzen. Sie meint es doch nur gut. Du bist eine fantastische Mutter.«

»Ich gebe mein Bestes. Und ich weiß, wie schwierig Bella sein kann. Aber sie hat ein gutes Herz. Glaubst du, ich bin ihr gegenüber zu nachgiebig?«

Sie schüttelte den Kopf. »Aber nicht doch. Sie ist ein Schatz. Eben nur sehr impulsiv. Das wird sich bestimmt bald geben. Was sie jetzt braucht, sind Fürsorge und Verständnis.«

»Ich weiß nicht recht.«

Ich konnte meiner Mutter keinen Vorwurf machen. Natürlich musste sie glauben, ich würde über Bellas schlechtes Benehmen geflissentlich hinwegsehen. Was meine Mutter nicht wusste, war, dass sich Bella Nacht für Nacht in den Schlaf weinte. Vor anderen mochte Jackson zwar den treusorgenden Vater geben, hinter verschlossenen Türen jedoch wusste er stets genau, was er sagen musste, um die Mädchen gegeneinander auszuspielen und Bella das Gefühl zu geben, ihrer älteren Schwester unterlegen zu sein.

Bella hatte Probleme beim Lesen und lag hinter ihren Klassenkameraden zurück. Sie war immer noch nicht in der Lage, einen längeren Text zu lesen. Tallulah hatte im ersten Schuljahr bereits so gut gelesen wie ein Fünftklässler. Und Jackson wurde nicht müde, Bella daran zu erinnern. Die Arme quälte sich gerade durch ihre ersten Fibeln. Ihre Lehrer rieten uns eindringlich, sie testen zu lassen, doch Jackson wollte nichts davon wissen. Auf der Heimfahrt von einem Elternabend waren wir darüber in Streit geraten.

»Sie könnte irgendeine Lernbehinderung haben. Das ist keineswegs selten.«

Mit zusammengebissenen Zähnen, den Blick starr auf die Straße gerichtet, hatte er geantwortet: »Sie ist nur faul. Das Kind tut einfach, was es will und wann es das will.«

Ich spürte die Wut in mir aufsteigen. »Das stimmt nicht. Bella bemüht sich so sehr. Jeden Abend kämpft sie sich unter Tränen durch ein oder zwei Seiten. Ich glaube wirklich, dass sie Hilfe braucht.«

Daraufhin hatte er mit der Hand knallend aufs Lenkrad geschlagen und gebrüllt: »Verdammt noch mal, ich werde nicht zulassen, dass man sie als Legasthenikerin oder so etwas abstempelt. Das wird ihr ewig nachhängen, und sie wird nie in Charterhouse aufgenommen werden. Wir engagieren einen Privatlehrer, und es ist mir völlig egal, ob sie fünf Stunden am Tag dafür ackern muss, aber sie *wird* lesen lernen.«

Resigniert schloss ich die Augen. Es hatte keinen Sinn, mit ihm zu diskutieren. Sobald die Mädchen in die Highschool kämen, hatte er vor, sie auf die Charterhouse School zu schicken, ein elitäres Internat in England. Doch tief in meinem Herzen war ich überzeugt, dass ich in der Zwischenzeit einen Ausweg aus dieser Ehe finden würde. Aber bis dahin würde ich so tun müssen, als spielte ich mit.

Ich stellte eine Nachhilfelehrerin mit sonderpädagogischer Vorbildung ein. Ohne dass Jackson oder Bella davon Wind bekamen, führte sie eine Reihe von Tests durch, und alles deutete auf Legasthenie hin. Wie sollte Bella so jemals mit den anderen mitkommen? Ganz ohne irgendwelche Zugeständnisse, ohne dass die Lehrer auf ihre Art zu lernen eingehen konnten? Ich wusste, dass sie dafür auf der falschen Schule war. St. Luke's verfügte nicht über die Ausstattung, ihr die nötige Förderung zukommen zu lassen, doch Jackson weigerte sich, einen Schulwechsel überhaupt in Betracht zu ziehen.

Das arme Kind büffelte den ganzen Tag in der Schule, und wenn sie heimkam, wartete bereits die Privatlehrerin mit mehr Lernstoff auf sie; nur so war sie in der Lage mitzuhalten. Stunde für Stunde hockten sie da, paukten und lasen, und dennoch ging es quälend langsam voran; nicht zuletzt, weil Bella nicht mehr stillsitzen wollte. Sie wollte endlich spielen gehen, und das wäre auch ihr gutes Recht gewesen. Doch jeden Abend vor dem Essen beharrte Jackson darauf, dass Bella uns etwas vorlas. Wenn sie über ein Wort stolperte oder zu lange dafür brauchte, trommelte er mit den Fingern auf den Tisch, bis sie sich noch mehr verhaspelte. Ironischerweise begriff er überhaupt nicht, dass seine Ungeduld genau das Gegenteil dessen bewirkte, was er damit bezweckte. Er glaubte tatsächlich, dass er ihr etwas Gutes tat, wenn er sich um ihre Bildung kümmerte. Zumindest behauptete er das. Uns allen graute bald vor jedem Abendessen im Kreise der Familie. Und Bella, die Arme, war ständig erschöpft, überreizt und von Selbstzweifeln zermürbt.

Einen dieser Abende werde ich wohl nie vergessen. Bella hatte einen furchtbaren Schultag hinter sich und schon bei der Hauslehrerin einen ordentlichen Tobsuchtsanfall hingelegt. Als wir uns an den Tisch setzten, glich sie einem brodelnden Vulkan. Nach der Hauptspeise servierte Margarita schließlich das Dessert.

»Kein Nachtisch für Bella, bis sie gelesen hat«, befahl Jackson.

»Ich will nicht lesen. Ich bin zu müde«, klagte diese und griff nach dem Teller mit den Brownies.

»Margarita«. Seine Stimme klang derart scharf, dass wir uns alle zu ihm umwandten. »Ich habe Nein gesagt.«

»Mister, dann nehme ich sie wieder mit und bringe sie später noch einmal.«

»Nein, Tallulah darf ihren haben. Sie ist ein schlaues Mädchen.«

»Das ist schon okay, Daddy. Ich kann warten«, wisperte Tallulah mit gesenktem Kopf, den Blick weiter auf den Teller gerichtet.

Widerwillig stellte Margarita den Teller auf den Tisch und suchte rasch das Weite.

Jetzt stand Jackson auf und reichte Bella das Buch, das er für sie ausgewählt hatte. Sie schmiss es auf den Boden.

Er lief feuerrot an vor Wut. »Du bekommst jetzt seit einem halben Jahr Nachhilfe. Das sollte für dich kein Problem sein. Lies die erste Seite.« Dann bückte er sich nach dem Buch.

Ich warf einen Blick darauf. *Wilbur und Charlotte.* Das würde sie nie im Leben schaffen.

»Jackson, das bringt doch nichts.«

Ohne mich zu beachten, schleuderte er das Buch donnernd auf den Tisch, sodass Bella vor Schreck zusammenzuckte.

Ich sah, wie die Ader an seiner Schläfe zu pulsieren begann.

»Entweder sie liest jetzt das verdammte Buch, oder ich feure ihre unfähige Nachhilfelehrerin. Zeig mir, was du gelernt hast. Sofort!«

Mit zittrigen Händen nahm Bella das Buch, schlug es auf und fing mit bebender Stimme an zu lesen. »Wwwwo hiiiin geeeeeht Pa-pa miit deeer Aaaxt?«

»Oh, um Himmels willen. Du klingst ja wie eine Schwachsinnige! Spuck's schon aus.«

»Jackson!«

Er funkelte mich finster an und wandte sich wieder Bella zu. »Du siehst wirklich hässlich aus, wenn du so liest.«

Bella brach in Tränen aus und rannte aus dem Zimmer. Ich zögerte einen Augenblick, dann stürzte ich ihr hinterher.

Nachdem ich sie etwas beruhigt und ins Bett gebracht hatte,

sah sie mich mit ihren großen blauen Augen an und fragte:»Bin ich dumm, Mommy?«

Ihre Worte trafen mich ins Mark.

»Aber natürlich nicht, Schätzchen. Du bist sehr, sehr schlau. Viele Leute haben Schwierigkeiten beim Lesenlernen.«

»Tallulah nicht. Sie ist schon mit einem Buch in der Hand zur Welt gekommen. Aber ich bin dumm wie Bohnenstroh.«

»Wer hat das gesagt?«

»Daddy.«

Ich hätte ihn umbringen können.»Hör mir mal gut zu. Weißt du, wer Einstein war?«

Sie hob den Blick zur Decke empor.»Der verrückte alte Mann mit den komischen Haaren?«

Ich musste lachen.»Ja. Er war einer der schlausten Menschen, die je gelebt haben, und er hat erst mit neun Jahren lesen gelernt. Du bist sehr klug.«

»Daddy glaubt das aber nicht.«

Wie hätte ich sie noch trösten können?»Daddy meint das nicht so. Er versteht nur nicht, wie unterschiedlich Gehirne funktionieren können. Er denkt, wenn er das sagt, strengst du dich mehr an.« Selbst für meine Ohren klang das wenig überzeugend, aber es war das Beste, was mir in den Sinn kam.

Dann gähnte sie, und zuckend fielen ihr die Augen zu.»Ich bin so müde, Mommy.«

Ich gab ihr einen Kuss auf die Stirn.»Schlaf gut, mein Engel.«

Sie benahm sich also ab und an daneben – wer würde das nicht unter einem solchen Druck? Aber wie soll man den Menschen um einen herum erklären, dass man seiner Tochter ein paar Sachen durchgehen lässt, weil der eigene Vater ihr das Leben zur Hölle macht?

52

Tags darauf traf wie immer ein Geschenk ein. Diesmal war es eine Uhr – eine Vacheron Constantin, die über fünfzigtausend Dollar gekostet haben musste. Ich brauchte sie nicht, würde sie aber natürlich tragen, vor allem im Beisein von Jacksons Geschäftspartnern und im Club, damit alle sehen konnten, wie spendabel mein Ehemann doch war. Ich wusste genau, was passieren würde: In den kommenden Wochen würde er mich hofieren, mir Komplimente machen, mich zum Essen ausführen, die Aufmerksamkeit in Person. Fast wären mir Hohn und Spott lieber gewesen. Wenn er mich demütigte, konnte ich ihn wenigstens zu Recht und aus vollem Herzen hassen. Doch wenn er tagelang den einfühlsamen Mann spielte, in den ich mich einst verliebt hatte, verwirrte mich das, obwohl ich genau wusste, dass alles nur Theater war.

Jeden Morgen meldete er sich kurz bei mir, um zu erfahren, was ich vorhatte. An jenem Tag hatte ich beschlossen, meinen Pilateskurs zu schwänzen und mir stattdessen eine Massage mit Gesichtsbehandlung zu gönnen. Um zehn rief er schließlich an, wie immer.

»Guten Morgen, Daphne. Ich habe dir einen Artikel über die neue Ausstellung im Guggenheim gemailt. Denk dran, ihn dir anzusehen. Ich würde heute Abend gerne darüber reden.«

»Okay.«

»Bist du schon auf dem Weg ins Fitnessstudio?«

»Ja, klar. Bis später«, log ich. Ich war nicht in der Stimmung für eine Standpauke über die Vorzüge sportlicher Betätigung.

Als er abends nach Hause kam, saß ich mit einem Glas Wein im Wintergarten und las den verfluchten Guggenheim-Artikel, während die Kinder oben gebadet wurden. Ein Blick in sein Gesicht verriet mir, dass etwas nicht stimmte.

»Hallo«, flötete ich so beschwingt wie möglich.

Er hatte einen Drink in der Hand. »Was machst du?«

Ich hob mein iPad. »Ich lese gerade den Artikel, den du mir geschickt hast.«

»Wie war's beim Pilates?«

»Gut. Und bei dir?«

Er nahm mir gegenüber auf dem Sofa Platz und antwortete kopfschüttelnd: »Nicht so toll. Einer meiner Manager hat mich angelogen.«

Ich blickte vom Bildschirm auf. »Ach, wirklich?«

»Ja. Dabei ging es nur um eine dumme Kleinigkeit. Ich habe ihn gefragt, ob er einen bestimmten Anruf schon erledigt hatte, und er hat Ja gesagt.« Er nahm einen tiefen Schluck von seinem Bourbon. »Nur, dass es nicht stimmte. Er hätte einfach sagen müssen, dass er's später tun würde.« Jackson zuckte die Achseln. »Es wäre gar kein Problem gewesen. Aber er hat gelogen.«

Mein Herz raste. Ich nahm mein Weinglas und nippte. »Vielleicht hatte er Angst, du könntest sauer werden.«

»Nun, das ist es ja. Jetzt bin ich's in der Tat. Stinksauer, um ehrlich zu sein. Und gekränkt. Wollte er mich denn für dumm verkaufen? Ich hasse es, belogen zu werden. Ich lasse mir ja eine Menge gefallen, aber Lügen kann ich nun mal nicht ertragen.«

Mit Ausnahme seiner eigenen, selbstverständlich. Ich sah ihm ins Gesicht, scheinbar völlig unbewegt. »Ich verstehe. Du magst keine Lügner.«

Wer wollte hier wen für dumm verkaufen? Ich wusste, dass es diesen Manager nicht gab, dass dies seine passiv-aggressive Art war, mich zur Rede zu stellen. Aber den Gefallen würde ich ihm nicht tun. Wenn ich mich auch fragte, woher er wissen konnte, dass ich meinen Kurs geschwänzt hatte. »Und was hast du getan?«

Er kam herüber, setzte sich neben mich und legte mir eine Hand aufs Knie. »Was sollte ich deiner Meinung nach denn tun?«

Ich rückte von ihm ab, doch er rückte immer näher.

»Ich weiß es nicht, Jackson. Tu, was immer du für richtig hältst.«

Daraufhin schürzte er die Lippen, als wolle er etwas antworten, sprang dann aber plötzlich auf. »Genug mit dem Unsinn. Wieso hast du mich heute angelogen?«

»Was habe ich denn gesagt?«

»Dass du im Fitnessstudio warst. Du warst von elf bis zwei im Spa.«

Ich starrte ihn böse an. »Woher weißt du das denn? Lässt du mich etwa beschatten?«

»Nein.«

»Und woher sonst?«

Ein boshaftes Schmunzeln trat auf seine Züge. »Vielleicht folgt dir jemand. Vielleicht wirst du von Kameras beobachtet. Das kann man nie wissen.«

Meine Kehle schnürte sich zu. Ich rang nach Luft und hielt mich an der Sofalehne fest. Das ganze Zimmer schien sich um mich zu drehen. Er sagte nichts, studierte mich nur mit amüsierter Miene.

Als ich meine Stimme wiedergefunden hatte, brachte ich nur ein einziges Wort heraus: »Warum?«

»Das liegt doch auf der Hand, oder?«

Da ich nichts erwiderte, fuhr er fort: »Weil ich dir nicht trauen kann. Und ich hatte recht. Du hast mich belogen. Ich lasse mich nicht zum Narren halten.«

»Okay, ich hätte es dir erzählen sollen, aber ich war einfach so müde heute. Es tut mir leid. Du kannst mir vertrauen.«

»Mein Vertrauen kann ich dir nur dann schenken, wenn du es verdienst. Wenn du aufhörst zu lügen.«

»Irgendjemand muss dich früher mal sehr verletzt, dir böse mitgespielt haben«, sagte ich mitleidsvoll, wohlwissend, dass ihn das auf die Palme bringen würde.

Seine Augen blitzten zornig auf. »Niemand hat mir je böse mitgespielt und das wird auch in Zukunft nicht passieren.« Dann schnappte er sich mein Weinglas, marschierte zur Bar hinüber und schüttete den Rest in den Ausguss. »Ich glaube, du hast für heute genügend Kalorien zu dir genommen – insbesondere, wenn man bedenkt, dass du zu faul warst, um Sport zu treiben. Wieso gehst du nicht hoch und ziehst dich um? Wir sehen uns dann beim Essen.«

Als er gegangen war, goss ich mir ein neues Glas ein und dachte über seine jüngsten Offenbarungen nach. Bestimmt spionierte er mir auch in anderen Dingen hinterher. Ich musste auf der Hut sein. Womöglich hatte er das Telefon verwanzt oder Kameras im Haus installiert. Es wurde Zeit, etwas zu unternehmen, aber ich brauchte einen Plan. Er kontrollierte das ganze Geld. Für Alltagsdinge erhielt ich zwar eine Art Taschengeld in bar, doch ich musste sämtliche Kosten penibel belegen. Alle anderen Rechnungen gingen an seine Firma. Für größere Ausgaben benötigte ich seine Einwilligung – ein weiteres Mittel, um mich komplett unter Kontrolle zu halten. Und dennoch wusste er nicht, dass ich eine geheime Reserve besaß.

Unter falschem Namen hatte ich mir ein E-Mail-Postfach und eine Datencloud eingerichtet. Den Laptop aus meinem Büro, den ich dazu verwendete, hielt ich unter einem Haufen Broschüren und Flyern in einem der Wandschränke versteckt – einem Ort, an dem er nie nachsehen würde. Einige meiner Designerhandtaschen hatte ich auf eBay verkauft und die Erlöse auf ein Konto überweisen lassen, von dem er nichts ahnte. Anschließend hortete ich das Geld in einem Postschließfach in

Milton, New York, rund dreißig Fahrminuten von unserem Haus entfernt. Es ging nur mühsam voran, aber im Laufe der letzten fünf Jahre hatte ich eine stattliche Summe angespart. Bis dato waren es dreißigtausend Dollar. Darüber hinaus hatte ich mir ein paar Prepaid-Handys gekauft, die ich im Büro aufbewahrte. Noch wusste ich nicht, was ich mit all den Sachen anfangen sollte, lediglich, dass ich sie eines Tages brauchen würde. Jackson glaubte, dass ihm nichts, aber auch gar nichts entging. Ich jedoch konnte mir diese Art von Größenwahn nicht erlauben. Meine Hoffnung war, dass dieser ihn, auf welche Art auch immer, eines Tages ins Verderben stürzen würde.

53

Für mich war Weihnachten immer das schönste Fest des Jahres gewesen. Als Kind sang ich in unserem Kirchenchor, und Julie saß stets ganz vorn und feuerte mich an. Dann fuhren wir zurück zur Pension und aßen zu Abend, froh, zur Abwechslung endlich selbst einmal bedient zu werden. Jeder bekam ein Geschenk vorab, den Rest hoben wir uns für den ersten Weihnachtstag auf. An Julies letztem Weihnachtsfest war sie schon das gesamte Essen über so zappelig gewesen, als platze sie gleich vor Aufregung und könne es nicht erwarten, mir ein großes Geheimnis zu enthüllen. Ich überreichte ihr mein Geschenk – ein Paar kugelförmige Goldstecker, die ich mir vom Trinkgeld, das ich in der Pension bekam, mit Müh und Not hatte leisten können. Als sie an der Reihe war, drückte sie mir mit erwartungsfroh leuchtenden Augen eine kleine Schachtel in die Hand.

Ich riss das Papier auf und klappte den Deckel hoch. Ich schluckte. »Nein, Julie, das ist dein Lieblingsschmuck.«

Lächelnd fischte sie die Kette mit dem Herzanhänger aus der Schachtel und streckte sie mir entgegen. »Ich möchte sie dir aber schenken.«

In den letzten Monaten hatte sie ziemlich abgebaut. Ich glaube, sie wusste, dass ihre Zeit ablief – lange, bevor wir es verstanden. Mit den Tränen ringend, nahm ich das dünne Kettchen behutsam in die Hand. »Ich werde sie nie ablegen.« Und das tat ich auch nicht. Nicht, bis ich mit ihm verheiratet war und mir klar wurde, dass er es mir wegnehmen würde, wenn ich es nicht versteckte. Nun schlummerte die Kette wohl verborgen unter dem Pappboden einer der vielen samtenen Schmuckschachteln, in denen ich seine Geschenke aufbewahrte.

Seit zehn Jahren war Weihnachten kaum mehr als eine obszöne Zurschaustellung von Luxusgütern. Wir gingen nicht in die Kirche. Jackson war Atheist und weigert sich, unseren Kindern, wie er es nannte, »ein abstruses Märchen« aufzutischen. Er hatte allerdings kein Problem damit, den Mythos vom Weihnachtsmann aufrechtzuerhalten. Ich diskutierte schon längst nicht mehr mit ihm darüber.

Die Freude der Mädchen machte mich dennoch immer wieder glücklich. Sie liebten das Schmücken, das Backen, das ganze festliche Drumherum. Und dieses Jahr hatte ich noch einen Grund zur Freude: Ich hatte Amber. Wie gern hätte ich sie mit Geschenken überhäuft, wollte sie aber nicht in Verlegenheit bringen. Sie hatte etwas ganz Besonderes an sich, etwas, das mich dazu brachte, sie beschützen zu wollen, ihr all das zu geben, was sie nie besessen hatte. Fast fühlte es sich an, als würde ich Julie all die Dinge schenken, die ich ihr nicht mehr hatte schenken können.

Wir standen noch vor den Mädchen auf und gingen hinunter, um unseren Kaffee zu trinken. Doch bald schon rauschten sie herein wie kleine Tornados und fielen jauchzend über die Berge von Geschenken her, wenngleich ich mich auch sorgte, welche Werte wir ihnen damit vermittelten.

»Mommy, willst du denn gar keine Geschenke aufmachen?«, fragte Tallulah.

»Ja, Mommy. Mach was auf«, stimmte Bella lauthals ein. Meine Geschenke, wunderhübsch in Goldfolie verpackt und kunstvoll mit roten Samtschleifen verschnürt, lagen alle noch sorgsam aufgetürmt unter dem Baum. Ich wusste, was die Päckchen enthalten würden – mehr Designerklamotten, die er ausgesucht hatte, teurer Schmuck, um allen zu zeigen, wie gut er zu mir war, kostbares Parfüm, das er gerne roch, nichts, was ich mir selbst ausgesucht hätte. Nicht eine Sache, die ich mir gewünscht hätte.

Zumindest waren wir uns einig, dass die Kinder uns nur Selbstgemachtes schenken sollten, und darauf freute ich mich.

»Meins zuerst, Mommy, bitte«, quietsche Bella aufgeregt, ließ das halb ausgepackte Päckchen in ihrer Hand fallen und stürzte zu mir hinüber.

»Welches ist denn deins, Schätzchen?«, wollte ich wissen. Sie zeigte auf das einzige Päckchen, das in Weihnachtsmannpapier verpackt war. »Wir haben es ganz besonders verpackt, damit man es gleich erkennt«, verkündete sie stolz.

Ich fuhr ihr liebevoll durch die Locken, während sie sich auf die Zehenspitzen stellte und es mir lächelnd überreichte, wobei sie mich mit großen Augen erwartungsvoll ansah. »Darf ich's für dich aufmachen?«

Ich musste lachen. »Aber natürlich.«

Ungeduldig zerfetzte sie das Papier und warf es zu Boden, klappte dann den Deckel auf und gab mir das Geschenk.

Es war ein Bild – ein Familienbild. Und es war sehr gelungen. Mir war nicht klar gewesen, dass sie ein so gutes Auge besaß.

»Bella! Das ist ja fabelhaft. Wann hast du das denn gemacht?«

»In der Schule. Meine Lehrerin hat gesagt, ich hätte Talent. Meins war das beste von allen. Bei den anderen konnte man kaum erkennen, wer die Leute waren. Sie will mit euch über extra Zeichenkurse für mich reden.«

Das Bild war etwa dreißig mal dreißig Zentimeter groß und mit Wasserfarben gemalt. Es zeigte uns an einem Strand, hinter uns das Meer. In der Mitte war Jackson, Tallulah und ich rechts und links von ihm. Bella stand uns in einigem Abstand gegenüber, allerdings deutlich größer gezeichnet.

Jackson, Tallulah und ich waren ganz in tristen Grautönen und Weiß gehalten, während Bellas Kleidung in lebendigen

Orange-, Rosa- und Rottönen erstrahlte. Jackson und Tallulah drehten ihr den Rücken zu und sahen mich an, Tallulah mürrisch, Jackson selbstgefällig, nur ich blickte ihr breit lächelnd entgegen. Das Bild verstörte mich. Man brauchte keinen Psychologen, um zu sehen, dass das Gleichgewicht innerhalb der Familie gestört war. Ich schüttelte die düsteren Gedanken ab und zog Bella in meine Arme.

»Es ist fantastisch und gefällt mir ausgezeichnet. Ich werde es in meinem Büro aufhängen, damit ich es jeden Tag anschauen kann.«

Tallulah warf einen Blick darauf. »Warum bist du so viel größer als wir anderen?«

Bella streckte ihrer Schwester die Zunge heraus. »Das nennt man Pesperektive«, erklärte sie haspelnd.

Jackson lachte. »Ich glaube, du meinst Perspektive, mein Liebes.«

Tallulah rollte mit den Augen und brachte mir ihr Geschenk. »Und jetzt meins.«

Es war eine Tonskulptur. Zwei Herzen, verbunden mit einem geschwungenen Band, auf das sie in kunstvoll verzierter Schrift das Wort *Liebe* gemalt hatte.

»Das bist du und Tante Julie«, erklärte sie.

Meine Augen füllten sich mit Tränen. »Das ist so toll, Liebling. Einfach perfekt.«

Sie begann zu lächeln und umarmte mich. »Ich weiß, dass du manchmal traurig bist. Aber eure Herzen werden für immer verbunden sein.«

Wie dankbar ich doch war für dieses achtsame Kind.

»Jetzt aber eins von meinen«, mischte sich Jackson ein und reichte mir eine kleine, in roter Folie verpackte Schachtel.

»Vielen Dank.« Ich nahm das Päckchen und wickelte es aus, bis ein schlichtes weißes Kästchen zum Vorschein kam. Dann hob ich den Deckel und sah eine Goldkette mit goldenem Ringanhänger. Als ich sie aus dem Kästchen nahm, stockte mir der Atem.

Tallulah schnappte sie mir aus der Hand, betrachtete die Kette und sah mich fragend an. »Wer ist denn YMB, Mommy?« Bevor ich meine Stimme wiederfand, fuhr Jackson dazwischen. Es war kaum zu ertragen, wie leicht ihm die dreiste Lüge über die Lippen kam. »Es sind die Initialen von Mommys Großmutter, die sie sehr gern gehabt hat. Lass sie mich dir anlegen.« Er stellte sich hinter mich und verriegelte den Verschluss. »Ich hoffe, du wirst sie jeden Tag tragen.«

Ich schenkte ihm ein breites Lächeln, dessen Falschheit kaum zu übersehen war. »Aber gewiss doch. So werde ich stets daran denken, was du für mich empfindest.«

Er presste seine Lippen auf meine.

»Iiieh!«, sagte Tallulah angewidert, und beide Mädchen fingen an zu kichern.

Bella war gerade wieder zur ihrem Geschenkstapel zurückgekehrt und riss ein Päckchen nach dem anderen auf, als es an der Tür schellte.

Jackson hatte sich breitschlagen lassen und erlaubt, dass Amber kommen durfte, da sie an Weihnachten sonst ganz allein sein würde. Es war nicht leicht gewesen, aber ich hatte das Thema absichtlich im Beisein einiger Freunde aufgebracht und wusste, dass er vor ihnen den barmherzigen Samariter spielen und sie einladen würde.

Er begrüßte sie so herzlich, als gehörte sie zur Familie, holte ihr einen Drink, und dann saßen wir die nächsten Stunden einträchtig um den Baum herum und machten Smalltalk, während die Kinder mit ihren Geschenken spielten.

Amber hatte uns hinreißende Geschenke mitgebracht, Bücher für die Mädchen und ein wenig Glitzerschmuck für Bella, über den sie sich wie wild freute. Als sie mir mein Geschenk überreichte, war ich zunächst etwas nervös, weil ich befürchtete, sie hätte sich vielleicht übernommen. Doch der Armreif verschlug mir die Sprache – auf die beiden kleinen Anhänger hatte sie Julies Namen eingravieren lassen.

»Welch ein wunderbares Geschenk. Ich werde ihn immer tragen, vielen Dank.«

Dann hob sie den Arm, und ich sah, dass sie den gleichen Armreif trug.

»Ich habe auch einen. So werden unsere Schwestern immer bei uns sein.«

Jackson beobachtete die Übergabe argwöhnisch, und ich konnte die Wut in seinen Augen blitzen sehen. Er war der Meinung, ich würde ohnehin zu viel an Julie denken, aber nicht einmal er konnte mir die Freude nehmen. Zwei Geschenke, die das Andenken meiner Schwester ehrten – und meine Liebe zu ihr. Zum ersten Mal seit einer Ewigkeit hatte ich wieder das Gefühl, dass mir jemand zuhörte, mich wirklich verstand.

»Hier ist noch etwas, das dir gefallen könnte.« Sie reichte mir ein Geschenktütchen.

»Aber Amber. Das ist wirklich zu viel. Du übertreibst«

Ich wühlte mich durch das Seidenpapier und erspürte etwas Hartes. Als ich es aus der Tüte hob, stockte mir der Atem. Eine Glasschildkröte.

»Ich weiß doch, wie sehr du die magst«, sagte sie.

Jacksons Mundwinkel hoben sich zu einem Grinsen, und seine Augen funkelten schadenfroh.

Und mit einem Schlag hatte sich dieses innige Gefühl, verstanden und geliebt zu werden, wieder in Luft aufgelöst.

54

Zum fünfzigsten Geburtstag ihres Mannes schmiss Meredith eine Überraschungsparty im Benjamin Steakhouse. Eigentlich war es das Letzte, wonach mir gerade der Sinn stand: Ich war noch immer erschöpft von den Weihnachtsvorbereitungen, und morgen würden wir schon nach St. Barth aufbrechen, doch ich wollte Meredith nicht hängen lassen. Sie hatte darauf bestanden, diesmal auch wirklich am Siebenundzwanzigsten zu feiern – Rands tatsächlichem Geburtstag –, da dieser im Laufe der Jahre meist im Weihnachtstrubel untergegangen war. Ich war gerade erst in die Stadt gekommen. Jackson hatte vorgeschlagen, uns vorher in der Oyster Bar am Grand-Central-Bahnhof zu treffen. Das Steakhouse war ganz in der Nähe, und wir könnten in wenigen Minuten hinüberlaufen.

Schon beim Anziehen hatte ich geahnt, dass dieses Dior-Kleid ein Fehler sein würde. Es handelte sich um eines meiner Lieblingskleider, aber Jackson gefiel die Farbe nicht. Die blassgoldene Seide ließ, wie er fand, meine Haut fahl erscheinen. Aber schließlich war es die Party *meines* Freundes, und zur Abwechslung wollte ich diese Entscheidung einmal selbst treffen. Schon beim ersten Blick in sein Gesicht sah ich seine Verärgerung – das kaum merkliche Stirnrunzeln, die winzigen Sorgenfalten zwischen den Augen. Er stand auf, um mich zu küssen, und ich nahm neben ihm auf dem Hocker Platz. Dann hob er das Kristallglas an die Lippen, leerte mit einer flinken Handbewegung seinen bernsteinfarbenen Drink und winkte den Barkeeper herüber.

»Für mich noch einen Bowmore, und meine Frau hätte gern einen Campari Soda.«

Ich wollte protestieren – ich hatte Campari noch nie probiert –, biss mir dann aber auf die Zunge. Was auch immer er vorhatte, es wäre bestimmt besser, zunächst ein Weilchen mitzuspielen.

»Meredith hat uns gebeten, vor sieben im Restaurant zu sein, damit wir Rand nicht über den Weg laufen. Schließlich wollen wir ihn ja überraschen.«

Jackson hob verächtlich eine Braue. »Keine Sorge, wenn er die Rechnung zu Gesicht bekommt, ist er gewiss überrascht genug.«

Ich zwang mir ein Lachen ab und sah dann auf die Uhr. »In einer halben Stunde sollten wir los.«

Der Barkeeper stellte mir den Longdrink hin.

Jackson hob sein Glas. »Cheers, Liebling«, prostete er mir zu, bevor er sein Glas so heftig gegen meines stieß, dass die Hälfte des Getränks auf das Oberteil meines champagnerfarbenen Kleides schwappte, das nun von roten Flecken übersät war.

»Ach Schatz, schau nur, was du angestellt hast«, heuchelte er, machte sich aber nicht einmal die Mühe, sein Grinsen zu unterdrücken.

Hitze stieg mir in die Wangen, und ich musste tief durchatmen, um nicht in Tränen auszubrechen. Meredith würde so enttäuscht sein. Mit stoischer Miene blickte ich ihn an. »Und was nun?«

Jackson warf die Hände in die Luft und erklärte kopfschüttelnd: »Nun, so kannst du wohl unmöglich im Restaurant aufschlagen. Ach, wenn du nur ein dunkleres Kleid angezogen hättest. Wie ich wünschte, du wärst etwas geschickter.«

Wie ich wünschte, du wärst tot, hätte ich am liebsten gekontert.

Dann verlangte er die Rechnung. »Wir werden wohl ins Apartment fahren müssen, damit du dich umziehen kannst. Bis du damit fertig bist, wird die Überraschung natürlich längst gelaufen sein.«

Ich versuchte, an gar nichts zu denken, und folgte ihm wie benommen aus der Bar. Sobald wir in der Limousine saßen, begann er, auf dem Mobiltelefon seine Mails zu checken und würdigte mich keines Blickes mehr, während ich mein eigenes zückte, um Meredith eine zerknirschte SMS zu schreiben. Wegen des dichten Verkehrs brauchten wir zur Wohnung fast eine Dreiviertelstunde. Ich lächelte den Portier an. Schweigend schwebten wir im Aufzug empor. Daraufhin raste ich ins Schlafzimmer, warf das Kleid zu Boden und stellte mich eilig suchend vor dem Kleiderschrank. Ich hörte ihn nicht, aber ich spürte ihn – erst seinen Atem am Hals, dann seine Lippen auf meinem Rücken. Ich unterdrückte einen Schrei. »Schatz, dafür haben wir keine Zeit.«

Sein Mund glitt über meinen Rücken und hinab bis zum Saum meines Slips. Dann zog er ihn hinunter, legte seine Hände auf meine Pobacken und begann, sie rhythmisch zu massieren. Immer enger trat er an mich heran, bis ich merkte, dass er seine Hose ausgezogen hatte. Ich konnte fühlen, wie er hart wurde und sich an mich presste.

»Dafür ist immer Zeit.«

Seine Finger wanderten empor und umschlossen meine Brüste, dann packte er meine Hände, drückte sie fest gegen die Wand und legte seine darüber, sodass ich mich kaum noch rühren konnte. Ich riss mich zusammen, während er mich hinterrücks nahm, hart und ungestüm, sich im wilden Stakkato immer fester in mich hineinrammte, bis zu einem fieberhaften Höhepunkt. Nach wenigen Minuten war alles vorüber.

Ich verschwand ins Badezimmer, um mich frisch zu machen, und als ich wieder herauskam, hing mein schwarzes Versace-

Kleid an der Schlafzimmertür. Ich klaubte es herunter und legte es aufs Bett.

»Warte noch«, befahl Jackson, der nun auf mich zutrat. »Ich will, dass du das hier drunterziehst.«

Es war ein schwarzer Jean-Yu-Tanga mit passendem trägerlosem BH. Er hatte diese Unterwäsche für mich maßanfertigen lassen, und sie fühlte sich einfach herrlich an – wie eine seidene Liebkosung –, doch der Anblick erinnerte mich lediglich daran, womit ich sie mir hatte verdienen müssen. Ich fischte sie ihm aus der Hand und lächelte ihn dabei so natürlich an, wie ich konnte.

»Vielen Dank.«

Er bestand darauf, sie mir anzuziehen, stülpte mir die Strümpfe über die Füße und zog sie meine Beine empor, wobei er immer wieder innehielt, um seine Lippen über meine Haut gleiten zu lassen.

»Bist du sicher, dass du nicht lieber zu Hause bleiben und dich von mir noch ein weiteres Mal schänden lassen möchtest?«, sagte er mit einem Lausbubengrinsen.

Glaubte er denn tatsächlich, dass ich noch die geringste Leidenschaft für ihn empfand? Ich fuhr mir mit der Zunge über die Lippen.

»So verlockend sich das auch anhört – wir haben versprochen hinzugehen. Und Randolph ist ein alter Freund.«

Er stieß einen Seufzer aus. »Ja, selbstverständlich, du hast ja recht.« Dann zog er meinen Reißverschluss zu und versetzte mir einen Klaps auf den Hintern. »Na los, auf geht's.«

Während ich mich umdrehte, musterte er mich von Kopf bis Fuß. »Was für ein Glück, dass du deinen Drink verschüttet hast – dieses Kleid steht dir sowieso um Längen besser.«

Als wir anderthalb Stunden später endlich auf der Party eintrafen, wurden bereits die Häppchen gereicht, und alle griffen beherzt zu. Reumütig eilten wir zu Meredith hinüber, um sie zu begrüßen.

»Es tut mir so leid …«

»Ja«, fiel Jackson mir ins Wort, »ich habe andauernd gesagt, dass wir zu spät kommen, aber sie musste ja partout noch einen Massagetermin einschieben. Hat uns sicher eine Stunde gekostet.« Er zuckte mit den Schultern.

Die Empörung stand Meredith ins Gesicht geschrieben. Mit gekränktem Blick wandte sie sich an mich: »Wieso hast du mir denn dann geschrieben, du hättest dir etwas übers Kleid geschüttet und müsstest nach Hause, um dich umzuziehen?«

Wortlos stand ich da. Wie gelähmt vor Unschlüssigkeit. Um die Wahrheit zu sagen, hätte ich Jackson widersprechen müssen. Und für eine solche öffentliche Bloßstellung hätte ich einen hohen Preis bezahlt. Doch nun würde meine gute Freundin Meredith glauben, ich hätte sie angelogen, nur um mich noch ein wenig länger verwöhnen zu lassen.

»Verzeih mir, Mer. Es war beides. Erst hatte ich mir einen Muskel gezerrt, dann das Getränk verschüttet und, ach …«

Hämisch grinsend sah Jackson zu, wie ich ins Straucheln geriet.

»Was ich damit sagen will, ist, ja, ich hab mich massieren lassen – mein Rücken hat mir furchtbare Probleme gemacht –, aber wenn ich alter Trampel mir nicht meinen Drink übers Kleid gekippt hätte, wären wir immer noch pünktlich gewesen. Es tut mir schrecklich leid.«

Jackson schüttelte den Kopf und warf Meredith ein vielsagendes Lächeln zu. »Du weißt doch, wie tapsig unsere kleine Daphne ist. Dauernd muss ich sie ermahnen, etwas vorsichtiger zu sein.«

55

Wenn ihm langweilig war, versteckte er gern meine Sachen, legte sie an Orte, wo ich sie nie finden würde. Oft tauchte meine Bürste im Gästebad oder meine Kontaktlinsenflüssigkeit in der Küche wieder auf. An jenem Tag stand ein wichtiges Treffen mit einem potenziellen Großspender für Julie's Smile an, ich war ohnehin spät dran und meine Schlüssel waren nirgends zu finden. Tommy, unser Fahrer, hatte sich wegen eines Notfalls in der Familie freigenommen, und Sabine war mit den Mädchen in den Bronx Zoo gegangen, da die Schule mal wieder wegen einer Fortbildung geschlossen hatte.

Jackson wusste, dass ich mich die ganze Woche auf das Meeting vorbereitet hatte, und es konnte kein Zufall sein, dass die Schlüssel ausgerechnet heute abhandenkamen. In einer Viertelstunde musste ich da sein. Ich rief mir ein Taxi und traf eine Minute vor Sitzungsbeginn ein – natürlich derart abgehetzt, dass ich ziemlich neben der Spur war. Als das Treffen vorüber war, griff ich zum Telefon und stellte ihn zur Rede.

Ich sparte mir die Einleitung und fauchte: »Deinetwegen sind der Stiftung heute vielleicht Hunderttausende von Dollars entgangen.«

»Wie bitte?«

»Meine Autoschlüssel sind verschwunden.«

»Ich habe keinen Schimmer, wovon du redest. Was kann ich dafür, wenn du so unorganisiert bist«, erwiderte er in unerträglich herablassendem Ton.

»Ich lege sie seit Jahren in die Schublade des kleinen Tischchens im Flur. Selbst der Ersatzschlüssel ist verschwunden, und praktischerweise hat Tommy heute frei. Ich musste mir ein Taxi rufen.«

»Bestimmt gibt es Leute, die sich für deine kleingeistigen Alltagssorgen interessieren. Ich gehöre nicht dazu.« Dann war die Leitung tot. Ich knallte den Hörer auf die Gabel.

***

Er arbeitete lange an diesem Tag und kam erst nach neun Uhr zurück. Als er eintraf, stand ich in der Küche und strich gerade süßen Zuckerguss über die Cupcakes, die ich für Bellas Kuchenbasar tags darauf gebacken hatte. Er öffnete den Kühlschrank und begann umgehend zu fluchen.

»Was stimmt denn nicht?«

»Komm her.«

Ich wappnete mich für eine weitere seiner Schimpftiraden, was auch immer der Grund dafür sein mochte, und trat hinter ihn.

»Kannst du mir sagen, was hier nicht stimmt?«

Ich folgte seinem Zeigefinger. »Wie bitte?«

Alles musste stets perfekt sein. Unlängst hatte er begonnen, mit einem Maßband nachzumessen, ob der Abstand zwischen den Gläsern auch exakt drei Zentimeter betrug. Hin und wieder stellte er mit unangekündigten Kontrollen von Schubladen und Schränken sicher, dass alles am rechten Ort war.

Er schüttelte den Kopf und sah mich dann voller Abscheu an. »Siehst du etwa nicht, dass die Saftflaschen nicht alphabetisch geordnet sind? Du hast Cranberry hinter Erdbeere gestellt.«

Mit einem Schlag wurde mir der Aberwitz meines Lebens bewusst, und ich begann schrill zu kichern, unkontrolliert und hemmungslos. Er taxierte mich mit zunehmender Feindseligkeit, doch alles, was ich tun konnte, war lachen. Sosehr ich es auch versuchte, ich konnte einfach nicht aufhören, obwohl ich spürte, wie die Angst in mir aufstieg, langsam aus meiner Magengrube empordrang. *Hör endlich auf zu lachen!* Ich wusste nicht, was mit mir los war. Selbst dann noch, als ich bereits den düsteren Blick in seinen Augen sah, schaffte ich es nicht, mich zu beruhigen. Ich war geradezu hysterisch.

Dann griff er sich eine der Saftflaschen, drehte den Verschluss auf und goss sie mir über den Kopf.

»Hey, was machst du da?«, brüllte ich und wich zurück.

»Findest du das immer noch lustig? Du dumme Kuh!« Wutschnaubend fing er an, wahllos Dinge aus dem Kühlschrank herauszuklauben und auf den Küchenboden zu schmettern. Wie gelähmt stand ich da und sah ihm zu. Als er bei den Eiern angekommen war, begann er, mich damit zu bewerfen, schleuderte sie mir so fest er konnte an den Kopf, und obwohl ich zum Schutz die Hände vors Gesicht schlug, schnitten mir die Schalen schmerzhaft in die Wangen. Binnen weniger Minuten war ich über und über mit Nahrungsmitteln und Flüssigkeiten bedeckt. Am Ende schloss er die Kühlschranktür und starrte mich einen endlosen Augenblick lang an.

»Ist dir das Lachen jetzt vergangen, du Schlampe?«

Ich stand wie angewurzelt da, stumm vor Angst. Mit bebenden Lippen stammelte ich eine Entschuldigung.

»Das sollte dir auch leidtun«, zischte er nickend. »Mach den Scheiß hier sauber und denk nicht mal daran, dir vom Personal helfen zu lassen. Das ist deine Sauerei.« Er schlenderte hinüber zum Teller mit den Törtchen, die ich eben glasieren wollte, und fegte ihn zu Boden. Dann öffnete er den Reißverschluss seiner Hose und urinierte darauf.

Ich wollte laut aufschreien, hielt mich aber gerade noch zurück.

»Da wirst du Bella wohl sagen müssen, dass du zu faul warst, ihr Cupcakes zu backen.« Er schwang den erhobenen Zeigefinger. »Ts, ts, ts. Böse Mommy.« Damit drehte er sich um, ging in den Flur zum Tischchen mit der Schublade und kehrte mit meinen Schlüsseln in der Hand zurück. Rasselnd schwenkte er sie hin und her, bevor er sie auf mich warf und knurrte: »Und dabei waren deine Schlüssel die ganze Zeit hier, Dummerchen. Schau nächstes Mal gefälligst besser nach. Ich bin es langsam satt, eine so faule, dumme Frau zu haben.«

Er stob aus der Küche und ließ mich, zitternd und in der Ecke kauernd, zurück. Es dauerte über eine Stunde, bis ich alles gesäubert hatte. Wie betäubt putzte und wischte ich, schmiss die verdorbenen Lebensmittel fort und schrubbte sämtliche Oberflächen, bis alles wieder glänzte. Wenn sie morgen früh hereinkamen, sollten die Angestellten nichts von dem Durcheinander sehen. Und ich dürfte nicht vergessen, morgen vor der Schule bei der Konditorei vorbeizufahren, um neue Cupcakes zu kaufen. Mir graute bei dem Gedanken, bald hinauf ins Bett zu müssen, und ich hoffte, bis ich geduscht und mir die Haare gewaschen hatte, würde er längst schlafen. Doch ich wusste, wie es ihn erregte, mich zu demütigen. Als ich mich fertig geföhnt hatte und zu meiner Seite des Bettes schlich, lag das Zimmer schon im Dunkeln. Sein Atem ging regelmäßig, und ich stieß einen Seufzer der Erleichterung aus, da ich annahm, er würde schlafen. Ich zog mir die Decke bis unters Kinn und war bereits am Wegnicken, als ich seine Hand an meinem Schenkel spürte. Ich erstarrte. *Bitte nicht heute Abend.*

»Sag es«, befahl er.

»Jackson ...«

Er drückte fester zu. »Sag es.«

Ich schloss die Augen und presste die Worte hervor. »Ich will dich. Schlaf mit mir.«

»Fleh mich an.«

»Ich will dich. Jetzt. Bitte.« Ich wusste, dass er mehr hören wollte, aber das war alles, was ich mir abringen konnte.

»Du klingst nicht sehr überzeugend. Zeig's mir.«

Ich warf die Decke zur Seite und streifte mein Nachthemd über den Kopf. Dann schwang ich mich rittlings auf ihn, wie er es gern mochte, meine Brüste direkt vor seinem Gesicht.

»Was bist du doch für eine Hure«, hauchte er und drang ohne jede Rücksicht in mich ein. Ich krallte mich am Laken fest und leerte meine Gedanken, bis es vorüber war.

56

Als ich Amber kennenlernte, hätte ich mir nie träumen lassen, dass sie mir einmal so viel bedeuten würde. Der erste Eindruck, den ich von ihr hatte, war zugegebenermaßen der einer eher hausbackenen und verhuschten jungen Frau, die mein Interesse allein der Tatsache verdankte, dass wir ein ähnliches Schicksal erlitten hatten. Ihre Trauer kam mir noch so ungeschminkt und frisch vor, dass sie mir erlaubte, meinen eigenen Schmerz hintanzustellen, um ihr zu helfen. Ich wollte sie wieder aufbauen, ihr einen Grund geben, morgens aufzustehen.

Rückblickend hätte ich die Warnzeichen vielleicht erkennen können. Aber ich sehnte mich so sehr nach einer echten Freundin. Nein, das trifft es nicht ganz. Ich sehnte mich nach einer Schwester – meiner Schwester, was natürlich ein Ding der Unmöglichkeit war.

Doch was dem am nächsten kam, war nun mal eine Freundin, die den gleichen Verlust erlitten hatte wie ich. Einen Bruder oder eine Schwester zu verlieren ist an sich schon hart genug, aber sie so langsam sterben zu sehen, zu sehen, wie sie über Jahre hinweg jeden Tag ein bisschen weniger wurde – das kann nur jemand nachempfinden, der es selbst erlebt hat. Als Amber wie aus dem Nichts in mein Leben trat, hielt ich sie für ein Geschenk Gottes. Ich hatte niemanden, dem ich vertrauen konnte. Jackson hatte ganze Arbeit geleistet, mich von allen früheren Freunden und Verwandten isoliert und eine schier unüberwindbare Mauer um mein Leben errichtet. Keine meiner derzeitigen Freundinnen kannte die Wahrheit über meine Ehe oder mein

Leben. Mit Amber jedoch konnte ich endlich wieder wahre Gefühle austauschen. Und selbst Jackson vermochte nichts dagegen auszurichten.

Unsere aufkeimende Freundschaft machte ihn nervös. Er mochte es nicht, wenn ich meine Freundinnen öfter als einmal alle paar Wochen sah – es sei denn natürlich, er war mit von der Partie. Als ich ihn dann bat, Amber einen Job bei Parrish International zu besorgen, reagiert er zunächst mit Entrüstung.

»Jetzt aber wirklich, Daphne. Treibst du es mit dieser kleinen Wohltätigkeitsnummer nicht langsam zu weit? Was könntest du mit dieser grauen Maus schon gemeinsam haben?«

»Du weißt ganz genau, was wir gemeinsam haben.«

Er rollte mit den Augen. »Hör doch endlich auf damit, bitte. Zwanzig Jahre ist das jetzt her. Hast du denn nicht lange genug getrauert? Okay, ihre Schwester ist auch gestorben. Aber das heißt noch lange nicht, dass ich ihr einen Job in meiner Firma geben muss. Sie treibt sich auch so schon viel zu oft mit meiner Familie rum.«

»Jackson, bitte. Sie liegt mir echt am Herzen. Ich mache doch sonst immer alles, was du willst, oder etwa nicht?« Ich überwand mich, ging zu ihm hinüber und legte meine Arme um seinen Hals. »Sie kann dir doch nicht gefährlich werden. Und sie braucht einen Job. Sie unterstützt damit ihre Familie. Ich werde überall herumerzählen, dass du ihr Retter warst.« Ich wusste, wie gern er den Helden spielte.

»Mrs. Battley braucht tatsächlich eine neue Assistentin. Ich schätze, ich könnte ihr eine Chance geben. Morgen rufe ich die Personalabteilung an, die sollen sie zum Vorstellungsgespräch einladen.«

Doch ich wollte kein Risiko eingehen. »Kannst du sie nicht auch ohne Vorstellunggespräch einstellen? Auf meine Empfehlung hin? Nur auf Probe natürlich. Amber ist wirklich clever, sie hat sich als meine Stellvertreterin besser gemacht als alle anderen vor ihr. Und durch ihre Arbeit bei Rollins kennt sie sich in deiner Branche bestens aus. Sie hat dort Gewerbeimmobilien betreut.«

»Rollins! Das heißt nicht viel. Wenn sie so gut ist, wie du sagst, wieso haben die sie gehen lassen?«

Ich hatte gehofft, es ihm nicht erzählen zu müssen, aber ich wusste keinen anderen Ausweg. »Ihr Boss hat sie sexuell belästigt.«

Er brach in Lachen aus. »Ist der etwa blind?«

»Jackson! Das ist gemein.«

»Im Ernst. Dieses straßenköterbraune Haar, die hässliche Brille, und schau dir doch mal ihre Kleidung an – von Modebewusstsein nicht die geringste Spur«, ätzte er kopfschüttelnd.

Ich war froh, dass er sie nicht attraktiv fand. Nicht, dass mir ein Seitensprung etwas ausgemacht hätte, aber ich wollte sie unter keinen Umständen als Freundin verlieren. Und als Mrs. Battleys Assistentin wäre sie vor jeglichen Anzüglichkeiten der männlichen Kollegen gefeit. Es fühlte sich gut an, ihr zu helfen und zu wissen, dass niemand sie mehr belästigen würde.

»Bitte, Jackson. Es bedeutet mir wirklich viel, und du würdest etwas Gutes tun.«

»Ich kümmere mich drum. Aber dann musst du auch etwas für mich tun.«

»Was denn?«

»Sag den nächsten Besuch deiner Mutter ab.«

Mir sank das Herz. »Sie freut sich so darauf. Ich habe schon Karten für *König der Löwen* gekauft. Die Mädchen können es kaum erwarten.«

»Es ist deine Entscheidung. Wenn ich deine Freundin einstellen soll, brauche ich etwas Ruhe. Mit deiner Mutter im Haus kann ich mich nicht entspannen. Außerdem war sie doch gerade erst zu Tallulahs Geburtstag da.«

»In Ordnung. Ich ruf sie an.«

Er warf mir ein eiskaltes Lächeln zu. »Ach, und erzähl ihr, dass du leider absagen musst, weil die Kinder lieber mit Sabine ins Musical gehen wollen statt mit ihr.«

»Das ist unnötig grausam.«

»Okay. Dann war's das mit dem Job.«

Ich schnappte mir das Telefon und wählte die Nummer meiner Mutter. Als ich aufgelegt hatte, todunglücklich über den Schmerz in ihrer Stimme, nickte er mir anerkennend zu.

»Gut gemacht. Siehst du? Du brauchst sowieso niemanden außer mir. *Ich* bin deine Familie.«

57

Ich genoss es, wieder eine beste Freundin zu haben. Bis ich Amber traf, hatte ich gar nicht gewusst, wie einsam ich zuvor gewesen war. Ihre Manöver waren so subtil, dass sie nie auch nur den Hauch eines Verdachts erregten. Bald schon standen wir in ständigem Kontakt miteinander, schrieben uns SMS, wenn etwas Lustiges passiert war, telefonierten stundenlang, aßen gemeinsam zu Mittag. Ich lud sie dauernd zu uns ein. Eines Abends, als ich mich gerade fertig machte, um sie zu treffen, hörte ich Jacksons Wagen in der Auffahrt. Mit einem bangen Gefühl im Magen überlegte ich, ob ich mich nicht aus der Hintertür schleichen sollte. Als ich dann jedoch aus dem Fenster blickte, sah ich ihn mit Tommy reden, unserem Chauffeur. Mist.

Er knallte die Haustür zu und kam mir mit großen Schritten entgegen. »Wieso brauchst du Tommy heute Abend? Er meinte, Amber solle er auch abholen. Wollt ihr euch ins Koma saufen wie ein paar Drecksnutten?«

Ich schüttelte den Kopf. »Natürlich nicht. Nur ein oder zwei Gläschen, aber ich wollte ungern fahren. Sie arbeitet gerade so viel, dass wir uns eine Menge zu erzählen haben. Wolltest du heute Abend nicht mit ein paar deiner Kunden ...«

»Das Essen wurde abgesagt.« Einen langen Moment sah er mich prüfend an.

»Weißt du, sie arbeitet ja jetzt für mich. Da kommt es mir nicht standesgemäß vor, wenn ihr befreundet seid. Was ist, wenn euch jemand zusammen sieht?«

Die Hitze stieg mir in den Kopf. »Sie ist für mich fast so etwas wie eine Schwester. Bitte zwing mich nicht, ihr die Freundschaft zu kündigen.«

»Hoch ins Schlafzimmer«, herrschte er mich an.

Die Mädchen wurden gerade gebadet, ich hatte ihnen bereits gute Nacht gesagt. »Ich möchte nicht, dass die Kleinen mich hören. Dann muss ich mit dem Gutenachtsagen wieder ganz von vorn anfangen.«

Daraufhin packte er meine Hand und zerrte mich in sein Arbeitszimmer, schleuderte mich gegen die Wand und verriegelte die Tür. Dann öffnete er seine Hose und stieß mich hinab auf die Knie. »Je schneller du es hinter dich bringst, desto früher darfst du gehen.«

Tränen der Erniedrigung rannen mir heiß die Wangen hinab, ließen mein Make-up zerfließen. Ich wollte ihn zurückweisen, ihm ins Gesicht schreien, wie sehr er mich anwiderte, doch ich war starr vor Angst. Das leiseste Aufbegehren konnte die Pistole wieder zum Vorschein bringen.

»Hör auf zu heulen! Du machst mich krank.«

»Es tut mir leid.«

»Halt's Maul und fang endlich an.«

Als ich fertig war, steckte er das Hemd wieder in die Hose und zog den Reißverschluss hoch.

»Na, wie war ich? Hat es dir genauso viel Spaß gemacht wie mir?«, höhnte er grinsend.

»Übrigens siehst du beschissen aus. Dein Make-up ist völlig verschmiert.«

Er entriegelte die Tür und marschierte ohne ein weites Wort hinaus.

Ich taumelte ins Bad und tupfte mir die Augen ab. Dann schrieb ich Tommy eine SMS. Er solle erst Amber fahren und mich dann später holen. In diesem Zustand durfte mich niemand zu Gesicht bekommen.

Als ich endlich in der Bar eintraf und Amber mich über meine perfekte Ehe ausfragte, wollte ich nichts lieber, als ihr mein ganzes Herz auszuschütten, ihr anzuvertrauen, wie Jackson wirklich war. Ihre Freundschaft hatte mir eine solche Geborgenheit vermittelt, dass ich um ein Haar den wahren Grund meines Zuspätkommens preisgegeben hätte. Aber ich brachte die Worte nicht heraus. Und was hätte sie schon ausrichten können?

Also tat ich, was ich über die Jahre so gut gelernt hatte: Ich schob die Wirklichkeit einfach beiseite und tat so, als wäre mein Leben so märchenhaft, wie es schien.

58

An jenem Abend, als Meredith vorbeikam, um mir mitzuteilen, dass Amber nicht ihr wirklicher Name war, glaubte ich zunächst Ambers Erklärung, sie wäre missbraucht worden und hätte vor ihrem irren Vater fliehen müssen. Schließlich verstand ich nur zu gut, was es hieß, eine Gefangene zu sein. Wenn ich geglaubt hätte, mit heiler Haut fliehen zu können, ohne dass Jackson uns aufspürte, hätte auch ich nur allzu gerne eine falsche Identität angenommen. Doch irgendetwas an ihrer Geschichte kam mir bekannt vor. Mit einem Schlag wurde es mir klar: Sie hatte exakt dieselben Worte benutzt – *Ich schäme mich so, das zu sagen* – wie damals, als sie mir von den vermeintlichen Übergriffen ihres Chefs berichtet hatte. Je länger ich darüber nachdachte, desto zweifelhafter erschien mir ihre Geschichte. Ich beschloss, meinem Bauchgefühl zu folgen und der Sache nachzugehen, in der Zwischenzeit aber so zu tun, als würde ich ihr Glauben schenken. Ich hatte meine eigenen Gründe dafür, doch Meredith hielt mich für übergeschnappt. Am Tag, nachdem sie Amber zu Rede gestellt hatte, kam sie noch einmal zu mir.

»Mir ist ganz egal, was sie sagt, Daphne. Du kannst ihr nicht trauen. Sie ist eine Hochstaplerin. Ich frage mich, ob sie überhaupt eine Schwester hatte.«

Das konnte unmöglich stimmen. Selbst wenn alles andere gelogen war, sie musste eine Schwester verloren haben. Die Vorstellung war mir schier unerträglich – dass jemand so grausam sein konnte, mir vorzuspielen, genauso gelitten zu haben wie ich, Geschichten über eine Schwester zu erfinden, die mit derselben schrecklichen Krankheit gekämpft hatte. Das würde sie zu einem Monstrum machen. Und meine beste Freundin durfte kein Monstrum sein.

»Ich glaube ihr. Nicht jeder hat die Mittel, über die wir verfügen. Manchmal ist Lügen der einzige Ausweg.«

Sie schüttelte ungläubig den Kopf. »Irgendetwas ist faul an dem Mädchen.«

»Hör mal, Mer. Ich weiß, dass du mich nur schützen willst. Aber ich kenne Amber. Die Trauer über ihre Schwester ist echt. Sie hatte es nicht leicht im Leben, und auch das kann ich verstehen. Hab doch ein wenig Vertrauen in mein Urteil.«

»Ich glaube, dass du einen Fehler begehst, aber es ist deine Sache. Um deinetwillen hoffe ich, dass sie die Wahrheit sagt.«

Nachdem sie gegangen war, rannte ich hoch ins Schlafzimmer, öffnete das Nachtschränkchen und suchte die Glasschildkröte, die Amber mir geschenkt hatte. Dann hob ich sie vorsichtig an den Seiten an und ließ sie in einen Plastikbeutel fallen. Rasch band ich mir das Haar zum Pferdeschwanz, zog mir eine Baseballkappe tief ins Gesicht und schlüpfte in Jeans und T-Shirt.

Mit nichts als einer Brieftasche und einem der Prepaid-Handys aus meinem Büro lief ich zu Fuß die drei Kilometer in die Stadt. Das Taxi, das ich mir dorthin bestellt hatte, wartete bereits in der Main Street vor der Bank, und ich sprang auf den Rücksitz.

»Nach Oxford bitte. Zu dieser Adresse hier.«

Ich reichte dem Fahrer einen Zettel und ließ mich rasch wieder in den Sitz zurückfallen, wobei ich mich prüfend umblickte, um ja sicherzugehen, dass mich niemand, den ich kannte, gesehen hatte. Als ich mir die möglichen Folgen von Merediths Erkenntnissen auszumalen versuchte, schwirrte mir der Kopf, und mir wurde flau im Magen. Konnte es sein, dass unsere gesamte

Freundschaft nur auf Täuschung beruhte? War sie hinter meinem Geld her? Oder hinter meinem Ehemann? Ruhig Blut, dachte ich. Erst einmal abwarten. Vierzig Minuten später kam das Taxi vor einem Backsteingebäude zum Stehen.

»Können Sie hier auf mich warten?« Ich gab ihm einen Hundert-Dollar-Schein. »Es wird nicht lange dauern.«

»Kein Problem, Ma'am.«

Ich fuhr in den vierten Stock und fand die Tür mit dem Schild *Hanson Investigations*. Die Detektei hatte ich mir online an einem der Bibliothekscomputer herausgesucht. Ich kam in einen kleinen verlassenen Empfangsbereich. Der Tresen war zwar verwaist, doch schon Sekunden später öffnete sich eine dahinterliegende Tür und ein Mann trat heraus. Er war jünger als ich gedacht hatte, adrett gekleidet und gar nicht mal schlecht aussehend. Lächelnd kam er auf mich zu.

»Jerry Hanson.«

Wir gaben uns die Hand. »Daphne Bennett«, sagte ich. Dass er Jackson oder irgendjemanden aus unserem Bekanntenkreis kannte, war zwar höchst unwahrscheinlich, aber ich musste so vorsichtig wie möglich sein.

Ich folgte ihm in ein gemütliches, in fröhlichen Farben eingerichtetes Zimmer. Anstatt sich hinter seinem Schreibtisch zu verschanzen, nahm er in einem der Sessel Platz und bedeutete mir, mich ihm gegenüber in einen der anderen zu setzen.

»Wie kann ich Ihnen helfen? Vorhin am Telefon klangen Sie recht beunruhigt.«

»Ich muss herausfinden, ob jemand, der mir sehr nahesteht, wirklich diejenige ist, für die sie sich ausgibt. Ich habe ihre Fingerabdrücke.« Ich reichte ihm die Plastiktüte.

»Können Sie herausfinden, wem sie gehören?«

»Ich kann es versuchen. Wir gleichen sie erst einmal mit den Kriminalfällen ab. Wenn wir dort nichts finden, kenne ich noch ein paar Leute, die Zugang zu privaten Datenbanken haben, wo man ihre Abdrücke womöglich bei der Jobsuche gespeichert hat.«

Ich gab ihm den Zeitungsartikel mit ihrem Foto, ihr Gesicht hatte ich mit einem Kreis markiert. »Ich weiß nicht, ob Ihnen das hilft, aber sie gibt vor, aus Nebraska zu stammen, was aber keinesfalls stimmen muss. Wann kann ich denn mit ersten Ergebnissen rechnen?«

Er zuckte die Achseln. »Das sollte nicht länger als ein paar Tage dauern. Falls wir fündig werden, kann ich ihnen ein vollständiges Dossier zusammenstellen. Wollen wir Mittwoch sagen, nur um auf der sicheren Seite zu sein?«

Ich erhob mich. »Vielen Dank. Falls es länger dauern sollte, schreiben Sie mir eine SMS, andernfalls sehen wir uns am Mittwoch. Wäre Ihnen zwölf Uhr recht?«

Er nickte. »Klar, das geht. Und hören Sie, Mrs. Bennett, seien Sie bitte vorsichtig, okay?«

»Keine Sorge, das bin ich.«

Auf dem Rückweg nahm ich die Treppe, verspürte den unbedingten Drang mich zu bewegen, um nicht aus der Haut zu fahren. Ich dachte an all die innigen Gespräche, all die Dinge, die ich ihr anvertraut hatte. Und an Julie. Meine liebste Julie. Sollte sie das Andenken meiner Schwester auf irgendeine Weise in den Schmutz gezogen haben – ich wüsste nicht, wozu ich in der Lage wäre. Vielleicht war alles ja nur ein großes Missverständnis.

Dann stieg ich wieder ins Taxi und machte mich auf den Heimweg. Alles, was ich jetzt noch tun konnte, war abwarten.

59

»Es sieht gar nicht gut aus, Mrs. Bennett«, sagte Jerry Hanson, als er die Aktenmappe über den Tisch schob. »Da gibt es eine ganze Menge Sachen, die sie sich durchlesen sollten. Ich gehe ein Weilchen spazieren, hol mir einen Kaffee. In einer guten halben Stunde bin ich wieder da, dann können wir über alles reden.«

Ich nickte, bereits tief in der Akte versunken. Das Erste, was ich sah, war ein Zeitungsartikel mit Ambers Foto, ihre Augen dick mit Kajal umrandet, das Haar platinblond gebleicht. Sie sah sexy aus. Und knallhart. Ihr richtiger Name war Lana. Lana Crump. Ich las den Artikel und sah auch die restlichen Unterlagen durch. Als ich das letzte Blatt beiseitelegte, zitterten meine Hände. Ich begann zu schwitzen. Der Vertrauensbruch traf mich bis ins Mark. Es war schlimmer, als ich angenommen hatte. Viel schlimmer. Sie hatte sich alles nur ausgedacht: die kranke Schwester, den übergriffigen Vater. Ich hatte ihr die Tür zu meinem Leben aufgestoßen und zu dem meiner Kinder, sie so nah an mich herangelassen, ihr Dinge offenbart, die ich keiner Menschenseele zuvor erzählt hatte. Während sie nur ihr Spiel mit mir getrieben hatte, und auf welche brillante Weise. Wie dumm ich doch gewesen war. Von meiner Trauer um Julie derart geblendet, dass ich diese Schlange förmlich eingeladen hatte.

Mein Herz wog zentnerschwer. Sie war eine Kriminelle, eine Verbrecherin auf der Flucht. Was sie getan hatte, war so gewissenlos, so unbarmherzig. Wie hatte ich das übersehen können?

Die Bruchstücke ihres bisherigen Lebens lagen vor mir ausgebreitet, und ich begann das Bild zusammenzusetzen. Ein armes Mädchen aus einer Kleinstadt, zerfressen von Eifersucht und Gier, berechnend, rücksichtslos. Sie hatte einen Plan geschmiedet, und als er schiefging, hatte sie sich gerächt. Sie hatte alle zum Narren gehalten, das Leben einer anderen Familie auf den Kopf gestellt, ihnen unwiederbringlichen Schaden zugefügt und sich am Ende aus dem Staub gemacht. Dann hatte sie eine andere Identität angenommen. Ein kalter Schauer überkam mich, als ich an das Verschwinden der echten Amber Patterson dachte. Hatte Lana auch da ihre Hand im Spiel gehabt? Plötzlich verstand ich ihre Scheu vor Kameras. Sie befürchtete, jemand aus ihrem früheren Leben könne ihr auf die Spur kommen.

Die Tür ging auf und der Privatdetektiv kehrte zurück. »Wie konnte es passieren, dass jemand wie Sie sich mit so jemandem einlässt?«

Ich seufzte auf. »Das tut nichts zur Sache. Sagen Sie, hier steht, dass sie per Haftbefehl gesucht wird. Was würde passieren, wenn ich zur Polizei ginge?«

Er lehnte sich zurück, formte die Hände zu einem Dreieck. »Man würde sie festnehmen und die Polizei von Missouri verständigen. Die würden sie dann abholen und dort vor Gericht stellen.«

»Welche Strafe steht denn auf Meineid und Beeinflussung der Geschworenen?«

»Das ist von Staat zu Staat verschieden. Aber es gilt als Straftat, und man geht dafür mindestens ein Jahr ins Gefängnis. Und weil sie auf Kaution draußen war und getürmt ist, wird man ihr sicher noch ein paar Monate mehr aufbrummen.«

»Was ist mit dem armen Jungen? Wird das, was ihm widerfahren ist, beim Strafmaß irgendwie berücksichtigt?«

Er zuckte die Achseln. »Das Strafrecht sieht keinen Schadenersatz vor, also im Prinzip nicht. Aber ich bin mir sicher, dass der vorsitzende Richter den heimtückischen Vorsatz berücksichtigen würde, selbst, wenn er es nicht zugeben darf.«

»Das ist alles streng vertraulich, nicht?«

Er runzelte die Stirn. »Wollen Sie wissen, ob ich verpflichtet bin, das Mädchen den Behörden zu übergeben?«

Ich nickte.

»Ich bin kein Polizeibeamter. Das ist Ihr Dossier, Sie können damit machen, was Sie wollen.«

»Vielen Dank. Noch etwas anderes, es hat nichts mit Amber zu tun, aber Sie müssten noch in einer weiteren Sache für mich ermitteln.« Ich setzte ihn ins Bild, reichte ihm eine Mappe und ging.

Anschließend fuhr ich mit dem Taxi zur Bank – jener Bank, rund dreißig Kilometer entfernt, wo ich ohne Jacksons Wissen ein Konto und ein Schließfach eingerichtet hatte. Bevor ich ihn wegschloss, blätterte ich den Ordner noch einmal durch. Ein Bild stach mir ins Auge: eine ältere Frau, womöglich Ambers Mutter. Plötzlich ging mir auf, was sie sonst noch getan haben musste – und mir wurde sonnenklar, dass Amber alias Lana ebenso gewissenlos war wie Jackson. Diese Einsicht war wie eine Befreiung. Sie bedeutete, dass ich den Plan, der in meinem Kopf Gestalt annahm, bedenkenlos vorantreiben konnte.

Nein, ich würde nicht die Polizei rufen. Würde nicht zulassen, dass man sie zurück nach Missouri schaffte, um sie dort für ein paar mickrige Jahre ins Gefängnis zu stecken. Sie würde lebenslänglich bekommen. Hier in Connecticut.

60

Wenn mich das Zusammenleben mit einem gewalttätigen Psychopathen eines gelehrt hat, dann, wie man aus einer miesen Situation das Beste herausholt. Sobald ich die Kränkung ihres Verrats überwunden hatte, begriff ich, dass Amber die Lösung all meiner Probleme sein könnte. Jetzt war klar, dass sie mich nur benutzt hatte, um in Jacksons Nähe zu gelangen. Sie hatte mich dazu gebracht, ihr einen Job zu besorgen, bei dem sie ihn tagtäglich sah. Das Problem war nur: Jackson würde sich nicht so leicht einwickeln lassen wie ich. Und wie gerissen Amber auch sein mochte, sie verfügte doch nur über ein sehr lückenhaftes Bild von ihm, hatte keinen Schimmer, wie er wirklich tickte. Hier würde ich nachhelfen müssen. Ich würde sie mit den Informationen füttern, die sie benötigte, um sein obsessives Verlangen von mir auf sich zu lenken. Schritt für Schritt würde ich im Hintergrund die Fäden ziehen, genauso, wie sie mit mir gespielt hatte.

Ich musste dafür sorgen, dass er sie mehr wollte als mich. Er musste mich freiwillig ziehen lassen – in Anbetracht seines Geldes, seiner Macht und seiner minutiösen Planung blieb kein anderer Ausweg. Bisher hatte er keinen Grund dazu. Aber das würde sich bald ändern. Ich würde so tun müssen, als hätte er mich schon einmal betrogen, musste sie glauben machen, dass Jackson verführbar sei.

An jenem Samstag waren wir bei Barnes & Noble verabredet. Als sie auf mich zukam, hätte ich sie fast nicht erkannt.

»Wow. Du siehst fantastisch aus.« Ihr Haar war nicht länger

dreckig braun, sondern schimmerte in einem hinreißenden Aschblond, ihre Brauen bildeten perfekt geschwungene Bögen über dichten, sinnlichen Wimpern, darunter makellos aufgetragener Eyeliner. Dezent akzentuierte Wangenknochen, exakt die richtige Menge Rouge und glänzender Lippenstift rundeten das Bild ab. Amber war ein anderer Mensch, sie hatte keine Zeit verloren und sich komplett verwandelt.

»Danke. Ich bin einfach zu einem dieser Make-up-Stände bei Saks gegangen und habe mich beraten lassen. Wenn ich in einem schicken New Yorker Büro arbeite, darf ich ja nicht aussehen wie eine graue Maus.«

Was für ein Humbug – das war eine Luxus-Generalüberholung, wie sie im Buche stand. Ich fragte mich, wo sie das Geld hernahm. »Du siehst klasse aus.«

Nachdem wir ein wenig herumgestöbert hatten, aßen wir in einem Café gegenüber zu Mittag.

»Wie läuft es denn? Gefällt dir der Job immer noch so gut?«, erkundigte ich mich.

»Ja. Ich lerne unglaublich viel. Und ich finde es wirklich toll von Jackson, dass er mir zutraut, Mrs. Battleys Platz einzunehmen. Ich weiß, wie schwer es ihm gefallen sein muss – nach all den Jahren, die sie für ihn gearbeitet hat.«

Das musste man ihr lassen, sie ließ nichts anbrennen. Keine Ahnung, wie sie es hinbekommen hatte, aber als Jackson nur wenige Monate nach Ambers Einstellung berichtet hatte, Mrs. Battley habe ihre Kündigung eingereicht, war mir klar gewesen, dass Amber ihre Finger im Spiel gehabt haben musste.

»Sie war wirklich eine Perle. Unglaublich loyal. Jackson hat mir gar nicht erzählt, warum sie vorzeitig in Rente gehen wollte. Hast du denn eine Ahnung?«

Amber zog die Brauen hoch. »Weißt du, sie war nun mal nicht mehr die Jüngste, Daph. Und ich glaube, der Job hat sie etwas überfordert, wenn sie es auch nicht zeigen wollte. Ich habe sie mehr als einmal decken müssen.« Sie beugte sich verschwörerisch zu mir vor. »Ein paarmal, als sie aus Versehen einen wichtigen Termin aus Jacksons Kalender gelöscht hatte, habe ich sie womöglich vor der Kündigung bewahrt. Zum Glück ist es mir gerade noch rechtzeitig aufgefallen, und ich konnte es geradebiegen.«

»Welch ein Glück für sie.«

»Na ja, wahrscheinlich hat sie einfach gemerkt, dass sie zu alt wurde. Außerdem wollte sie immer schon mehr Zeit mit ihren Enkelkindern verbringen.«

»Ganz bestimmt – aber genug von der Arbeit. Was macht dein Privatleben? Gibt's denn irgendwelche süßen Typen im Büro?«

Sie schüttelte den Kopf. »Nicht wirklich. Ich frag mich langsam, wann ich endlich jemanden kennenlerne.«

»Hast du schon mal an Onlinedating gedacht?«

»Nein. Dafür bin ich nicht der Typ. Ich glaube immer noch an die Macht des Schicksals.«

Aber sicher tat sie das. »Verstehe. Die ganz altmodische Junge-trifft-Mädchen-Geschichte. Ist es das, was du willst?«

Sie grinste. »Ja. Wie bei Jackson und dir. Dem perfekten Paar.«

Ich lachte leise auf. »Nichts ist perfekt.«

»Wenn man euch beide anschaut, kommt einem die Ehe wie ein Kinderspiel vor. Er sieht dich an, als wärt ihr noch immer auf Hochzeitsreise.«

Das war meine Gelegenheit. Ich musste ihr weismachen, dass es Ärger gab im Paradies.

»In letzter Zeit aber nicht. Wir haben schon seit zwei Wochen nicht mehr miteinander geschlafen.« Ich blickte auf den Boden. »Entschuldige bitte, ich hoffe, es macht es dir nichts aus, über so etwas zu reden.«

»Natürlich nicht, dazu sind Freundinnen doch da.« Sie zwirbelte den Strohhalm in ihrem Eistee. »Ach, sicher ist er nur müde, Daph. Im Büro ist gerade die Hölle los.«

Ich seufzte auf. »Wenn ich dir jetzt was erzähle, versprichst du, es für dich zu behalten?«

Sie neigte sich noch weiter zu mir hinüber. »Aber klar doch.«

»Er hat mich schon einmal betrogen.«

Ich sah das freudige Funkeln in ihren Augen, bevor sie es verbergen konnte.

»Das ist ein Scherz, oder? Wann denn?«

»Kurz nach Bellas Geburt. Ich hatte noch ein paar Pfund zu viel drauf und war ständig müde. Und dann kam diese Kundin – sie war jung, hübsch und hing ihm förmlich an den Lippen. Ich hatte sie bei einer Wohltätigkeitsgala mal getroffen, und als ich sah, wie sie Jackson anhimmelte, schon geahnt, dass sie uns in Schwierigkeiten bringen würde.«

Ich hatte Ambers volle Aufmerksamkeit. »Und wie bist du dahintergekommen?«

Jetzt musste ich improvisieren. »Ich fand einen ihrer Slips im Apartment.«

»Ist nicht dein Ernst, oder? Er hat sie in eure New Yorker Wohnung mitgenommen?«

»Ja. Ich glaube, sie hat sie absichtlich dort gelassen. Als ich ihn zur Rede gestellt habe, war er völlig aufgelöst. Hat mich auf Knien um Verzeihung gebeten. Mir gesagt, wie vernachlässigt er sich fühlte, seit das Baby auf der Welt war, und wie sehr sie ihn umgarnt habe. Er gab zu, dass er ihren Avancen einfach nicht hatte widerstehen können.«

»Wow. Das muss verdammt schwer für dich gewesen sein. Aber wenigstens habt ihr euch wieder zusammengerauft. Ihr beide wirkt auf mich so ungeheuer glücklich. Und man muss ihm wohl zugutehalten, dass er nicht gelogen hat.«

Ich konnte förmlich sehen, wie es in ihrem Kopf ratterte.

»Ich glaube schon, dass es ihm aufrichtig leidtat. Und er hat hoch und heilig geschworen, es würde nie wieder vorkommen. Aber jetzt schrillen bei mir dieselben Warnglocken wie damals. Ständig arbeitet er bis spät in die Nacht, macht beim Sex nie mehr den ersten Schritt, wirkt irgendwie abwesend. Ich denke langsam wirklich, dass es da noch jemand anderen gibt.«

»In der Firma ist mir nichts Ungewöhnliches aufgefallen.«

»Niemand, mit dem er sich öfter als sonst trifft?«

Sie schüttelte der Kopf. »Nicht, dass ich wüsste. Ich behalte ihn gern für dich im Auge und lass dich wissen, falls es da irgendetwas gibt, worüber du dir Sorgen machen solltest.«

Oh, wie gern sie ein Auge auf ihn werfen würde – und noch einiges mehr als das.

»Danke, Amber. Du glaubst ja gar nicht, wie es mich beruhigt, zu wissen, dass du auf ihn aufpasst.«

Dann legte sie ihre Hand auf meine und sah mir fest in die Augen. »Ich würde alles für dich tun. Wir müssen zusammenhalten. Wir sind doch Seelenverwandte, oder etwa nicht?«

»Aber natürlich«, gab ich zurück und erwiderte lächelnd ihren Händedruck.

61

Es war nicht schwer gewesen, die Sache einzufädeln. Schon seit Wochen freute er sich auf *Hamlet*, und ich wusste, er würde die teure zweite Karte nicht verfallen lassen wollen. Bella war überhaupt nicht krank, doch ich ließ den Theaterabend mit Absicht platzen und hoffte, er würde stattdessen Amber einladen. Dass ich das Stück verpasst hatte, machte ihn stinksauer. Um Mitternacht klingelte mein Telefon.

»Tu mir das nie wieder an, verstanden?«

»Jackson, was ist denn los?«

»Ich wollte, dass du heute Abend mitkommst. Ich hatte nach dem Stück noch etwas mit dir vor.«

»Bella hat mich gebraucht.«

»*Ich* habe dich gebraucht. Wenn du das nächste Mal eine Verabredung mit mir brichst, wird das ernste Folgen haben, kapiert?«

Anscheinend hatte Amber nichts von seiner miesen Laune mitbekommen. Als sie mich früh morgens anrief, wusste sie haargenau, was sie sagen musste.

»Hallo?«

»Hi, Daph, ich bin's.«

»Hey, wie war's im Theater?«

Papierrascheln am anderen Ende der Leitung. »Umwerfend. Mein erstes Broadwaystück. Ich saß die ganze Zeit wie gebannt da, war völlig baff vor Bewunderung.«

Die Unschuld-vom-Lande-Nummer ging mir allmählich auf die Nerven.

»Das freut mich. Was gibt's?«

»Na ja, ich wollte nur, dass du etwas weißt: Nach der Vorstellung war es unglaublich spät, also haben wir im Apartment übernachtet.«

»Ach ja?«, stieß ich hervor, redlich bemüht, angemessen beunruhigt zu klingen.

»Jackson bestand darauf. Er meinte, ich solle mir den langen Weg nach Hause sparen, wo ich morgens doch ohnehin wieder so früh hier sein müsse. Ich habe das Gästebett abgezogen und die Laken in die Wäschekammer gelegt, damit das Hausmädchen weiß, dass sie gewechselt werden müssen.«

Wie schlau von ihr. So konnte sie mir ganz nebenbei mitteilen, dass nichts passiert war.

»Wie rücksichtsvoll von dir. Danke.«

»Und ich habe mir dein rotes Armani-Kostüm geliehen. Ich hoffe, du hast nichts dagegen. Wie du dir denken kannst, hatte ich keine Wechselsachen dabei.«

Ich fragte mich, was ich jetzt wohl empfinden würde, wenn sie tatsächlich noch immer meine Freundin wäre. Würde es mir etwas ausmachen?

»Natürlich nicht. Ich wette, es steht dir ganz ausgezeichnet. Du solltest es behalten.«

Ich musste ihr zu verstehen geben, dass es mir herzlich egal war, dass man es sich als Jacksons Frau leisten konnte, abgelegte Luxuskleidung einfach wegzugeben wie ein Paar alte Handschuhe. Ein scharfes Einatmen drang durch die Leitung.

»Unmöglich. Das ist ein Zweitausend-Dollar-Kostüm.«

Hörte ich da den Hauch eines Vorwurfs in ihrer Stimme? Ich zwang mich zum Lachen. »Hast du es etwa gegoogelt?«

Betretenes Schweigen. »Hm, äh, nein. Daphne, bist du sauer? Ich glaube, ich hab dich verärgert. Ich hätte wohl doch nicht mitgehen sollen. Ich wollte doch nur …«

»Komm schon, ich mach doch nur Spaß. Ich bin froh, dass

du mitgegangen bist. Damit war ich fein raus. Erzähl das bitte nicht Jackson, aber ich finde Shakespeare todlangweilig.« Das stimmte zwar nicht, aber ich war mir sicher, dass sie sich diese Fehlinformation zunutze machen würde. »Und was das Kostüm betrifft, bitte nimm es. Ich habe mehr Sachen, als ich je tragen könnte. Wozu hat man schließlich Freundinnen.«

»Stimmt schon, aber nur, wenn du dir ganz sicher bist. Du, ich muss los. Jackson ruft mich.«

»Klar doch. Ach, eine kurze Sache noch: Hast du schon Pläne für Samstag? Wir haben ein paar Freunde zu einer kleinen Dinnerparty eingeladen, und es wäre toll, wenn du auch kommen würdest. Da gibt es jemanden, den ich dir gerne vorstellen würde.«

»Oh, wen denn?«

»Einen Freund aus dem Club, der frisch getrennt ist und, wie ich glaube, ausgezeichnet zu dir passen würde.« Ich hatte Gregg Higgins eingeladen – ein reiches Papasöhnchen mit einem millionenschweren Treuhandfonds. Gregg war Ende zwanzig und überaus gut aussehend, wofür er dankbar sein konnte, denn in seinem Oberstübchen herrschte ausgemachte Funkstille. Die Hoffnung, Gregg könne das Familienunternehmen einmal leiten, hatte sein Vater längst fahren lassen, ihm aber dennoch ein großes Büro und einen schicken Titel gegeben, und er ließ ihn zur Kontaktpflege nun ausgiebig mit Kunden zu Mittag essen. Er würde Wachs in ihren Händen sein und Amber in Kürze zu Füßen liegen. Und genau das sollte mein Mann miterleben. Natürlich spielte Gregg längst nicht in Jacksons Liga, weshalb ich mir auch keine Sorgen machte, er könne sie von ihrem Plan abbringen, aber einstweilen würde sie ihm kaum widerstehen können – war er doch ihre Eintrittskarte zum Club, zu glamourösen Veranstaltungen und jemand, den sie so lange auspressen konnte, bis sie ihr eigentliches Ziel erreicht hatte. Clever wie sie war, wusste bestimmt auch sie, dass ein wenig Konkurrenz helfen würde, um Jacksons Interesse zu wecken.

Ambers Stimme hatte wieder ihren geschmeidigen Ton angenommen. »Hört sich interessant an. Wann soll ich da sein?«

»Es fängt um sechs an. Aber wieso kommst du nicht schon gegen Mittag, dann lungern wir noch eine Weile am Pool herum und machen uns gemeinsam fertig. Bring deine Klamotten einfach mit. Du kannst ja hier duschen und dich umziehen. Ach, wieso bleibst du nicht gleich über Nacht?«

»Großartig, vielen Dank.«

Ich wollte, dass Jackson sie im Bikini sah, und danach zu schließen, wie Amber sich neuerdings ins Zeug legte, würde sie aussehen wie frisch aus dem neuesten Victoria's-Secret-Katalog. Ich legte auf, schnappte mir meinen Tennisschläger und verließ das Haus, um mich mit Meredith zu einem Doppel zu treffen. Seit dem Gespräch mit Amber war unser Verhältnis etwas angespannt. Dass ich Amber die Geschichte mit dem übergriffigen Vater abgekauft hatte, nahm Meredith mir noch immer übel, doch sobald sie gemerkt hatte, dass ich nicht umzustimmen war, hatte sie aufgegeben. Ich wollte nichts weniger, als dass unsere Freundschaft zum Kollateralschaden meines Plans wurde, doch ich hegte zum ersten Mal seit Jahren einen kleinen Funken Hoffnung. Ich würde nicht zulassen, dass mir irgendwer in die Quere kam.

***

Die gesamte Woche über stopfte ich mich mit Kohlehydraten voll. Kekse, Kräcker, Chips – das volle Programm. Jackson war gerade zu einer Geschäftsreise aufgebrochen, also konnte er mich nicht aufhalten. Die Mädchen fanden es herrlich, endlich ein wenig Junkfood im Haus zu haben. Für gewöhnlich inspizierte er täglich Kühlschrank und Vorratsschränke und warf alles fort, was auch nur im Entferntesten nach Snack aussah. Wenn mich dennoch die Lust auf Süßigkeiten oder Knabberzeug überkam, musste ich die Mädchen zur Verschwiegenheit verpflichten und es sogar vor Sabine verstecken, die mich bereits bei Jackson verpetzt hatte, als ich mit Tallulah noch spät einen Film geschaut hatte. Doch ich hatte darauf bestanden, dass sie sich ein paar Tage freinahm, und am Ende wog ihre Freude darüber schwerer als ihr Pflichtgefühl.

Bis Samstag musste ich unbedingt noch ein paar Kilo zulegen, damit Jackson auffiel, wie viel besser Amber in ihrem Badeoutfit aussah als ich in meinem. Es ist schon erstaunlich, wie rasch sich die verlorenen Pfunde wieder einfinden, wenn man vorher lange nicht mehr als zwölfhundert Kalorien pro Tag zu sich genommen hat. Mittlerweile war ich beim vierzehnten Ernährungstagebuch angelangt. Jackson kontrollierte es jeden Tag, wenn er nach Hause kam, und bewahrte alle Bände penibel sortiert in seinem Schrank auf – seine kleine Trophäensammlung, mit der er sich seiner Macht über mich versicherte. Dann und wann schrieb ich mit Absicht etwas hinein, was nicht auf seiner Positivliste stand – er war nicht so dumm, zu glauben, ich würde beim Essen niemals schummeln. An diesen Tagen zwang er mich zum Ausgleich stets, acht Kilometer auf dem Laufband in unserem Fitnessraum zu rennen, während er sich in die Ecke setzte und mir zusah. Ich hatte mich noch nicht entschieden, ob ich ins Tagebuch jener Woche ein paar Extras einbauen oder die zusätzlichen Pfunde auf die Perimenopause schieben sollte. Die Vorstellung, meine fruchtbaren Jahre könnten sich dem Ende zuneigen, würde Amber umso begehrenswerter erscheinen lassen.

Ich hatte schon vergessen, wie lecker Zucker schmeckte. Bis Freitag hatte ich mir ein nettes kleines Bäuchlein angefressen, und auch mein restlicher Körper war ein wenig aufgebläht. Dann stopfte ich sämtliche Chipstüten, Keksverpackungen und alle anderen Hinterlassenschaften meiner Völlerei in einen Müllbeutel und brachte ihn eigenhändig auf die Deponie. Als Jackson am Freitagabend zurückkehrte, befand sich die Küche wieder in einwandfreiem Zustand. Um kurz nach neun hörte ich seinen Wagen in die Garage fahren. Hastig griff ich nach der Fernbedienung und knipste den Fernseher aus. Dann holte ich den Entenbraten aus dem Backofen und richtete ihm sein Essen an der Kücheninsel her.

Ich goss mir gerade ein Glas Pinot Noir ein, als er in die Küche kam.

»Hallo, Daphne.« Er wies mit einer Kopfbewegung in Richtung Teller. »Räum das wieder weg. Ich habe schon im Flieger gegessen.«

»Wie war dein Flug?«

Er griff sich mein Glas und nahm einen tiefen Schluck. »In Ordnung. Wie immer.«

Mit gerunzelter Stirn sagte er dann: »Bevor ich's vergesse. Ich habe einen Blick auf unser Netflix-Konto geworfen. Anscheinend hast du dir wieder irgendein niveauloses Rührstück angeschaut. Ich dachte, wir hätten darüber gesprochen.«

Ich hatte vergessen, den Speicher zu leeren. So ein Mist. »Der Film muss wohl von alleine angefangen haben, direkt nach der Lincoln-Biografie, die ich mir mit den Mädchen angesehen habe. Ich muss vergessen haben, Netflix zu beenden.«

Er warf mir einen grimmigen Blick zu und räusperte sich. »Sei nächstes Mal bitte verantwortungsbewusster. Zwing mich nicht, das Abo zu kündigen.«

»Natürlich.«

Nun studierte er mein Gesicht, legte mir eine Hand auf die Wange und bohrte einen Finger in meine Haut.

»Bereiten dir deine Allergien wieder Ärger?«

Ich schüttelte den Kopf. »Nicht, dass ich wüsste. Wieso denn?«

»Du siehst aufgedunsen auf. Du hast doch wohl keinen Zucker gegessen, oder?« Heftig zog er die Schranktür auf, hinter der sich der Müll verbarg, und wühlte darin herum.

»Bring mir sofort dein Tagebuch.«

Ich hastete die Treppe hinauf und holte es. Als ich zurück in die Küche kam, durchsuchte er gerade sämtliche Schränke.

»Hier.«

Er riss es mir aus den Händen, setzte sich und blätterte es durch, fuhr jeden Posten mit dem Finger nach. »Aha! Was ist das denn?« Er zeigte auf einen Eintrag von gestern.

»Eine Ofenkartoffel.«

»Die wird direkt in Zucker umgewandelt. Das weißt du doch. Wenn du dich schon wie ein Schwein mit Kartoffeln vollstopfen musst, dann iss Süßkartoffeln. Die haben wenigstens ein paar Nährstoffe.« Dann musterte er mich von oben bis unten. »Du machst mich krank, du fette Kuh.«

»Daddy?«

Plötzlich stand Tallulah in der Tür und sah mich mit sorgenschwerem Blick an.

»Komm, lass dich von Daddy drücken. Ich habe Mommy nur gesagt, dass sie aufhören muss, sich vollzufressen. Du willst doch auch keine fette Mami, oder?«

»Mommy ist nicht fett«, erwiderte sie mit brüchiger Stimme.

Er starrte mich mit finsterer Miene an. »Du dumme Sau. Sag deiner Tochter auf der Stelle, dass du darauf achten musst, was du isst.«

»Daddy, hör auf!«, brüllte Tallulah schluchzend.

Jackson schlug die Hände über den Kopf. »Ihr beide! Ich gehe an meinen Schreibtisch. Bring die kleine Heulsuse ins Bett, und anschließend möchte ich dich sofort im Arbeitszimmer sehen.« Dann beugte er sich zu mir herüber und flüsterte mir etwas ins Ohr. »Wenn du ständig so hungrig bist, geb ich dir was zum Lutschen.«

62

Amber griff nach der Bräunungslotion und spritzte sich einen Klecks auf die Hand. Nachdem sie sich Arme und Gesicht eingerieben hatte, reichte sie mir die Flasche herüber. »Kannst du mir den Rücken einschmieren?«

Ich nahm sie ihr ab, und als ich meine Hände aneinander rieb, stieg mir Kokosduft in die Nase.

»Wollen wir uns auf die Bank im Pool setzen?« Es war brütend heiß, und ich brauchte eine Abkühlung.

»Gerne.«

Ambers Bikini war geradezu pornografisch – sobald sie sich falsch hinsetzte, kam alles zum Vorschein. Ein Glück, dass Tallulah und Bella heute den ganzen Tag mit Surrey unterwegs waren. Sie musste im Studio wie eine Irre trainiert haben, wenn ich auch keinen Schimmer hatte, wie sie das bei all den Überstunden, die sie für Jackson schob, überhaupt noch hinbekam. Ich hatte mich mit Absicht für einen enganliegenden Badeanzug entschieden, der die kleinen Speckrollen an meinem Bauch perfekt in Szene setzte. Jackson würde es schon beim ersten Blick auffallen.

Wir saßen nebeneinander auf der ins Becken eingelassenen Bank am flachen Ende des Pools. Das Wasser war köstlich erfrischend. Ich ließ meinen Blick über das weite Blau des Pools und den dahinterliegenden Strand schweifen, während ich die salzige Seeluft einsog und mich entspannte.

Jackson kam zu seiner täglichen Schwimmrunde zu uns heraus.

»Na ihr beiden, hoffentlich habt ihr euch gut eingecremt. Um diese Zeit ist es am gefährlichsten.«

Lächelnd erwiderte ich: »Ich schon, aber Amber trieft vor Sonnenöl.«

Amber straffte den Rücken und reckte den Oberkörper hervor, um ihre Brüste voll zur Geltung zu bringen. »Ich werde nun mal gern braun.«

»Weil du zu jung bist, um zu wissen, dass man von zu viel Sonne Falten bekommt«, gab ich zu bedenken.

Jackson marschierte zum Sprungbrett hinüber, drehte sich um, federte kurz und legte zu meiner Überraschung einen perfekten Rückwärtssprung hin. Wollte er ihr imponieren?

Als er wieder auftauchte, klatschte Amber begeistert in die Hände. »Bravo! Ausgezeichnet.«

Er schwamm zum Beckenrand, hievte sich aus dem Wasser und machte eine kleine Verbeugung. »Das war doch gar nichts.«

»Komm rüber und leiste uns doch ein Weilchen Gesellschaft«, forderte ich ihn auf.

Jackson holte sich aus dem Terrassenschrank hinter der Bar ein Handtuch und setzte sich auf einen der gepolsterten Stühle uns gegenüber.

»Ich muss vor der Party noch ein wenig arbeiten.«

»Irgendwas, bei dem ich dir behilflich sein kann?«, fragte Amber beflissen.

Jackson lächelte. »Nein, nein. Sei nicht albern – heute hast du frei. Davon abgesehen würde Daphne mich lynchen, wenn ich dich heute arbeiten ließe.«

»Ganz richtig. Heute bist du unser Gast.«

»Mann, ist mir heiß, ich muss mich mal abkühlen«, stöhnte Amber, stieß sich von der Bank ab und tauchte unter. Ich studierte Jacksons Miene, als er Amber zusah, wie sie zur Leiter schwamm, emporstieg und ihm eine erstklassige Aussicht auf ihren tropfnassen Körper im durchsichtigen Bikini gewährte.

»Das war herrlich«, jauchzte sie, direkt an ihn gewandt. Allmählich wurde sie ganz schön dreist.

»Nun, ich muss mal wieder an die Arbeit«, sagte Jackson und schlenderte zurück zum Haus.

Amber stieg wieder zu mir ins Becken und setzte sich neben mich. »Noch mal vielen Dank für die Einladung. Für mich ist das etwas ganz Besonderes.«

Hielt sie mich denn für völlig unterbelichtet?

»Wann kommen die anderen noch mal?«

»So gegen sechs«, antwortete ich. »Wir können noch zwei Stunden relaxen und dann duschen und uns umziehen. Ich habe Angela für drei Uhr bestellt, damit sie uns die Haare macht.« Für den Nachmittag hatte ich noch so einiges in petto: Mein Plan sah vor, ihr sämtliche Annehmlichkeiten vorzuführen, die Jacksons Geld ihr bieten würde.

»Großartig. Macht sie dir denn immer das Haar?«

»Nur, wenn wir Gäste haben oder eine besondere Veranstaltung anliegt. Angela bekommt eine Monatspauschale und steht mir auf Abruf zur Verfügung. Wenn ich sie brauche, lässt sie alles andere stehen und liegen.«

In Ambers Augen glomm ein seltsames Funkeln auf, doch sie hatte sich schnell wieder im Griff. »Wow.«

»Selbstverständlich bemühe ich mich, ihr rechtzeitig Bescheid zu geben. Ich würde nicht willentlich die Planung anderer Leute durcheinanderbringen wollen.«

»Ist die Party heute Abend sehr schick?«

Ich streckte meine Beine aus. »Nicht sonderlich. Es kommen ja nur drei andere Paare aus dem Club – und natürlich Gregg, der Mann, den ich dir vorstellen möchte.«

»Wie ist er denn so?«

»Ende zwanzig, rotblondes Haar, blaue Augen. Typ gut aussehender Privatschulzögling eben«, lachte ich.

»Was macht er beruflich?«

»Seinem Vater gehört Carvington Accounting. Er arbeitet im Familienunternehmen. Die haben einen Haufen Geld.«

Jetzt hatte ich ihre Aufmerksamkeit. »Ich kann mir kaum vorstellen, dass er sich für mich interessiert. Wahrscheinlich geht er nur mit Debütantinnen und Mädchen aus unglaublich wichtigen Familien aus.«

Die Mitleidsnummer ging mir allmählich auf die Nerven. Als ich aufblickte, sah ich die beiden Masseurinnen auf die gefliese Veranda treten. »Ich habe eine Überraschung für dich.«

»Was denn?«

»Wir bekommen beide eine schöne lange Massage.«

»Willst du mir etwa erzählen, dass die auch auf Abruf bereitstehen?«, fragte Amber entgeistert.

»Nein, die sind fest angestellt – allerdings nur halbtags. Jackson und ich würden sterben, wenn wir uns nicht mindestens zweimal in der Woche massieren lassen könnten.« Das stimmte zwar nicht, aber ich wollte sie vor Neid platzen sehen.

Der Nachmittag glitt wie in einer wohligen Trance dahin. Nach der einstündigen Massage legte ich mich in die Wanne und Amber ließ sich stylen; dann setzte sie sich zu mir und wir plauderten ein wenig, während Angela sich an meiner Frisur zu schaffen machte. Um fünf saßen wir mit den ersten Drinks im Wintergarten und blickten hinaus auf den Sound. In wenigen Stunden schon würde Phase zwei meines Plans anlaufen.

***

Als es sechs schlug, standen wir auf der Veranda, tranken Longdrinks und Gregg war Amber bereits mit Haut und Haaren verfallen, genau wie ich es vorausgesehen hatte. Ich kam nicht umhin, das verdruckste Mädchen von der ersten Komiteesitzung mit der stolzen und selbstbewussten jungen Frau zu vergleichen, die jetzt neben mir stand. Keiner, der sie zum ersten Mal

sah, würde je auf die Idee kommen, sie könne hier nicht hingehören. Alles an ihr verströmte den Duft von Geld und Luxus.
Auch ihr Outfit, ein Etuikleid von Marc Jacobs, war himmel-
weit von jenen Katalog-Zweiteilern entfernt, die sie einst getragen hatte.

Ich schlenderte zu ihr und Gregg hinüber. »Wie ich sehe, hast
du Amber schon kennengelernt.«

Er schenkte mir ein breites Lächeln. »Wo hast du sie denn die
ganze Zeit versteckt? Ich habe sie im Club noch nie gesehen.«

Dann warf er ihr einen vielsagenden Blick zu. »Daran hätte ich
mich bestimmt erinnert.«

»Ich bin kein Mitglied«, sagte sie.

»Na, dann musst du eben in Zukunft als mein Gast mitkommen.« Er bemerkte, dass ihr Glas leer war. »Darf ich dir noch
etwas bringen?«

Sie legte ihm eine Hand auf den Arm. »Vielen Dank, Gregg.
Du bist wirklich ein Gentleman. Ich begleite dich hinüber.«

Greggs Hand ruhte noch immer auf Ambers Kreuzbein, als
sie in Richtung Bar davonmarschierten, und ich bemerkte, wie
Jackson ihnen hinterherblickte. In seiner Miene lag etwas Be-
sitzergreifendes, ein Ausdruck, der sagte: *Hey, du pisst an meinen Baum.* Es funktionierte.

Ich ging zu ihm hinüber.

»Sieht aus, als hätte es zwischen Amber und Gregg gefunkt.«
Mir war klar, dass sie nur mit ihm spielte, aber Jackson nahm
allein die wildgewordenen Pheromone wahr, die Gregg aussen-
den musste.

»Sie hat was Besseres verdient als diesen Schwachkopf.«

»Er ist kein Schwachkopf. Gregg ist ein netter junger Mann.
Er behandelt sie sehr aufmerksam.«

Jackson kippte den Rest seines Bourbons in einem Zug herunter. »Er ist dumm wie Stroh.«

Als wir zu Tisch gingen, war Gregg bis über beide Ohren

verliebt. Amber hatte ihn bereits um den Finger gewickelt. Sie brauchte nur durstig dreinzuschauen, schon winkte er einem Kellner, um sie mit einem weiteren Drink zu versorgen. Den anderen Frauen war das ebenso wenig entgangen.

Jenka, eine braunhaarige Schönheit, die mit einem von Jacksons Golfkumpels verheiratet war, lehnte sich zu mir hinüber und flüsterte:»Macht dich das nicht nervös? Ein solches Mädchen Tag für Tag direkt vor seiner Bürotür? Ich weiß, er liebt dich und so weiter, aber er ist nun mal ein Mann.«

»Ich vertraue Jackson blind, und Amber ist eine gute Freundin«, gab ich gut gelaunt zurück.

Sie blickte mich zweifelnd an. »Na, wenn du meinst. Ich würde Warren nie erlauben, jemanden mit ihrem Aussehen als Assistentin einzustellen.«

»Du bist zu misstrauisch, meine Liebe. Ich habe da nichts zu befürchten.«

Gregg war der letzte Gast. Zum Abschied gab er Amber einen schüchternen Kuss auf die Wange. »Bis morgen. Ich hole dich um Punkt zwölf ab.«

Als er gegangen war, wandte ich mich zu ihr um. »Morgen?«

»Er hat mich zum Lunch in den Club eingeladen, und dann sehen wir uns im Playhouse *Die Katze auf dem heißen Blechdach* an.«

»Wie herrlich. Nun, ich bin hundemüde. Wollen wir ins Bett gehen?«

Sie nickte.

Ich gab ihr das Zimmer direkt gegenüber. Jackson sollte wissen, dass sie ganz in der Nähe war. Als ich ins Schlafzimmer kam, lag er schon im Bett.

»Netter Abend, nicht?«, fragte ich.

»Ja, abgesehen von diesem Vollidioten Gregg. Ich verstehe gar nicht, wie du ihn überhaupt einladen konntest«, knurrte Jackson.

392

»Amber hätte sich ohne Begleitung sicher unwohl gefühlt. Er ist doch ganz nett. Trinkt nur ein wenig zu viel.«

»Ein wenig zu viel? Der Typ ist ein Säufer. Ich verabscheue Menschen, die sich nicht im Griff haben.«

Ich schlüpfte unter die Decke. »Amber hat eine Verabredung mit ihm.«

»Sie ist zu klug für ihn.«

»Nun, sie scheint ihn aber zu mögen.« Prächtig. Er war eifersüchtig.

»Wenn er nicht einen so reichen Vater hätte, würde er in einer Einzimmerwohnung über irgendeiner Garage hausen.«

»Jackson, ich muss dich etwas fragen.«

Er setzte sich auf und knipste das Licht wieder an. »Was denn?«

»Du weißt, wie sehr ich Julie vermisse. Amber ist fast wie eine Schwester für mich. Ich habe langsam das Gefühl, du interessierst dich nicht nur beruflich für sie.«

»Moment mal«, brummte er mit anschwellender Stimme. »Wann habe ich dir je einen Grund gegeben, eifersüchtig zu sein?«

Ich tätschelte sanft seinen Arm. »Sei doch nicht sauer. Ich mache dir doch gar keine Vorwürfe. Aber ich sehe, wie sie dich anschaut. Sie vergöttert dich. Und wer könnte ihr das verübeln?« Klang das überzeugend? Ich hoffte es inständig. »Ich will nur nicht, dass zwischen euch beiden irgendetwas passiert. Jeder ist fehlbar. Aber Amber ist meine einzige wahre Freundin. Falls du dich zu ihr hingezogen fühlst, halte dich bitte zurück. Mehr will ich gar nicht sagen.«

»Mach dich nicht lächerlich. Andere Frauen interessieren mich keinen Deut.«

Aber ich kannte diesen Blick. Die Entschlossenheit in seinen Augen. Jackson Parrish ließ sich von niemandem sagen, was er zu tun oder zu lassen hatte.

63

Das doppelte Spiel fiel mir nicht schwer. Die Jahre mit Jackson waren eine gute Schule gewesen. Wenn mir der Gedanke daran, für wie schlau sich Amber hielt und wie töricht ich ihr erscheinen musste, zuweilen auch einen Stich versetzte – am Ende würde es das wert sein. Das Wochenende mit ihr am See war ein furchtbarer Eiertanz. Ich hasste es, dort hinzufahren. Punkt. Meine Mutter wohnte gerade mal eine Stunde entfernt, und er verbot mir, sie einzuladen. Genau aus diesem Grund hatte er diesen Ort gewählt – um meine Mutter glauben zu lassen, ich sei derart mit mir selbst beschäftigt, dass kein Platz für sie blieb. Und sie war zu stolz, um einfach vorbeizukommen. Aber ich musste Amber mit zum See nehmen, um meinen Plan voranzutreiben. An diesem Wochenende warf ich ihr den entscheidenden Köder hin, den sie, wie ich gehofft hatte, begierig aufschnappte – die Tatsache, dass Jackson verzweifelt einen Sohn wollte und ich ihm keinen schenken konnte. Zudem überließ ich ihr den Schlüssel zu unserem New Yorker Apartment, wusste ich doch, dass sie bald schon einen Vorwand finden würde, ihn zu benutzen.

Als sie mir am Freitag darauf schrieb, um zu fragen, ob sie das Wochenende in der Wohnung verbringen könne, kam mir eine geniale Idee. Jackson hatte die ganze Woche vom Ferienhaus aus gearbeitet und den Mädchen und mir das Leben zur Hölle gemacht. Selbst im Urlaub durfte nichts seine akribische Tagesplanung durcheinanderbringen. Wenn er nicht da war, faulenzten wir den ganzen Tag am See, aßen, wenn uns danach war, und sahen uns bis spät abends Filme an. Doch sobald er zurückkam, hieß es Mittagessen um zwölf, Abendessen um sieben, und um Punkt acht mussten die Mädchen im Bett liegen. Kein Junkfood, alles nur bio und gesund. Die Bücher auf meinem Nachttisch musste ich verstecken und sie durch jene seiner wöchentlichen Lektüreliste ersetzen.

In dieser Woche jedoch leistete ich mir eine Reihe kleiner Fehltritte, die ihn auf die Palme brachten. Stapfte triefend und mit verlaufener Schminke vom Schwimmen ins Haus, rannte unfrisiert durch die Gegend oder hinterließ auf der Arbeitsplatte in der Küche eine breite Krümelspur. Am Freitag, das konnte ich spüren, war er mit seiner Geduld am Ende. Wir waren gerade mit dem Mittagessen fertig, und ich hatte absichtlich dafür gesorgt, dass mir ein dickes Stück Spinat zwischen den Schneidezähnen steckte. Er sah mich angewidert an. »Du frisst ja wie ein Schwein. Du hast da was dickes Grünes in den Zähnen.«

Ich schürzte die Lippen und beugte mich zu ihm hinüber. »Wo denn?«

»Igitt. Schau doch mal in den Spiegel«, wetterte er kopfschüttelnd.

Beim Aufstehen prallte ich vorsätzlich mit der Hüfte gegen den Tisch, sodass mein Teller klirrend zu Boden fiel.

»Pass doch auf, wo du hinrennst!« Sein Blick wanderte über meinen Körper. »Hast du etwa schon wieder zugenommen?«

Das stimmte in der Tat – ganze zehn Pfund. Ich zuckte mit den Schultern. »Keine Ahnung. Hier gibt's keine Waage.«

»Nächste Woche bringe ich eine mit. Herrgott noch mal … Was zum Teufel machst du denn, wenn ich nicht hier bin? Stopfst du dich mit irgendwelchem Mist voll?«

Ich hob den Teller auf und trug ihn zum Spülbecken, wobei ich wohlweislich ein Stück Gurke auf den Dielen vergaß.

»Daphne!« Er zeigte drohend zu Boden.

»Ups, sorry.«

Daraufhin spülte ich den Teller kurz ab und räumte ihn falschherum in die Spülmaschine.

»Ach, Jackson. Die Lanes kommen heute Abend zum Essen.«

Das würde das Fass zum Überlaufen bringen. Unsere Nachbarn am See verbrachten den Rest des Jahres in Woodstock, und ihre politischen Ansichten bewegten sich irgendwo zwischen Marx und Mao. Jackson konnte es nicht einmal ertragen, mit ihnen im gleichen Raum zu sein.

»Ist das dein Ernst?« Er trat hinter mich, packte meine Schultern und drehte mich herum, sein Gesicht nur Millimeter von meinem. »Die ganze Woche lang war ich sehr geduldig mit dir, habe mir dein schlampiges Äußeres und deine Tollpatschigkeit im Haushalt gefallen lassen. Aber das ist zu viel.«

Ich schlug die Augen nieder. »Ich Dummerchen! Ich dachte, du wärst diese Woche fort. Da hab ich doch glatt die Termine verwechselt. Es tut mir so leid.«

Er stieß einen tiefen Seufzer aus. »Wenn das so ist, tut's mir auch leid. Ich fahre heute noch nach Hause.«

»Aber übers Wochenende ist der Putztrupp im Haus und reinigt sämtliche Teppiche. Du solltest wirklich nicht da sein, bei all den Chemikalien.«

»Scheiße. Dann fahr ich eben ins Apartment. Ich müsste sowieso im Büro vorbeischauen. Danke, dass du mir mal wieder alles versaut hast.« Dann stürmte er in Richtung Schlafzimmer davon, um zu packen.

Morgen früh würde ich Amber jene SMS schicken, die ich ihr »eigentlich« heute hatte senden wollen und in der ich ihr mitteilte, dass Jackson auf dem Weg nach New York sei und sie das Apartment wider Erwarten doch nicht nutzen könne. Ich würde ihr einfach sagen, ich hätte vergessen auf *Senden* zu drücken und dass ich hoffte, Jacksons Ankunft habe sie nicht zu sehr überrumpelt.

Als er verschwunden war, schlenderte ich gemächlich ins Schlafzimmer, feuerte *Ulysses* auf den Boden und holte stattdessen den neuen Jack Reacher aus der Schublade. Dann streckte ich mich auf dem Bett aus und atmete tief durch. Zum Abendessen würde es Pizza geben. Und die Lanes würden ihr Konzert genießen, von dem sie mir erzählt hatten, als sie zum Dinner da waren – vor einer Woche.

***

Stunden später klingelte mein Telefon.

»Was zum Teufel hast du vor?«, zischte Jackson aufgebracht.

»Was meinst du damit?«

»Amber ist hier. Was für ein Spiel spielst du überhaupt, Daphne?«

Ich tat überrascht. »Ich habe ihr eine SMS geschickt und ihr gesagt, du würdest das Apartment nutzen. Lass mich kurz auf mein Handy schauen.« Ich ließ ein paar Sekunden verstreichen. »Ach, ich Dummkopf. Ich habe nicht auf *Senden* gedrückt. Wie blöd von mir. Es tut mir furchtbar leid.«

Er fluchte. »O Daphne, du lässt nichts unversucht, mir mein Wochenende zu verderben. Ich will einfach nur meine Ruhe. Ich habe keine Lust auf Smalltalk mit meinen Angestellten.«

»Dann bitte sie doch zu gehen. Soll ich sie anrufen?«

Ich hörte ihn seufzen. »Nein, ich kümmere mich schon drum. Na, vielen Dank auch!«

Nun drückte ich auf *Senden* und schickte Amber gleich noch eine Nachricht hinterher. *Wollte dir eigentlich schreiben, dass Jackson auf dem Weg in die Wohnung ist. Geh ihm lieber aus dem Weg. Er ist nicht gerade bester Laune. Meine Schuld. Sorry.*

Nun, das sollte sie dazu bringen, ihm ein verständnisvolles Ohr zu leihen. Danach dürfte es nicht mehr lange dauern, bis sie im Bett landeten.

64

Es hatte ihn schlimm erwischt. Amber musste verdammt gut sein. An den meisten Abenden gab er vor, zu lange zu arbeiten, um den langen Weg nach Hause zu fahren, also schlief er im Apartment. Als er die dritte Nacht in Folge fortblieb, testete ich meine Theorie und bot an, zu kommen und ihm Gesellschaft zu leisten. Doch er winkte mit der Begründung ab, er wäre sowieso bis spät abends im Büro. Auch Ambers Verhalten sprach Bände. Sie hielt sich für furchtbar clever und dachte, ich würde nichts davon mitbekommen. Aber mir war keineswegs entgangen, wie sich die beiden ansahen und wie sie auf einmal begann, seine Sätze zu beenden.

Als wir in London waren, haftete nach jedem Meeting ein Hauch ihres Parfüms an seiner Kleidung und in seinem Haar. Das Fremdgehen schien ihn anzumachen, denn er wollte noch mehr Sex als sonst. Ich konnte nie wissen, wann er über mich herfallen würde. Der Sex, den er jetzt verlangte, war anders – schneller und gröber. Jackson war wie ein Hund, der sein Revier markiert. Amber hingegen ließ ich in dem Glauben, er hätte mich seit Wochen nicht angerührt. Ich musste sie in Sicherheit wiegen, ihr weismachen, er habe nur noch Augen für sie – bis auf jenes eine Mal, als mich der Stolz packte und ich ihr erzählte, wir hätten gerade miteinander geschlafen. Ihr schockierter, zornerfüllter Blick war einfach zu köstlich. Dennoch plagte mich die Sorge, es könne nur eine Frage der Zeit sein, bis er genug von ihr hatte und zu mir zurückkehrte, besessener als je zuvor. Ich konnte nur hoffen, sie würde in ihm dieselben Gefühle wecken, wie ich es damals bei unserem Kennenlernen getan hatte. Er durfte nur noch von einem einzigen Gedanken getrieben sein: sie zu besitzen. Amber spielte ihre Rolle bereits ausgezeichnet, sie verwandelte sich allmählich in eine jüngere Version von mir. Sie benutzte dasselbe Parfüm, kopierte meine Frisur und mein Make-up, bis hin zur Farbe meines Lippenstifts. Ich fütterte sie mit immer neuen Informationen. Aber würde das ausreichen? Wieso brauchte sie so lange, um schwanger zu werden? Natürlich müsste es ein Junge werden, sonst wäre alles umsonst gewesen. Eine weitere Tochter konnte er nicht gebrauchen.

Ich versuchte, mich für ihn so unattraktiv wie möglich zu machen, um Amber als ideale Neubesetzung erscheinen zu lassen. Ich zog lange Unterwäsche an, sodass ich furchtbar schwitzte und es dann auf Hitzewallungen schieben konnte. Immer häufiger ließ ich das Wort »Wechseljahre« fallen. Ihm sollte klar sein: Wenn er bei mir blieb, würde sein Traum von einem Sohn niemals in Erfüllung gehen. All meine Hoffnungen beruhten darauf, dass sie mit einem Jungen schwanger würde. Doch selbst, wenn das nicht klappen sollte, hoffte ich, sie würde gerissen genug sein, ihn auf andere Weise an sich zu binden.

An dem Abend, als er aus Paris zurückkehrte, schien er bester Laune. Um keinen Verdacht zu erregen, hatte Amber mir erzählt, sie würde sich ein paar Tage freinehmen, um eine Freundin zu besuchen. Aber ich wusste, dass sie ihn begleitete, hatte die Reizwäsche gesehen, die er in letzter Minute in seinen Koffer gestopft hatte. Ich war schon halb weggenickt, als er ins Schlafzimmer trat und die Nachttischlampe anknipste.

»Du hast doch noch nicht geschlafen, oder?« Dann kam er auf meine Seite des Betts und blickte zu mir hinab.

»Das habe ich sehr wohl.«

»Das verletzt mich. Ich dachte, du würdest wach bleiben und

auf mich warten. Du weißt doch, wie sehr ich dich vermisse, wenn ich fort bin.«

Mein Auge begann zu zucken, und ich rang mir ein Lächeln ab. »Natürlich habe ich dich vermisst. Aber ich dachte, du müsstest hundemüde sein.«

Ein süffisantes Schmunzeln glitt langsam über seine Züge. »Für dich bin ich nie zu müde. Ich habe dir ein Geschenk mitgebracht.« Ich setzte mich auf und wartete.

Es war jenes rot-schwarze Spitzenkorsett, das ich in seinem Koffer erspäht hatte. Ich nahm es ihm aus der Hand. Der Duft von *Incomparable* umwehte mich. Der kranke Mistkerl wollte, dass ich es anzog, nachdem sie es getragen hatte.

»Hier sind die dazugehörigen Strümpfe. Steh auf und zieh sie an.«

»Wieso lässt du mich nicht etwas aussuchen, mit dem ich dich überraschen kann?« Ich hasste den Gedanken, die Strapse an meiner Haut zu spüren, nachdem sie ihren Körper berührt hatten.

Doch er schleuderte mir das Korsett entgegen und knurrte: »Sofort!« Dann packte er meine Hand und zerrte mich aus dem Bett. »Arme hoch!«

Ich hob die Hände, und er zog mir das Nachthemd über den Kopf, bis ich nur noch im Slip dastand.

»Du wirst fett«, bemerkte er, kniff mir in die Hüfte und schnitt eine Grimasse. »Bald werde ich dir ein richtiges Korsett kaufen müssen. Nimm dir für den Rest der Woche nichts vor, du wirst jeden Tag mit deinem Trainer verbringen. Am Donnerstag gehen wir zum Dinner in den Club. Dafür habe ich dir ein neues Kleid gekauft. Ich hoffe für dich, dass es passt.« Dann schüttelte er den Kopf. »Du faules Luder. Jetzt zieh den Fummel an, den dein Ehemann extra für dich gekauft hat.«

Ich streifte mir den rauen Stoff über Hüften und Bauch. Es war eng, aber ich schaffte es, mich hineinzuzwängen. Die Schamesröte stieg mir heiß ins Gesicht, und ich musste mich zusammenreißen, um nicht in Tränen auszubrechen. Als ich die Strümpfe an den Strapsen befestigt hatte, zwang er mich zu einer Pirouette.

»Sieht scheiße an dir aus«, sagte er kopfschüttelnd und stieß mich herunter. »Auf alle viere!«

Ich fiel zu Boden. Wellen des Schmerzes durchfuhren mich, als meine Knie auf dem harten Parkett aufschlugen. Bevor ich mich wieder aufrichten konnte, vernahm ich das Surren seines Reißverschlusses und spürte ihn hinter mir. Er nahm mich derart brutal, dass ich glaubte, es würde mich entzweireißen. Als er fertig war, stand er auf und sah auf mich herab. »Bist immer noch 'ne Wucht, Daph.«

Alle Kraft wich aus meinem Körper, und ich sackte schmerzerfüllt zu Boden. War alles umsonst gewesen? War er Amber bereits leid? Jetzt, da ich mir erlaubt hatte, von einem Leben ohne ihn zu träumen, gab es kein Zurück mehr. Ich musste mich befreien, koste es, was es wolle.

65

Anscheinend hatte sie ihm ein Ultimatum gestellt. Am Abend zuvor hatte ich ihn im Bad am Telefon flüstern gehört. Er brauche mehr Zeit, hatte er gesagt. Hoffentlich überreizte sie ihr Blatt nicht, sonst ging der Schuss nach hinten los. Jackson gehörte nicht zu den Leuten, die sich erpressen ließen. Man konnte es bereits erkennen. Sie war schwanger, keine Frage, mindestens im dritten Monat. Junge oder Mädchen, fragte ich mich. *O Allmächtiger, lass es ein Junge sein.* Seit Julies Tod hatte ich für nichts mehr so inständig gebetet.

Das ganze Abendessen über schlichen wir wie auf rohen Eiern um ihn herum. Vom Esszimmer aus konnte ich hören, wie sein Handy Nachrichten empfing, unablässig pingte. Einmal stand er zwischendrin auf, schmiss seine Serviette auf den Stuhl und stürzte aus dem Zimmer. Als er Minuten später zurückkam, hörten die SMS auf.

Ich brachte die Mädchen zu Bett, und wir sahen uns eine Dokumentation über Pinguine an. Gegen zehn schließlich wandte er sich zu mir um. »Lass uns schlafen gehen.«

Zu meiner Erleichterung wusch er sich, legte sich hin und schlief sofort ein. Eine Weile lag ich im Dunkeln und fragte mich, was zwischen Amber und Jackson gerade ablief. Gestern hatte ich meine Tage bekommen. Dann stand ich noch einmal auf, um etwas gegen meine dumpfen Kopfschmerzen zu nehmen, ging wieder zu Bett und schlief ein.

Erst glaubte ich zu träumen. Etwas Helles blendete mich, und als ich mich zu rühren versuchte, konnte ich mich nicht bewegen. Ich riss die Augen auf. Er saß auf mir und leuchtete mir mit einer Taschenlampe ins Gesicht.

»Jackson, was tust du da?«

»Bist du traurig, Daphne?«

Ich kniff die Augen zusammen und drehte den Kopf zur Seite. »Was?«

Er packte meine Wange und zwang mich, wieder ins Licht zu gucken. »Bist du traurig, dass du deine Tage bekommen hast? Wieder ein Monat, und noch immer kein Baby?«

Wovon sprach er? Hatte er das mit der Spirale herausgefunden?

»Jackson, bitte, du tust mir weh.«

Er machte das Licht aus, doch nun spürte ich den kalten Stahl der Pistole an meinem Hals.

Die Taschenlampe ging wieder an. Dann wieder aus. An. Aus. Immer wieder, während er die Waffe fester und fester gegen meinen Hals drückte. »Lachst du mich jeden Monat hinter meinem Rücken aus? Wo du doch weißt, wie sehr ich mir einen Sohn wünsche?«

»Aber nein. Ich würde dich nie auslachen«, erwiderte ich, meine Worte kaum mehr als ein Flüstern.

Er ließ die Pistole vom Hals hoch zum Gesicht gleiten und zielte auf mein linkes Auge. »Ohne Augen könntest du nicht mehr so viel rumheulen.«

Diesmal wird er mich umbringen.

Dann bewegte er die Waffe hinab zu meinem Mund und fuhr mir mit dem Lauf über die Lippen. »Und ohne Mund könntest du dich nicht mehr über mich lustig machen.«

»Jackson, bitte. Denk an die Kinder.«

»Ich denke dauernd an die Kinder. An die, die ich nicht habe. An den Sohn, den ich nicht habe, weil du so eine vertrocknete alte Schachtel bist. Aber keine Sorge. Ich habe eine Lösung.«

Er fuhr mit der Waffe hinab bis zum Bauch und ließ sie in

einer achtförmigen Bewegung mehrmals auf meiner Haut kreisen. »Ist schon okay, Daphne. Du bist eben zu alt und verbraucht, um hier drin ein Kind auszutragen. Also habe ich beschlossen, eins zu adoptieren.«

»Wovon redest du da?« Ich hatte Angst mich zu rühren, befürchtete, ein Schuss könne sich lösen.

»Ich kenne da jemanden, der bald ein Baby bekommt und es nicht will. Wir könnten es zu uns nehmen.«

Mein ganzer Leib krampfte sich zusammen. »Warum sollten wir ein fremdes Kind adoptieren?«

Ich hörte, wie er den Hahn spannte. Dann beugte er sich vor und knipste die Lampe an, damit ich ihn sehen konnte.

Er grinste. »Es ist nur eine Kugel drin. Mal sehen, was passiert. Lebst du noch, wenn ich den Abzug gedrückt habe, adoptieren wir. Wenn du stirbst, dann nicht. Klingt doch fair, oder?«

»Bitte …«

Voller Entsetzen sah ich zu, wie sein Finger zurückglitt. Ich hielt die Luft an. *Klick.* Stoßartig brach sich mein Atem wieder Bahn, und ein Schrei der Erleichterung entrang sich meiner Brust.

»Gute Nachrichten. Wir bekommen einen Sohn.«

Teil III

66

Als Amber das Apartment in der zweiundsechzigsten Straße verließ, trug sie nur einen kleinen Koffer bei sich, dazu ihre Kreditkarte und einen Haufen Bargeld. Jackson hatte vorhin angerufen, um ihr mitzuteilen, dass er um neun vorbeikommen würde, und sie wollte sichergehen, dass er die Wohnung leer vorfand. Sie hatte das Warten gründlich satt. An einem Tag versprach er, mit Daphne zu reden, am nächsten hatte er eine neue Ausrede parat, wieso es gerade nicht ging. Sie würde sich das nicht länger gefallen lassen. Die Zeit für den Showdown war gekommen. Unter falschem Namen mietete sie sich in einem kleinen Hotel ein. Der Abschiedsbrief, den sie ihm hinterlassen hatte, lautete schlicht:

Anscheinend liebst du weder mich noch unseren Sohn. Ich glaube, du hast überhaupt nicht vor, Daphne zu verlassen, um mich zu heiraten. Wenn du dieses Kind nicht willst, werde ich dafür sorgen, dass es nie zur Welt kommt.

Zu Tode betrübt,
Amber

Um zehn nach neun rief er zum ersten Mal an. Sie ließ es läuten. Ein paar Minuten später klingelte ihr Handy erneut. Wieder nahm sie nicht ab. Zwanzig Minuten ging das so weiter, bis er ihr endlich eine Nachricht auf die Mailbox sprach. »Amber, mach bitte keine Dummheiten. Ich liebe dich. Bitte ruf mich zurück.«

Zufrieden vernahm Amber die Panik in seiner Stimme und stellte das Telefon stumm. Sollte er doch die ganze Nacht anrufen und sich fragen, wo sie war und was sie getan hatte. Dann schaltete sie den Fernseher an und legte sich aufs Bett. Es würde eine lange, öde Nacht werden, aber drastische Maßnahmen ihrerseits waren unvermeidlich geworden. Noch mal werde ich nicht die Dumme sein, ging es ihr durch den Kopf, und sie fiel in einen unruhigen Schlaf.

Mehrmals in der Nacht war sie aufgestanden, um auf die Toilette zu gehen, und hatte dabei jedes Mal aufs Handy geschaut. Unzählige Anrufe von Jackson, dazu eine Flut von Sprachnachrichten und SMS, deren Ton zwischen verzweifeltem Flehen und purer Raserei changierte. Um vier Uhr morgens war sie zum letzten Mal auf gewesen, hatte dann aber bis acht durchgeschlafen. Sie stieg aus dem Bett und rief den Zimmerservice an. Zwanzig Minuten später bekam sie ihren koffeinfreien Tee, einen Joghurt und die Morgenzeitung. Teilnahmslos überflog sie die Seiten und wartete. Wartete und wartete.

Um zwei Uhr nachmittags schließlich wählte sie Jacksons Nummer. Er nahm ab, noch bevor der erste Rufton verklungen war. »Amber! Wo bist du? Ich versuche schon seit gestern Abend, dich zu erreichen.«

»Es tut mir leid, Jackson. Ich liebe dich, aber du hast mir keine andere Wahl gelassen«, hauchte sie mit bebender Stimme ins Telefon. Um ihr unsägliches Elend zu unterstreichen, presste sie noch einen leisen Seufzer hervor.

»Was willst du damit sagen? Was hast du getan?«

»In einer Stunde habe ich einen Termin, Jackson. Verzeih mir. Ich liebe dich.« Dann legte sie auf.

Sollte er ruhig noch ein bisschen schmoren. Als er anrief, nahm sie beim fünften Klingeln ab.

»Hallo?«, wisperte sie.

»Amber, hör mir zu. Tu das nicht. Ich liebe dich. Und ich liebe unseren Sohn. Ich will dich heiraten. Heute Abend sage ich es Daphne, versprochen. Bitte glaub mir.«

»Ich weiß nicht mehr, was ich glauben soll, Jackson«, wimmerte sie, bemüht, schwach und erschöpft zu klingen.

»Du darfst das nicht durchziehen, Amber. Du trägst meinen Sohn in dir. Ich werde nicht zulassen, dass du ihn umbringst«, donnerte er wütend.

»Du hast mich dazu getrieben, Jackson. Es ist deine Schuld.«

Ein Stöhnen drang durch die Leitung, und er sprach mit gemäßigter Stimme weiter. »Nein, nein. Ich weiß, dass ich es immer wieder aufgeschoben habe, aber das habe ich für uns getan. Ich musste den richtigen Zeitpunkt abpassen.«

»Das ist es ja gerade. Ich habe das Gefühl, dass der richtige Zeitpunkt nie kommen wird. Ich kann nicht ewig warten, Jackson. Und auch dieser Termin nicht.«

»Du würdest tatsächlich unser Kind töten? Das kann ich nicht glauben. Unseren wunderbaren kleinen Jungen?«

»Ich kann dieses Baby nicht allein und unverheiratet bekommen. Vielleicht ist das für dich Ordnung, aber so bin ich nun mal nicht erzogen.«

»Wir werden heiraten, bevor er zur Welt kommt. Das verspreche ich dir. Aber erst musst du zu mir zurückkommen, Amber. Wo bist du? Ich hole dich auf der Stelle ab.«

»Ich weiß nicht …«

Jackson fiel ihr ins Wort. »Wir fahren zurück in mein Apartment. Du kannst dort bleiben. Für immer, wenn du willst. Bitte.«

Ihre Lippen kräuselten sich zu einem zufriedenen Lächeln.

***

Es dauerte keine Stunde, bis Jackson da war. Als sie auf den Rücksitz der Limousine glitt, sah sie ihn mitleidheischend an. Mit blassen Lippen und finsterem Gesicht erwiderte er ihren Blick. »Tu mir das nie wieder an.«

»Jackson, ich ...«

Plötzlich packte er ihre Hand und drückte fest zu. »Wie konntest du mir drohen, unser Kind zu töten?«

»Du tust mir weh.«

Er löste seinen Griff. »Ich weiß nicht, was ich tun würde, wenn meinem Sohn etwas zustieße. Oder dir.«

Da war etwas in seiner Art und in seiner Stimme, das sie verunsicherte und ihr ein wenig Angst machte, doch sie wischte den Gedanken beiseite. Natürlich war er wütend. Krank vor Sorge um sie. Er war nicht er selbst.

»Das werde ich nicht, Jackson. Versprochen.«

»Gut.«

Sie fuhren ins Apartment, wo sie ihn sofort ins Bett lockte. Dort blieben sie, bis es dunkel wurde. Amber flehte ihn auf Knien um Verzeihung an, achtete aber penibel darauf, keinen Millimeter von ihrem Plan abzuweichen.

»Hast du Hunger?«, fragte sie ihn.

»Ich sterbe vor Hunger. Wie wär's mit einem Omelett?«, antwortete Jackson, warf die Decke zurück und sprang aus dem Bett. Amber folgte ihm in die Küche, wo er begann, Eier in eine Schüssel zu schlagen.

Zeit, ans Eingemachte zu gehen, dachte sie. Bevor er es sich wieder anders überlegt.

»Ich habe ein wenig nachgedacht, Jackson. Du wirst doch wohl nicht aus deinen Haus ausziehen, oder? Du hast immerhin schon vor eurer Hochzeit darin gewohnt.«

Amber wollte dieses Haus – schon seit sie es zum ersten Mal

erblickt hatte, wollte die Herrin dieses Anwesens sein, wollte nichts lieber, als dass Bella und Tallulah nun auf *sie* hören mussten. Ab sofort wären die Mädchen zu Gast in *ihrem* Haus, und wenn sie mit ihren Mätzchen weitermachte, würde Bella Ambers Hand zu spüren bekommen. Als Allererstes würde sie ein großes Bild von sich malen lassen – eines dieser Aktgemälde mit Schwangerschaftsbauch. Und das würde sie an einem Ort aufhängen, wo die Kinder es immerzu sehen müssten, wenn sie zu Besuch kamen. Sie würde ihnen das Leben so zur Hölle machen, dass sie sich bald weigern würden, an den Wochenenden zu kommen, und dafür sorgen, dass es auch Jackson nichts ausmachte. Mit der Zeit würde er begreifen, dass sie nichts als kleine Schmarotzer waren, genau wie ihre Mutter.

»Wenn ich derjenige bin, der die Scheidung einreicht, kann ich sie schlecht vor die Tür setzen«, gab er zurück und wendete das Omelett.

»Da hast du wohl recht. Aber … sie hasst dieses Haus. Sie hat mir mehr als einmal gesagt, wie protzig sie es findet. Daphne hat es wirklich nicht verdient. Wahrscheinlich lässt sie ihre Mutter einziehen. Willst du wirklich, dass dieses wundervolle Haus bald ihr gehört? Wird sie es überhaupt unterhalten können?«

Sie konnte es in seinem Kopf rattern sehen.

»Stimmt schon, ich hatte es schon lange, bevor ich sie kennengelernt habe. Mal sehen, was sich tun lässt. Vielleicht kann ich sie ja überreden, es mir zu lassen.«

»O Jackson! Das wäre großartig. Ich liebe dieses Haus. Wir werden dort so glücklich sein.«

Das Einzige, was sie noch glücklicher machen würde, als dort einzuziehen und ihr Revier abzustecken, wäre, wenn Daphne in ihre armselige Einzimmerwohnung übersiedeln müsste. Amber wusste genau, zu was für einem boshaften Miststück sie dieser Gedanke machte, aber das war ihr egal. Daphne war lange genug verwöhnt worden. Es würde ihr ganz guttun, zur Abwechslung mal mit Designerschuhen in den Hintern getreten zu werden. Sie mochte ihr eine tolle Freundschaft vorgegaukelt haben, aber tief in ihrem Innern, das wusste Amber, betrachtete Daphne sie noch immer als ihr Dienstmädchen. Und Daphne war die gute Fee, die sich dazu herabließ, der armen, bedauernswerten Amber zu helfen. Es brachte Amber zur Weißglut, dass Daphne sie nie als ernstzunehmende Gefahr angesehen hatte. Sie hielt sich für so viel hübscher als Amber, war sich Jacksons Liebe stets so sicher gewesen. *Stell dir vor, Daphne, jetzt liebt er mich. Jetzt gehört er mir. Und ich schenke ihm eine brandneue Familie. Du und deine Brut, ihr seid Geschichte.*

67

Heute würde es passieren! Endlich! Am Morgen hatte Jackson angerufen und sie gebeten, in das New Yorker Apartment zu kommen. Er habe etwas »Ernstes« zu besprechen. Daphne wusste genau, was er meinte, denn dank einer kleinen Lehrstunde mit Privatdetektiv Jerry Hanson wusste sie, wie man Handys klonte. Seit einem Monat las sie sämtliche Kurznachrichten, die Amber und Jackson sich schickten. Eins musste sie Amber lassen: Der Trick mit dem Verschwinden war ein Geniestreich gewesen. Jackson würde so gut wie alles darum geben, dass sie den Sohn, auf den er seit Jahren wartete, nicht verlor.

Als sie Punkt fünf im Apartment eintraf, konnte sie schon Ambers Parfüm riechen. Die beiden saßen auf dem Sofa.

Sie täuschte Entsetzen vor. »Was ist denn hier los?«

»Setz dich, Daphne«, entgegnete Jackson. Amber schwieg, hockte nur hämisch dreinblickend mit einem schmallippigen Lächeln da.

»Wir müssen mit dir reden.«

Daphne blieb beharrlich stehen und sah Amber verdutzt an. »Wir?«

Amber starrte auf ihre Hände, doch auf ihren Lippen lag noch immer ein Schmunzeln.

»Was auch immer es ist, sag es mir einfach.«

Jackson lehnte sich zurück und sah sie einen Moment eindringlich an. »Wie dir sicher nicht entgangen ist, sind wir in letzter Zeit nicht mehr glücklich gewesen.«

In letzter Zeit? hätte Daphne ihm am liebsten angefahren. *Wann waren wir denn je glücklich?* »Was meinst du damit?«

Er stand auf, lief unruhig im Zimmer auf und ab, und wandte sich ihr dann erneut zu. »Ich lasse mich von dir scheiden, Daphne. Amber ist schwanger mit meinem Sohn.«

Der Glaubwürdigkeit halber gab Daphne sich tief bestürzt und sank in einen der Sessel. »Schwanger? Du schläfst also mit ihr?«

»Was hast du denn erwartet?« Sein Blick durchmaß ihren Körper von oben bis unten. »Du hast dich gehen lassen. Bist fett, nachlässig und faul geworden. Kein Wunder, dass du mir keinen Jungen schenken kannst. Du behandelst deinen Körper wie ein Stück Dreck.«

Sie musste sich schwer zusammenreißen, um ihnen nicht ins Gesicht zu sagen, wie einfältig sie doch waren. Stattdessen setzte sie eine betroffene Miene auf und wandte sich an Amber. »Wie lange schläfst du schon mit meinem Ehemann?«

»Ich wollte nicht, dass das passiert. Wir haben uns einfach verliebt.« Dabei sah sie Jackson an, und er schloss seine Hand um ihre.

»Ach wirklich?«, fauchte Daphne so aufgebracht wie möglich. »Und wie lange seid ihr schon ineinander verliebt?«

»Es tut mir so leid, Daphne«, flüsterte Amber, doch ihre Augen sagten etwas anderes. Es war kaum zu übersehen, wie sehr sie jede Sekunde dieses Gesprächs genoss.

»Ich habe dir vertraut, dich wie eine Schwester behandelt, und das ist der Dank dafür?«

Sie seufzte. »Wir konnten nichts dagegen tun. Wir sind füreinander geschaffen.«

Fast hätte Daphne losgeprustet, und sie konnte nur hoffen, die beiden würden den Laut, der sich ihrer Kehle entwand, für einen Schluchzen halten.

»Es tut mir so leid, Daphne«, wiederholte Amber. »Solche

Dinge passieren manchmal einfach.« Sie legte eine Hand auf ihren Bauch und strich zärtlich darüber. »Unsere Kinder werden Geschwister sein. Darum hoffe ich, dass du mir eines Tages verzeihen kannst.«

Daphne tat entrüstet. »Das ist doch nicht dein Ernst, oder? Bist du denn total irre ge...«

»Es reicht«, ging Jackson dazwischen. »Wir wollen heiraten, bevor mein Sohn zur Welt kommt. Wenn du in eine schnelle Scheidung einwilligst, werde ich mich erkenntlich zeigen.«

Daphne erhob sich. »Ich muss über eine Menge Dinge nachdenken. Wenn ich dazu bereit bin, werde ich es dir mitteilen. Und *sie* will ich nicht dabeihaben.«

Sobald Amber aus der Wohnung und außer Sichtweite war, glitt ein Lächeln über Daphnes Züge. Er hatte sich bereits erkenntlich gezeigt, aber das würde sie ihm nicht auf die Nase binden. Wie ließe sich Freiheit schon mit Geld aufwiegen? Sie würde es trotzdem nehmen, um ihrer Kinder willen. Wieso Amber alles in den Rachen werfen? Nein, sie würde dafür sorgen, dass die Vereinbarung großzügig ausfiel. Und dann würde er seine schnelle Scheidung bekommen.

68

Amber schloss die Augen, während die Nagelpflegerin ihr cremige Lotion in die Hände massierte. Als sie der Frau gesagt hatte, dass sie heiraten würde, hatte diese voller Überschwang French Nails vorgeschlagen. Wie geschmacklos. Sie öffnete die Augen und blickte prüfend auf ihre linke Hand. Es war das erste Mal, dass sie den Graff-Diamanten – ein Karat mehr als Daphnes – vom Finger genommen hatte. Amber lächelte, als die Kosmetikerin den Nagellack auftrug, zog dann aber ruckartig die Hand weg.

»Die Farbe gefällt mir nicht. Entfernen Sie sie, und zeigen Sie mir, was Sie sonst noch haben«, keifte sie.

Folgsam klaubte die junge Frau noch mehr Fläschchen zusammen und reihte sie vor Amber auf, die sämtliche Farben studierte und sich schließlich für einen Champagnerton entschied. »Den hier«, sagte sie barsch, zeigte auf das Fläschchen und lehnte sich wieder zurück in den Ledersessel.

Heute hatte sie sich das volle Programm gegönnt: Massage, Gesichtsbehandlung, Pediküre. Morgen würde sie fantastisch aussehen. Morgen, wenn ihr größter Traum in Erfüllung gehen und der Standesbeamte sie zur neuen Mrs. Jackson Parrish erklären würde. Jacksons Scheidung war soeben rechtskräftig geworden, gerade noch rechtzeitig. Das Baby könnte jederzeit kommen, und sie wollte bei der Entbindung unbedingt verheiratet sein. Jackson war wegen der baldigen Geburt seines Sohnes völlig aus dem Häuschen und hatte eine opulente Hochzeitsfeier geplant, um all seinen Freunden seine schwangere neue Ehefrau zu präsentieren.

»Wir feiern bei uns zu Hause und laden alle ein. Es wird gewaltig werden, mindestens dreihundert Gäste. Alle sollen meine bezaubernde Frau kennenlernen. Wir werden die bevorstehende Geburt unseres wunderbaren Sohnes öffentlich verkünden«, hatte er geschwärmt.

»Jackson, ich bitte dich. Von dem Baby wissen doch längst alle. Die Scheidung, die Schwangerschaft, unsere Verlobung – in den besseren Kreisen redet man seit sechs Monaten über nichts anderes. Davon abgesehen möchte ich gern eine ganz kleine, intime Trauung. Nur wir beide.«

Sie würde nicht zulassen, dass sämtliche Schnösel von Bishops Harbor sie fett und schwanger begafften, sich hinter ihrem Rücken das Maul zerrissen und Daphne alles brühwarm weitertratschten.

»Groß feiern können wir doch auch noch später, wenn der Kleine da ist«, sagte sie lachend und kniff ihm verspielt in die Wange. »Außerdem schiebe ich dann nicht mehr diesen fetten Wanst vor mir her und kann etwas Herrliches anziehen. Bitte!«

Wenn sie zum ersten Mal als Jacksons Frau in der Presse erschien, wollte sie die passende Figur abgeben. Sie befürchtete kaum noch, erkannt zu werden. Niemand aus ihrem Hinterwäldlerkaff würde sie mit alldem hier in Verbindung bringen. Nie im Leben würden sie auf die Idee kommen, dass sich Lana Crump in die umwerfende Amber Parrish verwandelt hatte. Und falls doch jemand Lunte roch und herumschnüffelte, würde sie über ausreichend Geld verfügen, um alle lästigen Probleme aus der Welt zu schaffen.

Er hatte die Lippen gespitzt und bedächtig genickt. »Okay. Dann machen wir das später. Aber was ist mit Tallulah und Bella? Sie sollten doch zumindest dabei sein.«

Auf keinen Fall würde sie sich von der griesgrämigen Tallulah und der verzogenen Bella die Schau stehlen lassen, nicht bei ihrer eigenen Hochzeit. Sie würden alles verderben. Besser, wenn sie erst nach der Trauung davon erführen – wenn alle Tränen und Wutanfälle, die ihren Vater entmutigen könnten, vergeblich waren.

»Da hast du natürlich recht. Aber glaubst du nicht, es würde sie zu sehr verstören, mich schwanger zu sehen? Ich will nicht, dass sie traurig sind, weil Daphne nicht die Mutter des Babys ist. Ich möchte sie auf keinen Fall kränken oder ihnen das Gefühl vermitteln, sie würden irgendwie ersetzt werden. Wenn der Kleine auf der Welt ist, wäre das vielleicht einfacher. Er wird ihr winziger süßer Bruder sein, und wer seine Mutter ist, spielt keine große Rolle mehr. Lass uns doch bis zur großen Feier warten. Das macht es ihnen bestimmt viel leichter.«

»Ich weiß nicht. Wenn sie nicht dabei sind, könnte das den falschen Eindruck vermitteln«, erwiderte er zweifelnd.

»Aber an der großen Party, die wir später schmeißen, werden sie doch viel mehr Spaß haben.«

»Vielleicht hast du recht.«

»Ich will nur, dass sie mich mögen. Mich als ihre Stiefmutter akzeptieren. Ich habe sogar mit der Kinderärztin darüber geredet. Sie meinte auch, dass es sie überfordern könnte. Natürlich sollte ich es aber zuerst mit dir besprechen.« Den Teil mit der Kinderärztin hatte Amber sich ausgedacht, was jedoch nicht weiter auffiel, weil sie ihn dabei mit großen unschuldigen Augen ansah.

»Da ist was dran. Wahrscheinlich ist es wirklich nicht nötig. Schließlich wird ja auch sonst niemand von der Familie dabei sein.«

Daraufhin hatte Amber seine Hand genommen und ihn selig angelächelt. »Du wirst schon sehen: Wir werden eine große, glückliche Familie sein. Die Mädchen werden ihren kleinen Bruder sicher sehr lieb haben.«

»Ich kann's ja selbst kaum erwarten, den kleinen Kerl kennenzulernen.«

»Nicht mehr lange«, hatte Amber gesagt. »Aber bis es so weit ist, was hielte mein bezaubernder Gatte in spe denn von einer kleinen Belohnung?« Sie hatte die Hand ausgestreckt und seinen Gürtel gelöst.

»Du machst mich so geil wie keine andere«, hatte er gehaucht und sich in den Sessel zurückgleiten lassen. Als sie zwischen seinen Beinen auf die Knie ging, kam ihr ein tröstlicher Gedanke: Sobald sie die neue Mrs. Parrish war, würde sie nicht mehr so tun müssen, als hätte sie Spaß daran.

***

Am nächsten Morgen stand Amber früh auf. Jackson hatte sie erzählt, es bringe Unglück, wenn Braut und Bräutigam die Nacht vor der Hochzeit zusammen verbrächten, weshalb sie im Apartment geblieben war und er sich ein Zimmer im Plaza genommen hatte. Amber scherte sich einen feuchten Dreck um solch lächerliche Ammenmärchen, aber sie wollte den Morgen für sich haben.

Sie musste einige Anrufe machen und wollte nicht, dass Jackson sie dabei belauschte. Bei einem leichten Frühstück, nur Joghurt und Obst, rief sie ihre Mails ab.

Allein drei Nachrichten waren von Jacksons neuem Assistenten, den Amber mit äußerster Sorgfalt aus einer gewaltigen Schar von Bewerbern ausgesucht hatte. Sie war überzeugt, die perfekte Wahl getroffen zu haben – jung, attraktiv, klug, technologisch auf dem neuesten Stand, hochkreativ und, allem voran, männlich. Das Scheckbuch würde fortan natürlich bei ihr bleiben. Nur sie selbst sollte wissen, was in ihrem Haushalt ausgegeben würde. Niemals würde sie die gleichen Fehler begehen wie Daphne.

Nach einem luxuriösen Bad trocknete sie sich ab, rieb sich den ganzen Körper mit einer haarsträubend teuren Körpercreme ein und vollführte eine Vierteldrehung, um ihren Bauch im Profil zu sehen. Die gewaltige Kugel ekelte sie an. Sie konnte es kaum erwarten, dass dieser kleine Schreihals endlich heraus- und sie ihre Figur zurückbekommen würde. Amber schüttelte den Kopf, wandte sich angewidert ab und schnappte sich einen Frotteebademantel. Sie hatte für Jackson und sich die gleichen gekauft, plüschig, mit Monogramm versehen und verdammt teuer. Dann musste sie schmunzeln. Wann immer sie jetzt etwas kaufte, ging sie online und tippte einfach *das Teuerste* ein, ganz gleich, worum es sich handelte. Amber lernte schnell.

Der Termin im Rathaus war erst um ein Uhr mittags, was ihr ausreichend Zeit ließ, sich in Ruhe anzuziehen und die Limousine zu rufen. Sie griff nach ihrem Handy, lümmelte sich auf die samtüberzogene Chaiselongue im Schlafzimmer und tippte eine Nummer.

»Hallo?« Es war Daphne.

»Ich will mit den Mädchen sprechen.«

»Ich bin mir nicht sicher, ob sie mit *dir* sprechen wollen«, gab Daphne zurück, knapp und kalt.

»Hör mir mal gut zu, du kannst mauern, so viel du willst, aber ich würde dir raten, mit mir zusammenzuarbeiten, sonst sind deine kleinen Gören schneller weg vom Fenster als du ›Scheidungsvereinbarung‹ sagen kannst.«

Einen Moment schien die Leitung tot, dann vernahm sie Tallulahs Stimme. »Hallo?«

»Tallulah, mein Schatz, wo ist denn deine Schwester? Kannst du sie an den anderen Apparat holen?«

»Einen Moment, Amber.« Tallulah rief Bella zu, sie solle gefälligst den Hörer abnehmen.

Amber wartete einen Augenblick. »Bella, bist du dran?«

»Ja.«

»Tallulah, bist du noch da?«, fragte Amber.

»Ja, Amber.«

»Ich möchte nur, dass ihr wisst, wie leid es mir tut, dass ihr heute nicht bei der Hochzeit dabei sein dürft. Ich habe eurem Vater gesagt, dass ich nur im Familienkreis heiraten möchte und keine große Feier will. Ich wollte nur euch beide dabeihaben und niemanden sonst, aber euer Vater meinte, ihr wärt noch zu jung dafür.« Sie gab einen Schnieflaut von sich, als würde sie weinen. »Aber ihr müsst nun mal verstehen, dass sich euer Vater so sehr darauf freut, einen kleinen Jungen zu bekommen, dass er euch beide manchmal vergisst. Ich aber möchte, dass wir sehr gute Freundinnen werden, und ich will, dass ihr Teil unserer neuen Familie seid. Habt ihr das verstanden?«

»Ja«, antwortete Tallulah tonlos.

»Bella, was ist mit dir?«, hakte Amber nach.

»Mein Daddy liebt mich. Er würde mich niemals vergessen.«

Amber stellte sich vor, wie die kleine Despotin mit dem Fuß aufstampfte. »Aber gewiss doch, Bella. Da würde ich mir an deiner Stelle überhaupt keine Sorgen machen. Ach, habe ich euch schon erzählt, dass der Kleine genau wie euer Vater heißen wird? Jackson Marc Parrish junior?«

»Ich hasse dich«, zischte Bella und legte auf.

»Es tut mir leid, Amber. Aber du kennst ja Bella«, sagte Tallulah beschwichtigend.

»Ich weiß, Tallulah. Aber du wirst sie bestimmt zur Vernunft bringen, nicht?«

»Ich werd's versuchen«, sagte sie. »Mach's gut.«

»Tschüss, mein Liebling. Wenn wir uns das nächste Mal sprechen, bin ich deine Stiefmutter.«

Zufrieden legte Amber auf. Die Botschaft schien angekommen zu sein. Tallulah war die geborene Schlichterin. Sie würde keinen Ärger machen. Und mit etwas Glitzerschmuck und ein paar neuen Spielsachen würde sich auch Bella besänftigen lassen. Nicht, dass sie vorhatte, die Mädchen so oft im Haus zu dulden, dass das überhaupt eine Rolle spielen würde.

Sie zog den Laptop heran, beantwortete die dringendsten E-Mails und begann dann, sich anzuziehen. Sie konnte wenig ausrichten, um für Jackson sexy und begehrenswert auszusehen, aber offensichtlich setzte ihr Babybauch allein schon ausreichend Glückshormone bei ihm frei. Sie zwängte sich in ein cremefarbenes Kleid und legte ihr neues Perlencollier an – Jacksons Hochzeitsgeschenk. Auf allen anderen Schmuck verzichtete sie, mit Ausnahme des riesigen smaragdgeschliffenen Diamanten am Finger.

***

Als sie vorfuhr, wartete Jackson schon vor dem Gebäude. Neben ihm stand Douglas, sein neuer Assistent. »Du siehst absolut umwerfend aus«, sagte Jackson und ergriff ihre Hand.

»Ich sehe aus wie ein gestrandeter Wal.«

»Du bist der Liebreiz in Person. Ich will nichts mehr davon hören.«

Amber schüttelte den Kopf und wandte sich an Douglas. »Vielen Dank, dass du dich bereit erklärt hast, heute unser Trauzeuge zu sein.«

»Ist mir ein Vergnügen.«

Jackson legte den Arm um sie, und die drei stiegen die Treppe zum Eingangsportal empor. Ehe Amber sich's versah, forderte der Standesbeamte Jackson auch schon auf, die Braut zu küssen. *Seine Braut.* Amber ließ sich das Wort auf der Zunge zergehen, kostete seinen Geschmack zur Gänze aus.

»Nun, dann geh ich mal zurück an die Arbeit. Herzlichen Glückwunsch«, sagte Douglas und schüttelte Jackson die Hand. Dann marschierte er davon.

Während sie Douglas hinterhersah, schmiegte Amber sich an

ihren frischgebackenen Ehemann und eine Welle des Glücks ergriff ihren Körper, elektrisierte sie nahezu. Zu dem Diamanten an ihrem Finger hatte sich ein dünner Platinring gesellt. Endlich, endlich waren sie verheiratet. *Jetzt darfst du jederzeit kommen*, lautete die stumme Botschaft, die sie ihrem Ungeborenen zusandte. Und als sie in die Limousine stieg und es sich auf den edlen Ledersitzen gemütlich machte, malte sie sich ihr zukünftiges Leben aus – teure Anwesen überall auf der Welt, Traumreisen, Nannys und Dienstmädchen, die ihr jeden Wunsch von den Lippen ablasen, Designerkleidung, edler Schmuck.

Schon bald würden sämtliche hochnäsigen Luxusweibchen von Bishops Harbor vor ihr buckeln – so viel war sicher. Es brauchte nicht mehr als einen Batzen Geld und einen einflussreichen Ehemann. Sie würden geradezu Schlange stehen, um sich mit ihr anzufreunden. Ha. Wie köstlich. Jeder im Club würde sich darum reißen, beim alljährlichen Regattadinner an ihrem Tisch sitzen zu dürfen.

Allerdings hatte Amber ein wenig Schadensbegrenzung betreiben müssen, damit Greggs Familie ihr nicht die Tour vermasselte. Sobald Jackson und sie Daphne reinen Wein eingeschenkt hatten, war Amber mit Gregg auf einen Drink ausgegangen. An einem öffentlichen Ort, so ihr Kalkül, würde er ihr gewiss keine große Szene machen. Sie hatten sich im White Whale getroffen, einer kleinen Kneipe am Hafen von Bishops Harbor. Als er eintraf, saß sie bereits am Tisch. Er beugte sich hinab, um sie zu küssen, aber sie wandte rasch den Kopf, sodass er nur ihre Wange erwischte. Verunsichert nahm er ihr gegenüber Platz. »Ist alles okay?«

Sie blinzelte so heftig, als ringe sie mit den Tränen und wies auf das volle Whiskeyglas vor ihm. »Den habe ich für dich bestellt. Trink erst mal einen Schluck.«

Ein Ausdruck heilloser Verwirrung glitt über seine Züge, und er nahm einen tiefen Schluck. »Du machst mir Angst.«

»Ich weiß nicht, wie ich es dir schonend beibringen soll, also sag ich's einfach rundheraus: Ich habe mich in jemand anderen verliebt.«

Wie vom Donner gerührt fragte er: »Was? In wen denn?«

»Ich habe es nicht gewollt. Nur dass …« Sie legte ihre Hand auf seine und machte eine dramatische Pause. »Nur dass wir uns jeden Tag gesehen haben. Tagein, tagaus zusammengearbeitet und dabei herausgefunden haben, dass wir Seelenverwandte sind.«

Er blickte traurig drein, wirkte aber noch ratloser als zuvor. *Ist der wirklich so beschränkt?* Amber unterdrückte einen Seufzer. »Es ist Jackson.«

»Jackson? Jackson Parrish? Aber der ist doch verheiratet. Und viel älter als du. Ich dachte, du wärst in *mich* verliebt«, stieß er mit bebender Unterlippe hervor.

»Ich weiß, dass er verheiratet ist. Aber er war nicht glücklich. Manchmal passieren solche Dinge halt. Du weißt doch, wie das ist, wenn man eng mit jemandem zusammenarbeitet und dann Gefühle füreinander entwickelt. Oder meinst du, ich hätte nicht gesehen, wie deine Sekretärin dich ansieht?«

Ungläubig kniff er die Augen zusammen. »Becky?«

»Natürlich«, nickte Amber. »Und obendrein ist sie wirklich bezaubernd. Du musst doch mitbekommen haben, wie sie dich anhimmelt.«

Sie hatte noch auf zwei weitere Whiskeys bleiben müssen, bis er ihr versicherte, dass er sie voll und ganz verstand. Schließlich flehte sie ihn an, ihr bitte nicht die Freundschaft zu kündigen, und beteuerte, wie sehr sie ihn doch bräuchte, gerade jetzt, wo sich so viel in ihrem Leben ändern und eine Menge Leute ihre Entscheidung missbilligen würden. Und der Schwachkopf fiel drauf rein. Er würde im Club keinerlei Ärger machen. Und Becky sollte ihr danken. Bald würde eine tüchtige Beförderung ins Haus stehen: von der Sekretärin zur Verlobten.

Jackson und Amber Parrish würden das neue Vorzeigepaar von Bishops Harbor werden. Und sobald das Baby da war, würde sie dafür sorgen, dass es ihr letztes war. Sie wollte ihren Körper zurück. Das Glück und die Genugtuung, die sie heute ausstrahlte, hätten ganz Manhattan erleuchten können.

69

Ein Besuch würde reichen, da war Daphne sich sicher. Ein Besuch in jenem Haus, das einst ihres war, und die Mädchen würden nie wieder dorthin zurückwollen. Bisher hatten alle Treffen auf neutralem Boden stattgefunden. Doch Amber und Jackson bestanden auf ein gemeinsames Wochenende bei ihnen im Haus – und am Ende hatte sie nachgegeben.

Amber war rasch in seinen Freundeskreis aufgenommen worden, und wenn die Frauen, mit denen sie die vergangenen zehn Jahre ihres Lebens verbracht hatte, Daphne mehr bedeutet hätten, wäre sie gewiss gekränkt gewesen, wie selbstverständlich sie Jacksons neue Frau in die Arme schlossen. Aber wer in dieser Stadt würde es wagen, die neue Mrs. Parrish vor den Kopf zu stoßen? Die Einzige, die sie nicht im Stich gelassen hatte, war Meredith. Sie hielt ihr die Treue und erwies sich als wahre Freundin. Daphne wünschte, ihr die ganze Wahrheit sagen zu können, aber das durfte sie nicht riskieren. Also ließ sie Meredith weiter in dem Glauben, sie sei töricht und naiv.

Sie fuhren vor dem Haus vor und stiegen aus dem Wagen.

»Ich will klingeln«, krähte Bella aufgeregt, während beide Mädchen zur Tür stürmten.

»Meinetwegen«, erwiderte Tallulah gnädig.

Hinter dem Glas erschien ein livrierter Dienstbote. *So, so, sie haben also einen Butler.* Das sollte sie eigentlich nicht überraschen.

Er öffnete die Tür. »Ihr müsst Bella und Tallulah sein. Mrs. Parrish erwartet euch.«

Mit anhören zu müssen, wie er Amber Mrs. Parrish nannte, versetzt Daphne zwar einen Stich, trotzdem nickte sie ihm gütig zu und marschierte hinter den beiden her ins Haus.

»Wenn Sie bitte hier warten wollen, ich gebe Madam Bescheid.«

Kurz darauf kam Amber hereingefegt, ihren kleinen Sohn im Arm.

»Wo ist mein Daddy?«, fragte Bella und sah zu ihr empor.

»Bella, möchtest du nicht deinen kleinen Bruder kennenlernen, Jackson junior?«, erwiderte Amber und hielt ihr das Baby hin.

Schmollend beäugte Bella den Säugling. Dann sagte sie: »Er ist hässlich. Er ist ganz schrumpelig.«

Ein hasserfüllter Blick huschte über Ambers Züge, die sich sogleich an Daphne wandte und keifte: »Wieso bringst du deinen Kindern nicht endlich Manieren bei?«

Zur Abwechslung war Daphne ihrer Tochter einmal dankbar für ihre Unverblümtheit. Sie warf Amber einen kühlen Blick zu und fasste Bella an der Schulter. »Liebling, sei bitte nicht so unhöflich.«

»Vielleicht hat euer Vater ja vergessen, dass ihr kommt«, sagte Amber genüsslich. »Er besorgt Spielsachen für den kleinen Jackson. Er liebt ihn so sehr. Soll ich anrufen und ihn daran erinnern?«

Mit entsetztem Blick sah Tallulah zu ihrer Mutter. Am liebsten hätte Daphne Amber an Ort und Stelle umgebracht.

»Vielleicht sollten wir den Besuch verschieben …«, fing Daphne an, doch Bella stampfte mit dem Fuß auf und fiel ihr ins Wort.

»Nein! Wir haben Daddy seit Wochen nicht gesehen.«

»Selbstverständlich sollt ihr bleiben«, sagte Amber und drehte sich ihrem Butler um: »Edgar, würdest du Bella und Tallulah bitte in den Salon begleiten, wo sie auf Mr. Parrish warten können? Ich habe zu tun.«

»Bitte bleib da, bis Daddy kommt«, flüsterte Tallulah ihrer Mutter ins Ohr.

Daphne drückte ihre Hand und wisperte: »Aber natürlich bleibe ich.«

»Amber.«

»Ja?«

»Ich warte mit den Mädchen. Wann glaubst du, wird er da sein?«

Sie rollte mit den Augen. »Du bist eine solche Glucke. Aber wie du willst. Er wird bestimmt bald nach Hause kommen.«

Daphne nahm die Mädchen an der Hand, und gemeinsam folgten sie Edgar in den »Salon«, wo direkt über dem marmornen Kamin ein gewaltiges Aktbild der schwangeren Amber hing. Mit einer Hand bedeckte sie ihre Brüste, die andere ruhte auf ihrem prallen Bauch. Wo man auch hinsah, waren Fotos von ihrer Hochzeit ausgestellt, und Daphne begriff, dass Amber sie absichtlich hierhergelotst hatte. Wohlwissend, dass Daphne die Mädchen nicht allein lassen würde, hatte sie Jacksons Verspätung wahrscheinlich selbst eingefädelt.

»Ich hasse sie«, erklärte Tallulah.

»Komm mal her.« Daphne schloss Tallulah in die Arme und flüsterte: »Ich weiß, dass sie scheußlich ist. Versuch einfach, sie nicht zu beachten, und genieß die Zeit mit deinem Vater.«

»Meine Mädchen!« Als sie aufblickten, kam Jackson hereinmarschiert und die Kinder stürmten in seine Arme.

»Dann geh ich mal lieber«, sagte Daphne und richtete sich auf. »Ich hole sie dann am Sonntag wieder ab.«

Jackson würdigte sie keines Blickes, und sie musste schweren Herzens zusehen, wie die drei das Zimmer verließen.

Daphne ging zurück in die Eingangshalle. Sie wollte gerade nach dem Türknauf greifen, als sie hinter sich Ambers Stimme vernahm.

»Bye, Daph. Keine Sorge. Ich werde mich gut um deine kleinen Gören kümmern.«

Daphne fuhr herum und funkelte sie zornig an. »Wenn du ihnen auch nur ein Haar krümmst, bringe ich dich um.«

Amber lachte auf. »Daph, Daph. Immer so theatralisch. Sie werden's hier gut haben. Komm am Sonntag nur nicht zu spät, um sie wieder abzuholen. Ich habe mit meinem Mann noch etwas ziemlich Unanständiges vor. Er kann gar nicht genug von mir bekommen.«

»Genieß es, solange du kannst.«

Ihre Miene verfinsterte sich. »Was soll das denn heißen?«

»Das wirst du noch schnell genug herausfinden«, entgegnete Daphne grinsend.

70

Es war an der Zeit, den ersten Trumpf auszuspielen. Zwei Monate waren seit der Scheidung vergangen, und Daphne hatte Jacksons Millionen bereits gewinnbringend angelegt. Sie hatte das Sorgerecht bekommen, doch er durfte die Mädchen an den Wochenenden sehen. Sie war hier, um das zu ändern.

Daphne trat an den Schreibtisch von Jacksons Assistenten. »Guten Morgen, Douglas. Ist er allein?«

»Ja. Erwartet er Sie denn?«

»Nein, aber es dauert nur einen Moment. Versprochen.«

»Okay.«

Sie öffnete die Tür und marschierte in sein Büro.

Jackson hob verdutzt den Blick. »Was machst du denn hier?«

»Ich freue mich auch, dich zu sehen, Jackson. Ich habe da ein paar Neuigkeiten, die dich interessieren könnten«, erklärte sie, während sie die Tür hinter sich zuzog. Dann reichte sie ihm eine Aktenmappe.

»Was zum Teufel ist das?« Als er den Inhalt überflog, wurde er kreidebleich. »Das kann nicht stimmen. Ich habe doch ihren Pass gesehen.«

»Amber Patterson ist als vermisst gemeldet. Deine Frau, Lana, hat ihre Identität angenommen. Na, wie fühlt es sich an, zur Abwechslung mal selbst der Angeschmierte zu sein? Sie ist nichts weiter als eine kleine Hochstaplerin«, verkündete Daphne mit einem Lachen. »Da fragt man sich schon, worauf sie wirklich aus war: auf dich oder nur dein Geld?«

Die Ader an seiner Schläfe pulsierte so heftig, dass sie zu bersten drohte. »Ich verstehe das nicht«, stotterte er, den Blick weiter unverwandt auf den Artikel vor ihm gerichtet.

»Es ist eigentlich recht einfach. Amber – ich meine Lana – hatte es auf dich abgesehen. Sie hat sich systematisch in dein Leben eingeschlichen, einzig und allein, um einen reichen Mann zu heiraten. Und als ich ihr auf die Schliche gekommen war, wurde sie zu meiner Fahrkarte in die Freiheit.«

»Willst du damit etwa sagen, du wusstest von uns beiden?«

»Ich habe alles eingefädelt. Habe sie dir praktisch auf dem Silbertablett serviert. An dem Wochenende, als du vom See weggefahren bist, habe ich sie direkt in deine Arme getrieben. Und falls es dich interessiert, wieso ich keine Kinder mehr bekommen habe – nun, sagen wir einfach, es ist ziemlich schwer, schwanger zu werden, wenn man eine Spirale benutzt.«

Entgeistert riss er die Augen auf. »Du hast mich reingelegt?«

»Ich hatte einen guten Lehrmeister.«

»Du verfluchte ...«

»Na, na, Jackson. Nur nicht die Fassung verlieren.«

Sein Atem ging jetzt immer rascher. »Hast du vor, sie auffliegen zu lassen?«

»Das liegt ganz bei dir.«

»Was willst du?«

»Dass du sämtliche elterlichen Rechte aufgibst.«

»Bist du verrückt geworden? Ich trete doch nicht das Recht ab, meine Kinder zu sehen.«

»Wenn nicht, gehe ich zur Polizei und sage ihnen, wer sie ist. Man wird sie umgehend verhaften. Ist es das, was du dir für deinen Sohn gewünscht hast? Eine verurteilte Verbrecherin als Mutter? Mit dieser Herkunft werden sie ihn in Charterhouse nie nehmen.«

Krachend hieb er mit der Faust auf dem Tisch. »Du Miststück!«

Doch Daphne zog nur süffisant eine Augenbraue hoch. Erstmals seit Jahren war sie in seiner Anwesenheit völlig gelassen. »Wenn du anfängst, mich zu beschimpfen, rufe ich auf der Stelle die Polizei. Und vielleicht auch noch jemanden von der Presse, damit alle sehen können, wie man deine Angetraute in Handschellen aus dem Haus führt.«

Jackson atmete mehrmals tief und geräuschvoll ein, ballte und öffnete hektisch seine Fäuste. »Sagen wir, ich unterschreibe. Woher weiß ich, dass du nicht trotzdem zur Polizei gehst?«

»Das kannst du nicht wissen. Aber ich bin nicht wie du. Ich will nur ein für alle Mal von dir loskommen. Solange du mit Amber zusammen bist, weiß ich, dass du mich in Frieden lassen wirst. Mehr will ich gar nicht.«

»Was werden die Leute denken? Es wird aussehen, als hätte ich meine Kinder im Stich gelassen«, jammerte er.

Sie schüttelte den Kopf. »Erzähl ihnen einfach, ich hätte nur unter der Bedingung in die Scheidung eingewilligt, dass ich nach Kalifornien ziehen durfte. Oder dass ich dich betrogen hätte. Sag, was immer du willst. Du hast doch auch sonst kein Problem damit, dir Lügengeschichten auszudenken. Stell mich als Rabenmutter dar und tu so, als würdest du zu uns rüberfliegen, so oft es geht. Keiner wird es je erfahren.«

»Dir ist es egal, was man von dir hält?«

»Ja. Ich bin nicht du.« Alles, worum sie sich sorgte, war, mit den Kindern so weit wie möglich von ihm fortzukommen. »Du hast doch jetzt alles, was du immer wolltest. Und bevor du auch nur daran denkst, mich aufzuhalten, solltest du eins wissen: Falls mir irgendetwas zustößt, geht das gesamte Beweismaterial sofort an Meredith. Und das ist längst nicht mein einziger Notfallplan.«

Zum einen verfügte der Ermittler über sämtliche Informationen und würde, falls Daphne etwas passieren sollte, die Behörden einschalten. Darüber hinaus hatte sie ihrer Mutter endlich alles erzählt, und auch bei ihr waren Kopien von Ambers Polizeiakte deponiert.

»Hast du die Papiere dabei?«

Sie öffnete ihre Handtasche und holte einen Umschlag hervor. »Lass sie von deinem Anwalt prüfen. Da unten ist Platz für deine Unterschrift. Sie müssen außerdem notariell beglaubigt werden. Ach so, ganz unten liegt auch noch ein Dokument, in dem du erklärst, dass alle Vorwürfe, die du mir gegenüber beim Jugendamt erhoben hast, haltlos waren.«

»Wieso sollte ich so etwas unterzeichnen?«

»Weil ich sonst zur Polizei gehe. Ich möchte nie wieder von dir erpresst werden. Unterschreib, und niemand wird es je zu Gesicht bekommen, solange du nicht versuchst, mir die Kinder wegzunehmen.«

Er stöhnte auf. »In Ordnung. Du bekommst dein Leben zurück, Daphne. Ich hatte dich ohnehin satt. Du bist alt und verbraucht.« Sein Blick wanderte über ihren Körper. »Wenigstens habe ich deine Jugend gehabt.«

Sie ließ seine Worte an sich abprallen. »Du tust mir leid«, sagte sie kopfschüttelnd. »Ich weiß nicht, ob du so geboren wurdest oder ob deine Eltern dich so verkorkst haben, aber du bist echt ein armes Schwein. Du wirst niemals glücklich werden. Aber um ehrlich zu sein, kann ich die Zeit mit dir nicht einmal bedauern, denn wenn wir nicht zusammen gewesen wären, hätte ich nicht die zwei erstaunlichsten Menschen kennengelernt, denen ich je begegnet bin. Die Kinder sind eine wunderbare Entschädigung für die schrecklichen Jahre mit dir. Und ich habe noch eine Menge Liebe und Leben in mir.«

»Bist du jetzt endlich fertig?«, maulte er gähnend.

»Ich bin schon seit Jahren mit dir fertig.« Sie stand auf. »Und abgesehen davon bist du ein furchtbarer Liebhaber.«

Wutentbrannt schoss er von seinem Stuhl hoch und stürzte auf sie zu, doch sie öffnete schnell die Tür und wich zurück.

»Ich erwarte die Unterlagen morgen zurück«, rief sie ihm im Gehen zu.

71

Ambers Glück war nicht von Dauer. Nach der Geburt des Kindes hatten Amber und Jackson ihre Hochzeitsreise nachgeholt und waren nach Bora Bora geflogen. Jackson war ein Traum von einem Ehemann. Er las ihr jeden Wunsch von den Lippen ab – was immer sie auch wollte, es gehörte ihr. Rund-um-die-Uhr-Betreuung für ihren Sohn, unbegrenztes Taschengeld zum Shoppen und so viele Wellness- und Beautytermine, wie ihr Herz begehrte. Sie liebte es, wie in den Geschäften und Spas alle vor ihr krochen, und genoss es, andere so herablassend zu behandeln, wie sie wollte – ohne die geringsten Konsequenzen. Niemand würde es wagen, der neuen Mrs. Jackson Parrish zu widersprechen, vor allem in Anbetracht der Summen, mit denen sie um sich warf.

Und seit Daphne mit den Kindern nach Kalifornien gezogen war, musste Amber sich auch nicht mehr mit den keinen Monstern herumschlagen. Jackson hatte ihr erzählt, er würde sie nur noch dort besuchen.

Als sie also eines Morgens erwachte und sah, wie Jackson über ihrem Bett aufragte und sie anstarrte, hatte sie keine Ahnung, was sie erwartete. Sie rieb sich entgeistert die Augen und setzte sich auf. »Was tust du da?«

Jackson blickte sie finster an. »Ich frage mich, wann du endlich deinen lahmen Hintern aus dem Bett bekommst.«

Erst hielt sie das für einen Scherz.

»Du liebst doch diesen Hintern«, erwiderte sie neckisch.

»Er wird allmählich ein wenig zu fett für meinen Geschmack. Wann warst du denn das letzte Mal im Fitnessstudio?«

Langsam wurde sie sauer. Sie warf die Decke beiseite und sprang aus dem Bett. »Mit Daphne konntest du vielleicht so reden. Aber nicht mit mir.«

Daraufhin versetzte er ihr einen Stoß, der sie zurück auf die Matratze beförderte.

»Was zum Teufel ...«

»Halt den Mund. Ich weiß alles über deine Vergangenheit.«

Ihre Augen weiteten sich vor Schreck. »Was meinst du damit?«

Er warf ihr eine Aktenmappe aufs Bett. »Das meine ich.«

Das Erste, was ihr ins Auge fiel, war die Kopie eines Zeitungsartikels mit einem alten Foto von ihr. Sie hob ihn auf und überflog ihn. »Wo hast du das her?«

»Das tut nichts zur Sache.«

»Jackson, ich kann alles erklären. Bitte, du verstehst das nicht.«

»Das kannst du dir sparen. Niemand führt mich ungestraft hinters Licht. Ich sollte die Polizei rufen, dich ins Gefängnis wandern lassen.«

»Ich bin die Mutter deines Kindes. Und ich liebe dich.«

»Ach, wirklich? So wie du ihn geliebt hast?«

»Ich ... es war nicht so, wie du denkst ...«

»Keine Angst. Ich werde niemandem etwas sagen. Eine Mutter im Gefängnis wäre nicht gut für meinen Sohn.« Dann beugte er sich zu ihr hinab, sein Gesicht nur noch Zentimeter von ihrem. »Aber ab jetzt gehörst du mir. Also rede ich mit dir, wie es mir gefällt. Und du wirst mir gehorchen, hast du das verstanden?«

Sie nickte und überlegte fieberhaft, was sie nun tun sollte. Er würde sich gewiss wieder beruhigen, sobald sie eine glaubhafte Geschichte parat hätte. Alles würde wieder wie früher sein.

Doch stattdessen wurde alles nur noch schlimmer. Er beschnitt ihr Taschengeld, forderte Rechenschaft über jeden müden Cent, den sie ausgab. Nach und nach begann er, über alles und jedes zu bestimmen: ihre Kleidung, ihre Bücher und ihre Freizeitaktivitäten. Jeden Tag musste sie ins Fitnessstudio. Er zwang sie, diesem piekfeinen Gartenclub beizutreten, in dem sich Daphne so engagiert hatte. Sie merkte sofort, dass die Frauen sie nicht dabeihaben wollten, und das Gärtnern war ihr sowieso scheißegal. Wozu gab es schließlich Gärtner? Und dann das Tagebuch – dieses verfluchte Ernährungstagebuch. Jeden Bissen sollte sie notieren, dazu ihr tägliches Gewicht. Wie demütigend. Das gab ihr den Rest und brachte sie dazu, es drauf ankommen zu lassen.

»Bist du verrückt geworden? Ich erstatte dir doch nicht Bericht darüber, was ich jeden Tag esse. Dein beschissenes Tagebuch kannst du dir sonstwo hinstecken!« Damit feuerte sie es zu Boden.

Sein Gesicht wurde puterrot, und er stierte sie an, als würde er ihr jeden Moment an die Gurgel gehen. »Heb es auf«, zischte er durch zusammengebissene Zähne.

»Das werde ich nicht.«

»Ich warne dich, Amber.«

»Du hast mir doch schon gesagt, dass du mich nicht verpfeifst. Hör auf, mir zu drohen. Ich bin nicht so schwach und formbar wie deine erste Frau.«

Jetzt ging Jackson in die Luft und donnerte: »Du kannst Daphne nicht das Wasser reichen, du billiges kleines Gossenflittchen. Egal, wie viel du liest oder studierst – du wirst nie mehr sein als armer weißer Abschaum.«

Ohne auch nur eine Sekunde zu überlegen, hatte sie sich die kristallene Standuhr vom Tisch gegriffen und sie auf ihn geschleudert. Sie verfehlte ihn um Längen und zerschlug klirrend auf dem Boden.

Jackson kam mit mörderischem Blick in den Augen auf sie zu. »Du irre Schlampe. Versuch nie, nie wieder, mir wehzutun.«

Er packte ihr Handgelenk drückte und so lange zu, bis sie vor Schmerz aufschrie.

»Wage es ja nicht, mir zu drohen, Jackson. Gegen mich hast du keine Chance.« Obwohl sie in ihrem Innern erschauerte, konnte sie sich keine Schwäche erlauben, wenn sie die Oberhand bewahren wollte.

Da ließ er schlagartig von ihr ab, drehte sich um und ging, sodass sie schon dachte, sie hätte gewonnen.

***

An jenem Abend verlor keiner von beiden ein Wort über den Streit. Amber hatte Margarita befohlen, etwas Französisches zum Dinner zu kochen – *Coq au vin*. Sie hatte es gegoogelt und sich auch den richtigen Wein und ein passendes Dessert aus dem Internet herausgesucht. Sie würde ihm schon zeigen, wer hier Klasse hatte. Als er um sieben heimkam, eilte er schnurstracks in sein Arbeitszimmer, wo er blieb, bis sie ihn um acht zum Essen rief.

»Schmeckt es dir?«, erkundigte sie sich, als er den ersten Bissen gekostet hatte.

Doch er funkelte sie nur spöttisch an. »Wieso fragst du? Du hast es ja schließlich nicht gekocht.«

Sie schleuderte die Serviette auf den Tisch. »Aber ich habe es ausgewählt. Hör zu, Jackson, ich versuche hier, Frieden zu schließen. Ich will keinen Streit. Möchtest du denn nicht auch, dass alles zwischen uns wieder so wird wie vorher?«

Er nahm einen Schluck Wein und musterte sie eindringlich. »Du hast mich getäuscht, mich mit deinem falschen Spiel dazu gebracht, Daphne zu verlassen. Dich als jemand anders ausgegeben. Kurzum: Nein, Amber. Ich glaube nicht, dass es wieder so werden kann wie vorher. Wenn unser Sohn nicht wäre, säßest du jetzt hinter Gittern.«

Sie war es gründlich leid, sich dauernd diese Heiligenge-schichten über Daphne anhören zu müssen. »Daphne konnte dich nicht ausstehen. Sie hat sich ständig beschwert, wie absto-ßend sie dich fand.« Daphne hatte Amber gegenüber nichts dergleichen erwähnt, aber es brachte ihn erst einmal zum Schweigen.

»Warum sollte ich auch nur ein Wort aus deinem Mund glauben?«

Sie musste ihre Strategie ändern. »Da hast du recht. Aber ich liebe dich. Und ich *werde* dein Vertrauen zurückgewinnen.«

Wortlos aßen sie zu Ende. Danach verschwand Jackson ins Arbeitszimmer, und Amber warf einen Blick ins Kinderzimmer, um nach Jackson junior zu sehen. Die Nanny, Mrs. Wright, saß im Schaukelstuhl und las ein Buch. Amber hatte Jackson überredet, ein Vollzeit-Kindermädchen einzustellen, um sie mit dem Baby zu »entlasten«. Sabine war gekündigt worden. Amber hatte die Nase voll von der arroganten französischen Schlampe. Surrey half noch immer an den Wochenenden aus. Bunny hatte ihr Mrs. Wright empfohlen, die ausgezeichnete Referenzen vorweisen konnte. Zudem kam ihr zugute, dass sie eine ältere Dame war und in Bezug auf Jackson keinerlei Gefahr darstellte.

»Irgendwelche Schwierigkeiten beim Einschlafen?«, wollte Amber wissen.

»Nein, Ma'am. Er hat sein Fläschchen ausgetrunken und ist sofort weggeschlummert. Ist schon ein Süßer, der Kleine.«

Amber beugte sich über ihn und küsste ihn sanft auf die Stirn. Ein wunderhübsches Kind, und sie konnte es kaum erwarten, dass er für sie interessant werden würde. Später, wenn er erst in der Lage wäre, zu sprechen oder zu spielen, anstatt den ganzen Tag herumzuliegen wie ein dummer dicker Kloß.

Amber ging zu Bett und holte den Krimi heraus, den sie in ihrem Nachttisch versteckt hielt. Eine knappe Stunde später kam Jackson die Treppe hinauf. Sie legte das Buch fort, bevor er es sehen konnte. Seit zwei Wochen hatten sie schon nicht mehr miteinander geschlafen, und sie machte sich langsam Sorgen. Als er unter die Decke kroch, begann sie, ihn zu streicheln.

Doch er schob ihre Hand weg. »Ich bin nicht in der Stimmung.«

Eine ganze Weile wälzte sie sich herum und fragte sich, wie sie es wohl anstellen könnte, ihn zu beschwichtigen. Dann schlief sie endlich ein.

Auf einmal bekam sie keine Luft mehr. Von Panik ergriffen, wachte sie auf und spürte, dass er rittlings auf ihr saß und ihr die Nase zuhielt. Nach Luft japsend riss sie sich seine Hand vom Gesicht und schrie vor Entsetzen auf. »Was tust du da?«

»Ach, wie gut. Du bist wach.«

Er knipste die Lampe an. In der Hand hielt er eine Pistole. Dieselbe Pistole, die sie vor so vielen Monaten in Daphnes Schrank gefunden hatte.

»Jackson! Was hast du vor?«

Er richtete die Waffe auf ihren Kopf. »Wenn du noch einmal etwas nach mir wirfst, wachst du am nächsten Morgen nicht mehr auf.«

Sie griff nach oben, um seine Hand zur Seite zu schieben, noch immer in dem Glauben, alles sei nur ein dummer Scherz. »Haha.«

Jäh packte Jackson sie mit der anderen Hand am Unterarm. »Ich meine es ernst.«

Voller Unverständnis starrte sie ihn an. »Was willst du?«

»Bye bye, Amber.«

Sie schrie auf, musste zusehen, wie sein Finger auf den Abzug glitt, sich krümmte und … *Klick*. Nichts passierte.

Auf einmal spürte sie etwas Nasses unter sich und begriff, dass sich ihre Blase geleert hatte.

Ein angewiderter Blick machte sich auf seinem Gesicht breit.

»Du bist schwach. Pisst ins Bett wie ein Kleinkind.« Er stieg von ihr herab, die Waffe noch immer auf sie gerichtet. »Diesmal lasse ich es dir noch durchgehen. Nächstes Mal hast du vielleicht nicht mehr so viel Glück.«

»Ich zeig dich an.«

»Nein, das wirst du nicht tun«, entgegnete er lachend. »Sie würden *dich* verhaften, nicht mich. Du bist eine gesuchte Verbrecherin, schon vergessen?« Dann deutete er aufs Bett. »Steh auf und wechsle die Laken.«

»Darf ich vorher duschen?«

»Nein.«

Sie stand auf und begann schluchzend, das Bett abzuziehen, während er stumm danebenstand und ihr zusah. Als sie damit fertig war, sagte er: »Geh dich waschen, und dann unterhalten wir uns ein wenig.«

Doch gleich darauf rief er sie noch mal zurück. »Eine Sache noch«, zischte er höhnisch und schleuderte ihr die Pistole entgegen, die polternd zu Boden fiel, bevor sie sie auffangen konnte. »Keine Angst, die ist nicht geladen. Schau dir mal die Buchstaben an.«

Sie hob die Waffe auf und sah jenes Kürzel, das ihr schon vor Monaten aufgefallen war: YMB. »Wofür steht das?«

Er grinste. »*You're mine, bitch.*«

* * *

Von nun an gehorchte sie ihm aufs Wort, fügsam wie ein Kind. Sie murrte nicht, als er ihr befahl, weitere fünf Pfund abzunehmen, obwohl sie längst schon wieder so viel wog wie vor der Schwangerschaft. Gab keine Widerworte, wenn er sie »dumm« oder »weißen Abschaum« nannte, sondern entschuldigte sich artig für jeden Regelverstoß, den sie begangen haben sollte. Noch immer überhäufte Jackson sie mit teuren Kleidern und kostbarem Schmuck, doch jetzt begriff sie, dass alles nur Fassade war. In der Öffentlichkeit mimten sie das High-Society-Traumpaar – sie die angebetete und ihn anhimmelnde Gattin, er den gut aussehenden, großzügigen Mann.

Ihr Sex wurde immer gröber und erniedrigender. Ständig zwang er sie, ihn oral zu befriedigen – insbesondere, wenn sie auf dem Weg zu einer Verabredung war oder sich gerade angezogen hatte –, wie um sein Revier zu markieren und sie noch weiter zu demütigen. Womit hatte sie das nur verdient? Es war so unfair. Wie hatte sie sich abgerackert, um ihr armseliges Leben in diesem elenden Kaff hinter sich zu lassen, wo sie für alle nur der letzte Dreck gewesen war. Jetzt war sie Mrs. Jackson Parrish, eine der reichsten Frauen der Stadt, badete in Geld, schwelgte im Überfluss. Und noch immer blickte man auf sie herab, behandelte sie wie Müll. Alles, was sie verlangte, war das Leben, das sie verdiente. Ihr kam nicht in den Sinn, dass sie genau das bekommen hatte.

72

Acht Monate später

Ihr Handy fest gepackt, saß Daphne in einem New Yorker Taxi und blickte aus dem Fenster. Im Flugzeug hatte sie aus Nervosität keinen Bissen herunterbekommen, sodass ihr Magen nun unablässig knurrte. Nach kurzem Wühlen fand sie in ihrer Tasche noch ein Pfefferminzbonbon und steckte es sich in den Mund. Als sie sich Jacksons Bürogebäude näherten, atmete sie tief durch. Nach dem heutigen Tag würde sie Connecticut für immer Lebewohl sagen können, um sich ganz dem neuen Leben zu widmen, das sie sich gerade aufbaute.

Sobald die Scheidung rechtskräftig gewesen war, hatte Daphne die Mädchen in den Wagen gesetzt und war mit ihnen zu ihrer Mutter gefahren. Sie hatte nicht einmal vorher angerufen. Was hätte sie auch sagen, wo beginnen sollen? Als die Mädchen in ihren Betten lagen, hatten sie sich zusammengesetzt, und sie hatte Ruth alles erzählt, vom Anfang bis zum Ende.

Ihre Mutter war untröstlich gewesen. »Mein armes Mädchen. Warum hast du mir nie etwas gesagt? Du hättest zu mir kommen sollen.«

»Das habe ich doch versucht«, hatte Daphne geseufzt. »Als Tallulah noch ein Baby war, bin ich abgehauen. Daraufhin hat er mich einweisen lassen und all diese gefälschten Gutachten über mich anfertigen lassen. Es gab nichts, was ich hätte tun können.« Daphne ergriff die Hand ihrer Mutter. »Und auch nichts, was du hättest tun können.«

Ruth war in Tränen ausgebrochen. »Aber ich hätte es wissen müssen. Du bist doch meine Tochter. Ich hätte ihn durchschauen, hätte spüren müssen, dass du dich nicht wirklich in den Menschen verwandelt hattest, zu dem er dich machen wollte.«

»Nein, Mom. Das hättest du nicht wissen können. Mach dir bitte keine Vorwürfe. Was jetzt zählt, ist, dass ich frei bin und wir zusammen sein können.«

»Dein Vater hat ihn nie gemocht«, hatte Ruth kleinlaut angemerkt.

»Wirklich?«

»Ich hielt seine Ängste damals für übertrieben. Du weißt schon – eben ein Daddy, der nicht will, dass sein kleines Mädchen erwachsen wird. Er hielt ihn für zu glatt, zu routiniert. Hätte ich doch nur auf ihn gehört.«

»*Ich* hätte nicht auf dich gehört. Wir hätten uns nur noch mehr auseinandergelebt.« Dann hatte sie ihren Kopf auf Ruths Schulter gelegt. »Ich vermisse Dad so sehr. Er war ein wunderbarer Vater.«

Sie waren die ganze Nacht aufgeblieben, hatten sich all die Dinge erzählt, die sich über die Jahre angesammelt hatten. Tags darauf hatte Ruth ihr einen überraschenden Entschluss mitgeteilt.

»Was würdest du davon halten, wenn ich Barry die Pension verkaufen und mit euch nach Kalifornien ziehen würde?«

»Das wäre fantastisch. Ist das dein Ernst?«

Sie hatte genickt. »Ich will nicht noch mehr verpassen.«

Als die Mädchen erfuhren, dass ihre Großmutter bei ihnen wohnen würde, waren sie außer sich vor Freude.

Südkalifornien tat ihnen allen gut. Die Sonne und die gut gelaunten Gesichter ringsum wirkten Wunder. Natürlich vermissten die Mädchen noch immer ihren Vater, aber auch das wurde von Tag zu Tag besser. Sie machten Amber für seine Abwesenheit verantwortlich, und Daphne ließ sie nur allzu gerne in dem Glauben. Wenn sie alt genug wären, würde sie ihnen die Wahrheit erzählen. Doch bis dahin war noch Zeit. Zeit, um ihre Wunden heilen zu lassen – auch mithilfe einer begnadeten Therapeutin, einer Nachbarschaft voller Kinder und eines gelben Labradors, den sie Mr. Bandit getauft hatten, weil er ein Faible dafür besaß, ihre Spielzeuge zu stehlen.

Sie hatten ein entzückendes Häuschen in Santa Cruz gefunden, fünf Zimmer und keine drei Kilometer vom Strand entfernt. Anfangs hatte sie befürchtet, den Kindern könnte es schwerfallen, von einem luxuriösen Anwesen am Meer in dieses bezaubernde, aber deutlich beengtere 180-Quadratmeter-Haus zu ziehen. Zwar hätte sie sich mit dem Geld aus der Scheidung problemlos etwas Größeres leisten können, aber mit dieser Art von Leben hatte sie abgeschlossen. Ihre Mutter hatte die Pension an Barry verkauft und darauf bestanden, sich zu beteiligen. Den Rest von Jacksons Geld hatte Daphne für die Mädchen in einem Treuhandfonds angelegt, der genügend Zinsen abwarf, um davon zu leben. Den Vorsitz von Julie's Smile würde sie Douglas übergeben, im Stiftungsrat aber weiter aktiv bleiben. Irgendwann würde sie wieder anfangen zu arbeiten, aber noch nicht jetzt. Erst wenn alle Verletzungen verheilt waren.

Als die Mädchen ihr neues Heim zum ersten Mal in Augenschein genommen hatten, hatte Daphne zunächst die Luft angehalten und ihre Reaktion abgewartet. Doch die beiden waren schnurstracks die Treppe hochgeflitzt, um sich ihre Zimmer auszusuchen.

»Wow, ich will das hier haben, Mommy. Die pinken Wände sind so cool!«, hatte Bella bei ihrem Rundgang geschwärmt.

Daphne hatte Tallulah angesehen.

»Meinetwegen. Das mit den eingebauten Bücherregalen gefällt mir sowieso besser«, hatte die großzügig erklärt.

»Na, dann wäre das ja entschieden«, hatte Daphne lächelnd gesagt. »Gefällt es euch denn?« Beide hatten zustimmend genickt.

»Mommy, wird das hier dein Zimmer?« Bella hatte ihre Hand genommen und sie in Richtung Elternschlafzimmer gezogen.

»Ja, das wird meins, und Oma bekommt den ganzen zweiten Stock für sich.«

»Super! Dann bist du ja ganz nah bei mir.«

»Und das findest du gut?«, hatte sie wissen wollen.

»Klar«, hatte Bella erwidert. »Ich hab mich so oft gefürchtet in dem großen Haus, und du und Daddy, ihr wart immer so weit weg. Hier ist es viel besser.«

Daphne hatte sie in den Arm genommen. »Ja, das ist es.« Insgeheim dankte sie dem Himmel dafür, dass sie nie wieder ihre Schlafzimmertür würde abschließen müssen.

Der Kühlschrank quoll über mit ihren Lieblingsessen; im Kühlfach stapelte sich die Eiscreme und im Schrank die Süßigkeiten. Daphne hatte ihre Waage in Connecticut gelassen und fühlte sich gesünder und schöner als je zuvor. Manchmal griff sie noch immer nach ihrem Ernährungstagebuch, nur, um sich ins Gedächtnis zu rufen, dass sie nichts mehr aufschreiben musste. Sie hatte es tatsächlich mitgenommen, als Mahnung: Nie wieder würde sie irgendjemandem gestatten, über sie zu bestimmen. Sie tat nichts, um die Pfunde, die sie in den letzten Monaten zugenommen hatte, loszuwerden – im Gegenteil, sie freute sich über die weiblichen Rundungen, die sie ihr verliehen. Wenn sie ins Wohnzimmer kam und Sponge Bobs wieherndes Lachen hörte, sah, wie die Kinder in Albernheiten schwelgten, hätte sie vor Freude weinen können. Sie genoss die Freiheit, eigene Entscheidungen zu treffen, ohne dafür gemaßregelt zu werden. Ihr neues Leben fühlte sich an wie ein langer, tiefer, seit Jahren aufgestauter Seufzer der Erleichterung.

In drei Wochen würden die Schulferien beginnen, und sie freute sich schon auf den Sommer, den sie vor allem mit Faulenzen und Muschelsuchen verbringen würden. Und Surfen lernen, selbstverständlich. Sie liebte die Einfachheit ihres Lebens hier. Keine vollgepackten Terminkalender mehr, keine akribisch durchgeplanten Tage.

Als sie die Mädchen an ihrem ersten Tag zur Schule gefahren hatte, hatte Bella sie verwundert angesehen. »Haben wir denn kein Kindermädchen, das uns hinfährt?«

»Nein, Schatz. Ich fahre euch gern.«

»Aber musst du denn nicht ins Fitnessstudio?«

»Wozu brauche ich ein Studio? Ich kann mit dem Fahrrad zum Strand fahren und dort spazieren gehen. Es gibt jede Menge zu tun. Und es ist viel zu schön hier, um drinnen zu versauern.«

»Aber was ist, wenn du fett wirst?«

Es hatte sich angefühlt wie ein Stich ins Herz. Jacksons Spuren würden wohl doch nicht so leicht zu tilgen sein, wie sie gehofft hatte.

»Fett oder dünn ist uns ab jetzt egal – das Einzige, was zählt, ist gesund. Gott hat unseren Körper sehr schlau erschaffen, und wenn wir ihm gute Dinge zu essen geben und viele lustige Sachen tun, um uns zu bewegen, ist alles in Ordnung.«

Die beiden Mädchen hatten sie etwas skeptisch angeschielt, aber mit der Zeit würde sie das schon hinbekommen.

Das Taxi kam jetzt zum Stehen, und Daphne bezahlte. Als sie in die Eingangshalle schritt, ergriff sie ein vertrautes Gefühl der Angst. Sie straffte die Schultern, atmete tief durch und ermahnte sich stumm, dass sie nichts zu befürchten hatte. Sie war nicht mehr sein Eigentum. Dann tippte sie eine SMS und drückte auf *Senden*. Fünf Minuten später trat Jacksons Assistent Douglas aus dem Lift, kam lächelnd auf sie zu und begrüßte sie mit einer Umarmung.

»Freut mich, dass du es geschafft hast. Ich habe gerade den Anruf erhalten. Sie werden jede Minute da sein.«

»Ahnt er etwas?«

Douglas schüttelte den Kopf.

»Wie ernst ist es?«

»Sehr ernst. Seit Monaten gebe ich ihnen jetzt schon die Auf-stellungen. Vor zwei Wochen ist es mir endlich gelungen, an einige der Kontonummern zu kommen. Ich bin mir ziemlich sicher, dass das den Ausschlag gegeben hat.«

»Wollen wir hochfahren?«, fragte Daphne.

»Ja, aber ich muss dich vorher noch beim Pförtner anmelden.« Er wandte sich um und blickte über sie hinweg. »Sie sind da«, flüsterte er.

Als sie sich umdrehte, sah sie vier Männer in schimmernden blauen Polizeijacken das Gebäude betreten, links auf ihrer Brust prangten drei goldgeprägte Buchstaben: FBI. Sie traten an den Security-Schalter und zückten ihre Ausweise.

»Los, fahren wir rasch hoch, bevor sie da sind«, wisperte ihr Douglas zu.

Als der Fahrstuhl emporglitt, spürte sie ihren rasenden Puls und ein Kribbeln, das sich bis in die Fingerspitzen zog. Hitze stieg ihr ins Gesicht, und sie fühlte, wie ihr plötzlich flau im Magen wurde.

»Geht es dir gut?«, erkundigte sich Douglas.

Sie musste schlucken, nickte aber. »Es wird schon gehen. Mir ist nur kurz etwas schummerig geworden«, sagte sie mit einem angespannten Lächeln. »Keine Sorge. Mir geht's gut.«

»Bist du sicher? Du musst nicht dabei sein, weißt du?«

»Machst du Witze? Ich würde das um nichts in der Welt ver-passen wollen.«

Der Fahrstuhl öffnete sich, und Daphne folgte Douglas die Zimmerflucht entlang zu seinem Büro, das sich direkt vor dem von Jackson befand. Auf einmal kam ihr ein Gedanke, und sie flüsterte rasch: »Bin gleich wieder da.«

»Wo willst du hin?«

»Bevor sie reingehen, habe ich ihm noch etwas zu sagen.«

»Dann beeil dich lieber.«

Ohne anzuklopfen warf sie die Tür auf und sah Jackson vor sich, der nach einem Moment des Staunens wütend aus dem Sessel hochfuhr, wie immer makellos gekleidet in seinem Maßanzug. »Was machst *du* denn hier?«

»Ich bin hier, um dir ein kleines Abschiedsgeschenk zu überreichen«, antwortete Daphne zuckersüß und zog ein kleines Päckchen aus ihrer Tasche.

»Wovon zum Teufel sprichst du? Verlass sofort mein Gebäude, bevor ich dich rauswerfen lasse.« Jackson griff zum Telefon auf seinem Schreibtisch.

»Willst du dir nicht ansehen, was ich dir mitgebracht habe?«

»Ich habe keine Ahnung, was für ein Spielchen du hier spielst, Daphne, aber es interessiert mich nicht. Du langweilst mich. Du hast mich schon immer gelangweilt. Mach verdammt noch mal, dass du rauskommst.«

»Nun, dann kann ich dir ja was verraten. Dein Leben wird bald viel interessanter werden. Keine Langeweile mehr. Garantiert.« Sie warf das Päckchen auf den Schreibtisch. »Bitte schön. Genieß die Auszeit.«

Daraufhin öffnete sie die Tür und hielt den Atem an, als sie die Männer aus der Lobby mit ernsten und unheilvollen Mienen in ihre Richtung marschieren sah.

Douglas wies den Uniformierten den Weg zu Jacksons Büro, und Daphne trat zur Seite, um sie durchzulassen. Dann zog einer der Männer seinen Dienstausweis hervor.

»Jackson Parrish?«

Jackson nickte. »Ja.«

»FBI«, sagte der Älteste der Beamten, während die anderen rings um Jackson Stellung bezogen.

»Was hat das zu bedeuten?«, fragte Jackson mit erhobener, wenn auch brüchiger Stimme. Im ganzen Büro wurde es totenstill. Alle Augen waren auf Jackson gerichtet.

»Sir, gegen Sie liegt ein Haftbefehl vor.«

»Was ist doch wohl ein Scherz? Weswegen denn?«, ereiferte sich Jackson, der sein Stimme wiedergefunden hatte.

»Überweisungsbetrug, Geldwäsche und Steuerhinterziehung in sechsunddreißig Fällen. Und ich kann Ihnen versichern, dass dies *kein* Scherz ist.«

»Machen Sie, dass Sie hier rauskommen! Ich habe nichts verbrochen. Wissen Sie überhaupt, wen Sie vor sich haben?«

»Das weiß ich sehr gut, Mr. Parrish. Wenn Sie nun bitte so nett wären, sich umzudrehen und die Hände auf den Rücken zu legen.«

»Ich verklage euch, dass euch Hören und Sehen vergeht. Wenn meine Anwälte mit euch fertig sind, könnt ihr froh sein, wenn ihr noch Strafzettel ausstellen dürft.«

»Sir, ich bitte Sie ein letztes Mal, sich umzudrehen und die Hände auf den Rücken zu legen«, wiederholte der Beamte, während er Jackson packte, ihn kraftvoll umwandte und gegen die Wand drückte. Die Wange an die Tapete gepresst, spie Jackson geifernd: »Du! Da steckst doch bestimmt du dahinter, oder?«

Daphne grinste. »Ich lerne, wie das Justizsystem funktioniert. Es ist unglaublich lehrreich, weißt du. Du hast mir doch immer gepredigt, dass ich mich weiterbilden soll.«

Jackson wollte sich auf sie stürzen, doch die Männer hielten ihn fest und legten ihm Handschellen an.

»Du Miststück! Das werde ich dir heimzahlen, egal, wie lang ich darauf warten muss«, tobte er, vergeblich bemüht, sich dem Griff des Agenten zu entwinden. »Das wird dir noch leidtun.«

Daraufhin packte einer der kräftigeren Beamten die Handschellen und zog sie an der Kette langsam nach unten. Jackson blieb keine Wahl, als vor Schmerz winselnd auf die Knie zu gehen.

Daphne schüttete den Kopf. »Das tut mir furchtbar leid. Aber du kannst mir nichts mehr anhaben. Und das ist alles deine eigene Schuld. Du bist einfach zu gierig geworden. Wenn du nicht diese Offshore-Konten eingerichtet und das Geld ganz normal versteuert hättest wie jeder andere, wäre all das nicht passiert. Ich habe lediglich dafür gesorgt, dass du einen neuen Assistenten einstellst, der integer und mutig genug ist, um dich anzuzeigen.«

»Was soll das heißen?«

Douglas trat hinzu und stellte sich neben sie. »Meine Schwester hat Mukoviszidose. Wir haben Daphnes Stiftung eine Menge zu verdanken.« Dann sah er einen der Männer an und nickte.

»Entschuldigen Sie bitte, Ma'am ... Sir, wenn Sie beide bitte einen Schritt zurücktreten würden.« Der Agent ließ ein verschmitztes Lächeln aufblitzen und zwinkerte ihnen verstohlen zu.

»Auf geht's, Mr. Parrish«, sagte er, zog ihn wieder auf die Beine und lotste ihn in Richtung Fahrstuhl.

»Warten Sie«, sagte Daphne. »Vergiss dein Geschenk nicht, Jackson.« Sie schnappte das Päckchen vom Tisch und steckte es ihm in die Tasche.

»Verzeihen Sie, Ma'am. Ich muss mir das ansehen«, bemerkte der größte der Männer und streckte die Hand aus. Also fischte sie das Bündel wieder aus Jacksons Sakko, wickelte es aus und hielt etwas Grünes empor. Eine kleine Plastikschildkröte aus dem Ramschladen. »Die ist für dich, mein Liebling«, flötete sie, und ließ das Tier vor seinen Augen hin und her baumeln. »Damit du dich immer an mich erinnerst. Ich fürchte mich nicht mehr vor ihnen – und vor dir ebenso wenig.«

73

Einen Abstecher hatte Daphne noch zu machen. Sie stieg aus dem Taxi und bat den Fahrer, auf sie zu warten. Es kam ihr noch immer eigenartig vor, zu klingeln, obwohl sie hier all die Jahre gelebt hatte.

Margarita öffnete die Tür und riss die Hände in die Luft. »Misses! Wie schön, Sie zu sehen!«

Daphne schloss sie in die Arme. »Dich ebenfalls, Margarita.« Anschließend sagte sie mit gesenkter Stimme: »Ich hoffe, sie behandelt dich anständig.«

Margaritas Miene versteinerte, und sie blickte sich nervös um. »Sind Sie gekommen, um Mr. Parrish zu sehen?«

Daphne schüttelte den Kopf. »Nein, ich möchte mit Amber sprechen.«

Margarita runzelte verdutzt die Stirn. »Einen Moment bitte.«

Wenig später erschien Amber in der Tür, blass und spindeldürr. »Was machst *du* denn hier?«

»Wir müssen uns unterhalten.«

»Worüber denn?«, fragte sie mit argwöhnischem Blick.

»Lass uns reingehen. Ich würde das, was ich zu sagen habe, ungern vor deinen Angestellten ausbreiten.«

»Das ist jetzt *mein* Haus. Ich bestimme, wer wen hereinbittet«, zischte Amber spitz und blickte ängstlich um sich. »Meinetwegen, komm mit.«

Daphne folgte ihr ins Wohnzimmer und nahm in einem der Sessel vor dem Kamin Platz.

»Was gibt's?«, fragte sie mit gelangweiltem Blick.

»Behellige nie wieder meine Kinder, verstanden?«

Amber rollte die Augen. »Ich haben ihnen lediglich eine Einladung zur Taufe ihres Bruders geschickt. Bist du etwa extra aus Kalifornien hergeflogen, um dich darüber zu beschweren?«

Ohne auf ihre Sticheleien einzugehen, beugte Daphne sich zu Amber vor. »Hör mal gut zu, du kleines Miststück. Selbst wenn du ihnen nur eine Postkarte schickst, bist du geliefert. Ist das klar, Lana?«

Amber sprang auf und stürzte auf sie zu. »Wie hast du mich eben genannt?«

»Du hast mich schon verstanden, Lana. Lana Crump.« Daphne rümpfte die Nase. »Was für ein unschöner Nachname. Kein Wunder, dass du ihn nicht mehr benutzt.«

Ambers Gesicht war puterrot, und sie rang nach Luft. »Woher … woher weißt du das?«

»Nachdem Meredith dich zur Rede gestellt hat, habe ich einen Privatdetektiv angeheuert. So habe ich alles herausgefunden.«

»Aber du warst damals noch meine Freundin. Du hast mir geglaubt. Ich verstehe das nicht.«

»Hast du mich wirklich für so dumm gehalten? Dachtest du, ich wüsste nicht, was du vorhast? Ich bitte dich!«, meinte Daphne kopfschüttelnd. »*Ach, Amber, ich mache mir ja solche Sorgen, dass Jackson mich betrügt. O nein, ich werde ihm nie einen Sohn schenken können.* Du hast mir alles abgekauft, alles genauso gemacht, wie ich es mir erhofft hatte, dir sogar das Parfüm bestellt, gegen das ich ›allergisch‹ war«, versetzte sie süffisant und malte bei »allergisch« Anführungsstriche in die Luft. »Und sobald du mit seinem Sohn schwanger warst, wusste ich, dass er am Haken hing. Wenn du wissen willst, wieso ich keine Kinder mehr bekommen habe: Ich habe eine Spirale benutzt.«

Amber stierte Daphne mit offenem Mund an. »Du hast das alles geplant?«

Daphne schmunzelte. »Du dachtest, du würdest das perfekte Leben bekommen. Und den perfekten Ehemann. Findest du ihn heute immer noch so toll, Lana? Hat er dir schon sein wahres Gesicht gezeigt?«

Amber sah Daphne düster an. »Ich dachte, es läge nur an mir. An dem, was er herausgefunden hat. Er hat gesagt, ich wäre nichts als weißer Abschaum.« Plötzlich glomm Hass in Ambers Augen auf. »Du hast ihm die Unterlagen gegeben, stimmt's?«

Sie nickte. »Ich habe alles darüber gelesen, wie du dem armen Matthew Lockwood eine Vergewaltigung angehängt hast, als er dich nicht heiraten wollte. Dass er für ein Verbrechen, das er nicht begangen hatte, zwei Jahre im Gefängnis gesessen hat.«

»Der Hurensohn hatte es verdient. Solange seine reiche Freundin weg war, hat er mich gevögelt. Den ganzen Sommer lang. Als sein kleines schmutziges Geheimnis war ich ihm gut genug. Und dann seine Mutter – anstatt sich auf ihr Enkelkind zu freuen, wollte sie, dass ich es abtreibe. Meinte, ein Kind von mir wäre sowieso nichts wert. Es tat so gut, als sie ihr kostbares Söhnchen weggesperrt haben. Wie ich es genossen habe, dass der Name Lockwood mit Schande befleckt und in den Schmutz gezogen wurde. Sie hielten sich für unantastbar.«

»Hat es dir denn nie leidgetan? Nicht mal, nachdem er im Gefängnis so misshandelt wurde, dass er den Rest seines Lebens im Rollstuhl sitzen muss?«

Amber erhob sich und lief im Zimmer auf und ab. »Wenn der Weichling zu schwach war, um im Knast auf sich aufzupassen, ist das ja wohl nicht meine Schuld. Er ist nun mal ein verhätscheltes Mamakind.« Sie zuckte die Achseln. »Davon abgesehen, hat er einen Haufen Geld, der ist gut versorgt. Und seine hohle Freundin hat ihn sogar noch geheiratet.«

»Und was ist mit deinem Sohn?«

»Was soll mit Jackson junior sein?«

»Nein, ich meine deinen *anderen* Sohn. Wie hast du ihn einfach im Stich lassen können?«

»Was hätte ich denn tun sollen? Meine Mutter hatte mein Tagebuch gefunden und war damit zur Polizei gerannt. Die hat daraufhin jenen Geschworenen in die Mangel genommen, den ich dazu gebracht hatte, die Verurteilung zu erwirken, und er war bereit, gegen mich auszusagen. Sie haben mich verhaftet. Welche Mutter bringt ihre eigene Tochter hinter Gitter? Sie habe Mitleid mit Matthew gehabt, hat sie gesagt – als ob der verwöhnte Balg das nötig gehabt hätte. Sobald ich auf Kaution rauskam, musste ich abhauen. Auf keinen Fall konnte ich in den Knast gehen, nur weil Matthew das bekommen hat, was er verdient.« Sie holte tief Luft. »Aber natürlich würde ich den Kleinen gern zurückhaben – um Matthew und seiner fetten Kuh von Frau eins auszuwischen. Sie zieht ihn groß wie ihr eigenes Kind. Dabei ist er mein Sohn, nicht ihrer. Das ist nicht fair.«

»Fair?« Daphne lachte schallend auf. »Er hat es doch viel besser ohne dich. Eine Sache noch: Wer ist Amber Patterson? Hattest du mit ihrem Verschwinden irgendetwas zu tun?«

Abermals rollte Amber mit den Augen. »Natürlich nicht. Als ich getürmt war, hat mich ein Lastwagenfahrer von Missouri bis nach Nebraska mitgenommen. Dort habe ich dann einen Job als Kellnerin gefunden, und einer meiner Stammgäste hat im Polizeiarchiv gearbeitet. Der hat mir davon erzählt.«

»Aber woher hattest du ihren Pass?«

Ihre Lippen verzogen sich zu einem Lächeln. »Ach, du weißt doch, wie das läuft in einer Kleinstadt. Nach einer Weile habe ich es geschafft, an ihr armes Mütterchen ranzukommen. Sie hat im örtlichen Supermarkt gearbeitet. Es hat mich ein paar Monate gekostet, aber dann lag sie mir zu Füßen. Wahrscheinlich habe ich sie an ihre verschwundene Tochter erinnert. Vielleicht lag's auch daran, dass ich mein Haar genauso trug wie sie und, nachdem ich mit ein paar von Ambers Freundinnen gesprochen hatte, auch so tat, als würde ich die gleichen Dinge mögen. Einmal in der Woche lud sie mich zum Essen ein – was 'ne miese Köchin. So hab ich herausgefunden, dass Amber mit ihrer Abschlussklasse nach Frankreich fliegen sollte. Deshalb hatte der dumme Bauerntrampel überhaupt nur einen Reisepass. Also hab ich ihn geklaut.« Sie zuckte mit den Schultern. »Außerdem hatte sie einen schönen Saphirring. Den hab ich auch gleich mitgenommen. Sie hat ihn ja sowieso nicht mehr gebraucht.«

»Du bist dir für nichts zu schade«, kommentierte Daphne kopfschüttelnd.

»O Daphne, du hast es nie kapiert. Wenn man so bettelarm aufwächst wie ich und alle auf einen herabsehen, dann lernt man vor allem eins: Wenn du etwas haben willst, musst du es dir nehmen. Niemand schenkt dir was.«

»Und, bist du nun zufrieden? Hast du jetzt, was du wolltest?«

»Am Anfang schon. Bis er die Sache mit meiner Vergangenheit herausgefunden hat.« Ambers Großspurigkeit schwand allmählich. Sie drückte den Rücken durch und sah Daphne an. »Wenn du ihm die Akte nicht gegeben hättest, könnte ich ihn verlassen und von Unterhalt und Alimenten prächtig leben. Aber wenn ich das jetzt tue, zeigt er mich an.«

Auf einmal änderte sich ihre Miene. Daphne konnte fast zusehen, wie die Verwandlung vor sich ging. »Du weißt, wie er ist. Wir sind doch beide Opfer. Du musst mir helfen. Du hast einen Weg gefunden, ihm zu entwischen. Es muss doch irgendetwas geben, das sich gegen ihn verwenden lässt. Oder etwa nicht?«

Plötzlich war sie wieder die alte Amber, jene Frau, die Daphne einst für ihre Freundin gehalten hatte. War sie wirklich so narzisstisch, zu glauben, sie könnte Daphne noch immer manipulieren?

Daphne blickte ihr in die Augen. »Sei ehrlich, hast du mich jemals als Freundin betrachtet?«

Amber ergriff Daphnes Hand. »Aber natürlich war ich deine Freundin. Ich habe dich geliebt, Daph. Es war nur einfach zu verlockend. Ich besaß nichts, und du hattest alles. Bitte verzeih mir. Ich weiß, dass das, was ich getan habe, falsch war, und es tut mir leid. Unsere Kinder sind verwandt. Es ist fast so, als wären wir nun tatsächlich Schwestern. Du bist ein guter Mensch. Bitte hilf mir.«

»Sagen wir, ich würde dir helfen. Was dann? Du verlässt ihn, und wir werden wieder Freundinnen, als sei nichts gewesen?«

»Natürlich. Beste Freundinnen. Für Julie und Charlene.« Sobald die Worte ihren Mund verlassen hatten, bemerkte Amber ihren Fehler.

»Klar. Für Charlene. Die es nie gegeben hat.« Daphne erhob sich.

»Noch viel Spaß mit Jackson, Amber. Vor allem im Bett. Du wirst viel Zeit dort verbringen müssen. Jackson ist ja schier unersättlich.«

Amber warf ihr einen vernichtenden Blick zu. »Willst du die Wahrheit wissen? Ich war nie deine Freundin. Du hattest all dieses Geld, all diese Macht, und mich hast du mit ein paar läppischen Krümeln abgespeist. Und du wusstest noch nicht einmal zu schätzen, was du hattest. Die ganze Kohle, die er für dich und deine verzogenen Gören rausgeworfen hat. Das war pervers. Und das alles, während ich in seinem Büro wie ein Tier geschuftet habe.« Ihre Augen blitzten eiskalt. »Ich habe getan, was ich tun musste. Oh, wie es mich angeödet hat, mir immerzu deine deprimierenden Geschichten anhören zu müssen. *Sie ist tot!* hätte ich dich am liebsten angeschrien. *Kein Schwein interessiert sich mehr für Julie. Sie modert seit zwanzig Jahren in ihrem Grab vor sich hin. Gib endlich Ruhe.*«

Daphne packte sie am Handgelenk und hielt sie fest. »Wag es nie wieder, den Namen meiner Schwester in den Mund zu nehmen – hast du mich verstanden? Du hast alles verdient, was du jetzt bekommst.« Dann löste sie ihren Griff wieder. »Und schau dich noch mal gut um. Präg dir alles ein, damit du dich später daran erinnern kannst, wie es war, in Saus und Braus zu leben. Denn damit ist es jetzt vorbei.«

»Wovon sprichst du?«

»Ich komme direkt aus Jacksons Büro. Das FBI hat ihn gerade in Handschellen abgeführt. Scheint, als hätten sie von seinen Schwarzgeldkonten Wind bekommen. So ein Pech. Leider hat er auf das Geld keinen Cent Steuern bezahlt. Wenn das alles vorbei ist, werdet ihr euch mit etwas Glück noch deine alte Einzimmerwohnung leisten können. Das heißt, falls er nicht ins Gefängnis wandert, aber wie ich Jackson kenne, wird er einen Weg finden, das zu vermeiden. Nur wird ihn das bestimmt seine ganzen Ersparnisse kosten. Vielleicht kannst du ihm ja dabei helfen, eine neue Firma aufzubauen?«

»Du lügst«, keifte Amber schrill.

Doch Daphne schüttelte nur bedächtig den Kopf. »Du kennst doch sicher seinen neuen Assistenten, den Mann, für den du dich so vehement eingesetzt hast, damit Jackson im Büro nicht auf dumme Gedanken kommt? Douglas? Er ist ein alter Freund von mir. Nun, *seine* Schwester leidet nämlich tatsächlich an Mukoviszidose. Julie's Smile war für seine Familie eine enorme Hilfe. Douglas hat Jackson schon eine ganze Weile ausspioniert und ist nun endlich an die Kontonummern gelangt, die das FBI brauchte. Das hier wird dir nicht mehr lange gehören.« Daphne marschierte Richtung Haustür, hielt dann aber noch einmal an und drehte sich um. »Aber wenigstens hast du ja immer noch Jackson.«

Zum letzten Mal verließ Daphne ihr einstiges Zuhause. Als das Taxi davonfuhr, sah sie das Anwesen langsam aus ihrem Blickfeld entschwinden. Sie lehnte sich zurück, ließ die prachtvollen Villen, die an ihr vorüberglitten, ein letztes Mal auf sich wirken und fragte sich, welche Geheimnisse sich hinter den

Mauern jedes einzelnen dieser Häuser wohl verbargen. Mit jedem gefahrenen Kilometer wurde ihr leichter ums Herz, und als sie die Stadtgrenze von Bishops Harbor endlich passiert hatte, ließ sie auch den Schmerz und die Schmach hinter sich, die sie als Gefangene dieses Ortes erlitten hatte. Ein neues Leben erwartete sie – eines, in dem sie niemand mehr nachts terrorisieren oder sie zwingen würde, sich als jemand auszugeben, der sie nicht war. Ein Ort, an dem ihre Kinder in Sicherheit und Liebe aufwachsen würden, frei entscheiden konnten, wer oder was auch immer sie sein wollten.

Sie hob den Blick gen Himmel und stellte sich vor, wie ihre geliebte Julie nun auf sie herabsah. Dann zog sie einen Stift und das kleine Notizbuch hervor, das sie stets in ihrer Handtasche aufbewahrte, und begann zu schreiben.

Meine liebste Julie,

ich frage mich oft, ob ich nicht bessere Entscheidungen getroffen hätte, wenn du noch da wärst. Eine kluge Schwester kann einen bekanntlich vor manch schwerem Fehler bewahren. Du hättest bestimmt nicht zugelassen, dass mein Bedürfnis, jemanden zu retten, mich so blind macht. Wer weiß? Wenn ich dich hätte retten können, vielleicht hätte ich mich mehr darum gesorgt, mich selbst zu retten.

Wie ich es vermisse, mich dir anzuvertrauen, diesen einen Menschen in meinem Leben zu haben, der stets auf meiner Seite steht – komme, was wolle. Wie töricht von mir, zu glauben, irgendjemand anders könnte mir je dieselbe Art von Trost spenden.

Ich schätze, seit du nicht mehr da bist, habe ich überall nach dir gesucht. Aber nun weiß ich, dass ich dich gar nicht verloren habe. Du bist immer noch da. Ich sehe dich in Bellas Augenzwinkern und Tallulahs Güte. In ihnen und

in mir lebst du weiter, und ich bewahre die kostbaren Er-
innerungen an unsere gemeinsame Zeit tief in meinem
Herzen, bis wir eines Tages wieder vereint sind. Ich spüre,
wie du über mich wachst: Du bist die Sonne, die mich
wärmt, wenn ich mit deinen Nichten über den Strand tolle,
die herrlich kühle Brise, die mir abends über die Wange
streift, die tiefe Zufriedenheit, die nun herrscht, da das Leid
ein Ende hat. Und wenn ich auch alles dafür gäbe, dich
zurückzubringen, so will ich doch glauben, dass auch du
deinen Frieden gefunden hast und endlich frei bist. Frei
vom Joch der Krankheit, die dich so lange gefangen hielt.

Erinnerst du dich noch, als wir unser erstes Shakespeare-
stück gesehen haben? Ich war sechzehn und du gerade
vierzehn geworden, und wir beide hielten Helena für ein-
fältig, weil sie einem Mann hinterherlief, der sie nicht
wollte. Fast scheint es mir heute, als sei auch ich zu einer
Art Helena geworden, nur mit umgekehrten Vorzeichen.

Und damit, meine liebe Julie, geht ein Kapitel zu Ende
und ein neues beginnt.

In Liebe
deine Schwester

Daphne steckte das Notizbuch zurück in ihre Handtasche und
lehnte sich zurück. Ein Lächeln trat auf ihre Lippen und mit erhobenem Blick flüsterte sie Shakespeares berühmte Worte aus
jenem Stück, das Julie und sie vor so langer Zeit gesehen hatten:

»Der König wird zum Bettler nach dem Spiel;
Doch ist das Ende gut und führt zum Ziel.«

Danksagung

Lange bevor ein Buch das Licht der Welt erblickt, hat es eine Reihe von Geburtshelfern – eine ganze Schar von Freunden, Verwandten und Profis, die sein Entstehen erst möglich machen. Für die unentbehrliche Rolle, die jeder einzelne von ihnen in diesem Prozess gespielt hat, sind wir ihnen allen zutiefst dankbar.

Wir danken:

Unserer wunderbaren Agentin Bernadette Baker-Baughman von Victoria Sanders & Associates – danke, dass du unsere größte Unterstützerin und Fürsprecherin warst und uns den ganzen langen Weg über mit deiner Liebenswürdigkeit, deinem Witz und deiner Hingabe zur Seite gestanden hast. Mit dir sind unserer Gebete erhört worden, und es ist immer eine Freude, mit dir zu arbeiten.

Unserer fantastischen Lektorin Emily Griffin, dein ansteckender Enthusiasmus und dein Streben nach Perfektion haben die Geschichte in neue Sphären katapultiert und sie so gut gemacht, wie wir es allein nie hinbekommen hätten.

Dem fabelhaften Team bei Harper für die Begeisterung, die ihr dem Buch entgegengebracht und alles, was ihr für dessen Erscheinen getan habt.

Unseren Schwägerinnen (und Schwestern im Geiste) Honey Constantine und Lynn Constantine fürs Lesen, Lesen und nochmalige Lesen – und für all die aufmunternden Worte während des ganzen langen Wegs zum Ziel.

Christopher Ackers, unserem großartigen Sohn und Neffen

fürs Zuhören und für all die guten (und mit seinem ganz eigenen Humor gewürzten) Ratschläge zum Handlungsverlauf.

All unseren unverdrossenen Beta-Leserinnen Amy Bike, Dee Campbell, Carmen Marcano-Davis, Tricia Farnworth, Lia Gordon und Teresa Loverde, eure Begeisterung hat uns unglaublich motiviert.

Den großartigen Autoren und Freunden aus der Thrillerfest-Community, einem schier unfassbaren Hort der Kameradschaft, Kollegialität und des gegenseitigen Verständnisses.

David Morrell für seine klugen Vorschläge, danke, dass wir dich jederzeit um Rat fragen konnten.

Jaime Levine für seine ungebrochene Unterstützung und Aufmunterung, danke, dass du von Anfang an uns geglaubt hast.

Gretchen Stelter, unserer ersten Lektorin, du hast für Klarheit gesorgt und uns Einsichten verschafft, die das Manuskript spannender und stringenter gemacht haben.

Carmen Marcano-Davis, die uns mit ihrer psychologischen Expertise geholfen hat, Jacksons Charakter zu formen, sowie Chris Munger für die kritische Durchsicht der FBI-Szene.

Patrick McCord und Tish Fried von Write Yourself Free, danke, dass ihr euer Talent und Können mit uns geteilt habt. Eure Workshops haben bessere Schriftstellerinnen aus uns gemacht.

Lynne dankt ihrem Ehemann Rick und ihren Kindern Nick und Theo für deren unermüdliche Unterstützung und ihre Geduld in den vielen Stunden, die sie sich im Arbeitszimmer verkroch, mit Valerie via Skype an Handlungssträngen getüftelt oder bis spät in die Nacht gearbeitet hat, um Abgabetermine einzuhalten. Und Tucker, der beim Schreiben immer an ihrer Seite war. Ich liebe euch alle, für immer und ewig.

Valerie dankt ihrem Ehemann Colin für seine unbeirrbare Ermutigung und Unterstützung sowie ihren Kindern, den besten Cheerleadern, die es gibt. Ich liebe euch alle.

ML